Sept. 99
Ffm

Der junge Wilhelm Meister, der sich schon als Kind für das Puppenspiel begeistert hat, flieht die bürgerliche Enge seines Elternhauses, da er hofft, beim Theater seine vielfältigen Begabungen voll entwikkeln zu können. Er schließt sich einer versprengten Schauspielertruppe an, mit der er zu einem Gastspiel in einem Grafenschloß aufbricht. Einige Liebesverhältnisse und zunehmend enttäuschende Erfahrungen dämpfen jedoch bald seine Begeisterung für die Schauspieler. Der verheerende Brand des Theaters und die Auflösung der Truppe bringen Wilhelm in Kontakt mit einer für ihn ganz neuen Welt: Unter dem Einfluß der geheimnisvollen Turmgesellschaft löst er sich vom Theater, erkennt in der Tätigkeit für die Gemeinschaft sein Ideal und findet auch die Frau, die er wahrhaft liebt. Goethes 1795/96 veröffentlichter Roman gilt vielen als die klassische Ausprägung des deutschen Bildungsromans, da er anhand des verschlungenen Lebenswegs eines Kaufmannssohns mit erheiternder Ironie episodenreich von der schwierigen, aber schließlich geglückten Selbstwerdung eines Individuums erzählt.

Johann Wolfgang von Goethe wurde am 28. 8. 1749 in Frankfurt am Main geboren. Er starb am 22. 3. 1832 in Weimar.
Franz Ludwig Catel, 1778–1856, Landschafts- und Genremaler, Stecher.

Johann Wolfgang von Goethe

Wilhelm Meisters Lehrjahre

Roman

Fischer Taschenbuch Verlag

Der Text folgt Johann Wolfgang Goethe:
Wilhelm Meisters Lehrjahre.
Herausgegeben von Erich Schmidt.
Mit sechs Kupferstichen von Catel,
sieben Musikbeispielen und Anmerkungen.
Insel Verlag 1980.

Limitierte Sonderausgabe
Veröffentlicht im Fischer Taschenbuch Verlag GmbH,
Frankfurt am Main, März 1999

Der Abdruck erfolgt mit freundlicher Genehmigung
des Insel Verlags Frankfurt am Main

Druck und Bindung: Clausen & Bosse, Leck
Printed in Germany
ISBN 3-596-50169-5

WILHELM MEISTERS LEHRJAHRE

Erstes Kapitel

Das Schauspiel dauerte sehr lange. Die alte Barbara trat einigemal ans Fenster und horchte, ob die Kutschen nicht rasseln wollten. Sie erwartete Marianen, ihre schöne Gebieterin, die heute im Nachspiele, als junger Offizier gekleidet, das Publikum entzückte, mit größerer Ungeduld als sonst, wenn sie ihr nur ein mäßiges Abendessen vorzusetzen hatte; diesmal sollte sie mit einem Paket überrascht werden, das Norberg, ein junger reicher Kaufmann, mit der Post geschickt hatte, um zu zeigen, daß er auch in der Entfernung seiner Geliebten gedenke.

Barbara war als alte Dienerin, Vertraute, Ratgeberin, Unterhändlerin und Haushälterin im Besitz des Rechtes, die Siegel zu eröffnen, und auch diesen Abend konnte sie ihrer Neugierde um so weniger widerstehen, als ihr die Gunst des freigebigen Liebhabers mehr als selbst Marianen am Herzen lag. Zu ihrer größten Freude hatte sie in dem Paket ein feines Stück Nesseltuch und die neuesten Bänder für Marianen, für sich aber ein Stück Kattun, Halstücher und ein Röllchen Geld gefunden. Mit welcher Neigung, welcher Dankbarkeit erinnerte sie sich des abwesenden Norbergs! wie lebhaft nahm sie sich vor, auch bei Marianen seiner im besten zu gedenken, sie zu erinnern, was sie ihm schuldig sei, und was er von ihrer Treue hoffen und erwarten müsse.

Das Nesseltuch, durch die Farbe der halbaufgerollten Bänder belebt, lag wie ein Christgeschenk auf dem Tischchen; die Stellung der Lichter erhöhte den Glanz der Gabe, alles war in Ordnung, als die Alte den Tritt Marianens auf der Treppe vernahm und ihr entgegeneilte. Aber wie sehr verwundert trat sie zurück, als das weibliche Offizierchen, ohne auf die Liebkosungen zu achten, sich an ihr vorbeidrängte, mit ungewöhnlicher Hast und Bewegung in das Zimmer trat, Federhut und Degen auf den Tisch warf, unruhig auf und nieder ging und den feierlich angezündeten Lichtern keinen Blick gönnte.

Was hast du, Liebchen? rief die Alte verwundert aus. Ums Himmels willen, Töchterchen, was gibts? Sieh hier diese Geschenke! Von wem können sie sein, als von deinem zärtlichsten Freunde? Norberg schickt dir das Stück Musselin zum Nachtkleide, bald ist er selbst da; er scheint mir eifriger und freigebiger als jemals.

Die Alte kehrte sich um und wollte die Gaben, womit er auch *sie* bedacht, vorweisen, als Mariane, sich von den Geschenken wegwendend, mit Leidenschaft ausrief: Fort! fort! heute will ich nichts von allem diesen hören; ich habe dir gehorcht, du hast es gewollt, es sei so! Wenn Norberg zurückkehrt, bin ich wieder sein, bin ich dein, mache mit mir, was du willst; aber bis dahin will ich mein sein, und hättest du tausend Zungen, du solltest mir meinen Vorsatz nicht ausreden. Dieses ganze Mein will ich dem geben, der mich liebt und den ich liebe. Keine Gesichter! Ich will mich dieser Leidenschaft überlassen, als wenn sie ewig dauern sollte.

Der Alten fehlte es nicht an Gegenvorstellungen und Gründen; doch da sie in fernerem Wortwechsel heftig und bitter ward, sprang Mariane auf sie los und faßte sie bei der Brust. Die Alte lachte überlaut. Ich werde sorgen müssen, rief sie aus, daß sie wieder bald in lange Kleider kommt, wenn ich meines Lebens sicher sein will. Fort, zieht Euch aus! Ich hoffe, das Mädchen wird mir abbitten, was mir der flüchtige Junker Leids zugefügt hat; herunter mit dem Rock und immer so fort alles herunter! es ist eine unbequeme Tracht, und für Euch gefährlich, wie ich merke. Die Achselbänder begeistern Euch.

Die Alte hatte Hand an sie gelegt, Mariane riß sich los. Nicht so geschwind! rief sie aus: ich habe noch heute Besuch zu erwarten.

Das ist nicht gut, versetzte die Alte. Doch nicht den jungen, zärtlichen, unbefiederten Kaufmannssohn? Eben den, versetzte Mariane.

Es scheint, als wenn die Großmut Eure herrschende Leidenschaft werden wollte, erwiderte die Alte spottend; Ihr nehmt Euch der Unmündigen, der Unvermögenden mit großem Eifer an. Es muß reizend sein, als uneigennützige Geberin angebetet zu werden. –

Spotte, wie du willst. Ich lieb ihn! ich lieb ihn! Mit welchem Entzücken sprech ich zum ersten Mal diese Worte aus! Das ist diese Leidenschaft, die ich so oft vorgestellt habe, von der ich keinen Begriff hatte. Ja, ich will mich ihm um den Hals werfen! ich will ihn fassen, als wenn ich ihn ewig halten wollte. Ich will ihm meine ganze Liebe zeigen, seine Liebe in ihrem ganzen Umfang genießen.

Mäßigt Euch, sagte die Alte gelassen: mäßigt Euch! Ich muß Eure Freude durch Ein Wort unterbrechen: Norberg kommt! in vierzehn Tagen kommt er! Hier ist sein Brief, der die Geschenke begleitet hat. –

Und wenn mir die Morgensonne meinen Freund rauben sollte, will ich mirs verbergen. Vierzehn Tage! Welche Ewigkeit! In vierzehn Tagen, was kann da nicht vorfallen, was kann sich da nicht verändern!

Wilhelm trat herein. Mit welcher Lebhaftigkeit flog sie ihm entgegen! mit welchem Entzücken umschlang er die rote Uniform, drückte er das weiße Atlaswestchen an seine Brust! Wer wagte hier zu beschreiben, wem geziemt es, die Seligkeit zweier Liebenden auszusprechen! Die Alte ging murrend beiseite, wir entfernen uns mit ihr und lassen die Glücklichen allein.

Zweites Kapitel

Als Wilhelm seine Mutter des andern Morgens begrüßte, eröffnete sie ihm, daß der Vater sehr verdrießlich sei und ihm den täglichen Besuch des Schauspiels nächstens untersagen werde. Wenn ich gleich selbst, fuhr sie fort, manchmal gern ins Theater gehe, so möchte ich es doch oft verwünschen, da meine häusliche Ruhe durch deine unmäßige Leidenschaft zu diesem Vergnügen gestört wird. Der Vater wiederholt immer, wozu es nur nütze sei? Wie man seine Zeit nur so verderben könne?

Ich habe es auch schon von ihm hören müssen, versetzte Wilhelm, und habe ihm vielleicht zu hastig geantwortet; aber ums Himmels willen, Mutter! ist denn alles unnütz, was uns nicht unmittelbar Geld in den Beutel bringt, was uns nicht den allernächsten Besitz verschafft? Hatten wir in dem alten Hause nicht Raum genug? und war es nötig, ein neues zu bauen? Verwendet der Vater nicht jährlich einen ansehnlichen Teil seines Handelsgewinnes zur Verschönerung der Zimmer? Diese seidenen Tapeten, diese englischen Mobilien, sind sie nicht auch unnütz? Könnten wir uns nicht mit geringeren begnügen? Wenigstens bekenne ich, daß mir diese gestreiften Wände, diese hundertmal wiederholten Blumen, Schnörkel, Körbchen und Figuren einen durchaus unangenehmen Eindruck machen. Sie kommen mir höchstens vor wie unser Theatervorhang. Aber wie anders ists, vor diesem zu sitzen! Wenn man noch so lange warten muß, so weiß man doch, er wird in die Höhe gehen, und wir werden die mannigfaltigsten Gegenstände sehen, die uns unterhalten, aufklären und erheben.

Mach es nur mäßig, sagte die Mutter: der Vater will auch abends unterhalten sein; und dann glaubt er, es zerstreue dich, und am Ende trag ich, wenn er verdrießlich wird, die Schuld. Wie oft mußte ich mir das verwünschte Puppenspiel vorwerfen lassen, das ich euch vor zwölf Jahren zum heiligen Christ gab, und das euch zuerst Geschmack am Schauspiele beibrachte! –

Schelten Sie das Puppenspiel nicht, lassen Sie sich Ihre Liebe und Vorsorge nicht gereuen. Es waren die ersten vergnügten Augenblicke, die ich in dem neuen leeren Hause genoß; ich sehe es diesen Augenblick noch vor mir, ich weiß, wie sonderbar es mir vorkam, als man uns, nach Empfang der gewöhnlichen Christgeschenke, vor einer Türe niedersitzen hieß, die aus einem andern Zimmer hereinging. Sie eröffnete sich; allein nicht wie sonst zum Hin- und Widerlaufen, der Eingang war durch eine unerwartete Festlichkeit ausgefüllt. Es baute sich ein Portal in die Höhe, das von einem mystischen Vorhang verdeckt war. Erst standen wir alle von ferne, und wie unsere Neugierde größer ward, um zu sehen, was wohl Blinkendes und Rasselndes sich hinter der halb durchsichtigen Hülle verbergen möchte, wies man jedem sein Stühlchen an und gebot uns, in Geduld zu warten.

So saß nun alles und war still; eine Pfeife gab das Signal, der Vorhang rollte in die Höhe und zeigte eine hochrot gemalte Aussicht in den Tempel. Der Hohepriester Samuel erschien mit Jonathan, und ihre wechselnden wunderlichen Stimmen kamen mir höchst ehrwürdig vor. Kurz darauf betrat Saul die Szene, in großer Verlegenheit über die Impertinenz des schwerlötigen Kriegers, der ihn und die Seinigen herausgefordert hatte. Wie wohl ward es mir daher, als der zwerggestaltete Sohn Isai mit Schäferstab, Hirtentasche und Schleuder hervorschlüpfte und sprach: Großmächtigster König und Herr Herr! es entfalle keinem der Mut um deswillen; wenn Ihro Majestät mir erlauben wollen, so will ich hingehen und mit dem gewaltigsten Riesen in den Streit treten.

– Der erste Akt war geendet und die Zuschauer höchst begierig zu sehen, was nun weiter vorgehen sollte; jedes wünschte, die Musik möchte nur bald aufhören. Endlich ging der Vorhang wieder in die Höhe. David weihte das Fleisch des Ungeheuers den Vögeln unter dem Himmel und den Tieren auf dem Felde; der Philister sprach Hohn, stampfte viel mit beiden Füßen, fiel endlich wie ein Klotz und gab der ganzen Sache einen herrlichen Ausschlag. Wie dann nachher die Jungfrauen sangen: Saul hat Tausend geschlagen, David aber Zehntausend! der Kopf des Riesen vor dem kleinen Überwinder hergetragen wurde, und er die schöne Königstochter zur Gemahlin erhielt, verdroß es mich doch bei aller Freude, daß der Glücksprinz so zwergmäßig gebildet sei. Denn nach der Idee vom großen Goliath und kleinen David hatte man nicht verfehlt, beide recht charakteristisch zu machen. Ich bitte Sie, wo sind die Puppen hingekommen? Ich habe versprochen, sie einem Freunde zu zeigen, dem ich viel Vergnügen machte, indem ich ihn neulich von diesem Kinderspiel unterhielt. –

Es wundert mich nicht, daß du dich dieser Dinge so lebhaft erinnerst: denn du nahmst gleich den größten Anteil daran. Ich weiß, wie du mir das Büchlein entwendetest und das ganze Stück auswendig lerntest; ich wurde es erst gewahr, als du eines Abends dir einen Goliath und David von Wachs machtest, sie beide gegeneinander perorieren ließest, dem Riesen endlich einen Stoß gabst und sein unförmliches Haupt auf einer großen Stecknadel mit wächsernem Griff dem kleinen David in die Hand klebtest. Ich hatte damals so eine herzliche mütterliche Freude über dein gutes Gedächtnis und deine pathetische Rede, daß ich mir sogleich vornahm, dir die hölzerne Truppe nun selbst zu übergeben. Ich dachte damals nicht, daß es mir so manche verdrießliche Stunde machen sollte.

Lassen Sie sichs nicht gereuen, versetzte Wilhelm; denn es haben uns diese Scherze manche vergnügte Stunde gemacht.

Und mit diesem erbat er sich die Schlüssel, eilte, fand die Puppen und war einen Augenblick in jene Zeiten versetzt, wo sie ihm noch belebt schienen, wo er sie durch die Lebhaftigkeit seiner Stimme, durch die Bewegung seiner Hände zu beleben glaubte. Er nahm sie mit auf seine Stube und verwahrte sie sorgfältig.

Drittes Kapitel

Wenn die erste Liebe, wie ich allgemein behaupten höre, das Schönste ist, was ein Herz früher oder später empfinden kann, so müssen wir unsern Helden dreifach glücklich preisen, daß ihm gegönnt ward, die Wonne dieser einzigen Augenblicke in ihrem ganzen Umfange zu genießen. Nur wenig Menschen werden so vorzüglich begünstigt, indes die meisten von ihren frühern Empfindungen nur durch eine harte Schule geführt werden, in welcher sie, nach einem kümmerlichen Genuß, gezwungen sind, ihren besten Wünschen entsagen und das, was ihnen als höchste Glückseligkeit vorschwebte, für immer entbehren zu lernen.

Auf den Flügeln der Einbildungskraft hatte sich Wilhelms Begierde zu dem reizenden Mädchen erhoben; nach einem kurzen Umgange hatte er ihre Neigung gewonnen, er fand sich im Besitz einer Person, die er so sehr liebte, ja verehrte: denn sie war ihm zuerst in dem günstigen Lichte theatralischer Vorstellung erschienen, und seine Leidenschaft zur Bühne verband sich mit der ersten Liebe zu einem weiblichen Geschöpfe. Seine Jugend ließ ihn reiche Freuden genießen, die von einer lebhaften Dichtung erhöht und erhalten wurden. Auch der Zustand seiner Geliebten gab ihrem Betragen eine Stimmung, welche seinen Empfindungen sehr zu Hülfe kam; die Furcht, ihr Geliebter möchte ihre übrigen Verhältnisse vor der Zeit entdecken, verbreitete über sie einen liebenswürdigen Anschein von Sorge und Scham, ihre Leidenschaft für ihn war lebhaft, selbst ihre Unruhe schien ihre Zärtlichkeit zu vermehren; sie war das lieblichste Geschöpf in seinen Armen.

Als er aus dem ersten Taumel der Freude erwachte und auf sein Leben und seine Verhältnisse zurückblickte, erschien ihm alles neu, seine Pflichten heiliger, seine Liebhabereien lebhafter, seine Kenntnisse deutlicher, seine Talente kräftiger, seine Vorsätze entschiedener. Es ward ihm daher leicht, eine Einrichtung zu treffen, um den Vorwürfen seines Vaters zu entgehen, seine Mutter zu beruhigen und Marianens Liebe ungestört zu genießen. Er verrichtete des Tags seine Geschäfte pünktlich, entsagte gewöhnlich dem Schauspiel, war abends bei Tische unterhaltend und schlich, wenn alles zu Bette war, in seinen Mantel gehüllt, sachte zu dem Garten hinaus und eilte, alle Lindors und Leanders im Busen, unaufhaltsam zu seiner Geliebten.

Was bringen Sie? fragte Mariane, als er eines Abends ein Bündel hervorwies, das die Alte, in Hoffnung angenehmer Geschenke, sehr aufmerksam betrachtete. Sie werden es nicht erraten, versetzte Wilhelm.

Wie verwunderte sich Mariane, wie entsetzte sich Barbara, als die aufgebundene Serviette einen verworrenen Haufen spannenlanger Puppen sehen ließ. Mariane lachte laut, als Wilhelm die verworrenen Drähte auseinanderzuwickeln und jede Figur einzeln vorzuzeigen bemüht war. Die Alte schlich verdrießlich beiseite.

Es bedarf nur einer Kleinigkeit, um zwei Liebende zu unterhalten, und so vergnügten sich unsre Freunde diesen Abend aufs beste. Die kleine Truppe wurde gemustert, jede Figur genau betrachtet und belacht. König Saul im schwarzen Samtrocke mit der goldenen Krone wollte Marianen gar nicht gefallen; er sähe ihr, sagte sie, zu steif und pedantisch aus. Desto besser behagte ihr Jonathan, sein glattes Kinn, sein gelb und rotes Kleid und der Turban. Auch wußte sie ihn gar artig am Drahte hin und her zu drehen, ließ ihn Reverenzen machen und Liebeserklärungen hersagen. Dagegen wollte sie dem Propheten Samuel nicht die mindeste Aufmerksamkeit schenken, wenn ihr gleich Wilhelm das Brustschildchen anpries und erzählte, daß der Schillertaft des Leibrocks von einem alten Kleide der Großmutter genommen sei. David war ihr zu klein und Goliath zu groß; sie hielt sich an ihren Jonathan. Sie wußte ihm so artig zu tun und zuletzt ihre Liebkosungen von der Puppe auf unsern Freund herüberzutragen, daß auch diesmal wieder ein geringes Spiel die Einleitung glücklicher Stunden ward.

Aus der Süßigkeit ihrer zärtlichen Träume wurden sie durch einen Lärm geweckt, welcher auf der Straße entstand. Mariane rief der Alten, die, nach ihrer Gewohnheit noch fleißig, die veränderlichen Materialien der Theatergarderobe zum Gebrauch des nächsten Stückes anzupassen beschäftigt war. Sie gab die Auskunft, daß eben eine Gesellschaft lustiger Gesellen aus dem Italiener Keller nebenan heraustaumle, wo sie bei frischen Austern, die eben angekommen, des Champagners nicht geschont hätten.

Schade, sagte Mariane, daß es uns nicht früher eingefallen ist, wir hätten uns auch was zugute tun sollen.

Es ist wohl noch Zeit, versetzte Wilhelm und reichte der Alten einen Louisdor hin: verschafft Sie uns, was wir wünschen, so soll Sie's mit genießen.

Die Alte war behend, und in kurzer Zeit stand ein artig bestellter Tisch mit einer wohlgeordneten Kollation vor den Liebenden. Die Alte mußte sich dazusetzen; man aß, trank und ließ sichs wohl sein.

In solchen Fällen fehlt es nie an Unterhaltung. Mariane nahm ihren Jonathan wieder vor, und die Alte wußte das Gespräch auf Wilhelms Lieblingsmaterie zu wenden. Sie haben uns schon einmal, sagte sie, von der ersten Aufführung eines Puppenspiels am Weihnachtsabend unterhalten, es war lustig zu hören. Sie wurden eben unterbrochen, als das Ballett angehen sollte. Nun kennen wir das herrliche Personal, das jene großen Wirkungen hervorbrachte.

Ja, sagte Mariane, erzähle uns weiter, wie war dirs zumute?

Es ist eine schöne Empfindung, liebe Mariane, versetzte Wilhelm, wenn wir uns alter Zeiten und alter unschädlicher Irrtümer erinnern, besonders wenn es in einem Augenblicke geschieht, da wir eine Höhe glücklich erreicht haben, von welcher wir uns umsehen und den zurückgelegten Weg überschauen können. Es ist so angenehm, selbstzufrieden sich mancher Hindernisse zu erinnern, die wir oft mit einem peinlichen Gefühle für unüberwindlich hielten, und dasjenige, was wir jetzt entwickelt *sind*, mit dem zu vergleichen, was wir damals unentwickelt *waren*. Aber unaussprechlich glücklich fühl ich mich jetzt, da ich in diesem Augenblicke mit dir von dem Vergangnen rede, weil ich zugleich vorwärts in das reizende Land schaue, das wir zusammen Hand in Hand durchwandern können.

Wie war es mit dem Ballett? fiel die Alte ihm ein. Ich fürchte, es ist nicht alles abgelaufen, wie es sollte.

O ja, versetzte Wilhelm: sehr gut! Von jenen wunderlichen Sprüngen der Mohren und Mohrinnen, Schäfer und Schäferinnen, Zwerge und Zwerginnen ist mir eine dunkle Erinnerung auf mein ganzes Leben geblieben. Nun fiel der Vorhang, die Türe schloß sich, und die ganze Gesellschaft eilte wie betrunken und taumelnd zu Bette; ich weiß aber wohl, daß ich nicht einschlafen konnte, daß ich noch etwas erzählt haben wollte, daß ich noch viele Fragen tat, und daß ich nur ungern die Wärterin entließ, die uns zur Ruhe gebracht hatte.

Den andern Morgen war leider das magische Gerüste wieder verschwunden, der mystische Schleier weggehoben, man ging durch jene Türe wieder frei aus einer Stube in die andere, und so viel Abenteuer hatten keine Spur zurückgelassen. Meine Geschwister liefen mit ihren Spielsachen auf und ab, ich allein schlich hin und her, es schien mir unmöglich, daß da nur zwo Türpfosten sein sollten, wo gestern so viel Zauberei gewesen war. Ach, wer eine verlorne Liebe sucht, kann nicht unglücklicher sein, als ich mir damals schien!

Ein freudetrunkner Blick, den er auf Marianen warf, überzeugte sie, daß er nicht fürchtete, jemals in diesen Fall kommen zu können.

Viertes Kapitel

Mein einziger Wunsch war nunmehr, fuhr Wilhelm fort, eine zweite Aufführung des Stücks zu sehen. Ich lag der Mutter an, und diese suchte zu einer gelegenen Stunde den Vater zu bereden; allein ihre Mühe war vergebens. Er behauptete, nur ein seltenes Vergnügen könne bei den Menschen einen Wert haben, Kinder und Alte wüßten nicht zu schätzen, was ihnen Gutes täglich begegnete.

Wir hätten auch noch lange, vielleicht bis wieder Weihnachten, warten müssen, hätte nicht der Erbauer und heimliche Direktor des Schauspiels selbst Lust gefühlt, die Vorstellung zu wiederholen und dabei in einem Nachspiele einen ganz frisch fertig gewordenen Hanswurst zu produzieren.

Ein junger Mann von der Artillerie, mit vielen Talenten begabt, besonders in mechanischen Arbeiten geschickt, der dem Vater während des Bauens viele wesentliche Dienste geleistet hatte und von ihm reichlich beschenkt worden war, wollte sich am Christfeste der kleinen Familie dankbar erzeigen und machte dem Hause seines Gönners ein Geschenk mit diesem ganz eingerichteten Theater, das er ehmals in müßigen Stunden zusammengebaut, geschnitzt und gemalt hatte. Er war es, der mit Hülfe eines Bedienten selbst die Puppen regierte und mit verstellter Stimme die verschiedenen Rollen hersagte. Ihm ward nicht schwer, den Vater zu bereden, der einem Freunde aus Gefälligkeit zugestand, was er seinen Kindern aus Überzeugung abgeschlagen hatte. Genug, das Theater ward wieder aufgestellt, einige Nachbarskinder gebeten und das Stück wiederholt.

Hatte ich das erste Mal die Freude der Überraschung und des Staunens, so war zum zweiten Male die Wollust des Aufmerkens und Forschens groß. *Wie* das zugehe, war jetzt mein Anliegen. Daß die Puppen nicht selbst redeten, hatte ich mir schon das erste Mal gesagt; daß sie sich nicht von selbst bewegten, vermutete ich auch; aber warum das alles doch so hübsch war, und es doch so aussah, als wenn sie selbst redeten und sich bewegten? und wo die Lichter und die Leute sein möchten? diese Rätsel beunruhigten mich um desto mehr, je mehr ich wünschte, zugleich unter den Bezauberten und Zauberern zu sein, zugleich meine Hände verdeckt im Spiel zu haben und als Zuschauer die Freude der Illusion zu genießen.

Das Stück war zu Ende, man machte Vorbereitungen zum Nachspiel, die Zuschauer waren aufgestanden und schwatzten durcheinander. Ich drängte mich näher an die Türe und hörte inwendig am Klappern, daß man mit Aufräumen beschäftigt sei. Ich hub den untern Teppich auf und guckte zwischen dem Gestelle durch. Meine Mutter bemerkte es und zog mich zurück; allein ich hatte doch soviel gesehen, daß man Freunde und Feinde, Saul und Goliath, und wie sie alle heißen mochten, in Einen Schiebkasten packte, und so erhielt meine halbbefriedigte Neugierde frische Nahrung. Dabei hatte ich zu meinem größten Erstaunen den Leutnant im Heiligtume sehr geschäftig erblickt. Nunmehr konnte mich der Hanswurst, so sehr er mit seinen Absätzen klapperte, nicht unterhalten. Ich verlor mich in tiefes Nachdenken und war nach dieser Entdeckung ruhiger und unruhiger als vorher. Nachdem ich etwas erfahren hatte, kam es mir erst vor, als ob ich gar nichts wisse, und ich hatte recht: denn es fehlte mir der Zusammenhang, und darauf kommt doch eigentlich alles an.

Fünftes Kapitel

Die Kinder haben, fuhr Wilhelm fort, in wohleingerichteten und geordneten Häusern eine Empfindung, wie ungefähr Ratten und Mäuse haben mögen: sie sind aufmerksam auf alle Ritzen und Löcher, wo sie zu einem verbotenen Naschwerk gelangen können; sie genießen es mit einer solchen verstohlnen wollüstigen Furcht, die einen großen Teil des kindischen Glücks ausmacht.

Ich war vor allen meinen Geschwistern aufmerksam, wenn

irgend ein Schlüssel stecken blieb. Je größer die Ehrfurcht war, die ich für die verschlossenen Türen in meinem Herzen herumtrug, an denen ich Wochen und Monate lang vorbeigehen mußte, und in die ich nur manchmal, wenn die Mutter das Heiligtum öffnete, um etwas herauszuholen, einen verstohlnen Blick tat: desto schneller war ich, einen Augenblick zu benutzen, den mich die Nachlässigkeit der Wirtschafterinnen manchmal treffen ließ.

Unter allen Türen war, wie man leicht erachten kann, die Türe der Speisekammer diejenige, auf die meine Sinne am schärfsten gerichtet waren. Wenig ahnungsvolle Freuden des Lebens glichen der Empfindung, wenn mich meine Mutter manchmal hineinrief, um ihr etwas heraustragen zu helfen, und ich dann einige gedörrte Pflaumen entweder ihrer Güte oder meiner List zu danken hatte. Die aufgehäuften Schätze übereinander umfingen meine Einbildungskraft mit ihrer Fülle, und selbst der wunderliche Geruch, den so mancherlei Spezereien durcheinander aushauchten, hatte so eine leckere Wirkung auf mich, daß ich niemals versäumte, sooft ich in der Nähe war, mich wenigstens an der eröffneten Atmosphäre zu weiden. Dieser merkwürdige Schlüssel blieb eines Sonntag-Morgens, da die Mutter von dem Geläute übereilt ward und das ganze Haus in einer tiefen Sabbathstille lag, stecken. Kaum hatte ich es bemerkt, als ich etlichemal sachte an der Wand hin und her ging, mich endlich still und fein andrängte, die Türe öffnete und mich mit Einem Schritt in der Nähe so vieler langgewünschter Glückseligkeit fühlte. Ich besah Kästen, Säcke, Schachteln, Büchsen, Gläser mit einem schnellen zweifelnden Blicke, was ich wählen und nehmen sollte, griff endlich nach den vielgeliebten gewelkten Pflaumen, versah mich mit einigen getrockneten Äpfeln und nahm genügsam noch eine eingemachte Pomeranzenschale dazu; mit welcher Beute ich meinen Weg wieder rückwärts glitschen wollte, als mir ein paar nebeneinanderstehende Kasten in die Augen fielen, aus deren einem Drähte, oben mit Häkchen versehen, durch den übel verschlossenen Schieber heraushingen. Ahnungsvoll fiel ich darüber her; und mit welcher überirdischen Empfindung entdeckte ich, daß darin meine Helden- und Freudenwelt aufeinandergepackt sei! Ich wollte die obersten aufheben, betrachten, die untersten hervorziehen; allein gar bald verwirrte ich die leichten Drähte, kam darüber in Unruhe und Bangigkeit, besonders da die Köchin in der benachbarten Küche einige Bewegungen machte, daß ich alles, so gut ich konnte, zusammendrückte, den Kasten zuschob, nur ein geschriebenes Büchelchen, worin die Komödie von David und Goliath aufgezeichnet war, das oben aufgelegen hatte, zu mir steckte und mich mit dieser Beute leise die Treppe hinauf in eine Dachkammer rettete.

Von der Zeit an wandte ich alle verstohlenen einsamen Stunden darauf, mein Schauspiel wiederholt zu lesen, es auswendig zu lernen und mir in Gedanken vorzustellen, wie herrlich es sein müßte, wenn ich auch die Gestalten dazu mit meinen Fingern beleben könnte. Ich ward darüber in meinen Gedanken selbst zum David und zum Goliath. In allen Winkeln des Bodens, der Ställe, des Gartens, unter allerlei Umständen, studierte ich das Stück ganz in mich hinein, ergriff alle Rollen und lernte sie auswendig, nur daß ich mich meist an den Platz der Haupthelden zu setzen pflegte und die übrigen wie Trabanten nur im Gedächtnis mitlaufen ließ. So lagen mir die großmütigen Reden Davids, mit denen er den übermütigen Riesen Goliath herausforderte, Tag und Nacht im Sinne; ich murmelte sie oft vor mich hin, niemand gab acht darauf als der Vater, der manchmal einen solchen Ausruf bemerkte und bei sich selbst das gute Gedächtnis seines Knaben pries, der von so wenigem Zuhören so mancherlei habe behalten können.

Hierdurch ward ich immer verwegener und rezitierte eines Abends das Stück zum größten Teile vor meiner Mutter, indem ich mir einige Wachsklümpchen zu Schauspielern bereitete. Sie merkte auf, drang in mich, und ich gestand.

Glücklicherweise fiel diese Entdeckung in die Zeit, da der Leutnant selbst den Wunsch geäußert hatte, mich in diese Geheimnisse einweihen zu dürfen. Meine Mutter gab ihm sogleich Nachricht von dem unerwarteten Talente ihres Sohnes, und er wußte nun einzuleiten, daß man ihm ein paar Zimmer im obersten Stocke, die gewöhnlich leer standen, überließ, in deren einem wieder die Zuschauer sitzen, in dem andern die Schauspieler sein und das Proszenium abermals die Öffnung der Türe ausfüllen sollte. Der Vater hatte seinem Freunde das alles zu veranstalten erlaubt, er selbst schien nur durch die Finger zu sehen, nach dem Grundsatze, man müsse den Kindern nicht merken lassen, wie lieb man sie habe, sie griffen immer zu weit um sich; er meinte, man müsse bei ihren Freuden ernst scheinen und sie ihnen manchmal verderben, damit ihre Zufriedenheit sie nicht übermäßig und übermütig mache.

Sechstes Kapitel

Der Leutnant schlug nunmehr das Theater auf und besorgte das übrige. Ich merkte wohl, daß er die Woche mehrmals zu ungewöhnlicher Zeit ins Haus kam, und vermutete die Absicht. Meine Begierde wuchs unglaublich, da ich wohl fühlte, daß ich vor Sonnabends keinen Teil an dem, was zubereitet wurde, nehmen durfte. Endlich erschien der gewünschte Tag. Abends um fünf Uhr kam mein Führer und nahm mich mit hinauf. Zitternd vor Freude trat ich hinein und erblickte auf beiden Seiten des Gestelles die herabhängenden Puppen in der Ordnung, wie sie auftreten sollten; ich betrachtete sie sorgfältig, stieg auf den Tritt, der mich über das Theater erhub, so daß ich nun über der kleinen Welt schwebte. Ich sah nicht ohne Ehrfurcht zwischen die Brettchen hinunter, weil die Erinnerung, welche herrliche Wirkung das Ganze von außen tue, und das Gefühl, in welche Geheimnisse ich eingeweiht sei, mich umfaßten. Wir machten einen Versuch, und es ging gut.

Den andern Tag, da eine Gesellschaft Kinder geladen war, hielten wir uns trefflich, außer daß ich in dem Feuer der Aktion meinen Jonathan fallen ließ und genötigt war, mit der Hand hinunterzugreifen und ihn zu holen; ein Zufall, der die Illusion sehr unterbrach, ein großes Gelächter verursachte und mich unsäglich kränkte. Auch schien dieses Versehn dem Vater sehr willkommen zu sein, der das große Vergnügen, sein Söhnchen so fähig zu sehen, wohlbedächtig nicht an den Tag gab, nach geendigtem Stücke sich gleich an die Fehler hing und sagte, es wäre recht artig gewesen, wenn nur dies oder das nicht versagt hätte.

Mich kränkte das innig, ich ward traurig für den Abend, hatte aber am kommenden Morgen allen Verdruß schon wieder verschlafen und war in dem Gedanken selig, daß ich, außer jenem Unglück, trefflich gespielt habe. Dazu kam der Beifall der Zuschauer, welche durchaus behaupteten: obgleich der Leutnant in Absicht der groben und feinen Stimme sehr viel getan habe, so peroriere er doch meist zu affektiert und steif, dagegen spreche der neue Anfänger seinen David und Jonathan vortrefflich; besonders lobte die Mutter den freimütigen Ausdruck, wie ich den Goliath herausgefordert und dem Könige den bescheidenen Sieger vorgestellt habe.

Nun blieb zu meiner größten Freude das Theater aufgeschlagen, und da der Frühling herbeikam und man ohne Feuer bestehen konnte, lag ich in meinen Frei- und Spielstunden in der Kammer und ließ die Puppen wacker durcheinander spielen. Oft lud ich meine Geschwister und Kameraden hinauf; wenn sie aber auch nicht kommen wollten, war ich allein oben. Meine Einbildungskraft brütete über der kleinen Welt, die gar bald eine andere Gestalt gewann.

Ich hatte kaum das erste Stück, wozu Theater und Schauspieler geschaffen und gestempelt waren, etlichemal aufgeführt, als es mir schon keine Freude mehr machte. Dagegen waren mir unter den Büchern des Großvaters die Deutsche Schaubühne und verschiedene italienisch-deutsche Opern in die Hände gekommen, in die ich mich sehr vertiefte und jedesmal nur erst vorne die Personen überrechnete und dann sogleich, ohne weiteres, zur Aufführung des Stückes schritt. Da mußte nun König Saul in seinem schwarzen Samtkleide den Chaumigrem, Cato und Darius spielen; wobei zu bemerken ist, daß die Stücke niemals ganz, sondern meistenteils nur die fünften Akte, wo es an ein Totstechen ging, aufgeführt wurden.

Auch war es natürlich, daß mich die Oper mit ihren mannigfaltigen Veränderungen und Abenteuern mehr als alles anziehen mußte. Ich fand darin stürmische Meere, Götter, die in Wolken herabkommen, und, was mich vorzüglich glücklich machte, Blitze und Donner. Ich half mir mit Pappe, Farbe und Papier, wußte gar trefflich Nacht zu machen, der Blitz war fürchterlich anzusehen, nur der Donner gelang nicht immer, doch das hatte so viel nicht zu sagen. Auch fand sich in den Opern mehr Gelegenheit, meinen David und Goliath anzubringen, welches im regelmäßigen Drama gar nicht angehen wollte. Ich fühlte täglich mehr Anhänglichkeit für das enge Plätzchen, wo ich so manche Freude genoß; und ich gestehe, daß der Geruch, den die Puppen aus der Speisekammer an sich gezogen hatten, nicht wenig dazu beitrug.

Die Dekorationen meines Theaters waren nunmehr in ziemlicher Vollkommenheit; denn daß ich von Jugend auf ein Geschick gehabt hatte, mit dem Zirkel umzugehen, Pappe auszuschneiden und Bilder zu illuminieren, kam mir jetzt wohl zustatten. Um desto weher tat es mir, wenn mich gar oft das Personal an Ausführung großer Sachen hinderte.

Meine Schwestern, indem sie ihre Puppen aus- und ankleideten, erregten in mir den Gedanken, meinen Helden auch nach und nach bewegliche Kleider zu verschaffen. Man trennte ihnen die Läppchen vom Leibe, setzte sie, so gut man konnte, zusammen, sparte sich etwas Geld, kaufte neues Band und Flittern, bettelte sich manches Stückchen Taft zusammen und schaffte nach und nach eine Theatergarderobe an, in welcher besonders die Reifröcke für die Damen nicht vergessen waren.

Die Truppe war nun wirklich mit Kleidern für das größte Stück versehen, und man hätte denken sollen, es würde nun erst recht eine Aufführung der andern folgen; aber es ging mir, wie es den Kindern öfter zu gehen pflegt: sie fassen weite Plane, machen große Anstalten, auch wohl einige Versuche, und es bleibt alles zusammen liegen. Dieses Fehlers muß ich mich auch anklagen. Die größte Freude lag bei mir in der Erfindung und in der Beschäftigung der Einbildungskraft. Dies oder jenes Stück interessierte mich um irgendeiner Szene willen, und ich ließ gleich wieder neue Kleider dazu machen. Über solchen Anstalten waren die ursprünglichen Kleidungsstücke meiner Helden in Unordnung geraten und verschleppt worden, daß also nicht einmal das erste große Stück mehr aufgeführt werden konnte. Ich überließ mich meiner Phantasie, probierte und bereitete ewig, baute tausend Luftschlösser und spürte nicht, daß ich den Grund des kleinen Gebäudes zerstört hatte.

Während dieser Erzählung hatte Mariane alle ihre Freundlichkeit gegen Wilhelm aufgeboten, um ihre Schläfrigkeit zu verbergen. So scherzhaft die Begebenheit von einer Seite schien, so war sie ihr doch zu einfach, und die Betrachtungen dabei zu ernsthaft. Sie setzte zärtlich ihren Fuß auf den Fuß des Geliebten und gab ihm scheinbare Zeichen ihrer Aufmerksamkeit und ihres Beifalls. Sie trank aus seinem Glase, und Wilhelm war überzeugt, es sei kein Wort seiner Geschichte auf die Erde gefallen. Nach einer kleinen Pause rief er aus: Es ist nun an dir, Mariane, mir auch deine ersten jugendlichen Freuden mitzuteilen. Noch waren wir immer zu sehr mit dem Gegenwärtigen beschäftigt, als daß wir uns wechselseitig um unsere vorige Lebensweise hätten bekümmern können. Sage mir: unter welchen Umständen bist du erzogen? Welche sind die ersten lebhaften Eindrücke, deren du dich erinnerst?

Diese Fragen würden Marianen in große Verlegenheit gesetzt haben, wenn ihr die Alte nicht sogleich zu Hülfe gekommen wäre. Glauben Sie denn, sagte das kluge Weib, daß wir auf das, was uns früh begegnet, so aufmerksam sind, daß wir so artige Begebenheiten zu erzählen haben, und wenn wir sie zu erzählen hätten, daß wir der Sache auch ein solches Geschick zu geben wüßten?

Als wenn es dessen bedürfte! rief Wilhelm aus. Ich liebe dieses zärtliche, gute, liebliche Geschöpf so sehr, daß mich jeder Augenblick meines Lebens verdrießt, den ich ohne sie zugebracht habe. Laß mich wenigstens durch die Einbildungskraft teil an deinem vergangenen Leben nehmen! Erzähle mir alles, ich will dir alles erzählen. Wir wollen uns wo möglich täuschen und jene für die Liebe verlornen Zeiten wieder zu gewinnen suchen.

Wenn Sie so eifrig darauf bestehen, können wir Sie wohl befriedigen, sagte die Alte. Erzählen Sie uns nur erst, wie Ihre Liebhaberei zum Schauspiele nach und nach gewachsen sei, wie Sie sich geübt, wie Sie so glücklich zugenommen haben, daß Sie nunmehr für einen guten Schauspieler gelten können. Es hat Ihnen dabei gewiß nicht an lustigen Begebenheiten gemangelt. Es ist nicht der Mühe wert, daß wir uns zur Ruhe legen, ich habe noch eine Flasche in Reserve; und wer weiß, ob wir bald wieder so ruhig und zufrieden zusammensitzen?

Mariane schaute mit einem traurigen Blick nach ihr auf, den Wilhelm nicht bemerkte und in seiner Erzählung fortfuhr.

Siebentes Kapitel

Die Zerstreuungen der Jugend, da meine Gespanschaft sich zu vermehren anfing, taten dem einsamen, stillen Vergnügen Eintrag. Ich war wechselsweise bald Jäger, bald Soldat, bald Reiter, wie es unsre Spiele mit sich brachten; doch hatte ich immer darin einen kleinen Vorzug vor den andern, daß ich imstande war, ihnen die nötigen Gerätschaften schicklich auszubilden. So waren die Schwerter meistens aus meiner Fabrik, ich verzierte und vergoldete die Schlitten, und ein geheimer Instinkt ließ mich nicht ruhen, bis ich unsre Miliz ins Antike umgeschaffen hatte. Helme wurden verfertigt, mit papiernen Büschen geschmückt, Schilde, sogar Harnische wurden gemacht, Arbeiten, bei denen die Bedienten im Hause, die etwa Schneider waren, und die Nähterinnen manche Nadel zerbrachen.

Einen Teil meiner jungen Gesellen sah ich nun wohlgerüstet, die übrigen wurden auch nach und nach, doch geringer, ausstaffiert, und es kam ein stattliches Korps zusammen. Wir marschierten in Höfen und Gärten, schlugen uns brav auf die Schilde und auf die Köpfe; es gab manche Mißhelligkeit, die aber bald beigelegt war.

Dieses Spiel, das die andern sehr unterhielt, war kaum etlichemal getrieben worden, als es mich schon nicht mehr befriedigte. Der Anblick so vieler gerüsteten Gestalten mußte in mir notwendig die Ritterideen aufreizen, die seit einiger Zeit, da ich in das Lesen alter Romane gefallen war, meinen Kopf anfüllten.

Das Befreite Jerusalem, davon mir Koppens Übersetzung in die Hände fiel, gab meinen herumschweifenden Gedanken endlich eine bestimmte Richtung. Ganz konnte ich zwar das Gedicht nicht lesen; es waren aber Stellen, die ich auswendig wußte, deren Bilder mich umschwebten. Besonders fesselte mich Chlorinde mit ihrem ganzen Tun und Lassen. Die Mannweiblichkeit, die ruhige Fülle ihres Daseins taten mehr Wirkung auf den Geist, der sich zu entwickeln anfing, als die gemachten Reize Armidens, ob ich gleich ihren Garten nicht verachtete.

Aber hundert- und hundertmal, wenn ich abends auf dem Altan, der zwischen den Giebeln des Hauses angebracht ist, spazierte, über die Gegend hinsah und von der hinabgewichenen Sonne ein zitternder Schein am Horizont heraufdämmerte, die Sterne hervortraten, aus allen Winkeln und Tiefen die Nacht hervordrang und der klingende Ton der Grillen durch die feierliche Stille schrillte, sagte ich mir die Geschichte des traurigen Zweikampfs zwischen Tankred und Chlorinden vor.

So sehr ich, wie billig, von der Partei der Christen war, stand ich doch der heidnischen Heldin mit ganzem Herzen bei, als sie unternahm, den großen Turm der Belagerer anzuzünden. Und wie nun Tankred dem vermeinten Krieger in der Nacht begegnet, unter der düstern Hülle der Streit beginnt und sie gewaltig kämpfen! – Ich konnte nie die Worte aussprechen:

> Allein das Lebensmaß Chlorindens ist nun voll,
> Und ihre Stunde kommt, in der sie sterben soll!

daß mir nicht die Tränen in die Augen kamen, die reichlich flossen, wie der unglückliche Liebhaber ihr das Schwert in die Brust stößt, der Sinkenden den Helm löst, sie erkennt und zur Taufe bebend das Wasser holt.

Aber wie ging mir das Herz über, wenn in dem bezauberten Walde Tankredens Schwert den Baum trifft, Blut nach dem Hiebe fließt und eine Stimme ihm in die Ohren tönt, daß er auch hier Chlorinden verwunde, daß er vom Schicksal bestimmt sei, das, was er liebt, überall unwissend zu verletzen!

Es bemächtigte sich die Geschichte meiner Einbildungskraft so, daß sich mir, was ich von dem Gedichte gelesen hatte, dunkel zu einem Ganzen in der Seele bildete, von dem ich dergestalt eingenommen war, daß ich es auf irgend eine Weise vorzustellen gedachte. Ich wollte Tankreden und Reinalden spielen und fand dazu zwei Rüstungen ganz bereit, die ich schon gefertigt hatte. Die eine, von dunkelgrauem Papier mit Schuppen, sollte den ersten Tankred, die andere, von Silber- und Goldpapier, den glänzenden Reinald zieren. In der Lebhaftigkeit meiner Vorstellung erzählte ich alles meinen Gespanen, die davon ganz entzückt wurden und nur nicht wohl begreifen konnten, daß das alles aufgeführt, und zwar von ihnen aufgeführt werden sollte.

Diesen Zweifeln half ich mit vieler Leichtigkeit ab. Ich disponierte gleich über ein paar Zimmer in eines benachbarten Gespielen Haus, ohne zu berechnen, daß die alte Tante sie nimmermehr hergeben würde; ebenso war es mit dem Theater, wovon ich auch keine bestimmte Idee hatte, außer daß man es auf Balken setzen, die Kulissen von geteilten spanischen Wänden hinstellen und zum Grund ein großes Tuch nehmen müsse. Woher aber die Materialien und Gerätschaften kommen sollten, hatte ich nicht bedacht.

Für den Wald fanden wir eine gute Auskunft: wir gaben einem alten Bedienten aus einem der Häuser, der nun Förster geworden war, gute Worte, daß er uns junge Birken und Fichten schaffen möchte, die auch wirklich geschwinder, als wir hoffen konnten, herbeigebracht wurden. Nun aber fand man sich in großer Verlegenheit, wie man das Stück, eh die Bäume verdorrten, zustande bringen könne. Da war guter Rat teuer! es fehlte an Platz, am Theater, an Vorhängen. Die spanischen Wände waren das einzige, was wir hatten.

In dieser Verlegenheit gingen wir wieder den Leutnant an, dem wir eine weitläufige Beschreibung von der Herrlichkeit machten, die es geben sollte. So wenig er uns begriff, so behülflich war er, schob in eine kleine Stube, was sich von Tischen im

Hause und der Nachbarschaft nur finden wollte, aneinander, stellte die Wände darauf, machte eine hintere Aussicht von grünen Vorhängen, die Bäume wurden auch gleich mit in die Reihe gestellt.

Indessen war es Abend geworden, man hatte die Lichter angezündet, die Mägde und Kinder saßen auf ihren Plätzen, das Stück sollte angehn, die ganze Heldenschar war angezogen; nun spürte aber jeder zum ersten Mal, daß er nicht wisse, was er zu sagen habe. In der Hitze der Erfindung, da ich ganz von meinem Gegenstande durchdrungen war, hatte ich vergessen, daß doch jeder wissen müsse, was und wo er es zu sagen habe; und in der Lebhaftigkeit der Ausführung war es den übrigen auch nicht beigefallen: sie glaubten, sie würden sich leicht als Helden darstellen, leicht so handeln und reden können, wie die Personen, in deren Welt ich sie versetzt hatte. Sie standen alle erstaunt, fragten sich einander, was zuerst kommen sollte, und ich, der ich mich als Tankred vornean gedacht hatte, fing, allein auftretend, einige Verse aus dem Heldengedichte herzusagen an. Weil aber die Stelle gar zu bald ins Erzählende überging und ich in meiner eignen Rede endlich als dritte Person vorkam, auch der Gottfried, von dem die Sprache war, nicht herauskommen wollte, so mußte ich unter großem Gelächter meiner Zuschauer eben wieder abziehen: ein Unfall, der mich tief in der Seele kränkte. Verunglückt war die Expedition; die Zuschauer saßen da und wollten etwas sehen. Gekleidet waren wir; ich raffte mich zusammen und entschloß mich kurz und gut, David und Goliath zu spielen. Einige der Gesellschaft hatten ehemals das Puppenspiel mit mir aufgeführt, alle hatten es oft gesehn, man teilte die Rollen aus, es versprach jeder, sein Bestes zu tun, und ein kleiner drolliger Junge malte sich einen schwarzen Bart, um, wenn ja eine Lücke einfallen sollte, sie als Hanswurst mit einer Posse auszufüllen; eine Anstalt, die ich, als dem Ernste des Stückes zuwider, sehr ungern geschehen ließ. Doch schwur ich mir, wenn ich nur einmal aus dieser Verlegenheit gerettet wäre, mich nie, als mit der größten Überlegung, an die Vorstellung eines Stücks zu wagen.

Mariane, vom Schlaf überwältigt, lehnte sich an ihren Geliebten, der sie fest an sich drückte und in seiner Erzählung fortfuhr, indes die Alte den Überrest des Weins mit gutem Bedachte genoß.

Die Verlegenheit, sagte er, in der ich mich mit meinen Freunden befunden hatte, indem wir ein Stück, das nicht existierte, zu spielen unternahmen, war bald vergessen. Meiner Leidenschaft, jeden Roman, den ich las, jede Geschichte, die man mich lehrte, in einem Schauspiele darzustellen, konnte selbst der unbiegsamste Stoff nicht widerstehen. Ich war völlig überzeugt, daß alles, was in der Erzählung ergötzte, vorgestellt eine viel größere Wirkung tun müsse; alles sollte vor meinen Augen, alles auf der Bühne vorgehen. Wenn uns in der Schule die Weltgeschichte vorgetragen wurde, zeichnete ich mir sorgfältig aus, wo einer auf eine besondere Weise erstochen oder vergiftet wurde, und meine Einbildungskraft sah über Exposition und Verwicklung hinweg und eilte dem interessanten fünften Akte zu. So fing ich auch wirklich an, einige Stücke von hinten hervor zu schreiben, ohne daß ich auch nur bei einem einzigen bis zum Anfange gekommen wäre.

Zu gleicher Zeit las ich, teils aus eignem Antrieb, teils auf Veranlassung meiner guten Freunde, welche in den Geschmack gekommen waren, Schauspiele aufzuführen, einen ganzen Wust theatralischer Produktionen durch, wie sie der Zufall mir in die Hände führte. Ich war in den glücklichen Jahren, wo uns noch alles gefällt, wo wir in der Menge und Abwechslung unsre Befriedigung finden. Leider aber ward mein Urteil noch auf eine andere Weise bestochen. Die Stücke gefielen mir besonders, in denen ich zu gefallen hoffte, und es waren wenige, die ich nicht in dieser angenehmen Täuschung durchlas; und meine lebhafte Vorstellungskraft, da ich mich in alle Rollen denken konnte, verführte mich zu glauben, daß ich auch alle darstellen würde; gewöhnlich wählte ich daher bei der Austeilung diejenigen, welche sich gar nicht für mich schickten, und, wenn es nur einigermaßen angehn wollte, wohl gar ein paar Rollen.

Kinder wissen beim Spiele aus allem alles zu machen: ein Stab wird zur Flinte, ein Stückchen Holz zum Degen, jedes Bündelchen zur Puppe und jeder Winkel zur Hütte. In diesem Sinne entwickelte sich unser Privattheater. Bei der völligen Unkenntnis unserer Kräfte unternahmen wir alles, bemerkten kein qui pro quo und waren überzeugt, jeder müsse uns dafür nehmen, wofür wir uns gaben. Leider ging alles einen so gemeinen Gang, daß mir nicht einmal eine merkwürdige Albernheit zu erzählen übrig bleibt. Erst spielten wir die wenigen Stücke durch, in welchen nur Mannspersonen auftreten; dann verkleideten wir einige aus unserm Mittel und zogen zuletzt die Schwestern mit ins Spiel. In einigen Häusern hielt man es für eine nützliche Beschäftigung und lud Gesellschaften darauf. Unser Artillerieleutnant verließ uns auch hier nicht. Er zeigte uns, wie wir kommen und gehen, deklamieren und gestikulieren sollten; allein er erntete für seine Bemühung meistens wenig Dank, indem wir die theatralischen Künste schon besser als er zu verstehen glaubten.

Wir verfielen gar bald auf das Trauerspiel: denn wir hatten oft sagen hören und glaubten selbst, es sei leichter, eine Tragödie zu schreiben und vorzustellen, als im Lustspiele vollkommen zu sein. Auch fühlten wir uns beim ersten tragischen Versuche ganz in unserm Elemente; wir suchten uns der Höhe des Standes, der Vortrefflichkeit der Charaktere durch Steifheit und Affektation zu nähern und dünkten uns durchaus nicht wenig; allein vollkommen glücklich waren wir nur, wenn wir recht rasen, mit den Füßen stampfen und uns wohl gar vor Wut und Verzweiflung auf die Erde werfen durften.

Knaben und Mädchen waren in diesen Spielen nicht lange beisammen, als die Natur sich zu regen und die Gesellschaft sich in verschiedene kleine Liebesgeschichten zu teilen anfing, da denn meistenteils Komödie in der Komödie gespielt wurde. Die glücklichen Paare drückten sich hinter den Theaterwänden die Hände auf das zärtlichste; sie verschwammen in Glückseligkeit, wenn sie einander, so bebändert und aufgeschmückt, recht idealisch vorkamen, indes gegenüber die unglücklichen Nebenbuhler sich vor Neid verzehrten und mit Trotz und Schadenfreude allerlei Unheil anrichteten.

Diese Spiele, obgleich ohne Verstand unternommen und ohne Anleitung durchgeführt, waren doch nicht ohne Nutzen für uns. Wir übten unser Gedächtnis und unsern Körper und erlangten mehr Geschmeidigkeit im Sprechen und Betragen, als man sonst in so frühen Jahren gewinnen kann. Für mich aber war jene Zeit besonders Epoche, mein Geist richtete sich ganz nach dem Theater, und ich fand kein größer Glück, als Schauspiele zu lesen, zu schreiben und zu spielen.

Der Unterricht meiner Lehrer dauerte fort; man hatte mich dem Handelsstand gewidmet und zu unserm Nachbar auf das Kontor getan; aber eben zu selbiger Zeit entfernte sich mein Geist nur gewaltsamer von allem, was ich für ein niedriges Geschäft halten mußte. Der Bühne wollte ich meine ganze Tätigkeit widmen, auf ihr mein Glück und meine Zufriedenheit finden.

Ich erinnere mich noch eines Gedichtes, das sich unter meinen Papieren finden muß, in welchem die Muse der tragischen Dichtkunst und eine andere Frauengestalt, in der ich das Gewerbe personifiziert hatte, sich um meine werte Person recht wacker zanken. Die Erfindung ist gemein, und ich erinnere mich nicht, ob die Verse etwas taugen; aber ihr sollt es sehen, um der Furcht, des Abscheues, der Liebe und der Leidenschaft willen, die darin herrschen. Wie ängstlich hatte ich die alte Hausmutter geschildert mit dem Rocken im Gürtel, mit Schlüsseln an der Seite, Brillen auf der Nase, immer fleißig, immer in Unruhe, zänkisch und haushältisch, kleinlich und beschwerlich! Wie kümmerlich beschrieb ich den Zustand dessen, der sich unter ihrer Rute bücken und sein knechtisches Tagewerk im Schweiße des Angesichtes verdienen sollte!

Wie anders trat jene dagegen auf! Welche Erscheinung ward sie dem bekümmerten Herzen! Herrlich gebildet, in ihrem Wesen und Betragen als eine Tochter der Freiheit anzusehen. Das Gefühl ihrer selbst gab ihr Würde ohne Stolz; ihre Kleider ziemten ihr, sie umhüllten jedes Glied, ohne es zu zwängen, und die reichlichen Falten des Stoffes wiederholten, wie ein tausendfaches Echo, die reizenden Bewegungen der Göttlichen. Welch ein Kontrast! Und auf welche Seite sich mein Herz wandte, kannst du leicht denken. Auch war nichts vergessen, um meine Muse kenntlich zu machen. Kronen und Dolche, Ketten und Masken, wie sie mir meine Vorgänger überliefert hatten, waren ihr auch hier zugeteilt. Der Wettstreit war heftig, die Reden beider Personen kontrastierten gehörig, da man im vierzehnten Jahre gewöhnlich das Schwarze und Weiße recht nah aneinander zu malen pflegt. Die Alte redete, wie es einer Person geziemt, die eine Stecknadel aufhebt, und jene wie eine, die Königreiche verschenkt. Die warnenden Drohungen der Alten wurden verschmäht; ich sah die mir versprochenen Reichtümer schon mit dem Rücken an: enterbt und nackt übergab ich mich der Muse, die mir ihren goldnen Schleier zuwarf und meine Blöße bedeckte. –

Hätte ich denken können, o meine Geliebte! rief er aus, indem er Marianen fest an sich drückte, daß eine ganz andere, eine lieblichere Gottheit kommen, mich in meinem Vorsatz stärken, mich auf meinem Wege begleiten würde – welch eine schönere Wendung würde mein Gedicht genommen haben, wie interessant würde nicht der Schluß desselben geworden sein! Doch es ist kein Gedicht, es ist Wahrheit und Leben, was ich in deinen Armen finde; laß uns das süße Glück mit Bewußtsein genießen!

Durch den Druck seines Armes, durch die Lebhaftigkeit seiner erhöhten Stimme war Mariane erwacht und verbarg durch Liebkosungen ihre Verlegenheit: denn sie hatte auch nicht ein Wort von dem letzten Teile seiner Erzählung vernommen, und es ist zu wünschen, daß unser Held für seine Lieblingsgeschichten aufmerksamere Zuhörer künftig finden möge.

Neuntes Kapitel

So brachte Wilhelm seine Nächte im Genusse vertraulicher Liebe, seine Tage in Erwartung neuer seliger Stunden zu. Schon zu jener Zeit, als ihn Verlangen und Hoffnung zu Marianen hinzog, fühlte er sich wie neu belebt, er fühlte, daß er ein anderer Mensch zu werden beginne; nun war er mit ihr vereinigt, die Befriedigung seiner Wünsche ward eine reizende Gewohnheit. Sein Herz strebte, den Gegenstand seiner Leidenschaft zu veredeln, sein Geist, das geliebte Mädchen mit sich emporzuheben. In der kleinsten Abwesenheit ergriff ihn ihr Andenken. War sie ihm sonst notwendig gewesen, so war sie ihm jetzt unentbehrlich, da er mit allen Banden der Menschheit an sie geknüpft war. Seine reine Seele fühlte, daß sie die Hälfte, mehr als die Hälfte seiner selbst sei. Er war dankbar und hingegeben ohne Grenzen.

Auch Mariane konnte sich eine Zeitlang täuschen; sie teilte die Empfindung seines lebhaften Glücks mit ihm. Ach! wenn nur nicht manchmal die kalte Hand des Vorwurfs ihr über das Herz gefahren wäre! Selbst an dem Busen Wilhelms war sie nicht sicher davor, selbst unter den Flügeln seiner Liebe. Und wenn sie nun gar wieder allein war und aus den Wolken, in denen seine Leidenschaft sie emportrug, in das Bewußtsein ihres Zustandes herabsank, dann war sie zu bedauern. Denn Leichtsinn kam ihr zu Hülfe, solange sie in niedriger Verworrenheit lebte, sich über ihre Verhältnisse betrog oder vielmehr sie nicht kannte; da erschienen ihr die Vorfälle, denen sie ausgesetzt war, nur einzeln: Vergnügen und Verdruß lösten sich ab, Demütigung wurde durch Eitelkeit und Mangel oft durch augenblicklichen Überfluß vergütet; sie konnte Not und Gewohnheit sich als Gesetz und Rechtfertigung anführen, und so lange ließen sich alle unangenehmen Empfindungen von Stunde zu Stunde, von Tag zu Tage abschütteln. Nun aber hatte das arme Mädchen sich Augenblicke in eine bessere Welt hinübergerückt gefühlt, hatte, wie von oben herab, aus Licht und Freude ins Öde, Verworfene ihres Lebens heruntergesehen, hatte gefühlt, welche elende Kreatur ein Weib ist, das mit dem Verlangen nicht zugleich Liebe und Ehrfurcht einflößt, und fand sich äußerlich und innerlich um nichts gebessert. Sie hatte nichts, was sie aufrichten konnte. Wenn sie in sich blickte und suchte, war es in ihrem Geiste leer, und ihr Herz hatte keinen Widerhalt. Je trauriger dieser Zustand war, desto heftiger schloß sich ihre Neigung an den Geliebten fest; ja die Leidenschaft wuchs mit jedem Tage, wie die Gefahr, ihn zu verlieren, mit jedem Tage näher rückte.

Dagegen schwebte Wilhelm glücklich in höheren Regionen, ihm war auch eine neue Welt aufgegangen, aber reich an herrlichen Aussichten. Kaum ließ das Übermaß der ersten Freude nach, so stellte sich das hell vor seine Seele, was ihn bisher dunkel durchwühlt hatte. Sie ist dein! Sie hat sich dir hingegeben! Sie, das geliebte, gesuchte, angebetete Geschöpf, dir auf Treu und Glauben hingegeben; aber sie hat sich keinem Undankbaren überlassen. Wo er stand und ging, redete er mit sich selbst, sein Herz floß beständig über, und er sagte sich in einer Fülle von prächtigen Worten die erhabensten Gesinnungen vor. Er glaubte den hellen Wink des Schicksals zu verstehen, das ihm durch Marianen die Hand reichte, sich aus dem stockenden, schleppenden bürgerlichen Leben herauszureißen, aus dem er schon so lange sich zu retten gewünscht hatte. Seines Vaters Haus, die Seinigen zu verlassen, schien ihm etwas Leichtes. Er war jung und neu in der Welt, und sein Mut, in ihren Weiten nach Glück und Befriedigung zu rennen, durch die Liebe erhöht. Seine Bestimmung zum Theater war ihm nunmehr klar; das hohe Ziel, das er sich vorgesteckt sah, schien ihm näher, indem er an Marianens Hand hinstrebte, und in selbstgefälliger Bescheidenheit erblickte er in sich den trefflichen Schauspieler, den Schöpfer eines künftigen Nationaltheaters, nach dem er so vielfältig hatte seufzen hören. Alles, was in den innersten Winkeln seiner Seele bisher geschlummert hatte, wurde rege. Er bildete aus den vielerlei Ideen mit Farben der Liebe ein Gemälde auf Nebelgrund, dessen Gestalten freilich sehr ineinanderflossen; dafür aber auch das Ganze eine desto reizendere Wirkung tat.

Zehntes Kapitel

Er saß nun zu Hause, kramte unter seinen Papieren und rüstete sich zur Abreise. Was nach seiner bisherigen Bestimmung schmeckte, ward beiseitegelegt: er wollte bei seiner Wanderung in die Welt auch von jeder unangenehmen Erinnerung frei sein. Nur Werke des Geschmacks, Dichter und Kritiker, wurden als bekannte Freunde unter die Erwählten gestellt; und da er bisher die Kunstrichter sehr wenig genutzt hatte, so erneuerte sich seine Begierde nach Belehrung, als er seine Bücher wieder durchsah und fand, daß die theoretischen Schriften noch meist unaufgeschnitten waren. Er hatte sich, in der völligen Überzeugung von der Notwendigkeit solcher Werke, viele davon angeschafft und mit dem besten Willen in keines auch nur bis in die Hälfte sich hineinlesen können.

Dagegen hatte er sich desto eifriger an Beispiele gehalten und in allen Arten, die ihm bekannt worden waren, selbst Versuche gemacht.

Werner trat herein, und als er seinen Freund mit den bekannten Heften beschäftigt sah, rief er aus: Bist du schon wieder über diesen Papieren? Ich wette, du hast nicht die Absicht, eins oder das andere zu vollenden! Du siehst sie durch und wieder durch und beginnst allenfalls etwas Neues. –

Zu vollenden, ist nicht die Sache des Schülers, es ist genug, wenn er sich übt. –

Aber doch fertig macht, so gut er kann. –

Und doch ließe sich wohl die Frage aufwerfen: ob man nicht eben gute Hoffnung von einem jungen Menschen fassen könne, der bald gewahr wird, wenn er etwas Ungeschicktes unternommen hat, in der Arbeit nicht fortfährt und an etwas, das niemals einen Wert haben kann, weder Mühe noch Zeit verschwenden mag. –

Ich weiß wohl, es war nie deine Sache, etwas zustande zu bringen, du warst immer müde, eh es zur Hälfte kam. Da du noch Direktor unsers Puppenspiels warst, wie oft wurden neue Kleider für die Zwerggesellschaft gemacht, neue Dekorationen ausgeschnitten! Bald sollte dieses, bald jenes Trauerspiel aufgeführt werden, und höchstens gabst du einmal den fünften Akt, wo alles recht bunt durcheinanderging und die Leute sich erstachen. –

Wenn du von jenen Zeiten sprechen willst, wer war denn schuld, daß wir die Kleider, die unsern Puppen angepaßt und auf den Leib festgenäht waren, heruntertrennen ließen und den Aufwand einer weitläufigen und unnützen Garderobe machten? Warst du's nicht, der immer ein neues Stück Band zu verhandeln hatte, der meine Liebhaberei anzufeuern und zu nützen wußte?

Werner lachte und rief aus: Ich erinnere mich immer noch mit Freuden, daß ich von euren theatralischen Feldzügen Vorteil zog, wie Lieferanten vom Kriege. Als ihr euch zur Befreiung Jerusalems rüstetet, machte ich auch einen schönen Profit, wie ehemals die Venetianer im ähnlichen Falle. Ich finde nichts vernünftiger in der Welt, als von den Torheiten anderer Vorteil zu ziehen. –

Ich weiß nicht, ob es nicht ein edleres Vergnügen wäre, die Menschen von ihren Torheiten zu heilen. –

Wie ich sie kenne, möchte das wohl ein eitles Bestreben sein. Es gehört schon etwas dazu, wenn ein einziger Mensch klug und reich werden soll, und meistens wird er es auf Unkosten der andern.

Es fällt mir eben recht der Jüngling am Scheidewege in die Hände, versetzte Wilhelm, indem er ein Heft aus den übrigen Papieren herauszog: das ist doch fertig geworden, es mag übrigens sein, wie es will.

Leg es beiseite, wirf es ins Feuer! versetzte Werner. Die Erfindung ist nicht im geringsten lobenswürdig; schon vormals ärgerte mich diese Komposition genug und zog dir den Unwillen des Vaters zu. Es mögen ganz artige Verse sein; aber die Vorstellungsart ist grundfalsch. Ich erinnere mich noch deines personifizierten Gewerbes, deiner zusammengeschrumpften erbärmlichen Sibylle. Du magst das Bild in irgendeinem elenden Kramladen aufgeschnappt haben. Von der Handlung hattest du damals keinen Begriff; ich wüßte nicht, wessen Geist ausgebreiteter wäre, ausgebreiteter sein müßte als der Geist eines echten Handelsmannes. Welchen Überblick verschafft uns nicht die Ordnung, in der wir unsere Geschäfte führen! Sie läßt uns jederzeit das Ganze überschauen, ohne daß wir nötig hätten, uns durch das Einzelne verwirren zu lassen. Welche Vorteile gewährt die doppelte Buchhaltung dem Kaufmanne! Es ist eine der schönsten Erfindungen des menschlichen Geistes, und ein jeder gute Haushalter sollte sie in seiner Wirtschaft einführen.

Verzeih mir, sagte Wilhelm lächelnd, du fängst von der Form an, als wenn das die Sache wäre; gewöhnlich vergeßt ihr aber auch über eurem Addieren und Bilanzieren das eigentliche Fazit des Lebens. –

Leider siehst du nicht, mein Freund, wie Form und Sache hier nur eins ist, eins ohne das andere nicht bestehen könnte. Ordnung und Klarheit vermehrt die Lust, zu sparen und zu erwerben. Ein Mensch, der übel haushält, befindet sich in der Dunkelheit sehr wohl: er mag die Posten nicht gerne zusammenrechnen, die er schuldig ist. Dagegen kann einem guten Wirte nichts angenehmer sein, als sich alle Tage die Summe seines wachsenden Glückes zu ziehen. Selbst ein Unfall, wenn er ihn verdrießlich überrascht, erschreckt ihn nicht; denn er weiß sogleich, was für erworbene Vorteile er auf die andere Waagschale zu legen hat. Ich bin überzeugt, mein lieber Freund, wenn du nur einmal einen rechten Geschmack an unsern Geschäften finden könntest, so würdest du dich überzeugen, daß manche Fähigkeiten des Geistes auch dabei ihr freies Spiel haben können. –

Es ist möglich, daß mich die Reise, die ich vorhabe, auf andere Gedanken bringt. –

O gewiß! Glaube mir, es fehlt dir nur der Anblick einer großen Tätigkeit, um dich auf immer zu dem Unsern zu machen; und wenn du zurückkommst, wirst du dich gern zu denen gesellen, die durch alle Arten von Spedition und Spekulation einen Teil des Geldes und Wohlbefindens, das in der Welt seinen notwendigen Kreislauf führt, an sich zu reißen wissen. Wirf einen Blick auf die natürlichen und künstlichen Produkte aller Weltteile, betrachte, wie sie wechselweise zur Notdurft geworden sind! Welch eine angenehme geistreiche Sorgfalt ist es, alles, was in dem Augenblicke am meisten gesucht wird und doch bald fehlt, bald schwer zu haben ist, zu kennen, jedem, was er verlangt, leicht und schnell zu verschaffen, sich vorsichtig in Vorrat zu setzen und den Vorteil jedes Augenblickes dieser großen Zirkulation zu genießen! Dies ist, dünkt mich, was jedem, der Kopf hat, eine große Freude machen wird.

Wilhelm schien nicht abgeneigt, und Werner fuhr fort: Besuche nur erst ein paar große Handelsstädte, ein paar Häfen, und du wirst gewiß mit fortgerissen werden. Wenn du siehst, wie viele Menschen beschäftigt sind, wenn du siehst, wo so manches herkommt, wo es hingeht, so wirst du es gewiß auch mit Vergnügen durch deine Hände gehen sehen. Die geringste Ware siehst du im Zusammenhange mit dem ganzen Handel, und eben darum hältst du nichts für gering, weil alles die Zirkulation vermehrt, von welcher dein Leben seine Nahrung zieht.

Werner, der seinen richtigen Verstand in dem Umgange mit Wilhelm ausbildete, hatte sich gewöhnt, auch an *sein* Gewerbe, an *seine* Geschäfte mit Erhebung der Seele zu denken, und glaubte immer, daß er es mit mehrerem Rechte tue als sein sonst verständiger und geschätzter Freund, der, wie es ihm schien, auf das Unreellste von der Welt einen so großen Wert und das Gewicht seiner ganzen Seele legte. Manchmal dachte er, es könne gar nicht fehlen, dieser falsche Enthusiasmus müsse zu überwältigen und ein so guter Mensch auf den rechten Weg zu bringen sein. In dieser Hoffnung fuhr er fort: Es haben die Großen dieser Welt sich der Erde bemächtigt, sie leben in Herrlichkeit und Überfluß. Der kleinste Raum unsers Weltteils ist schon in Besitz genommen, jeder Besitz befestigt, Ämter und andere bürgerliche Geschäfte tragen wenig ein; wo gibt es nun noch einen rechtmäßigeren Erwerb, eine billigere Eroberung als den Handel? Haben die Fürsten dieser Welt die Flüsse, die Wege, die Häfen in ihrer Gewalt und nehmen von dem, was durch- und vorbeigeht, einen starken Gewinn – sollen wir nicht mit Freuden die Gelegenheit ergreifen und durch unsere Tätigkeit auch Zoll von jenen Artikeln nehmen, die teils das Bedürfnis, teils der Übermut den Menschen unentbehrlich gemacht hat? Und ich kann dir versichern, wenn du nur deine dichterische Einbildungskraft anwenden wolltest, so könntest du meine Göttin als eine unüberwindliche Siegerin der deinigen kühn entgegenstellen. Sie führt freilich lieber den Ölzweig als das Schwert; Dolch und Ketten kennt sie gar nicht: aber Kronen teilet sie auch ihren Lieblingen aus, die, es sei ohne Verachtung jener gesagt, von echtem, aus der Quelle geschöpftem Golde und von Perlen glänzen, die sie aus der Tiefe des Meeres durch ihre immer geschäftigen Diener geholt hat.

Wilhelmen verdroß dieser Ausfall ein wenig, doch verbarg er seine Empfindlichkeit; denn er erinnerte sich, daß Werner auch seine Apostrophen mit Gelassenheit anzuhören pflegte. Übrigens war er billig genug, um gerne zu sehen, wenn jeder von seinem Handwerk aufs beste dachte; nur mußte man ihm das seinige, dem er sich mit Leidenschaft gewidmet hatte, unangefochten lassen.

Und dir, rief Werner aus, der du an menschlichen Dingen so herzlichen Anteil nimmst, was wird es dir für ein Schauspiel sein, wenn du das Glück, das mutige Unternehmungen begleitet, vor deinen Augen den Menschen wirst gewährt sehen! Was ist reizender als der Anblick eines Schiffes, das von einer glücklichen Fahrt wieder anlangt, das von einem reichen Fange frühzeitig zurückkehrt! Nicht der Verwandte, der Bekannte, der Teilnehmer allein, ein jeder fremde Zuschauer wird hingerissen, wenn er die Freude sieht, mit welcher der eingesperrte Schiffer ans Land springt, noch ehe sein Fahrzeug es ganz berührt, sich wieder frei fühlt und nunmehr das, was er dem falschen Wasser entzogen, der getreuen Erde anvertrauen kann. Nicht in Zahlen allein, mein Freund, erscheint uns der Gewinn; das Glück ist die Göttin der lebendigen Menschen, und um ihre Gunst wahrhaft zu empfinden, muß man leben und Menschen sehen, die sich recht lebendig bemühen und recht sinnlich genießen.

Elftes Kapitel

Es ist nun Zeit, daß wir auch die Väter unsrer beiden Freunde näher kennen lernen: ein paar Männer von sehr verschiedener Denkungsart, deren Gesinnungen aber darin übereinkamen, daß sie den Handel für das edelste Geschäft hielten und beide höchst aufmerksam auf jeden Vorteil waren, den ihnen irgend eine Spekulation bringen konnte. Der alte Meister hatte gleich nach dem Tode seines Vaters eine kostbare Sammlung von Gemälden, Zeichnungen, Kupferstichen und Antiquitäten ins Geld gesetzt, sein Haus nach dem neuesten Geschmacke von Grund aus aufgebaut und möbliert und sein übriges Vermögen auf alle mögliche Weise gelten gemacht. Einen ansehnlichen Teil davon hatte er dem alten Werner in die Handlung gegeben, der als ein tätiger Handelsmann berühmt war, und dessen Spekulationen gewöhnlich durch das Glück begünstigt wurden. Nichts wünschte aber der alte Meister so sehr, als seinem Sohne Eigenschaften zu geben, die ihm selbst fehlten, und seinen Kindern Güter zu hinterlassen, auf deren Besitz er den größten Wert legte. Zwar empfand er eine besondere Neigung zum Prächtigen, zu dem, was in die Augen fällt, das aber auch zugleich einen innern Wert und eine Dauer haben sollte. In seinem Hause mußte alles solid und massiv sein, der Vorrat reichlich, das Silbergeschirr schwer, das Tafelservice kostbar; dagegen waren die Gäste selten, denn eine jede Mahlzeit ward ein Fest, das sowohl wegen der Kosten als wegen der Unbequemlichkeit nicht oft wiederholt werden konnte. Sein Haushalt ging einen gelassenen und einförmigen Schritt, und alles, was sich darin bewegte und erneuerte, war gerade das, was niemanden einigen Genuß gab.

Ein ganz entgegengesetztes Leben führte der alte Werner in einem dunkeln und finstern Hause. Hatte er seine Geschäfte in der engen Schreibstube am uralten Pulte vollendet, so wollte er gut essen und wo möglich noch besser trinken, auch konnte er das Gute nicht allein genießen: neben seiner Familie mußte er seine Freunde, alle Fremden, die nur mit seinem Hause in einiger Verbindung standen, immer bei Tische sehen; seine Stühle waren uralt, aber er lud täglich jemanden ein, darauf zu sitzen. Die guten Speisen zogen die Aufmerksamkeit der Gäste auf sich, und niemand bemerkte, daß sie in gemeinem Geschirr aufgetragen wurden. Sein Keller hielt nicht viel Wein, aber der ausgetrunkene ward gewöhnlich durch einen bessern ersetzt.

So lebten die beiden Väter, welche öfter zusammenkamen, sich wegen gemeinschaftlicher Geschäfte beratschlagten und eben heute die Versendung Wilhelms in Handelsangelegenheiten beschlossen.

Er mag sich in der Welt umsehen, sagte der alte Meister, und zugleich unsre Geschäfte an fremden Orten betreiben; man kann einem jungen Menschen keine größere Wohltat erweisen, als wenn man ihn zeitig in die Bestimmung seines Lebens einweiht. Ihr Sohn ist von seiner Expedition so glücklich zurückgekommen, hat seine Geschäfte so gut zu machen gewußt, daß ich recht neugierig bin, wie sich der meinige beträgt; ich fürchte, er wird mehr Lehrgeld geben als der Ihrige.

Der alte Meister, welcher von seinem Sohne und dessen Fähigkeiten einen großen Begriff hatte, sagte diese Worte in Hoffnung, daß sein Freund ihm widersprechen und die vortrefflichen Gaben des jungen Mannes herausstreichen sollte. Allein hierin betrog er sich; der alte Werner, der in praktischen Dingen niemanden traute als dem, den er geprüft hatte, versetzte gelassen: Man muß alles versuchen; wir können ihn ebendenselben Weg schicken, wir geben ihm eine Vorschrift, wornach er sich richtet; es sind verschiedene Schulden einzukassieren, alte Bekanntschaften zu erneuern, neue zu machen. Er kann auch die Spekulation, mit der ich Sie neulich unterhielt, befördern helfen; denn ohne genaue Nachrichten an Ort und Stelle zu sammeln, läßt sich dabei wenig tun.

Er mag sich vorbereiten, versetzte der alte Meister, und so bald als möglich aufbrechen. Wo nehmen wir ein Pferd für ihn her, das sich zu dieser Expedition schickt? –

Wir werden nicht weit darnach suchen. Ein Krämer in H***, der uns noch einiges schuldig, aber sonst ein guter Mann ist, hat mir eins an Zahlungs Statt angeboten; mein Sohn kennt es, es soll ein recht brauchbares Tier sein. –

Er mag es selbst holen, mag mit dem Postwagen hinüberfahren, so ist er übermorgen beizeiten wieder da; man macht ihm indessen den Mantelsack und die Briefe zurechte, und so kann er zu Anfang der künftigen Woche aufbrechen.

Wilhelm wurde gerufen, und man machte ihm den Entschluß bekannt. Wer war froher als er, da er die Mittel zu seinem

Vorhaben in seinen Händen sah, da ihm die Gelegenheit ohne sein Mitwirken zubereitet worden! So groß war seine Leidenschaft, so rein seine Überzeugung, er handle vollkommen recht, sich dem Drucke seines bisherigen Lebens zu entziehen und einer neuen edlern Bahn zu folgen, daß sein Gewissen sich nicht im mindesten regte, keine Sorge in ihm entstand, ja daß er vielmehr diesen Betrug für heilig hielt. Er war gewiß, daß ihn Eltern und Verwandte in der Folge für diesen Schritt preisen und segnen sollten, er erkannte den Wink eines leitenden Schicksals an diesen zusammentreffenden Umständen.

Wie lang ward ihm die Zeit bis zur Nacht, bis zur Stunde, in der er seine Geliebte wieder sehen sollte! Er saß auf seinem Zimmer und überdachte seinen Reiseplan, wie ein künstlicher Dieb oder Zauberer in der Gefangenschaft manchmal die Füße aus den festgeschlossenen Ketten herauszieht, um die Überzeugung bei sich zu nähren, daß seine Rettung möglich, ja noch näher sei, als kurzsichtige Wächter glauben.

Endlich schlug die nächtliche Stunde; er entfernte sich aus seinem Hause, schüttelte allen Druck ab und wandelte durch die stillen Gassen. Auf dem großen Platze hub er seine Hände gen Himmel, fühlte alles hinter und unter sich; er hatte sich von allem losgemacht. Nun dachte er sich in den Armen seiner Geliebten, dann wieder mit ihr auf dem blendenden Theatergerüste, er schwebte in einer Fülle von Hoffnungen, und nur manchmal erinnerte ihn der Ruf des Nachtwächters, daß er noch auf dieser Erde wandle.

Seine Geliebte kam ihm an der Treppe entgegen, und wie schön! wie lieblich! In dem neuen weißen Negligé empfing sie ihn, er glaubte sie noch nie so reizend gesehen zu haben. So weihte sie das Geschenk des abwesenden Liebhabers in den Armen des gegenwärtigen ein, und mit wahrer Leidenschaft verschwendete sie den ganzen Reichtum ihrer Liebkosungen, welche ihr die Natur eingab, welche die Kunst sie gelehrt hatte, an ihren Liebling, und man frage, ob er sich glücklich, ob er sich selig fühlte.

Er entdeckte ihr, was vorgegangen war, und ließ ihr im

allgemeinen seinen Plan, seine Wünsche sehen. Er wollte unterzukommen suchen, sie alsdann abholen, er hoffe, sie werde ihm ihre Hand nicht versagen. Das arme Mädchen aber schwieg, verbarg ihre Tränen und drückte den Freund an ihre Brust, der, ob er gleich ihr Verstummen auf das günstigste auslegte, doch eine Antwort gewünscht hätte, besonders da er sie zuletzt auf das bescheidenste, auf das freundlichste fragte, ob er sich denn nicht Vater glauben dürfe. Aber auch darauf antwortete sie nur mit einem Seufzer, einem Kusse.

Zwölftes Kapitel

Den andern Morgen erwachte Mariane nur zu neuer Betrübnis; sie fand sich sehr allein, mochte den Tag nicht sehen, blieb im Bette und weinte. Die Alte setzte sich zu ihr, suchte ihr einzureden, sie zu trösten; aber es gelang ihr nicht, das verwundete Herz so schnell zu heilen. Nun war der Augenblick nahe, dem das arme Mädchen wie dem letzten ihres Lebens entgegengesehen hatte. Konnte man sich auch in einer ängstlicheren Lage fühlen? Ihr Geliebter entfernte sich, ein unbequemer Liebhaber drohte zu kommen, und das größte Unheil stand bevor, wenn beide, wie es leicht möglich war, einmal zusammentreffen sollten.

Beruhige dich, Liebchen, rief die Alte: verweine mir deine schönen Augen nicht! Ist es denn ein so großes Unglück, zwei Liebhaber zu besitzen? Und wenn du auch deine Zärtlichkeit nur dem einen schenken kannst, so sei wenigstens dankbar gegen den andern, der, nach der Art, wie er für dich sorgt, gewiß dein Freund genannt zu werden verdient.

Es ahnete meinem Geliebten, versetzte Mariane dagegen mit Tränen, daß uns eine Trennung bevorstehe; ein Traum hat ihm entdeckt, was wir ihm so sorgfältig zu verbergen suchen. Er schlief so ruhig an meiner Seite. Auf einmal höre ich ihn ängstliche, unvernehmliche Töne stammeln. Mir wird bange, und ich wecke ihn auf. Ach! mit welcher Liebe, mit welcher Zärtlichkeit, mit welchem Feuer umarmt' er mich! O Mariane! rief er aus, welchem schrecklichen Zustande hast du mich entrissen! Wie soll ich dir danken, daß du mich aus dieser Hölle befreit hast? Mir träumte, fuhr er fort, ich befände mich, entfernt von dir, in einer unbekannten Gegend; aber dein Bild schwebte mir vor; ich sah dich auf einem schönen Hügel, die Sonne beschien den ganzen Platz; wie reizend kamst du mir vor! Aber es währte nicht lange, so sah ich dein Bild hinuntergleiten, immer hinuntergleiten; ich streckte meine Arme nach dir aus, sie reichten nicht durch die Ferne. Immer sank dein Bild und näherte sich einem großen See, der am Fuße des Hügels weit ausgebreitet lag, eher ein Sumpf als ein See. Auf einmal gab dir ein Mann die Hand; er schien dich hinaufführen zu wollen, aber leitete dich seitwärts und schien dich nach sich zu ziehen. Ich rief, da ich dich nicht erreichen konnte, ich hoffte, dich zu warnen. Wollte ich gehen, so schien der Boden mich festzuhalten; konnt ich gehen, so hinderte mich das Wasser, und sogar mein Schreien erstickte in der beklemmten Brust. – So erzählte der Arme, indem er sich von seinem Schrecken an meinem Busen erholte und sich glücklich pries, einen fürchterlichen Traum durch die seligste Wirklichkeit verdrängt zu sehen.

Die Alte suchte soviel möglich durch ihre Prose die Poesie ihrer Freundin ins Gebiet des gemeinen Lebens herunterzulocken und bediente sich dabei der guten Art, welche Vogelstellern zu gelingen pflegt, indem sie durch ein Pfeifchen die Töne derjenigen nachzuahmen suchen, welche sie bald und häufig in ihrem Garne zu sehen wünschen. Sie lobte Wilhelmen, rühmte seine Gestalt, seine Augen, seine Liebe. Das arme Mädchen hörte ihr gerne zu, stand auf, ließ sich ankleiden und schien ruhiger. Mein Kind, mein Liebchen, fuhr die Alte schmeichelnd fort, ich will dich nicht betrüben, nicht beleidigen, ich denke dir nicht dein Glück zu rauben. Darfst du meine Absicht verkennen, und hast du vergessen, daß ich jederzeit mehr für dich als für mich gesorgt habe? Sag mir nur, was du willst; wir wollen schon sehen, wie wir es ausführen.

Was kann ich wollen? versetzte Mariane; ich bin elend, auf mein ganzes Leben elend: ich liebe ihn, der mich liebt, sehe, daß ich mich von ihm trennen muß, und weiß nicht, wie ich es überleben kann. Norberg kommt, dem wir unsere ganze Existenz schuldig sind, den wir nicht entbehren können. Wilhelm ist sehr eingeschränkt, er kann nichts für mich tun. –

Ja, er ist unglücklicherweise von jenen Liebhabern, die nichts als ihr Herz bringen, und eben diese haben die meisten Prätensionen. –

Spotte nicht! der Unglückliche denkt sein Haus zu verlassen, auf das Theater zu gehen, mir seine Hand anzubieten. –

Leere Hände haben wir schon viere.

Ich habe keine Wahl, fuhr Mariane fort, entscheide du! Stoße mich da oder dort hin, nur wisse noch eins: wahrscheinlich trag ich ein Pfand im Busen, das uns noch mehr aneinander fesseln sollte. Das bedenke und entscheide: wen soll ich lassen? wem soll ich folgen?

Nach einigem Stillschweigen rief die Alte: Daß doch die Jugend immer zwischen den Extremen schwankt! Ich finde nichts natürlicher, als alles zu verbinden, was uns Vergnügen und Vorteil bringt. Liebst du den einen, so mag der andere bezahlen; es kommt nur darauf an, daß wir klug genug sind, sie beide auseinanderzuhalten. –

Mache, was du willst, ich kann nichts denken; aber folgen will ich. –

Wir haben den Vorteil, daß wir den Eigensinn des Direktors, der auf die Sitten seiner Truppe stolz ist, vorschützen können. Beide Liebhaber sind schon gewohnt, heimlich und vorsichtig zu Werke zu gehen. Für Stunde und Gelegenheit will ich sorgen; nur mußt du hernach die Rolle spielen, die ich dir vorschreibe. Wer weiß, welcher Umstand uns hilft. Käme Norberg nur jetzt, da Wilhelm entfernt ist! Wer wehrt dir, in den Armen des einen an den andern zu denken? Ich wünsche dir zu einem Sohne Glück; er soll einen reichen Vater haben.

Mariane war durch diese Vorstellungen nur für kurze Zeit gebessert. Sie konnte ihren Zustand nicht in Harmonie mit ihrer Empfindung, ihrer Überzeugung bringen; sie wünschte, diese schmerzlichen Verhältnisse zu vergessen, und tausend kleine Umstände mußten sie jeden Augenblick daran erinnern.

Dreizehntes Kapitel

Wilhelm hatte indessen die kleine Reise vollendet und überreichte, da er seinen Handelsfreund nicht zu Hause fand, das Empfehlungsschreiben der Gattin des Abwesenden. Aber auch diese gab ihm auf seine Frägen wenig Bescheid; sie war in einer heftigen Gemütsbewegung, und das ganze Haus in großer Verwirrung.

Es währte jedoch nicht lange, so vertraute sie ihm (und es war auch nicht zu verheimlichen), daß ihre Stieftochter mit einem Schauspieler davongegangen sei, mit einem Menschen, der sich von einer kleinen Gesellschaft vor kurzem losgemacht, sich im Orte aufgehalten und im Französischen Unterricht gegeben habe. Der Vater, außer sich vor Schmerz und Verdruß, sei ins Amt gelaufen, um die Flüchtigen verfolgen zu lassen. Sie schalt ihre Tochter heftig, schmähte den Liebhaber, so daß an beiden nichts Lobenswürdiges übrig blieb, beklagte mit vielen Worten die Schande, die dadurch auf die Familie gekommen, und setzte Wilhelmen in nicht geringe Verlegenheit, der sich und sein heimliches Vorhaben durch diese Sibylle gleichsam mit prophetischem Geiste voraus getadelt und gestraft fühlte. Noch stärkern und innigern Anteil mußte er aber an den Schmerzen des Vaters nehmen, der aus dem Amte zurückkam, mit stiller Trauer und halben Worten seine Expedition der Frau erzählte und, indem er nach eingesehenem Briefe das Pferd Wilhelmen vorführen ließ, seine Zerstreuung und Verwirrung nicht verbergen konnte.

Wilhelm gedachte, sogleich das Pferd zu besteigen und sich aus einem Hause zu entfernen, in welchem ihm, unter den gegebenen Umständen, unmöglich wohl werden konnte; allein der gute Mann wollte den Sohn eines Hauses, dem er so viel schuldig war, nicht unbewirtet, und ohne ihn eine Nacht unter seinem Dache behalten zu haben, entlassen.

Unser Freund hatte ein trauriges Abendessen eingenommen, eine unruhige Nacht ausgestanden und eilte frühmorgens, so bald als möglich sich von Leuten zu entfernen, die, ohne es zu wissen, ihn mit ihren Erzählungen und Äußerungen auf das empfindlichste gequält hatten.

Er ritt langsam und nachdenkend die Straße hin, als er auf einmal eine Anzahl bewaffneter Leute durchs Feld kommen sah, die er an ihren weiten und langen Röcken, großen Aufschlägen, unförmlichen Hüten und plumpen Gewehren, an ihrem treuherzigen Gange und dem bequemen Tragen ihres Körpers sogleich für ein Kommando Landmiliz erkannte. Unter einer alten Eiche hielten sie stille, setzten ihre Flinten nieder und lagerten sich bequem auf dem Rasen, um eine Pfeife zu rauchen. Wilhelm verweilte bei ihnen und ließ sich mit einem jungen Menschen, der zu Pferde herbeikam, in ein Gespräch ein. Er mußte die Geschichte der beiden Entflohenen, die ihm nur zu sehr bekannt war, leider noch einmal, und zwar mit Bemerkungen, die weder dem jungen Paare noch den Eltern sonderlich günstig waren, vernehmen. Zugleich erfuhr er, daß man hierhergekommen sei, die jungen Leute wirklich in Empfang zu nehmen, die in dem benachbarten Städtchen eingeholt und angehalten worden waren. Nach einiger Zeit sah man von ferne einen Wagen herbeikommen, der von einer Bürgerwache mehr lächerlich als fürchterlich umgeben war. Ein unförmlicher Stadtschreiber ritt voraus und komplimentierte mit dem gegenseitigen Aktuarius (denn das war der junge Mann, mit dem Wilhelm gesprochen hatte) an der Grenze mit großer Gewissenhaftigkeit und wunderlichen Gebärden, wie es etwa Geist und Zauberer, der eine inner-, der andere außerhalb des Kreises, bei gefährlichen nächtlichen Operationen tun mögen.

Die Aufmerksamkeit der Zuschauer war indes auf den Bauerwagen gerichtet, und man betrachtete die armen Verirrten nicht ohne Mitleiden, die auf ein paar Bündeln Stroh beieinander saßen, sich zärtlich anblickten und die Umstehenden kaum zu bemerken schienen. Zufälligerweise hatte man sich genötigt gesehen, sie von dem letzten Dorfe auf eine so unschickliche Art fortzubringen, indem die alte Kutsche, in welcher man die Schöne transportierte, zerbrochen war. Sie erbat sich bei dieser Gelegenheit die Gesellschaft ihres Freundes, den man, in der Überzeugung, er sei auf einem kapitalen Verbrechen betroffen, bis dahin mit Ketten beschwert nebenher gehen lassen. Diese

Ketten trugen denn freilich nicht wenig bei, den Anblick der zärtlichen Gruppe interessanter zu machen, besonders weil der junge Mann sie mit vielem Anstand bewegte, indem er wiederholt seiner Geliebten die Hände küßte.

Wir sind sehr unglücklich! rief sie den Umstehenden zu; aber nicht so schuldig, wie wir scheinen. So belohnen grausame Menschen treue Liebe, und Eltern, die das Glück ihrer Kinder gänzlich vernachlässigen, reißen sie mit Ungestüm aus den Armen der Freude, die sich ihrer nach langen trüben Tagen bemächtigte!

Indes die Umstehenden auf verschiedene Weise ihre Teilnahme zu erkennen gaben, hatten die Gerichte ihre Zeremonien absolviert; der Wagen ging weiter, und Wilhelm, der an dem Schicksal der Verliebten großen Teil nahm, eilte auf dem Fußpfade voraus, um mit dem Amtmanne, noch ehe der Zug ankäme, Bekanntschaft zu machen. Er erreichte aber kaum das Amthaus, wo alles in Bewegung und zum Empfang der Flüchtlinge bereit war, als ihn der Aktuarius einholte und durch eine umständliche Erzählung, wie alles gegangen, besonders aber durch ein weitläufiges Lob seines Pferdes, das er erst gestern vom Juden getauscht, jedes andere Gespräch verhinderte.

Schon hatte man das unglückliche Paar außen am Garten, der durch eine kleine Pforte mit dem Amthause zusammenhing, abgesetzt und sie in der Stille hineingeführt. Der Aktuarius nahm über diese schonende Behandlung von Wilhelmen ein aufrichtiges Lob an, ob er gleich eigentlich dadurch nur das vor dem Amthause versammelte Volk necken und ihm das angenehme Schauspiel einer gedemütigten Mitbürgerin entziehen wollte.

Der Amtmann, der von solchen außerordentlichen Fällen kein sonderlicher Liebhaber war, weil er meistenteils dabei einen und den andern Fehler machte und für den besten Willen gewöhnlich von fürstlicher Regierung mit einem derben Verweise belohnt wurde, ging mit schweren Schritten nach der Amtsstube, wohin ihm der Aktuarius, Wilhelm und einige angesehene Bürger folgten.

Zuerst ward die Schöne vorgeführt, die, ohne Frechheit, gelassen und mit Bewußtsein ihrer selbst hereintrat. Die Art, wie sie gekleidet war und sich überhaupt betrug, zeigte, daß sie ein Mädchen sei, die etwas auf sich halte. Sie fing auch, ohne gefragt zu werden, über ihren Zustand nicht unschicklich zu reden an.

Der Aktuarius gebot ihr zu schweigen und hielt seine Feder über dem gebrochenen Blatte. Der Amtmann setzte sich in Fassung, sah ihn an, räusperte sich und fragte das arme Kind, wie ihr Name heiße und wie alt sie sei.

Ich bitte Sie, mein Herr, versetzte sie, es muß mir gar wunderbar vorkommen, daß Sie mich um meinen Namen und mein Alter fragen, da Sie sehr gut wissen, wie ich heiße, und daß ich so alt wie Ihr ältester Sohn bin. Was Sie von mir wissen wollen und was Sie wissen müssen, will ich gern ohne Umschweife sagen.

Seit meines Vaters zweiter Heirat werde ich zu Hause nicht zum besten gehalten. Ich hätte einige hübsche Partieen tun können, wenn nicht meine Stiefmutter, aus Furcht vor der Ausstattung, sie zu vereiteln gewußt hätte. Nun habe ich den jungen Melina kennen lernen, ich habe ihn lieben müssen, und da wir die Hindernisse voraussahen, die unserer Verbindung im Wege stunden, entschlossen wir uns, miteinander in der weiten Welt ein Glück zu suchen, das uns zu Hause nicht gewährt schien. Ich habe nichts mitgenommen, als was mein eigen war; wir sind nicht als Diebe und Räuber entflohen, und mein Geliebter verdient nicht, daß er mit Ketten und Banden belegt herumgeschleppt werde. Der Fürst ist gerecht, er wird diese Härte nicht billigen. Wenn wir strafbar sind, so sind wir es nicht auf diese Weise.

Der alte Amtmann kam hierüber doppelt und dreifach in Verlegenheit. Die gnädigsten Ausputzer summten ihm schon um den Kopf, und die geläufige Rede des Mädchens hatte ihm den Entwurf des Protokolls gänzlich zerrüttet. Das Übel wurde noch größer, als sie bei wiederholten ordentlichen Fragen sich nicht weiter einlassen wollte, sondern sich auf das, was sie eben gesagt, standhaft berief.

Ich bin keine Verbrecherin, sagte sie. Man hat mich auf Strohbündeln zur Schande hierhergeführt; es ist eine höhere Gerechtigkeit, die uns wieder zu Ehren bringen soll.

Der Aktuarius hatte indessen immer ihre Worte nachgeschrieben und flüsterte dem Amtmanne zu: er solle nur weitergehen, ein förmliches Protokoll würde sich nachher schon verfassen lassen.

Der Alte nahm wieder Mut und fing nun an, nach den süßen Geheimnissen der Liebe mit dürren Worten und in hergebrachten trockenen Formeln sich zu erkundigen.

Wilhelmen stieg die Röte ins Gesicht, und die Wangen der artigen Verbrecherin belebten sich gleichfalls durch die reizende Farbe der Schamhaftigkeit. Sie schwieg und stockte, bis die Verlegenheit selbst zuletzt ihren Mut zu erhöhen schien.

Sein Sie versichert, rief sie aus, daß ich stark genug sein würde, die Wahrheit zu bekennen, wenn ich auch gegen mich selbst sprechen müßte; sollte ich nun zaudern und stocken, da sie mir Ehre macht? Ja, ich habe ihn von dem Augenblicke an, da ich seiner Neigung und seiner Treue gewiß war, als meinen Ehemann angesehen; ich habe ihm alles gerne gegönnt, was die Liebe fordert, und was ein überzeugtes Herz nicht versagen kann. Machen Sie nun mit mir, was Sie wollen. Wenn ich einen Augenblick zu gestehen zauderte, so war die Furcht, daß mein Bekenntnis für meinen Geliebten schlimme Folgen haben könnte, allein daran Ursache.

Wilhelm faßte, als er ihr Geständnis hörte, einen hohen Begriff von den Gesinnungen des Mädchens, indes sie die Gerichtspersonen für eine freche Dirne erkannten und die gegenwärtigen Bürger Gott dankten, daß dergleichen Fälle in ihren Familien entweder nicht vorgekommen oder nicht bekannt geworden waren.

Wilhelm versetzte seine Mariane in diesem Augenblick vor den Richterstuhl, legte ihr noch schönere Worte in den Mund, ließ ihre Aufrichtigkeit noch herzlicher und ihr Bekenntnis noch edler werden. Die heftigste Leidenschaft, beiden Liebenden zu helfen, bemächtigte sich seiner. Er verbarg sie nicht und bat den zaudernden Amtmann heimlich, er möchte doch der Sache ein Ende machen, es sei ja alles so klar als möglich und bedürfe keiner weiteren Untersuchung.

Dieses half soviel, daß man das Mädchen abtreten, dafür aber den jungen Menschen, nachdem man ihm vor der Türe die Fesseln abgenommen hatte, hereinkommen ließ. Dieser schien über sein Schicksal mehr nachdenkend. Seine Antworten waren gesetzter, und wenn er von einer Seite weniger heroische Freimütigkeit zeigte, so empfahl er sich hingegen durch Bestimmtheit und Ordnung seiner Aussage.

Da auch dieses Verhör geendiget war, welches mit dem vorigen in allem übereinstimmte, nur daß er, um das Mädchen zu schonen, hartnäckig leugnete, was sie selbst schon bekannt hatte, ließ man auch sie endlich wieder vortreten, und es entstand zwischen beiden eine Szene, welche ihnen das Herz unsers Freundes gänzlich zu eigen machte.

Was nur in Romanen und Komödien vorzugehen pflegt, sah er hier in einer unangenehmen Gerichtsstube vor seinen Augen: den Streit wechselseitiger Großmut, die Stärke der Liebe im Unglück.

Ist es denn also wahr, sagte er bei sich selbst, daß die schüchterne Zärtlichkeit, die vor dem Auge der Sonne und der Menschen sich verbirgt und nur in abgesonderter Einsamkeit, in tiefem Geheimnisse zu genießen wagt, wenn sie durch einen feindseligen Zufall hervorgeschleppt wird, sich alsdann mutiger, stärker, tapferer zeigt als andere, brausende und großtuende Leidenschaften?

Zu seinem Troste schloß sich die ganze Handlung noch ziemlich bald. Sie wurden beide in leidliche Verwahrung genommen, und wenn es möglich gewesen wäre, so hätte er noch diesen Abend das Frauenzimmer zu ihren Eltern hinübergebracht. Denn er setzte sich fest vor, hier ein Mittelsmann zu werden und die glückliche und anständige Verbindung beider Liebenden zu befördern.

Er erbat sich von dem Amtmanne die Erlaubnis, mit Melina allein zu reden, welche ihm denn auch ohne Schwierigkeit verstattet wurde.

Vierzehntes Kapitel

Das Gespräch der beiden neuen Bekannten wurde gar bald vertraut und lebhaft. Denn als Wilhelm dem niedergeschlagnen Jüngling sein Verhältnis zu den Eltern des Frauenzimmers entdeckte, sich zum Mittler anbot und selbst die besten Hoffnungen zeigte, erheiterte sich das traurige und sorgenvolle Gemüt des Gefangnen, er fühlte sich schon wieder befreit, mit seinen Schwiegereltern versöhnt, und es war nun von künftigem Erwerb und Unterkommen die Rede.

Darüber werden Sie doch nicht in Verlegenheit sein, versetzte Wilhelm; denn Sie scheinen mir beiderseits von der Natur bestimmt, in dem Stande, den Sie gewählt haben, Ihr Glück zu machen. Eine angenehme Gestalt, eine wohlklingende Stimme, ein gefühlvolles Herz! Können Schauspieler besser ausgestattet sein? Kann ich Ihnen mit einigen Empfehlungen dienen, so wird es mir viel Freude machen.

Ich danke Ihnen von Herzen, versetzte der andere; aber ich werde wohl schwerlich davon Gebrauch machen können, denn ich denke, wo möglich, nicht auf das Theater zurückzukehren.

Daran tun Sie sehr übel, sagte Wilhelm nach einer Pause, in welcher er sich von seinem Erstaunen erholt hatte; denn er dachte nicht anders, als daß der Schauspieler, sobald er mit seiner jungen Gattin befreit worden, das Theater aufsuchen werde. Es schien ihm ebenso natürlich und notwendig, als daß der Frosch das Wasser sucht. Nicht einen Augenblick hatte er daran gezweifelt und mußte nun zu seinem Erstaunen das Gegenteil erfahren.

Ja, versetzte der andere, ich habe mir vorgenommen, nicht wieder auf das Theater zurückzukehren, vielmehr eine bürgerliche Bedienung, sie sei auch, welche sie wolle, anzunehmen, wenn ich nur eine erhalten kann. –

Das ist ein sonderbarer Entschluß, den ich nicht billigen kann; denn ohne besondere Ursache ist es niemals ratsam, die Lebensart, die man ergriffen hat, zu verändern, und überdies wüßte ich keinen Stand, der so viel Annehmlichkeiten, so viel reizende Aussichten darböte, als den eines Schauspielers.

Man sieht, daß Sie keiner gewesen sind, versetzte jener.

Darauf sagte Wilhelm: Mein Herr, wie selten ist der Mensch mit dem Zustande zufrieden, in dem er sich befindet! er wünscht sich immer den seines Nächsten, aus welchem sich dieser gleichfalls heraussehnt.

Indes bleibt doch ein Unterschied, versetzte Melina, zwischen dem Schlimmen und dem Schlimmern; Erfahrung, nicht Ungeduld, macht mich so handeln. Ist wohl irgend ein Stückchen Brot kümmerlicher, unsicherer und mühseliger in der Welt? Beinahe wäre es ebenso gut, vor den Türen zu betteln. Was hat man von dem Neide seiner Mitgenossen, von der Parteilichkeit des Direktors, von der veränderlichen Laune des Publikums auszustehen! Wahrhaftig, man muß ein Fell haben wie ein Bär, der in Gesellschaft von Affen und Hunden an der Kette herumgeführt und geprügelt wird, um bei dem Tone eines Dudelsacks vor Kindern und Pöbel zu tanzen.

Wilhelm dachte allerlei bei sich selbst, was er jedoch dem guten Menschen nicht ins Gesicht sagen wollte. Er ging also nur von ferne mit dem Gespräch um ihn herum. Jener ließ sich desto aufrichtiger und weitläufiger heraus.

Täte es nicht not, sagte er, daß ein Direktor jedem Stadtrate zu Füßen fiele, um nur die Erlaubnis zu haben, vier Wochen zwischen der Messe ein paar Groschen mehr an einem Orte zirkulieren zu lassen. Ich habe den unsrigen, der so weit ein guter Mann war, oft bedauert, wenn er mir gleich zu anderer Zeit Ursache zu Mißvergnügen gab. Ein guter Akteur steigert ihn, die schlechten kann er nicht loswerden; und wenn er seine Einnahme einigermaßen der Ausgabe gleichsetzen will, so ist es dem Publikum gleich zu viel, das Haus steht leer, und man muß, um nur nicht gar zugrunde zu gehen, mit Schaden und Kummer spielen. Nein, mein Herr, da Sie sich unsrer, wie Sie sagen, annehmen mögen, so bitte ich Sie, sprechen Sie auf das ernstlichste mit den Eltern meiner Geliebten! Man versorge mich hier, man gebe mir einen kleinen Schreiber- oder Einnehmerdienst, und ich will mich glücklich schätzen.

Nachdem sie noch einige Worte gewechselt hatten, schied Wilhelm mit dem Versprechen, morgen ganz früh die Eltern anzugehen und zu sehen, was er ausrichten könne. Kaum war er allein, so mußte er sich in folgenden Ausrufungen Luft machen: Unglücklicher Melina, nicht in deinem Stande, sondern in dir liegt das Armselige, über das du nicht Herr werden kannst! Welcher Mensch in der Welt, der ohne innern Beruf ein Handwerk, eine Kunst oder irgend eine Lebensart ergriffe, müßte nicht wie du seinen Zustand unerträglich finden? Wer *mit* einem Talente *zu* einem Talente geboren ist, findet in demselben sein schönstes Dasein! Nichts ist auf der Erde ohne Beschwerlichkeit! Nur der innere Trieb, die Lust, die Liebe helfen uns Hindernisse überwinden, Wege bahnen und uns aus dem engen Kreise, worin sich andere kümmerlich abängstigen, emporheben. *Dir* sind die Bretter nichts als Bretter, und die Rollen, was einem Schulknaben sein Pensum ist. Die Zuschauer siehst du an, wie sie sich selbst an Werkeltagen vorkommen. Dir könnte es also freilich einerlei sein, hinter einem Pult über liniierten Büchern zu sitzen, Zinsen einzutragen und Reste herauszustochern. Du fühlst nicht das zusammenbrennende, zusammentreffende Ganze, das allein durch den Geist erfunden, begriffen und ausgeführt wird; du fühlst nicht, daß in den Menschen ein besserer Funke lebt, der, wenn er keine Nahrung erhält, wenn er nicht geregt wird, von der Asche täglicher Bedürfnisse und Gleichgültigkeit tiefer bedeckt und doch so spät und fast nie erstickt wird. Du fühlst in deiner Seele keine Kraft, ihn aufzublasen, in deinem eignen Herzen keinen Reichtum, um dem erweckten Nahrung zu geben. Der Hunger treibt dich, die Unbequemlichkeiten sind dir zuwider, und es ist dir verborgen, daß in jedem Stande diese Feinde lauern, die nur mit Freudigkeit und Gleichmut zu überwinden sind. Du tust wohl, dich in jene Grenzen einer gemeinen Stelle zu sehnen; denn welche würdest du wohl ausfüllen, die Geist und Mut verlangt? Gib einem Soldaten, einem Staatsmanne, einem Geistlichen deine Gesinnungen, und mit ebensoviel Recht wird er sich über das Kümmerliche seines Standes beschweren können. Ja, hat es nicht sogar Menschen gegeben, die von allem Lebensgefühl so ganz verlassen waren, daß sie das ganze Leben und Wesen der Sterblichen für ein Nichts, für ein kummervolles und staubgleiches Dasein erklärt haben? Regten sich lebendig in deiner Seele die Gestalten wirkender Menschen, wärmte deine Brust ein teilnehmendes Feuer, verbreitete sich über deine ganze Gestalt die Stimmung, die aus dem Innersten kommt, wären die Töne deiner Kehle, die Worte deiner Lippen lieblich anzuhören, fühltest du dich genug in dir selbst, so würdest du dir gewiß Ort und Gelegenheit aufsuchen, dich in andern fühlen zu können.

Unter solchen Worten und Gedanken hatte sich unser Freund ausgekleidet und stieg mit einem Gefühle des innigsten Behagens zu Bette. Ein ganzer Roman, was er an der Stelle des Unwürdigen morgenden Tages tun würde, entwickelte sich in seiner Seele, angenehme Phantasien begleiteten ihn in das Reich des Schlafes sanft hinüber und überließen ihn dort ihren Geschwistern, den Träumen, die ihn mit offenen Armen aufnahmen und das ruhende Haupt unsers Freundes mit dem Vorbilde des Himmels umgaben.

Am frühen Morgen war er schon wieder erwacht und dachte seiner vorstehenden Unterhandlung nach. Er kehrte in das Haus der verlassenen Eltern zurück, wo man ihn mit Verwunderung aufnahm. Er trug sein Anbringen bescheiden vor und fand gar bald mehr und weniger Schwierigkeiten, als er vermutet hatte. Geschehen war es einmal, und wenngleich außerordentlich strenge und harte Leute sich gegen das Vergangene und Nichtzuändernde mit Gewalt zu setzen und das Übel dadurch zu vermehren pflegen, so hat dagegen das Geschehene auf die Gemüter der meisten eine unwiderstehliche Gewalt, und was unmöglich schien, nimmt sogleich, als es geschehen ist, neben dem Gemeinen seinen Platz ein. Es war also bald ausgemacht, daß der Herr Melina die Tochter heiraten sollte; dagegen sollte sie wegen ihrer Unart kein Heiratsgut mitnehmen und versprechen, das Vermächtnis einer Tante noch einige Jahre, gegen geringe Interessen, in des Vaters Händen zu lassen. Der zweite Punkt, wegen einer bürgerlichen Versorgung, fand schon größere Schwierigkeiten. Man wollte das ungeratene Kind nicht vor Augen sehen, man wollte die Verbindung eines hergelaufenen Menschen mit einer so angesehenen Familie, welche sogar mit einem Superintendenten verwandt war, sich durch die Gegenwart nicht beständig aufrücken lassen; man konnte ebensowenig hoffen, daß die fürstlichen Kollegien ihm eine Stelle anvertrauen würden. Beide Eltern waren gleich stark dagegen, und Wilhelm, der sehr eifrig dafür sprach, weil er dem Menschen, den er geringschätzte, die Rückkehr auf das Theater nicht gönnte und überzeugt war, daß er eines solchen Glückes nicht wert sei, konnte mit allen seinen Argumenten nichts ausrichten. Hätte er die geheimen Triebfedern gekannt, so würde er sich die Mühe gar nicht gegeben haben, die Eltern überreden zu wollen. Denn der Vater, der seine Tochter gerne bei sich behalten hätte, haßte den jungen Menschen, weil seine Frau selbst ein Auge auf ihn geworfen hatte, und diese konnte in ihrer Stieftochter eine glückliche Nebenbuhlerin nicht vor Augen leiden. Und so mußte Melina wider seinen Willen mit seiner jungen Braut, die schon größere Lust bezeigte, die Welt zu sehen und sich der Welt sehen zu lassen, nach einigen Tagen abreisen, um bei irgendeiner Gesellschaft ein Unterkommen zu finden.

Fünfzehntes Kapitel

Glückliche Jugend! glückliche Zeiten des ersten Liebesbedürfnisses! Der Mensch ist dann wie ein Kind, das sich am Echo stundenlang ergötzt, die Unkosten des Gespräches allein trägt und mit der Unterhaltung wohl zufrieden ist, wenn der unsichtbare Gegenpart auch nur die letzten Silben der ausgerufenen Worte wiederholt.

So war Wilhelm in den frühern, besonders aber in den spätern Zeiten seiner Leidenschaft für Marianen, als er den ganzen Reichtum seines Gefühls auf sie hinübertrug und sich dabei als einen Bettler ansah, der von ihren Almosen lebte. Und wie uns eine Gegend reizender, ja allein reizend vorkommt, wenn sie von der Sonne beschienen wird, so war auch alles in seinen Augen verschönert und verherrlicht, was sie umgab, was sie berührte.

Wie oft stand er auf dem Theater hinter den Wänden, wozu er

sich das Privilegium von dem Direktor erbeten hatte! Dann war freilich die perspektivische Magie verschwunden, aber die viel mächtigere Zauberei der Liebe fing erst an zu wirken. Stundenlang konnte er am schmutzigen Lichtwagen stehen, den Qualm der Unschlittlampen einziehen, nach der Geliebten hinausblicken und, wenn sie wieder hereintrat und ihn freundlich ansah, sich in Wonne verloren dicht an dem Balken- und Lattengerippe in einen paradiesischen Zustand versetzt fühlen. Die ausgestopften Lämmchen, die Wasserfälle von Zindel, die pappenen Rosenstöcke und die einseitigen Strohhütten erregten in ihm liebliche dichterische Bilder uralter Schäferwelt. Sogar die in der Nähe häßlich erscheinenden Tänzerinnen waren ihm nicht immer zuwider, weil sie auf Einem Brette mit seiner Vielgeliebten standen. Und so ist es gewiß, daß Liebe, welche Rosenlauben, Myrtenwäldchen und Mondschein erst beleben muß, auch sogar Hobelspänen und Papierschnitzeln einen Anschein belebter Naturen geben kann. Sie ist eine so starke Würze, daß selbst schale und ekle Brühen davon schmackhaft werden.

Solch einer Würze bedurft es freilich, um jenen Zustand leidlich, ja in der Folge angenehm zu machen, in welchem er gewöhnlich ihre Stube, ja gelegentlich sie selbst antraf.

In einem feinen Bürgerhause erzogen, war Ordnung und Reinlichkeit das Element, worin er atmete, und indem er von seines Vaters Prunkliebe einen Teil geerbt hatte, wußte er in den Knabenjahren sein Zimmer, das er als sein kleines Reich ansah, stattlich auszustaffieren. Seine Bettvorhänge waren in große Falten aufgezogen und mit Quasten befestigt, wie man Thronen vorzustellen pflegt; er hatte sich einen Teppich in die Mitte des Zimmers und einen feinern auf den Tisch anzuschaffen gewußt; seine Bücher und Gerätschaften legte und stellte er fast mechanisch so, daß ein niederländischer Maler gute Gruppen zu seinen Stilleben hätte herausnehmen können. Eine weiße Mütze hatte er wie einen Turban zurechtgebunden und die Ärmel seines Schlafrocks nach orientalischem Kostüme kurz stutzen lassen. Doch gab er hiervon die Ursache an, daß die langen, weiten Ärmel ihn im Schreiben hinderten. Wenn er abends ganz allein war und nicht mehr fürchten durfte, gestört zu werden, trug er gewöhnlich eine seidene Schärpe um den Leib, und er soll manchmal einen Dolch, den er sich aus einer alten Rüstkammer zugeeignet, in den Gürtel gesteckt und so die ihm zugeteilten tragischen Rollen memoriert und probiert, ja, in eben dem Sinne sein Gebet knieend auf dem Teppich verrichtet haben.

Wie glücklich pries er daher in früheren Zeiten den Schauspieler, den er im Besitz so mancher majestätischer Kleider, Rüstungen und Waffen und in steter Übung eines edlen Betragens sah, dessen Geist einen Spiegel des Herrlichsten und Prächtigsten, was die Welt an Verhältnissen, Gesinnungen und Leidenschaften hervorgebracht, darzustellen schien. Ebenso dachte sich Wilhelm auch das häusliche Leben eines Schauspielers als eine Reihe von würdigen Handlungen und Beschäftigungen, davon die Erscheinung auf dem Theater die äußerste Spitze sei; etwa wie ein Silber, das vom Läuterfeuer lange herumgetrieben worden, endlich farbig-schön vor den Augen des Arbeiters erscheint und ihm zugleich andeutet, daß das Metall nunmehr von allen fremden Zusätzen gereiniget sei.

Wie sehr stutzte er daher anfangs, wenn er sich bei seiner Geliebten befand und durch den glücklichen Nebel, der ihn umgab, nebenaus auf Tische, Stühle und Boden sah. Die Trümmer eines augenblicklichen, leichten und falschen Putzes lagen, wie das glänzende Kleid eines abgeschuppten Fisches, zerstreut in wilder Unordnung durcheinander. Die Werkzeuge menschlicher Reinlichkeit, als Kämme, Seife, Tücher, waren mit den Spuren ihrer Bestimmung gleichfalls nicht versteckt. Musik, Rollen und Schuhe, Wäsche und italienische Blumen, Etuis, Haarnadeln, Schminktöpfchen und Bänder, Bücher und Strohhüte, keines verschmähte die Nachbarschaft des andern, alle waren durch ein gemeinschaftliches Element, durch Puder und Staub, vereinigt. Jedoch da Wilhelm in ihrer Gegenwart wenig von allem andern bemerkte, ja vielmehr ihm alles, was ihr gehörte, sie berührt hatte, lieb werden mußte, so fand er zuletzt in dieser verworrenen Wirtschaft einen Reiz, den er in seiner stattlichen Prunkordnung niemals empfunden hatte. Es war ihm

– wenn er hier ihre Schnürbrust wegnahm, um zum Klavier zu kommen, dort ihre Röcke aufs Bette legte, um sich setzen zu können, wenn sie selbst mit unbefangener Freimütigkeit manches Natürliche, das man sonst gegen einen andern aus Anstand zu verheimlichen pflegt, vor ihm nicht zu verbergen suchte – es war ihm, sag ich, als wenn er ihr mit jedem Augenblicke näher würde, als wenn eine Gemeinschaft zwischen ihnen durch unsichtbare Bande befestigt würde.

Nicht ebenso leicht konnte er die Aufführung der übrigen Schauspieler, die er bei seinen ersten Besuchen manchmal bei ihr antraf, mit seinen Begriffen vereinigen. Geschäftig im Müßiggange, schienen sie an ihren Beruf und Zweck am wenigsten zu denken; über den poetischen Wert eines Stückes hörte er sie niemals reden und weder richtig noch unrichtig darüber urteilen; es war immer nur die Frage: Was wird das Stück *machen?* Ist es ein Zugstück? Wie lange wird es spielen? Wie oft kann es wohl gegeben werden? und was Fragen und Bemerkungen dieser Art mehr waren. Dann ging es gewöhnlich auf den Direktor los, daß er mit der Gage zu karg und besonders gegen den einen und den andern ungerecht sei, dann auf das Publikum, daß es mit seinem Beifall selten den rechten Mann belohne, daß das deutsche Theater sich täglich verbessere, daß der Schauspieler nach seinen Verdiensten immer mehr geehrt werde und nicht genug geehrt werden könne. Dann sprach man viel von Kaffeehäusern und Weingärten, und was daselbst vorgefallen, wieviel irgendein Kamerad Schulden habe und Abzug leiden müsse, von Disproportion der wöchentlichen Gage, von Kabalen einer Gegenpartei; wobei denn doch zuletzt die große und verdiente Aufmerksamkeit des Publikums wieder in Betracht kam und der Einfluß des Theaters auf die Bildung einer Nation und der Welt nicht vergessen wurde.

Alle diese Dinge, die Wilhelmen sonst schon manche unruhige Stunde gemacht hatten, kamen ihm gegenwärtig wieder ins Gedächtnis, als ihn sein Pferd langsam nach Hause trug und er die verschiedenen Vorfälle, die ihm begegnet waren, überlegte. Die Bewegung, welche durch die Flucht eines Mädchens in eine gute Bürgerfamilie, ja in ein ganzes Städtchen gekommen war, hatte er mit Augen gesehen; die Szenen auf der Landstraße und im Amthause, die Gesinnungen Melinas, und was sonst noch vorgegangen war, stellten sich ihm wieder dar und brachten seinen lebhaften, vordringenden Geist in eine Art von sorglicher Unruhe, die er nicht lange ertrug, sondern seinem Pferde die Sporen gab und nach der Stadt zueilte.

Allein auch auf diesem Wege rannte er nur neuen Unannehmlichkeiten entgegen. Werner, sein Freund und vermutlicher Schwager, wartete auf ihn, um ein ernsthaftes, bedeutendes und unerwartetes Gespräch mit ihm anzufangen.

Werner war einer von den geprüften, in ihrem Dasein bestimmten Leuten, die man gewöhnlich kalte Leute zu nennen pflegt, weil sie bei Anlässen weder schnell noch sichtlich auflodern; auch war sein Umgang mit Wilhelmen ein anhaltender Zwist, wodurch sich ihre Liebe aber nur desto fester knüpfte: denn ungeachtet ihrer verschiedenen Denkungsart fand jeder seine Rechnung bei dem andern. Werner tat sich darauf etwas zugute, daß er dem vortrefflichen, obgleich gelegentlich ausschweifenden Geist Wilhelms mitunter Zügel und Gebiß anzulegen schien, und Wilhelm fühlte oft einen herrlichen Triumph, wenn er seinen bedächtlichen Freund in warmer Aufwallung mit sich fortnahm. So übte sich einer an dem andern, sie wurden gewohnt, sich täglich zu sehen, und man hätte sagen sollen, das Verlangen, einander zu finden, sich mit einander zu besprechen, sei durch die Unmöglichkeit, einander verständlich zu werden, vermehrt worden. Im Grunde aber gingen sie doch, weil sie beide gute Menschen waren, nebeneinander, miteinander nach Einem Ziel und konnten niemals begreifen, warum denn keiner den andern auf seine Gesinnung reduzieren könne.

Werner bemerkte seit einiger Zeit, daß Wilhelms Besuche seltner wurden, daß er in Lieblingsmaterien kurz und zerstreut abbrach, daß er sich nicht mehr in lebhafte Ausbildung seltsamer Vorstellungen vertiefte, an welcher sich freilich ein freies, in der Gegenwart des Freundes Ruhe und Zufriedenheit findendes Gemüt am sichersten erkennen läßt. Der pünktliche und bedächtige Werner suchte anfangs den Fehler in seinem eignen Betragen, bis ihn einige Stadtgespräche auf die rechte Spur brachten und einige Unvorsichtigkeiten Wilhelms ihn der Gewißheit näher führten. Er ließ sich auf eine Untersuchung ein und entdeckte gar bald, daß Wilhelm vor einiger Zeit eine Schauspielerin öffentlich besucht, mit ihr auf dem Theater gesprochen und sie nach Hause gebracht habe; er wäre trostlos gewesen, wenn ihm auch die nächtlichen Zusammenkünfte bekannt geworden wären; denn er hörte, daß Mariane ein verführerisches Mädchen sei, die seinen Freund wahrscheinlich ums Geld bringe und sich noch nebenher von dem unwürdigsten Liebhaber unterhalten lasse.

Sobald er seinen Verdacht soviel möglich zur Gewißheit erhoben, beschloß er einen Angriff auf Wilhelmen und war mit allen Anstalten völlig in Bereitschaft, als dieser eben verdrießlich und verstimmt von seiner Reise zurückkam.

Werner trug ihm noch denselbigen Abend alles, was er wußte, erst gelassen, dann mit dem dringenden Ernste einer wohldenkenden Freundschaft vor, ließ keinen Zug unbestimmt und gab seinem Freunde alle die Bitterkeiten zu kosten, die ruhige Menschen an Liebende mit tugendhafter Schadenfreude so freigebig auszuspenden pflegen. Aber wie man sich denken kann, richtete er wenig aus. Wilhelm versetzte mit inniger Bewegung, doch mit großer Sicherheit: Du kennst das Mädchen nicht! Der Schein ist vielleicht nicht zu ihrem Vorteil, aber ich bin ihrer Treue und Tugend so gewiß als meiner Liebe.

Werner beharrte auf seiner Anklage und erbot sich zu Beweisen und Zeugen. Wilhelm verwarf sie und entfernte sich von seinem Freunde verdrießlich und erschüttert, wie einer, dem ein ungeschickter Zahnarzt einen schadhaften festsitzenden Zahn gefaßt und vergebens daran geruckt hat.

Höchst unbehaglich fand sich Wilhelm, das schöne Bild Marianens erst durch die Grillen der Reise, dann durch Werners Unfreundlichkeit in seiner Seele getrübt und beinahe entstellt zu sehen. Er griff zum sichersten Mittel, ihm die völlige Klarheit und Schönheit wieder herzustellen, indem er nachts auf den gewöhnlichen Wegen zu ihr hineilte. Sie empfing ihn mit lebhafter Freude; denn er war bei seiner Ankunft vorbeigeritten, sie hatte ihn diese Nacht erwartet, und es läßt sich denken, daß alle Zweifel bald aus seinem Herzen vertrieben wurden. Ja, ihre Zärtlichkeit schloß sein ganzes Vertrauen wieder auf, und er erzählte ihr, wie sehr sich das Publikum, wie sehr sich sein Freund an ihr versündiget.

Mancherlei lebhafte Gespräche führten sie auf die ersten Zeiten ihrer Bekanntschaft, deren Erinnerung eine der schönsten Unterhaltungen zweier Liebenden bleibt. Die ersten Schritte, die uns in den Irrgarten der Liebe bringen, sind so angenehm, die ersten Aussichten so reizend, daß man sie gar zu gern in sein Gedächtnis zurückruft. Jeder Teil sucht einen Vorzug vor dem andern zu behalten: er habe früher uneigennütziger geliebt; und jedes wünscht in diesem Wettstreite lieber überwunden zu werden als zu überwinden.

Wilhelm wiederholte Marianen, was sie schon so oft gehört hatte, daß sie bald seine Aufmerksamkeit von dem Schauspiel ab und auf sich allein gezogen habe, daß ihre Gestalt, ihr Spiel, ihre Stimme ihn gefesselt; wie er zuletzt nur die Stücke, in denen *sie* gespielt, besucht habe, wie er endlich aufs Theater geschlichen sei, oft, ohne von ihr bemerkt zu werden, neben ihr gestanden habe; dann sprach er mit Entzücken von dem glücklichen Abende, an dem er eine Gelegenheit gefunden, ihr eine Gefälligkeit zu erzeigen und ein Gespräch einzuleiten.

Mariane dagegen wollte nicht Wort haben, daß sie ihn so lange nicht bemerkt hätte; sie behauptete, ihn schon auf dem Spaziergange gesehen zu haben, und bezeichnete ihm zum Beweis das Kleid, das er am selbigen Tage angehabt; sie behauptete, daß er ihr damals vor allen andern gefallen, und daß sie seine Bekanntschaft gewünscht habe.

Wie gern glaubte Wilhelm das alles! wie gern ließ er sich überreden, daß sie zu ihm, als er sich ihr genähert, durch einen unwiderstehlichen Zug hingeführt worden, daß sie absichtlich zwischen den Kulissen neben ihn getreten sei, um ihn näher zu sehen und Bekanntschaft mit ihm zu machen, und daß sie zuletzt, da seine Zurückhaltung und Blödigkeit nicht zu überwinden gewesen, ihm selbst Gelegenheit gegeben und ihn gleichsam genötigt habe, ein Glas Limonade herbeizuholen.

Unter diesem liebevollen Wettstreit, den sie durch alle kleinen Umstände ihres kurzen Romans verfolgten, vergingen ihnen die Stunden sehr schnell, und Wilhelm verließ völlig beruhigt seine Geliebte, mit dem festen Vorsatze, sein Vorhaben unverzüglich ins Werk zu richten.

Sechzehntes Kapitel

Was zu seiner Abreise nötig war, hatten Vater und Mutter besorgt; nur einige Kleinigkeiten, die an der Equipage fehlten, verzögerten seinen Aufbruch um einige Tage. Wilhelm benutzte diese Zeit, um an Marianen einen Brief zu schreiben, wodurch er die Angelegenheit endlich zur Sprache bringen wollte, über welche sie sich mit ihm zu unterhalten bisher immer vermieden hatte. Folgendermaßen lautete der Brief:

Unter der lieben Hülle der Nacht, die mich sonst in deinen Armen bedeckte, sitze ich und denke und schreibe an dich, und was ich sinne und treibe, ist nur um deinetwillen. O Mariane! mir, dem glücklichsten unter den Männern, ist es wie einem Bräutigam, der ahnungsvoll, welch eine neue Welt sich in ihm und durch ihn entwickeln wird, auf den festlichen Teppichen steht und, während der heiligen Zeremonien, sich gedankenvoll lüstern vor die geheimnisreichen Vorhänge versetzt, woher ihm die Lieblichkeit der Liebe entgegensäuselt.

Ich habe über mich gewonnen, dich in einigen Tagen nicht zu sehen; es war leicht, in Hoffnung einer solchen Entschädigung, ewig mit dir zu sein, ganz der Deinige zu bleiben! Soll ich wiederholen, was ich wünsche? und doch ist es nötig; denn es scheint, als habest du mich bisher nicht verstanden.

Wie oft habe ich mit leisen Tönen der Treue, die, weil sie alles zu halten wünscht, wenig zu sagen wagt, an deinem Herzen geforscht nach dem Verlangen einer ewigen Verbindung. Verstanden hast du mich gewiß; denn in deinem Herzen muß ebender Wunsch keimen; vernommen hast du mich in jedem

Kusse, in der anschmiegenden Ruhe jener glücklichen Abende. Da lernt ich deine Bescheidenheit kennen, und wie vermehrte sich meine Liebe! Wo eine andere sich künstlich betragen hätte, um durch überflüssigen Sonnenschein einen Entschluß in dem Herzen ihres Liebhabers zur Reife zu bringen, eine Erklärung hervorzulocken und ein Versprechen zu befestigen, eben da ziehst du dich zurück, schließest die halbgeöffnete Brust deines Geliebten wieder zu und suchst durch eine anscheinende Gleichgültigkeit deine Beistimmung zu verbergen; aber ich verstehe dich! Welch ein Elender müßte ich sein, wenn ich an diesen Zeichen die reine, uneigennützige, nur für den Freund besorgte Liebe nicht erkennen wollte! Vertraue mir und sei ruhig! Wir gehören einander an, und keins von beiden verläßt oder verliert etwas, wenn wir für einander leben.

Nimm sie hin, diese Hand! feierlich noch dies überflüssige Zeichen! Alle Freuden der Liebe haben wir empfunden, aber es sind neue Seligkeiten in dem bestätigten Gedanken der Dauer. Frage nicht: wie? Sorge nicht! Das Schicksal sorgt für die Liebe, und um so gewisser, da Liebe genügsam ist.

Mein Herz hat schon lange meiner Eltern Haus verlassen; es ist bei dir, wie mein Geist auf der Bühne schwebt. O meine Geliebte! ist wohl einem Menschen so gewährt, seine Wünsche zu verbinden, wie mir? Kein Schlaf kömmt in meine Augen, und wie eine ewige Morgenröte steigt deine Liebe und dein Glück vor mir auf und ab.

Kaum daß ich mich halte, nicht auffahre, zu dir hinrenne und mir deine Einwilligung erzwinge und gleich morgen frühe weiter in die Welt nach meinem Ziele hinstrebe. – Nein, ich will mich bezwingen! ich will nicht unbesonnen törichte, verwegene Schritte tun; mein Plan ist entworfen, und ich will ihn ruhig ausführen.

Ich bin mit Direktor Serlo bekannt, meine Reise geht gerade zu ihm: er hat vor einem Jahre oft seinen Leuten etwas von meiner Lebhaftigkeit und Freude am Theater gewünscht, und ich werde ihm gewiß willkommen sein; denn bei eurer Truppe möchte ich aus mehr als einer Ursache nicht eintreten; auch spielt

Serlo so weit von hier, daß ich anfangs meinen Schritt verbergen kann. Einen leidlichen Unterhalt finde ich da gleich; ich sehe mich in dem Publiko um, lerne die Gesellschaft kennen und hole dich nach.

Mariane, du siehst, was ich über mich gewinnen kann, um dich gewiß zu haben; denn dich so lange nicht zu sehen, dich in der weiten Welt zu wissen! recht lebhaft darf ich mirs nicht denken. Wenn ich mir dann aber wieder deine Liebe vorstelle, die mich vor allem sichert, wenn du meine Bitte nicht verschmähst, ehe wir scheiden, und du mir deine Hand vor dem Priester reichst, so werde ich ruhig gehen. Es ist nur eine Formel unter uns, aber eine so schöne Formel, der Segen des Himmels zu dem Segen der Erde. In der Nachbarschaft, im Ritterschaftlichen, geht es leicht und heimlich an.

Für den Anfang habe ich Geld genug; wir wollen teilen, es wird für uns beide hinreichen; ehe das verzehrt ist, wird der Himmel weiter helfen.

Ja, Liebste, es ist mir gar nicht bange. Was mit so viel Fröhlichkeit begonnen wird, muß ein glückliches Ende erreichen. Ich habe nie gezweifelt, daß man sein Fortkommen in der Welt finden könne, wenn es einem Ernst ist, und ich fühle Mut genug, für zwei, ja für mehrere einen reichlichen Unterhalt zu gewinnen. Die Welt ist undankbar, sagen viele; ich habe noch nicht gefunden, daß sie undankbar sei, wenn man auf die rechte Art etwas für sie zu tun weiß. Mir glüht die ganze Seele bei dem Gedanken, endlich einmal aufzutreten und den Menschen in das Herz hinein zu reden, was sie sich so lange zu hören sehnen. Wie tausendmal ist es freilich mir, der ich von der Herrlichkeit des Theaters so eingenommen bin, bang durch die Seele gegangen, wenn ich die Elendesten gesehen habe sich einbilden, sie könnten uns ein großes, treffliches Wort ans Herz reden. Ein Ton, der durch die Fistel gezwungen wird, klingt viel besser und reiner; es ist unerhört, wie sich diese Bursche in ihrer groben Ungeschicklichkeit versündigen.

Das Theater hat oft einen Streit mit der Kanzel gehabt; sie sollten, dünkt mich, nicht mit einander hadern. Wie sehr wäre zu wünschen, daß an beiden Orten nur durch edle Menschen Gott und Natur verherrlicht würden! Es sind keine Träume, meine Liebste! Wie ich an deinem Herzen habe fühlen können, daß du in Liebe bist, so ergreife ich auch den glänzenden Gedanken und sage – ich wills nicht aussagen, aber hoffen will ich, daß wir einst als ein Paar gute Geister den Menschen erscheinen werden, ihre Herzen aufzuschließen, ihre Gemüter zu berühren und ihnen himmlische Genüsse zu bereiten, so gewiß mir an deinem Busen Freuden gewährt waren, die immer himmlisch genennt werden müssen, weil wir uns in jenen Augenblicken aus uns selbst gerückt, über uns selbst erhaben fühlen.

Ich kann nicht schließen, ich habe schon zu viel gesagt und weiß nicht, ob ich dir schon alles gesagt habe, alles, was *dich* angeht; denn die Bewegung des Rades, das sich in meinem Herzen dreht, sind keine Worte vermögend auszudrücken.

Nimm dieses Blatt indes, meine Liebe! ich habe es wieder durchgelesen und finde, daß ich von vorne anfangen sollte; doch enthält es alles, was du zu wissen nötig hast, was dir Vorbereitung ist, wenn ich bald mit Fröhlichkeit der süßen Liebe an deinen Busen zurückkehre. Ich komme mir vor wie ein Gefangener, der in einem Kerker lauschend seine Fesseln abfeilt. Ich sage gute Nacht meinen sorglos schlafenden Eltern! – Lebe wohl, Geliebte! Lebe wohl! Für diesmal schließ ich; die Augen sind mir zwei-, dreimal zugefallen; es ist schon tief in der Nacht.

Siebzehntes Kapitel

Der Tag wollte nicht endigen, als Wilhelm, seinen Brief schön gefaltet in der Tasche, sich zu Marianen hinsehnte; auch war es kaum düster geworden, als er sich wider seine Gewohnheit nach ihrer Wohnung hinschlich. Sein Plan war: sich auf die Nacht anzumelden, seine Geliebte auf kurze Zeit wieder zu verlassen, ihr, eh er wegging, den Brief in die Hand zu drücken und bei seiner Rückkehr in tiefer Nacht ihre Antwort, ihre Einwilligung zu erhalten oder durch die Macht seiner Liebkosungen zu erzwingen. Er flog in ihre Arme und konnte sich an ihrem Busen kaum wieder fassen. Die Lebhaftigkeit seiner Empfindungen verbarg ihm anfangs, daß sie nicht wie sonst mit Herzlichkeit antwortete; doch konnte sie einen ängstlichen Zustand nicht lange verbergen; sie schützte eine Krankheit, eine Unpäßlichkeit vor, sie beklagte sich über Kopfweh, sie wollte sich auf den Vorschlag, daß er heute nacht wieder kommen wolle, nicht einlassen. Er ahnete nichts Böses, drang nicht weiter in sie; fühlte aber, daß es nicht die Stunde sei, ihr seinen Brief zu übergeben. Er behielt ihn bei sich, und da verschiedene ihrer Bewegungen und Reden ihn auf eine höfliche Weise wegzugehen nötigten, ergriff er im Taumel seiner ungenügsamen Liebe eines ihrer Halstücher, steckte es in die Tasche und verließ wider Willen ihre Lippen und ihre Türe. Er schlich nach Hause, konnte aber auch da nicht lange bleiben, kleidete sich um und suchte wieder die freie Luft.

Als er einige Straßen auf und ab gegangen war, begegnete ihm ein Unbekannter, der nach einem gewissen Gasthofe fragte: Wilhelm erbot sich, ihm das Haus zu zeigen; der Fremde erkundigte sich nach dem Namen der Straße, nach den Besitzern verschiedener großer Gebäude, vor denen sie vorbeigingen, sodann nach einigen Polizeieinrichtungen der Stadt, und sie waren in einem ganz interessanten Gespräche begriffen, als sie am Tore des Wirtshauses ankamen. Der Fremde nötigte seinen Führer, hineinzutreten und ein Glas Punsch mit ihm zu trinken; zugleich gab er seinen Namen an und seinen Geburtsort, auch die Geschäfte, die ihn hierher gebracht hätten, und ersuchte Wilhelmen um ein gleiches Vertrauen. Dieser verschwieg ebensowenig seinen Namen als seine Wohnung.

Sind Sie nicht ein Enkel des alten Meisters, der die schöne Kunstsammlung besaß? fragte der Fremde.

Ja, ich bins, ich war zehn Jahre, als der Großvater starb, und es schmerzte mich lebhaft, diese schönen Sachen verkaufen zu sehen. –

Ihr Vater hat eine große Summe Geldes dafür erhalten. –

Sie wissen also davon? –

O ja, ich habe diesen Schatz noch in Ihrem Hause gesehen. Ihr Großvater war nicht bloß ein Sammler, er verstand sich auf die

Kunst, er war in einer frühern glücklichen Zeit in Italien gewesen und hatte Schätze von dort mit zurückgebracht, welche jetzt um keinen Preis mehr zu haben wären. Er besaß treffliche Gemälde von den besten Meistern; man traute kaum seinen Augen, wenn man seine Handzeichnungen durchsah; unter seinen Marmorn waren einige unschätzbare Fragmente; von Bronzen besaß er eine sehr instruktive Suite; so hatte er auch seine Münzen für Kunst und Geschichte zweckmäßig gesammelt; seine wenigen geschnittenen Steine verdienten alles Lob; auch war das Ganze gut aufgestellt, wenngleich die Zimmer und Säle des alten Hauses nicht symmetrisch gebaut waren. –

Sie können denken, was wir Kinder verloren, als alle die Sachen heruntergenommen und eingepackt wurden. Es waren die ersten traurigen Zeiten meines Lebens. Ich weiß noch, wie leer uns die Zimmer vorkamen, als wir die Gegenstände nach und nach verschwinden sahen, die uns von Jugend auf unterhalten hatten, und die wir ebenso unveränderlich hielten als das Haus und die Stadt selbst. –

Wenn ich nicht irre, so gab Ihr Vater das gelöste Kapital in die Handlung eines Nachbars, mit dem er eine Art Gesellschaftshandel einging? –

Ganz richtig! und ihre gesellschaftlichen Spekulationen sind ihnen wohl geglückt; sie haben in diesen zwölf Jahren ihr Vermögen sehr vermehrt und sind beide nur desto heftiger auf den Erwerb gestellt; auch hat der alte Werner einen Sohn, der sich viel besser zu diesem Handwerke schickt als ich. –

Es tut mir leid, daß dieser Ort eine solche Zierde verloren hat, als das Kabinett Ihres Großvaters war. Ich sah es noch kurz vorher, ehe es verkauft wurde, und ich darf wohl sagen, ich war Ursache, daß der Kauf zustande kam. Ein reicher Edelmann, ein großer Liebhaber, der aber bei so einem wichtigen Handel sich nicht allein auf sein eigen Urteil verließ, hatte mich hierher geschickt und verlangte meinen Rat. Sechs Tage besah ich das Kabinett, und am siebenten riet ich meinem Freunde, die ganze geforderte Summe ohne Anstand zu bezahlen. Sie waren als ein munterer Knabe oft um mich herum; Sie erklärten mir die

Gegenstände der Gemälde und wußten überhaupt das Kabinett recht gut auszulegen. –

Ich erinnere mich einer solchen Person, aber in Ihnen hätte ich sie nicht wieder erkannt. –

Es ist auch schon eine geraume Zeit, und wir verändern uns doch mehr oder weniger. Sie hatten, wenn ich mich recht erinnere, ein Lieblingsbild darunter, von dem Sie mich gar nicht weglassen wollten. –

Ganz richtig! es stellte die Geschichte vor, wie der kranke Königssohn sich über die Braut seines Vaters in Liebe verzehrt. –

Es war eben nicht das beste Gemälde, nicht gut zusammengesetzt, von keiner sonderlichen Farbe, und die Ausführung durchaus manieriert. –

Das verstand ich nicht und versteh es noch nicht; der Gegenstand ist es, der mich an einem Gemälde reizt, nicht die Kunst. –

Da schien Ihr Großvater anders zu denken; denn der größte Teil seiner Sammlung bestand aus trefflichen Sachen, in denen man immer das Verdienst ihres Meisters bewunderte, sie mochten vorstellen, was sie wollten; auch hing dieses Bild in dem äußersten Vorsaale, zum Zeichen, daß er es wenig schätzte. –

Da war es eben, wo wir Kinder immer spielen durften, und wo dieses Bild einen unauslöschlichen Eindruck auf mich machte, den mir selbst Ihre Kritik, die ich übrigens verehre, nicht auslöschen könnte, wenn wir auch jetzt vor dem Bilde stünden. Wie jammerte mich, wie jammert mich noch ein Jüngling, der die süßen Triebe, das schönste Erbteil, das uns die Natur gab, in sich verschließen und das Feuer, das ihn und andere erwärmen und beleben sollte, in seinem Busen verbergen muß, so daß sein Innerstes unter ungeheuren Schmerzen verzehrt wird. Wie bedaure ich die Unglückliche, die sich einem andern widmen soll, wenn ihr Herz schon den würdigen Gegenstand eines wahren und reinen Verlangens gefunden hat. –

Diese Gefühle sind freilich sehr weit von jenen Betrachtungen entfernt, unter denen ein Kunstliebhaber die Werke großer Meister anzusehen pflegt; wahrscheinlich würde Ihnen aber, wenn das Kabinett ein Eigentum Ihres Hauses geblieben wäre, nach und nach der Sinn für die Werke selbst aufgegangen sein, so daß Sie nicht immer nur sich selbst und Ihre Neigung in den Kunstwerken gesehen hätten. –

Gewiß tat mir der Verkauf des Kabinetts gleich sehr leid, und ich habe es auch in reifern Jahren öfters vermißt; wenn ich aber bedenke, daß es gleichsam so sein mußte, um eine Liebhaberei, um ein Talent in mir zu entwickeln, die weit mehr auf mein Leben wirken sollten, als jene leblosen Bilder je getan hätten: so bescheide ich mich dann gern und verehre das Schicksal, das mein Bestes und eines jeden Bestes einzuleiten weiß. –

Leider höre ich schon wieder das Wort Schicksal von einem jungen Manne aussprechen, der sich eben in einem Alter befindet, wo man gewöhnlich seinen lebhaften Neigungen den Willen höherer Wesen unterzuschieben pflegt. –

So glauben Sie kein Schicksal? Keine Macht, die über uns waltet und alles zu unserm Besten lenkt? –

Es ist hier die Rede nicht von meinem Glauben, noch der Ort, auszulegen, wie ich mir Dinge, die uns allen unbegreiflich sind, einigermaßen denkbar zu machen suche; hier ist nur die Frage, welche Vorstellungsart zu unserm Besten gereicht. Das Gewebe dieser Welt ist aus Notwendigkeit und Zufall gebildet; die Vernunft des Menschen stellt sich zwischen beide und weiß sie zu beherrschen; sie behandelt das Notwendige als den Grund ihres Daseins; das Zufällige weiß sie zu lenken, zu leiten und zu nutzen, und nur, indem sie fest und unerschütterlich steht, verdient der Mensch, ein Gott der Erde genannt zu werden. Wehe dem, der sich von Jugend auf gewöhnt, in dem Notwendigen etwas Willkürliches finden zu wollen, der dem Zufälligen eine Art von Vernunft zuschreiben möchte, welcher zu folgen sogar eine Religion sei. Heißt das etwas weiter, als seinem eignen Verstande entsagen und seinen Neigungen unbedingten Raum geben? Wir bilden uns ein, fromm zu sein, indem wir ohne Überlegung hinschlendern, uns durch angenehme Zufälle determinieren lassen und endlich dem Resultate eines solchen schwankenden Lebens den Namen einer göttlichen Führung geben. –

Waren Sie niemals in dem Falle, daß ein kleiner Umstand Sie veranlaßte, einen gewissen Weg einzuschlagen, auf welchem bald eine gefällige Gelegenheit Ihnen entgegenkam und eine Reihe von unerwarteten Vorfällen Sie endlich ans Ziel brachte, das Sie selbst noch kaum ins Auge gefaßt hatten? Sollte das nicht Ergebenheit in das Schicksal, Zutrauen zu einer solchen Leitung einflößen? –

Mit diesen Gesinnungen könnte kein Mädchen ihre Tugend, niemand sein Geld im Beutel behalten; denn es gibt Anlässe genug, beides loszuwerden. Ich kann mich nur über *den* Menschen freuen, der weiß, was ihm und andern nütze ist, und seine Willkür zu beschränken arbeitet. Jeder hat sein eigen Glück unter den Händen, wie der Künstler eine rohe Materie, die er zu einer Gestalt umbilden will. Aber es ist mit dieser Kunst wie mit allen; nur die Fähigkeit dazu wird uns angeboren, sie will gelernt und sorgfältig ausgeübt sein.

Dieses und mehreres wurde noch unter ihnen abgehandelt; endlich trennten sie sich, ohne daß sie einander sonderlich überzeugt zu haben schienen, doch bestimmten sie auf den folgenden Tag einen Ort der Zusammenkunft.

Wilhelm ging noch einige Straßen auf und nieder; er hörte Klarinetten, Waldhörner und Fagotte, es schwoll sein Busen. Durchreisende Spielleute machten eine angenehme Nachtmusik. Er sprach mit ihnen, und um ein Stück Geld folgten sie ihm zu Marianens Wohnung. Hohe Bäume zierten den Platz vor ihrem Hause, darunter stellte er seine Sänger; er selbst ruhte auf einer Bank in einiger Entfernung und überließ sich ganz den schwebenden Tönen, die in der labenden Nacht um ihn säuselten. Unter den holden Sternen hingestreckt, war ihm sein Dasein wie ein goldner Traum. – Sie hört auch diese Flöten, sagte er in seinem Herzen; sie fühlt, wessen Andenken, wessen Liebe die Nacht wohlklingend macht; auch in der Entfernung sind wir durch diese Melodieen zusammengebunden, wie in jeder Entfernung durch die feinste Stimmung der Liebe. Ach! zwei liebende Herzen, sie sind wie zwei Magnetuhren: was in der einen sich regt, muß auch die andere mit bewegen; denn es ist nur Eins, was in beiden wirkt, Eine Kraft, die sie durchgeht. Kann ich in ihren Armen eine Möglichkeit fühlen, mich von ihr zu trennen? und doch, ich werde fern von ihr sein, werde einen Heilort für unsere Liebe suchen und werde sie immer mit mir haben.

Wie oft ist mirs geschehen, daß ich, abwesend von ihr, in Gedanken an sie verloren, ein Buch, ein Kleid oder sonst etwas berührte und glaubte, ihre Hand zu fühlen, so ganz war ich mit ihrer Gegenwart umkleidet. Und jener Augenblicke mich zu erinnern, die das Licht des Tages wie das Auge des kalten Zuschauers fliehen, die zu genießen Götter den schmerzlosen Zustand der reinen Seligkeit zu verlassen sich entschließen dürften! – Mich zu erinnern? – Als wenn man den Rausch des Taumelkelchs in der Erinnerung erneuern könnte, der unsere Sinne, von himmlischen Banden umstrickt, aus aller ihrer Fassung reißt. – Und ihre Gestalt – – Er verlor sich im Andenken an sie, seine Ruhe ging in Verlangen über, er umfaßte einen Baum, kühlte seine heiße Wange an der Rinde, und die Winde der Nacht saugten begierig den Hauch auf, der aus dem reinen Busen bewegt hervordrang. Er fühlte nach dem Halstuch, das er von ihr mitgenommen hatte, es war vergessen, es steckte im vorigen Kleide. Seine Lippen lechzten, seine Glieder zitterten vor Verlangen.

Die Musik hörte auf, und es war ihm, als wär er aus dem Elemente gefallen, in dem seine Empfindungen bisher emporgetragen wurden. Seine Unruhe vermehrte sich, da seine Gefühle nicht mehr von den sanften Tönen genährt und gelindert wurden. Er setzte sich auf ihre Schwelle nieder und war schon mehr beruhigt. Er küßte den messingenen Ring, womit man an ihre Türe pochte, er küßte die Schwelle, über die ihre Füße aus und ein gingen, und erwärmte sie durch das Feuer seiner Brust. Dann saß er wieder eine Weile stille und dachte sie hinter ihren Vorhängen, im weißen Nachtkleide mit dem roten Band um den Kopf, in süßer Ruhe, und dachte sich selbst so nahe zu ihr hin, daß ihm vorkam, sie müßte nun von ihm träumen. Seine Gedanken waren lieblich, wie die Geister der Dämmerung; Ruhe und Verlangen wechselten in ihm; die Liebe lief mit schaudernder

Hand tausendfältig über alle Saiten seiner Seele; es war, als wenn der Gesang der Sphären über ihm stille stünden, um die leisen Melodieen seines Herzens zu belauschen.

Hätte er den Hauptschlüssel bei sich gehabt, der ihm sonst Marianens Türe öffnete, er würde sich nicht gehalten haben, würde ins Heiligtum der Liebe eingedrungen sein. Doch er entfernte sich langsam, schwankte halb träumend unter den Bäumen hin, wollte nach Hause und ward immer wieder umgewendet; endlich als ers über sich vermochte, ging und an der Ecke noch einmal zurücksah, kam es ihm vor, als wenn Marianens Türe sich öffnete und eine dunkle Gestalt sich heraus bewegte. Er war zu weit, um deutlich zu sehen, und eh er sich faßte und recht aufsah, hatte sich die Erscheinung schon in der Nacht verloren; nur ganz weit glaubte er sie wieder an einem weißen Hause vorbeistreifen zu sehen. Er stund und blinzte, und ehe er sich ermannte und nacheilte, war das Phantom verschwunden. Wohin sollt er ihm folgen? Welche Straße hatte den Menschen aufgenommen, wenn es einer war?

Wie einer, dem der Blitz die Gegend in einem Winkel erhellte, gleich darauf mit geblendeten Augen die vorigen Gestalten, den Zusammenhang der Pfade in der Finsternis vergebens sucht, so wars vor seinen Augen, so wars in seinem Herzen. Und wie ein Gespenst der Mitternacht, das ungeheure Schrecken erzeugt, in folgenden Augenblicken der Fassung für ein Kind des Schreckens gehalten wird und die fürchterliche Erscheinung Zweifel ohne Ende in der Seele zurückläßt, so war auch Wilhelm in der größten Unruhe, als er, an einen Eckstein gelehnt, die Helle des Morgens und das Geschrei der Hähne nicht achtete, bis die frühen Gewerbe lebendig zu werden anfingen und ihn nach Hause trieben.

Er hatte, wie er zurückkam, das unerwartete Blendwerk mit den triftigsten Gründen beinahe aus der Seele vertrieben; doch die schöne Stimmung der Nacht, an die er jetzt auch nur wie an eine Erscheinung zurückdachte, war auch dahin. Sein Herz zu letzen, ein Siegel seinem wiederkehrenden Glauben aufzudrücken, nahm er das Halstuch aus der vorigen Tasche. Das

Rauschen eines Zettels, der herausfiel, zog ihm das Tuch von den Lippen; er hob auf und las:

So hab ich dich lieb, kleiner Narre! was war dir auch gestern? Heute nacht komm ich zu dir. Ich glaube wohl, daß dirs leid tut, von hier wegzugehen; aber habe Geduld, auf die Messe komm ich dir nach. Höre, tu mir nicht wieder die schwarzgrünbraune Jacke an, du siehst drin aus wie die Hexe von Endor. Hab ich dir nicht das weiße Negligé darum geschickt, daß ich ein weißes Schäfchen in meinen Armen haben will? Schick mir deine Zettel immer durch die alte Sibylle; die hat der Teufel selbst zur Iris bestellt.

ZWEITES BUCH

Erstes Kapitel

Jeder, der mit lebhaften Kräften vor unsern Augen eine Absicht zu erreichen strebt, kann, wir mögen seinen Zweck loben oder tadeln, sich unsre Teilnahme versprechen; sobald aber die Sache entschieden ist, wenden wir unser Auge sogleich von ihm weg; alles, was geendigt, was abgetan daliegt, kann unsre Aufmerksamkeit keineswegs fesseln, besonders wenn wir schon frühe der Unternehmung einen übeln Ausgang prophezeit haben.

Deswegen sollen unsre Leser nicht umständlich mit dem Jammer und der Not unsers verunglückten Freundes, in die er geriet, als er seine Hoffnungen und Wünsche auf eine so unerwartete Weise zerstört sah, unterhalten werden. Wir überspringen vielmehr einige Jahre und suchen ihn erst da wieder auf, wo wir ihn in einer Art von Tätigkeit und Genuß zu finden hoffen, wenn wir vorher nur kürzlich soviel, als zum Zusammenhang der Geschichte nötig ist, vorgetragen haben.

Die Pest oder ein böses Fieber rasen in einem gesunden, vollsaftigen Körper, den sie anfallen, schneller und heftiger, und so ward der arme Wilhelm unvermutet von einem unglücklichen Schicksale überwältigt, daß in Einem Augenblicke sein ganzes Wesen zerrüttet war. Wie wenn von ungefähr unter der Zurüstung ein Feuerwerk in Brand gerät und die künstlich gebohrten und gefüllten Hülsen, die, nach einem gewissen Plane geordnet und abgebrannt, prächtig abwechselnde Feuerbilder in die Luft zeichnen sollten, nunmehr unordentlich und gefährlich durcheinander zischen und sausen: so gingen auch jetzt in seinem Busen Glück und Hoffnung, Wollust und Freuden, Wirkliches und Geträumtes auf einmal scheiternd durcheinander. In solchen wüsten Augenblicken erstarrt der Freund, der zur Rettung hinzueilt, und dem, den es trifft, ist es eine Wohltat, daß ihn die Sinne verlassen.

Tage des lauten, ewig wiederkehrenden und mit Vorsatz

erneuerten Schmerzens folgten darauf; doch sind auch diese für eine Gnade der Natur zu achten. In solchen Stunden hatte Wilhelm seine Geliebte noch nicht ganz verloren; seine Schmerzen waren unermüdet erneuerte Versuche, das Glück, das ihm aus der Seele entfloh, noch festzuhalten, die Möglichkeit desselben in der Vorstellung wieder zu erhaschen, seinen auf immer abgeschiedenen Freuden ein kurzes Nachleben zu verschaffen. Wie man einen Körper, solange die Verwesung dauert, nicht ganz tot nennen kann, solange die Kräfte, die vergebens nach ihren alten Bestimmungen zu wirken suchen, an der Zerstörung der Teile, die sie sonst belebten, sich abarbeiten; nur dann, wenn sich alles an einander aufgerieben hat, wenn wir das Ganze in gleichgültigen Staub zerlegt sehen, dann entsteht das erbärmliche leere Gefühl des Todes in uns, nur durch den Atem des Ewiglebenden zu erquicken.

In einem so neuen, ganzen, lieblichen Gemüte war viel zu zerreißen, zu zerstören, zu ertöten, und die schnellheilende Kraft der Jugend gab selbst der Gewalt des Schmerzens neue Nahrung und Heftigkeit. Der Streich hatte sein ganzes Dasein an der Wurzel getroffen. Werner, aus Not sein Vertrauter, griff voll Eifer zu Feuer und Schwert, um einer verhaßten Leidenschaft, dem Ungeheuer, ins innerste Leben zu dringen. Die Gelegenheit war so glücklich, das Zeugnis so bei der Hand, und wie viel Geschichten und Erzählungen wußt er nicht zu nutzen. Er triebs mit solcher Heftigkeit und Grausamkeit Schritt vor Schritt, ließ dem Freunde nicht das Labsal des mindesten augenblicklichen Betruges, vertrat ihm jeden Schlupfwinkel, in welchen er sich vor der Verzweiflung hätte retten können, daß die Natur, die ihren Liebling nicht wollte zugrunde gehen lassen, ihn mit Krankheit anfiel, um ihm von der andern Seite Luft zu machen.

Ein lebhaftes Fieber mit seinem Gefolge, den Arzeneien, der Überspannung und der Mattigkeit, dabei die Bemühungen der Familie, die Liebe der Mitgebornen, die durch Mangel und Bedürfnisse sich erst recht fühlbar macht, waren so viele Zerstreuungen eines veränderten Zustandes und eine kümmerliche Unterhaltung. Erst als er wieder besser wurde, das heißt, als seine Kräfte erschöpft waren, sah Wilhelm mit Entsetzen in den qualvollen Abgrund eines dürren Elendes hinab, wie man in den ausgebrannten hohlen Becher eines Vulkans hinunterblickt.

Nunmehr machte er sich selbst die bittersten Vorwürfe, daß er, nach so großem Verlust, noch einen schmerzenlosen, ruhigen, gleichgültigen Augenblick haben könne. Er verachtete sein eigen Herz und sehnte sich nach dem Labsal des Jammers und der Tränen. Um diese wieder in sich zu erwecken, brachte er vor sein Andenken alle Szenen des vergangenen Glücks. Mit der größten Lebhaftigkeit malte er sie sich aus, strebte wieder in sie hinein, und wenn er sich zur möglichsten Höhe hinaufgearbeitet hatte, wenn ihm der Sonnenschein voriger Tage wieder die Glieder zu beleben, den Busen zu heben schien, sah er rückwärts auf den schrecklichen Abgrund, labte sein Auge an der zerschmetternden Tiefe, warf sich hinunter und erzwang von der Natur die bittersten Schmerzen. Mit so wiederholter Grausamkeit zerriß er sich selbst; denn die Jugend, die so reich an eingehüllten Kräften ist, weiß nicht, was sie verschleudert, wenn sie dem Schmerz, den ein Verlust erregt, noch so viele erzwungene Leiden zugesellt, als wollte sie dem Verlornen dadurch noch erst einen rechten Wert geben. Auch war er so überzeugt, daß dieser Verlust der einzige, der erste und letzte sei, den er in seinem Leben empfinden könne, daß er jeden Trost verabscheute, der ihm diese Leiden als endlich vorzustellen unternahm.

Zweites Kapitel

Gewöhnt, auf diese Weise sich selbst zu quälen, griff er nun auch das übrige, was ihm nach der Liebe und mit der Liebe die größten Freuden und Hoffnungen gegeben hatte, sein Talent als Dichter und Schauspieler, mit hämischer Kritik von allen Seiten an. Er sah in seinen Arbeiten nichts als eine geistlose Nachahmung einiger hergebrachten Formen, ohne innern Wert; er wollte darin nur steife Schulexerzitien erkennen, denen es an jedem Funken von Naturell, Wahrheit und Begeisterung fehle. In seinen Gedichten fand er nur ein monotones Silbenmaß, in welchem, durch einen armseligen Reim zusammengehalten, ganz gemeine Gedanken und Empfindungen sich hinschleppten; und so benahm er sich auch jede Aussicht, jede Lust, die ihn von dieser Seite noch allenfalls hätte wieder aufrichten können.

Seinem Schauspielertalente ging es nicht besser. Er schalt sich, daß er nicht früher die Eitelkeit entdeckt, die allein dieser Anmaßung zum Grunde gelegen. Seine Figur, sein Gang, seine Bewegung und Deklamation mußten herhalten; er sprach sich jede Art von Vorzug, jedes Verdienst, das ihn über das Gemeine emporgehoben hätte, entscheidend ab und vermehrte seine stumme Verzweiflung dadurch auf den höchsten Grad. Denn, wenn es hart ist, der Liebe eines Weibes zu entsagen, so ist die Empfindung nicht weniger schmerzlich, von dem Umgange der Musen sich loszureißen, sich ihrer Gemeinschaft auf immer unwürdig zu erklären und auf den schönsten und nächsten Beifall, der unsrer Person, unserm Betragen, unsrer Stimme öffentlich gegeben wird, Verzicht zu tun.

So hatte sich denn unser Freund völlig resigniert und sich zugleich mit großem Eifer den Handelsgeschäften gewidmet. Zum Erstaunen seines Freundes und zur größten Zufriedenheit seines Vaters war niemand auf dem Kontor und der Börse, im Laden und Gewölbe tätiger als er; Korrespondenz und Rechnungen, und was ihm aufgetragen wurde, besorgte und verrichtete er mit größtem Fleiß und Eifer. Freilich nicht mit dem heitern Fleiße, der zugleich dem Geschäftigen Belohnung ist, wenn wir dasjenige, wozu wir geboren sind, mit Ordnung und Folge verrichten, sondern mit dem stillen Fleiße der Pflicht, der den besten Vorsatz zum Grunde hat, der durch Überzeugung genährt und durch ein innres Selbstgefühl belohnt wird; der aber doch oft, selbst dann, wenn ihm das schönste Bewußtsein die Krone reicht, einen vordringenden Seufzer kaum zu ersticken vermag.

Auf diese Weise hatte Wilhelm eine Zeitlang sehr emsig fortgelebt und sich überzeugt, daß jene harte Prüfung vom Schicksale zu seinem Besten veranstaltet worden. Er war froh, auf dem Wege des Lebens sich beizeiten, obgleich unfreundlich genug, gewarnt zu sehen, anstatt daß andere später und schwerer die Mißgriffe büßen, wozu sie ein jugendlicher Dünkel verleitet hat. Denn gewöhnlich wehrt sich der Mensch so lange, als er kann, den Toren, den er im Busen hegt, zu verabschieden, einen Hauptirrtum zu bekennen und eine Wahrheit einzugestehen, die ihn zur Verzweiflung bringt.

So entschlossen er war, seinen liebsten Vorstellungen zu entsagen, so war doch einige Zeit nötig, um ihn von seinem Unglücke völlig zu überzeugen. Endlich aber hatte er jede Hoffnung der Liebe, des poetischen Hervorbringens und der persönlichen Darstellung mit triftigen Gründen so ganz in sich vernichtet, daß er Mut faßte, alle Spuren seiner Torheit, alles, was ihn irgend noch daran erinnern könnte, völlig auszulöschen. Er hatte daher an einem kühlen Abende ein Kaminfeuer angezündet und holte ein Reliquienkästchen hervor, in welchem sich hunderterlei Kleinigkeiten fanden, die er in bedeutenden Augenblicken von Marianen erhalten oder derselben geraubt hatte. Jede vertrocknete Blume erinnerte ihn an die Zeit, da sie noch frisch in ihren Haaren blühte; jedes Zettelchen an die glückliche Stunde, wozu sie ihn dadurch einlud; jede Schleife an den lieblichen Ruheplatz seines Hauptes, ihren schönen Busen. Mußte nicht auf diese Weise jede Empfindung, die er schon lange getötet glaubte, sich wieder zu bewegen anfangen? Mußte nicht die Leidenschaft, über die er, abgeschieden von seiner Geliebten, Herr geworden war, in der Gegenwart dieser Kleinigkeiten wieder mächtig werden? Denn wir merken erst, wie traurig und unangenehm ein trüber Tag ist, wenn ein einziger durchdringender Sonnenblick uns den aufmunternden Glanz einer heitern Stunde darstellt.

Nicht ohne Bewegung sah er daher diese so lange bewahrten Heiligtümer nacheinander in Rauch und Flamme vor sich aufgehen. Einigemal hielt er zaudernd inne und hatte noch eine Perlenschnur und ein flornes Halstuch übrig, als er sich entschloß, mit den dichterischen Versuchen seiner Jugend das abnehmende Feuer wieder aufzufrischen.

Bis jetzt hatte er alles sorgfältig aufgehoben, was ihm, von der frühsten Entwicklung seines Geistes an, aus der Feder geflossen war. Noch lagen seine Schriften in Bündeln gebunden auf dem Boden des Koffers, wohin er sie gepackt hatte, als er sie auf seiner Flucht mitzunehmen hoffte. Wie ganz anders eröffnete er sie jetzt, als er sie damals zusammenband!

Wenn wir einen Brief, den wir unter gewissen Umständen geschrieben und gesiegelt haben, der aber den Freund, an den er gerichtet war, nicht antrifft, sondern wieder zu uns zurückgebracht wird, nach einiger Zeit eröffnen, überfällt uns eine sonderbare Empfindung, indem wir unser eignes Siegel erbrechen und uns mit unserm veränderten Selbst wie mit einer dritten Person unterhalten. Ein ähnliches Gefühl ergriff mit Heftigkeit unsern Freund, als er das erste Paket eröffnete und die zerteilten Hefte ins Feuer warf, die eben gewaltsam aufloderten, als Werner hereintrat, sich über die lebhafte Flamme verwunderte und fragte, was hier vorgehe.

Ich gebe einen Beweis, sagte Wilhelm, daß es mir Ernst sei, ein Handwerk aufzugeben, wozu ich nicht geboren ward; und mit diesen Worten warf er das zweite Paket in das Feuer. Werner wollte ihn abhalten, allein es war geschehen.

Ich sehe nicht ein, wie du zu diesem Extrem kommst, sagte dieser. Warum sollen denn nun diese Arbeiten, wenn sie nicht vortrefflich sind, gar vernichtet werden? –

Weil ein Gedicht entweder vortrefflich sein oder gar nicht existieren soll. Weil jeder, der keine Anlage hat, das Beste zu leisten, sich der Kunst enthalten und sich vor jeder Verführung dazu ernstlich in acht nehmen sollte. Denn freilich regt sich in jedem Menschen ein gewisses unbestimmtes Verlangen, dasjenige, was er sieht, nachzuahmen; aber dieses Verlangen beweist gar nicht, daß auch die Kraft in uns wohne, mit dem, was wir unternehmen, zustande zu kommen. Sieh nur die Knaben an, wie sie jedesmal, sooft Seiltänzer in der Stadt gewesen, auf allen Planken und Balken hin und wider gehen und balancieren, bis ein anderer Reiz sie wieder zu einem ähnlichen Spiele hinzieht. Hast du es nicht in dem Zirkel unsrer Freunde bemerkt? Sooft sich ein Virtuose hören läßt, finden sich immer einige, die sogleich dasselbe Instrument zu lernen anfangen. Wie viele irren auf diesem Wege herum! Glücklich, wer den Fehlschluß von seinen Wünschen auf seine Kräfte bald gewahr wird!

Werner widersprach; die Unterredung ward lebhaft, und Wilhelm konnte nicht ohne Bewegung die Argumente, mit denen er sich selbst so oft gequält hatte, gegen seinen Freund wiederholen. Werner behauptete, es sei nicht vernünftig, ein Talent, zu dem man nur einigermaßen Neigung und Geschick habe, deswegen, weil man es niemals in der größten Vollkommenheit ausüben werde, ganz aufzugeben. Es finde sich ja so manche leere Zeit, die man dadurch ausfüllen und nach und nach etwas hervorbringen könne, wodurch wir uns und andern ein Vergnügen bereiten.

Unser Freund, der hierin ganz anderer Meinung war, fiel ihm sogleich ein und sagte mit großer Lebhaftigkeit:

Wie sehr irrst du, lieber Freund, wenn du glaubst, daß ein Werk, dessen erste Vorstellung die ganze Seele füllen muß, in unterbrochenen, zusammengegeizten Stunden könne hervorgebracht werden. Nein, der Dichter muß ganz *sich*, ganz in seinen geliebten Gegenständen leben. Er, der vom Himmel innerlich auf das köstlichste begabt ist, der einen sich immer selbst vermehrenden Schatz im Busen bewahrt, er muß auch von außen ungestört mit seinen Schätzen in der stillen Glückseligkeit leben, die ein Reicher vergebens mit aufgehäuften Gütern um sich hervorzubringen sucht. Sieh die Menschen an, wie sie nach Glück und Vergnügen rennen! Ihre Wünsche, ihre Mühe, ihr Geld jagen rastlos, und wonach? Nach dem, was der Dichter von der Natur erhalten hat, nach dem Genuß der Welt, nach dem Mitgefühl seiner selbst in andern, nach einem harmonischen Zusammensein mit vielen oft unvereinbaren Dingen.

Was beunruhiget die Menschen, als daß sie ihre Begriffe nicht mit den Sachen verbinden können, daß der Genuß sich ihnen unter den Händen wegstiehlt, daß das Gewünschte zu spät kommt, und daß alles Erreichte und Erlangte auf ihr Herz nicht die Wirkung tut, welche die Begierde uns in der Ferne ahnen läßt. Gleichsam wie einen Gott hat das Schicksal den Dichter über dieses alles hinüber gesetzt. Er sieht das Gewirre der Leidenschaften, Familien und Reiche sich zwecklos bewegen, er sieht die unauflöslichen Rätsel der Mißverständnisse, denen oft nur ein einsilbiges Wort zur Entwicklung fehlt, unsäglich verderbliche Verwirrungen verursachen. Er fühlt das Traurige und das Freudige jedes Menschenschicksals mit. Wenn der Weltmensch in einer abzehrenden Melancholie über großen Verlust seine Tage hinschleicht oder in ausgelassener Freude seinem Schicksale entgegengeht, so schreitet die empfängliche, leichtbewegliche Seele des Dichters, wie die wandelnde Sonne, von Nacht zu Tag fort, und mit leisen Übergängen stimmt seine Harfe zu Freude und Leid. Eingeboren auf dem Grund seines Herzens, wächst die schöne Blume der Weisheit hervor, und wenn die andern wachend träumen und von ungeheuren Vorstellungen aus allen ihren Sinnen geängstiget werden, so lebt er den Traum des Lebens als ein Wachender, und das Seltenste, was geschieht, ist ihm zugleich Vergangenheit und Zukunft. Und so ist der Dichter zugleich Lehrer, Wahrsager, Freund der Götter und der Menschen. Wie! willst du, daß er zu einem kümmerlichen Gewerbe heruntersteige? Er, der wie ein Vogel gebaut ist, um die Welt zu überschweben, auf hohen Gipfeln zu nisten und seine Nahrung von Knospen und Früchten, einen Zweig mit dem andern leicht verwechselnd, zu nehmen, er sollte zugleich wie der Stier am Pfluge ziehen, wie der Hund sich auf eine Fährte gewöhnen, oder vielleicht gar, an die Kette geschlossen, einen Meierhof durch sein Bellen sichern?

Werner hatte, wie man sich denken kann, mit Verwunderung zugehört. Wenn nur auch die Menschen, fiel er ihm ein, wie die Vögel gemacht wären und, ohne daß sie spinnen und weben, holdselige Tage in beständigem Genuß zubringen könnten! Wenn sie nur auch bei Ankunft des Winters sich so leicht in ferne Gegenden begäben, dem Mangel auszuweichen und sich vor dem Froste zu sichern!

So haben die Dichter in Zeiten gelebt, wo das Ehrwürdige mehr erkannt ward, rief Wilhelm aus, und so sollten sie immer leben.

Genugsam in ihrem Innersten ausgestattet, bedurften sie wenig von außen; die Gabe, schöne Empfindungen, herrliche Bilder den Menschen in süßen, sich an jeden Gegenstand anschmiegenden Worten und Melodieen mitzuteilen, bezauberte von jeher die Welt und war für den Begabten ein reichliches Erbteil. An der Könige Höfen, an den Tischen der Reichen, vor den Türen der Verliebten horchte man auf sie, indem sich das Ohr und die Seele für alles andere verschloß; wie man sich selig preist und entzückt stillesteht, wenn aus den Gebüschen, durch die man wandelt, die Stimme der Nachtigall gewaltig rührend hervordringt! Sie fanden eine gastfreie Welt, und ihr niedrig scheinender Stand erhöhte sie nur desto mehr. Der Held lauschte ihren Gesängen, und der Überwinder der Welt huldigte einem Dichter, weil er fühlte, daß ohne diesen sein ungeheures Dasein nur wie ein Sturmwind vorüberfahren würde; der Liebende wünschte sein Verlangen und seinen Genuß so tausendfach und so harmonisch zu fühlen, als ihn die beseelte Lippe zu schildern verstand; und selbst der Reiche konnte seine Besitztümer, seine Abgötter nicht mit eigenen Augen so kostbar sehen, als sie ihm vom Glanz des allen Wert fühlenden und erhöhenden Geistes beleuchtet erschienen. Ja, wer hat, wenn du willst, Götter gebildet, uns zu ihnen erhoben, sie zu uns herniedergebracht, als der Dichter?

Mein Freund, versetzte Werner nach einigem Nachdenken, ich habe schon oft bedauert, daß du das, was du so lebhaft fühlst, mit Gewalt aus deiner Seele zu verbannen strebst. Ich müßte mich sehr irren, wenn du nicht besser tätest, dir selbst einigermaßen nachzugeben, als dich durch die Widersprüche eines so harten Entsagens aufzureiben und dir mit der einen unschuldigen Freude den Genuß aller übrigen zu entziehen.

Darf ich dirs gestehen, mein Freund, versetzte der andre, und wirst du mich nicht lächerlich finden, wenn ich dir bekenne, daß jene Bilder mich noch immer verfolgen, so sehr ich sie fliehe, und daß, wenn ich mein Herz untersuche, alle frühen Wünsche fest, ja noch fester als sonst darin haften? Doch was bleibt mir Unglücklichen gegenwärtig übrig? Ach, wer mir vorausgesagt hätte, daß die Arme meines Geistes so bald zerschmettert werden sollten, mit denen ich ins Unendliche griff, und mit denen ich doch gewiß ein Großes zu umfassen hoffte, wer mir das vorausgesagt hätte, würde mich zur Verzweiflung gebracht haben. Und noch jetzt, da das Gericht über mich ergangen ist, jetzt, da ich *die* verloren habe, die anstatt einer Gottheit mich zu meinen Wünschen hinüberführen sollte, was bleibt mir übrig, als mich den bittersten Schmerzen zu überlassen? O mein Bruder, fuhr er fort, ich leugne nicht, sie war mir bei meinen heimlichen Anschlägen der Kloben, an den eine Strickleiter befestigt ist; gefährlich hoffend schwebt der Abenteurer in der Luft, das Eisen bricht, und er liegt zerschmettert am Fuße seiner Wünsche. Es ist auch nun für mich kein Trost, keine Hoffnung mehr! Ich werde, rief er aus, indem er aufsprang, von diesen unglückseligen Papieren keines übrig lassen. Er faßte abermals ein paar Hefte an, riß sie auf und warf sie ins Feuer. Werner wollte ihn abhalten, aber vergebens. Laß mich! rief Wilhelm, was sollen diese elenden Blätter? Für mich sind sie weder Stufe noch Aufmunterung mehr. Sollen sie übrig bleiben, um mich bis ans Ende meines Lebens zu peinigen? Sollen sie vielleicht einmal der Welt zum Gespötte dienen, anstatt Mitleiden und Schauer zu erregen? Weh über mich und über mein Schicksal! Nun verstehe ich erst die Klagen der Dichter, der aus Not weise gewordnen Traurigen. Wie lange hielt ich mich für unzerstörbar, für unverwundlich, und ach! nun seh ich, daß ein tiefer früher Schade nicht wieder auswachsen, sich nicht wieder herstellen kann; ich fühle, daß ich ihn mit ins Grab nehmen muß. Nein! keinen Tag des Lebens soll der Schmerz von mir weichen, der mich noch zuletzt umbringt, und auch *ihr* Andenken soll bei mir bleiben, mit mir leben und sterben, das Andenken der Unwürdigen – ach, mein Freund! wenn ich von Herzen reden soll – der gewiß nicht ganz Unwürdigen! Ihr Stand, ihre Schicksale haben sie tausendmal bei mir entschuldigt. Ich bin zu grausam gewesen, du hast mich in deine Kälte, in deine Härte unbarmherzig eingeweiht, meine zerrütteten Sinne gefangen gehalten und mich verhindert, das für sie und für mich zu tun, was ich uns beiden schuldig war.

Wer weiß, in welchen Zustand ich sie versetzt habe, und erst nach und nach fällt mirs aufs Gewissen, in welcher Verzweiflung, in welcher Hülflosigkeit ich sie verließ. Wars nicht möglich, daß sie sich entschuldigen konnte? Wars nicht möglich? Wie viel Mißverständnisse können die Welt verwirren, wie viel Umstände können dem größten Fehler Vergebung erflehen! – Wie oft denke ich mir sie, in der Stille für sich sitzend, auf ihren Ellenbogen gestützt. – Das ist, sagt sie, die Treue, die Liebe, die er mir zuschwur! Mit diesem unsanften Schlag das schöne Leben zu endigen, das uns verband! – Er brach in einen Strom von Tränen aus, indem er sich mit dem Gesichte auf den Tisch warf und die übergebliebenen Papiere benetzte.

Werner stand in der größten Verlegenheit dabei. Er hatte sich dieses rasche Auflodern der Leidenschaft nicht vermutet. Etlichemal wollte er seinem Freunde in die Rede fallen, etlichemal das Gespräch wo anders hinlenken, vergebens! er widerstand dem Strome nicht. Auch hier übernahm die ausdauernde Freundschaft wieder ihr Amt. Er ließ den heftigsten Anfall des Schmerzens vorüber, indem er durch seine stille Gegenwart eine aufrichtige, reine Teilnehmung am besten sehen ließ, und so blieben sie diesen Abend: Wilhelm ins stille Nachgefühl des Schmerzens versenkt, und der andere erschreckt durch den neuen Ausbruch einer Leidenschaft, die er lange bemeistert und durch guten Rat und eifriges Zureden überwältigt zu haben glaubte.

Drittes Kapitel

Nach solchen Rückfällen pflegte Wilhelm meist nur desto eifriger sich den Geschäften und der Tätigkeit zu widmen, und es war der beste Weg, dem Labyrinthe, das ihn wieder anzulocken suchte, zu entfliehen. Seine gute Art, sich gegen Fremde zu betragen, seine Leichtigkeit, fast in allen lebenden Sprachen Korrespondenz zu führen, gaben seinem Vater und dessen Handelsfreunde immer mehr Hoffnung und trösteten sie über die Krankheit, deren Ursache ihnen nicht bekannt geworden war, und über die Pause, die ihren Plan unterbrochen hatte.

Man beschloß Wilhelms Abreise zum zweiten Mal, und wir finden ihn auf seinem Pferde, den Mantelsack hinter sich, erheitert durch freie Luft und Bewegung, dem Gebirge sich nähern, wo er einige Aufträge ausrichten sollte.

Er durchstrich langsam Täler und Berge mit der Empfindung des größten Vergnügens. Überhangende Felsen, rauschende Wasserbäche, bewachsene Wände, tiefe Gründe sah er hier zum ersten Mal, und doch hatten seine frühsten Jugendträume schon in solchen Gegenden geschwebt. Er fühlte sich bei diesem Anblicke wieder verjüngt; alle erduldeten Schmerzen waren aus seiner Seele weggewaschen, und mit völliger Heiterkeit sagte er sich Stellen aus verschiedenen Gedichten, besonders aus dem Pastor fido vor, die an diesen einsamen Plätzen scharenweis seinem Gedächtnisse zuflossen. Auch erinnerte er sich mancher Stellen aus seinen eigenen Liedern, die er mit einer besondern Zufriedenheit rezitierte. Er belebte die Welt, die vor ihm lag, mit allen Gestalten der Vergangenheit, und jeder Schritt in die Zukunft war ihm voll Ahnung wichtiger Handlungen und merkwürdiger Begebenheiten.

Mehrere Menschen, die, auf einander folgend, hinter ihm herkamen, an ihm mit einem Gruße vorbeigingen und den Weg ins Gebirge durch steile Fußpfade eilig fortsetzten, unterbrachen einigemal seine stille Unterhaltung, ohne daß er jedoch aufmerksam auf sie geworden wäre. Endlich gesellte sich ein gesprächiger Gefährte zu ihm und erzählte die Ursache der starken Pilgerschaft.

Zu Hochdorf, sagte er, wird heute abend eine Komödie gegeben, wozu sich die ganze Nachbarschaft versammelt.

Wie! rief Wilhelm, in diesen einsamen Gebirgen, zwischen diesen undurchdringlichen Wäldern hat die Schauspielkunst einen Weg gefunden und sich einen Tempel aufgebaut? und ich muß zu ihrem Feste wallfahrten?

Sie werden sich noch mehr wundern, sagte der andere, wenn Sie hören, durch wen das Stück aufgeführt wird. Es ist eine große Fabrik in dem Orte, die viel Leute ernährt. Der Unternehmer, der sozusagen von aller menschlichen Gesellschaft entfernt lebt, weiß seine Arbeiter im Winter nicht besser zu beschäftigen, als daß er sie veranlaßt hat, Komödie zu spielen. Er leidet keine Karten unter ihnen und wünscht sie auch sonst von rohen Sitten abzuhalten. So bringen sie die langen Abende zu, und heute, da des Alten Geburtstag ist, geben sie ihm zu Ehren eine besondere Festlichkeit.

Wilhelm kam zu Hochdorf an, wo er übernachten sollte, und stieg bei der Fabrik ab, deren Unternehmer auch als Schuldner auf seiner Liste stand.

Als er seinen Namen nannte, rief der Alte verwundert aus: Ei, mein Herr, sind Sie der Sohn des braven Mannes, dem ich so viel Dank und bis jetzt noch Geld schuldig bin? Ihr Herr Vater hat so viel Geduld mit mir gehabt, daß ich ein Bösewicht sein müßte, wenn ich nicht eilig und fröhlich bezahlte. Sie kommen eben zur rechten Zeit, um zu sehen, daß es mir Ernst ist.

Er rief seine Frau herbei, welche ebenso erfreut war, den jungen Mann zu sehen; sie versicherte, daß er seinem Vater gleiche, und bedauerte, daß sie ihn wegen der vielen Fremden die Nacht nicht beherbergen könne.

Das Geschäft war klar und bald berichtigt; Wilhelm steckte ein Röllchen Gold in die Tasche und wünschte, daß seine übrigen Geschäfte auch so leicht gehen möchten.

Die Stunde des Schauspiels kam heran; man erwartete nur noch den Oberforstmeister, der endlich auch anlangte, mit einigen Jägern eintrat und mit der größten Verehrung empfangen wurde.

Die Gesellschaft wurde nunmehr ins Schauspielhaus geführt, wozu man eine Scheune eingerichtet hatte, die gleich am Garten lag. Haus und Theater waren, ohne sonderlichen Geschmack, munter und artig genug angelegt. Einer von den Malern, die auf der Fabrik arbeiteten, hatte bei dem Theater in der Residenz gehandlangt und hatte nun Wald, Straße und Zimmer, freilich etwas roh, hingestellt. Das Stück hatten sie von einer herumziehenden Truppe geborgt und nach ihrer eigenen Weise zurechtgeschnitten. So, wie es war, unterhielt es. Die Intrige, daß zwei Liebhaber ein Mädchen ihrem Vormunde und wechselsweise sich selbst entreißen wollen, brachte allerlei interessante Situationen hervor. Es war das erste Stück, das unser Freund nach einer so langen Zeit wieder sah; er machte mancherlei Betrachtungen. Es war voller Handlung, aber ohne Schilderung wahrer Charaktere. Es gefiel und ergötzte. So sind die Anfänge aller Schauspielkunst. Der rohe Mensch ist zufrieden, wenn er nur etwas vorgehen sieht; der gebildete will empfinden, und Nachdenken ist nur dem ganz ausgebildeten angenehm.

Den Schauspielern hätte er hie und da gerne nachgeholfen; denn es fehlte nur wenig, so hätten sie um vieles besser sein können.

In seinen stillen Betrachtungen störte ihn der Tabaksdampf, der immer stärker und stärker wurde. Der Oberforstmeister hatte bald nach Anfang des Stücks seine Pfeife angezündet, und nach und nach nahmen sich mehrere diese Freiheit heraus. Auch machten die großen Hunde dieses Herrn schlimme Auftritte. Man hatte sie zwar ausgesperrt; allein sie fanden bald den Weg zur Hintertüre herein, liefen auf das Theater, rannten wider die Akteurs und gesellten sich endlich durch einen Sprung über das Orchester zu ihrem Herrn, der den ersten Platz im Parterre eingenommen hatte.

Zum Nachspiel ward ein Opfer dargebracht. Ein Porträt, das den Alten in seinem Bräutigamskleide vorstellte, stand auf einem Altar, mit Kränzen behangen. Alle Schauspieler huldigten ihm in demutvollen Stellungen. Das jüngste Kind trat, weiß gekleidet, hervor und hielt eine Rede in Versen, wodurch die ganze Familie und sogar der Oberforstmeister, der sich dabei an seine Kinder erinnerte, zu Tränen bewegt wurde. So endigte sich das Stück, und Wilhelm konnte nicht umhin, das Theater zu besteigen, die Aktricen in der Nähe zu besehen, sie wegen ihres Spiels zu loben und ihnen auf die Zukunft einigen Rat zu geben.

Die übrigen Geschäfte unsers Freundes, die er nach und nach in größern und kleinern Gebirgsorten verrichtete, liefen nicht alle so glücklich noch so vergnügt ab. Manche Schuldner baten um Aufschub, manche waren unhöflich, manche leugneten. Nach seinem Auftrage sollte er einige verklagen; er mußte einen

Advokaten aufsuchen, diesen instruieren, sich vor Gericht stellen, und was dergleichen verdrießliche Geschäfte noch mehr waren.

Ebenso schlimm erging es ihm, wenn man ihm eine Ehre erzeigen wollte. Nur wenig Leute fand er, die ihn einigermaßen unterrichten konnten; wenige, mit denen er in ein nützliches Handelsverhältnis zu kommen hoffte. Da nun auch unglücklicherweise Regentage einfielen und eine Reise zu Pferd in diesen Gegenden mit unerträglichen Beschwerden verknüpft war, so dankte er dem Himmel, als er sich dem flachen Lande wieder näherte und am Fuße des Gebirges, in einer schönen und fruchtbaren Ebene, an einem sanften Flusse, im Sonnenscheine ein heiteres Landstädtchen liegen sah, in welchem er zwar keine Geschäfte hatte, aber eben deswegen sich entschloß, ein paar Tage daselbst zu verweilen, um sich und seinem Pferde, das von dem schlimmen Wege sehr gelitten hatte, einige Erholung zu verschaffen.

Viertes Kapitel

Als er in einem Wirtshause auf dem Markte abtrat, ging es darin sehr lustig, wenigstens sehr lebhaft zu. Eine große Gesellschaft Seiltänzer, Springer und Gaukler, die einen starken Mann bei sich hatten, waren mit Weib und Kindern eingezogen und machten, indem sie sich auf eine öffentliche Erscheinung bereiteten, einen Unfug über den andern. Bald stritten sie mit dem Wirte, bald unter sich selbst; und wenn ihr Zank unleidlich war, so waren die Äußerungen ihres Vergnügens ganz und gar unerträglich. Unschlüssig, ob er gehen oder bleiben sollte, stand er unter dem Tore und sah den Arbeitern zu, die auf dem Platze ein Gerüst aufzuschlagen anfingen.

Ein Mädchen, das Rosen und andere Blumen herumtrug, bot ihm ihren Korb dar, und er kaufte sich einen schönen Strauß, den er mit Liebhaberei anders band und mit Zufriedenheit betrachtete, als das Fenster eines an der Seite des Platzes stehenden andern Gasthauses sich auftat und ein wohlgebildetes Frauenzimmer sich an demselben zeigte. Er konnte ungeachtet der Entfernung bemerken, daß eine angenehme Heiterkeit ihr Gesicht belebte. Ihre blonden Haare fielen nachlässig aufgelöst um ihren Nacken; sie schien sich nach dem Fremden umzusehen. Einige Zeit darauf trat ein Knabe, der eine Frisierschürze umgegürtet und ein weißes Jäckchen anhatte, aus der Türe jenes Hauses, ging auf Wilhelmen zu, begrüßte ihn und sagte: Das Frauenzimmer am Fenster läßt Sie fragen, ob Sie nicht einen Teil der schönen Blumen abtreten wollen? – Sie stehn ihr alle zu Diensten, versetzte Wilhelm, indem er dem leichten Boten das Bukett überreichte und zugleich der Schönen ein Kompliment machte, welches sie mit einem freundlichen Gegengruß erwiderte und sich vom Fenster zurückzog.

Nachdenkend über dieses artige Abenteuer, ging er nach seinem Zimmer die Treppe hinauf, als ein junges Geschöpf ihm entgegen sprang, das seine Aufmerksamkeit auf sich zog. Ein kurzes seidnes Westchen mit geschlitzten spanischen Ärmeln, knappe, lange Beinkleider mit Puffen standen dem Kinde gar artig. Lange schwarze Haare waren in Locken und Zöpfen um den Kopf gekräuselt und gewunden. Er sah die Gestalt mit Verwunderung an und konnte nicht mit sich einig werden, ob er sie für einen Knaben oder für ein Mädchen erklären sollte. Doch entschied er sich bald für das letzte und hielt sie auf, da sie bei ihm vorbeikam, bot ihr einen guten Tag und fragte sie, wem sie angehöre; ob er schon leicht sehen konnte, daß sie ein Glied der springenden und tanzenden Gesellschaft sein müsse. Mit einem scharfen, schwarzen Seitenblick sah sie ihn an, indem sie sich von ihm losmachte und in die Küche lief, ohne zu antworten.

Als er die Treppe hinaufkam, fand er auf dem weiten Vorsaale zwei Mannspersonen, die sich im Fechten übten oder vielmehr ihre Geschicklichkeit an einander zu versuchen schienen. Der eine war offenbar von der Gesellschaft, die sich im Hause befand, der andere hatte ein weniger wildes Ansehn. Wilhelm sah ihnen zu und hatte Ursache, sie beide zu bewundern; und als nicht lange darauf der schwarzbärtige nervige Streiter den Kampfplatz verließ, bot der andere, mit vieler Artigkeit, Wilhelm das Rapier an.

Wenn Sie einen Schüler, versetzte dieser, in die Lehre nehmen wollen, so bin ich wohl zufrieden, mit Ihnen einige Gänge zu wagen. Sie fochten zusammen, und obgleich der Fremde dem Ankömmling weit überlegen war, so war er doch höflich genug, zu versichern, daß alles nur auf Übung ankomme; und wirklich hatte Wilhelm auch gezeigt, daß er früher von einem guten und gründlichen deutschen Fechtmeister unterrichtet worden war.

Ihre Unterhaltung ward durch das Getöse unterbrochen, mit welchem die bunte Gesellschaft aus dem Wirtshause auszog, um die Stadt von ihrem Schauspiel zu benachrichtigen und auf ihre Künste begierig zu machen. Einem Tambour folgte der Entrepreneur zu Pferde, hinter ihm eine Tänzerin auf einem ähnlichen Gerippe, die ein Kind vor sich hielt, das mit Bändern und Flintern wohl herausgeputzt war. Darauf kam die übrige Truppe zu Fuß, wovon einige auf ihren Schultern Kinder, in abenteuerlichen Stellungen, leicht und bequem dahertrugen, unter denen die junge schwarzköpfige, düstere Gestalt Wilhelms Aufmerksamkeit aufs neue erregte.

Pagliasso lief unter der andringenden Menge drollig hin und her und teilte mit sehr begreiflichen Späßen, indem er bald ein Mädchen küßte, bald einen Knaben pritschte, seine Zettel aus und erweckte unter dem Volke eine unüberwindliche Begierde, ihn näher kennen zu lernen.

In den gedruckten Anzeigen waren die mannigfaltigen Künste der Gesellschaft, besonders eines Monsieur Narciß und der Demoiselle Landrinette herausgestrichen, welche beide, als Hauptpersonen, die Klugheit gehabt hatten, sich von dem Zuge zu enthalten, sich dadurch ein vornehmeres Ansehn zu geben und größre Neugier zu erwecken.

Während des Zuges hatte sich auch die schöne Nachbarin wieder am Fenster sehen lassen, und Wilhelm hatte nicht verfehlt, sich bei seinem Gesellschafter nach ihr zu erkundigen. Dieser, den wir einstweilen Laertes nennen wollen, erbot sich, Wilhelmen zu ihr hinüber zu begleiten. Ich und das Frauenzimmer, sagte er lächelnd, sind ein paar Trümmer einer Schauspielergesellschaft, die vor kurzem hier scheiterte. Die Anmut des

Orts hat uns bewogen, einige Zeit hier zu bleiben und unsre wenige gesammelte Barschaft in Ruhe zu verzehren, indes ein Freund ausgezogen ist, ein Unterkommen für sich und uns zu suchen.

Laertes begleitete sogleich seinen neuen Bekannten zu Philinens Türe, wo er ihn einen Augenblick stehen ließ, um in einem benachbarten Laden Zuckerwerk zu holen. Sie werden mir es gewiß danken, sagte er, indem er zurückkam, daß ich Ihnen diese artige Bekanntschaft verschaffe.

Das Frauenzimmer kam ihnen auf ein paar leichten Pantöffelchen mit hohen Absätzen aus der Stube entgegengetreten. Sie hatte eine schwarze Mantille über ein weißes Negligé geworfen, das, eben weil es nicht ganz reinlich war, ihr ein häusliches und bequemes Ansehn gab; ihr kurzes Röckchen ließ die niedlichsten Füße von der Welt sehen.

Sein Sie mir willkommen! rief sie Wilhelmen zu, und nehmen Sie meinen Dank für die schönen Blumen. Sie führte ihn mit der einen Hand ins Zimmer, indem sie mit der andern den Strauß an die Brust drückte. Als sie sich niedergesetzt hatten und in gleichgültigen Gesprächen begriffen waren, denen sie eine reizende Wendung zu geben wußte, schüttete ihr Laertes gebrannte Mandeln in den Schoß; von denen sie sogleich zu naschen anfing. Sehn Sie, welch ein Kind dieser junge Mensch ist! rief sie aus: er wird Sie überreden wollen, daß ich eine große Freundin von solchen Näschereien sei, und *er* ists, der nicht leben kann, ohne irgend etwas Leckeres zu genießen.

Lassen Sie uns nur gestehn, versetzte Laertes, daß wir hierin, wie in mehrerem, einander gern Gesellschaft leisten. Zum Beispiel, sagte er, es ist heute ein schöner Tag; ich dächte, wir führen spazieren und nähmen unser Mittagsmahl auf der Mühle. – Recht gern, sagte Philine, wir müssen unserm neuen Bekannten eine kleine Veränderung machen. Laertes sprang fort, denn er ging niemals, und Wilhelm wollte einen Augenblick nach Hause, um seine Haare, die von der Reise noch verworren aussahen, in Ordnung bringen zu lassen. Das können Sie hier! sagte sie, rief ihren kleinen Diener, nötigte Wilhelmen auf die artigste Weise, seinen Rock auszuziehen, ihren Pudermantel anzulegen und sich in ihrer Gegenwart frisieren zu lassen. Man muß ja keine Zeit versäumen, sagte sie; man weiß nicht, wie lange man beisammen bleibt.

Der Knabe, mehr trotzig und unwillig als ungeschickt, benahm sich nicht zum besten, raufte Wilhelmen und schien so bald nicht fertig werden zu wollen. Philine verwies ihm einigemal seine Unart, stieß ihn endlich ungeduldig hinweg und jagte ihn zur Türe hinaus. Nun übernahm sie selbst die Bemühung und kräuselte die Haare unsers Freundes mit großer Leichtigkeit und Zierlichkeit, ob sie gleich auch nicht zu eilen schien und bald dieses, bald jenes an ihrer Arbeit auszusetzen hatte, indem sie nicht vermeiden konnte, mit ihren Knieen die seinigen zu berühren und Strauß und Busen so nahe an seine Lippen zu bringen, daß er mehr als einmal in Versuchung gesetzt ward, einen Kuß darauf zu drücken.

Als Wilhelm mit einem kleinen Pudermesser seine Stirne gereinigt hatte, sagte sie zu ihm: Stecken Sie es ein, und gedenken Sie meiner dabei. Es war ein artiges Messer; der Griff von eingelegtem Stahl zeigte die freundlichen Worte: *Gedenke mein.* Wilhelm steckte es zu sich, dankte ihr und bat um die Erlaubnis, ihr ein kleines Gegengeschenk machen zu dürfen.

Nun war man fertig geworden. Laertes hatte die Kutsche gebracht, und nun begann eine sehr lustige Fahrt. Philine warf jedem Armen, der sie anbettelte, etwas zum Schlage hinaus, indem sie ihm zugleich ein munteres und freundliches Wort zurief.

Sie waren kaum auf der Mühle angekommen und hatten ein Essen bestellt, als eine Musik vor dem Hause sich hören ließ. Es waren Bergleute, die zu Zither und Triangel mit lebhaften und grellen Stimmen verschiedene artige Lieder vortrugen. Es dauerte nicht lange, so hatte eine herbeiströmende Menge einen Kreis um sie geschlossen, und die Gesellschaft nickte ihnen ihren Beifall aus den Fenstern zu. Als sie diese Aufmerksamkeit gesehen, erweiterten sie ihren Kreis und schienen sich zu ihrem wichtigsten Stückchen vorzubereiten. Nach einer Pause trat ein

Bergmann mit einer Hacke hervor und stellte, indes die andern eine ernsthafte Melodie spielten, die Handlung des Schürfens vor.

Es währte nicht lange, so trat ein Bauer aus der Menge und gab jenem pantomimisch drohend zu verstehen, daß er sich von hier hinwegbegeben solle. Die Gesellschaft war darüber verwundert und erkannte erst den in einen Bauer verkleideten Bergmann, als er den Mund auftat und in einer Art von Rezitativ den andern schalt, daß er wage, auf seinem Acker zu hantieren. Jener kam nicht aus der Fassung, sondern fing an, den Landmann zu belehren, daß er Recht habe, hier einzuschlagen, und gab ihm dabei die ersten Begriffe vom Bergbau. Der Bauer, der die fremde Terminologie nicht verstand, tat allerlei alberne Fragen, worüber die Zuschauer, die sich klüger fühlten, ein herzliches Gelächter aufschlugen. Der Bergmann suchte ihn zu berichten und bewies ihm den Vorteil, der zuletzt auch auf ihn fließe, wenn die unterirdischen Schätze des Landes herausgewühlt würden. Der Bauer, der jenem zuerst mit Schlägen gedroht hatte, ließ sich nach und nach besänftigen, und sie schieden als gute Freunde von einander; besonders aber zog sich der Bergmann auf die honorabelste Art aus diesem Streite.

Wir haben, sagte Wilhelm bei Tische, an diesem kleinen Dialog das lebhafteste Beispiel, wie nützlich allen Ständen das Theater sein könnte, wie vielen Vorteil der Staat selbst daraus ziehen müßte, wenn man die Handlungen, Gewerbe und Unternehmungen der Menschen von ihrer guten, lobenswürdigen Seite und in dem Gesichtspunkte auf das Theater brächte, aus welchem sie der Staat selbst ehren und schützen muß. Jetzt stellen wir nur die lächerliche Seite der Menschen dar; der Lustspieldichter ist gleichsam nur ein hämischer Kontrolleur, der auf die Fehler seiner Mitbürger überall ein wachsames Auge hat und froh zu sein scheint, wenn er ihnen eins anhängen kann. Sollte es nicht eine angenehme und würdige Arbeit für einen Staatsmann sein, den natürlichen wechselseitigen Einfluß aller Stände zu überschauen und einen Dichter, der Humor genug hätte, bei seinen Arbeiten zu leiten? Ich bin überzeugt, es könnten auf diesem Wege manche sehr unterhaltende, zugleich nützliche und lustige Stücke ersonnen werden.

Soviel ich, sagte Laertes, überall wo ich herumgeschwärmt bin, habe bemerken können, weiß man nur zu verbieten, zu hindern und abzulehnen; selten aber zu gebieten, zu befördern und zu belohnen. Man läßt alles in der Welt gehn, bis es schädlich wird; dann zürnt man und schlägt drein.

Laßt mir den Staat und die Staatsleute weg, sagte Philine, ich kann mir sie nicht anders als in Perücken vorstellen, und eine Perücke, es mag sie aufhaben wer da will, erregt in meinen Fingern eine krampfhafte Bewegung; ich möchte sie gleich dem ehrwürdigen Herrn herunternehmen, in der Stube herumspringen und den Kahlkopf auslachen.

Mit einigen lebhaften Gesängen, welche sie sehr schön vortrug, schnitt Philine das Gespräch ab und trieb zu einer schnellen Rückfahrt, damit man die Künste der Seiltänzer am Abende zu sehen nicht versäumen möchte. Drollig bis zur Ausgelassenheit, setzte sie ihre Freigebigkeit gegen die Armen auf dem Heimwege fort, indem sie zuletzt, da ihr und ihren Reisegefährten das Geld ausging, einem Mädchen ihren Strohhut und einem alten Weibe ihr Halstuch zum Schlage hinauswarf.

Philine lud beide Begleiter zu sich in ihre Wohnung, weil man, wie sie sagte, aus ihren Fenstern das öffentliche Schauspiel besser als im andern Wirtshause sehen könne.

Als sie ankamen, fanden sie das Gerüst aufgeschlagen und den Hintergrund mit aufgehängten Teppichen geziert. Die Schwungbretter waren schon gelegt, das Schlappseil an die Pfosten befestigt und das straffe Seil über die Böcke gezogen. Der Platz war ziemlich mit Volk gefüllt und die Fenster mit Zuschauern einiger Art besetzt.

Pagliaß bereitete erst die Versammlung mit einigen Albernheiten, worüber die Zuschauer immer zu lachen pflegen, zur Aufmerksamkeit und guten Laune vor. Einige Kinder, deren Körper die seltsamsten Verrenkungen darstellten, erregten bald Verwunderung, bald Grausen, und Wilhelm konnte sich des tiefen Mitleidens nicht enthalten, als er das Kind, an dem er beim ersten Anblicke teilgenommen, mit einiger Mühe die sonderbaren Stellungen hervorbringen sah. Doch bald erregten die lustigen Springer ein lebhaftes Vergnügen, wenn sie erst einzeln, dann hintereinander und zuletzt alle zusammen sich vorwärts und rückwärts in der Luft überschlugen. Ein lautes Händeklatschen und Jauchzen erscholl aus der ganzen Versammlung.

Nun aber ward die Aufmerksamkeit auf einen ganz andern Gegenstand gewendet. Die Kinder, eins nach dem andern, mußten das Seil betreten, und zwar die Lehrlinge zuerst, damit sie durch ihre Übungen das Schauspiel verlängerten und die Schwierigkeit der Kunst ins Licht setzten. Es zeigten sich auch einige Männer und erwachsene Frauenspersonen mit ziemlicher Geschicklichkeit; allein es war noch nicht Monsieur Narciß, noch nicht Demoiselle Landrinette.

Endlich traten auch diese aus einer Art von Zelt hinter aufgespannten roten Vorhängen hervor und erfüllten durch ihre angenehme Gestalt und zierlichen Putz die bisher glücklich genährte Hoffnung der Zuschauer. *Er* ein munteres Bürschchen von mittlerer Größe, schwarzen Augen und einem starken Haarzopf, *sie* nicht minder wohl und kräftig gebildet; beide zeigten sich nacheinander auf dem Seile mit leichten Bewegungen, Sprüngen und seltsamen Posituren. Ihre Leichtigkeit, seine Verwegenheit, die Genauigkeit, womit beide ihre Kunststücke ausführten, erhöhten mit jedem Schritt und Sprung das allgemeine Vergnügen. Der Anstand, womit sie sich betrugen, die anscheinenden Bemühungen der andern um sie gaben ihnen das Ansehn, als wenn sie Herrn und Meister der ganzen Truppe wären, und jedermann hielt sie des Ranges wert.

Die Begeisterung des Volks teilte sich den Zuschauern an den Fenstern mit, die Damen sahen unverwandt nach Narcissen, die Herren nach Landrinetten. Das Volk jauchzte, und das feinere Publikum enthielt sich nicht des Klatschens; kaum daß man noch über Pagliassen lachte. Wenige nur schlichen sich weg, als einige von der Truppe, um Geld zu sammeln, sich mit zinnernen Tellern durch die Menge drängten.

Sie haben ihre Sache, dünkt mich, gut gemacht, sagte Wilhelm zu Philinen, die bei ihm am Fenster lag; ich bewundere ihren Verstand, womit sie auch geringe Kunststückchen, nach und nach und zur rechten Zeit angebracht, gelten zu machen wußten, und wie sie aus der Ungeschicklichkeit ihrer Kinder und aus der Virtuosität ihrer Besten ein Ganzes zusammenarbeiteten, das erst unsre Aufmerksamkeit erregte und dann uns auf das angenehmste unterhielt.

Das Volk hatte sich nach und nach verlaufen, und der Platz war leer geworden, indes Philine und Laertes über die Gestalt und die Geschicklichkeit Narcissens und Landrinettens in Streit gerieten und sich wechselsweise neckten. Wilhelm sah das wunderbare Kind auf der Straße bei andern spielenden Kindern stehen, machte Philinen darauf aufmerksam, die sogleich, nach ihrer lebhaften Art, dem Kinde rief und winkte und, da es nicht kommen wollte, singend die Treppe hinunterklapperte und es heraufführte.

Hier ist das Rätsel, rief sie, als sie das Kind zur Türe hereinzog. Es blieb am Eingange stehen, eben als wenn es gleich wieder hinausschlüpfen wollte, legte die rechte Hand vor die Brust, die linke vor die Stirn und bückte sich tief. Fürchte dich nicht, liebe Kleine, sagte Wilhelm, indem er auf sie losging. Sie sah ihn mit unsicherm Blick an und trat einige Schritte näher.

Wie nennest du dich? fragte er. – Sie heißen mich Mignon. – Wieviel Jahre hast du? – Es hat sie niemand gezählt. – Wer war dein Vater? – Der große Teufel ist tot.

Nun das ist wunderlich genug! rief Philine aus. Man fragte sie noch einiges; sie brachte ihre Antworten in einem gebrochnen Deutsch und mit einer sonderbar feierlichen Art vor; dabei legte sie jedesmal die Hände an Brust und Haupt und neigte sich tief.

Wilhelm konnte sie nicht genug ansehen. Seine Augen und sein Herz wurden unwiderstehlich von dem geheimnisvollen Zustande dieses Wesens angezogen. Er schätzte sie zwölf bis dreizehn Jahre; ihr Körper war gut gebaut, nur daß ihre Glieder einen stärkern Wuchs versprachen oder einen zurückgehaltenen ankündigten. Ihre Bildung war nicht regelmäßig, aber auffallend; ihre Stirne geheimnisvoll, ihre Nase außerordentlich schön und der Mund, ob er schon für ihr Alter zu sehr geschlossen schien und sie manchmal mit den Lippen nach einer Seite zuckte, noch immer treuherzig und reizend genug. Ihre bräunliche Gesichtsfarbe konnte man durch die Schminke kaum erkennen. Diese Gestalt prägte sich Wilhelmen sehr tief ein; er sah sie noch immer an, schwieg und vergaß der Gegenwärtigen über seinen Betrachtungen. Philine weckte ihn aus seinem Halbtraume, indem sie dem Kinde etwas übriggebliebenes Zuckerwerk reichte und ihm ein Zeichen gab, sich zu entfernen. Es machte seinen Bückling, wie oben, und fuhr blitzschnell zur Türe hinaus.

Als die Zeit nunmehr herbeikam, daß unsre neuen Bekannten sich für diesen Abend trennen sollten, redeten sie vorher noch eine Spazierfahrt auf den morgenden Tag ab. Sie wollten abermals an einem andern Orte, auf einem benachbarten Jägerhause, ihr Mittagsmahl einnehmen. Wilhelm sprach diesen Abend noch manches zu Philinens Lobe, worauf Laertes nur kurz und leichtsinnig antwortete.

Den andern Morgen, als sie sich abermals eine Stunde im Fechten geübt hatten, gingen sie nach Philinens Gasthofe, vor welchem sie die bestellte Kutsche schon hatten anfahren sehen. Aber wie verwundert war Wilhelm, als die Kutsche verschwunden, und wie noch mehr, als Philine nicht zu Hause anzutreffen war. Sie hatte sich, so erzählte man, mit ein paar Fremden, die diesen Morgen angekommen waren, in den Wagen gesetzt und war mit ihnen davongefahren. Unser Freund, der sich in ihrer Gesellschaft eine angenehme Unterhaltung versprochen hatte, konnte seinen Verdruß nicht verbergen. Dagegen lachte Laertes und rief: So gefällt sie mir! Das sieht ihr ganz ähnlich! Lassen Sie uns nur gerade nach dem Jagdhause gehen; sie mag sein, wo sie will, wir wollen ihretwegen unsere Promenade nicht versäumen.

Als Wilhelm unterwegs diese Inkonsequenz des Betragens zu tadeln fortfuhr, sagte Laertes: Ich kann nicht inkonsequent finden, wenn jemand seinem Charakter treu bleibt. Wenn sie sich etwas vornimmt oder jemanden etwas verspricht, so geschieht es nur unter der stillschweigenden Bedingung, daß es ihr auch bequem sein werde, den Vorsatz auszuführen oder ihr Versprechen zu halten. Sie verschenkt gern, aber man muß immer bereit sein, ihr das Geschenkte wiederzugeben.

Dies ist ein seltsamer Charakter, versetzte Wilhelm.

Nichts weniger als seltsam, nur daß sie keine Heuchlerin ist. Ich liebe sie deswegen, ja ich bin ihr Freund, weil sie mir das Geschlecht so rein darstellt, das ich zu hassen so viel Ursache habe. Sie ist mir die wahre Eva, die Stamm-Mutter des weiblichen Geschlechts; so sind alle, nur wollen sie es nicht Wort haben.

Unter mancherlei Gesprächen, in welchen Laertes seinen Haß gegen das weibliche Geschlecht sehr lebhaft ausdrückte, ohne jedoch die Ursache davon anzugeben, waren sie in den Wald gekommen, in welchen Wilhelm sehr verstimmt eintrat, weil die Äußerungen des Laertes ihm die Erinnerung an sein Verhältnis zu Marianen wieder lebendig gemacht hatten. Sie fanden nicht weit von einer beschatteten Quelle, unter herrlichen alten Bäumen, Philinen allein an einem steinernen Tische sitzen. Sie sang ihnen ein lustiges Liedchen entgegen, und als Laertes nach ihrer Gesellschaft fragte, rief sie aus: Ich habe sie schön angeführt; ich habe sie zum besten gehabt, wie sie es verdienten. Schon unterwegs setzte ich ihre Freigebigkeit auf die Probe, und da ich bemerkte, daß sie von den kargen Näschern waren, nahm ich mir gleich vor, sie zu bestrafen. Nach unsrer Ankunft fragten sie den Kellner, was zu haben sei; der mit der gewöhnlichen Geläufigkeit seiner Zunge alles, was da war, und mehr als da war, hererzählte. Ich sah ihre Verlegenheit, sie blickten einander an, stotterten und fragten nach dem Preise. Was bedenken Sie sich lange, rief ich aus, die Tafel ist das Geschäft eines Frauenzimmers, lassen Sie mich dafür sorgen. Ich fing darauf an, ein unsinniges Mittagmahl zu bestellen, wozu noch manches durch Boten aus der Nachbarschaft geholt werden sollte. Der Kellner, den ich durch ein paar schiefe Mäuler zum Vertrauten gemacht hatte, half mir endlich, und so haben wir sie durch die Vorstellung eines herrlichen Gastmahls dergestalt geängstigt, daß sie sich kurz und gut zu einem Spaziergange in den Wald entschlossen, von dem sie wohl schwerlich zurückkommen werden. Ich habe eine Viertelstunde auf meine eigene Hand gelacht und werde lachen, sooft ich an die Gesichter denke. Bei Tische erinnerte sich Laertes an ähnliche Fälle; sie kamen in den Gang, lustige Geschichten, Mißverständnisse und Prellereien zu erzählen.

Ein junger Mann von ihrer Bekanntschaft aus der Stadt kam mit einem Buche durch den Wald geschlichen, setzte sich zu ihnen und rühmte den schönen Platz. Er machte sie auf das Rieseln der Quelle, auf die Bewegung der Zweige, auf die einfallenden Lichter und auf den Gesang der Vögel aufmerksam. Philine sang ein Liedchen vom Kuckuck, welches dem Ankömmling nicht zu behagen schien; er empfahl sich bald.

Wenn ich nur nichts mehr von Natur und Naturszenen hören sollte, rief Philine aus, als er weg war; es ist nichts unerträglicher, als sich das Vergnügen vorrechnen zu lassen, das man genießt. Wenn schön Wetter ist, geht man spazieren, wie man tanzt, wenn aufgespielt wird. Wer mag aber nur einen Augenblick an die Musik, wer ans schöne Wetter denken? Der Tänzer interessiert uns, nicht die Violine, und in ein Paar schöne schwarze Augen zu sehen, tut einem Paar blauen Augen gar zu wohl. Was sollen dagegen Quellen und Brunnen und alte morsche Linden! Sie sah, indem sie so sprach, Wilhelmen, der ihr gegenübersaß, mit einem Blick in die Augen, dem er nicht wehren konnte, wenigstens bis an die Türe seines Herzens vorzudringen.

Sie haben recht, versetzte er mit einiger Verlegenheit, der Mensch ist dem Menschen das Interessanteste und sollte ihn vielleicht ganz allein interessieren. Alles andere, was uns umgibt, ist entweder nur Element, in dem wir leben, oder Werkzeug, dessen wir uns bedienen. Je mehr wir uns dabei aufhalten, je mehr wir darauf merken und teil daran nehmen, desto schwächer wird das Gefühl unsers eignen Wertes und das Gefühl der Gesellschaft. Die Menschen, die einen großen Wert auf Gärten, Gebäude, Kleider, Schmuck oder irgend ein Besitztum legen, sind weniger gesellig und gefällig; sie verlieren die Menschen aus den Augen, welche zu erfreuen und zu versammeln nur sehr wenigen glückt. Sehn wir es nicht auch auf dem Theater? Ein guter Schauspieler macht uns bald eine elende, unschickliche Dekoration vergessen, dahingegen das schönste Theater den Mangel an guten Schauspielern erst recht fühlbar macht.

Nach Tische setzte Philine sich in das beschattete hohe Gras. Ihre beiden Freunde mußten ihr Blumen in Menge herbeischaffen. Sie wand sich einen vollen Kranz und setzte ihn auf; sie sah unglaublich reizend aus. Die Blumen reichten noch zu einem andern hin; auch den flocht sie, indem sich beide Männer neben sie setzten. Als er unter allerlei Scherz und Anspielungen fertig geworden war, drückte sie ihn Wilhelmen mit der größten Anmut aufs Haupt und rückte ihn mehr als einmal anders, bis er recht zu sitzen schien. Und ich werde, wie es scheint, leer ausgehen, sagte Laertes.

Mitnichten, versetzte Philine. Ihr sollt Euch keinesweges beklagen. Sie nahm *ihren* Kranz vom Haupte und setzte ihn Laertes auf.

Wären wir Nebenbuhler, sagte dieser, so würden wir sehr heftig streiten können, welchen von beiden du am meisten begünstigst.

Da wärt ihr rechte Toren, versetzte sie, indem sie sich zu ihm hinüberbog und ihm den Mund zum Kuß reichte, sich aber sogleich umwendete, ihren Arm um Wilhelmen schlang und einen lebhaften Kuß auf seine Lippen drückte. Welcher schmeckt am besten? fragte sie neckisch.

Wunderlich! rief Laertes. Es scheint, als wenn so etwas niemals nach Wermut schmecken könne.

So wenig, sagte Philine, als irgend eine Gabe, die jemand ohne Neid und Eigensinn genießt. Nun hätte ich, rief sie aus, noch Lust, eine Stunde zu tanzen, und dann müssen wir wohl wieder nach unsern Springern sehen.

Man ging nach dem Hause und fand Musik daselbst. Philine, die eine gute Tänzerin war, belebte ihre beiden Gesellschafter. Wilhelm war nicht ungeschickt, allein es fehlte ihm an einer künstlichen Übung. Seine beiden Freunde nahmen sich vor, ihn zu unterrichten.

Man verspätete sich. Die Seiltänzer hatten ihre Künste schon zu produzieren angefangen. Auf dem Platze hatten sich viele Zuschauer eingefunden, doch war unsern Freunden, als sie ausstiegen, ein Getümmel merkwürdig, das eine große Anzahl Menschen nach dem Tore des Gasthofes, in welchem Wilhelm eingekehrt war, hingezogen hatte. Wilhelm sprang hinüber, um zu sehen, was es sei, und mit Entsetzen erblickte er, als er sich durchs Volk drängte, den Herrn der Seiltänzergesellschaft, der das interessante Kind bei den Haaren aus dem Hause zu schleppen bemüht war und mit einem Peitschenstiel unbarmherzig auf den kleinen Körper losschlug.

Wilhelm fuhr wie ein Blitz auf den Mann zu und faßte ihn bei der Brust. Laß das Kind los! schrie er wie ein Rasender, oder einer von uns bleibt hier auf der Stelle. Er faßte zugleich den Kerl mit einer Gewalt, die nur der Zorn geben kann, bei der Kehle, daß dieser zu ersticken glaubte, das Kind losließ und sich gegen den Angreifenden zu verteidigen suchte. Einige Leute, die mit dem Kinde Mitleiden fühlten, aber Streit anzufangen nicht gewagt hatten, fielen dem Seiltänzer sogleich in die Arme, entwaffneten ihn und drohten ihm mit vielen Schimpfreden. Dieser, der sich jetzt nur auf die Waffen seines Mundes reduziert sah, fing gräßlich zu drohen und zu fluchen an: die faule, unnütze Kreatur wolle ihre Schuldigkeit nicht tun; sie verweigere, den Eiertanz zu tanzen, den er dem Publiko versprochen habe; er wolle sie totschlagen, und es solle ihn niemand daran hindern. Er suchte sich loszumachen, um das Kind, das sich unter der Menge verkrochen hatte, aufzusuchen. Wilhelm hielt ihn zurück und rief: Du sollst nicht eher dieses Geschöpf weder sehen noch berühren, bis du vor Gericht Rechenschaft gibst, wo du es gestohlen hast; ich werde dich aufs Äußerste treiben; du sollst mir nicht entgehen. Diese Rede, welche Wilhelm in der Hitze, ohne Gedanken und Absicht, aus einem dunklen Gefühl oder, wenn man will, aus Inspiration ausgesprochen hatte, brachte den wütenden Menschen auf einmal zur Ruhe. Er rief: Was hab ich mit der unnützen Kreatur zu schaffen! Zahlen Sie mir, was mich ihre Kleider kosten, und Sie mögen sie behalten; wir wollen diesen Abend noch einig werden. Er eilte darauf, die unterbrochene Vorstellung fortzusetzen und die Unruhe des Publikums durch einige bedeutende Kunststücke zu befriedigen.

Wilhelm suchte nunmehr, da es stille geworden war, nach dem Kinde, das sich aber nirgends fand. Einige wollten es auf dem Boden, andere auf den Dächern der benachbarten Häuser gesehen haben. Nachdem man es allerorten gesucht hatte, mußte man sich beruhigen und abwarten, ob es nicht von selbst wieder herbeikommen wolle.

Indes war Narciß nach Hause gekommen, welchen Wilhelm über die Schicksale und die Herkunft des Kindes befragte. Dieser wußte nichts davon, denn er war nicht lange bei der Gesellschaft; erzählte dagegen mit großer Leichtigkeit und vielem Leichtsinne seine eigenen Schicksale. Als ihm Wilhelm zu dem großen Beifall Glück wünschte, dessen er sich zu erfreuen hatte, äußerte er sich sehr gleichgültig darüber. Wir sind gewohnt, sagte er, daß man über uns lacht und unsre Künste bewundert; aber wir werden durch den außerordentlichen Beifall um nichts gebessert. Der Entrepreneur zahlt uns und mag sehen, wie er zurechtekömmt. Er beurlaubte sich darauf und wollte sich eilig entfernen.

Auf die Frage, wo er so schnell hinwolle, lächelte der junge Mensch und gestand, daß seine Figur und Talente ihm einen solidern Beifall zugezogen, als der des großen Publikums sei. Er habe von einigen Frauenzimmern Botschaft erhalten, die sehr eifrig verlangten, ihn näher kennen zu lernen, und er fürchte, mit den Besuchen, die er abzulegen habe, vor Mitternacht kaum fertig zu werden. Er fuhr fort, mit der größten Aufrichtigkeit seine Abenteuer zu erzählen, und hätte die Namen, Straßen und Häuser angezeigt, wenn nicht Wilhelm eine solche Indiskretion abgelehnt und ihn höflich entlassen hätte.

Laertes hatte indessen Landrinetten unterhalten und versicherte, sie sei vollkommen würdig, ein Weib zu sein und zu bleiben.

Nun ging die Unterhandlung mit dem Entrepreneur wegen des Kindes an, das unserm Freunde für dreißig Taler überlassen wurde, gegen welche der schwarzbärtige heftige Italiener seine

Ansprüche völlig abtrat, von der Herkunft des Kindes aber weiter nichts bekennen wollte, als daß er solches nach dem Tode seines Bruders, den man wegen seiner außerordentlichen Geschicklichkeit den großen Teufel genannt, zu sich genommen habe.

Der andere Morgen ging meist mit Aufsuchen des Kindes hin. Vergebens durchkroch man alle Winkel des Hauses und der Nachbarschaft; es war verschwunden, und man fürchtete, es möchte in ein Wasser gesprungen sein oder sich sonst ein Leids angetan haben.

Philinens Reize konnten die Unruhe unsers Freundes nicht ableiten. Er brachte einen traurigen, nachdenklichen Tag zu. Auch des Abends, da Springer und Tänzer alle ihre Kräfte aufboten, um sich dem Publiko aufs beste zu empfehlen, konnte sein Gemüt nicht erheitert und zerstreut werden.

Durch den Zulauf aus benachbarten Ortschaften hatte die Anzahl der Menschen außerordentlich zugenommen, und so wälzte sich auch der Schneeball des Beifalls zu einer ungeheuren Größe. Der Sprung über die Degen und durch das Faß mit papiernen Böden machte eine große Sensation. Der starke Mann ließ zum allgemeinen Grausen, Entsetzen und Erstaunen, indem er sich mit dem Kopf und den Füßen auf ein paar auseinandergeschobene Stühle legte, auf seinen hohlschwebenden Leib einen Amboß heben und auf demselben von einigen wackern Schmiedegesellen ein Hufeisen fertig schmieden.

Auch war die sogenannte Herkules-Stärke – da eine Reihe Männer, auf den Schultern einer ersten Reihe stehend, abermals Frauen und Jünglinge trägt, so daß zuletzt eine lebendige Pyramide entsteht, deren Spitze ein Kind, auf den Kopf gestellt, als Knopf und Wetterfahne ziert – in diesen Gegenden noch nie gesehen worden und endigte würdig das ganze Schauspiel. Narciß und Landrinette ließen sich in Tragsesseln auf den Schultern der übrigen durch die vornehmsten Straßen der Stadt unter lautem Freudengeschrei des Volks tragen. Man warf ihnen Bänder, Blumensträuße und seidene Tücher zu und drängte sich, sie ins Gesicht zu fassen. Jedermann schien glücklich zu sein, sie anzusehn und von ihnen eines Blicks gewürdigt zu werden.

Welcher Schauspieler, welcher Schriftsteller, ja welcher Mensch überhaupt würde sich nicht auf dem Gipfel seiner Wünsche sehen, wenn er durch irgend ein edles Wort oder eine gute Tat einen so allgemeinen Eindruck hervorbrächte? Welche köstliche Empfindung müßte es sein, wenn man gute, edle, der Menschheit würdige Gefühle ebenso schnell durch einen elektrischen Schlag ausbreiten, ein solches Entzücken unter dem Volke erregen könnte, als diese Leute durch ihre körperliche Geschicklichkeit getan haben; wenn man der Menge das Mitgefühl alles Menschlichen geben, wenn man sie mit der Vorstellung des Glücks und Unglücks, der Weisheit und Torheit, ja des Unsinns und der Albernheit entzünden, erschüttern und ihr stockendes Innere in freie, lebhafte und reine Bewegung setzen könnte! So sprach unser Freund, und da weder Philine noch Laertes gestimmt schienen, einen solchen Diskurs fortzusetzen, unterhielt er sich allein mit diesen Lieblingsbetrachtungen, als er bis spät in die Nacht um die Stadt spazierte und seinen alten Wunsch, das Gute, Edle, Große durch das Schauspiel zu versinnlichen, wieder einmal mit aller Lebhaftigkeit und aller Freiheit einer losgebundenen Einbildungskraft verfolgte.

Fünftes Kapitel

Des andern Tages, als die Seiltänzer mit großem Geräusch abgezogen waren, fand sich Mignon sogleich wieder ein und trat hinzu, als Wilhelm und Laertes ihre Fechtübungen auf dem Saale fortsetzten. Wo hast du gesteckt? fragte Wilhelm freundlich: du hast uns viel Sorge gemacht. Das Kind antwortete nichts und sah ihn an. Du bist nun unser, rief Laertes, wir haben dich gekauft. – Was hast du bezahlt? fragte das Kind ganz trocken. – Hundert Dukaten, versetzte Laertes; wenn du sie wiedergibst, kannst du frei sein. – Das ist wohl viel? fragte das Kind. – O ja, du magst dich nur gut aufführen. – Ich will dienen, versetzte sie.

Von dem Augenblicke an merkte sie genau, was der Kellner

den beiden Freunden für Dienste zu leisten hatte, und litt schon des andern Tages nicht mehr, daß er ins Zimmer kam. Sie wollte alles selbst tun und machte auch ihre Geschäfte, zwar langsam und mitunter unbehülflich, doch genau und mit großer Sorgfalt.

Sie stellte sich oft an ein Gefäß mit Wasser und wusch ihr Gesicht mit so großer Emsigkeit und Heftigkeit, daß sie sich fast die Backen aufrieb, bis Laertes durch Fragen und Necken erfuhr, daß sie die Schminke von ihren Wangen auf alle Weise loszuwerden suche und über dem Eifer, womit sie es tat, die Röte, die sie durchs Reiben hervorgebracht hatte, für die hartnäckigste Schminke halte. Man bedeutete sie, und sie ließ ab, und nachdem sie wieder zur Ruhe gekommen war, zeigte sich eine schöne braune, obgleich nur von wenigem Rot erhöhte Gesichtsfarbe.

Durch die frevelhaften Reize Philinens, durch die geheimnisvolle Gegenwart des Kindes mehr, als er sich selbst gestehen durfte, unterhalten, brachte Wilhelm verschiedene Tage in dieser sonderbaren Gesellschaft zu und rechtfertige sich bei sich selbst durch eine fleißige Übung in der Fecht- und Tanzkunst, wozu er so leicht nicht wieder Gelegenheit zu finden glaubte.

Nicht wenig verwundert und gewissermaßen erfreut war er, als er eines Tages Herrn und Frau Melina ankommen sah, welche, gleich nach dem ersten frohen Gruße, sich nach der Direktrice und den übrigen Schauspielern erkundigten und mit großem Schrecken vernahmen, daß jene sich schon lange entfernt habe und diese bis auf wenige zerstreut seien.

Das junge Paar hatte sich nach ihrer Verbindung, zu der, wie wir wissen, Wilhelm behülflich gewesen, an einigen Orten nach Engagement umgesehen, keines gefunden und war endlich in dieses Städtchen gewiesen worden, wo einige Personen, die ihnen unterwegs begegneten, ein gutes Theater gesehen haben wollten.

Philinen wollte Madame Melina, und Herr Melina dem lebhaften Laertes, als sie Bekanntschaft machten, keinesweges gefallen. Sie wünschten die neuen Ankömmlinge gleich wieder los zu sein, und Wilhelm konnte ihnen keine günstigen Gesinnungen beibringen, ob er ihnen gleich wiederholt versicherte, daß es recht gute Leute seien.

Eigentlich war auch das bisherige lustige Leben unsrer drei Abenteurer durch die Erweiterung der Gesellschaft auf mehr als eine Weise gestört; denn Melina fing im Wirtshause (er hatte in eben demselben, in welchem Philine wohnte, Platz gefunden) gleich zu markten und zu quängeln an. Er wollte für weniges Geld besseres Quartier, reichlichere Mahlzeit und promptere Bedienung haben. In kurzer Zeit machten Wirt und Kellner verdrießliche Gesichter, und wenn die andern, um froh zu leben, sich alles gefallen ließen und nur geschwind bezahlten, um nicht länger an das zu denken, was schon verzehrt war, so mußte die Mahlzeit, die Melina regelmäßig sogleich berichtigte, jederzeit von vorn wieder durchgenommen werden, so daß Philine ihn ohne Umstände ein wiederkäuendes Tier nannte.

Noch verhaßter war Madame Melina dem lustigen Mädchen. Diese junge Frau war nicht ohne Bildung, doch fehlte es ihr gänzlich an Geist und Seele. Sie deklamierte nicht übel, und wollte immer deklamieren; allein man merkte bald, daß es nur eine Wortdeklamation war, die auf einzelnen Stellen lastete und die Empfindung des Ganzen nicht ausdrückte. Bei diesem allen war sie nicht leicht jemanden, besonders Männern, unangenehm. Vielmehr schrieben ihr diejenigen, die mit ihr umgingen, gewöhnlich einen schönen Verstand zu: denn sie war, was ich mit Einem Worte eine *Anempfinderin* nennen möchte; sie wußte einem Freunde, um dessen Achtung ihr zu tun war, mit einer besondern Aufmerksamkeit zu schmeicheln, in seine Ideen so lange als möglich einzugehen; sobald sie aber ganz über ihren Horizont waren, mit Ekstase eine solche neue Erscheinung aufzunehmen. Sie verstand zu sprechen und zu schweigen und, ob sie gleich kein tückisches Gemüt hatte, mit großer Vorsicht aufzupassen, wo des andern schwache Seite sein möchte.

Sechstes Kapitel

Melina hatte sich indessen nach den Trümmern der vorigen Direktion genau erkundigt. Sowohl Dekorationen als Garderobe waren an einige Handelsleute versetzt, und ein Notarius hatte den Auftrag von der Direktrice erhalten, unter gewissen Bedingungen, wenn sich Liebhaber fänden, in den Verkauf aus freier Hand zu willigen. Melina wollte die Sachen besehen und zog Wilhelmen mit sich. Dieser empfand, als man ihnen die Zimmer eröffnete, eine gewisse Neigung dazu, die er sich jedoch selbst nicht gestand. In so einem schlechten Zustande auch die gekleckten Dekorationen waren, so wenig scheinbar auch türkische und heidnische Kleider, alte Karikaturröcke für Männer und Frauen, Kutten für Zauberer, Juden und Pfaffen sein mochten, so konnt er sich doch der Empfindung nicht erwehren, daß er die glücklichsten Augenblicke seines Lebens in der Nähe eines ähnlichen Trödelkrams gefunden hatte. Hätte Melina in sein Herz sehen können, so würde er ihm eifriger zugesetzt haben, eine Summe Geldes auf die Befreiung, Aufstellung und neue Belebung dieser zerstreuten Glieder zu einem schönen Ganzen herzugeben. Welch ein glücklicher Mensch, rief Melina aus, könnte ich sein, wenn ich nur zweihundert Taler besäße, um zum Anfange den Besitz dieser ersten theatralischen Bedürfnisse zu erlangen. Wie bald wollt' ich ein kleines Schauspiel beisammen haben, das uns in dieser Stadt, in dieser Gegend gewiß sogleich ernähren sollte. Wilhelm schwieg, und beide verließen nachdenklich die wieder eingesperrten Schätze.

Melina hatte von dieser Zeit an keinen andern Diskurs als Projekte und Vorschläge, wie man ein Theater einrichten und dabei seinen Vorteil finden könnte. Er suchte Philinen und Laertes zu interessieren, und man tat Wilhelmen Vorschläge, Geld herzuschießen und Sicherheit dagegen anzunehmen. Diesem fiel aber erst bei dieser Gelegenheit recht auf, daß er hier so lange nicht hätte verweilen sollen; er entschuldigte sich und wollte Anstalten machen, seine Reise fortzusetzen.

Indessen war ihm Mignons Gestalt und Wesen immer reizender geworden. In alle seinem Tun und Lassen hatte das Kind etwas Sonderbares. Es ging die Treppe weder auf noch ab, sondern sprang; es stieg auf den Geländern der Gänge weg, und eh man sichs versah, saß es oben auf dem Schranke und blieb eine Weile ruhig. Auch hatte Wilhelm bemerkt, daß es für jeden eine besondere Art von Gruß hatte. Ihn grüßte sie, seit einiger Zeit, mit über die Brust geschlagenen Armen. Manche Tage war sie ganz stumm, zuzeiten antwortete sie mehr auf verschiedene Fragen, immer sonderbar, doch so, daß man nicht unterscheiden konnte, ob es Witz oder Unkenntnis der Sprache war, indem sie ein gebrochnes, mit Französisch und Italienisch durchflochtenes Deutsch sprach. In seinem Dienste war das Kind unermüdet und früh mit der Sonne auf; es verlor sich dagegen abends zeitig, schlief in einer Kammer auf der nackten Erde und war durch nichts zu bewegen, ein Bette oder einen Strohsack anzunehmen. Er fand sie oft, daß sie sich wusch. Auch ihre Kleider waren reinlich, obgleich alles fast doppelt und dreifach an ihr geflickt war. Man sagte Wilhelmen auch, daß sie alle Morgen ganz früh in die Messe gehe, wohin er ihr einmal folgte und sie in der Ecke der Kirche mit dem Rosenkranz knien und andächtig beten sah. Sie bemerkte ihn nicht; er ging nach Hause, machte sich vielerlei Gedanken über diese Gestalt und konnte sich bei ihr nichts Bestimmtes denken.

Neues Andringen Melinas um eine Summe Geldes, zur Auslösung der mehrerwähnten Theatergerätschaften, bestimmte Wilhelmen noch mehr, an seine Abreise zu denken. Er wollte den Seinigen, die lange nichts von ihm gehört hatten, noch mit dem heutigen Posttage schreiben; er fing auch wirklich einen Brief an Wernern an und war mit Erzählung seiner Abenteuer, wobei er, ohne es selbst zu bemerken, sich mehrmal von der Wahrheit entfernt hatte, schon ziemlich weit gekommen, als er zu seinem Verdruß auf der hintern Seite des Briefblatts schon einige Verse geschrieben fand, die er für Madame Melina aus seiner Schreibtafel zu kopieren angefangen hatte. Unwillig zerriß er das Blatt und verschob die Wiederholung seines Bekenntnisses auf den nächsten Posttag.

Siebentes Kapitel

Unsre Gesellschaft befand sich abermals beisammen, und Philine, die auf jedes Pferd, das vorbeikam, auf jeden Wagen, der anfuhr, äußerst aufmerksam war, rief mit großer Lebhaftigkeit: Unser Pedant! Da kommt unser allerliebster Pedant!

Wen mag er bei sich haben? Sie rief und winkte zum Fenster hinaus, und der Wagen hielt stille.

Ein kümmerlich armer Teufel, den man an seinem verschabten graulich-braunen Rocke und an seinen übelkonditionierten Unterkleidern für einen Magister, wie sie auf Akademieen zu vermodern pflegen, hätte halten sollen, stieg aus dem Wagen und entblößte, indem er Philinen zu grüßen den Hut abtat, eine übelgepuderte, aber übrigens sehr steife Perücke, und Philine warf ihm hundert Kußhände zu.

So wie sie ihre Glückseligkeit fand, einen Teil der Männer zu lieben und ihre Liebe zu genießen, so war das Vergnügen nicht viel geringer, das sie sich so oft als möglich gab, die übrigen, die sie eben in diesem Augenblicke nicht liebte, auf eine sehr leichtfertige Weise zum besten zu haben.

Über den Lärm, womit sie diesen alten Freund empfing, vergaß man, auf die übrigen zu achten, die ihm nachfolgten. Doch glaubte Wilhelm, die zwei Frauenzimmer und einen ältlichen Mann, der mit ihnen hereintrat, zu kennen. Auch entdeckte sichs bald, daß er sie alle drei vor einigen Jahren bei der Gesellschaft, die in seiner Vaterstadt spielte, mehrmals gesehen hatte. Die Töchter waren seit der Zeit herangewachsen; der Alte aber hatte sich wenig verändert. Dieser spielte gewöhnlich die gutmütigen, polternden Alten, wovon das deutsche Theater nicht leer wird, und die man auch im gemeinen Leben nicht selten antrifft. Denn da es der Charakter unsrer Landsleute ist, das Gute ohne viel Prunk zu tun und zu leisten, so denken sie selten daran, daß es auch eine Art gebe, das Rechte mit Zierlichkeit und Anmut zu tun, und verfallen vielmehr, von einem Geiste des Widerspruchs getrieben, leicht in den Fehler, durch ein mürrisches Wesen ihre liebste Tugend im Kontraste darzustellen.

Solche Rollen spielte unser Schauspieler sehr gut, und er spielte sie so oft und ausschließlich, daß er darüber eine ähnliche Art, sich zu betragen, im gemeinen Leben angenommen hatte.

Wilhelm geriet in große Bewegung, sobald er ihn erkannte; denn er erinnerte sich, wie oft er diesen Mann neben seiner geliebten Mariane auf dem Theater gesehen hatte; er hörte ihn noch schelten, er hörte ihre schmeichelnde Stimme, mit der sie seinem rauhen Wesen in manchen Rollen zu begegnen hatte.

Die erste lebhafte Frage an die neuen Ankömmlinge, ob ein Unterkommen auswärts zu finden und zu hoffen sei, ward leider mit Nein beantwortet, und man mußte vernehmen, daß die Gesellschaften, bei denen man sich erkundigt, besetzt und einige davon sogar in Sorgen seien, wegen des bevorstehenden Krieges auseinander gehen zu müssen. Der polternde Alte hatte mit seinen Töchtern aus Verdruß und Liebe zur Abwechslung ein vorteilhaftes Engagement aufgegeben, hatte mit dem Pedanten, den er unterwegs antraf, einen Wagen gemietet, um hierher zu kommen, wo denn auch, wie sie fanden, guter Rat teuer war.

Die Zeit, in welcher sich die übrigen über ihre Angelegenheiten sehr lebhaft unterhielten, brachte Wilhelm nachdenklich zu. Er wünschte den Alten allein zu sprechen, wünschte und fürchtete von Marianen zu hören, und befand sich in der größten Unruhe.

Die Artigkeiten der neuangekommenen Frauenzimmer konnten ihn nicht aus seinem Traume reißen; aber ein Wortwechsel, der sich erhub, machte ihn aufmerksam. Es war Friedrich, der blonde Knabe, der Philinen aufzuwarten pflegte, sich aber diesmal lebhaft widersetzte, als er den Tisch decken und Essen herbeischaffen sollte. Ich habe mich verpflichtet, rief er aus, Ihnen zu dienen, aber nicht allen Menschen aufzuwarten. Sie gerieten darüber in einen heftigen Streit. Philine bestand darauf, er habe seine Schuldigkeit zu tun, und als er sich hartnäckig widersetzte, sagte sie ihm ohne Umstände, er könnte gehn, wohin er wolle.

Glauben Sie etwa, daß ich mich nicht von Ihnen entfernen könne? rief er aus, ging trotzig weg, machte seinen Bündel zusammen und eilte sogleich zum Hause hinaus. Geh, Mignon, sagte Philine, und schaff uns, was wir brauchen; sag es dem Kellner und hilf aufwarten!

Mignon trat vor Wilhelm hin und fragte in ihrer lakonischen Art: Soll ich? darf ich? Und Wilhelm versetzte: Tu, mein Kind, was Mademoiselle dir sagt.

Das Kind besorgte alles und wartete den ganzen Abend mit großer Sorgfalt den Gästen auf. Nach Tische suchte Wilhelm mit dem Alten einen Spaziergang allein zu machen; es gelang ihm, und nach mancherlei Fragen, wie es ihm bisher gegangen, wendete sich das Gespräch auf die ehemalige Gesellschaft, und Wilhelm wagte zuletzt, nach Marianen zu fragen.

Sagen Sie mir nichts von dem abscheulichen Geschöpf! rief der Alte, ich habe verschworen, nicht mehr an sie zu denken. Wilhelm erschrak über diese Äußerung, war aber noch in größerer Verlegenheit, als der Alte fortfuhr, auf ihre Leichtfertigkeit und Liederlichkeit zu schmälen. Wie gern hätte unser Freund das Gespräch abgebrochen; allein er mußte nun einmal die polternden Ergießungen des wunderlichen Mannes aushalten.

Ich schäme mich, fuhr dieser fort, daß ich ihr so geneigt war. Doch hätten Sie das Mädchen näher gekannt, Sie würden mich gewiß entschuldigen. Sie war so artig, natürlich und gut, so gefällig und in jedem Sinne leidlich. Nie hätt ich mir vorgestellt, daß Frechheit und Undank die Hauptzüge ihres Charakters sein sollten.

Schon hatte sich Wilhelm gefaßt gemacht, das Schlimmste von ihr zu hören, als er auf einmal mit Verwunderung bemerkte, daß der Ton des Alten milder wurde, seine Rede endlich stockte und er ein Schnupftuch aus der Tasche nahm, um die Tränen zu trocknen, die zuletzt seine Rede unterbrachen.

Was ist Ihnen? rief Wilhelm aus. Was gibt Ihren Empfindungen auf einmal eine so entgegengesetzte Richtung? Verbergen Sie mir es nicht; ich nehme an dem Schicksale dieses Mädchens mehr Anteil, als Sie glauben; nur lassen Sie mich alles wissen.

Ich habe wenig zu sagen, versetzte der Alte, indem er wieder in seinen ernstlichen, verdrießlichen Ton überging: ich werde es ihr nie vergeben, was ich um sie geduldet habe. Sie hatte, fuhr er fort, immer ein gewisses Zutrauen zu mir, ich liebte sie wie meine Tochter und hatte, da meine Frau noch lebte, den Entschluß gefaßt, sie zu mir zu nehmen und sie aus den Händen der Alten zu retten, von deren Anleitung ich mir nicht viel Gutes versprach. Meine Frau starb, das Projekt zerschlug sich.

Gegen das Ende des Aufenthalts in Ihrer Vaterstadt, es sind nicht gar drei Jahre, merkte ich ihr eine sichtbare Traurigkeit an; ich fragte sie, aber sie wich aus. Endlich machten wir uns auf die Reise. Sie fuhr mit mir in Einem Wagen, und ich bemerkte, was sie mir auch bald gestand, daß sie guter Hoffnung sei und in der größten Furcht schwebe, von unserm Direktor verstoßen zu werden. Auch dauerte es nur kurze Zeit, so machte er die Entdeckung, kündigte ihr den Kontrakt, der ohnedies nur auf sechs Wochen stand, sogleich auf, zahlte, was sie zu fordern hatte, und ließ sie, aller Vorstellungen ungeachtet, in einem kleinen Städtchen, in einem schlechten Wirtshause zurück.

Der Henker hole alle liederlichen Dirnen! rief der Alte mit Verdruß, und besonders diese, die mir so manche Stunde meines Lebens verdorben hat. Was soll ich lange erzählen, wie ich mich ihrer angenommen, was ich für sie getan, was ich an sie gehängt, wie ich auch in der Abwesenheit für sie gesorgt habe. Ich wollte lieber mein Geld in den Teich werfen und meine Zeit hinbringen, räudige Hunde zu erziehen, als nur jemals wieder auf so ein Geschöpf die mindeste Aufmerksamkeit wenden. Was wars? Im Anfang erhielt ich Danksagungsbriefe, Nachricht von einigen Orten ihres Aufenthalts, und zuletzt kein Wort mehr, nicht einmal Dank für das Geld, das ich ihr zu ihren Wochen geschickt hatte. O die Verstellung und der Leichtsinn der Weiber ist so recht zusammengepaart, um ihnen ein bequemes Leben und einem ehrlichen Kerl manche verdrießliche Stunde zu schaffen!

Achtes Kapitel

Man denke sich Wilhelms Zustand, als er von dieser Unterredung nach Hause kam. Alle seine alten Wunden waren wieder aufgerissen, und das Gefühl, daß sie seiner Liebe nicht ganz unwürdig gewesen, wieder lebhaft geworden; denn in dem Interesse des Alten, in dem Lobe, das er ihr wider Willen geben mußte, war unserm Freunde ihre ganze Liebenswürdigkeit wieder erschienen; ja selbst die heftige Anklage des leidenschaftlichen Mannes enthielt nichts, was sie vor Wilhelms Augen hätte herabsetzen können. Denn dieser bekannte sich selbst als Mitschuldigen ihrer Vergehungen, und ihr Schweigen zuletzt schien ihm nicht tadelhaft; er machte sich vielmehr nur traurige Gedanken darüber, sah sie als Wöchnerin, als Mutter in der Welt ohne Hülfe herumirren, wahrscheinlich mit seinem eigenen Kinde herumirren, Vorstellungen, welche das schmerzlichste Gefühl in ihm erregten.

Mignon hatte auf ihn gewartet und leuchtete ihm die Treppe hinauf. Als sie das Licht niedergesetzt hatte, bat sie ihn, zu erlauben, daß sie ihm heute abend mit einem Kunststücke aufwarten dürfe. Er hätte es lieber verbeten, besonders da er nicht wußte, was es werden sollte. Allein er konnte diesem guten Geschöpfe nichts abschlagen. Nach einer kurzen Zeit trat sie wieder herein. Sie trug einen Teppich unter dem Arme, den sie auf der Erde ausbreitete. Wilhelm ließ sie gewähren. Sie brachte darauf vier Lichter, stellte eins auf jeden Zipfel des Teppichs. Ein Körbchen mit Eiern, das sie darauf holte, machte die Absicht deutlicher. Künstlich abgemessen schritt sie nunmehr auf dem Teppich hin und her und legte in gewissen Maßen die Eier auseinander, dann rief sie einen Menschen herein, der im Hause aufwartete und die Violine spielte. Er trat mit seinem Instrumente in die Ecke; sie verband sich die Augen, gab das Zeichen und fing zugleich mit der Musik, wie ein aufgezogenes Räderwerk, ihre Bewegungen an, indem sie Takt und Melodie mit dem Schlage der Kastagnetten begleitete.

Behende, leicht, rasch, genau führte sie den Tanz. Sie trat so scharf und so sicher zwischen die Eier hinein, bei den Eiern nieder, daß man jeden Augenblick dachte, sie müsse eins zertreten oder bei schnellen Wendungen das andre fortschleudern. Mitnichten! Sie berührte keines, ob sie gleich mit allen Arten von Schritten, engen und weiten, ja sogar mit Sprüngen und zuletzt halb knieend sich durch die Reihen durchwand.

Unaufhaltsam, wie ein Uhrwerk, lief sie ihren Weg, und die sonderbare Musik gab dem immer wieder von vorne anfangenden und losrauschenden Tanze bei jeder Wiederholung einen neuen Stoß. Wilhelm war von dem sonderbaren Schauspiele ganz hingerissen; er vergaß seiner Sorgen, folgte jeder Bewegung der geliebten Kreatur und war verwundert, wie in diesem Tanze sich ihr Charakter vorzüglich entwickelte.

Streng, scharf, trocken, heftig, und in sanften Stellungen mehr feierlich als angenehm zeigte sie sich. Er empfand, was er schon für Mignon gefühlt, in diesem Augenblicke auf einmal. Er sehnte sich, dieses verlassene Wesen an Kindestatt seinem Herzen einzuverleiben, es in seine Arme zu nehmen und mit der Liebe eines Vaters Freude des Lebens in ihm zu erwecken.

Der Tanz ging zu Ende; sie rollte die Eier mit den Füßen sachte zusammen auf ein Häufchen, ließ keines zurück, beschädigte keines und stellte sich dazu, indem sie die Binde von den Augen nahm und ihr Kunststück mit einem Bücklinge endigte.

Wilhelm dankte ihr, daß sie ihm den Tanz, den er zu sehen gewünscht, so artig und unvermutet vorgetragen habe. Er streichelte sie und bedauerte, daß sie sichs habe so sauer werden lassen. Er versprach ihr ein neues Kleid, worauf sie heftig antwortete: Deine Farbe! Auch das versprach er ihr, ob er gleich nicht deutlich wußte, was sie darunter meine. Sie nahm die Eier zusammen, den Teppich unter den Arm, fragte, ob er noch etwas zu befehlen habe, und schwang sich zur Türe hinaus.

Von dem Musikus erfuhr er, daß sie sich seit einiger Zeit viele Mühe gegeben, ihm den Tanz, welches der bekannte Fandango war, so lange vorzusingen, bis er ihn habe spielen können. Auch habe sie ihm für seine Bemühungen etwas Geld angeboten, das er aber nicht nehmen wollen.

Neuntes Kapitel

Nach einer unruhigen Nacht, die unser Freund teils wachend, teils von schweren Träumen geängstigt zubrachte, in denen er Marianen bald in aller Schönheit, bald in kümmerlicher Gestalt, jetzt mit einem Kinde auf dem Arm, bald desselben beraubt sah, war der Morgen kaum angebrochen, als Mignon schon mit einem Schneider hereintrat. Sie brachte graues Tuch und blauen Taffet und erklärte nach ihrer Art, daß sie ein neues

Westchen und Schifferhosen, wie sie solche an den Knaben in der Stadt gesehen, mit blauen Aufschlägen und Bändern haben wolle.

Wilhelm hatte seit dem Verlust Marianens alle muntern Farben abgelegt. Er hatte sich an das Grau, an die Kleidung der Schatten, gewöhnt, und nur etwa ein himmelblaues Futter oder ein kleiner Kragen von dieser Farbe belebte einigermaßen jene stille Kleidung. Mignon, begierig, seine Farbe zu tragen, trieb den Schneider, der in kurzem die Arbeit zu liefern versprach.

Die Tanz- und Fechtstunden, die unser Freund heute mit Laertes nahm, wollten nicht zum besten glücken. Auch wurden sie bald durch Melinas Ankunft unterbrochen, der umständlich zeigte, wie jetzt eine kleine Gesellschaft beisammen sei, mit welcher man schon Stücke genug aufführen könne. Er erneuerte seinen Antrag, daß Wilhelm einiges Geld zum Etablissement vorstrecken solle, wobei dieser abermals seine Unentschlossenheit zeigte.

Philine und die Mädchen kamen bald hierauf mit Lachen und Lärmen herein. Sie hatten sich abermals eine Spazierfahrt ausgedacht: denn Veränderung des Orts und der Gegenstände war eine Lust, nach der sie sich immer sehnten. Täglich an einem andern Orte zu essen, war ihr höchster Wunsch. Diesmal sollte es eine Wasserfahrt werden.

Das Schiff, womit sie die Krümmungen des angenehmen Flusses hinunterfahren wollten, war schon durch den Pedanten bestellt. Philine trieb, die Gesellschaft zauderte nicht und war bald eingeschifft.

Was fangen wir nun an? sagte Philine, indem sich alle auf die Bänke niedergelassen hatten.

Das Kürzeste wäre, versetzte Laertes, wir extemporierten ein Stück. Nehme jeder eine Rolle, die seinem Charakter am angemessensten ist, und wir wollen sehen, wie es uns gelingt.

Fürtrefflich! sagte Wilhelm, denn in einer Gesellschaft, in der man sich nicht verstellt, in welcher jedes nur seinem Sinne folgt, kann Anmut und Zufriedenheit nicht lange wohnen, und wo man sich immer verstellt, dahin kommen sie gar nicht. Es ist also nicht übel getan, wir geben uns die Verstellung gleich von Anfang zu und sind nachher unter der Maske so aufrichtig, als wir wollen.

Ja, sagte Laertes, deswegen geht sichs so angenehm mit Weibern um, die sich niemals in ihrer natürlichen Gestalt sehen lassen.

Das macht, versetzte Madame Melina, daß sie nicht so eitel sind wie die Männer, welche sich einbilden, sie seien schon immer liebenswürdig genug, wie sie die Natur hervorgebracht hat.

Indessen war man zwischen angenehmen Büschen und Hügeln, zwischen Gärten und Weinbergen hingefahren, und die jungen Frauenzimmer, besonders aber Madame Melina, drückten ihr Entzücken über die Gegend aus. Letztre fing sogar an, ein artiges Gedicht von der beschreibenden Gattung über eine ähnliche Naturszene feierlich herzusagen; allein Philine unterbrach sie und schlug ein Gesetz vor, daß sich niemand unterfangen solle, von einem unbelebten Gegenstande zu sprechen; sie setzte vielmehr den Vorschlag zur extemporierten Komödie mit Eifer durch. Der polternde Alte sollte einen pensionierten Offizier, Laertes einen vacierenden Fechtmeister, der Pedant einen Juden vorstellen, sie selbst wolle eine Tirolerin machen, und überließ den übrigen, sich ihre Rollen zu wählen. Man sollte fingieren, als ob sie eine Gesellschaft weltfremder Menschen seien, die soeben auf einem Marktschiffe zusammenkomme.

Sie fing sogleich mit dem Juden ihre Rolle zu spielen an, und eine allgemeine Heiterkeit verbreitete sich.

Man war nicht lange gefahren, als der Schiffer stille hielt, um mit Erlaubnis der Gesellschaft noch jemand einzunehmen, der am Ufer stand und gewinkt hatte.

Das ist eben noch, was wir brauchen, rief Philine: ein blinder Passagier fehlte noch der Reisegesellschaft.

Ein wohlgebildeter Mann stieg in das Schiff, den man an seiner Kleidung und seiner ehrwürdigen Miene wohl für einen Geistlichen hätte nehmen können. Er begrüßte die Gesellschaft, die ihm nach ihrer Weise dankte und ihn bald mit ihrem Scherz bekannt machte. Er nahm darauf die Rolle eines Landgeistlichen an, die er zur Verwunderung aller auf das artigste durchsetzte, indem er bald ermahnte, bald Histörchen erzählte, einige schwache Seiten blicken ließ und sich doch im Respekt zu erhalten wußte.

Indessen hatte jeder, der nur ein einziges Mal aus seinem Charakter herausgegangen war, ein Pfand geben müssen. Philine hatte sie mit großer Sorgfalt gesammelt und besonders den geistlichen Herrn mit vielen Küssen bei der künftigen Einlösung bedroht, ob er gleich selbst nie in Strafe genommen ward. Melina dagegen war völlig ausgeplündert, Hemdenknöpfe und Schnallen und alles, was Bewegliches an seinem Leibe war, hatte Philine zu sich genommen. Denn er wollte einen reisenden Engländer vorstellen und konnte auf keine Weise in seine Rolle hineinkommen.

Die Zeit war indes auf das angenehmste vergangen, jedes hatte seine Einbildungskraft und seinen Witz aufs möglichste angestrengt, und jedes seine Rolle mit angenehmen und unterhaltenden Scherzen ausstaffiert. So kam man an dem Orte an, wo man sich den Tag über aufhalten wollte, und Wilhelm geriet mit dem Geistlichen, wie wir ihn, seinem Aussehn und seiner Rolle nach, nennen wollen, auf dem Spaziergange bald in ein interessantes Gespräch.

Ich finde diese Übung, sagte der Unbekannte, unter Schauspielern, ja in Gesellschaft von Freunden und Bekannten, sehr nützlich. Es ist die beste Art, die Menschen aus sich heraus und durch einen Umweg wieder in sich hinein zu führen. Es sollte bei jeder Truppe eingeführt sein, daß sie sich manchmal auf diese Weise üben müßte, und das Publikum würde gewiß dabei gewinnen, wenn alle Monate ein nicht geschriebenes Stück aufgeführt würde, worauf sich freilich die Schauspieler in mehreren Proben müßten vorbereitet haben.

Man dürfte sich, versetzte Wilhelm, ein extemporiertes Stück nicht als ein solches denken, das aus dem Stegreife sogleich komponiert würde, sondern als ein solches, wovon zwar Plan, Handlung und Szeneneinteilung gegeben wären, dessen Ausführung aber dem Schauspieler überlassen bliebe.

Ganz richtig, sagte der Unbekannte, und eben was diese Ausführung betrifft, würde ein solches Stück, sobald die Schauspieler nur einmal im Gang wären, außerordentlich gewinnen. Nicht die Ausführung durch Worte, denn durch diese muß freilich der überlegende Schriftsteller seine Arbeit zieren, sondern die Ausführung durch Gebärden und Mienen, Ausrufungen und was dazu gehört, kurz, das stumme, halblaute Spiel, welches nach und nach bei uns ganz verloren zu gehen scheint. Es sind wohl Schauspieler in Deutschland, deren Körper das zeigt, was sie denken und fühlen, die durch Schweigen, Zaudern, durch Winke, durch zarte, anmutige Bewegungen des Körpers eine Rede vorzubereiten und die Pausen des Gesprächs durch eine gefällige Pantomime mit dem Ganzen zu verbinden wissen; aber eine Übung, die einem glücklichen Naturell zu Hülfe käme und es lehrte, mit dem Schriftsteller zu wetteifern, ist nicht so im Gange, als es zum Troste derer, die das Theater besuchen, wohl zu wünschen wäre.

Sollte aber nicht, versetzte Wilhelm, ein glückliches Naturell, als das Erste und Letzte, einen Schauspieler, wie jeden andern Künstler, ja vielleicht wie jeden Menschen, allein zu einem hochaufgesteckten Ziele bringen?

Das Erste und Letzte, Anfang und Ende möchte es wohl sein und bleiben; aber in der Mitte dürfte dem Künstler manches fehlen, wenn nicht Bildung das erst aus ihm macht, was er sein soll, und zwar frühe Bildung; denn vielleicht ist derjenige, dem man Genie zuschreibt, übler daran als der, der nur gewöhnliche Fähigkeiten besitzt; denn jener kann leichter verbildet und viel heftiger auf falsche Wege gestoßen werden als dieser.

Aber, versetzte Wilhelm, wird das Genie sich nicht selbst retten, die Wunden, die es sich geschlagen, selbst heilen?

Mitnichten, versetzte der andere, oder wenigstens nur notdürftig: denn niemand glaube die ersten Eindrücke der Jugend verwinden zu können. Ist er in einer löblichen Freiheit, umgeben von schönen und edlen Gegenständen, in dem Umgange mit guten Menschen aufgewachsen, haben ihn seine Meister das gelehrt, was er zuerst wissen mußte, um das übrige leichter zu begreifen, hat er gelernt, was er nie zu verlernen braucht, wurden seine ersten Handlungen so geleitet, daß er das Gute künftig leichter und bequemer vollbringen kann, ohne sich irgend etwas abgewöhnen zu müssen – so wird dieser Mensch ein reineres, vollkommneres und glücklicheres Leben führen als ein anderer, der seine ersten Jugendkräfte im Widerstand und im Irrtum zugesetzt hat. Es wird so viel von Erziehung gesprochen und geschrieben, und ich sehe nur wenig Menschen, die den einfachen, aber großen Begriff, der alles andere in sich schließt, fassen und in die Ausführung übertragen können.

Das mag wohl wahr sein, sagte Wilhelm, denn jeder Mensch ist beschränkt genug, den andern zu seinem Ebenbild erziehen zu wollen. Glücklich sind diejenigen daher, deren sich das Schicksal annimmt, das jeden nach seiner Weise erzieht!

Das Schicksal, versetzte lächelnd der andere, ist ein vornehmer aber teurer Hofmeister. Ich würde mich immer lieber an die Vernunft eines menschlichen Meisters halten. Das Schicksal, für dessen Weisheit ich alle Ehrfurcht trage, mag an dem Zufall, durch den es wirkt, ein sehr ungelenkes Organ haben. Denn selten scheint dieser genau und rein auszuführen, was jenes beschlossen hatte.

Sie scheinen einen sehr sonderbaren Gedanken auszusprechen, versetzte Wilhelm.

Mitnichten! Das meiste, was in der Welt begegnet, rechtfertigt meine Meinung. Zeigen viele Begebenheiten im Anfange nicht einen großen Sinn, und gehen die meisten nicht auf etwas Albernes hinaus? –

Sie wollen scherzen.

Und ist es nicht, fuhr der andere fort, mit dem, was einzelnen Menschen begegnet, ebenso? Gesetzt, das Schicksal hätte einen zu einem guten Schauspieler bestimmt (und warum sollt' es uns nicht auch mit guten Schauspielern versorgen?), unglücklicherweise führte der Zufall aber den jungen Mann in ein Puppenspiel, wo er sich früh nicht enthalten könnte, an etwas Abgeschmacktem teilzunehmen, etwas Albernes leidlich, wohl gar interessant zu finden und so die jugendlichen Eindrücke, welche nie verlöschen, denen wir eine gewisse Anhänglichkeit nie entziehen können, von einer falschen Seite zu empfangen.

Wie kommen Sie aufs Puppenspiel? fiel ihm Wilhelm mit einiger Bestürzung ein. –

Es war nur ein unwillkürliches Beispiel; wenn es Ihnen nicht gefällt, so nehmen wir ein andres. Gesetzt, das Schicksal hätte einen zu einem großen Maler bestimmt, und dem Zufall beliebte es, seine Jugend in schmutzige Hütten, Ställe und Scheunen zu verstoßen – glauben Sie, daß ein solcher Mann sich jemals zur Reinlichkeit, zum Adel, zur Freiheit der Seele erheben werde? Mit je lebhafterm Sinn er das Unreine in seiner Jugend angefaßt und nach seiner Art veredelt hat, desto gewaltsamer wird es sich in der Folge seines Lebens an ihm rächen, indem es sich, inzwischen daß er es zu überwinden suchte, mit ihm aufs innigste verbunden hat. Wer früh in schlechter, unbedeutender Gesellschaft gelebt hat, wird sich, wenn er auch später eine bessere haben kann, immer nach jener zurücksehnen, deren Eindruck ihm, zugleich mit der Erinnerung jugendlicher, nur selten zu wiederholender Freuden, geblieben ist.

Man kann denken, daß unter diesem Gespräch sich nach und nach die übrige Gesellschaft entfernt hatte. Besonders war Philine gleich vom Anfang auf die Seite getreten. Man kam durch einen Seitenweg zu ihnen zurück. Philine brachte die Pfänder hervor, welche auf allerlei Weise gelöst werden mußten, wobei der Fremde sich durch die artigsten Erfindungen und durch eine ungezwungene Teilnahme der ganzen Gesellschaft und besonders den Frauenzimmern sehr empfahl; und so flossen die Stunden des Tages unter Scherzen, Singen, Küssen und allerlei Neckereien auf das angenehmste vorbei.

Zehntes Kapitel

Als sie sich wieder nach Hause begeben wollten, sahen sie sich nach ihrem Geistlichen um; allein er war verschwunden und an keinem Orte zu finden.

Es ist nicht artig von dem Manne, der sonst viel Lebensart zu haben scheint, sagte Madame Melina, eine Gesellschaft, die ihn so freundlich aufgenommen, ohne Abschied zu verlassen.

Ich habe mich die ganze Zeit her schon besonnen, sagte Laertes, wo ich diesen sonderbaren Mann schon ehemals möchte gesehen haben. Ich war eben im Begriff, ihn beim Abschiede darüber zu befragen.

Mir ging es ebenso, versetzte Wilhelm, und ich hätte ihn gewiß nicht entlassen, bis er uns etwas Näheres von seinen Umständen entdeckt hätte. Ich müßte mich sehr irren, wenn ich ihn nicht schon irgendwo gesprochen hätte.

Und doch könntet ihr euch, sagte Philine, darin wirklich irren. Dieser Mann hat eigentlich nur das falsche Ansehen eines Bekannten, weil er aussieht wie ein Mensch, und nicht wie Hans oder Kunz.

Was soll das heißen, sagte Laertes, sehen wir nicht auch aus wie Menschen?

Ich weiß, was ich sage, versetzte Philine, und wenn ihr mich nicht begreift, so laßts gut sein. Ich werde nicht am Ende noch gar meine Worte auslegen sollen.

Zwei Kutschen fuhren vor. Man lobte die Sorgfalt des Laertes, der sie bestellt hatte. Philine nahm neben Madame Melina, Wilhelmen gegenüber, Platz, und die übrigen richteten sich ein, so gut sie konnten. Laertes selbst ritt auf Wilhelms Pferde, das auch mit herausgekommen war, nach der Stadt zurück.

Philine saß kaum in dem Wagen, als sie artige Lieder zu singen und das Gespräch auf Geschichten zu lenken wußte, von denen sie behauptete, daß sie mit Glück dramatisch behandelt werden könnten. Durch diese kluge Wendung hatte sie gar bald ihren jungen Freund in seine beste Laune gesetzt, und er komponierte aus dem Reichtum seines lebendigen Bildervorrats sogleich ein ganzes Schauspiel mit allen seinen Akten, Szenen, Charakteren und Verwicklungen. Man fand für gut, einige Arien und Gesänge einzuflechten; man dichtete sie, und Philine, die in alles einging, paßte ihnen gleich bekannte Melodieen an und sang sie aus dem Stegreife. Sie hatte eben heute ihren schönen, sehr schönen Tag; sie wußte mit allerlei Neckereien unsern Freund zu beleben; es ward ihm wohl, wie es ihm lange nicht gewesen war.

Seitdem ihn jene grausame Entdeckung von der Seite Marianens gerissen hatte, war er dem Gelübde treu geblieben, sich vor der zusammenschlagenden Falle einer weiblichen Umarmung zu hüten, das treulose Geschlecht zu meiden, seine Schmerzen, seine Neigung, seine süßen Wünsche in seinem Busen zu verschließen. Die Gewissenhaftigkeit, womit er dies Gelübde beobachtete, gab seinem ganzen Wesen eine geheime Nahrung, und da sein Herz nicht ohne Teilnehmung bleiben konnte, so ward eine liebevolle Mitteilung nun zum Bedürfnisse. Er ging wieder wie von dem ersten Jugendnebel begleitet umher, seine Augen faßten jeden reizenden Gegenstand mit Freuden auf, und nie war sein Urteil über eine liebenswürdige Gestalt schonender gewesen. Wie gefährlich ihm in einer solchen Lage das verwegene Mädchen werden mußte, läßt sich leider nur zu gut einsehen.

Zu Hause fanden sie auf Wilhelms Zimmer schon alles zum Empfange bereit, die Stühle zu einer Vorlesung zurechte gestellt und den Tisch in die Mitte gesetzt, auf welchem der Punschnapf seinen Platz nehmen sollte.

Die deutschen Ritterstücke waren damals eben neu und hatten die Aufmerksamkeit und Neigung des Publikums an sich gezogen. Der alte Polterer hatte eines dieser Art mitgebracht, und die Vorlesung war beschlossen worden. Man setzte sich nieder. Wilhelm bemächtigte sich des Exemplars und fing zu lesen an.

Die geharnischten Ritter, die alten Burgen, die Treuherzigkeit, Rechtlichkeit und Redlichkeit, besonders aber die Unabhängigkeit der handelnden Personen wurden mit großem Beifall aufgenommen. Der Vorleser tat sein möglichstes, und die Gesellschaft kam ganz außer sich. Zwischen dem zweiten und dritten Akt kam der Punsch in einem großen Napfe, und da in dem Stücke selbst sehr viel getrunken und angestoßen wurde, so war nichts natürlicher, als daß die Gesellschaft, bei jedem solchen Falle, sich lebhaft an den Platz der Helden versetzte, gleichfalls anklingte und die Günstlinge unter den handelnden Personen hochleben ließ.

Jedermann war von dem Feuer des edelsten Nationalgeistes entzündet. Wie sehr gefiel es dieser deutschen Gesellschaft, sich ihrem Charakter gemäß auf eignem Grund und Boden poetisch zu ergötzen! Besonders taten die Gewölbe und Keller, die verfallenen Schlösser, das Moos und die hohlen Bäume, über alles aber die nächtlichen Zigeunerszenen und das heimliche Gericht eine ganz unglaubliche Wirkung. Jeder Schauspieler sah nun, wie er bald in Helm und Harnisch, jede Schauspielerin, wie sie mit einem großen stehenden Kragen ihre Deutschheit vor dem Publiko produzieren werde. Jeder wollte sich sogleich einen Namen aus dem Stück oder aus der deutschen Geschichte zueignen, und Madame Melina beteuerte, Sohn oder Tochter, wozu sie Hoffnung hatte, nicht anders als Adelbert oder Mechthilde taufen zu lassen.

Gegen den fünften Akt ward der Beifall lärmender und lauter, ja zuletzt, als der Held wirklich seinem Unterdrücker entging und der Tyrann gestraft wurde, war das Entzücken so groß, daß man schwur, man habe nie so glückliche Stunden gehabt. Melina, den der Trank begeistert hatte, war der lauteste, und da der zweite Punschnapf geleert war und Mitternacht herannahte, schwur Laertes hoch und teuer, es sei kein Mensch würdig, an diese Gläser jemals wieder eine Lippe zu setzen, und warf mit dieser Beteuerung sein Glas hinter sich und durch die Scheiben auf die Gasse hinaus. Die übrigen folgten seinem Beispiele, und ungeachtet der Protestationen des herbeieilenden Wirtes wurde der Punschnapf selbst, der nach einem solchen Feste durch unheiliges Getränk nicht wieder entweiht werden sollte, in tausend Stücke geschlagen. Philine, der man ihren Rausch am wenigsten ansah, indes die beiden Mädchen nicht in den anständigsten Stellungen auf dem Kanapee lagen, reizte die andern mit Schadenfreude zum Lärm. Madame Melina rezitierte einige erhabene Gedichte, und ihr Mann, der im Rausche nicht sehr liebenswürdig war, fing an, auf die schlechte Bereitung des Punsches zu schelten, versicherte, daß *er* ein Fest ganz anders einzurichten verstehe, und ward zuletzt, als Laertes Stillschweigen gebot, immer gröber und lauter, so daß dieser, ohne sich lange zu bedenken, ihm die Scherben des Napfs an den Kopf warf und dadurch den Lärm nicht wenig vermehrte.

Indessen war die Scharwache herbeigekommen und verlangte, ins Haus eingelassen zu werden. Wilhelm, vom Lesen sehr erhitzt, ob er gleich nur wenig getrunken, hatte genug zu tun, um mit Beihülfe des Wirts die Leute durch Geld und gute Worte zu befriedigen und die Glieder der Gesellschaft in ihren mißlichen Umständen nach Hause zu schaffen. Er warf sich, als er zurückkam, vom Schlafe überwältigt, voller Unmut, unausgekleidet aufs Bette, und nichts glich der unangenehmen Empfindung, als er des andern Morgens die Augen aufschlug und mit düsterm Blick auf die Verwüstungen des vergangenen Tages, den Unrat und die bösen Wirkungen hinsah, die ein geistreiches, lebhaftes und wohlgemeintes Dichterwerk hervorgebracht hatte.

Elftes Kapitel

Nach einem kurzen Bedenken rief er sogleich den Wirt herbei und ließ sowohl den Schaden als die Zeche auf seine Rechnung schreiben. Zugleich vernahm er nicht ohne Verdruß, daß sein Pferd von Laertes gestern bei dem Hereinreiten dergestalt angegriffen worden, daß es wahrscheinlich, wie man zu sagen pflegt, verschlagen habe, und daß der Schmied wenig Hoffnung zu seinem Aufkommen gebe.

Ein Gruß von Philinen, den sie ihm aus ihrem Fenster zuwinkte, versetzte ihn dagegen wieder in einen heitern Zustand, und er ging sogleich in den nächsten Laden, um ihr ein kleines Geschenk, das er ihr gegen das Pudermesser noch schuldig war, zu kaufen, und wir müssen bekennen, er hielt sich nicht in den Grenzen eines proportionierten Gegengeschenks. Er kaufte ihr nicht allein ein Paar sehr niedliche Ohrringe, sondern nahm dazu noch einen Hut und Halstuch und einige andere Kleinigkeiten, die er sie den ersten Tag hatte verschwenderisch wegwerfen sehen.

Madame Melina, die ihn eben, als er seine Gaben überreichte, zu beobachten kam, suchte noch vor Tische eine Gelegenheit, ihn sehr ernstlich über die Empfindung für dieses Mädchen zur Rede zu setzen, und er war um so erstaunter, als er nichts weniger denn diese Vorwürfe zu verdienen glaubte. Er schwur hoch und teuer, daß es ihm keineswegs eingefallen sei, sich an diese Person, deren ganzen Wandel er wohl kenne, zu wenden; er entschuldigte sich, so gut er konnte, über sein freundliches und artiges Betragen gegen sie, befriedigte aber Madame Melina auf keine Weise; vielmehr ward diese immer verdrießlicher, da sie bemerken mußte, daß die Schmeichelei, wodurch sie sich eine Art von Neigung unsers Freundes erworben hatte, nicht hinreiche, diesen Besitz gegen die Angriffe einer lebhaften, jüngern und von der Natur glücklicher begabten Person zu verteidigen.

Ihren Mann fanden sie gleichfalls, da sie zu Tische kamen, bei sehr üblem Humor, und er fing schon an, ihn über Kleinigkeiten auszulassen, als der Wirt hereintrat und einen Harfenspieler anmeldete. Sie werden, sagte er, gewiß Vergnügen an der Musik und an den Gesängen dieses Mannes finden; es kann sich niemand, der ihn hört, enthalten, ihn zu bewundern und ihm etwas weniges mitzuteilen.

Lassen Sie ihn weg, versetzte Melina, ich bin nichts weniger als gestimmt, einen Leiermann zu hören, und wir haben allenfalls Sänger unter uns, die gern etwas verdienten. Er begleitete diese Worte mit einem tückischen Seitenblicke, den er auf Philinen warf. Sie verstand ihn und war gleich bereit, zu seinem Verdruß, den angemeldeten Sänger zu beschützen. Sie wendete sich zu Wilhelmen und sagte: Sollen wir den Mann nicht hören, sollen wir nichts tun, um uns aus der erbärmlichen Langenweile zu retten?

Melina wollte ihr antworten, und der Streit wäre lebhafter geworden, wenn nicht Wilhelm den im Augenblick hereintretenden Mann begrüßt und ihn herbeigewinkt hätte.

Die Gestalt dieses seltsamen Gastes setzte die ganze Gesellschaft in Erstaunen, und er hatte schon von einem Stuhle Besitz genommen, ehe jemand ihn zu fragen oder sonst etwas vorzubringen das Herz hatte. Sein kahler Scheitel war von wenig grauen Haaren umkränzt, große blaue Augen blickten sanft unter langen weißen Augenbrauen hervor. An eine wohlgebildete Nase schloß sich ein langer weißer Bart an, ohne die gefällige Lippe zu bedecken, und ein langes dunkelbraunes Gewand umhüllte den schlanken Körper vom Halse bis zu den Füßen; und so fing er auf der Harfe, die er vor sich genommen hatte, zu präludieren an.

Die angenehmen Töne, die er aus dem Instrumente hervorlockte, erheiterten gar bald die Gesellschaft.

Ihr pflegt auch zu singen, guter Alter, sagte Philine.

Gebt uns etwas, das Herz und Geist zugleich mit den Sinnen ergötze, sagte Wilhelm. Das Instrument sollte nur die Stimme begleiten; denn Melodieen, Gänge und Läufe ohne Worte und Sinn scheinen mir Schmetterlingen oder schönen bunten Vögeln ähnlich zu sein, die in der Luft vor unsern Augen herumschweben, die wir allenfalls haschen und uns zueignen möchten; da sich der Gesang dagegen wie ein Genius gen Himmel hebt und das bessere Ich in uns ihn zu begleiten anreizt.

Der Alte sah Wilhelmen an, alsdann in die Höhe, tat einige Griffe auf der Harfe und begann sein Lied. Es enthielt ein Lob auf den Gesang, pries das Glück der Sänger und ermahnte die Menschen, sie zu ehren. Er trug das Lied mit so viel Leben und Wahrheit vor, daß es schien, als hätte er es in diesem Augenblicke und bei diesem Anlasse gedichtet. Wilhelm enthielt sich kaum, ihm um den Hals zu fallen; nur die Furcht, ein lautes Gelächter zu erregen, zog ihn auf seinen Stuhl zurück; denn die übrigen machten schon halblaut einige alberne Anmerkungen und stritten, ob es ein Pfaffe oder ein Jude sei.

Als man nach dem Verfasser des Liedes fragte, gab er keine bestimmte Antwort; nur versicherte er, daß er reich an Gesängen sei, und wünsche nur, daß sie gefallen möchten. Der größte Teil der Gesellschaft war fröhlich und freudig, ja selbst Melina nach seiner Art offen geworden, und indem man unter einander schwatzte und scherzte, fing der Alte das Lob des geselligen Lebens auf das geistreichste zu singen an. Er pries Einigkeit und Gefälligkeit mit einschmeichelnden Tönen. Auf einmal ward sein Gesang trocken, rauh und verworren, als er gehässige

Lebhaft, doch nicht zu geschwind.
Clavier
oder Harfe.
Was hör' ich drau - ßen vor dem Thor? was auf der Brü - cke schal - len?
Laßt den Ge - sang zu un - serm Ohr im Saale wie - der - hal - len!
Der Kö - nig sprachs, der
Pa - ge lief, der Kna - be kam, der Kö - nig rief: Bring ihn her - ein den Al - ten.

Verschlossenheit, kurzsinnige Feindschaft und gefährlichen Zwiespalt bedauerte, und gern warf jede Seele diese unbequemen Fesseln ab, als er, auf den Fittichen einer vordringenden Melodie getragen, die Friedensstifter pries und das Glück der Seelen, die sich wiederfinden, sang.

Kaum hatte er geendigt, als ihm Wilhelm zurief: Wer du auch seist, der du als ein hülfreicher Schutzgeist mit einer segnenden und belebenden Stimme zu uns kommst, nimm meine Verehrung und meinen Dank! fühle, daß wir alle dich bewundern, und vertrau uns, wenn du etwas bedarfst!

Der Alte schwieg, ließ erst seine Finger über die Saiten schleichen, dann griff er sie stärker an und sang:

Was hör ich draußen vor dem Tor,
Was auf der Brücke schallen?
Laßt den Gesang zu unserm Ohr
Im Saale widerhallen!
Der König sprachs, der Page lief,
Der Knabe kam, der König rief:
Bring ihn herein, den Alten.

Gegrüßet seid ihr hohen Herrn,
Gegrüßt ihr, schöne Damen!
Welch reicher Himmel! Stern bei Stern!
Wer kennet ihre Namen?
Im Saal voll Pracht und Herrlichkeit
Schließt, Augen, euch: hier ist nicht Zeit,
Sich staunend zu ergötzen.

Der Sänger drückt' die Augen ein
Und schlug die vollen Töne;
Der Ritter schaute mutig drein,
Und in den Schoß die Schöne.
Der König, dem das Lied gefiel,
Ließ ihm, zum Lohne für sein Spiel,
Eine goldne Kette holen.

Die goldne Kette gib mir nicht,
Die Kette gib den Rittern,
Vor deren kühnem Angesicht
Der Feinde Lanzen splittern.
Gib sie dem Kanzler, den du hast,
Und laß ihn noch die goldne Last
Zu andern Lasten tragen.

Ich singe, wie der Vogel singt,
Der in den Zweigen wohnet.
Das Lied, das aus der Kehle dringt,
Ist Lohn, der reichlich lohnet;
Doch darf ich bitten, bitt ich eins:
Laß einen Trunk des besten Weins
In reinem Glase bringen.

Er setzt' es an, er trank es aus:
O Trank der süßen Labe!
O! dreimal hochbeglücktes Haus,
Wo das ist kleine Gabe!
Ergehts euch wohl, so denkt an mich
Und danket Gott so warm, als ich
Für diesen Trunk euch danke.

Da der Sänger nach geendigtem Liede ein Glas Wein, das für ihn eingeschenkt dastand, ergriff und es mit freundlicher Miene, sich gegen seine Wohltäter wendend, austrank, entstand eine allgemeine Freude in der Versammlung. Man klatschte und rief ihm zu, es möge dieses Glas zu seiner Gesundheit, zur Stärkung seiner alten Glieder gereichen. Er sang noch einige Romanzen und erregte immer mehr Munterkeit in der Gesellschaft.

Kannst du die Melodie, Alter, rief Philine: Der Schäfer putzte sich zum Tanz?

O ja, versetzte er; wenn Sie das Lied singen und aufführen wollen, an mir soll es nicht fehlen.

Philine stand auf und hielt sich fertig. Der Alte begann die

Melodie, und sie sang ein Lied, das wir unsern Lesern nicht mitteilen können, weil sie es vielleicht abgeschmackt oder wohl gar unanständig finden könnten.

Inzwischen hatte die Gesellschaft, die immer heiterer geworden war, noch manche Flasche Wein ausgetrunken und fing an, sehr laut zu werden. Da aber unserm Freunde die bösen Folgen ihrer Lust noch in frischem Andenken schwebten, suchte er abzubrechen, steckte dem Alten für seine Bemühungen eine reichliche Belohnung in die Hand, die andern taten auch etwas, man ließ ihn abtreten und ruhen und versprach sich auf den Abend eine wiederholte Freude von seiner Geschicklichkeit.

Als er hinweg war, sagte Wilhelm zu Philinen: Ich kann zwar in Ihrem Leibgesange weder ein dichterisches noch sittliches Verdienst finden; doch wenn Sie mit eben der Naivetät, Eigenheit und Zierlichkeit etwas Schickliches auf dem Theater jemals ausführen, so wird Ihnen allgemeiner lebhafter Beifall gewiß zuteil werden.

Ja, sagte Philine, es müßte eine recht angenehme Empfindung sein, sich am Eise zu wärmen.

Überhaupt, sagte Wilhelm, wie sehr beschämt dieser Mann manchen Schauspieler. Haben Sie bemerkt, wie richtig der dramatische Ausdruck seiner Romanzen war? Gewiß, es lebte mehr Darstellung in seinem Gesang als in unsern steifen Personen auf der Bühne; man sollte die Aufführung mancher Stücke eher für eine Erzählung halten und diesen musikalischen Erzählungen eine sinnliche Gegenwart zuschreiben.

Sie sind ungerecht! versetzte Laertes: ich gebe mich weder für einen großen Schauspieler noch Sänger; aber das weiß ich, daß, wenn die Musik die Bewegungen des Körpers leitet, ihnen Leben gibt und ihnen zugleich das Maß vorschreibt; wenn Deklamation und Ausdruck schon von dem Kompositeur auf mich übertragen werden: so bin ich ein ganz andrer Mensch, als wenn ich im prosaischen Drama das alles erst erschaffen und Takt und Deklamation mir erst erfinden soll, worin mich noch dazu jeder Mitspielende stören kann.

Soviel weiß ich, sagte Melina, daß uns dieser Mann in Einem

Punkte gewiß beschämt, und zwar in einem Hauptpunkte. Die Stärke seiner Talente zeigt sich in dem Nutzen, den er davon zieht. Uns, die wir vielleicht bald in Verlegenheit sein werden, wo wir eine Mahlzeit hernehmen, bewegt er, unsre Mahlzeit mit ihm zu teilen. Er weiß uns das Geld, das wir anwenden könnten, um uns in einige Verfassung zu setzen, durch ein Liedchen aus der Tasche zu locken. Es scheint so angenehm zu sein, das Geld zu verschleudern, womit man sich und andern eine Existenz verschaffen könnte.

Das Gespräch bekam durch diese Bemerkung nicht die angenehmste Wendung. Wilhelm, auf den der Vorwurf eigentlich gerichtet war, antwortete mit einiger Leidenschaft, und Melina, der sich eben nicht der größten Feinheit befliß, brachte zuletzt seine Beschwerden mit ziemlich trocknen Worten vor. Es sind nun schon vierzehn Tage, sagte er, daß wir hier verpfändete Theater und die Garderobe besehen haben, und beides konnten wir für eine sehr leidliche Summe haben. Sie machten mir damals Hoffnung, daß Sie mir so viel kreditieren würden, und bis jetzt habe ich noch nicht gesehen, daß Sie die Sache weiter bedacht oder sich einem Entschluß genähert hätten. Griffen Sie damals zu, so wären wir jetzt im Gange. Ihre Absicht, zu verreisen, haben Sie auch noch nicht ausgeführt, und Geld scheinen Sie mir diese Zeit über auch nicht gespart zu haben; wenigstens gibt es Personen, die immer Gelegenheit zu verschaffen wissen, daß es geschwinder weggehe.

Dieser nicht ganz ungerechte Vorwurf traf unsern Freund. Er versetzte einiges darauf mit Lebhaftigkeit, ja mit Heftigkeit, und ergriff, da die Gesellschaft aufstand und sich zerstreute, die Türe, indem er nicht undeutlich zu erkennen gab, daß er sich nicht lange mehr bei so unfreundlichen und undankbaren Menschen aufhalten wolle. Er eilte verdrießlich hinunter, sich auf eine steinerne Bank zu setzen, die vor dem Tore seines Gasthofs stand, und bemerkte nicht, daß er halb aus Lust, halb aus Verdruß mehr als gewöhnlich getrunken hatte.

Nach einer kurzen Zeit, die er, beunruhigt von mancherlei Gedanken, sitzend und vor sich hinsehend zugebracht hatte, schlenderte Philine singend zur Haustüre heraus, setzte sich zu ihm, ja man dürfte beinahe sagen auf ihn, so nahe rückte sie an ihn heran, lehnte sich auf seine Schultern, spielte mit seinen Locken, streichelte ihn und gab ihm die besten Worte von der Welt. Sie bat ihn, er möchte ja bleiben und sie nicht in der Gesellschaft allein lassen, in der sie vor Langerweile sterben müßte; sie könne nicht mehr mit Melina unter Einem Dache ausdauern und habe sich deswegen herüberquartiert.

Vergebens suchte er sie abzuweisen, ihr begreiflich zu machen, daß er länger weder bleiben könne noch dürfe. Sie ließ mit Bitten nicht ab, ja unvermutet schlang sie ihren Arm um seinen Hals und küßte ihn mit dem lebhaftesten Ausdrucke des Verlangens.

Sind Sie toll, Philine? rief Wilhelm aus, indem er sich loszumachen suchte, die öffentliche Straße zum Zeugen solcher Liebkosungen zu machen, die ich auf keine Weise verdiene! Lassen Sie mich los, ich kann nicht und ich werde nicht bleiben.

Und ich werde dich festhalten, sagte sie, und ich werde dich hier auf öffentlicher Gasse so lange küssen, bis du mir versprichst, was ich wünsche. Ich lache mich zu Tode, fuhr sie fort; nach dieser Vertraulichkeit halten mich die Leute gewiß für deine Frau von vier Wochen, und die Ehemänner, die eine so anmutige Szene sehen, werden mich ihren Weibern als ein Muster einer kindlich unbefangenen Zärtlichkeit anpreisen.

Eben gingen einige Leute vorbei, und sie liebkoste ihn auf das anmutigste, und er, um kein Skandal zu geben, war gezwungen, die Rolle des geduldigen Ehemannes zu spielen. Dann schnitt sie den Leuten Gesichter im Rücken und trieb voll Übermut allerhand Ungezogenheiten, bis er zuletzt versprechen mußte, noch heute und morgen und übermorgen zu bleiben.

Sie sind ein rechter Stock! sagte sie darauf, indem sie von ihm abließ, und ich eine Törin, daß ich so viel Freundlichkeit an Sie verschwende. Sie stand verdrießlich auf und ging einige

Schritte; dann kehrte sie lachend zurück und rief: Ich glaube eben, daß ich darum in dich vernarrt bin; ich will nur gehen und meinen Strickstrumpf holen, daß ich etwas zu tun habe. Bleibe ja, damit ich den steinernen Mann auf der steinernen Bank wiederfinde.

Diesmal tat sie ihm Unrecht: denn so sehr er sich von ihr zu enthalten strebte, so würde er doch in diesem Augenblicke, hätte er sich mit ihr in einer einsamen Laube befunden, ihre Liebkosungen wahrscheinlich nicht unerwidert gelassen haben.

Sie ging, nachdem sie ihm einen leichtfertigen Blick zugeworfen, in das Haus. Er hatte keinen Beruf, ihr zu folgen, vielmehr hatte ihr Betragen einen neuen Widerwillen in ihm erregt; doch hob er sich, ohne selbst recht zu wissen warum, von der Bank, um ihr nachzugehen.

Er war eben im Begriff, in die Türe zu treten, als Melina herbeikam, ihn bescheiden anredete und ihn wegen einiger im Wortwechsel zu hart ausgesprochenen Ausdrücke um Verzeihung bat. Sie nehmen mir nicht übel, fuhr er fort, wenn ich in dem Zustande, in dem ich mich befinde, mich vielleicht zu ängstlich bezeige; aber die Sorge für eine Frau, vielleicht bald für ein Kind, verhindert mich von einem Tag zum andern, ruhig zu leben und meine Zeit mit dem Genuß angenehmer Empfindungen hinzubringen, wie Ihnen noch erlaubt ist. Überdenken Sie, und wenn es Ihnen möglich ist, so setzen Sie mich in den Besitz der theatralischen Gerätschaften, die sich hier vorfinden. Ich werde nicht lange Ihr Schuldner und Ihnen dafür ewig dankbar bleiben.

Wilhelm, der sich ungern auf der Schwelle aufgehalten sah, über die ihn eine unwiderstehliche Neigung in diesem Augenblick zu Philinen hinüberzog, sagte mit einer überraschten Zerstreuung und eilfertigen Gutmütigkeit: Wenn ich Sie dadurch glücklich und zufrieden machen kann, so will ich mich nicht länger bedenken. Gehn Sie hin, machen Sie alles richtig. Ich bin bereit, noch diesen Abend oder morgen früh das Geld zu zahlen. Er gab hierauf Melinan die Hand zur Bestätigung seines Versprechens und war sehr zufrieden, als er ihn eilig über die Straße weggehen sah; leider aber wurde er von seinem Eindringen ins Haus zum zweiten Mal und auf eine unangenehmere Weise zurückgehalten.

Ein junger Mensch mit einem Bündel auf dem Rücken kam eilig die Straße her und trat zu Wilhelmen, der ihn gleich für Friedrichen erkannte.

Da bin ich wieder! rief er aus, indem er seine großen blauen Augen freudig umher und hinauf an alle Fenster gehen ließ; wo ist Mamsell? Der Henker mag es länger in der Welt aushalten, ohne sie zu sehen!

Der Wirt, der eben dazugetreten war, versetzte: Sie ist oben, und mit wenigen Sprüngen war er die Treppe hinauf, und Wilhelm blieb auf der Schwelle wie eingewurzelt stehen. Er hätte in den ersten Augenblicken den Jungen bei den Haaren rückwärts die Treppe herunterreißen mögen; dann hemmte der heftige Krampf einer gewaltsamen Eifersucht auf einmal den Lauf seiner Lebensgeister und seiner Ideen, und da er sich nach und nach von seiner Erstarrung erholte, überfiel ihn eine Unruhe, ein Unbehagen, dergleichen er in seinem Leben noch nicht empfunden hatte.

Er ging auf seine Stube und fand Mignon mit Schreiben beschäftigt. Das Kind hatte sich eine Zeit her mit großem Fleiße bemüht, alles, was es auswendig wußte, zu schreiben, und hatte seinem Herrn und Freund das Geschriebene zu korrigieren gegeben. Sie war unermüdet und faßte gut; aber die Buchstaben blieben ungleich und die Linien krumm. Auch hier schien ihr Körper dem Geiste zu widersprechen. Wilhelm, dem die Aufmerksamkeit des Kindes, wenn es ruhigen Sinnes war, große Freude machte, achtete diesmal wenig auf das, was sie ihm zeigte; sie fühlte es und betrübte sich darüber nur desto mehr, als sie glaubte, diesmal ihre Sache recht gut gemacht zu haben.

Wilhelms Unruhe trieb ihn auf den Gängen des Hauses auf und ab und bald wieder an die Haustüre. Ein Reiter sprengte vor, der ein gutes Ansehn hatte, und der bei gesetzten Jahren noch viel Munterkeit verriet. Der Wirt eilte ihm entgegen, reichte ihm als einem bekannten Freunde die Hand und rief: Ei, Herr Stallmeister, sieht man Sie auch einmal wieder!

Ich will nur hier füttern, versetzte der Fremde, ich muß gleich hinüber auf das Gut, um in der Geschwindigkeit allerlei einrichten zu lassen. Der Graf kömmt morgen mit seiner Gemahlin, sie werden sich eine Zeitlang drüben aufhalten, um den Prinzen von *** auf das beste zu bewirten, der in dieser Gegend wahrscheinlich sein Hauptquartier aufschlägt.

Es ist schade, daß Sie nicht bei uns bleiben können, versetzte der Wirt: wir haben gute Gesellschaft. Der Reitknecht, der nachsprengte, nahm dem Stallmeister das Pferd ab, der sich unter der Türe mit dem Wirt unterhielt und Wilhelmen von der Seite ansah.

Dieser, da er merkte, daß von ihm die Rede sei, begab sich weg und ging einige Straßen auf und ab.

Dreizehntes Kapitel

In der verdrießlichen Unruhe, in der er sich befand, fiel ihm ein, den Alten aufzusuchen, durch dessen Harfe er die bösen Geister zu verscheuchen hoffte. Man wies ihn, als er nach dem Manne fragte, an ein schlechtes Wirtshaus in einem entfernten Winkel des Städtchens und in demselben die Treppe hinauf bis auf den Boden, wo ihm der süße Harfenklang aus einer Kammer entgegenschallte. Es waren herzrührende, klagende Töne, von einem traurigen, ängstlichen Gesange begleitet. Wilhelm schlich an die Türe, und da der gute Alte eine Art von Phantasie vortrug und wenige Strophen teils singend, teils rezitierend immer wiederholte, konnte der Horcher, nach einer kurzen Aufmerksamkeit, ungefähr folgendes verstehen:

Wer nie sein Brot mit Tränen aß,
Wer nie die kummervollen Nächte
Auf seinem Bette weinend saß,
Der kennt euch nicht, ihr himmlischen Mächte.

Ihr führt ins Leben uns hinein,
Ihr laßt den Armen schuldig werden,
Dann überlaßt ihr ihn der Pein;
Denn alle Schuld rächt sich auf Erden.

In sich verloren klagend.
Wer nie sein Brodt mit Thrä - nen aß, wer nie die kum - mer - vol - len Näch - te auf
p
sei - nem Bet - te wei - nend saß, der kennt euch nicht, ihr himm - li - schen Mächte.
f

Die wehmütige, herzliche Klage drang tief in die Seele des Hörers. Es schien ihm, als ob der Alte manchmal von Tränen gehindert würde fortzufahren; dann klangen die Saiten allein, bis sich wieder die Stimme leise in gebrochenen Lauten darein mischte. Wilhelm stand an dem Pfosten, seine Seele war tief gerührt, die Trauer des Unbekannten schloß sein beklommenes Herz auf; er widerstand nicht dem Mitgefühl und konnte und wollte die Tränen nicht zurückhalten, die des Alten herzliche Klage endlich auch aus seinen Augen hervorlockte. Alle Schmerzen, die seine Seele drückten, lösten sich zu gleicher Zeit auf, er überließ sich ihnen ganz, stieß die Kammertüre auf und stand vor dem Alten, der ein schlechtes Bett, den einzigen Hausrat dieser armseligen Wohnung, zu seinem Sitze zu nehmen genötigt gewesen.

Was hast du mir für Empfindungen rege gemacht, guter Alter! rief er aus: alles, was in meinem Herzen stockte, hast du losgelöst; laß dich nicht stören, sondern fahre fort, indem du deine Leiden linderst, einen Freund glücklich zu machen. Der Alte wollte aufstehen und etwas reden, Wilhelm verhinderte ihn daran; denn er hatte zu Mittage bemerkt, daß der Mann ungern sprach; er setzte sich vielmehr zu ihm auf den Strohsack nieder.

Der Alte trocknete seine Tränen und fragte mit einem freundlichen Lächeln: Wie kommen Sie hierher? Ich wollte Ihnen diesen Abend wieder aufwarten.

Wir sind hier ruhiger, versetzte Wilhelm, singe mir, was du willst, was zu deiner Lage paßt, und tue nur, als ob ich gar nicht hier wäre. Es scheint mir, als ob du heute nicht irren könntest. Ich finde dich sehr glücklich, daß du dich in der Einsamkeit so angenehm beschäftigen und unterhalten kannst und, da du überall ein Fremdling bist, in deinem Herzen die angenehmste Bekanntschaft findest.

Der Alte blickte auf seine Saiten, und nachdem er sanft präludiert hatte, stimmte er an und sang:

Wer sich der Einsamkeit ergibt,
Ach! der ist bald allein;
Ein jeder lebt, ein jeder liebt
Und läßt ihn seiner Pein.

Ja! laßt mich meiner Qual!
Und kann ich nur einmal
Recht einsam sein,
Dann bin ich nicht allein.

Es schleicht ein Liebender lauschend sacht,
Ob seine Freundin allein?
So überschleicht bei Tag und Nacht
Mich Einsamkeit und Pein,

Mich Einsamen die Qual.
Ach werd ich erst einmal
Einsam im Grabe sein,
Da läßt sie mich allein!

Wir würden zu weitläufig werden und doch die Anmut der seltsamen Unterredung nicht ausdrücken können, die unser Freund mit dem abenteuerlichen Fremden hielt. Auf alles, was der Jüngling zu ihm sagte, antwortete der Alte mit der reinsten Übereinstimmung durch Anklänge, die alle verwandten Empfindungen rege machten und der Einbildungskraft ein weites Feld eröffneten.

Wer einer Versammlung frommer Menschen, die sich, abgesondert von der Kirche, reiner, herzlicher und geistreicher zu erbauen glauben, beigewohnt hat, wird sich auch einen Begriff von der gegenwärtigen Szene machen können; er wird sich erinnern, wie der Liturg seinen Worten den Vers eines Gesanges anzupassen weiß, der die Seele dahin erhebt, wohin der Redner wünscht, daß sie ihren Flug nehmen möge, wie bald darauf ein anderer aus der Gemeinde, in einer andern Melodie, den Vers eines andern Liedes hinzufügt und an diesen wieder ein dritter

Mit Nachdruck.
Wer sich der Ein-sam-keit er-giebt, ach! der ist bald al-lein; ein je-der lebt, ein
p
cr.
je-der liebt und läßt ihn sei-ner Pein. Ja laßt mich meiner Qual! und kann ich nur ein-mal recht ein-sam
pf.
dim.
f
ein-sam seyn, dann bin ich nicht al-lein.
dim.
p

einen dritten anknüpft, wodurch die verwandten Ideen der Lieder, aus denen sie entlehnt sind, zwar erregt werden, jede Stelle aber durch die neue Verbindung neu und individuell wird, als wenn sie in dem Augenblicke erfunden worden wäre; wodurch denn aus einem bekannten Kreise von Ideen, aus bekannten Liedern und Sprüchen für diese besondere Gesellschaft, für diesen Augenblick ein eigenes Ganzes entsteht, durch dessen Genuß sie belebt, gestärkt und erquickt wird. So erbaute der Alte seinen Gast, indem er durch bekannte und unbekannte Lieder und Stellen nahe und ferne Gefühle, wachende und schlummernde, angenehme und schmerzliche Empfindungen in eine Zirkulation brachte, von der in dem gegenwärtigen Zustande unsers Freundes das Beste zu hoffen war.

Vierzehntes Kapitel

Denn wirklich fing er auf dem Rückwege über seine Lage lebhafter, als bisher geschehen, zu denken an und war mit dem Vorsatze, sich aus derselben herauszureißen, nach Hause gelangt, als ihm der Wirt sogleich im Vertrauen eröffnete, daß Mademoiselle Philine an dem Stallmeister des Grafen eine Eroberung gemacht habe, der, nachdem er seinen Auftrag auf dem Gute ausgerichtet, in höchster Eile zurückgekommen sei und ein gutes Abendessen oben auf ihrem Zimmer mit ihr verzehre.

In eben diesem Augenblicke trat Melina mit dem Notarius herein; sie gingen zusammen auf Wilhelms Zimmer, wo dieser, wiewohl mit einigem Zaudern, seinem Versprechen Genüge leistete, dreihundert Taler auf Wechsel an Melina auszahlte, welche dieser sogleich dem Notarius übergab und dagegen das Dokument über den geschlossenen Kauf der ganzen theatralischen Gerätschaft erhielt, welche ihm morgen früh übergeben werden sollte.

Kaum waren sie auseinandergegangen, als Wilhelm ein entsetzliches Geschrei in dem Hause vernahm. Er hörte eine jugendliche Stimme, die, zornig und drohend, durch ein unmäßiges Weinen und Heulen durchbrach. Er hörte diese Wehklage von oben herunter, an seiner Stube vorbei, nach dem Hausplatze eilen.

Als die Neugierde unsern Freund herunterlockte, fand er Friedrichen in einer Art von Raserei. Der Knabe weinte, knirschte, stampfte, drohte mit geballten Fäusten und stellte sich ganz ungebärdig vor Zorn und Verdruß, Mignon stand gegenüber und sah mit Verwunderung zu, und der Wirt erklärte einigermaßen diese Erscheinung.

Der Knabe sei nach seiner Rückkunft, da ihn Philine gut aufgenommen, zufrieden, lustig und munter gewesen, habe gesungen und gesprungen bis zur Zeit, da der Stallmeister mit Philinen Bekanntschaft gemacht. Nun habe das Mittelding zwischen Kind und Jüngling angefangen, seinen Verdruß zu zeigen, die Türen zuzuschlagen und auf und nieder zu rennen. Philine habe ihm befohlen, heute abend bei Tische aufzuwarten, worüber er nur noch mürrischer und trotziger geworden; endlich habe er eine Schüssel mit Ragout, anstatt sie auf den Tisch zu setzen, zwischen Mademoiselle und den Gast, die ziemlich nahe zusammengesessen, hineingeworfen, worauf ihm der Stallmeister ein paar tüchtige Ohrfeigen gegeben und ihn zur Türe hinausgeschmissen. Er, der Wirt, habe darauf die beiden Personen säubern helfen, deren Kleider sehr übel zugerichtet gewesen.

Als der Knabe die gute Wirkung seiner Rache vernahm, fing er laut zu lachen an, indem ihm noch immer die Tränen an den Backen herunterliefen. Er freute sich einige Zeit herzlich, bis ihm der Schimpf, den ihm der Stärkere angetan, wieder einfiel, da er denn von neuem zu heulen und zu drohen anfing.

Wilhelm stand nachdenklich und beschämt vor dieser Szene. Er sah sein eignes Innerstes, mit starken und übertriebenen Zügen dargestellt: auch er war von einer unüberwindlichen Eifersucht entzündet; auch er, wenn ihn der Wohlstand nicht zurückgehalten hätte, würde gern seine wilde Laune befriedigt, gern mit tückischer Schadenfreude den geliebten Gegenstand verletzt und seinen Nebenbuhler ausgefordert haben; er hätte die Menschen, die nur zu seinem Verdrusse dazusein schienen, vertilgen mögen.

Laertes, der auch herbeigekommen war und die Geschichte

vernommen hatte, bestärkte schelmisch den aufgebrachten Knaben, als dieser beteuerte und schwur, der Stallmeister müsse ihm Satisfaktion geben, er habe noch keine Beleidigung auf sich sitzen lassen; weigere sich der Stallmeister, so werde er sich zu rächen wissen.

Laertes war hier gerade in seinem Fache. Er ging ernsthaft hinauf, den Stallmeister im Namen des Knaben herauszufordern.

Das ist lustig, sagte dieser; einen solchen Spaß hätte ich mir heut abend kaum vorgestellt. Sie gingen hinunter, und Philine folgte ihnen. Mein Sohn, sagte der Stallmeister zu Friedrichen, du bist ein braver Junge, und ich weigere mich nicht, mit dir zu fechten; nur da die Ungleichheit unsrer Jahre und Kräfte die Sache ohnehin etwas abenteuerlich macht, so schlage ich statt anderer Waffen ein paar Rapiere vor; wir wollen die Knöpfe mit Kreide bestreichen, und wer dem andern den ersten oder die meisten Stöße auf den Rock zeichnet, soll für den Überwinder gehalten und von dem andern mit dem besten Weine, der in der Stadt zu haben ist, traktiert werden.

Laertes entschied, daß dieser Vorschlag angenommen werden könnte; Friedrich gehorchte ihm als seinem Lehrmeister. Die Rapiere kamen herbei, Philine setzte sich hin, strickte und sah beiden Kämpfern mit großer Gemütsruhe zu.

Der Stallmeister, der sehr gut focht, war gefällig genug, seinen Gegner zu schonen und sich einige Kreidenflecke auf den Rock bringen zu lassen, worauf sie sich umarmten und Wein herbeigeschafft wurde. Der Stallmeister wollte Friedrichs Herkunft und seine Geschichte wissen, der denn ein Märchen erzählte, das er schon oft wiederholt hatte, und mit dem wir ein andermal unsre Leser bekannt zu machen gedenken.

In Wilhelms Seele vollendete indessen dieser Zweikampf die Darstellung seiner eigenen Gefühle; denn er konnte sich nicht leugnen, daß er das Rapier, ja lieber noch einen Degen selbst gegen den Stallmeister zu führen wünschte, wenn er schon einsah, daß ihm dieser in der Fechtkunst weit überlegen sei. Doch würdigte er Philinen nicht eines Blicks, hütete sich vor jeder Äußerung, die seine Empfindung hätte verraten können, und eilte, nachdem er einigemal auf die Gesundheit der Kämpfer Bescheid getan, auf sein Zimmer, wo sich tausend unangenehme Gedanken auf ihn zudrängten.

Er erinnerte sich der Zeit, in der sein Geist durch ein unbedingtes hoffnungsreiches Streben emporgehoben wurde, wo er in dem lebhaftesten Genusse aller Art wie in einem Elemente schwamm. Es ward ihm deutlich, wie er letzt in ein unbestimmtes Schlendern geraten war, in welchem er nur noch schlürfend kostete, was er sonst mit vollen Zügen eingesogen hatte; aber deutlich konnte er nicht sehen, welches unüberwindliche Bedürfnis ihm die Natur zum Gesetz gemacht hatte, und wie sehr dieses Bedürfnis durch Umstände nur gereizt, halb befriedigt und irregeführt worden war.

Es darf also niemand wundern, wenn er bei Betrachtung seines Zustandes, und indem er sich aus demselben heraus zu denken arbeitete, in die größte Verwirrung geriet. Es war nicht genug, daß er durch seine Freundschaft zu Laertes, durch seine Neigung zu Philinen, durch seinen Anteil an Mignon länger als billig an einem Orte und in einer Gesellschaft festgehalten wurde, in welcher er seine Lieblingsneigung hegen, gleichsam verstohlen seine Wünsche befriedigen und, ohne sich einen Zweck vorzusetzen, seinen alten Träumen nachschleichen konnte. Aus diesen Verhältnissen sich loszureißen und gleich zu scheiden, glaubte er Kraft genug zu besitzen. Nun hatte er aber vor wenigen Augenblicken sich mit Melina in ein Geldgeschäft eingelassen, er hatte den rätselhaften Alten kennen lernen, welchen zu entziffern er eine unbeschreibliche Begierde fühlte. Allein auch dadurch sich nicht zurückhalten zu lassen, war er nach lang hin und hergeworfenen Gedanken entschlossen, oder glaubte wenigstens entschlossen zu sein. Ich muß fort, rief er aus, ich will fort! Er warf sich in einen Sessel und war sehr bewegt.

Mignon trat herein und fragte, ob sie ihn aufwickeln dürfe. Sie kam still; es schmerzte sie tief, daß er sie heute so kurz abgefertigt hatte.

Nichts ist rührender, als wenn eine Liebe, die sich im Stillen genährt, eine Treue, die sich im Verborgenen befestiget hat, endlich dem, der ihrer bisher nicht wert gewesen, zur rechten Stunde nahekommt und ihm offenbar wird. Die lange und streng verschlossene Knospe war reif, und Wilhelms Herz konnte nicht empfänglicher sein.

Sie stand vor ihm und sah seine Unruhe. – Herr! rief sie aus, wenn du unglücklich bist, was soll Mignon werden? – Liebes Geschöpf, sagte er, indem er ihre Hände nahm, du bist auch mit unter meinen Schmerzen. Ich muß fort. – Sie sah ihm in die Augen, die von verhaltenen Tränen blinkten, und kniete mit Heftigkeit vor ihm nieder. Er behielt ihre Hände, sie legte ihr Haupt auf seine Kniee und war ganz still. Er spielte mit ihren Haaren und war freundlich. Sie blieb lange ruhig. Endlich fühlte er an ihr eine Art Zucken, das ganz sachte anfing und sich durch alle Glieder wachsend verbreitete. – Was ist dir, Mignon? rief er aus, was ist dir? – Sie richtete ihr Köpfchen auf und sah ihn an, fuhr auf einmal nach dem Herzen, wie mit einer Gebärde, welche Schmerzen verbeißt. Er hob sie auf, und sie fiel auf seinen Schoß; er drückte sie an sich und küßte sie. Sie antwortete durch keinen Händedruck, durch keine Bewegung. Sie hielt ihr Herz fest, und auf einmal tat sie einen Schrei, der mit krampfigen Bewegungen des Körpers begleitet war. Sie fuhr auf und fiel auch sogleich wie an allen Gelenken gebrochen vor ihm nieder. Es war ein gräßlicher Anblick! – Mein Kind! rief er aus, indem er sie aufhob und fest umarmte, mein Kind, was ist dir? – Die Zuckung dauerte fort, die vom Herzen sich den schlotternden Gliedern mitteilte; sie hing nur in seinen Armen. Er schloß sie an sein Herz und benetzte sie mit seinen Tränen. Auf einmal schien sie wieder angespannt, wie eins, das den höchsten körperlichen Schmerz erträgt; und bald mit einer neuen Heftigkeit wurden alle ihre Glieder wieder lebendig, und sie warf sich ihm wie ein Ressort, das zuschlägt, um den Hals, indem in ihrem Innersten wie ein gewaltiger Riß geschah, und in dem Augenblicke floß ein Strom von Tränen aus ihren geschlossenen Augen in seinen Busen. Er hielt sie fest. Sie weinte, und keine Zunge spricht die Gewalt dieser Tränen aus. Ihre langen Haare waren aufgegangen und hingen von der Weinenden nieder, und ihr ganzes Wesen schien in einen Bach von Tränen unaufhaltsam dahinzuschmelzen. Ihre starren Glieder wurden gelinde, es ergoß sich ihr Innerstes, und in der Verirrung des Augenblickes fürchtete Wilhelm, sie werde in seinen Armen zerschmelzen und er nichts von ihr übrig behalten. Er hielt sie nur fester und fester. – Mein Kind! rief er aus, mein Kind! Du bist ja mein! wenn dich das Wort trösten kann. Du bist mein! Ich werde dich behalten, dich nicht verlassen! – Ihre Tränen flossen noch immer. – Endlich richtete sie sich auf. Eine weiche Heiterkeit glänzte von ihrem Gesicht. – Mein Vater! rief sie, du willst mich nicht verlassen! willst mein Vater sein! Ich bin dein Kind!

Sanft fing vor der Türe die Harfe an zu klingen; der Alte brachte seine herzlichsten Lieder dem Freunde zum Abendopfer, der, sein Kind immer fester in Armen haltend, des reinsten, unbeschreiblichsten Glückes genoß.

Mit Ernst und Affekt.
Reichardt.
Kennst du das Land? wo die Ci - tro - nen - blühn, im dun - keln Laub' die Gold-o-ran-gen
pf
glühn, ein sanf - ter Wind vom blau - en Himmel weht, die Myr - the still und hoch der Lor - beer
p
p
f
steht. Kennst du es wohl? da - hin da - hin mögt' ich mit dir, o mein Ge - lieb - ter ziehn.
rf.
cresc.
f
dimin.
p

DRITTES BUCH

Erstes Kapitel

Kennst du das Land, wo die Zitronen blühn,
Im dunkeln Laub die Gold-Orangen glühn,
Ein sanfter Wind vom blauen Himmel weht,
Die Myrte still und hoch der Lorbeer steht –
Kennst du es wohl? Dahin! Dahin
Möcht ich mit dir, o mein Geliebter, ziehn!

Kennst du das Haus? Auf Säulen ruht sein Dach,
Es glänzt der Saal, es schimmert das Gemach,
Und Marmorbilder stehn und sehn mich an:
Was hat man dir, du armes Kind, getan? –
Kennst du es wohl? Dahin! Dahin
Möcht ich mit dir, o mein Beschützer, ziehn!

Kennst du den Berg und seinen Wolkensteg?
Das Maultier sucht im Nebel seinen Weg,
In Höhlen wohnt der Drachen alte Brut,
Es stürzt der Fels und über ihn die Flut –
Kennst du ihn wohl? Dahin! Dahin
Geht unser Weg; o Vater, laß uns ziehn!

Als Wilhelm des Morgens sich nach Mignon im Hause umsah, fand er sie nicht, hörte aber, daß sie früh mit Melina ausgegangen sei, welcher sich, um die Garderobe und die übrigen Theatergerätschaften zu übernehmen, beizeiten aufgemacht hatte.

Nach Verlauf einiger Stunden hörte Wilhelm Musik vor seiner Türe. Er glaubte anfänglich, der Harfenspieler sei schon wieder zugegen; allein er unterschied bald die Töne einer Zither, und die Stimme, welche zu singen anfing, war Mignons Stimme. Wilhelm öffnete die Türe, das Kind trat herein und sang das Lied, das wir soeben aufgezeichnet haben.

Melodie und Ausdruck gefielen unserm Freund besonders, ob

er gleich die Worte nicht alle verstehen konnte. Er ließ sich die Strophen wiederholen und erklären, schrieb sie auf und übersetzte sie ins Deutsche. Aber die Originalität der Wendungen konnte er nur von ferne nachahmen. Die kindliche Unschuld des Ausdrucks verschwand, indem die gebrochene Sprache übereinstimmend und das Unzusammenhängende verbunden ward. Auch konnte der Reiz der Melodie mit nichts verglichen werden.

Sie fing jeden Vers feierlich und prächtig an, als ob sie auf etwas Sonderbares aufmerksam machen, als ob sie etwas Wichtiges vortragen wollte. Bei der dritten Zeile ward der Gesang dumpfer und düsterer; das *Kennst du es wohl?* drückte sie geheimnisvoll und bedächtig aus; in dem *Dahin! dahin!* lag eine unwiderstehliche Sehnsucht, und ihr *Laß uns ziehn!* wußte sie bei jeder Wiederholung dergestalt zu modifizieren, daß es bald bittend und dringend, bald treibend und vielversprechend war.

Nachdem sie das Lied zum zweiten Mal geendigt hatte, hielt sie einen Augenblick inne, sah Wilhelmen scharf an und fragte: Kennst du das Land? – Es muß wohl Italien gemeint sein, versetzte Wilhelm; woher hast du das Liedchen? – Italien! sagte Mignon bedeutend: gehst du nach Italien, so nimm mich mit, es friert mich hier. – Bist du schon dort gewesen, liebe Kleine? fragte Wilhelm. – Das Kind war still, und nichts weiter aus ihm zu bringen.

Melina, der hereinkam, besah die Zither und freute sich, daß sie schon so hübsch zurechtgemacht sei. Das Instrument war ein Inventarienstück der alten Garderobe. Mignon hatte sichs diesen Morgen ausgebeten, der Harfenspieler bezog es sogleich, und das Kind entwickelte bei dieser Gelegenheit ein Talent, das man an ihm bisher noch nicht kannte.

Melina hatte schon die Garderobe mit allem Zugehör übernommen; einige Glieder des Stadtrats versprachen ihm gleich die Erlaubnis, einige Zeit im Orte zu spielen. Mit frohem Herzen und erheitertem Gesicht kam er nunmehr wieder zurück. Er schien ein ganz anderer Mensch zu sein: denn er war sanft, höflich gegen jedermann, ja zuvorkommend und einnehmend. Er wünschte sich Glück, daß er nunmehr seine Freunde, die bisher verlegen und müßig gewesen, werde beschäftigen und auf eine Zeitlang engagieren können, wobei er zugleich bedauerte, daß er freilich zum Anfange nicht imstande sei, die vortrefflichen Subjekte, die das Glück ihm zugeführt, nach ihren Fähigkeiten und Talenten zu belohnen, da er seine Schuld einem so großmütigen Freunde, als Wilhelm sich gezeigt habe, vor allen Dingen abtragen müsse.

Ich kann Ihnen nicht ausdrücken, sagte Melina zu ihm, welche Freundschaft Sie mir erzeigen, indem Sie mir zur Direktion eines Theaters verhelfen. Denn als ich Sie antraf, befand ich mich in einer sehr wunderlichen Lage. Sie erinnern sich, wie lebhaft ich Ihnen bei unsrer ersten Bekanntschaft meine Abneigung gegen das Theater sehen ließ, und doch mußte ich mich, sobald ich verheiratet war, aus Liebe zu meiner Frau, welche sich viel Freude und Beifall versprach, nach einem Engagement umsehen. Ich fand keins, wenigstens kein beständiges, dagegen aber glücklicherweise einige Geschäftsmänner, die eben in außerordentlichen Fällen jemanden brauchen konnten, der mit der Feder umzugehen wußte, Französisch verstand und im Rechnen nicht ganz unerfahren war. So ging es mir eine Zeitlang recht gut, ich ward leidlich bezahlt, schaffte mir manches an, und meine Verhältnisse machten mir keine Schande. Allein die außerordentlichen Aufträge meiner Gönner gingen zu Ende, an eine dauerhafte Versorgung war nicht zu denken, und meine Frau verlangte nur desto eifriger nach dem Theater, leider zu einer Zeit, wo ihre Umstände nicht die vorteilhaftesten sind, um sich dem Publikum mit Ehren darzustellen. Nun, hoffe ich, soll die Anstalt, die ich durch Ihre Hülfe einrichten werde, für mich und die Meinigen ein guter Anfang sein, und ich verdanke Ihnen mein künftiges Glück, es werde auch wie es wolle.

Wilhelm hörte diese Äußerungen mit Zufriedenheit an, und die sämtlichen Schauspieler waren gleichfalls mit den Erklärungen des neuen Direktors so ziemlich zufrieden, freuten sich heimlich, daß sich so schnell ein Engagement zeige, und waren geneigt, für den Anfang mit einer geringen Gage vorlieb zu nehmen, weil die meisten dasjenige, was ihnen so unvermutet angeboten wurde, als einen Zuschuß ansahen, auf den sie vor kurzem noch nicht Rechnung machen konnten. Melina war im Begriff, diese Disposition zu benutzen, suchte auf eine geschickte Weise jeden besonders zu sprechen, und hatte bald den einen auf diese, den andern auf eine andere Weise zu bereden gewußt, daß sie die Kontrakte geschwind abzuschließen geneigt waren, über das neue Verhältnis kaum nachdachten und sich schon gesichert glaubten, mit sechswöchentlicher Aufkündigung wieder loskommen zu können.

Nun sollten die Bedingungen in gehörige Form gebracht werden, und Melina dachte schon an die Stücke, mit denen er zuerst das Publikum anlocken wollte, als ein Kurier dem Stallmeister die Ankunft der Herrschaft verkündigte und dieser die untergelegten Pferde vorzuführen befahl.

Bald darauf fuhr der hochbepackte Wagen, von dessen Bocke zwei Bedienten heruntersprangen, vor dem Gasthause vor, und Philine war nach ihrer Art am ersten bei der Hand und stellte sich unter die Türe.

Wer ist Sie? fragte die Gräfin im Hereintreten.

Eine Schauspielerin, Ihro Exzellenz zu dienen, war die Antwort, indem der Schalk mit einem gar frommen Gesichte und demütigen Gebärden sich neigte und der Dame den Rock küßte.

Der Graf, der noch einige Personen umherstehen sah, die sich gleichfalls für Schauspieler ausgaben, erkundigte sich nach der Stärke der Gesellschaft, nach dem letzten Orte ihres Aufenthalts und ihrem Direktor. Wenn es Franzosen wären, sagte er zu seiner Gemahlin, könnten wir dem Prinzen eine unerwartete Freude machen und ihm bei uns seine Lieblingsunterhaltung verschaffen.

Es käme darauf an, versetzte die Gräfin, ob wir nicht diese Leute, wenn sie schon unglücklicherweise nur Deutsche sind, auf dem Schloß, solange der Fürst bei uns bleibt, spielen ließen. Sie haben doch wohl einige Geschicklichkeit. Eine große Sozietät läßt sich am besten durch ein Theater unterhalten, und der Baron würde sie schon zustutzen.

Unter diesen Worten gingen sie die Treppe hinauf, und Melina präsentierte sich oben als Direktor. Ruf Er seine Leute zusammen, sagte der Graf, und stell Er sie mir vor, damit ich sehe, was an ihnen ist. Ich will auch zugleich die Liste von den Stücken sehen, die sie allenfalls aufführen könnten.

Melina eilte mit einem tiefen Bücklinge aus dem Zimmer und kam bald mit den Schauspielern zurück. Sie drückten sich vor und hinter einander; die einen präsentierten sich schlecht, aus großer Begierde zu gefallen, und die andern nicht besser, weil sie sich leichtsinnig darstellten. Philine bezeigte der Gräfin, die außerordentlich gnädig und freundlich war, alle Ehrfurcht; der Graf musterte indes die übrigen. Er fragte einen jeden nach seinem Fache und äußerte gegen Melina, daß man streng auf Fächer halten müsse, welchen Ausspruch dieser in der größten Devotion aufnahm.

Der Graf bemerkte sodann einem jeden, worauf er besonders zu studieren, was er an seiner Figur und Stellung zu bessern habe, zeigte ihnen einleuchtend, woran es den Deutschen immer fehle, und ließ so außerordentliche Kenntnisse sehen, daß alle in der größten Demut vor so einem erleuchteten Kenner und erlauchten Beschützer standen und kaum Atem zu holen sich getrauten.

Wer ist der Mensch dort in der Ecke? fragte der Graf, indem er nach einem Subjekte sah, das ihm noch nicht vorgestellt worden war, und eine hagre Figur nahte sich in einem abgetragenen, auf dem Ellbogen mit Fleckchen besetzten Rocke; eine kümmerliche Perücke bedeckte das Haupt des demütigen Klienten.

Dieser Mensch, den wir schon aus dem vorigen Buche als Philines Liebling kennen, pflegte gewöhnlich Pedanten, Magister und Poeten zu spielen und meistens die Rolle zu übernehmen, wenn jemand Schläge kriegen oder begossen werden sollte. Er hatte sich gewisse kriechende, lächerliche, furchtsame Bücklinge angewöhnt, und seine stockende Sprache, die zu seinen Rollen paßte, machte die Zuschauer lachen, so daß er immer noch als ein brauchbares Glied der Gesellschaft angesehen wurde, besonders da er übrigens sehr dienstfertig und gefällig war. Er nahte sich auf seine Weise dem Grafen, neigte sich vor demselben und beantwortete jede Frage auf die Art, wie er sich in seinen Rollen auf dem Theater zu gebärden pflegte. Der Graf sah ihn mit gefälliger Aufmerksamkeit und mit Überlegung eine Zeitlang an, alsdann rief er, indem er sich zu der Gräfin wendete: Mein Kind, betrachte mir diesen Mann genau; ich hafte dafür, das ist ein großer Schauspieler, oder kann es werden. Der Mensch machte von ganzem Herzen einen albernen Bückling, so daß der Graf laut über ihn lachen mußte und ausrief: Er macht seine Sachen exzellent! Ich wette, dieser Mensch kann spielen, was er will, und es ist schade, daß man ihn bisher zu nichts Besserm gebraucht hat.

Ein so außerordentlicher Vorzug war für die übrigen sehr kränkend; nur Melina empfand nichts davon, er gab vielmehr dem Grafen vollkommen recht und versetzte mit ehrfurchtsvoller Miene: Ach ja, es hat wohl ihm und mehreren von uns nur ein solcher Kenner und eine solche Aufmunterung gefehlt, wie wir sie gegenwärtig an Euer Exzellenz gefunden haben.

Ist das die sämtliche Gesellschaft? sagte der Graf.

Es sind einige Glieder abwesend, versetzte der kluge Melina, und überhaupt könnten wir, wenn wir nur Unterstützung fänden, sehr bald aus der Nachbarschaft vollzählig sein.

Indessen sagte Philine zur Gräfin: Es ist noch ein recht hübscher junger Mann oben, der sich gewiß bald zum ersten Liebhaber qualifizieren würde.

Warum läßt er sich nicht sehen? versetzte die Gräfin.

Ich will ihn holen, rief Philine und eilte zur Türe hinaus.

Sie fand Wilhelmen noch mit Mignon beschäftigt und beredete ihn, mit herunterzugehen. Er folgte ihr mit einigem Unwillen, doch trieb ihn die Neugier: denn da er von vornehmen Personen hörte, war er voll Verlangen, sie näher kennen zu lernen. Er trat ins Zimmer, und seine Augen begegneten sogleich den Augen der Gräfin, die auf ihn gerichtet waren. Philine zog ihn zu der Dame, indes der Graf sich mit den übrigen beschäftigte. Wilhelm neigte sich und gab auf verschiedene Fragen, welche die reizende Dame an ihn tat, nicht ohne Verwirrung Antwort. Ihre Schönheit, Jugend, Anmut, Zierlichkeit und feines Betragen machten den angenehmsten Eindruck auf ihn, um so mehr, da ihre Reden und Gebärden mit einer gewissen Schamhaftigkeit, ja man dürfte sagen Verlegenheit begleitet waren. Auch dem Grafen ward er vorgestellt, der aber wenig acht auf ihn hatte, sondern zu seiner Gemahlin ans Fenster trat und sie um etwas zu fragen schien. Man konnte bemerken, daß ihre Meinung auf das lebhafteste mit der seinigen übereinstimmte, ja daß sie ihn eifrig zu bitten und ihn in seiner Gesinnung zu bestärken schien.

Er kehrte sich darauf bald zu der Gesellschaft und sagte: Ich kann mich gegenwärtig nicht aufhalten, aber ich will einen Freund zu euch schicken, und wenn ihr billige Bedingungen macht und euch recht viel Mühe geben wollt, so bin ich nicht abgeneigt, euch auf dem Schlosse spielen zu lassen.

Alle bezeigten ihre große Freude darüber, und besonders küßte Philine mit der größten Lebhaftigkeit der Gräfin die Hände.

Sieht Sie, Kleine, sagte die Dame, indem sie dem leichtfertigen Mädchen die Backen klopfte: sieht Sie, mein Kind, da kommt Sie wieder zu mir; ich will schon mein Versprechen halten, Sie muß sich nur besser anziehen. Philine entschuldigte sich, daß sie wenig auf ihre Garderobe zu verwenden habe, und sogleich befahl die Gräfin ihren Kammerfrauen, einen englischen Hut und ein seidnes Halstuch, die leicht auszupacken waren, heraufzugeben. Nun putzte die Gräfin selbst Philinen an, die fortfuhr, sich mit einer scheinheiligen, unschuldigen Miene gar artig zu gebärden und zu betragen.

Der Graf bot seiner Gemahlin die Hand und führte sie hinunter. Sie grüßte die ganze Gesellschaft im Vorbeigehen freundlich und kehrte sich nochmals gegen Wilhelmen um, indem sie mit der huldreichsten Miene zu ihm sagte: Wir sehen uns bald wieder.

So glückliche Aussichten belebten die ganze Gesellschaft; jeder ließ nunmehr seinen Hoffnungen, Wünschen und Einbildungen freien Lauf, sprach von den Rollen, die er spielen, von dem Beifall, den er erhalten wollte. Melina überlegte, wie er noch geschwind, durch einige Vorstellungen, den Einwohnern des Städtchens etwas Geld abnehmen und zugleich die Gesellschaft in Atem setzen könne, indes andre in die Küche gingen, um ein besseres Mittagessen zu bestellen, als man sonst einzunehmen gewohnt war.

Zweites Kapitel

Nach einigen Tagen kam der Baron, und Melina empfing ihn nicht ohne Furcht. Der Graf hatte ihn als einen Kenner angekündigt, und es war zu besorgen, er werde gar bald die schwache Seite des kleinen Haufens entdecken, und einsehen, daß er keine formierte Truppe vor sich habe, indem sie kaum Ein Stück gehörig besetzen konnten; allein sowohl der Direktor als die sämtlichen Glieder waren bald aus aller Sorge, da sie an dem Baron einen Mann fanden, der mit dem größten Enthusiasmus das vaterländische Theater betrachtete, dem ein jeder Schauspieler und jede Gesellschaft willkommen und erfreulich war. Er begrüßte sie alle mit Feierlichkeit, pries sich glücklich, eine deutsche Bühne so unvermutet anzutreffen, mit ihr in Verbindung zu kommen und die vaterländischen Musen in das Schloß seines Verwandten einzuführen. Er brachte bald darauf ein Heft aus der Tasche, in welchem Melina die Punkte des Kontrakts zu erblicken hoffte; allein es war ganz etwas anderes. Der Baron bat sie, ein Drama, das er selbst verfertigt, und das er von ihnen gespielt zu sehen wünschte, mit Aufmerksamkeit anzuhören. Willig schlossen sie einen Kreis und waren erfreut, mit so geringen Kosten sich in der Gunst eines so notwendigen Mannes befestigen zu können, obgleich ein jeder nach der Dicke des Heftes übermäßig lange Zeit befürchtete. Auch war es wirklich so; das Stück war in fünf Akten geschrieben, und von der Art, die gar kein Ende nimmt.

Der Held war ein vornehmer, tugendhafter, großmütiger und dabei verkannter und verfolgter Mann, der aber denn doch zuletzt den Sieg über seine Feinde davontrug, über welche sodann die strengste poetische Gerechtigkeit ausgeübt worden wäre, wenn er ihnen nicht auf der Stelle verziehen hätte.

Indem dieses Stück vorgetragen wurde, hatte jeder Zuhörer Raum genug, an sich selbst zu denken und ganz sachte aus der Demut, zu der er sich noch vor kurzem geneigt fühlte, zu einer glücklichen Selbstgefälligkeit emporzusteigen und von da aus die anmutigsten Aussichten in die Zukunft zu überschauen. Diejenigen, die keine ihnen angemessene Rolle in dem Stück fanden, erklärten es bei sich für schlecht und hielten den Baron für einen unglücklichen Autor, dagegen die andern eine Stelle, bei der sie beklatscht zu werden hofften, mit dem größten Lobe zur möglichsten Zufriedenheit des Verfassers verfolgten.

Mit dem Ökonomischen waren sie geschwind fertig. Melina wußte zu seinem Vorteil mit dem Baron den Kontrakt abzuschließen und ihn vor den übrigen Schauspielern geheimzuhalten.

Über Wilhelmen sprach Melina den Baron im Vorbeigehen und versicherte, daß er sich sehr gut zum Theaterdichter qualifiziere und zum Schauspieler selbst keine üblen Anlagen habe. Der Baron machte sogleich mit ihm als einem Kollegen Bekanntschaft, und Wilhelm produzierte einige kleine Stücke, die nebst wenigen Reliquien an jenem Tage, als er den größten Teil seiner Arbeiten in Feuer aufgehen ließ, durch einen Zufall gerettet wurden. Der Baron lobte sowohl die Stücke als den Vortrag, nahm als bekannt an, daß er mit hinüber auf das Schloß kommen würde, versprach bei seinem Abschiede allen die beste Aufnahme, bequeme Wohnung, gutes Essen, Beifall und Geschenke, und Melina setzte noch die Versicherung eines bestimmten Taschengeldes hinzu.

Man kann denken, in welche gute Stimmung durch diesen Besuch die Gesellschaft gesetzt war, indem sie statt eines ängstlichen und niedrigen Zustandes auf einmal Ehre und Behagen vor sich sah. Sie machten sich schon zum voraus auf jene Rechnung lustig, und jedes hielt für unschicklich, nur noch irgend einen Groschen Geld in der Tasche zu behalten.

Wilhelm ging indessen mit sich zu Rate, ob er die Gesellschaft auf das Schloß begleiten solle, und fand in mehr als einem Sinne rätlich, dahin zu gehen. Melina hoffte, bei diesem vorteilhaften

Engagement seine Schuld wenigstens zum Teil abtragen zu können, und unser Freund, der auf Menschenkenntnis ausging, wollte die Gelegenheit nicht versäumen, die große Welt näher kennen zu lernen, in der er viele Aufschlüsse über das Leben, über sich selbst und die Kunst zu erlangen hoffte. Dabei durfte er sich nicht gestehen, wie sehr er wünsche, der schönen Gräfin wieder näher zu kommen. Er suchte sich vielmehr im allgemeinen zu überzeugen, welchen großen Vorteil ihm die nähere Kenntnis der vornehmen und reichen Welt bringen würde. Er machte seine Betrachtungen über den Grafen, die Gräfin, den Baron, über die Sicherheit, Bequemlichkeit und Anmut ihres Betragens, und rief, als er allein war, mit Entzücken aus:

Dreimal glücklich sind diejenigen zu preisen, die ihre Geburt sogleich über die untern Stufen der Menschheit hinaushebt; die durch jene Verhältnisse, in welchen sich manche gute Menschen die ganze Zeit ihres Lebens abängstigen, nicht durchzugehen, auch nicht einmal darin als Gäste zu verweilen brauchen. Allgemein und richtig muß ihr Blick auf dem höheren Standpunkte werden, leicht ein jeder Schritt ihres Lebens! Sie sind von Geburt an gleichsam in ein Schiff gesetzt, um bei der Überfahrt, die wir alle machen müssen, sich des günstigen Windes zu bedienen und den widrigen abzuwarten, anstatt daß andere nur für ihre Person schwimmend sich abarbeiten, vom günstigen Winde wenig Vorteil genießen und im Sturme mit bald erschöpften Kräften untergehen. Welche Bequemlichkeit, welche Leichtigkeit gibt ein angebornes Vermögen! und wie sicher blühet ein Handel, der auf ein gutes Kapital gegründet ist, so daß nicht jeder mißlungene Versuch sogleich in Untätigkeit versetzt! Wer kann den Wert und Unwert irdischer Dinge besser kennen, als der sie zu genießen von Jugend auf im Falle war, und wer kann seinen Geist früher auf das Notwendige, das Nützliche, das Wahre leiten, als der sich von so vielen Irrtümern in einem Alter überzeugen muß, wo es ihm noch an Kräften nicht gebricht, ein neues Leben anzufangen!

So rief unser Freund allen denjenigen Glück zu, die sich in den höheren Regionen befinden, aber auch denen, die sich einem solchen Kreise nähern, aus diesen Quellen schöpfen können, und pries seinen Genius, der Anstalt machte, auch ihn diese Stufen hinanzuführen.

Indessen mußte Melina, nachdem er lange sich den Kopf zerbrochen, wie er, nach dem Verlangen des Grafen und nach seiner eigenen Überzeugung, die Gesellschaft in Fächer einteilen und einem jeden seine bestimmte Mitwirkung übertragen wollte, zuletzt, da es an die Ausführung kam, sehr zufrieden sein, wenn er bei einem so geringen Personal die Schauspieler willig fand, sich nach Möglichkeit in diese oder jene Rolle zu schicken. Doch übernahm gewöhnlich Laertes die Liebhaber, Philine die Kammermädchen, die beiden jungen Frauenzimmer teilten sich in die naiven und zärtlichen Liebhaberinnen, der alte Polterer ward am besten gespielt. Melina selbst glaubte als Chevalier auftreten zu dürfen, Madame Melina mußte, zu ihrem größten Verdruß, in das Fach der jungen Frauen, ja sogar der zärtlichen Mütter übergehen, und weil in den neuern Stücken nicht leicht mehr ein Pedant oder Poet, wenn er auch vorkommen sollte, lächerlich gemacht wird, so mußte der bekannte Günstling des Grafen nunmehr die Präsidenten und Minister spielen, weil diese gewöhnlich als Bösewichter vorgestellt und im fünften Akte übel behandelt werden. Ebenso steckte Melina mit Vergnügen als Kammerjunker oder Kammerherr die Grobheiten ein, welche ihm von biedern deutschen Männern hergebrachtermaßen in mehreren beliebten Stücken aufgedrungen wurden, weil er sich doch bei dieser Gelegenheit artig herausputzen konnte und das Air eines Hofmannes, das er vollkommen zu besitzen glaubte, anzunehmen die Erlaubnis hatte.

Es dauerte nicht lange, so kamen von verschiedenen Gegenden mehrere Schauspieler herbeigeflossen, welche ohne sonderliche Prüfung angenommen, aber auch ohne sonderliche Bedingungen festgehalten wurden.

Wilhelm, den Melina vergebens einigemal zu einer Liebhaberrolle zu bereden suchte, nahm sich der Sache mit vielem guten Willen an, ohne daß unser neuer Direktor seine Bemühungen im mindesten anerkannte; vielmehr glaubte dieser mit seiner Würde auch alle nötige Einsicht überkommen zu haben; besonders war das *Streichen* eine seiner angenehmsten Beschäftigungen, wodurch er ein jedes Stück auf das gehörige Zeitmaß herunterzusetzen wußte, ohne irgend eine andere Rücksicht zu nehmen. Er hatte viel Zuspruch, das Publikum war sehr zufrieden, und die geschmackvollsten Einwohner des Städtchens behaupteten, daß das Theater in der Residenz keineswegs so gut als das ihre bestellt sei.

Drittes Kapitel

Endlich kam die Zeit herbei, da man sich zur Überfahrt schicken, die Kutschen und Wagen erwarten sollte, die unsere ganze Truppe nach dem Schlosse des Grafen hinüberzuführen bestellt waren. Schon zum voraus fielen große Streitigkeiten vor, wer mit dem andern fahren, wie man sitzen sollte. Die Ordnung und Einteilung ward endlich nur mit Mühe ausgemacht und festgesetzt, doch leider ohne Wirkung. Zur bestimmten Stunde kamen weniger Wagen, als man erwartet hatte, und man mußte sich einrichten. Der Baron, der zu Pferde nicht lange hinterdrein folgte, gab zur Ursache an, daß im Schlosse alles in großer Bewegung sei, weil nicht allein der Fürst einige Tage früher eintreffen werde, als man geglaubt, sondern weil auch unerwarteter Besuch schon gegenwärtig angelangt sei; der Platz gehe sehr zusammen, sie würden auch deswegen nicht so gut logieren, als man es ihnen vorher bestimmt habe, welches ihm außerordentlich leid tue.

Man teilte sich in die Wagen, so gut es gehen wollte, und da leidlich Wetter und das Schloß nur einige Stunden entfernt war, machten sich die Lustigsten lieber zu Fuß auf den Weg, als daß sie die Rückkehr der Kutschen hätten abwarten sollen. Die Karawane zog mit Freudengeschrei aus, zum ersten Mal ohne Sorgen, wie der Wirt zu bezahlen sei. Das Schloß des Grafen stand ihnen wie ein Feengebäude vor der Seele, sie waren die glücklichsten und fröhlichsten Menschen von der Welt, und jeder knüpfte unterwegs an diesen Tag, nach seiner Art zu denken, eine Reihe von Glück, Ehre und Wohlstand.

Ein starker Regen, der unerwartet einfiel, konnte sie nicht aus diesen angenehmen Empfindungen reißen; da er aber immer anhaltender und stärker wurde, spürten viele von ihnen eine ziemliche Unbequemlichkeit. Die Nacht kam herbei, und erwünschter konnte ihnen nichts erscheinen, als der durch alle Stockwerke erleuchtete Palast des Grafen, der ihnen von einem Hügel entgegenglänzte, so daß sie die Fenster zählen konnten.

Als sie näher kamen, fanden sie auch alle Fenster der Seitengebäude erhellet. Ein jeder dachte bei sich, welches wohl sein Zimmer werden möchte, und die meisten begnügten sich bescheiden mit einer Stube in der Mansarde oder den Flügeln.

Nun fuhren sie durch das Dorf und am Wirtshause vorbei. Wilhelm ließ halten, um dort abzusteigen; allein der Wirt versicherte, daß er ihm nicht den geringsten Raum anweisen könne. Der Herr Graf habe, weil unvermutete Gäste angekommen, sogleich das ganze Wirtshaus besprochen, an allen Zimmern stehe schon seit gestern mit Kreide deutlich angeschrieben, wer darin wohnen solle. Wider seinen Willen mußte also unser Freund mit der übrigen Gesellschaft zum Schloßhofe hineinfahren.

Um die Küchenfeuer in einem Seitengebäude sahen sie geschäftige Köche sich hin und her bewegen und waren durch diesen Anblick schon erquickt; eilig kamen Bediente mit Lichtern auf die Treppe des Hauptgebäudes gesprungen, und das Herz der guten Wanderer quoll über diesen Aussichten auf. Wie sehr verwunderten sie sich dagegen, als sich dieser Empfang in ein entsetzliches Fluchen auflöste. Die Bedienten schimpften auf die Fuhrleute, daß sie hier hereingefahren seien; sie sollten umwenden, rief man, und wieder hinaus nach dem alten Schlosse zu, hier sei kein Raum für diese Gäste! Einem so unfreundlichen und unerwarteten Bescheide fügten sie noch allerlei Spöttereien hinzu und lachten sich unter einander aus, daß sie durch diesen Irrtum in den Regen gesprengt worden. Es goß noch immer, keine Sterne standen am Himmel, und nun wurde die Gesellschaft durch einen holprichten Weg zwischen zwei Mauern in das alte hintere Schloß gezogen, welches unbewohnt dastand, seit der Vater des Grafen das vordere gebaut hatte. Teils im Hofe, teils unter einem langen gewölbten Torwege hielten die Wagen still, und die Fuhrleute, Anspanner aus dem Dorfe, spannten aus und ritten ihrer Wege.

Da niemand zum Empfange der Gesellschaft sich zeigte, stiegen sie aus, riefen, suchten – vergebens! Alles blieb finster und stille. Der Wind blies durch das hohle Tor, und grauerlich waren die alten Türme und Höfe, wovon sie kaum die Gestalten in der Finsternis unterschieden. Sie froren und schauerten, die Frauen fürchteten sich, die Kinder fingen an zu weinen, ihre Ungeduld vermehrte sich mit jedem Augenblicke, und ein so schneller Glückswechsel, auf den niemand vorbereitet war, brachte sie alle ganz und gar aus der Fassung.

Da sie jeden Augenblick erwarteten, daß jemand kommen und ihnen aufschließen werde, da bald Regen, bald Sturm sie täuschte, und sie mehr als einmal den Tritt des erwünschten Schloßvogts zu hören glaubten, blieben sie eine lange Zeit unmutig und untätig; es fiel keinem ein, in das neue Schloß zu gehen und dort mitleidige Seelen um Hülfe anzurufen. Sie konnten nicht begreifen, wo ihr Freund, der Baron, geblieben sei, und waren in einer höchst beschwerlichen Lage.

Endlich kamen wirklich Menschen an, und man erkannte an ihren Stimmen jene Fußgänger, die auf dem Wege hinter den Fahrenden zurückgeblieben waren. Sie erzählten, daß der Baron mit dem Pferde gestürzt sei, sich am Fuße stark beschädigt habe, und daß man auch sie, da sie im Schlosse nachgefragt, mit Ungestüm hierher gewiesen habe.

Die ganze Gesellschaft war in der größten Verlegenheit; man ratschlagte, was man tun sollte, und konnte keinen Entschluß fassen. Endlich sah man von weitem eine Laterne kommen und holte frischen Atem; allein die Hoffnung einer baldigen Erlösung verschwand auch wieder, indem die Erscheinung näher kam und deutlich ward. Ein Reitknecht leuchtete dem bekannten Stallmeister des Grafen vor, und dieser erkundigte sich, als er näher kam, sehr eifrig nach Mademoiselle Philinen. Sie war kaum aus dem übrigen Haufen hervorgetreten, als er ihr sehr dringend anbot, sie in das neue Schloß zu führen, wo ein Plätzchen für sie bei den Kammerjungfern der Gräfin bereitet sei. Sie besann sich nicht lange, das Anerbieten dankbar zu ergreifen, faßte ihn bei dem Arme und wollte, da sie den andern ihren Koffer empfohlen, mit ihm forteilen; allein man trat ihnen in den Weg, fragte, bat, beschwor den Stallmeister, daß er endlich, um nur mit seiner Schönen loszukommen, alles versprach und versicherte, in kurzem solle das Schloß eröffnet und sie auf das beste einquartiert werden. Bald darauf sahen sie den Schein der Laterne verschwinden und hofften lange vergebens auf das neue Licht, das ihnen endlich nach vielem Warten, Schelten und Schmähen erschien und sie mit einigem Troste und Hoffnung belebte.

Ein alter Hausknecht eröffnete die Türe des alten Gebäudes, in das sie mit Gewalt eindrangen. Ein jeder sorgte nun für seine Sachen, sie abzupacken, sie hereinzuschaffen. Das meiste war, wie die Personen selbst, tüchtig durchweicht. Bei dem einen Lichte ging alles sehr langsam. Im Gebäude stieß man sich, stolperte, fiel. Man bat um mehr Lichter, man bat um Feuerung. Der einsilbige Hausknecht ließ mit genauer Not seine Laterne da, ging und kam nicht wieder.

Nun fing man an, das Haus zu durchsuchen; die Türen aller Zimmer waren offen, große Öfen, gewirkte Tapeten, eingelegte Fußböden waren von seiner vorigen Pracht noch übrig, von anderm Hausgeräte aber nichts zu finden, kein Tisch, kein Stuhl, kein Spiegel, kaum einige ungeheuere leere Bettstellen, alles Schmuckes und alles Notwendigen beraubt. Die nassen Koffer und Mantelsäcke wurden zu Sitzen gewählt, ein Teil der müden Wanderer bequemte sich auf dem Fußboden, Wilhelm hatte sich auf einige Stufen gesetzt, Mignon lag auf seinen Knieen; das Kind war unruhig, und auf seine Frage, was ihm fehlte, antwortete es: Mich hungert! Er fand nichts bei sich, um das Verlangen des Kindes zu stillen, die übrige Gesellschaft hatte jeden Vorrat auch aufgezehrt, und er mußte die arme Kreatur ohne Erquickung lassen. Er blieb bei dem ganzen Vorfalle untätig, still in sich gekehrt; denn er war sehr verdrießlich und grimmig, daß er nicht auf seinem Sinne bestanden und bei dem Wirtshause abgestiegen sei, wenn er auch auf dem obersten Boden hätte sein Lager nehmen sollen.

Die übrigen gebärdeten sich jeder nach seiner Art. Einige hatten einen Haufen altes Gehölz in einen ungeheuren Kamin des Saals geschafft und zündeten mit großem Jauchzen den Scheiterhaufen an. Unglücklicherweise ward auch diese Hoffnung, sich zu trocknen und zu wärmen, auf das schrecklichste getäuscht, denn dieser Kamin stand nur zur Zierde da und war von oben herein vermauert; der Dampf trat schnell zurück und erfüllte auf einmal die Zimmer; das dürre Holz schlug prasselnd in Flammen auf, und auch die Flamme ward herausgetrieben; der Zug, der durch die zerbrochenen Fensterscheiben drang, gab ihr eine unstete Richtung, man fürchtete das Schloß anzuzünden, mußte das Feuer auseinanderziehen, austreten, dämpfen, der Rauch vermehrte sich, der Zustand wurde unerträglicher, man kam der Verzweiflung nahe.

Wilhelm war vor dem Rauch in ein entferntes Zimmer gewichen, wohin ihm bald Mignon folgte und einen wohlgekleideten Bedienten, der eine hohe hellbrennende, doppelt erleuchtete Laterne trug, hereinführte; dieser wendete sich an Wilhelmen, und indem er ihm auf einem schönen porzellanenen Teller Konfekt und Früchte überreichte, sagte er: Dies schickt Ihnen das junge Frauenzimmer von drüben, mit der Bitte, zur Gesellschaft zu kommen; sie läßt sagen, setzte der Bediente mit einer leichtfertigen Miene hinzu, es gehe ihr sehr wohl und sie wünsche ihre Zufriedenheit mit ihren Freunden zu teilen.

Wilhelm erwartete nichts weniger als diesen Antrag, denn er hatte Philinen, seit dem Abenteuer der steinernen Bank, mit entschiedener Verachtung begegnet und war so fest entschlossen, keine Gemeinschaft mehr mit ihr zu machen, daß er im Begriff stand, die süße Gabe wieder zurückzuschicken, als ein bittender Blick Mignons ihn vermochte, sie anzunehmen und im Namen des Kindes dafür zu danken; die Einladung schlug er ganz aus. Er bat den Bedienten, einige Sorge für die angekommene Gesellschaft zu haben, und erkundigte sich nach dem

Baron. Dieser lag zu Bette, hatte aber schon, soviel der Bediente zu sagen wußte, einem andern Auftrag gegeben, für die elend Beherbergten zu sorgen.

Der Bediente ging und hinterließ Wilhelmen eins von seinen Lichtern, das dieser in Ermanglung eines Leuchters auf das Fenstergesims kleben mußte und nun wenigstens bei seinen Betrachtungen die vier Wände des Zimmers erhellt sah. Denn es währte noch lange, ehe die Anstalten rege wurden, die unsere Gäste zur Ruhe bringen sollten. Nach und nach kamen Lichter, jedoch ohne Lichtputzen, dann einige Stühle, eine Stunde darauf Deckbetten, dann Kissen, alles wohl durchnetzt, und es war schon weit über Mitternacht, als endlich Strohsäcke und Matratzen herbeigeschafft wurden, die, wenn man sie zuerst gehabt hätte, höchst willkommen gewesen wären.

In der Zwischenzeit war auch etwas von Essen und Trinken angelangt, das ohne viele Kritik genossen wurde, ob es gleich einem sehr unordentlichen Abhub ähnlich sah und von der Achtung, die man für die Gäste hatte, kein sonderliches Zeugnis ablegte.

Viertes Kapitel

Durch die Unart und den Übermut einiger leichtfertigen Gesellen vermehrte sich die Unruhe und das Übel der Nacht, indem sie sich einander neckten, aufweckten und sich wechselweise allerlei Streiche spielten. Der andere Morgen brach an unter lauten Klagen über ihren Freund, den Baron, daß er sie so getäuscht und ihnen ein ganz anderes Bild von der Ordnung und Bequemlichkeit, in die sie kommen würden, gemacht habe. Doch zur Verwunderung und Trost erschien in aller Frühe der Graf selbst mit einigen Bedienten und erkundigte sich nach ihren Umständen. Er war sehr entrüstet, als er hörte, wie übel es ihnen ergangen, und der Baron, der geführt herbeihinkte, verklagte den Haushofmeister, wie befehlswidrig er sich bei dieser Gelegenheit gezeigt, und glaubte ihm ein rechtes Bad angerichtet zu haben.

Der Graf befahl sogleich, daß alles in seiner Gegenwart zur

möglichsten Bequemlichkeit der Gäste geordnet werden solle. Darauf kamen einige Offiziere, die von den Aktricen sogleich Kundschaft nahmen, und der Graf ließ sich die ganze Gesellschaft vorstellen, redete einen jeden bei seinem Namen an und mischte einige Scherze in die Unterredung, daß alle über einen so gnädigen Herrn ganz entzückt waren. Endlich mußte Wilhelm auch an die Reihe, an den sich Mignon anhing. Wilhelm entschuldigte sich, so gut er konnte, über seine Freiheit; der Graf hingegen schien seine Gegenwart als bekannt anzunehmen.

Ein Herr, der neben dem Grafen stand, den man für einen Offizier hielt, ob er gleich keine Uniform anhatte, sprach besonders mit unserm Freunde und zeichnete sich vor allen andern aus. Große hellblaue Augen leuchteten unter einer hohen Stirne hervor, nachlässig waren seine blonden Haare aufgeschlagen, und seine mittlere Statur zeigte ein sehr wackres, festes und bestimmtes Wesen. Seine Fragen waren lebhaft, und er schien sich auf alles zu verstehen, wonach er fragte.

Wilhelm erkundigte sich nach diesem Manne bei dem Baron, der aber nicht viel Gutes von ihm zu sagen wußte. Er habe den Charakter als Major, sei eigentlich der Günstling des Prinzen, versehe dessen geheimste Geschäfte und werde für dessen rechten Arm gehalten, ja man habe Ursache zu glauben, er sei sein natürlicher Sohn. In Frankreich, England, Italien sei er mit Gesandtschaften gewesen, er werde überall sehr distinguiert, und das mache ihn einbildisch; er wähne, die deutsche Literatur aus dem Grunde zu kennen, und erlaube sich allerlei schale Spöttereien gegen dieselbe. Er, der Baron, vermeide alle Unterredung mit ihm, und Wilhelm werde wohl tun, sich auch von ihm entfernt zu halten, denn am Ende gebe er jedermann etwas ab. Man nenne ihn Jarno, wisse aber nicht recht, was man aus dem Namen machen solle.

Wilhelm hatte darauf nichts zu sagen, denn er empfand gegen den Fremden, ob er gleich etwas Kaltes und Abstoßendes hatte, eine gewisse Neigung.

Die Gesellschaft wurde in dem Schlosse eingeteilt, und Melina befahl sehr strenge, sie sollten sich nunmehr ordentlich halten, die Frauen sollten besonders wohnen und jeder nur auf seine Rollen, auf die Kunst sein Augenmerk und seine Neigung richten. Er schlug Vorschriften und Gesetze, die aus vielen Punkten bestanden, an alle Türen. Die Summe der Strafgelder war bestimmt, die ein jeder Übertreter in eine gemeine Büchse entrichten sollte.

Diese Verordnungen wurden wenig geachtet. Junge Offiziere gingen aus und ein, spaßten nicht eben auf das feinste mit den Aktricen, hatten die Akteure zum besten und vernichteten die ganze kleine Polizeiordnung, noch ehe sie Wurzel fassen konnte. Man jagte sich durch die Zimmer, verkleidete sich, versteckte sich. Melina, der anfangs einigen Ernst zeigen wollte, ward mit allerlei Mutwillen auf das Äußerste gebracht, und als ihn bald darauf der Graf holen ließ, um den Platz zu sehen, wo das Theater aufgerichtet werden sollte, ward das Übel nur immer ärger. Die jungen Herren ersannen sich allerlei platte Späße, durch Hülfe einiger Akteure wurden sie noch plumper, und es schien, als wenn das ganze alte Schloß vom wütenden Heere besessen sei; auch endigte der Unfug nicht eher, als bis man zur Tafel ging.

Der Graf hatte Melinan in einen großen Saal geführt, der noch zum alten Schlosse gehörte, durch eine Galerie mit dem neuen verbunden war, und worin ein kleines Theater sehr wohl aufgestellt werden konnte. Daselbst zeigte der einsichtsvolle Hausherr, wie er alles wolle eingerichtet haben.

Nun ward die Arbeit in großer Eile vorgenommen, das Theatergerüste aufgeschlagen und ausgeziert; was man von Dekorationen in dem Gepäcke hatte und brauchen konnte, angewendet und das übrige mit Hülfe einiger geschickten Leute des Grafen verfertiget. Wilhelm griff selbst mit an, half die Perspektive bestimmen, die Umrisse abschnüren und war höchst beschäftigt, daß es nicht unschicklich werden sollte. Der Graf, der öfters dazukam, war sehr zufrieden damit, zeigte, wie sie das, was sie wirklich taten, eigentlich machen sollten, und ließ dabei ungemeine Kenntnisse jeder Kunst sehen.

Nun fing das Probieren recht ernstlich an, wozu sie auch

Raum und Muße genug gehabt hätten, wenn sie nicht von den vielen anwesenden Fremden immer gestört worden wären. Denn es kamen täglich neue Gäste an, und ein jeder wollte die Gesellschaft in Augenschein nehmen.

Fünftes Kapitel

Der Baron hatte Wilhelmen einige Tage mit der Hoffnung hingehalten, daß er der Gräfin noch besonders vorgestellt werden sollte. – Ich habe, sagte er, dieser vortrefflichen Dame so viel von Ihren geistreichen und empfindungsvollen Stücken erzählt, daß sie nicht erwarten kann, Sie zu sprechen und sich eins und das andere vorlesen zu lassen. Halten Sie sich ja gefaßt, auf den ersten Wink hinüberzukommen, denn bei dem nächsten ruhigen Morgen werden Sie gewiß gerufen werden. Er bezeichnete ihm darauf das Nachspiel, welches er zuerst vorlesen sollte, wodurch er sich ganz besonders empfehlen würde. Die Dame bedaure gar sehr, daß er zu einer solchen unruhigen Zeit eingetroffen sei und sich mit der übrigen Gesellschaft in dem alten Schlosse schlecht behelfen müsse. –

Mit großer Sorgfalt nahm darauf Wilhelm das Stück vor, womit er seinen Eintritt in die große Welt machen sollte. Du hast, sagte er, bisher im Stillen für dich gearbeitet, nur von einzelnen Freunden Beifall erhalten; du hast eine Zeitlang ganz an deinem Talente verzweifelt, und du mußt immer noch in Sorgen sein, ob du denn auch auf dem rechten Wege bist, und ob du so viel Talent als Neigung zum Theater hast. Vor den Ohren solcher geübten Kenner, im Kabinette, wo keine Illusion stattfindet, ist der Versuch weit gefährlicher als anderwärts, und ich möchte doch auch nicht gerne zurückbleiben, diesen Genuß an meine vorigen Freuden knüpfen und die Hoffnung auf die Zukunft erweitern.

Er nahm darauf einige Stücke durch, las sie mit der größten Aufmerksamkeit, korrigierte hier und da, rezitierte sie sich laut vor, um auch in Sprache und Ausdruck recht gewandt zu sein, und steckte dasjenige, welches er am meisten geübt, womit er die größte Ehre einzulegen glaubte, in die Tasche, als er an einem Morgen hinüber vor die Gräfin gefordert wurde.

Der Baron hatte ihm versichert, sie würde allein mit einer guten Freundin sein. Als er in das Zimmer trat, kam die Baronesse von C** ihm mit vieler Freundlichkeit entgegen, freute sich, seine Bekanntschaft zu machen, und präsentierte ihn der Gräfin, die sich eben frisieren ließ und ihn mit freundlichen Worten und Blicken empfing, neben deren Stuhl er aber leider Philinen knieen und allerlei Torheiten machen sah. – Das schöne Kind, sagte die Baronesse, hat uns verschiedenes vorgesungen. Endige Sie doch das angefangene Liedchen, damit wir nichts davon verlieren. –

Wilhelm hörte das Stückchen mit großer Geduld an, indem er die Entfernung des Friseurs wünschte, ehe er seine Vorlesung anfangen wollte. Man bot ihm eine Tasse Schokolade an, wozu ihm die Baronesse selbst den Zwieback reichte. Dem ungeachtet schmeckte ihm das Frühstück nicht, denn er wünschte zu lebhaft, der schönen Gräfin irgend etwas vorzutragen, was sie interessieren, wodurch er ihr gefallen könnte. Auch Philine war ihm nur zu sehr im Wege, die ihm als Zuhörerin oft schon unbequem gewesen war. Er sah mit Schmerzen dem Friseur auf die Hände und hoffte in jedem Augenblicke mehr auf die Vollendung des Baues.

Indessen war der Graf hereingetreten und erzählte von den heut zu erwartenden Gästen, von der Einteilung des Tages, und was sonst etwa Häusliches vorkommen möchte. Da er hinausging, ließen einige Offiziere bei der Gräfin um Erlaubnis bitten, ihr, weil sie noch vor Tafel wegreiten müßten, aufwarten zu dürfen. Der Kammerdiener war indessen fertig geworden, und sie ließ die Herren hereinkommen.

Die Baronesse gab sich inzwischen Mühe, unsern Freund zu unterhalten und ihm viele Achtung zu bezeigen, die er mit Ehrfurcht, obgleich etwas zerstreut, aufnahm. Er fühlte manchmal nach dem Manuskripte in der Tasche, hoffte auf jeden Augenblick, und fast wollte seine Geduld reißen, als ein Galanteriehändler hereingelassen wurde, der seine Pappen, Kasten, Schachteln unbarmherzig eine nach der andern eröffnete und jede Sorte seiner Waren mit einer diesem Geschlechte eigenen Zudringlichkeit vorwies.

Die Gesellschaft vermehrte sich. Die Baronesse sah Wilhelmen an und sprach leise mit der Gräfin; er bemerkte es, ohne die Absicht zu verstehen, die ihm endlich zu Hause klar wurde, als er sich nach einer ängstlich und vergebens durchharrten Stunde wegbegab. Er fand ein schönes englisches Portefeuille in der Tasche. Die Baronesse hatte es ihm heimlich beizustecken gewußt, und gleich darauf folgte der Gräfin kleiner Mohr, der ihm eine artig gestickte Weste überbrachte, ohne recht deutlich zu sagen, woher sie komme.

Sechstes Kapitel

Das Gemisch der Empfindungen von Verdruß und Dankbarkeit verdarb ihm den ganzen Rest des Tages, bis er gegen Abend wieder Beschäftigung fand, indem Melina ihm eröffnete, der Graf habe von einem Vorspiele gesprochen, das dem Prinzen zu Ehren, den Tag seiner Ankunft, aufgeführt werden sollte. Er wolle darin die Eigenschaften dieses großen Helden und Menschenfreundes personifizieret haben. Diese Tugenden sollten miteinander auftreten, sein Lob verkündigen und zuletzt seine Büste mit Blumen- und Lorbeerkränzen umwinden, wobei sein verzogener Name mit dem Fürstenhute durchscheinend glänzen sollte. Der Graf habe ihm aufgegeben, für die Versifikation und übrige Einrichtung dieses Stückes zu sorgen, und er hoffe, daß ihm Wilhelm, dem es etwas Leichtes sei, hierin gerne beistehen werde.

Wie! rief dieser verdrießlich aus, haben wir nichts als Porträte, verzogene Namen und allegorische Figuren, um einen Fürsten zu ehren, der nach meiner Meinung ein ganz anderes Lob verdient? Wie kann es einem vernünftigen Manne schmeicheln, sich in Effigie aufgestellt und seinen Namen auf geöltem Papiere schimmern zu sehen! Ich fürchte sehr, die Allegorieen würden, besonders bei unserer Garderobe, zu manchen Zweideutigkeiten und Späßen Anlaß geben. Wollen Sie das Stück machen oder machen lassen, so kann ich nichts dawider haben, nur bitte ich, daß ich damit verschont bleibe.

Melina entschuldigte sich, es sei nur die ungefähre Angabe des

Herrn Grafen, der ihnen übrigens ganz überlasse, wie sie das Stück arrangieren wollten. Herzlich gerne, versetzte Wilhelm, trage ich etwas zum Vergnügen dieser vortrefflichen Herrschaft bei, und meine Muse hat noch kein so angenehmes Geschäfte gehabt, als zum Lob eines Fürsten, der so viel Verehrung verdient, auch nur stammelnd sich hören zu lassen. Ich will der Sache nachdenken, vielleicht gelingt es mir, unsre kleine Truppe so zu stellen, daß wir doch wenigstens einigen Effekt machen.

Von diesem Augenblicke sann Wilhelm eifrig dem Auftrage nach. Ehe er einschlief, hatte er alles schon ziemlich geordnet, und den andern Morgen, bei früher Zeit, war der Plan fertig, die Szenen entworfen, ja schon einige der vornehmsten Stellen und Gesänge in Verse und zu Papiere gebracht.

Wilhelm eilte morgens gleich, den Baron wegen gewisser Umstände zu sprechen, und legte ihm seinen Plan vor. Diesem gefiel er sehr wohl, doch bezeigte er einige Verwunderung. Denn er hatte den Grafen gestern abend von einem ganz andern Stücke sprechen hören, welches nach seiner Angabe in Verse gebracht werden sollte.

Es ist mir nicht wahrscheinlich, versetzte Wilhelm, daß es die Absicht des Herrn Grafen gewesen sei, gerade das Stück, so wie er es Melinan angegeben, fertigen zu lassen; wenn ich nicht irre, so wollte er uns bloß durch einen Fingerzeig auf den rechten Weg weisen. Der Liebhaber und Kenner zeigt dem Künstler an, was er wünscht, und überläßt ihm alsdann die Sorge, das Werk hervorzubringen.

Mitnichten, versetzte der Baron; der Herr Graf verläßt sich darauf, daß das Stück so und nicht anders, wie er es angegeben, aufgeführt werde. Das Ihrige hat freilich eine entfernte Ähnlichkeit mit seiner Idee, und wenn wir es durchsetzen und ihn von seinen ersten Gedanken abbringen wollen, so müssen wir es durch die Damen bewirken. Vorzüglich weiß die Baronesse dergleichen Operationen meisterlich anzulegen; es wird die Frage sein, ob ihr der Plan so gefällt, daß sie sich der Sache annehmen mag, und dann wird es gewiß gehen.

Wir brauchen ohnedies die Hülfe der Damen, sagte Wilhelm,

denn es möchte unser Personal und unsere Garderobe zu der Ausführung nicht hinreichen. Ich habe auf einige hübsche Kinder gerechnet, die im Hause hin und wider laufen und die dem Kammerdiener und dem Haushofmeister zugehören.

Darauf ersuchte er den Baron, die Damen mit seinem Plane bekannt zu machen. Dieser kam bald zurück und brachte die Nachricht, sie wollten ihn selbst sprechen. Heute abend, wenn die Herren sich zum Spiele setzten, das ohnedies wegen der Ankunft eines gewissen Generals ernsthafter werden würde als gewöhnlich, wollten sie sich unter dem Vorwande einer Unpäßlichkeit in ihr Zimmer zurückziehen, er sollte durch die geheime Treppe eingeführt werden und könne alsdann seine Sache auf das beste vortragen. Diese Art von Geheimnis gebe der Angelegenheit nunmehr einen doppelten Reiz, und die Baronesse besonders freue sich wie ein Kind auf diese Rendezvous und noch mehr darauf, daß es heimlich und geschickt gegen den Willen des Grafen unternommen werden sollte.

Gegen Abend, um die bestimmte Zeit, ward Wilhelm abgeholt und mit Vorsicht hinaufgeführt. Die Art, mit der ihm die Baronesse in einem kleinen Kabinette entgegenkam, erinnerte ihn einen Augenblick an vorige glückliche Zeiten. Sie brachte ihn in das Zimmer der Gräfin, und nun ging es an ein Fragen, an ein Untersuchen. Er legte seinen Plan mit der möglichsten Wärme und Lebhaftigkeit vor, so daß die Damen dafür ganz eingenommen wurden, und unsere Leser werden erlauben, daß wir sie auch in der Kürze damit bekannt machen.

In einer ländlichen Szene sollten Kinder das Stück mit einem Tanze eröffnen, der jenes Spiel vorstellte, wo eins herumgehen und dem andern einen Platz abgewinnen muß. Darauf sollten sie mit andern Scherzen abwechseln und zuletzt zu einem immer wiederkehrenden Reihentanze ein fröhliches Lied singen. Darauf sollte der Harfner mit Mignon herbeikommen, Neugierde erregen und mehrere Landleute herbeilocken; der Alte sollte verschiedene Lieder zum Lobe des Friedens, der Ruhe, der Freude singen und Mignon darauf den Eiertanz tanzen.

In dieser unschuldigen Freude werden sie durch eine kriegerische Musik gestört und die Gesellschaft von einem Trupp Soldaten überfallen. Die Mannspersonen setzen sich zur Wehre und werden überwunden, die Mädchen fliehen und werden eingeholt. Es scheint alles im Getümmel zugrunde zu gehen, als eine Person, über deren Bestimmung der Dichter noch ungewiß war, herbeikommt und durch die Nachricht, daß der Heerführer nicht weit sei, die Ruhe wieder herstellt. Hier wird der Charakter des Helden mit den schönsten Zügen geschildert, mitten unter den Waffen Sicherheit versprochen, dem Übermut und der Gewalttätigkeit Schranken gesetzt. Es wird ein allgemeines Fest zu Ehren des großmütigen Heerführers begangen.

Die Damen waren mit dem Plane sehr zufrieden, nur behaupteten sie, es müsse notwendig etwas Allegorisches in dem Stücke sein, um es dem Herrn Grafen angenehm zu machen. Der Baron tat den Vorschlag, den Anführer der Soldaten als den Genius der Zwietracht und der Gewalttätigkeit zu bezeichnen; zuletzt aber müsse Minerva herbeikommen, ihm Fesseln anzulegen, Nachricht von der Ankunft des Helden zu geben und dessen Lob zu preisen. Die Baronesse übernahm das Geschäft, den Grafen zu überzeugen, daß der von ihm angegebene Plan, nur mit einiger Veränderung, ausgeführt worden sei; dabei verlangte sie ausdrücklich, daß am Ende des Stücks notwendig die Büste, der verzogene Namen und der Fürstenhut erscheinen müßten, weil sonst alle Unterhandlung vergeblich sein würde.

Wilhelm, der sich schon im Geiste vorgestellt hatte, wie fein er seinen Helden aus dem Munde der Minerva preisen wollte, gab nur nach langem Widerstande in diesem Punkte nach, allein er fühlte sich auf eine sehr angenehme Weise gezwungen. Die schönen Augen der Gräfin und ihr liebenswürdiges Betragen hätten ihn gar leicht bewogen, auch auf die schönste und angenehmste Erfindung, auf die so erwünschte Einheit einer Komposition und auf alle schicklichen Details Verzicht zu tun und gegen sein poetisches Gewissen zu handeln. Ebenso stand auch seinem bürgerlichen Gewissen ein harter Kampf bevor, indem bei bestimmterer Austeilung der Rollen die Damen ausdrücklich darauf bestanden, daß er mitspielen müsse.

Laertes hatte zu seinem Teil jenen gewalttätigen Kriegsgott erhalten, Wilhelm sollte den Anführer der Landleute vorstellen, der einige sehr artige und gefühlvolle Verse zu sagen hatte. Nachdem er sich eine Zeitlang gesträubt, mußte er sich endlich doch ergeben; besonders fand er keine Entschuldigung, da die Baronesse ihm vorstellte, die Schaubühne hier auf dem Schlosse sei ohnedem nur als ein Gesellschaftstheater anzusehen, auf dem sie gern, wenn man nur eine schickliche Einleitung machen könnte, mitzuspielen wünschte. Darauf entließen die Damen unsern Freund mit vieler Freundlichkeit. Die Baronesse versicherte ihm, daß er ein unvergleichlicher Mensch sei, und begleitete ihn bis an die kleine Treppe, wo sie ihm mit einem Händedruck gute Nacht gab.

Siebentes Kapitel

Befeuert durch den aufrichtigen Anteil, den die Frauenzimmer an der Sache nahmen, ward der Plan, der ihm durch die Erzählung gegenwärtiger geworden war, ganz lebendig. Er brachte den größten Teil der Nacht und den andern Morgen mit der sorgfältigsten Versifikation des Dialogs und der Lieder zu.

Er war so ziemlich fertig, als er in das neue Schloß gerufen wurde, wo er hörte, daß die Herrschaft, die eben frühstückte, ihn sprechen wollte. Er trat in den Saal; die Baronesse kam ihm wieder zuerst entgegen, und unter dem Vorwande, als wenn sie ihm einen Guten Morgen bieten wollte, lispelte sie heimlich zu ihm: Sagen Sie nichts von Ihrem Stücke, als was Sie gefragt werden.

Ich höre, rief ihm der Graf zu, Sie sind recht fleißig und arbeiten an meinem Vorspiele, das ich zu Ehren des Prinzen geben will. Ich billige, daß Sie eine Minerva darin anbringen wollen, und ich denke beizeiten darauf, wie die Göttin zu kleiden ist, damit man nicht gegen das Kostüm verstößt. Ich lasse deswegen aus meiner Bibliothek alle Bücher herbeibringen, worin sich das Bild derselben befindet.

In eben dem Augenblicke traten einige Bedienten mit großen Körben voll Büchern allerlei Formats in den Saal.

Montfaucon, die Sammlungen antiker Statuen. Gemmen und Münzen, alle Arten mythologischer Schriften wurden aufgeschlagen und die Figuren verglichen. Aber auch daran war es noch nicht genug! Des Grafen vortreffliches Gedächtnis stellte ihm alle Minerven vor, die etwa noch auf Titelkupfern, Vignetten oder sonst vorkommen mochten. Es mußte deshalb ein Buch nach dem andern aus der Bibliothek herbeigeschafft werden, so daß der Graf zuletzt in einem Haufen von Büchern saß. Endlich, da ihm keine Minerva mehr einfiel, rief er mit Lachen aus: Ich wollte wetten, daß nun keine Minerva mehr in der ganzen Bibliothek sei, und es möchte wohl das erste Mal vorkommen, daß eine Büchersammlung so ganz und gar des Bildes ihrer Schutzgöttin entbehren muß.

Die ganze Gesellschaft freute sich über den Einfall, und besonders Jarno, der den Grafen immer mehr Bücher herbeizuschaffen gereizt hatte, lachte ganz unmäßig.

Nunmehr, sagte der Graf, indem er sich zu Wilhelm wendete, ist es eine Hauptsache, welche Göttin meinen Sie? Minerva oder Pallas? die Göttin des Krieges oder der Künste?

Sollte es nicht am Schicklichsten sein, Euer Exzellenz, versetzte Wilhelm, wenn man hierüber sich nicht bestimmt ausdrückte und sie, eben weil sie in der Mythologie eine doppelte Person spielt, auch hier in doppelter Qualität erscheinen ließe. Sie meldet einen Krieger an, aber nur um das Volk zu beruhigen, sie preist einen Helden, indem sie seine Menschlichkeit erhebt, sie überwindet die Gewalttätigkeit und stellt die Freude und Ruhe unter dem Volke wieder her.

Die Baronesse, der es bange wurde, Wilhelm möchte sich verraten, schob geschwinde den Leibschneider der Gräfin dazwischen, der seine Meinung abgeben mußte, wie ein solcher antiker Rock auf das beste gefertiget werden könnte. Dieser Mann, in Maskenarbeiten erfahren, wußte die Sache sehr leicht zu machen, und da Madame Melina, ungeachtet ihrer hohen Schwangerschaft, die Rolle der himmlischen Jungfrau übernommen hatte, so wurde er angewiesen, ihr das Maß zu nehmen, und die Gräfin bezeichnete, wiewohl mit einigem Unwillen ihrer

Kammerjungfern, die Kleider aus der Garderobe, welche dazu verschnitten werden sollten.

Auf eine geschickte Weise wußte die Baronesse Wilhelmen wieder beiseitezuschaffen und ließ ihn bald darauf wissen, sie habe die übrigen Sachen auch besorgt. Sie schickte ihm zugleich den Musikus, der des Grafen Hauskapelle dirigierte, damit dieser teils die notwendigen Stücke komponieren, teils schickliche Melodieen aus dem Musikvorrate dazu aussuchen sollte. Nunmehr ging alles nach Wunsche, der Graf fragte dem Stücke nicht weiter nach, sondern war hauptsächlich mit der transparenten Dekoration beschäftigt, welche am Ende des Stückes die Zuschauer überraschen sollte. Seine Erfindung und die Geschicklichkeit seines Konditors brachten zusammen wirklich eine recht angenehme Erleuchtung zuwege. Denn auf seinen Reisen hatte er die größten Feierlichkeiten dieser Art gesehen, viele Kupfer und Zeichnungen mitgebracht und wußte, was dazu gehörte, mit vielem Geschmacke anzugeben.

Unterdessen endigte Wilhelm sein Stück, gab einem jeden seine Rolle, übernahm die seinige, und der Musikus, der sich zugleich sehr gut auf den Tanz verstand, richtete das Ballett ein, und so ging alles zum besten.

Nur ein unerwartetes Hindernis legte sich in den Weg, das ihm eine böse Lücke zu machen drohte. Er hatte sich den größten Effekt von Mignons Eiertanze versprochen, und wie erstaunt war er daher, als das Kind ihm, mit seiner gewöhnlichen Trockenheit, abschlug zu tanzen, versicherte, es sei nunmehr sein und werde nicht mehr auf das Theater gehen. Er suchte es durch allerlei Zureden zu bewegen und ließ nicht eher ab, als bis es bitterlich zu weinen anfing, ihm zu Füßen fiel und rief: Lieber Vater! bleib auch du von den Brettern! Er merkte nicht auf diesen Wink und sann, wie er durch eine andere Wendung die Szene interessant machen wollte.

Philine, die eins von den Landmädchen machte und in dem Reihentanz die einzelne Stimme singen und die Verse dem Chore zubringen sollte, freute sich recht ausgelassen darauf. Übrigens ging ihr es vollkommen nach Wunsche; sie hatte ihr besonderes

Zimmer, war immer um die Gräfin, die sie mit ihren Affenpossen unterhielt, und dafür täglich etwas geschenkt bekam. Ein Kleid zu diesem Stücke wurde auch für sie zurechtgemacht, und weil sie von einer leichten, nachahmenden Natur war, so hatte sie sich bald aus dem Umgange der Damen soviel gemerkt, als sich für sie schickte, und war in kurzer Zeit voll Lebensart und guten Betragens geworden. Die Sorgfalt des Stallmeisters nahm mehr zu als ab, und da die Offiziere auch stark auf sie eindrangen und sie sich in einem so reichlichen Elemente befand, fiel es ihr ein, auch einmal die Spröde zu spielen und auf eine geschickte Weise sich in einem gewissen vornehmen Ansehn zu üben. Kalt und fein, wie sie war, kannte sie in acht Tagen die Schwächen des ganzen Hauses, daß, wenn sie absichtlich hätte verfahren können, sie gar leicht ihr Glück würde gemacht haben. Allein auch hier bediente sie sich ihres Vorteils nur, um sich zu belustigen, um sich einen guten Tag zu machen und impertinent zu sein, wo sie merkte, daß es ohne Gefahr geschehen konnte.

Die Rollen waren gelernt, eine Hauptprobe des Stücks ward befohlen, der Graf wollte dabei sein, und seine Gemahlin fing an zu sorgen, wie er es aufnehmen möchte. Die Baronesse berief Wilhelmen heimlich, und man zeigte, je näher die Stunde herbeirückte immer mehr Verlegenheit: denn es war doch eben ganz und gar nichts von der Idee des Grafen übrig geblieben. Jarno, der eben hereintrat, wurde in das Geheimnis gezogen. Es freute ihn herzlich, und er war geneigt, seine guten Dienste den Damen anzubieten. Es wäre gar schlimm, sagte er, gnädige Frau, wenn Sie sich aus dieser Sache nicht allein heraushelfen wollten; doch auf alle Fälle will ich im Hinterhalte liegen bleiben. Die Baronesse erzählte hierauf, wie sie bisher dem Grafen das ganze Stück, aber nur immer stellenweise und ohne Ordnung erzählt habe, daß er also auf jedes einzelne vorbereitet sei; nur stehe er freilich in Gedanken, das Ganze werde mit seiner Idee zusammentreffen. Ich will mich, sagte sie, heute abend in der Probe zu ihm setzen und ihn zu zerstreuen suchen. Den Konditor habe ich auch schon vorgehabt, daß er ja die Dekoration am Ende recht schön macht, dabei aber doch etwas Geringes fehlen läßt.

Ich wüßte einen Hof, versetzte Jarno, wo wir so tätige und kluge Freunde brauchten, als Sie sind. Will es heute abend mit Ihren Künsten nicht mehr fort, so winken Sie mir, und ich will den Grafen herausholen und ihn nicht eher wieder hineinlassen, bis Minerva auftritt und von der Illumination bald Sukkurs zu hoffen ist. Ich habe ihm schon seit einigen Tages etwas zu eröffnen, das seinen Vetter betrifft und das ich noch immer aus Ursachen aufgeschoben habe. Es wird ihm auch das eine Distraktion geben, und zwar nicht die angenehmste.

Einige Geschäfte hinderten den Grafen, beim Anfange der Probe zu sein, dann unterhielt ihn die Baronesse. Jarnos Hülfe war gar nicht nötig. Denn indem der Graf genug zurechtzuweisen, zu verbessern und anzuordnen hatte, vergaß er sich ganz und gar darüber, und da Frau Melina zuletzt nach seinem Sinne sprach und die Illumination gut ausfiel, bezeigte er sich vollkommen zufrieden. Erst als alles vorbei war und man zum Spiele ging, schien ihm der Unterschied aufzufallen, und er fing an nachzudenken, ob denn das Stück auch wirklich von seiner Erfindung sei. Auf einen Wink fiel nun Jarno aus seinem Hinterhalte hervor, der Abend verging, die Nachricht, daß der Prinz wirklich komme, bestätigte sich, man ritt einigemal aus, die Avantgarde in der Nachbarschaft kampieren zu sehen, das Haus war voll Lärmen und Unruhe, und unsere Schauspieler, die nicht immer zum besten von den unwilligen Bedienten versorgt wurden, mußten, ohne daß jemand sonderlich sich ihrer erinnerte, in dem alten Schlosse ihre Zeit in Erwartungen und Übungen zubringen.

Achtes Kapitel

Endlich war der Prinz angekommen; die Generalität, die Stabsoffiziere und das übrige Gefolge, das zu gleicher Zeit eintraf, die vielen Menschen, die teils zum Besuche, teils geschäftswegen einsprachen, machten das Schloß einem Bienenstocke ähnlich, der eben schwärmen will. Jedermann drängte sich herbei, den vortrefflichen Fürsten zu sehen, und jedermann bewunderte seine Leutseligkeit und Herablassung, jedermann erstaunte, in dem Helden und Heerführer zugleich den gefälligsten Hofmann zu erblicken.

Alle Hausgenossen mußten nach Ordre des Grafen bei der Ankunft des Fürsten auf ihrem Posten sein; kein Schauspieler durfte sich blicken lassen, weil der Prinz mit den vorbereiteten Feierlichkeiten überrascht werden sollte. Und so schien er auch des Abends, als man ihn in den großen wohlerleuchteten und mit gewirkten Tapeten des vorigen Jahrhunderts ausgezierten Saal führte, ganz und gar nicht auf ein Schauspiel, viel weniger auf ein Vorspiel zu seinem Lobe vorbereitet zu sein. Alles lief auf das beste ab, und die Truppe mußte nach vollendeter Vorstellung herbei und sich dem Prinzen zeigen, der jeden auf die freundlichste Weise etwas zu fragen, jedem auf die gefälligste Art etwas zu sagen wußte. Wilhelm als Autor mußte besonders vortreten, und ihm ward gleichfalls sein Teil Beifall zugespendet.

Nach dem Vorspiele fragte niemand sonderlich, in einigen Tagen war es, als wenn nichts dergleichen wäre aufgeführt worden, außer daß Jarno mit Wilhelmen gelegentlich davon sprach und es sehr verständig lobte; nur setzte er hinzu: Es ist schade, daß Sie mit hohlen Nüssen um hohle Nüsse spielen. – Mehrere Tage lag Wilhelmen dieser Ausdruck im Sinne; er wußte nicht, wie er ihn auslegen, noch was er daraus nehmen sollte.

Unterdessen spielte die Gesellschaft jeden Abend so gut, als sie es nach ihren Kräften vermochte, und tat das mögliche, um die Aufmerksamkeit der Zuschauer auf sich zu ziehen. Ein unverdienter Beifall munterte sie auf, und in ihrem alten Schlosse glaubten sie nun wirklich, eigentlich um ihretwillen dränge sich die große Versammlung herbei, nach ihren Vorstellungen ziehe sich die Menge der Fremden, und sie seien der Mittelpunkt, um den und um deswillen sich alles drehe und bewege.

Wilhelm allein bemerkte zu seinem großen Verdrusse gerade das Gegenteil. Denn obleich der Prinz die ersten Vorstellungen von Anfange bis zu Ende, auf seinem Sessel sitzend, mit der größten Gewissenhaftigkeit abwartete, so schien er sich doch nach und nach auf eine gute Weise davon zu dispensieren. Gerade diejenigen, welche Wilhelm im Gespräche als die Verständigsten gefunden hatte, Jarno an der Spitze, brachten nur flüchtige Augenblicke im Theatersaale zu; übrigens saßen sie im Vorzimmer, spielten oder schienen sich von Geschäften zu unterhalten.

Wilhelmen verdroß gar sehr, bei seinen anhaltenden Bemühungen des erwünschtesten Beifalls zu entbehren. Bei der Auswahl der Stücke, der Abschrift der Rollen, den häufigen Proben, und was sonst nur immer vorkommen konnte, ging er Melinan eifrig zur Hand, der ihn denn auch, seine eigene Unzulänglichkeit im Stillen fühlend, zuletzt gewähren ließ. Die Rollen memorierte Wilhelm mit Fleiß und trug sie mit Wärme und Lebhaftigkeit und mit soviel Anstand vor, als die wenige Bildung erlaubte, die er sich selbst gegeben hatte.

Die fortgesetzte Teilnahme des Barons benahm indes der übrigen Gesellschaft jeden Zweifel, indem er sie versicherte, daß sie die größten Effekte hervorbringe, besonders indem sie eins seiner eigenen Stücke aufführte; nur bedauerte er, daß der Prinz eine ausschließende Neigung für das französische Theater habe, daß ein Teil seiner Leute hingegen, worunter sich Jarno besonders auszeichne, den Ungeheuern der englischen Bühne einen leidenschaftlichen Vorzug gebe.

War nun auf diese Weise die Kunst unsrer Schauspieler nicht auf das beste bemerkt und bewundert, so waren dagegen ihre Personen den Zuschauern und Zuschauerinnen nicht völlig gleichgültig. Wir haben schon oben angezeigt, daß die Schauspielerinnen gleich von Anfang die Aufmerksamkeit junger Offiziere erregten; allein sie waren in der Folge glücklicher und machten wichtigere Eroberungen. Doch wir schweigen davon und bemerken nur, daß Wilhelm der Gräfin von Tag zu Tag interessanter vorkam, so wie auch in ihm eine stille Neigung gegen sie aufzukeimen anfing. Sie konnte, wenn er auf dem Theater war, die Augen nicht von ihm abwenden, und er schien bald nur allein gegen sie gerichtet zu spielen und zu rezitieren. Sich wechselseitig anzusehen, war ihnen ein unaussprechliches

Vergnügen, dem sich ihre harmlosen Seelen ganz überließen, ohne lebhaftere Wünsche zu nähren oder für irgend eine Folge besorgt zu sein.

Wie über einen Fluß hinüber, der sie scheidet, zwei feindliche Vorposten sich ruhig und lustig zusammen besprechen, ohne an den Krieg zu denken, in welchem ihre beiderseitigen Parteien begriffen sind, so wechselte die Gräfin mit Wilhelm bedeutende Blicke über die ungeheure Kluft der Geburt und des Standes hinüber, und jedes glaubte an seiner Seite, sicher seinen Empfindungen nachhängen zu dürfen.

Die Baronesse hatte sich indessen den Laertes ausgesucht, der ihr als ein wackerer, munterer Jüngling besonders wohlgefiel und der, so sehr Weiberfeind er war, doch ein vorbeigehendes Abenteuer nicht verschmähete und wirklich diesmal wider Willen durch die Leutseligkeit und das einnehmende Wesen der Baronesse gefesselt worden wäre, hätte ihm der Baron zufällig nicht einen guten oder, wenn man will, einen schlimmen Dienst erzeigt, indem er ihn mit den Gesinnungen dieser Dame näher bekannt machte.

Denn als Laertes sie einst laut rühmte und sie allen andern ihres Geschlechts vorzog, versetzte der Baron scherzend: Ich merke schon, wie die Sachen stehen; unsre liebe Freundin hat wieder einen für ihre Ställe gewonnen. – Dieses unglückliche Gleichnis, das nur zu klar auf die gefährlichen Liebkosungen einer Circe deutete, verdroß Laertes über die Maßen, und er konnte dem Baron nicht ohne Ärgernis zuhören, der ohne Barmherzigkeit fortfuhr:

Jeder Fremde glaubt, daß er der erste sei, dem ein so angenehmes Betragen gelte; aber er irrt gewaltig, denn wir alle sind einmal auf diesem Wege herumgeführt worden: Mann, Jüngling oder Knabe, er sei, wer er sei, muß sich eine Zeitlang ihr ergeben, ihr anhängen und sich mit Sehnsucht um sie bemühen.

Den Glücklichen, der eben, in die Gärten einer Zauberin hineintretend, von allen Seligkeiten eines künstlichen Frühlings empfangen wird, kann nichts unangenehmer überraschen, als wenn ihm, dessen Ohr ganz auf den Gesang der Nachtigall lauscht, irgendein verwandelter Vorfahr unvermutet entgegengrunzt.

Laertes schämte sich nach dieser Entdeckung recht von Herzen, daß ihn seine Eitelkeit nochmals verleitet habe, von irgendeiner Frau auch nur im mindesten gut zu denken. Er vernachlässigte sie nunmehr völlig, hielt sich zu dem Stallmeister, mit dem er fleißig focht und auf die Jagd ging, bei Proben und Vorstellungen aber sich betrug, als wenn dies bloß eine Nebensache wäre.

Der Graf und die Gräfin ließen manchmal morgens einige von der Gesellschaft rufen, da jeder denn immer Philinens unverdientes Glück zu beneiden Ursache fand. Der Graf hatte seinen Liebling, den Pedanten, oft stundenlang bei seiner Toilette. Dieser Mensch ward nach und nach bekleidet und bis auf Uhr und Dose equipiert und ausgestattet.

Auch wurde die Gesellschaft manchmal samt und sonders nach Tafel vor die hohen Herrschaften gefordert. Sie schätzten sich es zur größten Ehre und bemerkten es nicht, daß man zu eben derselben Zeit durch Jäger und Bediente eine Anzahl Hunde hereinbringen und Pferde im Schloßhofe vorführen ließ.

Man hatte Wilhelmen gesagt, daß er ja gelegentlich des Prinzen Liebling, Racine, loben und dadurch auch von sich eine gute Meinung erwecken solle. Er fand dazu an einem solchen Nachmittage Gelegenheit, da er auch mit vorgefordert worden war und der Prinz ihn fragte, ob er auch fleißig die großen französischen Theaterschriftsteller lese? darauf ihm denn Wilhelm mit einem sehr lebhaften Ja antwortete. Er bemerkte nicht, daß der Fürst, ohne seine Antwort abzuwarten, schon im Begriff war, sich weg und zu jemand andern zu wenden, er faßte ihn vielmehr sogleich und trat ihm beinah in den Weg, indem er fortfuhr: er schätze das französische Theater sehr hoch und lese die Werke der großen Meister mit Entzücken; besonders habe er zu wahrer Freude gehört, daß der Fürst den großen Talenten eines Racine völlige Gerechtigkeit widerfahren lasse. Ich kann es mir vorstellen, fuhr er fort, wie vornehme und erhabene Personen einen Dichter schätzen müssen, der die Zustände ihrer höheren Verhältnisse so vortrefflich und richtig schildert. Corneille hat, wenn ich so sagen darf, große Menschen dargestellt, und Racine vornehme Personen. Ich kann mir, wenn ich seine Stücke lese, immer den Dichter denken, der an einem glänzenden Hofe lebt, einen großen König vor Augen hat, mit den Besten umgeht und in die Geheimnisse der Menschheit dringt, wie sie sich hinter kostbar gewirkten Tapeten verbergen. Wenn ich seinen Britannicus, seine Berenice studiere, so kommt es mir wirklich vor, ich sei am Hofe, sei in das Große und Kleine dieser Wohnungen der irdischen Götter eingeweiht, und ich sehe, durch die Augen eines feinfühlenden Franzosen, Könige, die eine ganze Nation anbetet, Hofleute, die von viel Tausenden beneidet werden, in ihrer natürlichen Gestalt mit ihren Fehlern und Schmerzen. Die Anekdote, daß Racine sich zu Tode gegrämt habe, weil Ludwig der Vierzehnte ihn nicht mehr angesehen, ihn seine Unzufriedenheit fühlen lassen, ist mir ein Schlüssel zu allen seinen Werken, und es ist unmöglich, daß ein Dichter von so großen Talenten, dessen Leben und Tod an den Augen eines Königes hängt, nicht auch Stücke schreiben solle, die des Beifalls eines Königes und eines Fürsten wert seien.

Jarno war herbeigetreten und hörte unserem Freunde mit Verwunderung zu; der Fürst, der nicht geantwortet und nur mit einem gefälligen Blicke seinen Beifall gezeigt hatte, wandte sich seitwärts, obgleich Wilhelm, dem es noch unbekannt war, daß es nicht anständig sei, unter solchen Umständen einen Diskurs fortsetzen und eine Materie erschöpfen zu wollen, noch gerne mehr gesprochen und dem Fürsten gezeigt hätte, daß er nicht ohne Nutzen und Gefühl seinen Lieblingsdichter gelesen.

Haben Sie denn niemals, sagte Jarno, indem er ihn beiseite nahm, ein Stück von Shakespearen gesehen?

Nein, versetzte Wilhelm: denn seit der Zeit, daß sie in Deutschland bekannter geworden sind, bin ich mit dem Theater unbekannt worden, und ich weiß nicht, ob ich mich freuen soll, daß sich zufällig eine alte jugendliche Liebhaberei und Beschäftigung gegenwärtig wieder erneuerte. Indessen hat mich alles, was ich von jenen Stücken gehört, nicht neugierig gemacht, solche seltsame Ungeheuer näher kennen zu lernen, die über alle Wahrscheinlichkeit, allen Wohlstand hinauszuschreiten scheinen.

Ich will Ihnen denn doch raten, versetzte jener, einen Versuch zu machen; es kann nichts schaden, wenn man auch das Seltsame mit eigenen Augen sieht. Ich will Ihnen ein paar Teile borgen, und Sie können Ihre Zeit nicht besser anwenden, als wenn Sie sich gleich von allem losmachen und in der Einsamkeit Ihrer alten Wohnung in die Zauberlaterne dieser unbekannten Welt sehen. Es ist sündlich, daß Sie Ihre Stunden verderben, diese Affen menschlicher auszuputzen und diese Hunde tanzen zu lehren. Nur eins bedinge ich mir aus, daß Sie sich an die Form nicht stoßen; das übrige kann ich Ihrem richtigen Gefühle überlassen.

Die Pferde standen vor der Tür, und Jarno setzte sich mit einigen Kavalieren auf, um sich mit der Jagd zu erlustigen. Wilhelm sah ihm traurig nach. Er hätte gerne mit diesem Manne noch vieles gesprochen, der ihm, wiewohl auf eine unfreundliche Art, neue Ideen gab, Ideen, deren er bedurfte.

Der Mensch kommt manchmal, indem er sich einer Entwicklung seiner Kräfte, Fähigkeiten und Begriffe nähert, in eine Verlegenheit, aus der ihm ein guter Freund leicht helfen könnte. Er gleicht einem Wanderer, der nicht weit von der Herberge ins Wasser fällt; griffe jemand sogleich zu, risse ihn ans Land, so wäre es um einmal naß werden getan, anstatt daß er sich auch wohl selbst, aber am jenseitigen Ufer, heraushilft und einen beschwerlichen weiten Umweg nach seinem bestimmten Ziele zu machen hat.

Wilhelm fing an zu wittern, daß es in der Welt anders zugehe, als er es sich gedacht. Er sah das wichtige und bedeutungsvolle Leben der Vornehmen und Großen in der Nähe und verwunderte sich, wie einen leichten Anstand sie ihm zu geben wußten. Ein Heer auf dem Marsche, ein fürstlicher Held an seiner Spitze, so viele mitwirkende Krieger, so viele zudringende Verehrer erhöhten seine Einbildungskraft. In dieser Stimmung erhielt er die versprochenen Bücher, und in kurzem, wie man es vermuten kann, ergriff ihn der Strom jenes großen Genius und führte ihn einem unübersehlichen Meere zu, worin er sich gar bald völlig vergaß und verlor.

Neuntes Kapitel

Das Verhältnis des Barons zu den Schauspielern hatte seit ihrem Aufenthalte im Schlosse verschiedene Veränderungen erlitten. Im Anfange gereichte es zu beiderseitiger Zufriedenheit: denn indem der Baron das erste Mal in seinem Leben eines seiner Stücke, mit denen er ein Gesellschaftstheater schon belebt hatte, in den Händen wirklicher Schauspieler und auf dem Wege zu einer anständigen Vorstellung sah, war er von dem besten Humor, bewies sich freigebig und kaufte bei jedem Galanteriehändler, deren sich manche einstellten, kleine Geschenke für die Schauspielerinnen, und wußte den Schauspielern manche Bouteille Champagner extra zu verschaffen; dagegen gaben sie sich auch mit seinen Stücken alle Mühe, und Wilhelm sparte keinen Fleiß, die herrlichen Reden des vortrefflichen Helden, dessen Rolle ihm zugefallen war, auf das genaueste zu memorieren.

Indessen hatten sich doch auch nach und nach einige Mißhelligkeiten eingeschlichen. Die Vorliebe des Barons für gewisse Schauspieler wurde von Tag zu Tag merklicher, und notwendig mußte dies die übrigen verdrießen. Er erhob seine Günstlinge ganz ausschließlich und brachte dadurch Eifersucht und Uneinigkeit unter die Gesellschaft. Melina, der sich bei streitigen Fällen ohnedem nicht zu helfen wußte, befand sich in einem sehr unangenehmen Zustande. Die Gepriesenen nahmen das Lob an, ohne sonderlich dankbar zu sein, und die Zurückgesetzten ließen auf allerlei Weise ihren Verdruß spüren und wußten ihrem erst hochverehrten Gönner den Aufenthalt unter ihnen auf eine oder die andere Weise unangenehm zu machen; ja, es war ihrer Schadenfreude keine geringe Nahrung, als ein gewisses Gedicht, dessen Verfasser man nicht kannte, im Schlosse viele Bewegung verursachte. Bisher hatte man sich immer, doch auf eine ziemlich feine Weise, über den Umgang des Barons mit den Komödianten aufgehalten, man hatte allerlei Geschichten auf ihn gebracht, gewisse Vorfälle ausgeputzt und ihnen eine lustige und interessante Gestalt gegeben. Zuletzt fing man an zu erzählen, es entstehe eine Art von Handwerksneid zwischen ihm und einigen Schauspielern, die sich auch einbildeten, Schriftsteller zu sein, und auf diese Sage gründet sich das Gedicht, von welchem wir sprachen, und welches lautete wie folgt:

Ich armer Teufel, Herr Baron,
Beneide Sie um Ihren Stand,
Um Ihren Platz so nah am Thron
Und um manch schön Stück Ackerland,
Um Ihres Vaters festes Schloß,
Um seine Wildbahn und Geschoß.

Mich armen Teufel, Herr Baron,
Beneiden Sie, so wie es scheint,
Weil die Natur vom Knaben schon
Mit mir es mütterlich gemeint.
Ich ward, mit leichtem Mut und Kopf,
Zwar arm, doch nicht ein armer Tropf.

Nun dächt ich, lieber Herr Baron,
Wir ließens beide, wie wir sind:
Sie blieben des Herrn Vaters Sohn,
Und ich blieb' meiner Mutter Kind.
Wir leben ohne Neid und Haß,
Begehren nicht des andern Titel,
Sie keinen Platz auf dem Parnaß
Und keinen ich in dem Kapitel.

Die Stimmen über dieses Gedicht, das in einigen fast unleserlichen Abschriften sich in verschiedenen Händen befand, waren sehr geteilt, auf den Verfasser aber wußte niemand zu mutmaßen, und als man mit einiger Schadenfreude sich darüber zu ergötzen anfing, erklärte sich Wilhelm sehr dagegen.

Wir Deutschen, rief er aus, verdienten, daß unsere Musen in der Verachtung blieben, in der sie so lange geschmachtet haben, da wir nicht Männer von Stande zu schätzen wissen, die sich mit unserer Literatur auf irgend eine Weise abgeben mögen. Geburt, Stand und Vermögen stehen in keinem Widerspruch mit Genie und Geschmack, das haben uns fremde Nationen gelehrt, welche unter ihren besten Köpfen eine große Anzahl Edelleute zählen. War es bisher in Deutschland ein Wunder, wenn ein Mann von Geburt sich den Wissenschaften widmete, wurden bisher nur wenige berühmte Namen durch ihre Neigung zu Kunst und Wissenschaft noch berühmter; stiegen dagegen manche aus der Dunkelheit hervor und traten wie unbekannte Sterne an den Horizont: so wird das nicht immer so sein, und wenn ich mich nicht sehr irre, so ist die erste Klasse der Nation auf dem Wege, sich ihrer Vorteile auch zu Erringung des schönsten Kranzes der Musen in Zukunft zu bedienen. Es ist mir daher nichts unangenehmer, als wenn ich nicht allein den Bürger oft über den Edelmann, der die Musen zu schätzen weiß, spotten, sondern auch Personen von Stande selbst mit unüberlegter Laune und niemals zu billigender Schadenfreude ihresgleichen von einem Wege abschrecken sehe, auf dem einen jeden Ehre und Zufriedenheit erwartet.

Es schien die letzte Äußerung gegen den Grafen gerichtet zu sein, von welchem Wilhelm gehört hatte, daß er das Gedicht wirklich gut finde. Freilich war diesem Herrn, der immer auf seine Art mit dem Baron zu scherzen pflegte, ein solcher Anlaß sehr erwünscht, seinen Verwandten auf alle Weise zu plagen. Jedermann hatte seine eigenen Mutmaßungen, wer der Verfasser des Gedichtes sein könnte, und der Graf, der sich nicht gern im Scharfsinn von jemand übertroffen sah, fiel auf einen Gedanken, den er sogleich zu beschwören bereit war: das Gedicht könnte sich nur von seinem Pedanten herschreiben, der ein sehr feiner Bursche sei und an dem er schon lange so etwas poetisches Genie gemerkt habe. Um sich ein rechtes Vergnügen zu machen, ließ er deswegen an einem Morgen diesen Schauspieler rufen, der ihm in Gegenwart der Gräfin, der Baronesse und Jarnos das

Gedicht nach seiner Art vorlesen mußte und dafür Lob, Beifall und ein Geschenk einerntete und die Frage des Grafen, ob er nicht sonst noch einige Gedichte von frühern Zeiten besitze, mit Klugheit abzulehnen wußte. So kam der Pedant zum Rufe eines Dichters, eines Witzlings, und in den Augen derer, die dem Baron günstig waren, eines Pasquillanten und schlechten Menschen. Von der Zeit an applaudierte ihm der Graf nur immer mehr, er mochte seine Rolle spielen, wie er wollte, so daß der arme Mensch zuletzt aufgeblasen, ja beinahe verrückt wurde und darauf sann, gleich Philinen ein Zimmer im neuen Schlosse zu beziehen.

Wäre dieser Plan sogleich zu vollführen gewesen, so möchte er einen großen Unfall vermieden haben. Denn als er eines Abends spät nach dem alten Schlosse ging und in dem dunkeln engen Wege herumtappte, ward er auf einmal angefallen, von einigen Personen festgehalten, indessen andere auf ihn wacker losschlugen und ihn im Finstern so zerdraschen, daß er beinahe liegen blieb und nur mit Mühe zu seinen Kameraden hinaufkroch, die, so sehr sie sich entrüstet stellten, über diesen Unfall ihre heimliche Freude fühlten und sich kaum des Lachens erwehren konnten, als sie ihn so wohl durchwalkt und seinen neuen braunen Rock über und über weiß, als wenn er mit Müllern Händel gehabt, bestäubt und befleckt sahen.

Der Graf, der sogleich hiervon Nachricht erhielt, brach in einen unbeschreiblichen Zorn aus. Er behandelte diese Tat als das größte Verbrechen, qualifizierte sie zu einem beleidigten Burgfrieden und ließ durch seinen Gerichtshalter die strengste Inquisition vornehmen. Der weißbestäubte Rock sollte eine Hauptanzeige geben. Alles, was nur irgend mit Puder und Mehl im Schlosse zu schaffen haben konnte, wurde mit in die Untersuchung gezogen, jedoch vergebens.

Der Baron versicherte bei seiner Ehre feierlich: jene Art zu scherzen habe ihm freilich sehr mißfallen, und das Betragen des Herrn Grafen sei nicht das freundschaftlichste gewesen; aber er habe sich darüber hinauszusetzen gewußt, und an dem Unfall, der dem Poeten oder Pasquillanten, wie man ihn nennen wolle, begegnet, habe er nicht den mindesten Anteil.

Die übrigen Bewegungen der Fremden und die Unruhe des Hauses brachten bald die ganze Sache in Vergessenheit, und der unglückliche Günstling mußte das Vergnügen, fremde Federn eine kurze Zeit getragen zu haben, teuer bezahlen.

Unsere Truppe, die regelmäßig alle Abende fortspielte und im ganzen sehr wohl gehalten wurde, fing nun an, je besser es ihr ging, desto größere Anforderungen zu machen. In kurzer Zeit war ihnen Essen, Trinken, Aufwartung, Wohnung zu gering, und sie lagen ihrem Beschützer, dem Baron, an, daß er für sie besser sorgen und ihnen zu dem Genusse und der Bequemlichkeit, die er ihnen versprochen, doch endlich verhelfen solle. Ihre Klagen wurden lauter, und die Bemühungen ihres Freundes, ihnen genugzutun, immer fruchtloser.

Wilhelm kam indessen, außer in Proben und Spielstunden, wenig mehr zum Vorscheine. In einem der hintersten Zimmer verschlossen, wozu nur Mignon und dem Harfner der Zutritt gerne verstattet wurde, lebte und webte er in der Shakespeareschen Welt, so daß er außer sich nichts kannte noch empfand.

Man erzählt von Zauberern, die durch magische Formeln eine ungeheure Menge allerlei geistiger Gestalten in ihre Stube herbeiziehen. Die Beschwörungen sind so kräftig, daß sich bald der Raum des Zimmers ausfüllt und die Geister, bis an den kleinen gezogenen Kreis hinangedrängt, um denselben und über dem Haupte des Meisters in ewig drehender Verwandlung sich bewegend vermehren. Jeder Winkel ist vollgepfropft und jedes Gesims besetzt. Eier dehnen sich aus, und Riesengestalten ziehen sich in Pilze zusammen. Unglücklicherweise hat der Schwarzkünstler das Wort vergessen, womit er diese Geisterflut wieder zur Ebbe bringen könnte. – So saß Wilhelm, und mit unbekannter Bewegung wurden tausend Empfindungen und Fähigkeiten in ihm rege, von denen er keinen Begriff und keine Ahnung gehabt hatte. Nichts konnte ihn aus diesem Zustande reißen, und er war sehr unzufrieden, wenn irgend jemand zu kommen Gelegenheit nahm, um ihn von dem, was auswärts vorging, zu unterhalten.

So merkte er kaum auf, als man ihm die Nachricht brachte, es sollte in dem Schloßhof eine Exekution vorgehen und ein Knabe gestäupt werden, der sich eines nächtlichen Einbruchs verdächtig gemacht habe und, da er den Rock eines Perückenmachers trage, wahrscheinlich mit unter den Meuchlern gewesen sei. Der Knabe leugne zwar auf das hartnäckigste, und man könne ihn deswegen nicht förmlich bestrafen, wolle ihm aber als einem Vagabunden einen Denkzettel geben und ihn weiterschicken, weil er einige Tage in der Gegend herumgeschwärmt sei, sich des Nachts in den Mühlen aufgehalten, endlich eine Leiter an eine Gartenmauer angelegt habe und herübergestiegen sei.

Wilhelm fand an dem ganzen Handel nichts sonderlich merkwürdig, als Mignon hastig hereinkam und ihm versicherte, der Gefangene sei Friedrich, der sich seit den Händeln mit dem Stallmeister von der Gesellschaft und aus unsern Augen verloren hatte.

Wilhelm, den der Knabe interessierte, machte sich eilends auf und fand im Schloßhofe schon Zurüstungen. Denn der Graf liebte die Feierlichkeit auch in dergleichen Fällen. Der Knabe wurde herbeigebracht: Wilhelm trat dazwischen und bat, daß man innehalten möchte, indem er den Knaben kenne und vorher erst verschiedenes seinetwegen anzubringen habe. Er hatte Mühe, mit seinen Vorstellungen durchzudringen, und erhielt endlich die Erlaubnis, mit dem Delinquenten allein zu sprechen. Dieser versicherte, von dem Überfalle, bei dem ein Akteur sollte gemißhandelt worden sein, wisse er gar nichts. Er sei nur um das Schloß herumgestreift und des Nachts hereingeschlichen, um Philinen aufzusuchen, deren Schlafzimmer er ausgekundschaftet gehabt und es auch gewiß würde getroffen haben, wenn er nicht unterwegs aufgefangen worden wäre.

Wilhelm, der, zur Ehre der Gesellschaft, das Verhältnis nicht gerne entdecken wollte, eilte zu dem Stallmeister und bat ihn, nach seiner Kenntnis der Personen und des Hauses, diese Angelegenheit zu vermitteln und den Knaben zu befreien.

Dieser launige Mann erdachte, unter Wilhelms Beistand, eine kleine Geschichte, daß der Knabe zur Truppe gehört habe, von ihr entlaufen sei, doch wieder gewünscht, sich bei ihr einzufinden und aufgenommen zu werden. Er habe deswegen die Absicht gehabt, bei Nachtzeit einige seiner Gönner aufzusuchen und sich ihnen zu empfehlen. Man bezeugte übrigens, daß er sich sonst gut aufgeführt; die Damen mischten sich darein, und er ward entlassen.

Wilhelm nahm ihn auf, und er war nunmehr die dritte Person der wunderbaren Familie, die Wilhelm seit einiger Zeit als seine eigene ansah. Der Alte und Mignon nahmen den Wiederkehrenden freundlich auf, und alle drei verbanden sich nunmehr, ihrem Freunde und Beschützer aufmerksam zu dienen und ihm etwas Angenehmes zu erzeigen.

Zehntes Kapitel

Philine wußte sich nun täglich besser bei den Damen einzuschmeicheln. Wenn sie zusammen allein waren, leitete sie meistenteils das Gespräch auf die Männer, welche kamen und gingen, und Wilhelm war nicht der letzte, mit dem man sich beschäftigte. Dem klugen Mädchen blieb es nicht verborgen, daß er einen tiefen Eindruck auf das Herz der Gräfin gemacht habe; sie erzählte daher von ihm, was sie wußte und nicht wußte; hütete sich aber, irgend etwas vorzubringen, das man zu seinem Nachteil hätte deuten können, und rühmte dagegen seinen Edelmut, seine Freigebigkeit und besonders seine Sittsamkeit im Betragen gegen das weibliche Geschlecht. Alle übrigen Fragen, die an sie geschahen, beantwortete sie mit Klugheit, und als die Baronesse die zunehmende Neigung ihrer schönen Freundin bemerkte, war auch ihr diese Entdeckung sehr willkommen. Denn ihre Verhältnisse zu mehrern Männern, besonders in diesen letzten Tagen zu Jarno, blieben der Gräfin nicht verborgen, deren reine Seele einen solchen Leichtsinn nicht ohne Mißbilligung und ohne sanften Tadel bemerken konnte.

Auf diese Weise hatte die Baronesse sowohl als Philine jede ein besonderes Interesse, unsern Freund der Gräfin näherzubringen, und Philine hoffte noch überdies, bei Gelegenheit wieder für sich zu arbeiten und die verlorne Gunst des jungen Mannes sich wo möglich wieder zu erwerben.

Eines Tags, als der Graf mit der übrigen Gesellschaft auf die Jagd geritten war und man die Herren erst den andern Morgen zurückerwartete, ersann sich die Baronesse einen Scherz, der völlig in ihrer Art war; denn sie liebte die Verkleidungen und kam, um die Gesellschaft zu überraschen, bald als Bauernmädchen, bald als Page, bald als Jägerbursche zum Vorschein. Sie gab sich dadurch das Ansehn einer kleinen Fee, die überall und gerade da, wo man sie am wenigsten vermutet, gegenwärtig ist. Nichts glich ihrer Freude, wenn sie unerkannt eine Zeitlang die Gesellschaft bedient oder sonst unter ihr gewandelt hatte und sie sich zuletzt auf eine scherzhafte Weise zu entdecken wußte.

Gegen Abend ließ sie Wilhelmen auf ihr Zimmer fordern, und da sie eben noch etwas zu tun hatte, sollte Philine ihn vorbereiten.

Er kam und fand, nicht ohne Verwunderung, statt der gnädigen Frauen das leichtfertige Mädchen im Zimmer. Sie begegnete ihm mit einer gewissen anständigen Freimütigkeit, in der sie sich bisher geübt hatte, und nötigte ihn dadurch gleichfalls zur Höflichkeit.

Zuerst scherzte sie im allgemeinen über das gute Glück, das ihn verfolge und ihn auch, wie sie wohl merke, gegenwärtig hierhergebracht habe; sodann warf sie ihm auf eine angenehme Art sein Betragen vor, womit er sie bisher gequält habe, schalt und beschuldigte sich selbst, gestand, daß sie sonst wohl so seine Begegnung verdient, machte eine aufrichtige Beschreibung ihres Zustandes, den sie den vorigen nannte, und setzte hinzu: daß sie sich selbst verachten müsse, wenn sie nicht fähig wäre, sich zu ändern und sich seiner Freundschaft wert zu machen.

Wilhelm war über diese Rede betroffen. Er hatte zu wenig Kenntnis der Welt, um zu wissen, daß eben ganz leichtsinnige und der Besserung unfähige Menschen sich oft am lebhaftesten anklagen, ihre Fehler mit großer Freimütigkeit bekennen und bereuen, ob sie gleich nicht die mindeste Kraft in sich haben, von dem Wege zurückzutreten, auf den eine übermächtige Natur sie hinreißt. Er konnte daher nicht unfreundlich gegen die zierliche Sünderin bleiben; er ließ sich mit ihr in ein Gespräch ein und vernahm von ihr den Vorschlag zu einer sonderbaren Verkleidung, womit man die schöne Gräfin zu überraschen gedachte.

Er fand dabei einiges Bedenken, das er Philinen nicht verhehlte; allein die Baronesse, welche in dem Augenblick hereintrat, ließ ihm keine Zeit zu Zweifeln übrig, sie zog ihn vielmehr mit sich fort, indem sie versicherte, es sei eben die rechte Stunde.

Es war dunkel geworden, und sie führte ihn in die Garderobe des Grafen, ließ ihn seinen Rock ausziehen und in den seidnen Schlafrock des Grafen hineinschlüpfen, setzte ihm darauf die Mütze mit dem roten Bande auf, führte ihn ins Kabinett und hieß ihn sich in den großen Sessel setzen und ein Buch nehmen, zündete die Argandische Lampe selbst an, die vor ihm stand, und unterrichtete ihn, was er zu tun und was er für eine Rolle zu spielen habe.

Man werde, sagte sie, der Gräfin die unvermutete Ankunft ihres Gemahls und seine üble Laune ankündigen, sie werde kommen, einigemal im Zimmer auf und ab gehn, sich alsdann auf die Lehne des Sessels setzen, ihren Arm auf seine Schulter legen und einige Worte sprechen. Er solle seine Ehemannsrolle so lange und so gut als möglich spielen; wenn er sich aber endlich entdecken müßte, so solle er hübsch artig und galant sein.

Wilhelm saß nun unruhig genug in dieser wunderlichen Maske; der Vorschlag hatte ihn überrascht, und die Ausführung eilte der Überlegung zuvor. Schon war die Baronesse wieder zum Zimmer hinaus, als er erst bemerkte, wie gefährlich der Posten war, den er eingenommen hatte. Er leugnete sich nicht, daß die Schönheit, die Jugend, die Anmut der Gräfin einigen Eindruck auf ihn gemacht hatten; allein da er seiner Natur nach von aller leeren Galanterie weit entfernt war und ihm seine Grundsätze einen Gedanken an ernsthaftere Unternehmungen nicht erlaubten, so war er wirklich in diesem Augenblicke in nicht geringer Verlegenheit. Die Furcht, der Gräfin zu mißfallen, oder ihr mehr als billig zu gefallen, war gleich groß bei ihm.

Jeder weibliche Reiz, der jemals auf ihn gewirkt hatte, zeigte sich wieder vor seiner Einbildungskraft. Mariane erschien ihm im weißen Morgenkleide und flehte um sein Andenken. Philinens Liebenswürdigkeit, ihre schönen Haare und ihr einschmeichelndes Betragen waren durch ihre neuste Gegenwart wieder wirksam geworden; doch alles trat wie hinter den Flor der Entfernung zurück, wenn er sich die edle, blühende Gräfin dachte, deren Arm er in wenigen Minuten an seinem Halse fühlen sollte, deren unschuldige Liebkosungen er zu erwidern aufgefordert war.

Die sonderbare Art, wie er aus dieser Verlegenheit sollte gezogen werden, ahnte er freilich nicht. Denn wie groß war sein Erstaunen, ja sein Schrecken, als hinter ihm die Türe sich auftat und er bei dem ersten verstohlnen Blick in den Spiegel den Grafen ganz deutlich erblickte, der mit einem Lichte in der Hand hereintrat. Sein Zweifel, was er zu tun habe, ob er sitzen bleiben oder aufstehen, fliehen, bekennen, leugnen oder um Vergebung bitten solle, dauerte nur einige Augenblicke. Der Graf, der unbeweglich in der Türe stehen geblieben war, trat zurück und machte sie sachte zu. In dem Moment sprang die Baronesse zur Seitentüre herein, löschte die Lampe aus, riß Wilhelmen vom Stuhle und zog ihn nach sich in das Kabinett. Geschwind warf er den Schlafrock ab, der sogleich wieder seinen gewöhnlichen Platz erhielt. Die Baronesse nahm Wilhelms Rock über den Arm und eilte mit ihm durch einige Stuben, Gänge und Verschläge in ihr Zimmer, wo Wilhelm, nachdem sie sich erholt hatte, von ihr vernahm: sie sei zu der Gräfin gekommen, um ihr die erdichtete Nachricht von der Ankunft des Grafen zu bringen. Ich weiß es schon, sagte die Gräfin: was mag wohl begegnet sein? Ich habe ihn soeben zum Seitentor hereinreiten sehen. Erschrocken sei die Baronesse sogleich auf des Grafen Zimmer gelaufen, um ihn abzuholen.

Unglücklicherweise sind Sie zu spät gekommen! rief Wilhelm aus; der Graf war vorhin im Zimmer und hat mich sitzen sehen.

Hat er Sie erkannt?

Ich weiß es nicht. Er sah mich im Spiegel, so wie ich ihn, und eh ich wußte, ob es ein Gespenst oder er selbst war, trat er schon wieder zurück und drückte die Türe hinter sich zu.

Die Verlegenheit der Baronesse vermehrte sich, als ein Bedienter sie zu rufen kam und anzeigte, der Graf befinde sich bei seiner Gemahlin. Mit schwerem Herzen ging sie hin und fand den Grafen zwar still und in sich gekehrt, aber in seinen Äußerungen milder und freundlicher als gewöhnlich. Sie wußte nicht, was sie denken sollte. Man sprach von den Vorfällen der Jagd und den Ursachen seiner früheren Zurückkunft. Das Gespräch ging bald aus. Der Graf ward stille, und besonders mußte der Baronesse auffallen, als er nach Wilhelm fragte und den Wunsch äußerte, man möchte ihn rufen lassen, damit er etwas vorlese.

Wilhelm, der sich im Zimmer der Baronesse wieder angekleidet und einigermaßen erholt hatte, kam nicht ohne Sorgen auf den Befehl herbei. Der Graf gab ihm ein Buch, aus welchem er eine abenteuerliche Novelle nicht ohne Beklemmung vorlas. Sein Ton hatte etwas Unsicheres, Zitterndes, das glücklicherweise dem Inhalt der Geschichte gemäß war. Der Graf gab einigemal freundliche Zeichen des Beifalls und lobte den besondern Ausdruck der Vorlesung, da er zuletzt unsern Freund entließ.

Elftes Kapitel

Wilhelm hatte kaum einige Stücke Shakespeares gelesen, als ihre Wirkung auf ihn so stark wurde, daß er weiter fortzufahren nicht imstande war. Seine ganze Seele geriet in Bewegung. Er suchte Gelegenheit, mit Jarno zu sprechen, und konnte ihm nicht genug für die verschaffte Freude danken.

Ich habe es wohl vorausgesehen, sagte dieser, daß Sie gegen die Trefflichkeiten des außerordentlichsten und wunderbarsten aller Schriftsteller nicht unempfindlich bleiben würden.

Ja, rief Wilhelm aus, ich erinnere mich nicht, daß ein Buch, ein Mensch oder irgend eine Begebenheit des Lebens so große Wirkungen auf mich hervorgebracht hätte als die köstlichen Stücke, die ich durch Ihre Gütigkeit habe kennen lernen. Sie scheinen ein Werk eines himmlischen Genius zu sein, der sich den Menschen nähert, um sie mit sich selbst auf die gelindeste Weise bekannt zu machen. Es sind keine Gedichte! Man glaubt vor den aufgeschlagenen ungeheuren Büchern des Schicksals zu stehen, in denen der Sturmwind des bewegtesten Lebens saust und sie mit Gewalt rasch hin und wider blättert. Ich bin über die Stärke und Zartheit, über die Gewalt und Ruhe so erstaunt und außer aller Fassung gebracht, daß ich nur mit Sehnsucht auf die Zeit warte, da ich mich in einem Zustande befinden werde weiterzulesen.

Bravo, sagte Jarno, indem er unserm Freunde die Hand reichte und sie ihm drückte, so wollte ich es haben! und die Folgen, die ich hoffe, werden gewiß auch nicht ausbleiben.

Ich wünschte, versetzte Wilhelm, daß ich Ihnen alles, was gegenwärtig in mir vorgeht, entdecken könnte. Alle Vorgefühle, die ich jemals über Menschheit und ihre Schicksale gehabt, die mich von Jugend auf, mir selbst unbemerkt, begleiteten, finde ich in Shakespeares Stücken erfüllt und entwickelt. Es scheint, als wenn er uns alle Rätsel offenbarte, ohne daß man doch sagen kann: hier oder da ist das Wort der Auflösung. Seine Menschen scheinen natürliche Menschen zu sein, und sie sind es doch nicht. Diese geheimnisvollsten und zusammengesetztesten Geschöpfe der Natur handeln vor uns in seinen Stücken, als wenn sie Uhren wären, deren Zifferblatt und Gehäuse man von Kristall gebildet hätte; sie zeigen nach ihrer Bestimmung den Lauf der Stunden an, und man kann zugleich das Räder- und Federwerk erkennen, das sie treibt. Diese wenigen Blicke, die ich in Shakespeares Welt getan, reizen mich mehr als irgend etwas andres, in der wirklichen Welt schnellere Fortschritte vorwärts zu tun, mich in die Flut der Schicksale zu mischen, die über sie verhängt sind, und dereinst, wenn es mir glücken sollte, aus dem großen Meere der wahren Natur wenige Becher zu schöpfen und sie von der Schaubühne dem lechzenden Publikum meines Vaterlandes auszuspenden.

Wie freut mich die Gemütsverfassung, in der ich Sie sehe, versetzte Jarno und legte dem bewegten Jüngling die Hand auf die Schulter. Lassen Sie den Vorsatz nicht fahren, in ein tätiges Leben überzugehen, und eilen Sie, die guten Jahre, die Ihnen gegönnt sind, wacker zu nutzen. Kann ich Ihnen behülflich sein, so geschieht es von ganzem Herzen. Noch habe ich nicht gefragt, wie Sie in diese Gesellschaft gekommen sind, für die Sie weder geboren noch erzogen sein können. Soviel hoffe ich und sehe ich, daß Sie sich heraussehnen. Ich weiß nichts von Ihrer Herkunft, von Ihren häuslichen Umständen; überlegen Sie, was Sie mir vertrauen wollen. Soviel kann ich Ihnen nur sagen, die Zeiten des Krieges, in denen wir leben, können schnelle Wechsel des Glückes hervorbringen; mögen Sie Ihre Kräfte und Talente unserm Dienste widmen, Mühe und, wenn es not tut, Gefahr nicht scheuen, so habe ich eben jetzo eine Gelegenheit, Sie an einen Platz zu stellen, den eine Zeitlang bekleidet zu haben Sie in der Folge nicht gereuen wird. Wilhelm konnte seinen Dank nicht genug ausdrücken und war willig, seinem Freunde und Beschützer die ganze Geschichte seines Lebens zu erzählen.

Sie hatten sich unter diesem Gespräch weit in den Park verloren und waren auf die Landstraße, welche durch denselben ging, gekommen. Jarno stand einen Augenblick still und sagte: Bedenken Sie meinen Vorschlag, entschließen Sie sich, geben Sie mir in einigen Tagen Antwort und schenken Sie mir Ihr Vertrauen. Ich versichre Sie, es ist mir bisher unbegreiflich gewesen, wie Sie sich mit solchem Volke haben gemein machen können. Ich hab es oft mit Ekel und Verdruß gesehen, wie Sie, um nur einigermaßen leben zu können, Ihr Herz an einen herumziehenden Bänkelsänger und an ein albernes zwitterhaftes Geschöpf hängen mußten.

Er hatte noch nicht ausgeredet, als ein Offizier zu Pferde eilends herankam, dem ein Reitknecht mit einem Handpferd folgte. Jarno rief ihm einen lebhaften Gruß zu. Der Offizier sprang vom Pferde, beide umarmten sich und unterhielten sich miteinander, indem Wilhelm, bestürzt über die letzten Worte seines kriegerischen Freundes, in sich gekehrt an der Seite stand. Jarno durchblätterte einige Papiere, die ihm der Ankommende überreicht hatte; dieser aber ging auf Wilhelmen zu, reichte ihm die Hand und rief mit Emphase: Ich treffe Sie in einer würdigen Gesellschaft; folgen Sie dem Rate Ihres Freundes und erfüllen Sie dadurch zugleich die Wünsche eines Unbekannten, der herzlichen Teil an Ihnen nimmt. Er sprachs, umarmte Wilhelmen, drückte ihn mit Lebhaftigkeit an seine Brust. Zu gleicher Zeit trat Jarno herbei und sagte zu dem Fremden: Es ist am besten, ich reite gleich mit Ihnen hinein, so können Sie die nötigen Ordres erhalten, und Sie reiten noch vor Nacht wieder fort. Beide schwangen sich darauf zu Pferde und überließen unsern verwunderten Freund seinen eigenen Betrachtungen.

Die letzten Worte Jarnos klangen noch in seinen Ohren. Ihm war unerträglich, das Paar menschlicher Wesen, das ihm unschuldigerweise seine Neigung abgewonnen hatte, durch einen Mann, den er so sehr verehrte, so tief heruntergesetzt zu sehen. Die sonderbare Umarmung des Offiziers, den er nicht kannte, machte wenig Eindruck auf ihn, sie beschäftigte seine Neugierde und Einbildungskraft einen Augenblick; aber Jarnos Reden hatten sein Herz getroffen, er war tief verwundet, und nun brach er auf seinem Rückwege gegen sich selbst in Vorwürfe aus, daß er nur einen Augenblick die hartherzige Kälte Jarnos, die ihm aus den Augen heraussehe und aus allen seinen Gebärden spreche, habe verkennen und vergessen mögen. – Nein, rief er aus, du bildest dir nur ein, du abgestorbener Weltmann, daß du ein Freund sein könntest! Alles, was du mir anbieten magst, ist der Empfindung nicht wert, die mich an diese Unglücklichen bindet. Welch ein Glück, daß ich noch beizeiten entdecke, was ich von dir zu erwarten hätte!

Er schloß Mignon, die ihm eben entgegenkam, in die Arme und rief aus: Nein, uns soll nichts trennen, du gutes kleines Geschöpf! Die scheinbare Klugheit der Welt soll mich nicht vermögen, dich zu verlassen, noch zu vergessen, was ich dir schuldig bin.

Das Kind, dessen heftige Liebkosungen er sonst abzulehnen pflegte, erfreute sich dieses unerwarteten Ausdrucks der Zärtlichkeit und hing sich so fest an ihn, daß er es nur mit Mühe zuletzt los werden konnte.

Seit dieser Zeit gab er mehr auf Jarnos Handlungen acht, die ihm nicht alle lobenswürdig schienen; ja es kam wohl manches vor, das ihm durchaus mißfiel. So hatte er zum Beispiel starken

Verdacht, das Gedicht auf den Baron, welches der arme Pedant so teuer hatte bezahlen müssen, sei Jarnos Arbeit. Da nun dieser in Wilhelms Gegenwart über den Vorfall gescherzt hatte, glaubte unser Freund hierin das Zeichen eines höchst verdorbenen Herzens zu erkennen; denn was konnte boshafter sein, als einen Unschuldigen, dessen Leiden man verursacht, zu verspotten und weder an Genugtuung noch Entschädigung zu denken. Gern hätte Wilhelm sie selbst veranlaßt, denn er war durch einen sehr sonderbaren Zufall den Tätern jener nächtlichen Mißhandlung auf die Spur gekommen.

Man hatte ihm bisher immer zu verbergen gewußt, daß einige junge Offiziere, im unteren Saale des alten Schlosses, mit einem Teile der Schauspieler und Schauspielerinnen ganze Nächte auf eine lustige Weise zubrachten. Eines Morgens, als er nach seiner Gewohnheit früh aufgestanden, kam er von ungefähr in das Zimmer und fand die jungen Herren, die eine höchst sonderbare Toilette zu machen im Begriff stunden. Sie hatten in einen Napf mit Wasser Kreide eingerieben und trugen den Teig mit einer Bürste auf ihre Westen und Beinkleider, ohne sie auszuziehen, und stellten also die Reinlichkeit ihrer Garderobe auf das schnellste wieder her. Unserm Freunde, der sich über diese Handgriffe wunderte, fiel der weiß bestäubte und befleckte Rock des Pedanten ein; der Verdacht wurde um so viel stärker, als er erfuhr, daß einige Verwandte des Barons sich unter der Gesellschaft befänden.

Um diesem Verdacht näher auf die Spur zu kommen, suchte er die jungen Herren mit einem kleinen Frühstücke zu beschäftigen. Sie waren sehr lebhaft und erzählten viele lustige Geschichten. Der eine besonders, der eine Zeitlang auf Werbung gestanden, wußte nicht genug die List und Tätigkeit seines Hauptmanns zu rühmen, der alle Arten von Menschen an sich zu ziehen und jeden nach seiner Art zu überlisten verstand. Umständlich erzählte er, wie junge Leute von gutem Hause und sorgfältiger Erziehung durch allerlei Vorspiegelungen einer anständigen Versorgung betrogen worden, und lachte herzlich über die Gimpel, denen es im Anfange so wohl getan habe, sich von einem angesehenen, tapferen, klugen und freigebigen Offizier geschätzt und hervorgezogen zu sehen.

Wie segnete Wilhelm seinen Genius, der ihm so unvermutet den Abgrund zeigte, dessen Rande er sich unschuldigerweise genähert hatte. Er sah nun in Jarno nichts als den Werber; die Umarmung des fremden Offiziers war ihm leicht erklärlich. Er verabscheuete die Gesinnungen dieser Männer und vermied von dem Augenblicke, mit irgend jemand, der eine Uniform trug, zusammenzukommen, und so wäre ihm die Nachricht, daß die Armee weiter vorwärts rücke, sehr angenehm gewesen, wenn er nicht zugleich hätte fürchten müssen, aus der Nähe seiner schönen Freundin, vielleicht auf immer, verbannt zu werden.

Zwölftes Kapitel

Inzwischen hatte die Baronesse mehrere Tage, von Sorgen und einer unbefriedigten Neugierde gepeinigt, zugebracht. Denn das Betragen des Grafen seit jenem Abenteuer war ihr ein völliges Rätsel. Er war ganz aus seiner Manier herausgegangen; von seinen gewöhnlichen Scherzen hörte man keinen. Seine Forderungen an die Gesellschaft und an die Bedienten hatten sehr nachgelassen. Von Pedanterie und gebieterischem Wesen merkte man wenig, vielmehr war er still und in sich gekehrt, jedoch schien er heiter und wirklich ein anderer Mensch zu sein. Bei Vorlesungen, zu denen er zuweilen Anlaß gab, wählte er ernsthafte, oft religiöse Bücher, und die Baronesse lebte in beständiger Furcht, es möchte hinter dieser anscheinenden Ruhe sich ein geheimer Groll verbergen, ein stiller Vorsatz, den Frevel, den er so zufällig entdeckt, zu rächen. Sie entschloß sich daher, Jarno zu ihrem Vertrauten zu machen, und sie konnte es um so mehr, als sie mit ihm in einem Verhältnisse stand, in dem man sich sonst wenig zu verbergen pflegt. Jarno war seit kurzer Zeit ihr entschiedener Freund; doch waren sie klug genug, ihre Neigung und ihre Freuden vor der lärmenden Welt, die sie umgab, zu verbergen. Nur den Augen der Gräfin war dieser neue Roman nicht entgangen, und höchst wahrscheinlich suchte die Baronesse ihre Freundin gleichfalls zu beschäftigen, um den stillen Vorwürfen zu entgehen, welche sie denn doch manchmal von jener edlen Seele zu erdulden hatte.

Kaum hatte die Baronesse ihrem Freunde die Geschichte erzählt, als er lachend ausrief: Da glaubt der Alte gewiß, sich selbst gesehen zu haben! er fürchtet, daß ihm diese Erscheinung Unglück, ja vielleicht gar den Tod bedeute, und nun ist er zahm geworden, wie alle die Halbmenschen, wenn sie an die Auflösung denken, welcher niemand entgangen ist noch entgehen wird. Nur stille! da ich hoffe, daß er noch lange leben soll, so wollen wir ihn bei dieser Gelegenheit wenigstens so formieren, daß er seiner Frau und seinen Hausgenossen nicht mehr zu Last sein soll.

Sie fingen nun, sobald es nur schicklich war, in Gegenwart des Grafen an, von Ahnungen, Erscheinungen und dergleichen zu sprechen. Jarno spielte den Zweifler, seine Freundin gleichfalls, und sie trieben es so weit, daß der Graf endlich Jarno beiseite nahm, ihm seine Freigeisterei verwies und ihn durch sein eignes Beispiel von der Möglichkeit und Wirklichkeit solcher Geschichten zu überzeugen suchte. Jarno spielte den Betroffenen, Zweifelnden und endlich den Überzeugten, machte sich aber gleich darauf in stiller Nacht mit seiner Freundin desto lustiger über den schwachen Weltmann, der nun auf einmal von seinen Unarten durch einen Popanz bekehrt worden und der nur noch deswegen zu loben sei, weil er mit so vieler Fassung ein bevorstehendes Unglück, ja vielleicht gar den Tod erwarte.

Auf die natürlichste Folge, welche diese Erscheinung hätte haben können, möchte er doch wohl nicht gefaßt sein, rief die Baronesse mit ihrer gewöhnlichen Munterkeit, zu der sie, sobald ihr eine Sorge vom Herzen genommen war, gleich wieder übergehen konnte. Jarno ward reichlich belohnt, und man schmiedete neue Anschläge, den Grafen noch mehr kirre zu machen und die Neigung der Gräfin zu Wilhelm noch mehr zu reizen und zu bestärken.

In dieser Absicht erzählte man der Gräfin die ganze Geschichte, die sich zwar anfangs unwillig darüber zeigte, aber seit der Zeit nachdenklicher ward und in ruhigen Augenblicken jene

Szene, die ihr zubereitet war, zu bedenken, zu verfolgen und auszumalen schien.

Die Anstalten, welche nunmehr von allen Seiten getroffen wurden, ließen keinen Zweifel mehr übrig, daß die Armeen bald vorwärts rücken und der Prinz zugleich sein Hauptquartier verändern würde; ja es hieß, daß der Graf zugleich auch das Gut verlassen und wieder nach der Stadt zurückkehren werde. Unsere Schauspieler konnten sich also leicht die Nativität stellen; doch nur der einzige Melina nahm seine Maßregeln darnach, die andern suchten nur noch von dem Augenblicke so viel als möglich das Vergnüglichste zu erhaschen.

Wilhelm war indessen auf eine eigene Weise beschäftigt. Die Gräfin hatte von ihm die Abschrift seiner Stücke verlangt, und er sah diesen Wunsch der liebenswürdigen Frau als die schönste Belohnung an.

Ein junger Autor, der sich noch nicht gedruckt gesehen, wendet in einem solchen Falle die größte Aufmerksamkeit auf eine reinliche und zierliche Abschrift seiner Werke. Es ist gleichsam das goldne Zeitalter der Autorschaft; man sieht sich in jene Jahrhunderte versetzt, in denen die Presse noch nicht die Welt mit so viel unnützen Schriften überschwemmt hatte; wo nur würdige Geistesprodukte abgeschrieben und von den edelsten Menschen verwahrt wurden; und wie leicht begeht man alsdann den Fehlschluß, daß ein sorgfältig abgezirkeltes Manuskript auch ein würdiges Geistesprodukt sei, wert, von einem Kenner und Beschützer besessen und aufgestellt zu werden.

Man hatte zu Ehren des Prinzen, der nun in kurzem abgehen sollte, noch ein großes Gastmahl angestellt. Viele Damen aus der Nachbarschaft waren geladen, und die Gräfin hatte sich beizeiten angezogen. Sie hatte diesen Tag ein reicheres Kleid angelegt, als sie sonst zu tun gewohnt war. Frisur und Aufsatz waren gesuchter, sie war mit allen ihren Juwelen geschmückt. Ebenso hatte die Baronesse das mögliche getan, um sich mit Pracht und Geschmack anzukleiden.

Philine, als sie merkte, daß den beiden Damen in Erwartung ihrer Gäste die Zeit lang wurde, schlug vor, Wilhelmen kommen zu lassen, der sein fertiges Manuskript zu überreichen und noch einige Kleinigkeiten vorzulesen wünsche. Er kam und erstaunte im Hereintreten über die Gestalt, über die Anmut der Gräfin, die durch ihren Putz nur sichtbarer geworden waren. Er las nach dem Befehle der Damen, allein so zerstreut und schlecht, daß, wenn die Zuhörerinnen nicht so nachsichtig gewesen wären, sie ihn gar bald würden entlassen haben.

Sooft er die Gräfin anblickte, schien es ihm, als wenn ein elektrischer Funke sich vor seinen Augen zeigte; er wußte zuletzt nicht mehr, wo er Atem zu seiner Rezitation hernehmen solle. Die schöne Dame hatte ihm immer gefallen; aber jetzt schien es ihm, als ob er nie etwas Vollkommneres gesehen hätte, und von den tausenderlei Gedanken, die sich in seiner Seele kreuzten, mochte ungefähr folgendes der Inhalt sein:

Wie töricht lehnen sich doch so viele Dichter und sogenannte gefühlvolle Menschen gegen Putz und Pracht auf und verlangen nur in einfachen, der Natur angemessenen Kleidern die Frauen alles Standes zu sehen. Sie schelten den Putz, ohne zu bedenken, daß es der arme Putz nicht ist, der uns mißfällt, wenn wir eine häßliche oder minder schöne Person reich und sonderbar gekleidet erblicken; aber ich wollte alle Kenner der Welt hier versammeln und sie fragen, ob sie wünschten, etwas von diesen Falten, von diesen Bändern und Spitzen, von diesen Puffen, Locken und leuchtenden Steinen wegzunehmen? Würden sie nicht fürchten, den angenehmen Eindruck zu stören, der ihnen hier so willig und natürlich entgegenkommt? Ja, natürlich! darf ich wohl sagen. Wenn Minerva ganz gerüstet aus dem Haupte des Jupiter entsprang, so scheinet diese Göttin in ihrem vollen Putze aus irgendeiner Blume mit leichtem Fuße hervorgetreten zu sein.

Er sah sie oft im Lesen an, als wenn er diesen Eindruck sich auf ewig einprägen wollte, und las einigemal falsch, ohne darüber in Verwirrung zu geraten, ob er gleich sonst über die Verwechselung eines Wortes oder eines Buchstabens als über einen leidigen Schandfleck einer ganzen Vorlesung verzweifeln konnte.

Ein falscher Lärm, als wenn die Gäste angefahren kämen, machte der Vorlesung ein Ende. Die Baronesse ging weg, und die Gräfin, im Begriff, ihren Schreibtisch zuzumachen, der noch offen stand, ergriff ein Ringkästchen und steckte noch einige Ringe an die Finger. Wir werden uns bald trennen, sagte sie, indem sie ihre Augen auf das Kästchen heftete: nehmen Sie ein Andenken von einer guten Freundin, die nichts lebhafter wünscht, als daß es Ihnen wohlgehen möge. Sie nahm darauf einen Ring heraus, der unter einem Kristall ein schön von Haaren geflochtenes Schild zeigte und mit Steinen besetzt war. Sie überreichte ihn Wilhelmen, der, als er ihn annahm, nichts zu sagen und nichts zu tun wußte, sondern wie eingewurzelt in den Boden dastand. Die Gräfin schloß den Schreibtisch zu und setzte sich auf ihren Sofa.

Und ich soll leer ausgehn, sagte Philine, indem sie zur rechten Hand der Gräfin niederkniete: seht nur den Menschen, der zur Unzeit so viele Worte im Munde führt und jetzt nicht einmal eine armselige Danksagung herstammeln kann. Frisch, mein Herr, tun Sie wenigstens pantomimisch Ihre Schuldigkeit, und wenn Sie heute selbst nichts zu erfinden wissen, so ahmen Sie mir wenigstens nach.

Philine ergriff die rechte Hand der Gräfin und küßte sie mit Lebhaftigkeit. Wilhelm stürzte auf seine Kniee, faßte die linke und drückte sie an seine Lippen. Die Gräfin schien verlegen, aber ohne Widerwillen.

Ach! rief Philine aus, so viel Schmuck hab ich wohl schon gesehen, aber noch nie eine Dame, so würdig, ihn zu tragen. Welche Armbänder! aber auch welche Hand! Welcher Halsschmuck! aber auch welche Brust!

Stille, Schmeichlerin! rief die Gräfin.

Stellt denn das den Herrn Grafen vor? sagte Philine, indem sie auf ein reiches Medaillon deutete, das die Gräfin an kostbaren Ketten an der linken Seite trug.

Er ist als Bräutigam gemalt, versetzte die Gräfin.

War er denn damals so jung? fragte Philine: Sie sind ja nur erst, wie ich weiß, wenige Jahre verheiratet.

Diese Jugend kommt auf die Rechnung des Malers, versetzte die Gräfin.

Es ist ein schöner Mann, sagte Philine. Doch sollte wohl niemals, fuhr sie fort, indem sie die Hand auf das Herz der Gräfin legte, in diese verborgene Kapsel sich ein ander Bild eingeschlichen haben?

Du bist sehr verwegen, Philine! rief sie aus: ich habe dich verzogen. Laß mich so etwas nicht zum zweiten Mal hören.

Wenn Sie zürnen, bin ich unglücklich, rief Philine, sprang auf und eilte zur Türe hinaus.

Wilhelm hielt die schönste Hand noch in seinen Händen. Er sah unverwandt auf das Armschloß, das zu seiner größten Verwunderung die Anfangsbuchstaben seiner Namen in brillantenen Zügen sehen ließ.

Besitz ich, fragte er bescheiden, in dem kostbaren Ringe denn wirklich Ihre Haare?

Ja, versetzte sie mit halber Stimme; dann nahm sie sich zusammen und sagte, indem sie ihm die Hand drückte: Stehen Sie auf und leben Sie wohl!

Hier steht mein Name, rief er aus, durch den sonderbarsten Zufall! Er zeigte auf das Armschloß.

Wie? rief die Gräfin: es ist die Chiffer einer Freundin!

Es sind die Anfangsbuchstaben meines Namens. Vergessen Sie meiner nicht. Ihr Bild steht unauslöschlich in meinem Herzen. Leben Sie wohl, lassen Sie mich fliehen!

Er küßte ihre Hand und wollte aufstehn; aber wie im Traum das Seltsamste aus dem Seltsamsten sich entwickelnd uns überrascht, so hielt er, ohne zu wissen, wie es geschah, die Gräfin in seinen Armen, ihre Lippen ruhten auf den seinigen, und ihre wechselseitigen lebhaften Küsse gewährten ihnen eine Seligkeit, die wir nur aus dem ersten aufbrausenden Schaum des frisch eingeschenkten Bechers der Liebe schlürfen.

Ihr Haupt ruhte auf seiner Schulter, und der zerdrückten Locken und Bänder ward nicht gedacht. Sie hatte ihren Arm um ihn geschlungen; er umfaßte sie mit Lebhaftigkeit und drückte sie wiederholend an seine Brust. O, daß ein solcher Augenblick nicht Ewigkeiten währen kann, und wehe dem neidischen Geschick, das auch unsern Freunden diese kurzen Augenblicke unterbrach.

Wie erschrak Wilhelm, wie betäubt fuhr er aus einem glücklichen Traume auf, als die Gräfin sich auf einmal mit einem Schrei von ihm losriß und mit der Hand nach dem Herzen fuhr.

Er stand betäubt vor ihr da; sie hielt die andere Hand vor die Augen und rief nach einer Pause: Entfernen Sie sich, eilen Sie!

Er stand noch immer.

Verlassen Sie mich, rief sie, und indem sie die Hand von den Augen nahm und ihn mit einem unbeschreiblichen Blicke ansah, setzte sie mit der lieblichsten Stimme hinzu: Fliehen Sie mich, wenn Sie mich lieben.

Wilhelm war aus dem Zimmer und wieder auf seiner Stube, eh er wußte, wo er sich befand.

Die Unglücklichen! welche sonderbare Warnung des Zufalls oder der Schickung riß sie auseinander?

VIERTES BUCH

Erstes Kapitel

Laertes stand nachdenklich am Fenster und blickte, auf seinen Arm gestützt, in das Feld hinaus. Philine schlich über den großen Saal herbei, lehnte sich auf den Freund und verspottete sein ernsthaftes Ansehen.

Lache nur nicht, versetzte er; es ist abscheulich, wie die Zeit vergeht, wie alles sich verändert und ein Ende nimmt! Sieh nur, hier stand vor kurzem noch ein schönes Lager: wie lustig sahen die Zelte aus! wie lebhaft ging es darin zu! wie sorgfältig bewachte man den ganzen Bezirk! und nun ist alles auf einmal verschwunden. Nur kurze Zeit werden das zertretne Stroh und die eingegrabenen Kochlöcher noch eine Spur zeigen; dann wird alles bald umgepflügt sein, und die Gegenwart so vieler tausend rüstiger Menschen in dieser Gegend wird nur noch in den Köpfen einiger alten Leute spuken.

Philine fing an zu singen und zog ihren Freund zu einem Tanze in den Saal. Laß uns, rief sie, da wir der Zeit nicht nachlaufen können, wenn sie vorüber ist, sie wenigstens als eine schöne Göttin, indem sie bei uns vorbeizieht, fröhlich und zierlich verehren.

Sie hatten kaum einige Wendungen gemacht, als Madame Melina durch den Saal ging. Philine war boshaft genug, sie gleichfalls zum Tanze einzuladen und sie dadurch an die Mißgestalt zu erinnern, in welche sie durch ihre Schwangerschaft versetzt war.

Wenn ich nur, sagte Philine hinter ihrem Rücken, keine Frau mehr guter Hoffnung sehen sollte!

Sie hofft doch, sagte Laertes.

Aber es kleidet sie so häßlich. Hast du die vordere Wackelfalte des verkürzten Rocks gesehen, die immer vorausspaziert, wenn sie sich bewegt? Sie hat gar keine Art noch Geschick, sich nur ein bißchen zu mustern und ihren Zustand zu verbergen.

Laß nur, sagte Laertes, die Zeit wird ihr schon zu Hülfe kommen.

Es wäre doch immer hübscher, rief Philine, wenn man die Kinder von den Bäumen schüttelte.

Der Baron trat herein und sagte ihnen etwas Freundliches im Namen des Grafen und der Gräfin, die ganz früh abgereist waren, und machte ihnen einige Geschenke. Er ging darauf zu Wilhelmen, der sich im Nebenzimmer mit Mignon beschäftigte. Das Kind hatte sich sehr freundlich und zutätig bezeigt, nach Wilhelms Eltern, Geschwistern und Verwandten gefragt und ihn dadurch an seine Pflicht erinnert, den Seinigen von sich einige Nachricht zu geben.

Der Baron brachte ihm nebst einem Abschiedsgruße von den Herrschaften die Versicherung, wie sehr der Graf mit ihm, seinem Spiele, seinen poetischen Arbeiten und seinen theatralischen Bemühungen zufrieden gewesen sei. Er zog darauf zum Beweis dieser Gesinnung einen Beutel hervor, durch dessen schönes Gewebe die reizende Farbe neuer Goldstücke durchschimmerte; Wilhelm trat zurück und weigerte sich, ihn anzunehmen.

Sehen Sie, fuhr der Baron fort, diese Gabe als einen Ersatz für Ihre Zeit, als eine Erkenntlichkeit für Ihre Mühe, nicht als eine Belohnung Ihres Talents an. Wenn uns dieses einen guten Namen und die Neigung der Menschen verschafft, so ist billig, daß wir durch Fleiß und Anstrengung zugleich die Mittel erwerben, unsre Bedürfnisse zu befriedigen, da wir doch einmal nicht ganz Geist sind. Wären wir in der Stadt, wo alles zu finden ist, so hätte man diese kleine Summe in eine Uhr, einen Ring oder sonst etwas verwandelt; nun gebe ich aber den Zauberstab unmittelbar in Ihre Hände; schaffen Sie sich ein Kleinod dafür, das Ihnen am liebsten und am dienlichsten ist, und verwahren Sie es zu unserm Andenken. Dabei halten Sie ja den Beutel in Ehren. Die Damen haben ihn selbst gestrickt, und ihre Absicht war, durch das Gefäß dem Inhalt die annehmlichste Form zu geben.

Vergeben Sie, versetzte Wilhelm, meiner Verlegenheit und meinen Zweifeln, dieses Geschenk anzunehmen. Es vernichtet gleichsam das wenige, was ich getan habe, und hindert das freie Spiel einer glücklichen Erinnerung. Geld ist eine schöne Sache, wo etwas abgetan werden soll, und ich wünschte nicht, in dem Andenken Ihres Hauses so ganz abgetan zu sein.

Das ist nicht der Fall, versetzte der Baron; aber indem Sie selbst zart empfinden, werden Sie nicht verlangen, daß der Graf sich völlig als Ihren Schuldner denken soll: ein Mann, der seinen größten Ehrgeiz darein setzt, aufmerksam und gerecht zu sein. Ihm ist nicht entgangen, welche Mühe Sie sich gegeben und wie Sie seinen Absichten ganz Ihre Zeit gewidmet haben, ja er weiß, daß Sie, um gewisse Anstalten zu beschleunigen, Ihr eignes Geld nicht schonten. Wie will ich wieder vor ihm erscheinen, wenn ich ihn nicht versichern kann, daß seine Erkenntlichkeit Ihnen Vergnügen gemacht hat.

Wenn ich nur an mich selbst denken, wenn ich nur meinen eigenen Empfindungen folgen dürfte, versetzte Wilhelm, würde ich mich, unerachtet aller Gründe, hartnäckig weigern, diese Gabe, so schön und ehrenvoll sie ist, anzunehmen; aber ich leugne nicht, daß sie mich in dem Augenblicke, in dem sie mich in Verlegenheit setzt, aus einer Verlegenheit reißt, in der ich mich bisher gegen die Meinigen befand, und die mir manchen stillen Kummer verursachte. Ich habe sowohl mit dem Gelde als mit der Zeit, von denen ich Rechenschaft zu geben habe, nicht zum besten hausgehalten; nun wird es mir durch den Edelmut des Herrn Grafen möglich, den Meinigen getrost von dem Glücke Nachricht zu geben, zu dem mich dieser sonderbare Seitenweg geführt hat. Ich opfre die Delikatesse, die uns wie ein zartes Gewissen bei solchen Gelegenheiten warnt, einer höhern Pflicht auf, und um meinem Vater mutig unter die Augen treten zu können, steh ich beschämt vor den Ihrigen.

Es ist sonderbar, versetzte der Baron, welch ein wunderlich Bedenken man sich macht, Geld von Freunden und Gönnern anzunehmen, von denen man jede andere Gabe mit Dank und Freude empfangen würde. Die menschliche Natur hat mehr ähnliche Eigenheiten, solche Skrupel gern zu erzeugen und sorgfältig zu nähren.

Ist es nicht das nämliche mit allen Ehrenpunkten? fragte Wilhelm.

Ach ja, versetzte der Baron, und andern Vorurteilen. Wir wollen sie nicht ausjäten, um nicht vielleicht edle Pflanzen zugleich mit auszuraufen. Aber mich freut immer, wenn einzelne Personen fühlen, über was man sich hinaussetzen kann und soll, und ich denke mit Vergnügen an die Geschichte des geistreichen Dichters, der für ein Hoftheater einige Stücke verfertigte, welche den ganzen Beifall des Monarchen erhielten. Ich muß ihn ansehnlich belohnen, sagte der großmütige Fürst; man forsche an ihm, ob ihm irgendein Kleinod Vergnügen macht, oder ob er nicht verschmäht, Geld anzunehmen. Nach seiner scherzhaften Art antwortete der Dichter dem abgeordneten Hofmann: Ich danke lebhaft für die gnädigen Gesinnungen, und da der Kaiser alle Tage Geld von uns nimmt, so sehe ich nicht ein, warum ich mich schämen sollte, Geld von ihm anzunehmen.

Der Baron hatte kaum das Zimmer verlassen, als Wilhelm eifrig die Barschaft zählte, die ihm so unvermutet und, wie er glaubte, so unverdient zugekommen war. Es schien, als ob ihm der Wert und die Würde des Goldes, die uns in spätern Jahren erst fühlbar werden, ahnungsweise zum ersten Mal entgegenblickten, als die schönen blinkenden Stücke aus dem zierlichen Beutel hervorrollten. Er machte seine Rechnung und fand, daß er, besonders da Melina den Vorschuß sogleich wieder zu bezahlen versprochen hatte, ebensoviel, ja noch mehr in Kassa habe, als an jenem Tage, da Philine ihm den ersten Strauß abfordern ließ. Mit heimlicher Zufriedenheit blickte er auf sein Talent, mit einem kleinen Stolze auf das Glück, das ihn geleitet und begleitet hatte. Er ergriff nunmehr mit Zuversicht die Feder, um einen Brief zu schreiben, der auf einmal die Familie aus aller Verlegenheit und sein bisheriges Betragen in das beste Licht setzen sollte. Er vermied eine eigentliche Erzählung und ließ nur in bedeutenden und mystischen Ausdrücken dasjenige, was ihm begegnet sein könnte, erraten. Der gute Zustand seiner Kasse, der Erwerb, den er seinem Talent schuldig war, die Gunst der Großen, die Neigung der Frauen, die Bekanntschaft in einem weiten Kreise, die Ausbildung seiner körperlichen und geistigen Anlagen, die Hoffnung für die Zukunft bildeten ein solches wunderliches Luftgemälde, daß Fata Morgana selbst es nicht seltsamer hätte durcheinanderwirken können.

In dieser glücklichen Exaltation fuhr er fort, nachdem der Brief geschlossen war, ein langes Selbstgespräch zu unterhalten, in welchem er den Inhalt des Schreibens rekapitulierte und sich eine tätige und würdige Zukunft ausmalte. Das Beispiel so vieler edlen Krieger hatte ihn angefeuert, die Shakespearische Dichtung hatte ihm eine neue Welt eröffnet, und von den Lippen der schönen Gräfin hatte er ein unaussprechliches Feuer in sich gesogen. Das alles konnte, das sollte nicht ohne Wirkung bleiben.

Der Stallmeister kam und fragte, ob sie mit Einpacken fertig seien. Leider hatte, außer Melina, noch niemand daran gedacht. Nun sollte man eilig aufbrechen. Der Graf hatte versprochen, die ganze Gesellschaft einige Tagereisen weit transportieren zu lassen; die Pferde waren eben bereit und konnten nicht lange entbehrt werden. Wilhelm fragte nach seinem Koffer; Madame Melina hatte sich ihn zunutze gemacht; er verlangte nach seinem Gelde, Herr Melina hatte es ganz unten in den Koffer mit großer Sorgfalt gepackt. Philine sagte: Ich habe in dem meinigen noch Platz, nahm Wilhelms Kleider und befahl Mignon, das übrige nachzubringen. Wilhelm mußte es, nicht ohne Widerwillen, geschehen lassen.

Indem man aufpackte und alles zubereitete, sagte Melina: Es ist mir verdrießlich, daß wir wie Seiltänzer und Marktschreier reisen; ich wünschte, daß Mignon Weiberkleider anzöge, und daß der Harfenspieler sich noch geschwinde den Bart scheren ließe. Mignon hielt sich fest an Wilhelm und sagte mit großer Lebhaftigkeit: Ich bin ein Knabe, ich will kein Mädchen sein! Der Alte schwieg, und Philine machte bei dieser Gelegenheit über die Eigenheit des Grafen, ihres Beschützers, einige lustige Anmerkungen. Wenn der Harfner seinen Bart abschneidet, sagte sie, so mag er ihn nur sorgfältig auf Band nähen und bewahren, daß er ihn gleich wieder vornehmen kann, sobald er dem Herrn Grafen irgendwo in der Welt begegnet: denn dieser Bart allein hat ihm die Gnade dieses Herrn verschafft.

Als man in sie drang und eine Erklärung dieser sonderbaren Äußerung verlangte, ließ sie sich folgendergestalt vernehmen: Der Graf glaubt, daß es zur Illusion sehr viel beitrage, wenn der Schauspieler auch im gemeinen Leben seine Rolle fortspielt und seinen Charakter souteniert; deswegen war er dem Pedanten so günstig, und er fand, es sei recht gescheit, daß der Harfner seinen falschen Bart nicht allein abends auf dem Theater, sondern auch beständig bei Tage trage, und freute sich sehr über das natürliche Aussehen der Maskerade.

Als die andern über diesen Irrtum und über die sonderbaren Meinungen des Grafen spotteten, ging der Harfner mit Wilhelm beiseite, nahm von ihm Abschied und bat mit Tränen, ihn ja sogleich zu entlassen. Wilhelm redete ihm zu und versicherte, daß er ihn gegen jedermann schützen werde, daß ihm niemand ein Haar krümmen, viel weniger ohne seinen Willen abschneiden solle.

Der Alte war sehr bewegt, und in seinen Augen glühte ein sonderbares Feuer. Nicht dieser Anlaß treibt mich hinweg, rief er aus; schon lange mache ich mir stille Vorwürfe, daß ich um Sie bleibe. Ich sollte nirgends verweilen, denn das Unglück ereilt mich und beschädigt die, die sich zu mir gesellen. Fürchten Sie alles, wenn Sie mich nicht entlassen, aber fragen Sie mich nicht; ich gehöre nicht mir zu, ich kann nicht bleiben. –

Wem gehörst du an? Wer kann eine solche Gewalt über dich ausüben? –

Mein Herr, lassen Sie mir mein schaudervolles Geheimnis und geben Sie mich los! Die Rache, die mich verfolgt, ist nicht des irdischen Richters; ich gehöre einem unerbittlichen Schicksale; ich kann nicht bleiben, und ich darf nicht! –

In diesem Zustande, in dem ich dich sehe, werde ich dich gewiß nicht lassen. –

Es ist Hochverrat an Ihnen, mein Wohltäter, wenn ich zaudre. Ich bin sicher bei Ihnen, aber Sie sind in Gefahr. Sie wissen nicht, wen Sie in Ihrer Nähe hegen. Ich bin schuldig, aber unglücklicher als schuldig. Meine Gegenwart verscheucht das Glück, und die gute Tat wird ohnmächtig, wenn ich dazutrete.

Flüchtig und unstet sollt' ich sein, daß mein unglücklicher Genius mich nicht einholet, der mich nur langsam verfolgt und nur dann sich merken läßt, wenn ich mein Haupt niederlegen und ruhen will. Dankbarer kann ich mich nicht bezeigen, als wenn ich Sie verlasse. –

Sonderbarer Mensch! du kannst mir das Vertrauen in dich so wenig nehmen als die Hoffnung, dich glücklich zu sehen. Ich will in die Geheimnisse deines Aberglaubens nicht eindringen; aber wenn du ja in Ahnung wunderbarer Verknüpfungen und Vorbedeutungen lebst, so sage ich dir zu deinem Trost und zu deiner Aufmunterung: geselle dich zu meinem Glücke, und wir wollen sehen, welcher Genius der stärkste ist, dein schwarzer oder mein weißer!

Wilhelm ergriff diese Gelegenheit, um ihm noch mancherlei Tröstliches zu sagen; denn er hatte schon seit einiger Zeit in seinem wunderbaren Begleiter einen Menschen zu sehen geglaubt, der durch Zufall oder Schickung eine große Schuld auf sich geladen hat und nun die Erinnerung derselben immer mit sich fortschleppt. Noch vor wenigen Tagen hatte Wilhelm seinen Gesang behorcht und folgende Zeilen wohl gemerkt:

Ihm färbt der Morgensonne Licht
Den reinen Horizont mit Flammen,
Und über seinem schuldgen Haupte bricht
Das schöne Bild der ganzen Welt zusammen.

Der Alte mochte nun sagen, was er wollte, so hatte Wilhelm immer ein stärker Argument, wußte alles zum Besten zu kehren und zu wenden, wußte so brav, so herzlich und tröstlich zu sprechen, daß der Alte selbst wieder aufzuleben und seinen Grillen zu entsagen schien.

Zweites Kapitel

Melina hatte Hoffnung, in einer kleinen, aber wohlhabenden Stadt mit seiner Gesellschaft unterzukommen. Schon befanden sie sich an dem Orte, wohin sie die Pferde des Grafen gebracht hatten, und sahen sich nach andern Wagen und Pferden um, mit denen sie weiterzukommen hofften. Melina hatte den Transport übernommen und zeigte sich, nach seiner Gewohnheit, übrigens sehr karg. Dagegen hatte Wilhelm die schönen Dukaten der Gräfin in der Tasche, auf deren fröhliche Verwendung er das größte Recht zu haben glaubte, und sehr leicht vergaß er, daß er sie in der stattlichen Bilanz, die er den Seinigen zuschickte, schon sehr ruhmredig aufgeführt hatte.

Sein Freund Shakespeare, den er mit großer Freude auch als seinen Paten anerkannte und sich nur um so lieber Wilhelm nennen ließ, hatte ihm einen Prinzen bekannt gemacht, der sich unter geringer, ja sogar schlechter Gesellschaft eine Zeitlang aufhält und, ungeachtet seiner edlen Natur, an der Roheit, Unschicklichkeit und Albernheit solcher ganz sinnlichen Bursche sich ergötzt. Höchst willkommen war ihm das Ideal, womit er seinen gegenwärtigen Zustand vergleichen konnte, und der Selbstbetrug, wozu er eine fast unüberwindliche Neigung spürte, ward ihm dadurch außerordentlich erleichtert.

Er fing nun an, über seine Kleidung nachzudenken. Er fand, daß ein Westchen, über das man im Notfall einen kurzen Mantel würfe, für einen Wanderer eine sehr angemessene Tracht sei. Lange gestrickte Beinkleider und ein Paar Schnürstiefeln schienen die wahre Tracht eines Fußgängers. Dann verschaffte er sich eine schöne seidne Schärpe, die er zuerst unter dem Vorwande, den Leib warm zu halten, umband; dagegen befreite er seinen Hals von der Knechtschaft einer Binde und ließ sich einige Streifen Nesseltuch ans Hemde heften, die aber etwas breit gerieten und das völlige Ansehn eines antiken Kragens erhielten. Das schöne seidne Halstuch, das gerettete Andenken Marianens, lag nur locker geknüpft unter der nesseltuchnen Krause. Ein runder Hut mit einem bunten Bande und einer großen Feder machte die Maskerade vollkommen.

Die Frauen beteuerten, diese Tracht lasse ihm vorzüglich gut. Philine stellte sich ganz bezaubert darüber und bat sich seine schönen Haare aus, die er, um dem natürlichen Ideal nur desto näher zu kommen, unbarmherzig abgeschnitten hatte. Sie empfahl sich dadurch nicht übel, und unser Freund, der durch seine

Freigebigkeit sich das Recht erworben hatte, auf Prinz Harrys Manier mit den übrigen umzugehen, kam bald selbst in den Geschmack, einige tolle Streiche anzugeben und zu befördern. Man focht, man tanzte, man erfand allerlei Spiele, und in der Fröhlichkeit des Herzens genoß man des leidlichen Weins, den man angetroffen hatte, in starkem Maße, und Philine lauerte in der Unordnung dieser Lebensart dem spröden Helden auf, für den sein guter Genius Sorge tragen möge.

Eine vorzügliche Unterhaltung, mit der sich die Gesellschaft besonders ergötzte, bestand in einem extemporierten Spiel, in welchem sie ihre bisherigen Gönner und Wohltäter nachahmten und durchzogen. Einige unter ihnen hatten sich sehr gut die Eigenheiten des äußern Anstandes verschiedner vornehmer Personen gemerkt, und die Nachbildung derselben ward von der übrigen Gesellschaft mit dem größten Beifall aufgenommen, und als Philine aus dem geheimen Archiv ihrer Erfahrungen einige besondere Liebeserklärungen, die an sie geschehen waren, vorbrachte, wußte man sich vor Lachen und Schadenfreude kaum zu lassen.

Wilhelm schalt ihre Undankbarkeit; allein man setzte ihm entgegen, daß sie das, was sie dort erhalten, genugsam abverdient, und daß überhaupt das Betragen gegen so verdienstvolle Leute, wie sie sich zu sein rühmten, nicht das beste gewesen sei. Nun beschwerte man sich, mit wie wenig Achtung man ihnen begegnet, wie sehr man sie zurückgesetzt habe. Das Spotten, Necken und Nachahmen ging wieder an, und man ward immer bitterer und ungerechter.

Ich wünschte, sagte Wilhelm darauf, daß durch eure Äußerungen weder Neid noch Eigenliebe durchschiene, und daß ihr jene Personen und ihre Verhältnisse aus dem rechten Gesichtspunkte betrachtetet. Es ist eine eigene Sache, schon durch die Geburt auf einen erhabenen Platz in der menschlichen Gesellschaft gesetzt zu sein. Wem ererbte Reichtümer eine vollkommene Leichtigkeit des Daseins verschafft haben, wer sich, wenn ich mich so ausdrücken darf, von allem Beiwesen der Menschheit von Jugend auf reichlich umgeben findet, gewöhnt sich meist, diese Güter als das Erste und Größte zu betrachten, und der Wert einer von der Natur schön ausgestatteten Menschheit wird ihm nicht so deutlich. Das Betragen der Vornehmen gegen Geringere und auch unter einander ist nach äußern Vorzügen abgemessen; sie erlauben jedem, seinen Titel, seinen Rang, seine Kleider und Equipage, nur nicht seine Verdienste geltend zu machen.

Diesen Worten gab die Gesellschaft einen unmäßigen Beifall. Man fand abscheulich, daß der Mann von Verdienst immer zurückstehen müsse, und daß in der großen Welt keine Spur von natürlichem und herzlichem Umgang zu finden sei. Sie kamen besonders über diesen Punkt aus dem Hundertsten ins Tausendste.

Scheltet sie nicht darüber, rief Wilhelm aus, bedauert sie vielmehr! Denn von jenem Glück, das wir als das höchste erkennen, das aus dem innern Reichtum der Natur fließt, haben sie selten eine erhöhte Empfindung. Nur uns Armen, die wir wenig oder nichts besitzen, ist es gegönnt, das Glück der Freundschaft in reichem Maße zu genießen. Wir können unsre Geliebten weder durch Gnade erheben, noch durch Gunst befördern, noch durch Geschenke beglücken. Wir haben nichts als uns selbst. Dieses ganze Selbst müssen wir hingeben und, wenn es einigen Wert haben soll, dem Freunde das Gut auf ewig versichern. Welch ein Genuß, welch ein Glück für den Geber und Empfänger! In welchen seligen Zustand versetzt uns die Treue! sie gibt dem vorübergehenden Menschenleben eine himmlische Gewißheit; sie macht das Hauptkapital unsers Reichtums aus.

Mignon hatte sich ihm unter diesen Worten genähert, schlang ihre zarten Arme um ihn und blieb mit dem Köpfchen an seine Brust gelehnt stehen. Er legte die Hand auf des Kindes Haupt und fuhr fort: Wie leicht wird es einem Großen, die Gemüter zu gewinnen! wie leicht eignet er sich die Herzen zu! Ein gefälliges, bequemes, nur einigermaßen menschliches Betragen tut Wunder, und wie viele Mittel hat er, die einmal erworbenen Geister festzuhalten. Uns kommt alles seltner, wird alles schwerer, und wie natürlich ist es, daß wir auf das, was wir erwerben und leisten, einen größern Wert legen. Welche rührenden Beispiele von treuen Dienern, die sich für ihre Herren aufopferten! Wie schön hat uns Shakespeare solche geschildert! Die Treue ist, in diesem Falle, ein Bestreben einer edlen Seele, einem Größern gleich zu werden. Durch fortdauernde Anhänglichkeit und Liebe wird der Diener seinem Herrn gleich, der ihn sonst nur als einen bezahlten Sklaven anzusehen berechtigt ist. Ja, diese Tugenden sind nur für den geringen Stand; er kann sie nicht entbehren, und sie kleiden ihn schön. Wer sich leicht loskaufen kann, wird so leicht versucht, sich auch der Erkenntlichkeit zu überheben. Ja, in diesem Sinne glaube ich behaupten zu können, daß ein Großer wohl Freunde haben, aber nicht Freund sein könne.

Mignon drückte sich immer fester an ihn.

Nun gut, versetzte einer aus der Gesellschaft: wir brauchen ihre Freundschaft nicht und haben sie niemals verlangt. Nur sollten sie sich besser auf Künste verstehen, die sie doch beschützen wollen. Wenn wir am besten gespielt haben, hat uns niemand zugehört: alles war lauter Parteilichkeit. Wem man günstig war, der gefiel, und man war dem nicht günstig, der zu gefallen verdiente. Es war nicht erlaubt, wie oft das Alberne und Abgeschmackte Aufmerksamkeit und Beifall auf sich zog.

Wenn ich abrechne, versetzte Wilhelm, was Schadenfreude und Ironie gewesen sein mag, so denk ich, es geht in der Kunst wie in der Liebe. Wie will der Weltmann bei seinem zerstreuten Leben die Innigkeit erhalten, in der ein Künstler bleiben muß, wenn er etwas Vollkommenes hervorzubringen denkt, und die selbst demjenigen nicht fremd sein darf, der einen solchen Anteil am Werke nehmen will, wie der Künstler ihn wünscht und hofft.

Glaubt mir, meine Freunde, es ist mit den Talenten wie mit der Tugend: man muß sie um ihrer selbst willen lieben oder sie ganz aufgeben. Und doch werden sie beide nicht anders erkannt und belohnt, als wenn man sie, gleich einem gefährlichen Geheimnis, im Verborgnen üben kann.

Unterdessen, bis ein Kenner uns auffindet, kann man Hungers sterben, rief einer aus der Ecke.

Nicht eben sogleich, versetzte Wilhelm. Ich habe gesehen,

solange einer lebt und sich rührt, findet er immer seine Nahrung, und wenn sie auch gleich nicht die reichlichste ist. Und worüber habt ihr euch denn zu beschweren? Sind wir nicht ganz unvermutet, eben da es mit uns am schlimmsten aussah, gut aufgenommen und bewirtet worden? Und jetzt, da es uns noch an nichts gebricht, fällt es uns denn ein, etwas zu unserer Übung zu tun und nur einigermaßen weiterzustreben? Wir treiben fremde Dinge und entfernen, den Schulkindern ähnlich, alles, was uns nur an unsre Lektion erinnern könnte.

Wahrhaftig, sagte Philine, es ist unverantwortlich! Laßt uns ein Stück wählen; wir wollen es auf der Stelle spielen. Jeder muß sein möglichstes tun, als wenn er vor dem größten Auditorium stünde.

Man überlegte nicht lange; das Stück ward bestimmt. Es war eines derer, die damals in Deutschland großen Beifall fanden und nun verschollen sind. Einige pfiffen eine Symphonie, jeder besann sich schnell auf seine Rolle, man fing an und spielte mit der größten Aufmerksamkeit das Stück durch, und wirklich über Erwartung gut. Man applaudierte sich wechselsweise; man hatte sich selten so wohl gehalten.

Als sie fertig waren, empfanden sie alle ein ausnehmendes Vergnügen, teils über ihre wohlzugebrachte Zeit, teils weil jeder besonders mit sich zufrieden sein konnte. Wilhelm ließ sich weitläufig zu ihrem Lobe heraus, und ihre Unterhaltung war heiter und fröhlich.

Ihr solltet sehen, rief unser Freund, wie weit wir kommen müßten, wenn wir unsre Übungen auf diese Art fortsetzten und nicht bloß auf Auswendiglernen, Probieren und Spielen uns mechanisch pflicht- und handwerksmäßig einschränkten. Wie viel mehr Lob verdienen die Tonkünstler, wie sehr ergötzen sie sich, wie genau sind sie, wenn sie gemeinschaftlich ihre Übungen vornehmen! Wie sind sie bemüht, ihre Instrumente übereinzustimmen, wie genau halten sie Takt, wie zart wissen sie die Stärke und Schwäche des Tons auszudrücken! Keinem fällt es ein, sich bei dem Solo eines andern durch ein vorlautes Akkompagnieren Ehre zu machen. Jeder sucht in dem Geist und Sinne des Komponisten zu spielen, und jeder das, was ihm aufgetragen ist, es mag viel oder wenig sein, gut auszudrücken. Sollten wir nicht ebenso genau und ebenso geistreich zu Werke gehen, da wir eine Kunst treiben, die noch viel zarter als jede Art von Musik ist, da wir die gewöhnlichsten und seltensten Äußerungen der Menschheit geschmackvoll und ergötzend darzustellen berufen sind? Kann etwas abscheulicher sein, als in den Proben zu sudeln und sich bei der Vorstellung auf Laune und gut Glück zu verlassen? Wir sollten unser größtes Glück und Vergnügen darein setzen, mit einander übereinzustimmen, um uns wechselsweise zu gefallen, und auch nur insofern den Beifall des Publikums zu schätzen, als wir ihn uns gleichsam unter einander schon selbst garantiert hätten. Warum ist der Kapellmeister seines Orchesters gewisser als der Direktor seines Schauspiels? Weil dort jeder sich seines Mißgriffs, der das äußere Ohr beleidigt, schämen muß; aber wie selten hab ich einen Schauspieler verzeihliche und unverzeihliche Mißgriffe, durch die das innere Ohr so schnöde beleidigt wird, anerkennen und sich ihrer schämen sehen! Ich wünschte nur, daß das Theater so schmal wäre als der Draht eines Seiltänzers, damit sich kein Ungeschickter hinaufwagte, anstatt daß jetzo ein jeder sich Fähigkeit genug fühlt, darauf zu paradieren.

Die Gesellschaft nahm diese Apostrophe gut auf, indem jeder überzeugt war, daß nicht von ihm die Rede sein könne, da er sich noch vor kurzem nebst den übrigen so gut gehalten. Man kam vielmehr überein, daß man in dem Sinne, wie man angefangen, auf dieser Reise und künftig, wenn man zusammenbliebe, eine gesellige Bearbeitung wolle obwalten lassen. Man fand nur, daß, weil dieses eine Sache der guten Laune und des freien Willens sei, so müsse sich eigentlich kein Direktor dareinmischen. Man nahm als ausgemacht an, daß unter guten Menschen die republikanische Form die beste sei; man behauptete, das Amt eines Direktors müsse herumgehen; er müsse von allen gewählt werden und eine Art von kleinem Senat ihm jederzeit beigesetzt bleiben. Sie waren so von diesem Gedanken eingenommen, daß sie wünschten, ihn gleich ins Werk zu richten.

Ich habe nichts dagegen, sagte Melina, wenn ihr auf der Reise einen solchen Versuch machen wollt; ich suspendiere meine Direktorschaft gern, bis wir wieder an Ort und Stelle kommen. Er hoffte, dabei zu sparen und manche Ausgaben der kleinen Republik oder dem Interimsdirektor aufzuwälzen. Nun ging man sehr lebhaft zu Rate, wie man die Form des neuen Staates aufs beste einrichten wolle.

Es ist ein wanderndes Reich, sagte Laertes; wir werden wenigstens keine Grenzstreitigkeiten haben.

Man schritt sogleich zur Sache und erwählte Wilhelmen zum ersten Direktor. Der Senat ward bestellt, die Frauen erhielten Sitz und Stimme, man schlug Gesetze vor, man verwarf, man genehmigte. Die Zeit ging unvermerkt unter diesem Spiele vorüber, und weil man sie angenehm zubrachte, glaubte man auch wirklich, etwas Nützliches getan und durch die neue Form eine neue Aussicht für die vaterländische Bühne eröffnet zu haben.

Drittes Kapitel

Wilhelm hoffte nunmehr, da er die Gesellschaft in so guter Disposition sah, sich auch mit ihr über das dichterische Verdienst der Stücke unterhalten zu können. Es ist nicht genug, sagte er zu ihnen, als sie des andern Tages wieder zusammenkamen, daß der Schauspieler ein Stück nur so obenhin ansehe, dasselbe nach dem ersten Eindruck beurteile und ohne Prüfung sein Gefallen oder Mißfallen daran zu erkennen gebe. Dies ist dem Zuschauer wohl erlaubt, der gerührt und unterhalten sein, aber eigentlich nicht urteilen will. Der Schauspieler dagegen soll von dem Stücke und von den Ursachen seines Lobes und Tadels Rechenschaft geben können: und wie will er das, wenn er nicht in den Sinn seines Autors, wenn er nicht in die Absichten desselben einzudringen versteht? Ich habe den Fehler, ein Stück aus einer Rolle zu beurteilen, eine Rolle nur an sich und nicht im Zusammenhange mit dem Stück zu betrachten, an mir selbst in diesen Tagen so lebhaft bemerkt, daß ich euch das Beispiel erzählen will, wenn ihr mir ein geneigtes Gehör gönnen wollt.

Ihr kennt Shakespeares unvergleichlichen Hamlet aus einer Vorlesung, die euch schon auf dem Schlosse das größte Vergnügen machte. Wir setzten uns vor, das Stück zu spielen, und ich hatte, ohne zu wissen, was ich tat, die Rolle des Prinzen übernommen; ich glaubte sie zu studieren, indem ich anfing, die stärksten Stellen, die Selbstgespräche und jene Auftritte zu memorieren, in denen Kraft der Seele, Erhebung des Geistes und Lebhaftigkeit freien Spielraum haben, wo das bewegte Gemüt sich in einem gefühlvollen Ausdrucke zeigen kann.

Auch glaubte ich recht in den Geist der Rolle einzudringen, wenn ich die Last der tiefen Schwermut gleichsam selbst auf mich nähme und unter diesem Druck meinem Vorbilde durch das seltsame Labyrinth so mancher Launen und Sonderbarkeiten zu folgen suchte. So memorierte ich, und so übte ich mich und glaubte nach und nach mit meinem Helden zu einer Person zu werden.

Allein je weiter ich kam, desto schwerer ward mir die Vorstellung des Ganzen, und mir schien zuletzt fast unmöglich, zu einer Übersicht zu gelangen. Nun ging ich das Stück in einer ununterbrochenen Folge durch, und auch da wollte mir leider manches nicht passen. Bald schienen sich die Charaktere, bald der Ausdruck zu widersprechen, und ich verzweifelte fast, einen Ton zu finden, in welchem ich meine ganze Rolle mit allen Abweichungen und Schattierungen vortragen könnte. In diesen Irrgängen bemühte ich mich lange vergebens, bis ich mich endlich auf einem ganz besondern Wege meinem Ziele zu nähern hoffte.

Ich suchte jede Spur auf, die sich von dem Charakter Hamlets in früher Zeit vor dem Tode seines Vaters zeigte; ich bemerkte, was unabhängig von dieser traurigen Begebenheit, unabhängig von den nachfolgenden schrecklichen Ereignissen dieser interessante Jüngling gewesen war, und was er ohne sie vielleicht geworden wäre.

Zart und edel entsprossen, wuchs die königliche Blume unter den unmittelbaren Einflüssen der Majestät hervor; der Begriff des Rechts und der fürstlichen Würde, das Gefühl des Guten und Anständigen mit dem Bewußtsein der Höhe seiner Geburt entwickelten sich zugleich in ihm. Er war ein Fürst, ein geborner Fürst, und wünschte zu regieren, nur damit der Gute ungehindert gut sein möchte. Angenehm von Gestalt, gesittet von Natur, gefällig von Herzen aus, sollte er das Muster der Jugend sein und die Freude der Welt werden.

Ohne irgend eine hervorstechende Leidenschaft, war seine Liebe zu Ophelien ein stilles Vorgefühl süßer Bedürfnisse; sein Eifer zu ritterlichen Übungen war nicht ganz original; vielmehr mußte diese Lust durch das Lob, das man dem Dritten beilegte, geschärft und erhöht werden; rein fühlend, kannte er die Redlichen und wußte die Ruhe zu schätzen, die ein aufrichtiges Gemüt an dem offnen Busen eines Freundes genießt. Bis auf einen gewissen Grad hatte er in Künsten und Wissenschaften das Gute und Schöne erkennen und würdigen gelernt; das Abgeschmackte war ihm zuwider, und wenn in seiner zarten Seele der Haß aufkeimen konnte, so war es nur ebensoviel, als nötig ist, um bewegliche und falsche Höflinge zu verachten und spöttisch mit ihnen zu spielen. Er war gelassen in seinem Wesen, in seinem Betragen einfach, weder im Müßiggange behaglich, noch allzu begierig nach Beschäftigung. Ein akademisches Hinschlendern schien er auch bei Hofe fortzusetzen. Er besaß mehr Fröhlichkeit der Laune als des Herzens, war ein guter Gesellschafter, nachgiebig, bescheiden, besorgt, und konnte eine Beleidigung vergeben und vergessen; aber niemals konnte er sich mit dem vereinigen, der die Grenzen des Rechten, des Guten, des Anständigen überschritt.

Wenn wir das Stück wieder zusammen lesen werden, könnt ihr beurteilen, ob ich auf dem rechten Wege bin. Wenigstens hoffe ich meine Meinung durchaus mit Stellen belegen zu können.

Man gab der Schilderung lauten Beifall; man glaubte vorauszusehen, daß sich nun die Handelsweise Hamlets gar gut werde erklären lassen; man freute sich über diese Art, in den Geist des Schriftstellers einzudringen. Jeder nahm sich vor, auch irgendein Stück auf diese Art zu studieren und den Sinn des Verfassers zu entwickeln.

Nur einige Tage mußte die Gesellschaft an dem Orte liegen bleiben, und sogleich zeigten sich für verschiedene Glieder derselben nicht unangenehme Abenteuer, besonders aber ward Laertes von einer Dame angereizt, die in der Nachbarschaft ein Gut hatte, gegen die er sich aber äußerst kalt, ja unartig betrug und darüber von Philinen viele Spöttereien erdulden mußte. Sie ergriff die Gelegenheit, unserm Freund die unglückliche Liebesgeschichte zu erzählen, über die der arme Jüngling dem ganzen weiblichen Geschlechte feind geworden war. Wer wird ihm übelnehmen, rief sie aus, daß er ein Geschlecht haßt, das ihm so übel mitgespielt hat und ihm alle Übel, die sonst Männer von Weibern zu befürchten haben, in einem sehr konzentrierten Tranke zu verschlucken gab? Stellen Sie sich vor: binnen vierundzwanzig Stunden war er Liebhaber, Bräutigam, Ehemann, Hahnrei, Patient und Witwer! Ich wüßte nicht, wie mans einem ärger machen wollte.

Laertes lief halb lachend, halb verdrießlich zur Stube hinaus, und Philine fing in ihrer allerliebsten Art die Geschichte zu erzählen an, wie Laertes als ein junger Mensch von achtzehn Jahren, eben als er bei einer Theatergesellschaft eingetroffen, ein schönes vierzehnjähriges Mädchen gefunden, die eben mit ihrem Vater, der sich mit dem Direktor entzweiet, abzureisen willens gewesen. Er habe sich aus dem Stegreife sterblich verliebt, dem Vater alle möglichen Vorstellungen getan, zu bleiben, und endlich versprochen, das Mädchen zu heiraten. Nach einigen angenehmen Stunden des Brautstandes sei er getraut worden, habe eine glückliche Nacht als Ehmann zugebracht, darauf habe ihn seine Frau des andern Morgens, als er in der Probe gewesen, nach Standesgebühr mit einem Hörnerschmuck beehrt; weil er aber aus allzu großer Zärtlichkeit viel zu früh nach Hause geeilt, habe er leider einen ältern Liebhaber an seiner Stelle gefunden, habe mit unsinniger Leidenschaft dreingeschlagen, Liebhaber und Vater herausgefordert und sei mit einer leidlichen Wunde davongekommen. Vater und Tochter seien darauf noch in der Nacht abgereist, und er sei leider auf eine doppelte Weise verwundet zurückgeblieben. Sein Unglück habe ihn zu dem schlechtesten Feldscher von der Welt geführt, und der Arme sei leider mit schwarzen Zähnen und triefenden Augen aus diesem Abenteuer geschieden. Er sei zu bedauern, weil er übrigens der bravste Junge sei, den Gottes Erdboden trüge. Besonders, sagte sie, tut es mir leid, daß der arme Narr nun die Weiber haßt: denn wer die Weiber haßt, wie kann der leben?

Melina unterbrach sie mit der Nachricht, daß alles zum Transport völlig bereit sei, und daß sie morgen früh abfahren könnten. Er überreichte ihnen eine Disposition, wie sie fahren sollten.

Wenn mich ein guter Freund auf den Schoß nimmt, sagte Philine, so bin ich zufrieden, daß wir eng und erbärmlich sitzen; übrigens ist mir alles einerlei.

Es tut nichts, sagte Laertes, der auch herbeikam.

Es ist verdrießlich! sagte Wilhelm und eilte weg. Er fand für sein Geld noch einen gar bequemen Wagen, den Melina verleugnet hatte. Eine andere Einteilung ward gemacht, und man freute sich, bequem abreisen zu können, als die bedenkliche Nachricht einlief: daß auf dem Wege, den sie nehmen wollten, sich ein Freikorps sehen lasse, von dem man nicht viel Gutes erwartete.

An dem Orte selbst war man sehr auf diese Zeitung aufmerksam, wenn sie gleich nur schwankend und zweideutig war. Nach der Stellung der Armeen schien es unmöglich, daß ein feindliches Korps sich habe durchschleichen, oder daß ein freundliches so weit habe zurückbleiben können. Jedermann war eifrig, unsrer Gesellschaft die Gefahr, die auf sie wartete, recht gefährlich zu beschreiben und ihr einen andern Weg anzuraten.

Die meisten waren darüber in Unruhe und Furcht gesetzt, und als nach der neuen republikanischen Form die sämtlichen Glieder des Staats zusammengerufen wurden, um über diesen außerordentlichen Fall zu beratschlagen, waren sie fast einstimmig der Meinung, daß man das Übel vermeiden und am Orte bleiben oder ihm ausweichen und einen andern Weg erwählen müsse.

Nur Wilhelm, von Furcht nicht eingenommen, hielt für

schimpflich, einen Plan, in den man mit so viel Überlegung eingegangen war, nunmehr auf ein bloßes Gerücht aufzugeben. Er sprach ihnen Mut ein, und seine Gründe waren männlich und überzeugend.

Noch, sagte er, ist es nichts als ein Gerücht, und wie viele dergleichen entstehen im Kriege! Verständige Leute sagen, daß der Fall höchst unwahrscheinlich, ja beinah unmöglich sei. Sollten wir uns in einer so wichtigen Sache bloß durch ein so ungewisses Gerede bestimmen lassen? Die Route, welche uns der Herr Graf angegeben hat, auf die unser Paß lautet, ist die kürzeste, und wir finden auf selbiger den besten Weg. Sie führt uns nach der Stadt, wo ihr Bekanntschaften, Freunde vor euch seht und eine gute Aufnahme zu hoffen habt. Der Umweg bringt uns auch dahin; aber in welche schlimmen Wege verwickelt er uns, wie weit führt er uns ab! Können wir Hoffnung haben, uns in der späten Jahrszeit wieder herauszufinden, und was für Zeit und Geld werden wir indessen versplittern! Er sagte noch viel und trug die Sache von so mancherlei vorteilhaften Seiten vor, daß ihre Furcht sich verringerte und ihr Mut zunahm. Er wußte ihnen so viel von der Mannszucht der regelmäßigen Truppen vorzusagen und ihnen die Marodeurs und das hergelaufene Gesindel so nichtswürdig zu schildern und selbst die Gefahr so lieblich und lustig darzustellen, daß alle Gemüter aufgeheitert wurden.

Laertes war vom ersten Moment an auf seiner Seite und versicherte, daß er nicht wanken noch weichen wolle. Der alte Polterer fand wenigstens einige übereinstimmende Ausdrücke in seiner Manier, Philine lachte sie alle zusammen aus, und da Madame Melina, die, ihrer hohen Schwangerschaft ungeachtet, ihre natürliche Herzhaftigkeit nicht verloren hatte, den Vorschlag heroisch fand, so konnte Melina, der denn freilich auf dem nächsten Wege, auf den er akkordiert hatte, viel zu sparen hoffte, nicht widerstehen, und man willigte in den Vorschlag von ganzem Herzen.

Nun fing man an, sich auf alle Fälle zur Verteidigung einzurichten. Man kaufte große Hirschfänger und hing sie an wohlgestickten Riemen über die Schultern. Wilhelm steckte noch überdies ein Paar Terzerole in den Gürtel, Laertes hatte ohnedem eine gute Flinte bei sich, und man machte sich mit einer hohen Freudigkeit auf den Weg.

Den zweiten Tag schlugen die Fuhrleute, die der Gegend wohl kundig waren, vor: sie wollten auf einem waldigen Bergplatze Mittagsruhe halten, weil das Dorf weit abgelegen sei und man bei guten Tagen gern diesen Weg nähme.

Die Witterung war schön, und jedermann stimmte leicht in den Vorschlag ein. Wilhelm eilte zu Fuß durch das Gebirge voraus, und über seine sonderbare Gestalt mußte jeder, der ihm begegnete, stutzig werden. Er eilte mit schnellen und zufriedenen Schritten den Wald hinauf, Laertes pfiff hinter ihm drein, nur die Frauen ließen sich in den Wagen fortschleppen. Mignon lief gleichfalls nebenher, stolz auf den Hirschfänger, den man ihr, als die Gesellschaft sich bewaffnete, nicht abschlagen konnte. Um ihren Hut hatte sie die Perlenschnur gewunden, die Wilhelm von Marianens Reliquien übrig behalten hatte. Friedrich der Blonde trug die Flinte des Laertes, der Harfner hatte das friedlichste Ansehen. Sein langes Kleid war in den Gürtel gesteckt, und so ging er freier. Er stützte sich auf einen knotigen Stab, sein Instrument war bei den Wagen zurückgeblieben.

Nachdem sie nicht ganz ohne Beschwerlichkeit die Höhe erstiegen, erkannten sie sogleich den angezeigten Platz an den schönen Buchen, die ihn umgaben und bedeckten. Eine große, sanft abhängige Waldwiese lud zum Bleiben ein; eine eingefaßte Quelle bot die lieblichste Erquickung dar, und es zeigte sich an der andern Seite durch Schluchten und Waldrücken eine ferne, schöne und hoffnungsvolle Aussicht. Da lagen Dörfer und Mühlen in den Gründen, Städtchen in der Ebene, und neue in der Ferne eintretende Berge machten die Aussicht noch hoffnungsvoller, indem sie nur wie eine sanfte Beschränkung hereintraten.

Die ersten Ankommenden nahmen Besitz von der Gegend, ruhten im Schatten aus, machten ein Feuer an und erwarteten geschäftig, singend, die übrige Gesellschaft, welche nach und nach herbeikam und den Platz, das schöne Wetter, die unaussprechlich schöne Gegend mit Einem Munde begrüßte.

Fünftes Kapitel

Hatte man oft zwischen vier Wänden gute und fröhliche Stunden zusammen genossen, so war man natürlich noch viel aufgeweckter hier, wo die Freiheit des Himmels und die Schönheit der Gegend jedes Gemüt zu reinigen schien. Alle fühlten sich einander näher, alle wünschten in einem so angenehmen Aufenthalt ihr ganzes Leben hinzubringen. Man beneidete die Jäger, Köhler und Holzhauer, Leute, die ihr Beruf in diesen glücklichen Wohnplätzen festhält; über alles aber pries man die reizende Wirtschaft eines Zigeunerhaufens. Man beneidete die wunderlichen Gesellen, die in seligem Müßiggange alle abenteuerlichen Reize der Natur zu genießen berechtigt sind; man freute sich, ihnen einigermaßen ähnlich zu sein.

Indessen hatten die Frauen angefangen, Erdäpfel zu sieden und die mitgebrachten Speisen auszupacken und zu bereiten. Einige Töpfe standen beim Feuer, gruppenweise lagerte sich die Gesellschaft unter den Bäumen und Büschen. Ihre seltsamen Kleidungen und die mancherlei Waffen gaben ihr ein fremdes Ansehen. Die Pferde wurden beiseite gefüttert, und wenn man die Kutschen hätte verstecken wollen, so wäre der Anblick dieser kleinen Horde bis zur Illusion romantisch gewesen.

Wilhelm genoß ein nie gefühltes Vergnügen. Er konnte hier eine wandernde Kolonie und sich als Anführer derselben denken. In diesem Sinne unterhielt er sich mit einem jeden und bildete den Wahn des Moments so poetisch als möglich aus. Die Gefühle der Gesellschaft erhöhten sich; man aß, trank und jubilierte und bekannte wiederholt, niemals schönere Augenblicke erlebt zu haben.

Nicht lange hatte das Vergnügen zugenommen, als bei den jungen Leuten die Tätigkeit erwachte. Wilhelm und Laertes griffen zu den Rapieren und fingen diesmal in theatralischer Absicht ihre Übungen an. Sie wollten den Zweikampf darstellen, in welchem Hamlet und sein Gegner ein so tragisches Ende nehmen. Beide Freunde waren überzeugt, daß man in dieser wichtigen Szene nicht, wie es wohl auf Theatern zu geschehen pflegt, nur ungeschickt hin und wider stoßen dürfe: sie hofften ein Muster darzustellen, wie man bei der Aufführung auch dem Kenner der Fechtkunst ein würdiges Schauspiel zu geben habe. Man schloß einen Kreis um sie her; beide fochten mit Eifer und Einsicht, das Interesse der Zuschauer wuchs mit jedem Gange.

Auf einmal aber fiel im nächsten Busche ein Schuß und gleich darauf noch einer, und die Gesellschaft fuhr erschreckt auseinander. Bald erblickte man bewaffnete Leute, die auf den Ort zudrangen, wo die Pferde nicht weit von den bepackten Kutschen ihr Futter einnahmen.

Ein allgemeiner Schrei entfuhr dem weiblichen Geschlechte, unsre Helden warfen die Rapiere weg, griffen nach den Pistolen, eilten den Räubern entgegen und forderten unter lebhaften Drohungen Rechenschaft des Unternehmens.

Als man ihnen lakonisch mit ein paar Musketenschüssen antwortete, drückte Wilhelm seine Pistole auf einen Krauskopf ab, der den Wagen erstiegen hatte und die Stricke des Gepäckes auseinanderschnitt. Wohlgetroffen stürzte er sogleich herunter; Laertes hatte auch nicht fehlgeschossen, und beide Freunde zogen beherzt ihre Seitengewehre, als ein Teil der räuberischen Bande mit Fluchen und Gebrüll auf sie losbrach, einige Schüsse auf sie tat und sich mit blinkenden Säbeln ihrer Kühnheit entgegensetzte. Unsre jungen Helden hielten sich tapfer; sie riefen ihren übrigen Gesellen zu und munterten sie zu einer allgemeinen Verteidigung auf. Bald aber verlor Wilhelm den Anblick des Lichtes und das Bewußtsein dessen, was vorging. Von einem Schuß, der ihn zwischen der Brust und dem linken Arm verwundete, von einem Hiebe, der ihm den Hut spaltete und fast bis auf die Hirnschale durchdrang, betäubt, fiel er nieder und mußte das unglückliche Ende des Überfalls nur erst in der Folge aus der Erzählung vernehmen.

Als er die Augen wieder aufschlug, befand er sich in der wunderbarsten Lage. Das erste, was ihm durch die Dämmerung,

die noch vor seinen Augen lag, entgegenblickte, war das Gesicht Philinens, das sich über das seine herüberneigte. Er fühlte sich schwach, und da er, um sich emporzurichten, eine Bewegung machte, fand er sich in Philinens Schoß, in den er auch wieder zurücksank. Sie saß auf dem Rasen, hatte den Kopf des vor ihr ausgestreckten Jünglings leise an sich gedrückt und ihm in ihren Armen, soviel sie konnte, ein sanftes Lager bereitet. Mignon kniete mit zerstreuten, blutigen Haaren an seinen Füßen und umfaßte sie mit vielen Tränen.

Als Wilhelm seine blutigen Kleider ansah, fragte er mit gebrochener Stimme, wo er sich befinde, was ihm und den andern begegnet sei. Philine bat ihn, ruhig zu bleiben; die übrigen, sagte sie, seien alle in Sicherheit und niemand als er und Laertes verwundet. Weiter wollte sie nichts erzählen und bat ihn inständig, er möchte sich ruhig halten, weil seine Wunden nur schlecht und in der Eile verbunden seien. Er reichte Mignon die Hand und erkundigte sich nach der Ursache der blutigen Locken des Kindes, das er auch verwundet glaubte.

Um ihn zu beruhigen, erzählte Philine: dieses gutherzige Geschöpf, da es seinen Freund verwundet gesehen, habe sich in der Geschwindigkeit auf nichts besonnen, um das Blut zu stillen; es habe seine eigenen Haare, die um den Kopf geflogen, genommen, um die Wunden zu stopfen, habe aber bald von dem vergeblichen Unternehmen abstehen müssen. Nachher verband man ihn mit Schwamm und Moos, Philine hatte dazu ihr Halstuch hergegeben.

Wilhelm bemerkte, daß Philine mit dem Rücken gegen ihren Koffer saß, der noch ganz wohlverschlossen und unbeschädigt aussah. Er fragte, ob die andern auch so glücklich gewesen, ihre Habseligkeiten zu retten? Sie antwortete mit Achselzucken und einem Blick auf die Wiese, wo zerbrochene Kasten, zerschlagene Koffer, zerschnittene Mantelsäcke und eine Menge kleiner Gerätschaften zerstreut hin und wider lagen. Kein Mensch war auf dem Platze zu sehen, und die wunderliche Gruppe fand sich in dieser Einsamkeit allein.

Wilhelm erfuhr nun immer mehr, als er wissen wollte: die

übrigen Männer, die allenfalls noch Widerstand hätten tun können, waren gleich in Schrecken gesetzt und bald überwältigt; ein Teil floh, ein Teil sah mit Entsetzen dem Unfalle zu. Die Fuhrleute, die sich noch wegen ihrer Pferde am hartnäckigsten gehalten hatten, wurden niedergeworfen und gebunden, und in kurzem war alles rein ausgeplündert und weggeschleppt. Die beängstigten Reisenden fingen, sobald die Sorge für ihr Leben vorüber war, ihren Verlust zu bejammern an, eilten mit möglichster Geschwindigkeit dem benachbarten Dorfe zu, führten den leichtverwundeten Laertes mit sich und brachten nur wenige Trümmer ihrer Besitztümer davon. Der Harfner hatte sein beschädigtes Instrument an einen Baum gelehnt und war mit nach dem Orte geeilt, einen Wundarzt aufzusuchen und seinem für tot zurückgelassenen Wohltäter nach Möglichkeit beizuspringen.

Sechstes Kapitel

Unsre drei verunglückten Abenteurer blieben indes noch eine Zeitlang in ihrer seltsamen Lage, niemand eilte ihnen zu Hülfe. Der Abend kam herbei, die Nacht drohte hereinzubrechen; Philinens Gleichgültigkeit fing an, in Unruhe überzugehen; Mignon lief hin und wider, und die Ungeduld des Kindes nahm mit jedem Augenblicke zu. Endlich, da ihnen ihr Wunsch gewährt ward und Menschen sich ihnen näherten, überfiel sie ein neuer Schrecken. Sie hörten ganz deutlich einen Trupp Pferde in dem Wege heraufkommen, den auch sie zurückgelegt hatten, und fürchteten, daß abermals eine Gesellschaft ungebetener Gäste diesen Wahlplatz besuchen möchte, um Nachlese zu halten.

Wie angenehm wurden sie dagegen überrascht, als ihnen aus den Büschen, auf einem Schimmel reitend, ein Frauenzimmer zu Gesichte kam, die von einem ältlichen Herrn und einigen Kavalieren begleitet wurde; Reitknechte, Bedienten und ein Trupp Husaren folgten nach.

Philine, die zu dieser Erscheinung große Augen machte, war eben im Begriff, zu rufen und die schöne Amazone um Hülfe anzuflehen, als diese schon erstaunt ihre Augen nach der wunderbaren Gruppe wendete, sogleich ihr Pferd lenkte, herzuritt und stillehielt. Sie erkundigte sich eifrig nach dem Verwundeten, dessen Lage, in dem Schoße der leichtfertigen Samariterin, ihr höchst sonderbar vorzukommen schien.

Ist es Ihr Mann? fragte sie Philinen. Es ist nur ein guter Freund, versetzte diese mit einem Ton, der Wilhelmen höchst zuwider war. Er hatte seine Augen auf die sanften, hohen, stillen, teilnehmenden Gesichtszüge der Ankommenden geheftet; er glaubte nie etwas Edleres noch Liebenswürdigeres gesehen zu haben. Ein weiter Mannsüberrock verbarg ihm ihre Gestalt; sie hatte ihn, wie es schien, gegen die Einflüsse der kühlen Abendluft von einem ihrer Gesellschafter geborgt.

Die Ritter waren indes auch näher gekommen; einige stiegen ab, die Dame tat ein Gleiches und fragte mit menschenfreundlicher Teilnehmung nach allen Umständen des Unfalls, der die Reisenden betroffen hatte, besonders aber nach den Wunden des hingestreckten Jünglings. Darauf wandte sie sich schnell um und ging mit einem alten Herrn seitwärts nach den Wagen, welche langsam den Berg heraufkamen und auf dem Wahlplatze stillehielten.

Nachdem die junge Dame eine kurze Zeit am Schlage der einen Kutsche gestanden und sich mit den Ankommenden unterhalten hatte, stieg ein Mann von untersetzter Gestalt heraus, den sie zu unserm verwundeten Helden führte. An dem Kästchen, das er in der Hand hatte, und an der ledernen Tasche mit Instrumenten erkannte man ihn bald für einen Wundarzt. Seine Manieren waren mehr rauh als einnehmend, doch seine Hand leicht und seine Hülfe willkommen.

Er untersuchte genau, erklärte, keine Wunde sei gefährlich, er wolle sie auf der Stelle verbinden, alsdann könne man den Kranken in das nächste Dorf bringen.

Die Besorgnisse der jungen Dame schienen sich zu vermehren. Sehen Sie nur, sagte sie, nachdem sie einigemal hin und her gegangen war und den alten Herrn wieder herbeiführte, sehen Sie, wie man ihn zugerichtet hat! Und leidet er nicht um unsertwillen? Wilhelm hörte diese Worte und verstand sie nicht. Sie ging unruhig hin und wider; es schien, als könnte sie sich nicht von dem Anblick des Verwundeten losreißen und als fürchtete sie zugleich den Wohlstand zu verletzen, wenn sie stehenbliebe, zu der Zeit, da man ihn, wiewohl mit Mühe, zu entkleiden anfing. Der Chirurgus schnitt eben den linken Ärmel auf, als der alte Herr hinzutrat und ihr mit einem ernsthaften Tone die Notwendigkeit, ihre Reise fortzusetzen, vorstellte. Wilhelm hatte seine Augen auf sie gerichtet und war von ihren Blicken so eingenommen, daß er kaum fühlte, was mit ihm vorging.

Philine war indessen aufgestanden, um der gnädigen Dame die Hand zu küssen. Als sie neben einander standen, glaubte unser Freund nie einen solchen Abstand gesehn zu haben. Philine war ihm noch nie in einem so ungünstigen Lichte erschienen. Sie sollte, wie es ihm vorkam, sich jener edlen Natur nicht nahen, noch weniger sie berühren.

Die Dame fragte Philinen verschiedenes, aber leise. Endlich kehrte sie sich zu dem alten Herrn, der noch immer trocken dabeistand, und sagte: Lieber Oheim, darf ich auf Ihre Kosten freigebig sein? Sie zog sogleich den Überrock aus, und ihre Absicht, ihn dem Verwundeten und Unbekleideten hinzugeben, war nicht zu verkennen.

Wilhelm, den der heilsame Blick ihrer Augen bisher festgehalten hatte, war nun, als der Überrock fiel, von ihrer schönen Gestalt überrascht. Sie trat näher herzu und legte den Rock sanft über ihn. In diesem Augenblicke, da er den Mund öffnen und einige Worte des Dankes stammeln wollte, wirkte der lebhafte Eindruck ihrer Gegenwart so sonderbar auf seine schon angegriffenen Sinne, daß es ihm auf einmal vorkam, als sei ihr Haupt mit Strahlen umgeben und über ihr ganzes Bild verbreite sich nach und nach ein glänzendes Licht. Der Chirurgus berührte ihn eben unsanfter, indem er die Kugel, welche in der Wunde stak, herauszuziehen Anstalt machte. Die Heilige verschwand vor den Augen des Hinsinkenden: er verlor alles Bewußtsein, und als er wieder zu sich kam, waren Reiter und Wagen, die Schöne samt ihren Begleitern verschwunden.

Nachdem unser Freund verbunden und angekleidet war, eilte der Chirurgus weg, eben als der Harfenspieler mit einer Anzahl Bauern heraufkam. Sie bereiteten eilig aus abgehauenen Ästen und eingeflochtenem Reisig eine Trage, luden den Verwundeten darauf und brachten ihn unter Anführung eines reitenden Jägers, den die Herrschaft zurückgelassen hatte, sachte den Berg hinunter. Der Harfner, still und in sich gekehrt, trug sein beschädigtes Instrument, einige Leute schleppten Philinens Koffer, sie schlenderte mit einem Bündel nach, Mignon sprang bald voraus, bald zur Seite durch Busch und Wald und blickte sehnlich nach ihrem kranken Beschützer hinüber.

Dieser lag, in seinen warmen Überrock gehüllt, ruhig auf der Bahre. Eine elektrische Wärme schien aus der feinen Wolle in seinen Körper überzugehen; genug, er fühlte sich in die behaglichste Empfindung versetzt. Die schöne Besitzerin des Kleides hatte mächtig auf ihn gewirkt. Er sah noch den Rock von ihren Schultern fallen, die edelste Gestalt, von Strahlen umgeben, vor sich stehen, und seine Seele eilte der Verschwundenen durch Felsen und Wälder auf dem Fuße nach.

Nur mit sinkender Nacht kam der Zug im Dorfe vor dem Wirtshause an, in welchem sich die übrige Gesellschaft befand und verzweiflungsvoll den unersetzlichen Verlust beklagte. Die einzige kleine Stube des Hauses war von Menschen vollgepfropft; einige lagen auf der Streue, andere hatten die Bänke eingenommen, einige sich hinter den Ofen gedrückt, und Frau Melina erwartete in einer benachbarten Kammer ängstlich ihre Niederkunft. Der Schrecken hatte sie beschleunigt, und unter dem Beistande der Wirtin, einer jungen unerfahrnen Frau, konnte man wenig Gutes erwarten.

Als die neuen Ankömmlinge hereingelassen zu werden verlangten, entstand ein allgemeines Murren. Man behauptete nun, daß man allein auf Wilhelms Rat, unter seiner besondern Anführung, diesen gefährlichen Weg unternommen und sich diesem Unfall ausgesetzt habe. Man warf die Schuld des übeln Ausgangs auf ihn, widersetzte sich an der Türe seinem Eintritt und behauptete: er müsse anderswo unterzukommen suchen. Philinen begegnete man noch schnöder; der Harfenspieler und Mignon mußten auch das ihrige leiden.

Nicht lange hörte der Jäger, dem die Vorsorge für die Verlassenen von seiner schönen Herrschaft ernstlich anbefohlen war, dem Streite mit Geduld zu; er fuhr mit Fluchen und Drohen auf die Gesellschaft los, gebot ihnen, zusammenzurücken und den Ankommenden Platz zu machen. Man fing an, sich zu bequemen. Er bereitete Wilhelmen einen Platz auf einem Tische, den er in eine Ecke schob; Philine ließ ihren Koffer danebenstellen und setzte sich drauf. Jeder drückte sich, so gut er konnte, und der Jäger begab sich weg, um zu sehen, ob er nicht ein bequemeres Quartier für das Ehepaar ausmachen könne.

Kaum war er fort, als der Unwille wieder laut zu werden anfing und ein Vorwurf den andern drängte. Jedermann erzählte und erhöhte seinen Verlust, man schalt die Verwegenheit, durch die man so vieles eingebüßt, man verhehlte sogar die Schadenfreude nicht, die man über die Wunden unseres Freundes empfand, man verhöhnte Philinen und wollte ihr die Art und Weise, wie sie ihren Koffer gerettet, zum Verbrechen machen. Aus allerlei Anzüglichkeiten und Stichelreden hätte man schließen sollen, sie habe sich während der Plünderung und Niederlage um die Gunst des Anführers der Bande bemüht und habe ihn, wer weiß durch welche Künste und Gefälligkeiten, vermocht, ihren Koffer freizugeben. Man wollte sie eine ganze Weile vermißt haben. Sie antwortete nichts und klapperte nur mit den großen Schlössern ihres Koffers, um ihre Neider recht von seiner Gegenwart zu überzeugen und die Verzweiflung des Haufens durch ihr eigenes Glück zu vermehren.

Achtes Kapitel

Wilhelm, ob er gleich durch den starken Verlust des Blutes schwach und nach der Erscheinung jenes hülfreichen Engels mild und sanft geworden war, konnte sich doch zuletzt des Verdrusses über die harten und ungerechten Reden nicht enthalten, welche bei seinem Stillschweigen von der unzufriednen Gesellschaft immer erneuert wurden. Endlich fühlte er sich gestärkt genug, um sich aufzurichten und ihnen die Unart vorzustellen, mit der sie ihren Freund und Führer beunruhigten. Er hob sein verbundenes Haupt in die Höhe und fing, indem er sich mit einiger Mühe stützte und gegen die Wand lehnte, folgendergestalt zu reden an:

Ich vergebe dem Schmerze, den jeder über seinen Verlust empfindet, daß ihr mich in einem Augenblicke beleidigt, wo ihr mich beklagen solltet, daß ihr mir widersteht und mich von euch stoßt, das erste Mal, da ich Hülfe von euch erwarten könnte. Für die Dienste, die ich euch erzeigte, für die Gefälligkeiten, die ich euch erwies, habe ich mich durch euren Dank, durch euer freundschaftliches Betragen bisher genugsam belohnt gefunden; verleitet mich nicht, zwingt mein Gemüt nicht, zurückzugehen und zu überdenken, was ich für euch getan habe; diese Berechnung würde mir nur peinlich werden. Der Zufall hat mich zu euch geführt, Umstände und eine heimliche Neigung haben mich bei euch gehalten. Ich nahm an euren Arbeiten, an euren Vergnügungen teil; meine wenigen Kenntnisse waren zu eurem Dienste. Gebt ihr mir jetzt auf eine bittre Weise den Unfall schuld, der uns betroffen hat, so erinnert ihr euch nicht, daß der erste Vorschlag, diesen Weg zu nehmen, von fremden Leuten kam, von euch allen geprüft und so gut von jedem als von mir gebilligt worden ist. Wäre unsre Reise glücklich vollbracht, so würde sich jeder wegen des guten Einfalls loben, daß er diesen Weg angeraten, daß er ihn vorgezogen; er würde sich unsrer Überlegungen und seines ausgeübten Stimmrechts mit Freuden erinnern; jetzo macht ihr mich allein verantwortlich, ihr zwingt mir eine Schuld auf, die ich willig übernehmen wollte, wenn mich das reinste Bewußtsein nicht freispräche, ja wenn ich mich nicht auf euch selbst berufen könnte. Habt ihr gegen mich etwas zu sagen, so bringt es ordentlich vor, und ich werde mich zu verteidigen wissen; habt ihr nichts Gegründetes anzugeben, so schweigt und quält mich nicht, jetzt, da ich der Ruhe so äußerst bedürftig bin.

Statt aller Antwort fingen die Mädchen an, abermals zu weinen und ihren Verlust umständlich zu erzählen. Melina war ganz außer Fassung: denn er hatte freilich am meisten und mehr, als wir denken können, eingebüßt. Wie ein Rasender stolperte er in dem engen Raume hin und her, stieß den Kopf wider die Wand, fluchte und schalt auf das unziemlichste; und da nun gar zu gleicher Zeit die Wirtin aus der Kammer trat mit der Nachricht, daß seine Frau mit einem toten Kinde niedergekommen, erlaubte er sich die heftigsten Ausbrüche, und einstimmig mit ihm heulte, schrie, brummte und lärmte alles durcheinander.

Wilhelm, der zugleich von mitleidiger Teilnehmung an ihrem Zustande und von Verdruß über ihre niedrige Gesinnung bis in sein Innerstes bewegt war, fühlte, unerachtet der Schwäche seines Körpers, die ganze Kraft seiner Seele lebendig. Fast, rief er aus, muß ich euch verachten, so beklagenswert ihr auch sein mögt. Kein Unglück berechtigt uns, einen Unschuldigen mit Vorwürfen zu beladen; habe ich teil an diesem falschen Schritte, so büße ich auch mein Teil. Ich liege verwundet hier, und wenn die Gesellschaft verloren hat, so verliere ich das meiste. Was an Garderobe geraubt worden, was an Dekorationen zugrunde gegangen, war mein: denn Sie, Herr Melina, haben mich noch nicht bezahlt, und ich spreche Sie von dieser Forderung hiermit völlig frei.

Sie haben gut schenken, rief Melina, was niemand wiedersehen wird. Ihr Geld lag in meiner Frau Koffer, und es ist Ihre Schuld, daß es Ihnen verloren geht. Aber o! wenn das alles wäre! – Er fing aufs neue zu stampfen, zu schimpfen und zu schreien an. Jedermann erinnerte sich der schönen Kleider aus der Garderobe des Grafen, der Schnallen, Uhren, Dosen, Hüte, welche Melina von dem Kammerdiener so glücklich gehandelt hatte. Jedem fielen seine eigenen, obgleich viel geringeren Schätze dabei wieder ins Gedächtnis; man blickte mit Verdruß auf Philinens Koffer, man gab Wilhelmen zu verstehen, er habe wahrlich nicht übel getan, sich mit dieser Schönen zu assoziieren und durch ihr Glück auch seine Habseligkeiten zu retten.

Glaubt ihr denn, rief er endlich aus, daß ich etwas Eignes

haben werde, solange ihr darbt, und ist es wohl das erste Mal, daß ich in der Not mit euch redlich teile? Man öffne den Koffer, und was mein ist, will ich zum öffentlichen Bedürfnis niederlegen.

Es ist *mein* Koffer, sagte Philine, und ich werde ihn nicht eher aufmachen, bis es mir beliebt. Ihre paar Fittiche, die ich Ihnen aufgehoben, können wenig betragen, und wenn sie an die redlichsten Juden verkauft werden. Denken Sie an sich, was Ihre Heilung kosten, was Ihnen in einem fremden Lande begegnen kann.

Sie werden mir, Philine, versetzte Wilhelm, nichts vorenthalten, was mein ist, und das wenige wird uns aus der ersten Verlegenheit retten. Allein der Mensch besitzt noch manches, womit er seinen Freunden beistehen kann, das eben nicht klingende Münze zu sein braucht. Alles, was in mir ist, soll diesen Unglücklichen gewidmet sein, die gewiß, wenn sie wieder zu sich selbst kommen, ihr gegenwärtiges Betragen bereuen werden. Ja, fuhr er fort, ich fühle, daß ihr bedürft, und was ich vermag, will ich euch leisten; schenkt mir euer Vertrauen aufs neue, beruhigt euch für diesen Augenblick, nehmet an, was ich euch verspreche! Wer will die Zusage im Namen aller von mir empfangen?

Hier streckte er seine Hand aus und rief: Ich verspreche, daß ich nicht eher von euch weichen, euch nicht eher verlassen will, als bis ein jeder seinen Verlust doppelt und dreifach ersetzt sieht, bis ihr den Zustand, in dem ihr euch, durch wessen Schuld es wolle, befindet, völlig vergessen und mit einem glücklichern vertauscht habt.

Er hielt seine Hand noch immer ausgestreckt, und niemand wollte sie fassen. Ich versprech es noch einmal, rief er aus, indem er auf sein Kissen zurücksank. Alle blieben stille; sie waren beschämt, aber nicht getröstet, und Philine, auf ihrem Koffer sitzend, knackte Nüsse auf, die sie in ihrer Tasche gefunden hatte.

Der Jäger kam mit einigen Leuten zurück und machte Anstalt, den Verwundeten wegzuschaffen. Er hatte den Pfarrer des Orts beredet, das Ehepaar aufzunehmen; Philinens Koffer ward fortgetragen, und sie folgte mit natürlichem Anstand. Mignon lief voraus, und da der Kranke im Pfarrhaus ankam, ward ihm ein weites Ehebette, das schon lange Zeit als Gast- und Ehrenbette bereitstand, eingegeben. Hier bemerkte man erst, daß die Wunde aufgegangen war und stark geblutet hatte. Man mußte für einen neuen Verband sorgen. Der Kranke verfiel in ein Fieber, Philine wartete ihn treulich, und als die Müdigkeit sie übermeisterte, löste sie der Harfenspieler ab; Mignon war, mit dem festen Vorsatz zu wachen, in einer Ecke eingeschlafen.

Des Morgens, als Wilhelm sich ein wenig erholt hatte, erfuhr er von dem Jäger, daß die Herrschaft, die ihnen gestern zu Hülfe gekommen sei, vor kurzem ihre Güter verlassen habe, um den Kriegsbewegungen auszuweichen und sich bis zum Frieden in einer ruhigern Gegend aufzuhalten. Er nannte den ältlichen Herrn und seine Nichte, zeigte den Ort an, wohin sie sich zuerst begeben, erklärte Wilhelmen, wie das Fräulein ihm eingebunden, für die Verlassenen Sorge zu tragen.

Der hereintretende Wundarzt unterbrach die lebhaften Danksagungen, in welche sich Wilhelm gegen den Jäger ergoß, machte eine umständliche Beschreibung der Wunden, versicherte, daß sie leicht heilen würden, wenn der Patient sich ruhig hielte und sich abwartete.

Nachdem der Jäger weggeritten war, erzählte Philine, daß er ihr einen Beutel mit zwanzig Louisdoren zurückgelassen, daß er dem Geistlichen ein Douceur für die Wohnung gegeben und die Kurkosten für den Chirurgus bei ihm niedergelegt habe. Sie gelte durchaus für Wilhelms Frau, introduziere sich ein für allemal bei ihm in dieser Qualität und werde nicht zugeben, daß er sich nach einer andern Wartung umsehe.

Philine, sagte Wilhelm, ich bin Ihnen bei dem Unfall, der uns begegnet ist, schon manchen Dank schuldig geworden, und ich wünschte nicht, meine Verbindlichkeiten gegen Sie vermehrt zu sehen. Ich bin unruhig, solange Sie um mich sind: denn ich weiß nichts, womit ich Ihnen die Mühe vergelten kann. Geben Sie mir meine Sachen, die Sie in Ihrem Koffer gerettet haben, heraus, schließen Sie sich an die übrige Gesellschaft an, suchen Sie ein ander Quartier, nehmen Sie meinen Dank und die goldne Uhr als eine kleine Erkenntlichkeit; nur verlassen Sie mich: Ihre Gegenwart beunruhigt mich mehr, als Sie glauben.

Sie lachte ihm ins Gesicht, als er geendigt hatte. Du bist ein Tor, sagte sie, du wirst nicht klug werden. Ich weiß besser, was dir gut ist; ich werde bleiben, ich werde mich nicht von der Stelle rühren. Auf den Dank der Männer habe ich niemals gerechnet, also auch auf deinen nicht; und wenn ich dich liebhabe, was gehts dich an?

Sie blieb und hatte sich bald bei dem Pfarrer und seiner Familie eingeschmeichelt, indem sie immer lustig war, jedem etwas zu schenken, jedem nach dem Sinne zu reden wußte und dabei immer tat, was sie wollte. Wilhelm befand sich nicht übel; der Chirurgus, ein unwissender, aber nicht ungeschickter Mensch, ließ die Natur walten, und so war der Patient bald auf dem Wege der Besserung. Sehnlich wünschte dieser sich wieder hergestellt zu sehen, um seine Plane, seine Wünsche eifrig verfolgen zu können.

Unaufhörlich rief er sich jene Begebenheit zurück, welche einen unauslöschlichen Eindruck auf sein Gemüt gemacht hatte. Er sah die schöne Amazone reitend aus den Büschen hervorkommen, sie näherte sich ihm, stieg ab, ging hin und wider und bemühte sich um seinetwillen. Er sah das umhüllende Kleid von ihren Schultern fallen, ihr Gesicht, ihre Gestalt glänzend verschwinden. Alle seine Jugendträume knüpften sich an dieses Bild. Er glaubte nunmehr die edle, heldenmütige Chlorinde mit eignen Augen gesehen zu haben; ihm fiel der kranke Königssohn wieder ein, an dessen Lager die schöne teilnehmende Prinzessin mit stiller Bescheidenheit herantritt.

Sollten nicht, sagte er manchmal im Stillen zu sich selbst, uns in der Jugend, wie im Schlafe, die Bilder zukünftiger Schicksale umschweben und unserm unbefangenen Auge ahnungsvoll sichtbar werden? Sollten die Keime dessen, was uns begegnen wird, nicht schon von der Hand des Schicksals ausgestreut, sollte nicht ein Vorgenuß der Früchte, die wir einst zu brechen hoffen, möglich sein?

Sein Krankenlager gab ihm Zeit, jene Szene tausendmal zu wiederholen. Tausendmal rief er den Klang jener süßen Stimme zurück, und wie beneidete er Philinen, die jene hülfreiche Hand geküßt hatte. Oft kam ihm die Geschichte wie ein Traum vor, und er würde sie für ein Märchen gehalten haben, wenn nicht das Kleid zurückgeblieben wäre, das ihm die Gewißheit der Erscheinung versicherte.

Mit der größten Sorgfalt für dieses Gewand war das lebhafteste Verlangen verbunden, sich damit zu bekleiden. Sobald er aufstand, warf er es über und befürchtete den ganzen Tag, es möchte durch einen Flecken oder auf sonst eine Weise beschädigt werden.

Zehntes Kapitel

Laertes besuchte seinen Freund. Er war bei jener lebhaften Szene im Wirtshause nicht gegenwärtig gewesen, denn er lag in einer obern Kammer. Über seinen Verlust war er sehr getröstet und half sich mit seinem gewöhnlichen: was tuts? Er erzählte verschiedene lächerliche Züge von der Gesellschaft, besonders gab er Frau Melina schuld: sie beweine den Verlust ihrer Tochter nur deswegen, weil sie nicht das altdeutsche Vergnügen haben könne, eine Mechthilde taufen zu lassen. Was ihren Mann betreffe, so offenbare sichs nun, daß er viel Geld bei sich gehabt und auch schon damals des Vorschusses, den er Wilhelmen abgelockt, keinesweges bedurft habe. Melina wolle nunmehr mit dem nächsten Postwagen abgehn und werde von Wilhelmen ein Empfehlungsschreiben an seinen Freund, den Direktor Serlo, verlangen, bei dessen Gesellschaft er, weil die eigne Unternehmung gescheitert, nun unterzukommen hoffe.

Mignon war einige Tage sehr still gewesen, und als man in sie drang, gestand sie endlich, daß ihr rechter Arm verrenkt sei. Das hast du deiner Verwegenheit zu danken, sagte Philine und erzählte: wie das Kind im Gefechte seinen Hirschfänger gezogen und, als es seinen Freund in Gefahr gesehen, wacker auf die Freibeuter zugehauen habe. Endlich sei es beim Arme ergriffen und auf die Seite geschleudert worden. Man schalt auf sie, daß sie das Übel nicht eher entdeckt habe, doch merkte man wohl, daß sie sich vor dem Chirurgus gescheut, der sie bisher immer für einen Knaben gehalten hatte. Man suchte das Übel zu heben, und sie mußte den Arm in der Binde tragen. Hierüber war sie aufs neue empfindlich, weil sie den besten Teil der Pflege und Wartung ihres Freundes Philinen überlassen mußte, und die angenehme Sünderin zeigte sich nur um desto tätiger und aufmerksamer.

Eines Morgens, als Wilhelm erwachte, fand er sich mit ihr in einer sonderbaren Nähe. Er war auf seinem weiten Lager in der Unruhe des Schlafs ganz an die hintere Seite gerutscht. Philine lag quer über den vordern Teil hingestreckt; sie schien auf dem Bette sitzend und lesend eingeschlafen zu sein. Ein Buch war ihr aus der Hand gefallen, sie war zurück und mit dem Kopf nah an seine Brust gesunken, über die sich ihre blonden aufgelösten Haare in Wellen ausbreiteten. Die Unordnung des Schlafs erhöhte mehr als Kunst und Vorsatz ihre Reize; eine kindische lächelnde Ruhe schwebte über ihrem Gesichte. Er sah sie eine Zeitlang an und schien sich selbst über das Vergnügen zu tadeln, womit er sie ansah, und wir wissen nicht, ob er seinen Zustand segnete oder tadelte, der ihm Ruhe und Mäßigung zur Pflicht machte. Er hatte sie eine Zeitlang aufmerksam betrachtet, als sie sich zu regen anfing. Er schloß die Augen sachte zu, doch konnte er nicht unterlassen, zu blinzen und nach ihr zu sehen, als sie sich wieder zurechtputzte und wegging, nach dem Frühstück zu fragen.

Nach und nach hatten sich nun die sämtlichen Schauspieler bei Wilhelmen gemeldet, hatten Empfehlungsschreiben und Reisegeld, mehr oder weniger unartig und ungestüm, gefordert und immer mit Widerwillen Philinens erhalten. Vergebens stellte sie ihrem Freunde vor, daß der Jäger auch diesen Leuten eine ansehnliche Summe zurückgelassen, daß man ihn nur zum besten habe. Vielmehr kamen sie darüber in einen lebhaften Zwist, und Wilhelm behauptete nunmehr ein für allemal, daß sie sich gleichfalls an die übrige Gesellschaft anschließen und ihr Glück bei Serlo versuchen sollte.

Nur einige Augenblicke verließ sie ihr Gleichmut, dann erholte sie sich schnell wieder und rief: Wenn ich nur meinen Blonden wieder hätte, so wollt' ich mich um euch alle nichts kümmern. Sie meinte Friedrichen, der sich vom Wahlplatze verloren und nicht wieder gezeigt hatte.

Des andern Morgens brachte Mignon die Nachricht ans Bette: daß Philine in der Nacht abgereist sei; im Nebenzimmer habe sie alles, was ihm gehöre, sehr ordentlich zusammengelegt. Er empfand ihre Abwesenheit; er hatte an ihr eine treue Wärterin, eine muntere Gesellschafterin verloren; er war nicht mehr gewohnt, allein zu sein. Allein Mignon füllte die Lücke bald wieder aus.

Seitdem jene leichtfertige Schöne in ihren freundlichen Bemühungen den Verwundeten umgab, hatte sich die Kleine nach und nach zurückgezogen und war stille für sich geblieben; nun aber, da sie wieder freies Feld gewann, trat sie mit Aufmerksamkeit und Liebe hervor, war eifrig, ihm zu dienen, und munter, ihn zu unterhalten.

Elftes Kapitel

Mit lebhaften Schritten nahete er sich der Besserung; er hoffte nun in wenig Tagen seine Reise antreten zu können. Er wollte nicht etwa planlos ein schlenderndes Leben fortsetzen, sondern zweckmäßige Schritte sollten künftig seine Bahn bezeichnen. Zuerst wollte er die hülfreiche Herrschaft aufsuchen, um seine Dankbarkeit an den Tag zu legen, alsdann zu seinem Freunde, dem Direktor, eilen, um für die verunglückte Gesellschaft auf das beste zu sorgen, und zugleich die Handelsfreunde, an die er mit Adressen versehen war, besuchen und die ihm aufgetragnen Geschäfte verrichten. Er machte sich Hoffnung, daß ihm das Glück wie vorher auch künftig beistehen und ihm Gelegenheit verschaffen werde, durch eine glückliche

Spekulation den Verlust zu ersetzen und die Lücke seiner Kasse wieder auszufüllen.

Das Verlangen, seine Retterin wiederzusehen, wuchs mit jedem Tage. Um seine Reiseroute zu bestimmen, ging er mit dem Geistlichen zu Rate, der schöne geographische und statistische Kenntnisse hatte und eine artige Bücher- und Kartensammlung besaß. Man suchte nach dem Orte, den die edle Familie während des Kriegs zu ihrem Sitz erwählt hatte, man suchte Nachrichten von ihr selbst auf; allein der Ort war in keiner Geographie, auf keiner Karte zu finden, und die genealogischen Handbücher sagten nichts von einer solchen Familie.

Wilhelm wurde unruhig, und als er seine Bekümmernis laut werden ließ, entdeckte ihm der Harfenspieler: er habe Ursache, zu glauben, daß der Jäger, es sei aus welcher Ursache es wolle, den wahren Namen verschwiegen habe.

Wilhelm, der nun einmal sich in der Nähe der Schönen glaubte, hoffte einige Nachricht von ihr zu erhalten, wenn er den Harfenspieler abschickte; aber auch diese Hoffnung ward getäuscht. So sehr der Alte sich auch erkundigte, konnte er doch auf keine Spur kommen. In jenen Tagen waren verschiedene lebhafte Bewegungen und unvorgesehene Durchmärsche in diesen Gegenden vorgefallen; niemand hatte auf die reisende Gesellschaft besonders achtgegeben, so daß der ausgesendete Bote, um nicht für einen jüdischen Spion angesehn zu werden, wieder zurückgehen und ohne Ölblatt vor seinem Herrn und Freund erscheinen mußte. Er legte strenge Rechenschaft ab, wie er den Auftrag auszurichten gesucht, und war bemüht, allen Verdacht einer Nachlässigkeit von sich zu entfernen. Er suchte auf alle Weise Wilhelms Betrübnis zu lindern, besann sich auf alles, was er von dem Jäger erfahren hatte, und brachte mancherlei Mutmaßungen vor, wobei denn endlich ein Umstand vorkam, woraus Wilhelm einige rätselhafte Worte der schönen Verschwundnen deuten konnte.

Die räuberische Bande nämlich hatte nicht der wandernden Truppe, sondern jener Herrschaft aufgepaßt, bei der sie mit Recht vieles Geld und Kostbarkeiten vermutete, und von deren

Zug sie genaue Nachricht mußte gehabt haben. Man wußte nicht, ob man die Tat einem Freikorps, ob man sie Marodeurs oder Räubern zuschreiben sollte. Genug, zum Glücke der vornehmen und reichen Karawane waren die Geringen und Armen zuerst auf den Platz gekommen und hatten das Schicksal erduldet, das jenen zubereitet war. Darauf bezogen sich die Worte der jungen Dame, deren sich Wilhelm noch gar wohl erinnerte. Wenn er nun vergnügt und glücklich sein konnte, daß ein vorsichtiger Genius ihn zum Opfer bestimmt hatte, eine vollkommene Sterbliche zu retten, so war er dagegen nahe an der Verzweiflung, da ihm, sie wiederzufinden, sie wiederzusehen, wenigstens für den Augenblick alle Hoffnung verschwunden war.

Was diese sonderbare Bewegung in ihm vermehrte, war die Ähnlichkeit, die er zwischen der Gräfin und der schönen Unbekannten entdeckt zu haben glaubte. Sie glichen sich, wie sich Schwestern gleichen mögen, deren keine die jüngere noch die ältere genannt werden darf, denn sie scheinen Zwillinge zu sein.

Die Erinnerung an die liebenswürdige Gräfin war ihm unendlich süß. Er rief sich ihr Bild nur allzu gern wieder ins Gedächtnis. Aber nun trat die Gestalt der edlen Amazone gleich dazwischen, eine Erscheinung verwandelte sich in die andere, ohne daß er imstande gewesen wäre, diese oder jene festzuhalten.

Wie wunderbar mußte ihm daher die Ähnlichkeit ihrer Handschriften sein! denn er verwahrte ein reizendes Lied von der Hand der Gräfin in seiner Schreibtafel, und in dem Überrock hatte er ein Zettelchen gefunden, worin man sich mit viel zärtlicher Sorgfalt nach dem Befinden eines Oheims erkundigte.

Wilhelm war überzeugt, daß seine Retterin dieses Billett geschrieben, daß es auf der Reise in einem Wirtshause aus einem Zimmer in das andere geschickt und von dem Oheim in die Tasche gesteckt worden sei. Er hielt beide Handschriften gegeneinander, und wenn die zierlich gestellten Buchstaben der Gräfin ihm sonst so sehr gefallen hatten, so fand er in den ähnlichen, aber freieren Zügen der Unbekannten eine unaussprechlich fließende Harmonie. Das Billett enthielt nichts, und schon die Züge

Zweistimmig mit Diskant und Baß zu singen.

Klagend. Reichardt.

schienen ihn, so wie ehemals die Gegenwart der Schönen, zu erheben.

Er verfiel in eine träumende Sehnsucht, und wie einstimmend mit seinen Empfindungen war das Lied, das eben in dieser Stunde Mignon und der Harfner als ein unregelmäßiges Duett mit dem herzlichsten Ausdrucke sangen:

Nur wer die Sehnsucht kennt,
Weiß, was ich leide!
Allein und abgetrennt
Von aller Freude,
Seh ich ans Firmament
Nach jener Seite.
Ach! der mich liebt und kennt,
Ist in der Weite.
Es schwindelt mir, es brennt
Mein Eingeweide.
Nur wer die Sehnsucht kennt,
Weiß, was ich leide!

Zwölftes Kapitel

Die sanften Lockungen des lieben Schutzgeistes, anstatt unsern Freund auf irgendeinen Weg zu führen, nährten und vermehrten die Unruhe, die er vorher empfunden hatte. Eine heimliche Glut schlich in seinen Adern, bestimmte und unbestimmte Gegenstände wechselten in seiner Seele und erregten ein endloses Verlangen. Bald wünschte er sich ein Roß, bald Flügel, und indem es ihm unmöglich schien, bleiben zu können, sah er sich erst um, wohin er denn eigentlich begehre.

Der Faden seines Schicksals hatte sich so sonderbar verworren; er wünschte die seltsamen Knoten aufgelöst oder zerschnitten zu sehen. Oft, wenn er ein Pferd traben oder einen Wagen rollen hörte, schaute er eilig zum Fenster hinaus, in der Hoffnung, es würde jemand sein, der ihn aufsuchte und, wäre es auch nur durch Zufall, ihm Nachricht, Gewißheit und Freude brächte. Er erzählte sich Geschichten vor, wie sein Freund Werner in diese Gegend kommen und ihn überraschen könnte, daß Mariane vielleicht erscheinen dürfte. Der Ton eines jeden Posthorns setzte ihn in Bewegung. Melina sollte von seinem Schicksale Nachricht geben, vorzüglich aber sollte der Jäger wiederkommen und ihn zu jener angebeteten Schönheit einladen.

Von allem diesen geschah leider nichts, und er mußte zuletzt wieder mit sich allein bleiben, und indem er das Vergangene wieder durchnahm, ward ihm ein Umstand, je mehr er ihn betrachtete und beleuchtete, immer widriger und unerträglicher. Es war seine verunglückte Heerführerschaft, an die er ohne Verdruß nicht denken konnte. Denn ob er gleich am Abend jenes bösen Tages sich vor der Gesellschaft so ziemlich herausgeredet hatte, so konnte er sich doch selbst seine Schuld nicht verleugnen. Er schrieb sich vielmehr in hypochondrischen Augenblicken den ganzen Vorfall allein zu.

Die Eigenliebe läßt uns sowohl unsre Tugenden als unsre Fehler viel bedeutender, als sie sind, erscheinen. Er hatte das Vertrauen auf sich rege gemacht, den Willen der übrigen gelenkt und war, von Unerfahrenheit und Kühnheit geleitet, vorangegangen; es ergriff sie eine Gefahr, der sie nicht gewachsen waren. Laute und stille Vorwürfe verfolgten ihn, und wenn er der irregeführten Gesellschaft nach dem empfindlichen Verluste zugesagt hatte, sie nicht zu verlassen, bis er ihnen das Verlorne mit Wucher ersetzt hätte, so hatte er sich über eine neue Verwegenheit zu schelten, womit er ein allgemein ausgeteiltes Übel auf seine Schultern zu nehmen sich vermaß. Bald verwies er sich, daß er durch Aufspannung und Drang des Augenblicks ein solches Versprechen getan hatte; bald fühlte er wieder, daß jenes gutmütige Hinreichen seiner Hand, die niemand anzunehmen würdigte, nur eine leichte Förmlichkeit sei gegen das Gelübde, das sein Herz getan hatte. Er sann auf Mittel, ihnen wohltätig und nützlich zu sein, und fand alle Ursache, seine Reise zu Serlo zu beschleunigen. Er packte nunmehr seine Sachen zusammen und eilte, ohne seine völlige Genesung abzuwarten, ohne auf den Rat des Pastors und Wundarztes zu hören, in der wunderbaren Gesellschaft Mignons und des Alten, der Untätigkeit zu entfliehen, in der ihn sein Schicksal abermals nur zu lange gehalten hatte.

Dreizehntes Kapitel

Serlo empfing ihn mit offenen Armen und rief ihm entgegen: Seh ich Sie? Erkenn ich Sie wieder? Sie haben sich wenig oder nicht geändert. Ist Ihre Liebe zur edelsten Kunst noch immer so stark und lebendig? So sehr erfreu ich mich über Ihre Ankunft, daß ich selbst das Mißtrauen nicht mehr fühle, das Ihre letzten Briefe bei mir erregt haben.

Wilhelm bat betroffen um eine nähere Erklärung.

Sie haben sich, versetzte Serlo, gegen mich nicht wie ein alter Freund betragen; Sie haben mich wie einen großen Herrn behandelt, dem man mit gutem Gewissen unbrauchbare Leute empfehlen darf. Unser Schicksal hängt von der Meinung des Publikums ab, und ich fürchte, daß Ihr Herr Melina mit den Seinigen schwerlich bei uns wohl aufgenommen werden dürfte.

Wilhelm wollte etwas zu ihren Gunsten sprechen, aber Serlo fing an, eine so unbarmherzige Schilderung von ihnen zu machen, daß unser Freund sehr zufrieden war, als ein Frauenzimmer in das Zimmer trat, das Gespräch unterbrach und ihm sogleich als Schwester Aurelia von seinem Freunde vorgestellt ward. Sie empfing ihn auf das freundschaftlichste, und ihre Unterhaltung war so angenehm, daß er nicht einmal einen entschiedenen Zug des Kummers gewahr wurde, der ihrem geistreichen Gesicht noch ein besonderes Interesse gab.

Zum ersten Mal seit langer Zeit fand sich Wilhelm wieder in seinem Elemente. Bei seinen Gesprächen hatte er sonst nur notdürftig gefällige Zuhörer gefunden, da er gegenwärtig mit Künstlern und Kennern zu sprechen das Glück hatte, die ihn nicht allein vollkommen verstanden, sondern die auch sein Gespräch belehrend erwiderten. Mit welcher Geschwindigkeit ging man die neusten Stücke durch! mit welcher Sicherheit beurteilte man sie! wie wußte man das Urteil des Publikums zu prüfen und zu schätzen! in welcher Geschwindigkeit klärte man einander auf!

Nun mußte sich bei Wilhelms Vorliebe für Shakespearen das Gespräch notwendig auf diesen Schriftsteller lenken. Er zeigte die lebhafteste Hoffnung auf die Epoche, welche diese vortrefflichen Stücke in Deutschland machen müßten, und bald brachte er seinen Hamlet vor, der ihn so sehr beschäftigt hatte.

Serlo versicherte, daß er das Stück längst, wenn es nur möglich gewesen wäre, gegeben hätte, daß er gern die Rolle des Polonius übernehmen wolle. Dann setzte er mit Lächeln hinzu: Und Ophelien finden sich wohl auch, wenn wir nur erst den Prinzen haben.

Wilhelm bemerkte nicht, daß Aurelien dieser Scherz des Bruders zu mißfallen schien; er ward vielmehr nach seiner Art weitläufig und lehrreich, in welchem Sinne er den Hamlet gespielt haben wolle. Er legte ihnen die Resultate umständlich dar, mit welchen wir ihn oben beschäftigt gesehn, und gab sich alle Mühe, seine Meinung annehmlich zu machen, so viel Zweifel auch Serlo gegen seine Hypothese erregte. Nun gut, sagte dieser zuletzt, wir geben Ihnen alles zu; was wollen Sie weiter daraus erklären?

Vieles, alles, versetzte Wilhelm. Denken Sie sich einen Prinzen, wie ich ihn geschildert habe, dessen Vater unvermutet stirbt. Ehrgeiz und Herrschsucht sind nicht die Leidenschaften, die ihn beleben; er hatte sichs gefallen lassen, Sohn eines Königs zu sein; aber nun ist er erst genötigt, auf den Abstand aufmerksamer zu werden, der den König vom Untertanen scheidet. Das Recht zur Krone war nicht erblich, und doch hätte ein längeres Leben seines Vaters die Ansprüche seines einzigen Sohnes mehr befestigt und die Hoffnung zur Krone gesichert. Dagegen sieht er sich nun durch seinen Oheim, ungeachtet scheinbarer Versprechungen, vielleicht auf immer ausgeschlossen; er fühlt sich nun so arm an Gnade, an Gütern und fremd in dem, was er von Jugend auf als sein Eigentum betrachten konnte. Hier nimmt sein Gemüt die erste traurige Richtung. Er fühlt, daß er nicht mehr, ja nicht so viel ist als jeder Edelmann; er gibt sich für einen Diener eines jeden, er ist nicht höflich, nicht herablassend, nein, herabgesunken und bedürftig.

Nach seinem vorigen Zustande blickt er nur wie nach einem verschwundnen Traume. Vergebens, daß sein Oheim ihn aufmuntern, ihm seine Lage aus einem andern Gesichtspunkte zeigen will; die Empfindung seines Nichts verläßt ihn nie.

Der zweite Schlag, der ihn traf, verletzte tiefer, beugte noch mehr. Es ist die Heirat seiner Mutter. Ihm, einem treuen und zärtlichen Sohne, blieb, da sein Vater starb, eine Mutter noch übrig; er hoffte in Gesellschaft seiner hinterlassenen edlen Mutter die Heldengestalt jenes großen Abgeschiednen zu verehren; aber auch seine Mutter verliert er, und es ist schlimmer, als wenn sie ihm der Tod geraubt hätte. Das zuverlässige Bild, das sich ein wohlgeratenes Kind so gern von seinen Eltern macht, verschwindet; bei dem Toten ist keine Hülfe und an der Lebendigen kein Halt. Sie ist auch ein Weib, und unter dem allgemeinen Geschlechtsnamen Gebrechlichkeit ist auch sie begriffen.

Nun erst fühlt er sich recht gebeugt, nun erst verwaist, und kein Glück der Welt kann ihm wieder ersetzen, was er verloren hat. Nicht traurig, nicht nachdenklich von Natur, wird ihm Trauer und Nachdenken zur schweren Bürde. So sehen wir ihn auftreten. Ich glaube nicht, daß ich etwas in das Stück hineinlege oder einen Zug übertreibe.

Serlo sah seine Schwester an und sagte: Habe ich dir ein falsches Bild von unserm Freunde gemacht? Er fängt gut an und wird uns noch manches vorerzählen und viel überreden. Wilhelm schwur hoch und teuer, daß er nicht überreden, sondern überzeugen wolle, und bat nur noch um einen Augenblick Geduld.

Denken Sie sich, rief er aus, diesen Jüngling, diesen Fürstensohn recht lebhaft, vergegenwärtigen Sie sich seine Lage, und dann beobachten Sie ihn, wenn er erfährt, die Gestalt seines Vaters erscheine; stehen Sie ihm bei in der schrecklichen Nacht, wenn der ehrwürdige Geist selbst vor ihm auftritt. Ein ungeheures Entsetzen ergreift ihn; er redet die Wundergestalt an, sieht sie winken, folgt und hört – die schrecklichste Anklage wider seinen Oheim ertönt in seinen Ohren, Aufforderung zur Rache und die dringende wiederholte Bitte: Erinnere dich meiner!

Und da der Geist verschwunden ist, wen sehen wir vor uns stehen? Einen jungen Helden, der nach Rache schnaubt? Einen gebornen Fürsten, der sich glücklich fühlt, gegen den Usurpator seiner Krone aufgefordert zu werden? Nein! Staunen und Trübsinn überfällt den Einsamen; er wird bitter gegen die lächelnden Bösewichter, schwört, den Abgeschiedenen nicht zu vergessen, und schließt mit dem bedeutenden Seufzer: Die Zeit ist aus dem Gelenke; wehe mir, daß ich geboren ward, sie wieder einzurichten.

In diesen Worten, dünkt mich, liegt der Schlüssel zu Hamlets ganzem Betragen, und mir ist deutlich, daß Shakespeare habe schildern wollen: eine große Tat, auf eine Seele gelegt, die der Tat nicht gewachsen ist. Und in diesem Sinne find ich das Stück durchgängig gearbeitet. Hier wird ein Eichbaum in ein köstliches Gefäß gepflanzt, das nur liebliche Blumen in seinen Schoß hätte aufnehmen sollen; die Wurzeln dehnen sich aus, das Gefäß wird zernichtet.

Ein schönes, reines, edles, höchst moralisches Wesen, ohne die sinnliche Stärke, die den Helden macht, geht unter einer Last zugrunde, die es weder tragen noch abwerfen kann; jede Pflicht ist ihm heilig, diese zu schwer. Das Unmögliche wird von ihm gefordert, nicht das Unmögliche an sich, sondern das, was ihm unmöglich ist. Wie er sich windet, dreht, ängstigt, vor- und zurücktritt, immer erinnert wird, sich immer erinnert und zuletzt fast seinen Zweck aus dem Sinne verliert, ohne doch jemals wieder froh zu werden.

Vierzehntes Kapitel

Verschiedene Personen traten herein, die das Gespräch unterbrachen. Es waren Virtuosen, die sich bei Serlo gewöhnlich einmal die Woche zu einem kleinen Konzerte versammelten. Er liebte die Musik sehr und behauptete, daß ein Schauspieler ohne diese Liebe niemals zu einem deutlichen Begriff und Gefühl seiner eigenen Kunst gelangen könne. So wie man viel leichter und anständiger agiere, wenn die Gebärden durch eine Melodie begleitet und geleitet werden, so müsse der Schauspieler sich auch seine prosaische Rolle gleichsam im Sinne komponieren, daß er sie nicht etwa eintönig nach seiner individuellen Art und Weise hinsudele, sondern sie in gehöriger Abwechselung nach Takt und Maß behandle.

Aurelie schien an allem, was vorging, wenig Anteil zu nehmen, vielmehr führte sie zuletzt unsern Freund in ein Seitenzimmer, und indem sie ans Fenster trat und den gestirnten Himmel anschaute, sagte sie zu ihm: Sie sind uns manches über Hamlet schuldig geblieben; ich will zwar nicht voreilig sein und wünsche, daß mein Bruder auch mit anhören möge, was Sie uns noch zu sagen haben, doch lassen Sie mich Ihre Gedanken über Ophelien hören.

Von ihr läßt sich nicht viel sagen, versetzte Wilhelm, denn nur mit wenig Meisterzügen ist ihr Charakter vollendet. Ihr ganzes Wesen schwebt in reifer, süßer Sinnlichkeit. Ihre Neigung zu dem Prinzen, auf dessen Hand sie Anspruch machen darf, fließt so aus der Quelle, das gute Herz überläßt sich so ganz seinem Verlangen, daß Vater und Bruder beide fürchten, beide geradezu und unbescheiden warnen. Der Wohlstand, wie der leichte Flor auf ihrem Busen, kann die Bewegung ihres Herzens nicht verbergen, er wird vielmehr ein Verräter dieser leisen Bewegung. Ihre Einbildungskraft ist angesteckt, ihre stille Bescheidenheit atmet eine liebevolle Begierde, und sollte die bequeme Göttin Gelegenheit das Bäumchen schütteln, so würde die Frucht sogleich herabfallen.

Und nun, sagte Aurelie, wenn sie sich verlassen sieht, verstoßen und verschmäht, wenn in der Seele ihres wahnsinnigen Geliebten sich das Höchste zum Tiefsten umwendet und er ihr, statt des süßen Bechers der Liebe, den bittern Kelch der Leiden hinreicht. –

Ihr Herz bricht, rief Wilhelm aus, das ganze Gerüst ihres Daseins rückt aus seinen Fugen, der Tod ihres Vaters stürmt herein, und das schöne Gebäude stürzt völlig zusammen.

Wilhelm hatte nicht bemerkt, mit welchem Ausdruck Aurelie die letzten Worte aussprach. Nur auf das Kunstwerk, dessen Zusammenhang und Vollkommenheit gerichtet, ahnete er nicht, daß seine Freundin eine ganz andere Wirkung empfand, nicht, daß ein eigner tiefer Schmerz durch diese dramatischen Schattenbilder in ihr lebhaft erregt ward.

Noch immer hatte Aurelie ihr Haupt von ihren Armen unterstützt und ihre Augen, die sich mit Tränen füllten, gen Himmel gewendet. Endlich hielt sie nicht länger ihren verborgnen Schmerz zurück; sie faßte des Freundes beide Hände und rief, indem er erstaunt vor ihr stand: Verzeihen Sie, verzeihen Sie einem geängstigten Herzen! die Gesellschaft schnürt und preßt mich zusammen; vor meinem unbarmherzigen Bruder muß ich mich zu verbergen suchen; nun hat Ihre Gegenwart alle Bande aufgelöst. Mein Freund! fuhr sie fort, seit einem Augenblicke sind wir erst bekannt, und schon werden Sie mein Vertrauter. Sie konnte die Worte kaum aussprechen und sank an seine Schulter. Denken Sie nicht übler von mir, sagte sie schluchzend, daß ich mich Ihnen so schnell eröffne, daß Sie mich so schwach sehen. Sein Sie, bleiben Sie mein Freund, ich verdiene es. Er redete ihr auf das herzlichste zu; umsonst! ihre Tränen flossen und erstickten ihre Worte.

In diesem Augenblicke trat Serlo sehr unwillkommen herein, und sehr unerwartet Philine, die er bei der Hand hielt. Hier ist Ihr Freund, sagte er zu ihr; er wird sich freun, Sie zu begrüßen.

Wie! rief Wilhelm erstaunt, muß ich Sie hier sehen? Mit einem bescheidnen, gesetzten Wesen ging sie auf ihn los, hieß ihn willkommen, rühmte Serlos Güte, der sie ohne ihr Verdienst, bloß in Hoffnung, daß sie sich bilden werde, unter seine treffliche Truppe aufgenommen habe. Sie tat dabei gegen Wilhelmen freundlich, doch aus einer ehrerbietigen Entfernung.

Diese Verstellung währte aber nicht länger, als die beiden zugegen waren. Denn als Aurelie, ihren Schmerz zu verbergen, wegging und Serlo abgerufen ward, sah Philine erst recht genau nach den Türen, ob beide auch gewiß fort seien, dann hüpfte sie wie töricht in der Stube herum, setzte sich an die Erde und wollte vor Kichern und Lachen ersticken. Dann sprang sie auf, schmeichelte unserm Freunde und freute sich über alle Maßen, daß sie so klug gewesen sei, vorauszugehen, das Terrain zu rekognoszieren und sich einzunisten.

Hier geht es bunt zu, sagte sie, gerade so, wie mirs recht ist. Aurelie hat einen unglücklichen Liebeshandel mit einem Edelmanne gehabt, der ein prächtiger Mensch sein muß, und den ich selbst wohl einmal sehen möchte. Er hat ihr ein Andenken hinterlassen, oder ich müßte mich sehr irren. Es läuft da ein Knabe herum, ungefähr von drei Jahren, schön wie die Sonne; der Papa mag allerliebst sein. Ich kann sonst die Kinder nicht leiden, aber dieser Junge freut mich. Ich habe ihr nachgerechnet. Der Tod ihres Mannes, die neue Bekanntschaft, das Alter des Kindes, alles trifft zusammen.

Nun ist der Freund seiner Wege gegangen; seit einem Jahre sieht er sie nicht mehr. Sie ist darüber außer sich und untröstlich. Die Närrin! – Der Bruder hat unter der Truppe eine Tänzerin, mit der er schön tut, ein Aktricechen, mit der er vertraut ist, in der Stadt noch einige Frauen, denen er aufwartet, und nun steh ich auch auf der Liste. Der Narr! – Vom übrigen Volke sollst du morgen hören. Und nun noch ein Wörtchen von Philinen, die du kennst: die Erznärrin ist in dich verliebt. Sie schwur, daß es wahr sei, und beteuerte, daß es ein rechter Spaß sei. Sie bat Wilhelmen inständig, er möchte sich in Aurelien verlieben; dann werde die Hetze erst recht angehen. Sie läuft ihrem Ungetreuen, du ihr, ich dir, und der Bruder mir nach. Wenn das nicht eine Lust auf ein halbes Jahr gibt, so will ich an der ersten Episode sterben, die sich zu diesem vierfach verschlungenen Romane hinzuwirft. Sie bat ihn, er möchte ihr den Handel nicht verderben und ihr so viel Achtung bezeigen, als sie durch ihr öffentliches Betragen verdienen wolle.

Fünfzehntes Kapitel

Den nächsten Morgen gedachte Wilhelm Madame Melina zu besuchen; er fand sie nicht zu Hause, fragte nach den übrigen Gliedern der wandernden Gesellschaft und erfuhr: Philine habe sie zum Frühstück eingeladen. Aus Neugier eilte er hin und traf sie alle sehr aufgeräumt und getröstet. Das kluge Geschöpf hatte sie versammelt, sie mit Schokolade bewirtet und ihnen zu verstehen gegeben, noch sei nicht alle Aussicht versperrt; sie hoffe durch ihren Einfluß den Direktor zu überzeugen, wie vorteilhaft es ihm sei, so geschickte Leute in seine Gesellschaft aufzunehmen. Sie hörten ihr aufmerksam zu, schlürften eine Tasse nach der andern hinunter, fanden das Mädchen gar nicht übel und nahmen sich vor, das Beste von ihr zu reden.

Glauben Sie denn, sagte Wilhelm, der mit Philinen allein geblieben war, daß Serlo sich noch entschließen werde, unsre Gefährten zu behalten? Mitnichten, versetzte Philine, es ist mir auch gar nichts daran gelegen; ich wollte, sie wären je eher je lieber fort! Den einzigen Laertes wünscht' ich zu behalten; die übrigen wollen wir schon nach und nach beiseitebringen.

Hierauf gab sie ihrem Freunde zu verstehen, daß sie gewiß überzeugt sei, er werde nunmehr sein Talent nicht länger vergraben, sondern unter Direktion eines Serlo aufs Theater gehen. Sie konnte die Ordnung, den Geschmack, den Geist, der hier herrsche, nicht genug rühmen; sie sprach so schmeichelnd zu unserm Freunde, so schmeichelhaft von seinen Talenten, daß sein Herz und seine Einbildungskraft sich ebensosehr diesem Vorschlage näherten, als sein Verstand und seine Vernunft sich davon entfernten. Er verbarg seine Neigung vor sich selbst und vor Philinen und brachte einen unruhigen Tag zu, an dem er sich nicht entschließen konnte, zu seinen Handelskorrespondenten zu gehen und die Briefe, die dort für ihn liegen möchten, abzuholen. Denn, ob er sich gleich die Unruhe der Seinigen diese Zeit über vorstellen konnte, so scheute er sich doch, ihre Sorgen und Vorwürfe umständlich zu erfahren, um so mehr, da er sich einen großen und reinen Genuß diesen Abend von der Aufführung eines neuen Stücks versprach.

Serlo hatte sich geweigert, ihn bei der Probe zuzulassen. Sie müssen uns, sagte er, erst von der besten Seite kennen lernen, eh wir zugeben, daß Sie uns in die Karte sehen.

Mit der größten Zufriedenheit wohnte aber auch unser Freund den Abend darauf der Vorstellung bei. Es war das erste Mal, daß er ein Theater in solcher Vollkommenheit sah. Man traute sämtlichen Schauspielern fürtreffliche Gaben, glückliche

Anlagen und einen hohen und klaren Begriff von ihrer Kunst zu, und doch waren sie einander nicht gleich; aber sie hielten und trugen sich wechselsweise, feuerten einander an und waren in ihrem ganzen Spiele sehr bestimmt und genau. Man fühlte bald, daß Serlo die Seele des Ganzen war, und er zeichnete sich sehr zu seinem Vorteil aus. Eine heitere Laune, eine gemäßigte Lebhaftigkeit, ein bestimmtes Gefühl des Schicklichen bei einer großen Gabe der Nachahmung mußte man an ihm, wie er aufs Theater trat, wie er den Mund öffnete, bewundern. Die innere Behaglichkeit seines Daseins schien sich über alle Zuhörer auszubreiten, und die geistreiche Art, mit der er die feinsten Schattierungen der Rollen leicht und gefällig ausdrückte, erweckte um so viel mehr Freude, als er die Kunst zu verbergen wußte, die er sich durch eine anhaltende Übung eigen gemacht hatte.

Seine Schwester Aurelie blieb nicht hinter ihm und erhielt noch größeren Beifall, indem sie die Gemüter der Menschen rührte, die er zu erheitern und zu erfreuen so sehr imstande war.

Nach einigen Tagen, die auf eine angenehme Weise zugebracht wurden, verlangte Aurelie nach unserm Freund. Er eilte zu ihr und fand sie auf dem Kanapee liegen; sie schien an Kopfweh zu leiden, und ihr ganzes Wesen konnte eine fieberhafte Bewegung nicht verbergen. Ihr Auge erheiterte sich, als sie den Hereintretenden ansah. Vergeben Sie! rief sie ihm entgegen; das Zutrauen, das Sie mir einflößten, hat mich schwach gemacht. Bisher konnt ich mich mit meinen Schmerzen im Stillen unterhalten, ja sie gaben mir Stärke und Trost; nun haben Sie, ich weiß nicht, wie es zugegangen ist, die Bande der Verschwiegenheit gelöst, und Sie werden nun selbst wider Willen teil an dem Kampfe nehmen, den ich gegen mich selbst streite.

Wilhelm antwortete ihr freundlich und verbindlich. Er versicherte, daß ihr Bild und ihre Schmerzen ihm beständig vor der Seele geschwebt, daß er sie um ihr Vertrauen bitte, daß er sich ihr zum Freund widme.

Indem er so sprach, wurden seine Augen von dem Knaben angezogen, der vor ihr auf der Erde saß und allerlei Spielwerk durcheinanderwarf. Er mochte, wie Philine schon angegeben, ungefähr drei Jahre alt sein, und Wilhelm verstand nun erst, warum das leichtfertige, in ihren Ausdrücken selten erhabene Mädchen den Knaben der Sonne verglichen. Denn um die offnen Augen und das volle Gesicht kräuselten sich die schönsten goldnen Locken, an einer blendend weißen Stirne zeigten sich zarte, dunkle, sanftgebogene Augenbrauen, und die lebhafte Farbe der Gesundheit glänzte auf seinen Wangen. Setzen Sie sich zu mir, sagte Aurelie: Sie sehen das glückliche Kind mit Verwunderung an; gewiß, ich habe es mit Freuden auf meine Arme genommen, ich bewahre es mit Sorgfalt; nur kann ich auch recht an ihm den Grad meiner Schmerzen erkennen, denn sie lassen mich den Wert einer solchen Gabe nur selten empfinden.

Erlauben Sie mir, fuhr sie fort, daß ich nun auch von mir und meinem Schicksale rede; denn es ist mir sehr daran gelegen, daß Sie mich nicht verkennen. Ich glaubte einige gelassene Augenblicke zu haben, darum ließ ich Sie rufen; Sie sind nun da, und ich habe meinen Faden verloren.

Ein verlaßnes Geschöpf mehr in der Welt! werden Sie sagen. Sie sind ein Mann und denken: wie gebärdet sie sich bei einem notwendigen Übel, das gewisser als der Tod über einem Weibe schwebt, bei der Untreue eines Mannes, die Törin! – O mein Freund, wäre mein Schicksal gemein, ich wollte gern gemeines Übel ertragen; aber es ist so außerordentlich; warum kann ichs Ihnen nicht im Spiegel zeigen, warum nicht jemand auftragen, es Ihnen zu erzählen! O wäre, wäre ich verführt, überrascht und dann verlassen, dann würde in der Verzweiflung noch Trost sein; aber ich bin weit schlimmer daran, ich habe mich selbst hintergangen, mich selbst wider Wissen betrogen, das ists, was ich mir niemals verzeihen kann.

Bei edlen Gesinnungen, wie die Ihrigen sind, versetzte der Freund, können Sie nicht ganz unglücklich sein.

Und wissen Sie, wem ich meine Gesinnung schuldig bin? fragte Aurelie; der allerschlechtesten Erziehung, durch die jemals ein Mädchen hätte verderbt werden sollen, dem schlimmsten Beispiele, um Sinne und Neigung zu verführen.

Nach dem frühzeitigen Tode meiner Mutter bracht ich die schönsten Jahre der Entwicklung bei einer Tante zu, die sich zum Gesetz machte, die Gesetze der Ehrbarkeit zu verachten. Blindlings überließ sie sich einer jeden Neigung, sie mochte über den Gegenstand gebieten oder sein Sklav sein, wenn sie nur im wilden Genuß ihrer selbst vergessen konnte.

Was mußten wir Kinder mit dem reinen und deutlichen Blick der Unschuld uns für Begriffe von dem männlichen Geschlechte machen? Wie dumpf, dringend, dreist, ungeschickt war jeder, den sie herbeireizte; wie satt, übermütig, leer und abgeschmackt dagegen, sobald er seiner Wünsche Befriedigung gefunden hatte. So hab ich diese Frau jahrelang unter dem Gebote der schlechtesten Menschen erniedrigt gesehen; was für Begegnungen mußte sie erdulden, und mit welcher Stirne wußte sie sich in ihr Schicksal zu finden, ja mit welcher Art diese schändlichen Fesseln zu tragen!

So lernte ich Ihr Geschlecht kennen, mein Freund, und wie rein haßte ichs, da ich zu bemerken schien, daß selbst leidliche Männer im Verhältnis gegen das unsrige jedem guten Gefühl zu entsagen schienen, zu dem sie die Natur sonst noch mochte fähig gemacht haben.

Leider mußt ich auch bei solchen Gelegenheiten viel traurige Erfahrungen über mein eigen Geschlecht machen, und wahrhaftig, als Mädchen von sechzehn Jahren war ich klüger, als ich jetzt bin, jetzt, da ich mich selbst kaum verstehe. Warum sind wir so klug, wenn wir jung sind, so klug, um immer törichter zu werden!

Der Knabe machte Lärm, Aurelie ward ungeduldig und klingelte. Ein altes Weib kam herein, ihn wegzuholen. Hast du noch immer Zahnweh? sagte Aurelie zu der Alten, die das Gesicht verbunden hatte. Fast unleidliches, versetzte diese mit dumpfer Stimme, hob den Knaben auf, der gerne mitzugehen schien, und brachte ihn weg.

Kaum war das Kind beiseite, als Aurelie bitterlich zu weinen anfing. Ich kann nichts als jammern und klagen, rief sie aus, und ich schäme mich, wie ein armer Wurm vor Ihnen zu liegen.

Meine Besonnenheit ist schon weg, und ich kann nicht mehr erzählen. Sie stockte und schwieg. Ihr Freund, der nichts Allgemeines sagen wollte und nichts Besonderes zu sagen wußte, drückte ihre Hand und sah sie eine Zeitlang an. Endlich nahm er in der Verlegenheit ein Buch auf, das er vor sich auf dem Tischchen liegen fand; es waren Shakespeares Werke, und Hamlet aufgeschlagen.

Serlo, der eben zur Tür hereinkam, nach dem Befinden seiner Schwester fragte, schaute in das Buch, das unser Freund in der Hand hielt, und rief aus: Find ich Sie wieder über Ihrem Hamlet? Eben recht! Es sind mir gar manche Zweifel aufgestoßen, die das kanonische Ansehn, das Sie dem Stücke so gerne geben möchten, sehr zu vermindern scheinen. Haben doch die Engländer selbst bekannt, daß das Hauptinteresse sich mit dem dritten Akt schlösse, daß die zwei letzten Akte nur kümmerlich das Ganze zusammenhielten; und es ist doch wahr, das Stück will gegen das Ende weder gehen noch rücken.

Es ist sehr möglich, sagte Wilhelm, daß einige Glieder einer Nation, die so viel Meisterstücke aufzuweisen hat, durch Vorurteile und Beschränktheit auf falsche Urteile geleitet werden; aber das kann uns nicht hindern, mit eignen Augen zu sehen und gerecht zu sein. Ich bin weit entfernt, den Plan dieses Stücks zu tadeln, ich glaube vielmehr, daß kein größerer ersonnen worden sei; ja, er ist nicht ersonnen, es ist so.

Wie wollen Sie das auslegen? fragte Serlo.

Ich will nichts auslegen, versetzte Wilhelm, ich will Ihnen nur vorstellen, was ich mir denke.

Aurelie hob sich von ihrem Kissen auf, stützte sich auf ihre Hand und sah unsern Freund an, der mit der größten Versicherung, daß er recht habe, also zu reden fortfuhr: Es gefällt uns so wohl, es schmeichelt so sehr, wenn wir einen Helden sehen, der durch sich selbst handelt, der liebt und haßt, wenn es ihm sein Herz gebietet, der unternimmt und ausführt, alle Hindernisse abwendet und zu einem großen Zwecke gelangt. Geschichtsschreiber und Dichter möchten uns gerne überreden, daß ein so stolzes Los dem Menschen fallen könne. Hier werden wir anders belehrt; der Held hat keinen Plan, aber das Stück ist planvoll. Hier wird nicht etwa nach einer starr und eigensinnig durchgeführten Idee von Rache ein Bösewicht bestraft, nein, es geschieht eine ungeheure Tat, sie wälzt sich in ihren Folgen fort, reißt Unschuldige mit; der Verbrecher scheint dem Abgrunde, der ihm bestimmt ist, ausweichen zu wollen und stürzt hinein, eben da, wo er seinen Weg glücklich auszulaufen gedenkt. Denn das ist die Eigenschaft der Greueltat, daß sie auch Böses über den Unschuldigen, wie der guten Handlung, daß sie viele Vorteile auch über den Unverdienten ausbreitet, ohne daß der Urheber von beiden oft weder bestraft noch belohnt wird. Hier in unserm Stücke wie wunderbar! Das Fegefeuer sendet seinen Geist und fordert Rache, aber vergebens. Alle Umstände kommen zusammen und treiben die Rache, vergebens! Weder Irdischen noch Unterirdischen kann gelingen, was dem Schicksal allein vorbehalten ist. Die Gerichtsstunde kommt. Der Böse fällt mit dem Guten. Ein Geschlecht wird weggemäht, und das andere sproßt auf.

Nach einer Pause, in der sie einander ansahen, nahm Serlo das Wort: Sie machen der Vorsehung kein sonderlich Kompliment, indem Sie den Dichter erheben, und dann scheinen Sie mir wieder zu Ehren Ihres Dichters, wie andere zu Ehren der Vorsehung, ihm Endzweck und Plane unterzuschieben, an die er nicht gedacht hat.

Sechzehntes Kapitel

Lassen Sie mich, sagte Aurelie, nun auch eine Frage tun. Ich habe Opheliens Rolle wieder angesehen, ich bin zufrieden damit und getraue mir, sie unter gewissen Umständen zu spielen. Aber sagen Sie mir, hätte der Dichter seiner Wahnsinnigen nicht andere Liedchen unterlegen sollen? Könnte man nicht Fragmente aus melancholischen Balladen wählen? Was sollen Zweideutigkeiten und lüsterne Albernheiten in dem Munde dieses edlen Mädchens?

Beste Freundin, versetzte Wilhelm, ich kann auch hier nicht ein Jota nachgeben. Auch in diesen Sonderbarkeiten, auch in dieser anscheinenden Unschicklichkeit liegt ein großer Sinn. Wissen wir doch gleich zu Anfange des Stücks, womit das Gemüt des guten Kindes beschäftigt ist. Stille lebte sie vor sich hin, aber kaum verbarg sie ihre Sehnsucht, ihre Wünsche. Heimlich klangen die Töne der Lüsternheit in ihrer Seele, und wie oft mag sie versucht haben, gleich einer unvorsichtigen Wärterin, ihre Sinnlichkeit zur Ruhe zu singen mit Liedchen, die sie nur mehr wach halten mußten. Zuletzt, da ihr jede Gewalt über sich selbst entrissen ist, da ihr Herz auf der Zunge schwebt, wird diese Zunge ihre Verräterin, und in der Unschuld des Wahnsinns ergötzt sie sich vor König und Königin an dem Nachklange ihrer geliebten losen Lieder: vom Mädchen, das gewonnen ward, vom Mädchen, das zum Knaben schleicht, und so weiter.

Er hatte noch nicht ausgeredet, als auf einmal eine wunderbare Szene vor seinen Augen entstand, die er sich auf keine Weise erklären konnte.

Serlo war einigemal in der Stube auf und ab gegangen, ohne daß er irgend eine Absicht merken ließ. Auf einmal trat er an Aureliens Putztisch, griff schnell nach etwas, das darauf lag, und eilte mit seiner Beute der Türe zu. Aurelie bemerkte kaum seine Handlung, als sie auffuhr, sich ihm in den Weg warf, ihn mit unglaublicher Leidenschaft angriff und geschickt genug war, ein Ende des geraubten Gegenstandes zu fassen. Sie rangen und balgten sich sehr hartnäckig, drehten und wanden sich lebhaft mit einander herum; er lachte, sie ereiferte sich, und als Wilhelm hinzueilte, sie auseinanderzubringen und zu besänftigen, sah er auf einmal Aurelien mit einem bloßen Dolch in der Hand auf die Seite springen, indem Serlo die Scheide, die ihm zurückgeblieben war, verdrießlich auf den Boden warf. Wilhelm trat erstaunt zurück, und seine stumme Verwunderung schien nach der Ursache zu fragen, warum ein so sonderbarer Streit über einen so wunderbaren Hausrat habe unter ihnen entstehen können.

Sie sollen, sprach Serlo, Schiedsrichter zwischen uns beiden sein. Was hat sie mit dem scharfen Stahle zu tun? Lassen Sie sich ihn zeigen. Dieser Dolch ziemt keiner Schauspielerin; spitz und scharf wie Nadel und Messer! Zu was die Posse? Heftig, wie sie ist, tut sie sich noch einmal von ungefähr ein Leides. Ich habe einen innerlichen Haß gegen solche Sonderbarkeiten: ein ernstlicher Gedanke dieser Art ist toll, und ein so gefährliches Spielwerk ist abgeschmackt.

Ich habe ihn wieder! rief Aurelie, indem sie die blanke Klinge in die Höhe hielt: ich will meinen treuen Freund nun besser verwahren. Verzeih mir, rief sie aus, indem sie den Stahl küßte, daß ich dich so vernachlässigt habe.

Serlo schien im Ernste böse zu werden. – Nimm es, wie du willst, Bruder, fuhr sie fort; kannst du denn wissen, ob mir nicht etwa unter dieser Form ein köstlicher Talisman beschert ist? ob ich nicht Hülfe und Rat zur schlimmsten Zeit bei ihm finde? Muß denn alles schädlich sein, was gefährlich aussieht?

Dergleichen Reden, in denen kein Sinn ist, können mich toll machen! sagte Serlo und verließ mit heimlichem Grimme das Zimmer. Aurelie verwahrte den Dolch sorgfältig in der Scheide und steckte ihn zu sich. Lassen Sie uns das Gespräch fortsetzen, das der unglückliche Bruder gestört hat, fiel sie ein, als Wilhelm einige Fragen über den sonderbaren Streit vorbrachte.

Ich muß Ihre Schilderung Opheliens wohl gelten lassen, fuhr sie fort: ich will die Absicht des Dichters nicht verkennen; nur kann ich sie mehr bedauern als mit ihr empfinden. Nun aber erlauben Sie mir eine Betrachtung, zu der Sie mir in der kurzen Zeit oft Gelegenheit gegeben haben. Mit Bewunderung bemerke ich an Ihnen den tiefen und richtigen Blick, mit dem Sie Dichtung und besonders dramatische Dichtung beurteilen; die tiefsten Abgründe der Erfindung sind Ihnen nicht verborgen, und die feinsten Züge der Ausführung sind Ihnen bemerkbar. Ohne die Gegenstände jemals in der Natur erblickt zu haben, erkennen Sie die Wahrheit im Bilde; es scheint eine Vorempfindung der ganzen Welt in Ihnen zu liegen, welche durch die harmonische Berührung der Dichtkunst erregt und entwickelt wird. Denn wahrhaftig, fuhr sie fort, von außen kommt nichts in Sie hinein; ich habe nicht leicht jemanden gesehen, der die Menschen, mit denen er lebt, so wenig kennt, so von Grund aus verkennt wie Sie. Erlauben Sie mir, es zu sagen: wenn man Sie Ihren Shakespeare erklären hört, glaubt man, Sie kämen eben aus dem Rate der Götter und hätten zugehört, wie man sich daselbst beredet, Menschen zu bilden; wenn Sie dagegen mit Leuten umgehen, seh ich in Ihnen gleichsam das erste, groß geborne Kind der Schöpfung, das mit sonderlicher Verwunderung und erbaulicher Gutmütigkeit Löwen und Affen, Schafe und Elefanten anstaunt und sie treuherzig als seinesgleichen anspricht, weil sie eben auch da sind und sich bewegen.

Die Ahnung meines schülerhaften Wesens, werte Freundin, versetzte er, ist mir öfters lästig, und ich werde Ihnen danken, wenn Sie mir über die Welt zu mehrerer Klarheit verhelfen wollen. Ich habe von Jugend auf die Augen meines Geistes mehr nach innen als nach außen gerichtet, und da ist es sehr natürlich, daß ich den Menschen bis auf einen gewissen Grad habe kennen lernen, ohne die Menschen im mindesten zu verstehen und zu begreifen.

Gewiß, sagte Aurelie, ich hatte Sie anfangs in Verdacht, als wollten Sie uns zum besten haben, da Sie von den Leuten, die Sie meinem Bruder zugeschickt haben, so manches Gute sagten, wenn ich Ihre Briefe mit den Verdiensten dieser Menschen zusammenhielt.

Die Bemerkung Aureliens, so wahr sie sein mochte, und so gern ihr Freund diesen Mangel bei sich gestand, führte doch etwas Drückendes, ja sogar Beleidigendes mit sich, daß er still ward und sich zusammennahm, teils um keine Empfindlichkeit merken zu lassen, teils in seinem Busen nach der Wahrheit dieses Vorwurfs zu forschen.

Sie dürfen nicht darüber betreten sein, fuhr Aurelie fort: zum Lichte des Verstandes können wir immer gelangen, aber die Fülle des Herzens kann uns niemand geben. Sind Sie zum Künstler bestimmt, so können Sie diese Dunkelheit und Unschuld nicht lange genug bewahren; sie ist die schöne Hülle über der jungen Knospe; Unglücks genug, wenn wir zu früh herausgetrieben werden. Gewiß, es ist gut, wenn wir die nicht immer kennen, für die wir arbeiten.

O! ich war auch einmal in diesem glücklichen Zustande, als ich mit dem höchsten Begriff von mir selbst und meiner Nation die Bühne betrat. Was waren die Deutschen nicht in meiner Einbildung, was konnten sie nicht sein! Zu dieser Nation sprach ich, über die mich ein kleines Gerüst erhob, von welcher mich eine Reihe Lampen trennte, deren Glanz und Dampf mich hinderte, die Gegenstände vor mir genau zu unterscheiden. Wie willkommen war mir der Klang des Beifalls, der aus der Menge herauftönte; wie dankbar nahm ich das Geschenk an, das mir einstimmig von so vielen Händen dargebracht wurde! Lange wiegte ich mich so hin; wie ich wirkte, wirkte die Menge wieder auf mich zurück; ich war mit meinem Publikum in dem besten Vernehmen: ich glaubte eine vollkommene Harmonie zu fühlen und jederzeit die Edelsten und Besten der Nation vor mir zu sehen.

Unglücklicherweise war es nicht die Schauspielerin allein, deren Naturell und Kunst die Theaterfreunde interessierte, sie machten auch Ansprüche an das junge lebhafte Mädchen. Sie gaben mir nicht undeutlich zu verstehen, daß meine Pflicht sei, die Empfindungen, die ich in ihnen rege gemacht, auch persönlich mit ihnen zu teilen. Leider war das nicht meine Sache; ich wünschte ihre Gemüter zu erheben, aber an das, was sie ihr Herz nannten, hatte ich nicht den mindesten Anspruch; und nun wurden mir alle Stände, Alter und Charaktere, einer um den andern, zur Last, und nichts war mir verdrießlicher, als daß ich mich nicht, wie ein anderes ehrliches Mädchen, in mein Zimmer verschließen und so mir manche Mühe ersparen konnte.

Die Männer zeigten sich meist, wie ich sie bei meiner Tante zu sehen gewohnt war, und sie würden mir auch diesmal nur wieder Abscheu erregt haben, wenn mich nicht ihre Eigenheiten und Albernheiten unterhalten hätten. Da ich nicht vermeiden konnte, sie bald auf dem Theater, bald an öffentlichen Orten, bald zu Hause zu sehen, nahm ich mir vor, sie alle auszulauern, und mein Bruder half mir wacker dazu. Und wenn Sie denken, daß vom beweglichen Ladendiener und dem eingebildeten Kaufmannssohn bis zum gewandten, abwiegenden Weltmann, dem kühnen Soldaten und dem raschen Prinzen alle nach und nach bei mir vorbeigegangen sind und jeder nach seiner Art seinen Roman anzuknüpfen gedachte, so werden Sie mir verzeihen, wenn ich mir einbildete, mit meiner Nation ziemlich bekannt zu sein.

Den phantastisch aufgestutzten Studenten, den demütig-stolz verlegenen Gelehrten, den schwankfüßigen genügsamen Domherrn, den steifen aufmerksamen Geschäftsmann, den derben Landbaron, den freundlich glatt-platten Hofmann, den jungen aus der Bahn schreitenden Geistlichen, den gelassenen sowie den schnellen und tätig spekulierenden Kaufmann, alle habe ich in Bewegung gesehen, und beim Himmel! wenige fanden sich darunter, die mir nur ein gemeines Interesse einzuflößen imstande gewesen wären; vielmehr war es mir äußerst verdrießlich, den Beifall der Toren im einzelnen mit Beschwerlichkeit und langer Weile einzukassieren, der mir im ganzen so wohl behagt hatte, den ich mir im großen so gerne zueignete.

Wenn ich über mein Spiel ein vernünftiges Kompliment erwartete, wenn ich hoffte, sie sollten einen Autor loben, den ich hochschätzte, so machten sie eine alberne Anmerkung über die andere und nannten ein abgeschmacktes Stück, in welchem sie wünschten mich spielen zu sehen. Wenn ich in der Gesellschaft herumhorchte, ob nicht etwa ein edler, geistreicher, witziger Zug nachklänge und zur rechten Zeit wieder zum Vorschein käme, konnte ich selten eine Spur vernehmen. Ein Fehler, der vorgekommen war, wenn ein Schauspieler sich versprach oder irgendeinen Provinzialism hören ließ, das waren die wichtigen Punkte, an denen sie sich festhielten, von denen sie nicht loskommen konnten. Ich wußte zuletzt nicht, wohin ich mich wenden sollte; sie dünkten sich zu klug, sich unterhalten zu lassen, und sie glaubten mich wundersam zu unterhalten, wenn sie an mir herumtätschelten. Ich fing an, sie alle von Herzen zu verachten, und es war mir eben, als wenn die ganze Nation sich recht vorsätzlich bei mir durch ihre Abgesandten habe prostituieren wollen. Sie kam mir im ganzen so linkisch vor, so übel erzogen, so schlecht unterrichtet, so leer von gefälligem Wesen, so geschmacklos. Oft rief ich aus: es kann doch kein Deutscher einen Schuh zuschnallen, der es nicht von einer fremden Nation gelernt hat!

Sie sehen, wie verblendet, wie hypochondrisch ungerecht ich war, und je länger es währte, desto mehr nahm meine Krankheit zu. Ich hätte mich umbringen können; allein ich verfiel auf ein ander Extrem: ich verheiratete mich, oder vielmehr ich ließ mich verheiraten. Mein Bruder, der das Theater übernommen hatte, wünschte sehr, einen Gehülfen zu haben. Seine Wahl fiel auf einen jungen Mann, der mir nicht zuwider war, dem alles mangelte, was mein Bruder besaß: Genie, Leben, Geist und rasches Wesen; an dem sich aber auch alles fand, was jenem abging: Liebe zur Ordnung, Fleiß, eine köstliche Gabe, hauszuhalten und mit Gelde umzugehen.

Er ist mein Mann geworden, ohne daß ich weiß wie; wir haben zusammen gelebt, ohne daß ich recht weiß, warum. Genug, unsre Sachen gingen gut. Wir nahmen viel ein, davon war die Tätigkeit meines Bruders Ursache; wir kamen gut aus, und das war das Verdienst meines Mannes. Ich dachte nicht mehr an Welt und Nation. Mit der Welt hatte ich nichts zu teilen, und den Begriff von Nation hatte ich verloren. Wenn ich auftrat, tat ichs, um zu leben; ich öffnete den Mund nur, weil ich nicht schweigen durfte, weil ich doch herausgekommen war, um zu reden.

Doch, daß ich es nicht zu arg mache, eigentlich hatte ich mich ganz in die Absicht meines Bruders ergeben: ihm war um Beifall und Geld zu tun: denn, unter uns, er hört sich gerne loben und braucht viel. Ich spielte nun nicht mehr nach meinem Gefühl, nach meiner Überzeugung, sondern wie er mich anwies, und wenn ich es ihm zu Danke gemacht hatte, war ich zufrieden. Er richtete sich nach allen Schwächen des Publikums; es ging Geld ein, er konnte nach seiner Willkür leben, und wir hatten gute Tage mit ihm.

Ich war indessen in einen handwerksmäßigen Schlendrian gefallen. Ich zog meine Tage ohne Freude und Anteil hin, meine Ehe war kinderlos und dauerte nur kurze Zeit. Mein Mann ward krank, seine Kräfte nahmen sichtbar ab, die Sorge für ihn unterbrach meine allgemeine Gleichgültigkeit. In diesen Tagen machte ich eine Bekanntschaft, mit der ein neues Leben für mich anfing, ein neues und schnelleres, denn es wird bald zu Ende sein.

Sie schwieg eine Zeitlang stille, dann fuhr sie fort: Auf einmal stockt meine geschwätzige Laune, und ich getraue mir den Mund nicht weiter aufzutun. Lassen Sie mich ein wenig ausruhen; Sie sollen nicht weggehen, ohne ausführlich all mein Unglück zu wissen. Rufen Sie doch indessen Mignon herein und hören, was sie will.

Das Kind war während Aureliens Erzählung einigemal im Zimmer gewesen. Da man bei seinem Eintritt leiser sprach, war es wieder weggeschlichen, saß auf dem Saale still und wartete. Als man sie wieder hereinkommen hieß, brachte sie ein Buch mit, das man bald an Form und Einband für einen kleinen geographischen Atlas erkannte. Sie hatte bei dem Pfarrer unterwegs mit großer Verwunderung die ersten Landkarten gesehen, ihn viel darüber gefragt und sich, soweit es gehen wollte, unterrichtet. Ihr Verlangen, etwas zu lernen, schien durch diese neue Kenntnis noch viel lebhafter zu werden. Sie bat Wilhelmen inständig, ihr das Buch zu kaufen. Sie habe dem Bildermann ihre großen silbernen Schnallen dafür eingesetzt und wolle sie, weil es heute abend so spät geworden, morgen früh wieder einlösen. Es ward ihr bewilligt, und sie fing nun an, dasjenige, was sie wußte, teils herzusagen, teils nach ihrer Art die wunderlichsten Fragen zu tun. Man konnte auch hier wieder bemerken, daß bei einer großen Anstrengung sie nur schwer und mühsam begriff. So war auch ihre Handschrift, mit der sie sich viele Mühe gab. Sie sprach noch immer sehr gebrochen Deutsch, und nur wenn sie den Mund zum Singen auftat, wenn sie die Zither rührte, schien sie sich des einzigen Organs zu bedienen, wodurch sie ihr Innerstes aufschließen und mitteilen konnte.

Wir müssen, da wir gegenwärtig von ihr sprechen, auch der Verlegenheit gedenken, in die sie seit einiger Zeit unsern Freund öfters versetzte. Wenn sie kam oder ging, guten Morgen oder gute Nacht sagte, schloß sie ihn so fest in ihre Arme und küßte ihn mit solcher Inbrunst, daß ihm die Heftigkeit dieser aufkeimenden Natur oft angst und bange machte. Die zuckende Lebhaftigkeit schien sich in ihrem Betragen täglich zu vermehren, und ihr ganzes Wesen bewegte sich in einer rastlosen Stille. Sie konnte nicht sein, ohne einen Bindfaden in den Händen zu drehen, ein Tuch zu kneten, Papier oder Hölzchen zu kauen. Jedes ihrer Spiele schien nur eine innere heftige Erschütterung abzuleiten. Das einzige, was ihr einige Heiterkeit zu geben schien, war die Nähe des kleinen Felix, mit dem sie sich sehr artig abzugeben wußte.

Aurelie, die nach einiger Ruhe gestimmt war, sich mit ihrem Freunde über einen Gegenstand, der ihr so sehr am Herzen lag, endlich zu erklären, ward über die Beharrlichkeit der Kleinen diesmal ungeduldig und gab ihr zu verstehen, daß sie sich wegbegeben sollte, und man mußte sie endlich, da alles nicht helfen wollte, ausdrücklich und wider ihren Willen fortschicken.

Jetzt oder niemals, sagte Aurelie, muß ich Ihnen den Rest meiner Geschichte erzählen. Wäre mein zärtlich geliebter, ungerechter Freund nur wenige Meilen von hier, ich würde sagen: Setzen Sie sich zu Pferde, suchen Sie auf irgendeine Weise Bekanntschaft mit ihm, und wenn Sie zurückkehren, so haben Sie mir gewiß verziehen und bedauern mich von Herzen. Jetzt kann ich Ihnen nur mit Worten sagen, wie liebenswürdig er war, und wie sehr ich ihn liebte.

Eben zu der kritischen Zeit, da ich für die Tage meines Mannes besorgt sein mußte, lernt ich ihn kennen. Er war eben aus Amerika zurückgekommen, wo er in Gesellschaft einiger Franzosen mit vieler Distinktion unter den Fahnen der Vereinigten Staaten gedient hatte.

Er begegnete mir mit einem gelaßnen Anstande, mit einer offnen Gutmütigkeit, sprach über mich selbst, meine Lage, mein Spiel wie ein alter Bekannter, so teilnehmend und so deutlich, daß ich mich zum ersten Mal freuen konnte, meine Existenz in einem andern Wesen so klar wiederzuerkennen. Seine Urteile waren richtig, ohne absprechend, treffend, ohne lieblos zu sein. Er zeigte keine Härte, und sein Mutwille war zugleich gefällig.

Er schien des guten Glücks bei Frauen gewohnt zu sein, das machte mich aufmerksam; er war keineswegs schmeichelnd und andringend, das machte mich sorglos.

In der Stadt ging er mit wenigen um, war meist zu Pferde, besuchte seine vielen Bekannten in der Gegend und besorgte die Geschäfte seines Hauses. Kam er zurück, so stieg er bei mir ab, behandelte meinen immer kränkern Mann mit warmer Sorge, schaffte dem Leidenden durch einen geschickten Arzt Linderung, und wie er an allem, was mich betraf, teilnahm, ließ er mich auch an seinem Schicksale teilnehmen. Er erzählte mir die Geschichte seiner Kampagne, seiner unüberwindlichen Neigung zum Soldatenstande, seine Familienverhältnisse; er vertraute mir seine gegenwärtigen Beschäftigungen. Genug, er hatte nichts Geheimes vor mir; er entwickelte mir sein Innerstes, ließ mich in die verborgensten Winkel seiner Seele sehen; ich lernte seine Fähigkeiten, seine Leidenschaften kennen. Es war das erste Mal in meinem Leben, daß ich eines herzlichen, geistreichen Umgangs genoß. Ich war von ihm angezogen, von ihm hingerissen, eh ich über mich selbst Betrachtungen anstellen konnte.

Inzwischen verlor ich meinen Mann, ungefähr wie ich ihn genommen hatte. Die Last der theatralischen Geschäfte fiel nun ganz auf mich. Mein Bruder, unverbesserlich auf dem Theater, war in der Haushaltung niemals nütze; ich besorgte alles und studierte dabei meine Rollen fleißiger als jemals. Ich spielte wieder wie vor alters, ja mit ganz anderer Kraft und neuem Leben, zwar durch ihn und um seinetwillen, doch nicht immer gelang es mir zum besten, wenn ich meinen edlen Freund im Schauspiel wußte; aber einigemal behorchte er mich, und wie angenehm mich sein unvermuteter Beifall überraschte, können Sie denken.

Gewiß, ich bin ein seltsames Geschöpf. Bei jeder Rolle, die ich spielte, war es mir eigentlich nur immer zumute, als wenn ich ihn lobte und zu seinen Ehren spräche; denn das war die Stimmung meines Herzens, die Worte mochten übrigens sein, wie sie wollten. Wußt ich ihn unter den Zuhörern, so getraute ich mich nicht, mit der ganzen Gewalt zu sprechen, eben als wenn ich ihm meine Liebe, mein Lob nicht geradezu ins Gesicht aufdringen wollte; war er abwesend, dann hatte ich freies Spiel, ich tat mein Bestes mit einer gewissen Ruhe, mit einer unbeschreiblichen Zufriedenheit. Der Beifall freute mich wieder, und wenn ich dem Publikum Vergnügen machte, hätte ich immer zugleich hinunter rufen mögen: Das seid ihr ihm schuldig!

Ja, mir war wie durch ein Wunder das Verhältnis zum Publikum, zur ganzen Nation verändert. Sie erschien mir auf einmal wieder in dem vorteilhaftesten Lichte, und ich erstaunte recht über meine bisherige Verblendung.

Wie unverständig, sagt ich oft zu mir selbst, war es, als du ehemals auf eine Nation schaltest, eben weil es eine Nation ist. Müssen denn, können denn einzelne Menschen so interessant sein? Keinesweges! Es fragt sich, ob unter der großen Masse eine Menge von Anlagen, Kräften und Fähigkeiten verteilt sei, die durch günstige Umstände entwickelt, durch vorzügliche Menschen zu einem gemeinsamen Endzwecke geleitet werden können. Ich freute mich nun, so wenig hervorstechende Originalität unter meinen Landsleuten zu finden; ich freute mich, daß sie eine Richtung von außen anzunehmen nicht verschmähten; ich freute mich, einen Anführer gefunden zu haben.

Lothar – lassen Sie mich meinen Freund mit seinem geliebten Vornamen nennen – hatte mir immer die Deutschen von der Seite der Tapferkeit vorgestellt und mir gezeigt, daß keine bravere Nation in der Welt sei, wenn sie recht geführt werde, und ich schämte mich, an die erste Eigenschaft eines Volks niemals gedacht zu haben. Ihm war die Geschichte bekannt, und mit den meisten verdienstvollen Männern seines Zeitalters stand er in Verhältnissen. So jung er war, hatte er ein Auge auf die hervorkeimende hoffnungsvolle Jugend seines Vaterlandes, auf die stillen Arbeiten in so vielen Fächern beschäftigter und tätiger Männer. Er ließ mich einen Überblick über Deutschland tun, was es sei, und was es sein könne, und ich schämte mich, eine Nation nach der verworrenen Menge beurteilt zu haben, die sich in eine Theatergarderobe drängen mag. Er machte mirs zur

Pflicht, auch in meinem Fache wahr, geistreich und belebend zu sein. Nun schien ich mir selbst inspiriert, sooft ich auf das Theater trat. Mittelmäßige Stellen wurden zu Gold in meinem Munde, und hätte mir damals ein Dichter zweckmäßig beigestanden, ich hätte die wunderbarsten Wirkungen hervorgebracht.

So lebte die junge Witwe monatelang fort. Er konnte mich nicht entbehren, und ich war höchst unglücklich, wenn er außenblieb. Er zeigte mir die Briefe seiner Verwandten, seiner vortrefflichen Schwester. Er nahm an den kleinsten Umständen meiner Verhältnisse teil; inniger, vollkommener ist keine Einigkeit zu denken. Der Name der Liebe ward nicht genannt. Er ging und kam, kam und ging – und nun, mein Freund, ist es hohe Zeit, daß Sie auch gehen.

Siebzehntes Kapitel

Wilhelm konnte nun nicht länger den Besuch bei seinen Handelsfreunden aufschieben. Er ging nicht ohne Verlegenheit dahin; denn er wußte, daß er Briefe von den Seinigen daselbst antreffen werde. Er fürchtete sich vor den Vorwürfen, die sie enthalten mußten; wahrscheinlich hatte man auch dem Handelshause Nachricht von der Verlegenheit gegeben, in der man sich seinetwegen befand. Er scheute sich, nach so vielen ritterlichen Abenteuern, vor dem schülerhaften Ansehen, in dem er erscheinen würde, und nahm sich vor, recht trotzig zu tun und auf diese Weise seine Verlegenheit zu verbergen.

Allein zu seiner großen Verwunderung und Zufriedenheit ging alles sehr gut und leidlich ab. In dem großen, lebhaften und beschäftigten Kontor hatte man kaum Zeit, seine Briefe aufzusuchen; seines längern Außenbleibens ward nur im Vorbeigehn gedacht. Und als er die Briefe seines Vaters und seines Freundes Werner eröffnete, fand er sie sämtlich sehr leidlichen Inhalts. Der Alte, in Hoffnung eines weitläufigen Journals, dessen Führung er dem Sohne beim Abschiede sorgfältig empfohlen und wozu er ihm ein tabellarisches Schema mitgegeben, schien über das Stillschweigen der ersten Zeit ziemlich beruhigt, so wie er sich nur über das Rätselhafte des ersten und einzigen vom Schlosse des Grafen noch abgesandten Briefes beschwerte. Werner scherzte nur auf seine Art, erzählte lustige Stadtgeschichten und bat sich Nachricht von Freunden und Bekannten aus, die Wilhelm nunmehr in der großen Handelsstadt häufig würde kennen lernen. Unser Freund, der außerordentlich erfreut war, um einen so wohlfeilen Preis loszukommen, antwortete sogleich in einigen sehr muntern Briefen und versprach dem Vater ein ausführliches Reisejournal mit allen verlangten geographischen, statistischen und merkantilischen Bemerkungen. Er hatte vieles auf der Reise gesehen und hoffte daraus ein leidliches Heft zusammenschreiben zu können. Er merkte nicht, daß er beinah in ebendem Falle war, in dem er sich befand, als er, um ein Schauspiel, das weder geschrieben, noch weniger memoriert war, aufzuführen, Lichter angezündet und Zuschauer herbeigerufen hatte. Als er daher wirklich anfing, an seine Komposition zu gehen, ward er leider gewahr, daß er von Empfindungen und Gedanken, von manchen Erfahrungen des Herzens und Geistes sprechen und erzählen konnte, nur nicht von äußern Gegenständen, denen er, wie er nun merkte, nicht die mindeste Aufmerksamkeit geschenkt hatte.

In dieser Verlegenheit kamen die Kenntnisse seines Freundes Laertes ihm gut zustatten. Die Gewohnheit hatte beide jungen Leute, so unähnlich sie sich waren, zusammen verbunden, und jener war, bei allen seinen Fehlern, mit seinen Sonderbarkeiten wirklich ein interessanter Mensch. Mit einer heitern, glücklichen Sinnlichkeit begabt, hätte er alt werden können, ohne über seinen Zustand irgend nachzudenken. Nun hatte ihm aber sein Unglück und seine Krankheit das reine Gefühl der Jugend geraubt und ihm dagegen einen Blick auf die Vergänglichkeit, auf das Zerstückelte unsers Daseins eröffnet. Daraus war eine launichte, rhapsodische Art, über die Gegenstände zu denken oder vielmehr ihre unmittelbaren Eindrücke zu äußern, entstanden. Er war nicht gern allein, trieb sich auf allen Kaffeehäusern, an allen Wirtstischen herum, und wenn er ja zu Hause blieb, waren Reisebeschreibungen seine liebste, ja seine einzige Lektüre. Diese konnte er nun, da er eine große Leihbibliothek fand, nach Wunsch befriedigen, und bald spukte die halbe Welt in seinem guten Gedächtnisse.

Wie leicht konnte er daher seinem Freunde Mut einsprechen, als dieser ihm den völligen Mangel an Vorrat zu der von ihm so feierlich versprochenen Relation entdeckte. Da wollen wir ein Kunststück machen, sagte jener, das seinesgleichen nicht haben soll.

Ist nicht Deutschland von einem Ende zum andern durchreist, durchkreuzt, durchzogen, durchkrochen und durchflogen? Und hat nicht jeder deutsche Reisende den herrlichen Vorteil, sich seine großen oder kleinen Ausgaben vom Publikum wiedererstatten zu lassen? Gib mir nur deine Reiseroute, ehe du zu uns kamst; das andere weiß ich. Die Quellen und Hülfsmittel zu deinem Werke will ich dir aufsuchen; an Quadratmeilen, die nicht gemessen sind, und an Volksmenge, die nicht gezählt ist, müssen wirs nicht fehlen lassen. Die Einkünfte der Länder nehmen wir aus Taschenbüchern und Tabellen, die, wie bekannt, die zuverlässigsten Dokumente sind. Darauf gründen wir unsre politischen Räsonnements; an Seitenblicken auf die Regierungen solls nicht fehlen. Ein paar Fürsten beschreiben wir als wahre Väter des Vaterlandes, damit man uns desto eher glaubt, wenn wir einigen andern etwas anhängen; und wenn wir nicht geradezu durch den Wohnort einiger berühmten Leute durchreisen, so begegnen wir ihnen in einem Wirtshause, lassen sie uns im Vertrauen das albernste Zeug sagen. Besonders vergessen wir nicht eine Liebesgeschichte mit irgendeinem naiven Mädchen auf das anmutigste einzuflechten, und es soll ein Werk geben, das nicht allein Vater und Mutter mit Entzücken erfüllen soll, sondern das dir auch jeder Buchhändler mit Vergnügen bezahlt.

Man schritt zum Werke, und beide Freunde hatten viel Lust an ihrer Arbeit, indes Wilhelm abends im Schauspiel und in dem Umgange mit Serlo und Aurelien die größte Zufriedenheit fand und seine Ideen, die nur zu lange sich in einem engen Kreise herumgedreht hatten, täglich weiter ausbreitete.

Nicht ohne das größte Interesse vernahm er stückweise den Lebenslauf Serlos: denn es war nicht die Art dieses seltnen Mannes, vertraulich zu sein und über irgend etwas im Zusammenhange zu sprechen. Er war, man darf sagen, auf dem Theater geboren und gesäugt. Schon als stummes Kind mußte er durch seine bloße Gegenwart die Zuschauer rühren, weil auch schon damals die Verfasser diese natürlichen und unschuldigen Hülfsmittel kannten, und sein erstes ›Vater‹ und ›Mutter‹ brachte in beliebten Stücken ihm schon den größten Beifall zuwege, ehe er wußte, was das Händeklatschen bedeute. Als Amor kam er, zitternd, mehr als einmal im Flugwerke herunter, entwickelte sich als Harlekin aus dem Ei und machte als kleiner Essenkehrer schon früh die artigsten Streiche.

Leider mußte er den Beifall, den er an glänzenden Abenden erhielt, in den Zwischenzeiten sehr teuer bezahlen. Sein Vater, überzeugt, daß nur durch Schläge die Aufmerksamkeit der Kinder erregt und festgehalten werden könne, prügelte ihn beim Einstudieren einer jeden Rolle zu abgemessenen Zeiten; nicht weil das Kind ungeschickt war, sondern damit es sich desto gewisser und anhaltender geschickt zeigen möge. So gab man ehemals, indem ein Grenzstein gesetzt wurde, den umstehenden Kindern tüchtige Ohrfeigen, und die ältesten Leute erinnern sich noch genau des Ortes und der Stelle. Er wuchs heran und zeigte außerordentliche Fähigkeiten des Geistes und Fertigkeiten des Körpers und dabei eine große Biegsamkeit sowohl in seiner Vorstellungsart als in Handlungen und Gebärden. Seine Nachahmungsgabe überstieg allen Glauben. Schon als Knabe ahmte er Personen nach, so daß man sie zu sehen glaubte, ob sie ihm schon an Gestalt, Alter und Wesen völlig unähnlich und untereinander verschieden waren. Dabei fehlte es ihm nicht an der Gabe, sich in die Welt zu schicken, und sobald er sich einigermaßen seiner Kräfte bewußt war, fand er nichts natürlicher, als seinem Vater zu entfliehen, der, wie die Vernunft des Knaben zunahm und seine Geschicklichkeit sich vermehrte, ihnen noch durch harte Begegnung nachzuhelfen für nötig fand.

Wie glücklich fühlte sich der lose Knabe nun in der freien Welt, da ihm seine Eulenspiegelspossen überall eine gute Aufnahme verschafften. Sein guter Stern führte ihn zuerst in der Fastnachtszeit in ein Kloster, wo er, weil eben der Pater, der die Umgänge zu besorgen und durch geistliche Maskeraden die christliche Gemeinde zu ergötzen hatte, gestorben war, als ein hülfreicher Schutzengel auftrat. Auch übernahm er sogleich die Rolle Gabriels in der Verkündigung und mißfiel dem hübschen Mädchen nicht, die als Maria seinen obligeanten Gruß, mit äußerlicher Demut und innerlichem Stolze, sehr zierlich aufnahm. Er spielte darauf sukzessive in den Mysterien die wichtigsten Rollen und wußte sich nicht wenig, da er endlich gar als Heiland der Welt verspottet, geschlagen und ans Kreuz geheftet wurde.

Einige Kriegsknechte mochten bei dieser Gelegenheit ihre Rollen gar zu natürlich spielen; daher er sie, um sich auf die schicklichste Weise an ihnen zu rächen, bei Gelegenheit des Jüngsten Gerichts in die prächtigsten Kleider von Kaisern und Königen steckte und ihnen in dem Augenblicke, da sie, mit ihren Rollen sehr wohl zufrieden, auch in dem Himmel allen andern vorauszugehen den Schritt nahmen, unvermutet in Teufelsgestalt begegnete und sie mit der Ofengabel, zur herzlichsten Erbauung sämtlicher Zuschauer und Bettler, weidlich durchdrosch und unbarmherzig zurück in die Grube stürzte, wo sie sich von einem hervordringenden Feuer aufs übelste empfangen sahen.

Er war klug genug, einzusehen, daß die gekrönten Häupter sein freches Unternehmen nicht wohl vermerken und selbst vor seinem privilegierten Ankläger- und Schergenamte keinen Respekt haben würden; er machte sich daher, noch ehe das Tausendjährige Reich anging, in aller Stille davon und ward in einer benachbarten Stadt von einer Gesellschaft, die man damals Kinder der Freude nannte, mit offnen Armen aufgenommen. Es waren verständige, geistreiche, lebhafte Menschen, die wohl einsahen, daß die Summe unsrer Existenz, durch Vernunft dividiert, niemals rein aufgehe, sondern daß immer ein wunderlicher

Bruch übrig bleibe. Diesen hinderlichen und, wenn er sich in die ganze Masse verteilt, gefährlichen Bruch suchten sie zu bestimmten Zeiten vorsätzlich loszuwerden. Sie waren einen Tag der Woche recht ausführlich Narren und straften an demselben wechselseitig durch allegorische Vorstellungen, was sie während der übrigen Tage an sich und andern Närrisches bemerkt hatten. War diese Art gleich roher als eine Folge von Ausbildung, in welcher der sittliche Mensch sich täglich zu bemerken, zu warnen und zu strafen pflegt, so war sie doch lustiger und sicherer: denn indem man einen gewissen Schoßnarren nicht verleugnete, so traktierte man ihn auch nur für das, was er war, anstatt daß er auf dem andern Wege, durch Hülfe des Selbstbetrugs, oft im Hause zur Herrschaft gelangt und die Vernunft zur heimlichen Knechtschaft zwingt, die sich einbildet, ihn lange verjagt zu haben. Die Narrenmaske ging in der Gesellschaft herum, und jedem war erlaubt, sie an seinem Tage, mit eigenen oder fremden Attributen, charakteristisch auszuzieren. In der Karnavalszeit nahm man sich die größte Freiheit und wetteiferte mit der Bemühung der Geistlichen, das Volk zu unterhalten und anzuziehen. Die feierlichen allegorischen Aufzüge von Tugenden und Lastern, Künsten und Wissenschaften, Weltteilen und Jahrszeiten versinnlichten dem Volke eine Menge Begriffe und gaben ihm Ideen entfernter Gegenstände, und so waren diese Scherze nicht ohne Nutzen, da von einer andern Seite die geistlichen Mummereien nur einen abgeschmackten Aberglauben noch mehr befestigten.

Der junge Serlo war auch hier wieder ganz in seinem Elemente; eigentliche Erfindungskraft hatte er nicht, dagegen aber das größte Geschick, was er vor sich fand, zu nutzen, zurechtzustellen und scheinbar zu machen. Seine Einfälle, seine Nachahmungsgabe, ja sein beißender Witz, den er wenigstens einen Tag in der Woche völlig frei, selbst gegen seine Wohltäter, üben durfte, machte ihn der ganzen Gesellschaft wert, ja unentbehrlich.

Doch trieb ihn seine Unruhe bald aus dieser vorteilhaften Lage in andere Gegenden seines Vaterlandes, wo er wieder eine neue Schule durchzugehen hatte. Er kam in den gebildeten, aber auch bildlosen Teil von Deutschland, wo es zur Verehrung des Guten und Schönen zwar nicht an Wahrheit, aber oft an Geist gebricht; er konnte mit seinen Masken nichts mehr ausrichten; er mußte suchen, auf Herz und Gemüt zu wirken. Nur kurze Zeit hielt er sich bei kleinen und großen Gesellschaften auf und merkte bei dieser Gelegenheit sämtlichen Stücken und Schauspielern ihre Eigenheiten ab. Die Monotonie, die damals auf dem deutschen Theater herrschte, den albernen Fall und Klang der Alexandriner, den geschraubt-platten Dialog, die Trockenheit und Gemeinheit der unmittelbaren Sittenprediger hatte er bald gefaßt und zugleich bemerkt, was rührte und gefiel.

Nicht eine Rolle der gangbaren Stücke, sondern die ganzen Stücke blieben leicht in seinem Gedächtnis, und zugleich der eigentümliche Ton des Schauspielers, der sie mit Beifall vorgetragen hatte. Nun kam er zufälligerweise auf seinen Streifereien, da ihm das Geld völlig ausgegangen war, zu dem Einfall, allein ganze Stücke, besonders auf Edelhöfen und in Dörfern, vorzustellen und sich dadurch überall sogleich Unterhalt und Nachtquartier zu verschaffen. In jeder Schenke, jedem Zimmer und Garten war sein Theater gleich aufgeschlagen; mit einem schelmischen Ernst und anscheinenden Enthusiasmus wußte er die Einbildungskraft seiner Zuschauer zu gewinnen, ihre Sinne zu täuschen und vor ihren offenen Augen einen alten Schrank zu einer Burg und einen Fächer zum Dolche umzuschaffen. Seine Jugendwärme ersetzte den Mangel eines tiefen Gefühls; seine Heftigkeit schien Stärke und seine Schmeichelei Zärtlichkeit. Diejenigen, die das Theater schon kannten, erinnerte er an alles, was sie gesehen und gehört hatten, und in den übrigen erregte er eine Ahnung von etwas Wunderbarem und den Wunsch, näher damit bekannt zu werden. Was an einem Orte Wirkung tat, verfehlte er nicht, am andern zu wiederholen, und hatte die herzlichste Schadenfreude, wenn er alle Menschen auf gleiche Weise aus dem Stegreife zum besten haben konnte.

Bei seinem lebhaften, freien und durch nichts gehinderten Geist verbesserte er sich, indem er Rollen und Stücke oft wiederholte, sehr geschwind. Bald rezitierte und spielte er dem Sinne gemäßer als die Muster, die er anfangs nur nachgeahmt hatte. Auf diesem Wege kam er nach und nach dazu, natürlich zu spielen und doch immer verstellt zu sein. Er schien hingerissen und lauerte auf den Effekt, und sein größter Stolz war, die Menschen stufenweise in Bewegung zu setzen. Selbst das tolle Handwerk, das er trieb, nötigte ihn bald, mit einer gewissen Mäßigung zu verfahren, und so lernte er teils gezwungen, teils aus Instinkt das, wovon so wenig Schauspieler einen Begriff zu haben scheinen: mit Organ und Gebärden ökonomisch zu sein.

So wußte er selbst rohe und unfreundliche Menschen zu bändigen und für sich zu interessieren. Da er überall mit Nahrung und Obdach zufrieden war, jedes Geschenk dankbar annahm, das man ihm reichte, ja manchmal gar das Geld, wenn er dessen nach seiner Meinung genug hatte, ausschlug, so schickte man ihn mit Empfehlungsschreiben einander zu, und so wanderte er eine ganze Zeit von einem Edelhofe zum andern, wo er manches Vergnügen erregte, manches genoß und nicht ohne die angenehmsten und artigsten Abenteuer blieb.

Bei der innerlichen Kälte seines Gemütes liebte er eigentlich niemand; bei der Klarheit seines Blicks konnte er niemand achten: denn er sah nur immer die äußern Eigenheiten der Menschen und trug sie in seine mimische Sammlung ein. Dabei aber war seine Selbstigkeit äußerst beleidigt, wenn er nicht jedem gefiel, und wenn er nicht überall Beifall erregte. Wie dieser zu erlangen sei, darauf hatte er nach und nach so genau achtgegeben und hatte seinen Sinn so geschärft, daß er nicht allein bei seinen Darstellungen, sondern auch im gemeinen Leben nicht mehr anders als schmeicheln konnte. Und so arbeitete seine Gemütsart, sein Talent und seine Lebensart dergestalt wechselsweise gegeneinander, daß er sich unvermerkt zu einem vollkommnen Schauspieler ausgebildet sah. Ja, durch eine seltsam scheinende, aber ganz natürliche Wirkung und Gegenwirkung stieg, durch Einsicht und Übung, seine Rezitation, Deklamation und sein Gebärdenspiel zu einer hohen Stufe von Wahrheit, Freiheit und Offenheit, indem er im Leben und Umgang immer heimlicher, künstlicher, ja verstellt und ängstlich zu werden schien.

Von seinen Schicksalen und Abenteuern sprechen wir vielleicht an einem andern Orte und bemerken hier nur soviel: daß er in späteren Zeiten, da er schon ein gemachter Mann, im Besitz von entschiednem Namen und in einer sehr guten, obgleich nicht festen Lage war, sich angewöhnt hatte, im Gespräch auf eine feine Weise teils ironisch, teils spöttisch den Sophisten zu machen und dadurch fast jede ernsthafte Unterhaltung zu zerstören. Besonders gebrauchte er diese Manier gegen Wilhelm, sobald dieser, wie es ihm oft begegnete, ein allgemeines theoretisches Gespräch anzuknüpfen Lust hatte. Dessenungeachtet waren sie sehr gern beisammen, indem durch ihre beiderseitige Denkart die Unterhaltung lebhaft werden mußte. Wilhelm wünschte alles aus den Begriffen, die er gefaßt hatte, zu entwickeln und wollte die Kunst in einem Zusammenhange behandelt haben. Er wollte ausgesprochene Regeln festsetzen, bestimmen, was recht, schön und gut sei, und was Beifall verdiene; genug, er behandelte alles auf das ernstlichste. Serlo hingegen nahm die Sache sehr leicht, und indem er niemals direkt auf eine Frage antwortete, wußte er durch eine Geschichte oder einen Schwank die artigste und vergnüglichste Erläuterung beizubringen und die Gesellschaft zu unterrichten, indem er sie erheiterte.

Neunzehntes Kapitel

Indem nun Wilhelm auf diese Weise sehr angenehme Stunden zubrachte, befanden sich Melina und die übrigen in einer desto verdrießlichern Lage. Sie erschienen unserm Freunde manchmal wie böse Geister und machten ihm nicht bloß durch ihre Gegenwart, sondern auch oft durch flämische Gesichter und bittre Reden einen verdrießlichen Augenblick. Serlo hatte sie nicht einmal zu Gastrollen gelassen, geschweige daß er ihnen Hoffnung zum Engagement gemacht hätte, und hatte dessenungeachtet nach und nach ihre sämtlichen Fähigkeiten kennen gelernt. Sooft sich Schauspieler bei ihm gesellig versammelten, hatte er die Gewohnheit, lesen zu lassen und manchmal selbst mitzulesen. Er nahm Stücke vor, die noch gegeben werden sollten, die lange nicht gegeben waren, und zwar meistens nur teilweise. So ließ er auch nach einer ersten Aufführung Stellen, bei denen er etwas zu erinnern hatte, wiederholen, vermehrte dadurch die Einsicht der Schauspieler und verstärkte ihre Sicherheit, den rechten Punkt zu treffen. Und wie ein geringer, aber richtiger Verstand mehr als ein verworrenes und ungeläutertes Genie zur Zufriedenheit anderer wirken kann, so erhub er mittelmäßige Talente durch die deutliche Einsicht, die er ihnen unmerklich verschaffte, zu einer bewundernswürdigen Fähigkeit. Nicht wenig trug dazu bei, daß er auch Gedichte lesen ließ und in ihnen das Gefühl jenes Reizes erhielt, den ein wohlvorgetragener Rhythmus in unsrer Seele erregt, anstatt daß man bei andern Gesellschaften schon anfing, nur diejenige Prosa vorzutragen, wozu einem jeden der Schnabel gewachsen war.

Bei solchen Gelegenheiten hatte er auch die sämtlichen angekommenen Schauspieler kennen lernen, das, was sie waren und was sie werden konnten, beurteilt und sich in der Stille vorgenommen, von ihren Talenten bei einer Revolution, die seiner Gesellschaft drohete, sogleich Vorteil zu ziehen. Er ließ die Sache eine Weile auf sich beruhen, lehnte alle Interzessionen Wilhelms für sie mit Achselzucken ab, bis er seine Zeit ersah und seinem jungen Freunde ganz unerwartet den Vorschlag tat: er solle doch selbst bei ihm aufs Theater gehen, und unter dieser Bedingung wolle er auch die übrigen engagieren.

Die Leute müssen also doch so unbrauchbar nicht sein, wie Sie mir solche bisher geschildert haben, versetzte ihm Wilhelm, wenn sie jetzt auf einmal zusammen angenommen werden können, und ich dächte, ihre Talente müßten auch ohne mich dieselbigen bleiben.

Serlo eröffnete ihm darauf, unter dem Siegel der Verschwiegenheit, seine Lage: wie sein erster Liebhaber Miene mache, ihn bei der Erneuerung des Kontrakts zu steigern, und wie er nicht gesinnt sei, ihm nachzugeben, besonders da die Gunst des Publikums gegen ihn so groß nicht mehr sei. Ließe er diesen gehen, so würde sein ganzer Anhang ihm folgen, wodurch denn die

Gesellschaft einige gute, aber auch einige mittelmäßige Glieder verlöre. Hierauf zeigte er Wilhelmen, was er dagegen an ihm, an Laertes, dem alten Polterer und selbst an Frau Melina zu gewinnen hoffe. Ja, er versprach dem armen Pedanten als Juden, Minister und überhaupt als Bösewicht einen entschiedenen Beifall zu verschaffen.

Wilhelm stutzte und vernahm den Vortrag nicht ohne Unruhe, und nur um etwas zu sagen, versetzte er, nachdem er tief Atem geholt hatte: Sie sprechen auf eine sehr freundliche Weise nur von dem Guten, was Sie an uns finden und von uns hoffen; wie sieht es denn aber mit den schwachen Seiten aus, die Ihrem Scharfsinne gewiß nicht entgangen sind?

Die wollen wir bald durch Fleiß, Übung und Nachdenken zu starken Seiten machen, versetzte Serlo. Es ist unter euch allen, die ihr denn doch nur Naturalisten und Pfuscher seid, keiner, der nicht mehr oder weniger Hoffnung von sich gäbe; denn soviel ich alle beurteilen kann, so ist kein einziger Stock darunter, und Stöcke allein sind die Unverbesserlichen, sie mögen nun aus Eigendünkel, Dummheit oder Hypochondrie ungelenk und unbiegsam sein.

Serlo legte darauf mit wenigen Worten die Bedingungen dar, die er machen könne und wolle, bat Wilhelmen um schleunige Entscheidung und verließ ihn in nicht geringer Unruhe.

Bei der wunderlichen und gleichsam nur zum Scherz unternommenen Arbeit jener fingierten Reisebeschreibung, die er mit Laertes zusammensetzte, war er auf die Zustände und das tägliche Leben der wirklichen Welt aufmerksamer geworden, als er sonst gewesen war. Er begriff jetzt selbst erst die Absicht des Vaters, als er ihm die Führung des Journals so lebhaft empfohlen. Er fühlte zum ersten Male, wie angenehm und nützlich es sein könne, sich zur Mittelsperson so vieler Gewerbe und Bedürfnisse zu machen und bis in die tiefsten Gebirge und Wälder des festen Landes Leben und Tätigkeit verbreiten zu helfen. Die lebhafte Handelsstadt, in der er sich befand, gab ihm bei der Unruhe des Laertes, der ihn überall mit herumschleppte, den anschaulichsten Begriff eines großen Mittelpunktes, woher alles ausfließt und wohin alles zurückkehrt, und es war das erste Mal, daß sein Geist im Anschauen dieser Art von Tätigkeit sich wirklich ergötzte. In diesem Zustande hatte ihm Serlo den Antrag getan und seine Wünsche, seine Neigung, sein Zutrauen auf ein angebornes Talent und seine Verpflichtung gegen die hülflose Gesellschaft wieder rege gemacht.

Da steh ich nun, sagte er zu sich selbst, abermals am Scheidewege zwischen den beiden Frauen, die mir in meiner Jugend erschienen. Die eine sieht nicht mehr so kümmerlich aus wie damals, und die andere nicht so prächtig. Der einen wie der andern zu folgen, fühlst du eine Art von innerm Beruf, und von beiden Seiten sind die äußern Anlässe stark genug; es scheint dir unmöglich, dich zu entscheiden: du wünschest, daß irgendein Übergewicht von außen deine Wahl bestimmen möge, und doch, wenn du dich recht untersuchst, so sind es nur äußere Umstände, die dir eine Neigung zu Gewerb, Erwerb und Besitz einflößen, aber dein innerstes Bedürfnis erzeugt und nährt den Wunsch, die Anlagen, die in dir zum Guten und Schönen ruhen mögen, sie seien körperlich oder geistig, immer mehr zu entwickeln und auszubilden. Und muß ich nicht das Schicksal verehren, das mich ohne mein Zutun hierher an das Ziel aller meiner Wünsche führt? Geschieht nicht alles, was ich mir ehemals ausgedacht und vorgesetzt, nun zufällig ohne mein Mitwirken? Sonderbar genug! Der Mensch scheint mit nichts vertrauter zu sein als mit seinen Hoffnungen und Wünschen, die er lange im Herzen nährt und bewahrt; und doch, wenn sie ihm nun begegnen, wenn sie sich ihm gleichsam aufdringen, erkennt er sie nicht und weicht vor ihnen zurück. Alles, was ich mir vor jener unglücklichen Nacht, die mich von Marianen entfernte, nur träumen ließ, steht vor mir und bietet sich mir selbst an. Hierher wollte ich flüchten und bin sachte hergeleitet worden; bei Serlo wollte ich unterzukommen suchen, er sucht nun mich und bietet mir Bedingungen an, die ich als Anfänger nie erwarten konnte. War es denn bloß Liebe zu Marianen, die mich ans Theater fesselte? oder war es Liebe zur Kunst, die mich an das Mädchen festknüpfte? War jene Aussicht, jener Ausweg nach der Bühne bloß einem unordentlichen, unruhigen Menschen willkommen, der ein Leben fortzusetzen wünschte, das ihm die Verhältnisse der bürgerlichen Welt nicht gestatteten, oder war es alles anders, reiner, würdiger? und was sollte dich bewegen können, deine damaligen Gesinnungen zu ändern? Hast du nicht vielmehr bisher selbst unwissend deinen Plan verfolgt? Ist nicht jetzt der letzte Schritt noch mehr zu billigen, da keine Nebenabsichten dabei im Spiele sind, und da du zugleich ein feierlich gegebenes Wort halten und dich auf eine edle Weise von einer schweren Schuld befreien kannst?

Alles, was in seinem Herzen und seiner Einbildungskraft sich bewegte, wechselte nun auf das lebhafteste gegen einander ab. Daß er seine Mignon behalten könne, daß er den Harfner nicht zu verstoßen brauche, war kein kleines Gewicht auf der Waagschale, und doch schwankte sie noch hin und wider, als er seine Freundin Aurelie gewohnterweise zu besuchen ging.

Zwanzigstes Kapitel

Er fand sie auf ihrem Ruhebette; sie schien stille. Glauben Sie noch, morgen spielen zu können? fragte er. O ja, versetzte sie lebhaft; Sie wissen, daran hindert mich nichts. – Wenn ich nur ein Mittel wüßte, den Beifall unsers Parterres von mir abzulehnen: sie meinen es gut und werden mich noch umbringen. Vorgestern dacht ich, das Herz müßte mir reißen! Sonst konnt ich es wohl leiden, wenn ich mir selbst gefiel; wenn ich lange studiert und mich vorbereitet hatte, dann freute ich mich, wenn das willkommene Zeichen, nun sei es gelungen, von allen Enden widertönte. Jetzo sag ich nicht, was ich will, nicht, wie ichs will; ich werde hingerissen, ich verwirre mich, und mein Spiel macht einen weit größern Eindruck. Der Beifall wird lauter, und ich denke: Wüßtet ihr, was euch entzückt! die dunkeln, heftigen, unbestimmten Anklänge rühren euch, zwingen euch Bewunderung ab, und ihr fühlt nicht, daß es die Schmerzenstöne der Unglücklichen sind, der ihr euer Wohlwollen geschenkt habt.

Heute früh hab ich gelernt, jetzt wiederholt und versucht. Ich bin müde, zerbrochen, und morgen geht es wieder von vorn an.

Morgen abend soll gespielt werden. So schlepp ich mich hin und her; es ist mir langweilig aufzustehen, und verdrießlich, zu Bette zu gehen. Alles macht einen ewigen Zirkel in mir. Dann treten die leidigen Tröstungen vor mir auf, dann werf ich sie weg und verwünsche sie. Ich will mich nicht ergeben, nicht der Notwendigkeit ergeben – warum soll das notwendig sein, was mich zugrunde richtet? Könnte es nicht auch anders sein? Ich muß es eben bezahlen, daß ich eine Deutsche bin; es ist der Charakter der Deutschen, daß sie über allem schwer werden, daß alles über ihnen schwer wird.

O meine Freundin, fiel Wilhelm ein, könnten Sie doch aufhören, selbst den Dolch zu schärfen, mit dem Sie sich unablässig verwunden! Bleibt Ihnen denn nichts? Ist denn Ihre Jugend, Ihre Gestalt, Ihre Gesundheit, sind Ihre Talente nichts? Wenn Sie ein Gut ohne Ihr Verschulden verloren haben, müssen Sie denn alles übrige hinterdreinwerfen? Ist das auch notwendig?

Sie schwieg einige Augenblicke, dann fuhr sie auf: Ich weiß es wohl, daß es Zeitverderb ist, nichts als Zeitverderb ist die Liebe! Was hätte ich nicht tun können! tun sollen! Nun ist alles rein zu nichts geworden. Ich bin ein armes verliebtes Geschöpf, nichts als verliebt! Haben Sie Mitleiden mit mir, bei Gott, ich bin ein armes Geschöpf!

Sie versank in sich, und nach einer kurzen Pause rief sie heftig aus: Ihr seid gewohnt, daß sich euch alles an den Hals wirft. Nein, ihr könnt es nicht fühlen, kein Mann ist imstande, den Wert eines Weibes zu fühlen, das sich zu ehren weiß! Bei allen heiligen Engeln, bei allen Bildern der Seligkeit, die sich ein reines, gutmütiges Herz erschafft, es ist nichts Himmlischeres als ein weibliches Wesen, das sich dem geliebten Manne hingibt! Wir sind kalt, stolz, hoch, klar, klug, wenn wir verdienen, Weiber zu heißen; und alle diese Vorzüge legen wir euch zu Füßen, sobald wir lieben, sobald wir hoffen, Gegenliebe zu erwerben. O wie hab ich mein ganzes Dasein so mit Wissen und Willen weggeworfen! Aber nun will ich auch verzweifeln, absichtlich verzweifeln. Es soll kein Blutstropfen in mir sein, der nicht gestraft wird, keine Faser, die ich nicht peinigen will.

Lächeln Sie nur, lachen Sie nur über den theatralischen Aufwand von Leidenschaft!

Fern war von unserm Freunde jede Anwandlung des Lachens. Der entsetzliche, halb natürliche, halb erzwungene Zustand seiner Freundin peinigte ihn nur zu sehr. Er empfand die Foltern der unglücklichen Anspannung mit: sein Gehirn zerrüttete sich, und sein Blut war in einer fieberhaften Bewegung.

Sie war aufgestanden und ging in der Stube hin und wider. Ich sage mir alles vor, rief sie aus, warum ich ihn nicht lieben sollte. Ich weiß auch, daß er es nicht wert ist; ich wende mein Gemüt ab, dahin und dorthin, beschäftige mich, wie es nur gehen will. Bald nehm ich eine Rolle vor, wenn ich sie auch nicht zu spielen habe; ich übe die alten, die ich durch und durch kenne, fleißiger und fleißiger, ins einzelne, und übe und übe – mein Freund, mein Vertrauter, welche entsetzliche Arbeit ist es, sich mit Gewalt von sich selbst zu entfernen! Mein Verstand leidet, mein Gehirn ist so angespannt; um mich vom Wahnsinne zu retten, überlaß ich mich wieder dem Gefühle, daß ich ihn liebe. – Ja, ich liebe ihn, ich liebe ihn! rief sie unter tausend Tränen, ich liebe ihn, und so will ich sterben.

Er faßte sie bei der Hand und bat sie auf das inständigste, sich nicht selbst aufzureiben. O, sagte er, wie sonderbar ist es, daß dem Menschen nicht allein so manches Unmögliche, sondern auch so manches Mögliche versagt ist. Sie waren nicht bestimmt, ein treues Herz zu finden, das Ihre ganze Glückseligkeit würde gemacht haben. Ich war dazu bestimmt, das ganze Heil meines Lebens an eine Unglückliche festzuknüpfen, die ich durch die Schwere meiner Treue wie ein Rohr zu Boden zog, ja vielleicht gar zerbrach.

Er hatte Aurelien seine Geschichte mit Marianen vertraut und konnte sich also jetzt darauf beziehen. Sie sah ihm starr in die Augen und fragte: Können Sie sagen, daß Sie noch niemals ein Weib betrogen, daß Sie keiner mit leichtsinniger Galanterie, mit frevelhafter Beteurung, mit herzlockenden Schwüren ihre Gunst abzuschmeicheln gesucht?

Das kann ich, versetzte Wilhelm, und zwar ohne Ruhmredigkeit; denn mein Leben war sehr einfach, und ich bin selten in die Versuchung geraten, zu versuchen. Und welche Warnung, meine schöne, meine edle Freundin, ist mir der traurige Zustand, in den ich Sie versetzt sehe! Nehmen Sie ein Gelübde von mir, das meinem Herzen ganz angemessen ist, das durch die Rührung, die Sie mir einflößten, sich bei mir zur Sprache und Form bestimmt und durch diesen Augenblick geheiligt wird: Jeder flüchtigen Neigung will ich widerstehen und selbst die ernstlichsten in meinem Busen bewahren; kein weibliches Geschöpf soll ein Bekenntnis der Liebe von meinen Lippen vernehmen, dem ich nicht mein ganzes Leben widmen kann!

Sie sah ihn mit einer wilden Gleichgültigkeit an und entfernte sich, als er ihr die Hand reichte, um einige Schritte. Es ist nichts daran gelegen! rief sie: so viel Weibertränen mehr oder weniger, die See wird darum doch nicht wachsen. Doch, fuhr sie fort, unter Tausenden eine gerettet, das ist doch etwas, unter Tausenden einen Redlichen gefunden, das ist anzunehmen! Wissen Sie auch, was Sie versprechen?

Ich weiß es, versetzte Wilhelm lächelnd und hielt seine Hand hin.

Ich nehm es an, versetzte sie und machte eine Bewegung mit ihrer Rechten, so daß er glaubte, sie würde die seine fassen; aber schnell fuhr sie in die Tasche, riß den Dolch blitzgeschwind heraus und fuhr mit Spitze und Schneide ihm rasch über die Hand weg. Er zog sie schnell zurück, aber schon lief das Blut herunter.

Man muß euch Männer scharf zeichnen, wenn ihr merken sollt! rief sie mit einer wilden Heiterkeit aus, die bald in eine hastige Geschäftigkeit überging. Sie nahm ihr Schnupftuch und umwickelte seine Hand damit, um das erste hervordringende Blut zu stillen. Verzeihen Sie einer Halbwahnsinnigen, rief sie aus, und lassen Sie sich diese Tropfen Bluts nicht reuen. Ich bin versöhnt, ich bin wieder bei mir selber. Auf meinen Knieen will ich Abbitte tun; lassen Sie mir den Trost, Sie zu heilen.

Sie eilte nach ihrem Schranke, holte Leinwand und einiges Gerät, stillte das Blut und besah die Wunde sorgfältig. Der

Schnitt ging durch den Ballen gerade unter dem Daumen, teilte die Lebenslinie und lief gegen den kleinen Finger aus. Sie verband ihn still und mit einer nachdenklichen Bedeutsamkeit in sich gekehrt. Er fragte einigemal: Beste, wie konnten Sie Ihren Freund verletzen?

Still, erwiderte sie, indem sie den Finger auf den Mund legte: still!

FÜNFTES BUCH

Erstes Kapitel

So hatte Wilhelm zu seinen zwei kaum geheilten Wunden abermals eine frische dritte, die ihm nicht wenig unbequem war. Aurelie wollte nicht zugeben, daß er sich eines Wundarztes bediente; sie selbst verband ihn unter allerlei wunderlichen Reden, Zeremonien und Sprüchen und setzte ihn dadurch in eine sehr peinliche Lage. Doch nicht er allein, sondern alle Personen, die sich in ihrer Nähe befanden, litten durch ihre Unruhe und Sonderbarkeit; niemand aber mehr als der kleine Felix. Das lebhafte Kind war unter einem solchen Druck höchst ungeduldig und zeigte sich immer unartiger, je mehr sie es tadelte und zurechtwies.

Der Knabe gefiel sich in gewissen Eigenheiten, die man auch Unarten zu nennen pflegt, und die sie ihm keineswegs nachzusehen gedachte. Er trank zum Beispiel lieber aus der Flasche als aus dem Glase, und offenbar schmeckten ihm die Speisen aus der Schüssel besser als von dem Teller. Eine solche Unschicklichkeit wurde nicht übersehen, und wenn er nun gar die Türe aufließ oder zuschlug und, wenn ihm etwas befohlen wurde, entweder nicht von der Stelle wich oder ungestüm davonrannte, so mußte er eine große Lektion anhören, ohne daß er darauf je einige Besserung hätte spüren lassen. Vielmehr schien die Neigung zu Aurelien sich täglich mehr zu verlieren; in seinem Tone war nichts Zärtliches, wenn er sie Mutter nannte, er hing vielmehr leidenschaftlich an der alten Amme, die ihm denn freilich allen Willen ließ.

Aber auch diese war seit einiger Zeit so krank geworden, daß man sie aus dem Hause in ein stilles Quartier bringen mußte, und Felix hätte sich ganz allein gesehen, wäre nicht Mignon auch ihm als ein liebevoller Schutzgeist erschienen. Auf das artigste unterhielten sich beide Kinder miteinander; sie lehrte ihm kleine Lieder, und er, der ein sehr gutes Gedächtnis hatte, rezitierte sie oft zur Verwunderung der Zuhörer. Auch wollte sie ihm die

Landkarten erklären, mit denen sie sich noch immer sehr abgab, wobei sie jedoch nicht mit der besten Methode verfuhr. Denn eigentlich schien sie bei den Ländern kein anderes Interesse zu haben, als ob sie kalt oder warm seien. Von den Weltpolen, von dem schrecklichen Eise daselbst und von der zunehmenden Wärme, je mehr man sich von ihnen entfernte, wußte sie sehr gut Rechenschaft zu geben. Wenn jemand reiste, fragte sie nur, ob er nach Norden oder nach Süden gehe, und bemühte sich, die Wege auf ihren kleinen Karten aufzufinden. Besonders wenn Wilhelm von Reisen sprach, war sie sehr aufmerksam und schien sich immer zu betrüben, sobald das Gespräch auf eine andere Materie überging. So wenig man sie bereden konnte, eine Rolle zu übernehmen oder auch nur, wenn gespielt wurde, auf das Theater zu gehen, so gern und fleißig lernte sie Oden und Lieder auswendig und erregte, wenn sie ein solches Gedicht, gewöhnlich von der ernsten und feierlichen Art, oft unvermutet wie aus dem Stegreife deklamierte, bei jedermann Erstaunen.

Serlo, der auf jede Spur eines aufkeimenden Talentes zu achten gewohnt war, suchte sie aufzumuntern; am meisten aber empfahl sie sich ihm durch einen sehr artigen, mannigfaltigen und manchmal selbst muntern Gesang, und auf ebendiesem Wege hatte sich der Harfenspieler seine Gunst erworben.

Serlo, ohne selbst Genie zur Musik zu haben oder irgend ein Instrument zu spielen, wußte ihren hohen Wert zu schätzen; er suchte sich so oft als möglich diesen Genuß, der mit keinem andern verglichen werden kann, zu verschaffen. Er hatte wöchentlich einmal Konzert, und nun hatte sich ihm durch Mignon, den Harfenspieler und Laertes, der auf der Violine nicht ungeschickt war, eine wunderliche kleine Hauskapelle gebildet.

Er pflegte zu sagen: Der Mensch ist so geneigt, sich mit dem Gemeinsten abzugeben, Geist und Sinne stumpfen sich so leicht gegen die Eindrücke des Schönen und Vollkommnen ab, daß man die Fähigkeit, es zu empfinden, bei sich auf alle Weise erhalten sollte. Denn einen solchen Genuß kann niemand ganz entbehren, und nur die Ungewohntheit, etwas Gutes zu genießen, ist Ursache, daß viele Menschen schon am Albernen und Abgeschmackten, wenn es nur neu ist, Vergnügen finden. Man sollte, sagte er, alle Tage wenigstens ein kleines Lied hören, ein gutes Gedicht lesen, ein treffliches Gemälde sehen und, wenn es möglich zu machen wäre, einige vernünftige Worte sprechen.

Bei diesen Gesinnungen, die Serlo gewissermaßen natürlich waren, konnte es den Personen, die ihn umgaben, nicht an angenehmer Unterhaltung fehlen. Mitten in diesem vergnüglichen Zustande brachte man Wilhelmen eines Tages einen schwarzgesiegelten Brief. Werners Petschaft deutete auf eine traurige Nachricht, und er erschrak nicht wenig, als er den Tod seines Vaters nur mit einigen Worten angezeigt fand. Nach einer unerwarteten kurzen Krankheit war er aus der Welt gegangen und hatte seine häuslichen Angelegenheiten in der besten Ordnung hinterlassen.

Diese unvermutete Nachricht traf Wilhelmen im Innersten. Er fühlte tief, wie unempfindlich man oft Freunde und Verwandte, solange sie sich mit uns des irdischen Aufenthaltes erfreuen, vernachlässigt und nur dann erst die Versäumnis bereut, wenn das schöne Verhältnis wenigstens für diesmal aufgehoben ist. Auch konnte der Schmerz über das zeitige Absterben des braven Mannes nur durch das Gefühl gelindert werden, daß er auf der Welt wenig geliebt, und durch die Überzeugung, daß er wenig genossen habe.

Wilhelms Gedanken wandten sich nun bald auf seine eigenen Verhältnisse, und er fühlte sich nicht wenig beunruhigt. Der Mensch kann in keine gefährlichere Lage versetzt werden, als wenn durch äußere Umstände eine große Veränderung seines Zustandes bewirkt wird, ohne daß seine Art zu empfinden und zu denken darauf vorbereitet ist. Es gibt alsdann eine Epoche ohne Epoche, und es entsteht nur ein desto größerer Widerspruch, je weniger der Mensch bemerkt, daß er zu dem neuen Zustande noch nicht ausgebildet sei.

Wilhelm sah sich in einem Augenblicke frei, in welchem er mit sich selbst noch nicht einig werden konnte. Seine Gesinnungen waren edel, seine Absichten lauter, und seine Vorsätze schienen nicht verwerflich. Das alles durfte er sich mit einigem Zutrauen selbst bekennen; allein er hatte Gelegenheit genug gehabt zu bemerken, daß es ihm an Erfahrung fehle, und er legte daher auf die Erfahrung anderer und auf die Resultate, die sie daraus mit Überzeugung ableiteten, einen übermäßigen Wert und kam dadurch nur immer mehr in die Irre. Was ihm fehlte, glaubte er am ersten zu erwerben, wenn er alles Denkwürdige, was ihm in Büchern und im Gespräch vorkommen mochte, zu erhalten und zu sammeln unternähme. Er schrieb daher fremde und eigene Meinungen und Ideen, ja ganze Gespräche, die ihm interessant waren, auf und hielt leider auf diese Weise das Falsche so gut als das Wahre fest, blieb viel zu lange an einer Idee, ja man möchte sagen an einer Sentenz hängen und verließ dabei seine natürliche Denk- und Handelsweise, indem er oft fremden Lichtern als Leitsternen folgte. Aureliens Bitterkeit und seines Freundes Laertes kalte Verachtung der Menschen bestachen öfter, als billig war, sein Urteil: niemand aber war ihm gefährlicher gewesen als Jarno, ein Mann, dessen heller Verstand von gegenwärtigen Dingen ein richtiges, strenges Urteil fällte, dabei aber den Fehler hatte, daß er diese einzelnen Urteile mit einer Art von Allgemeinheit aussprach, da doch die Aussprüche des Verstandes eigentlich nur einmal, und zwar in dem bestimmtesten Falle, gelten und schon unrichtig werden, wenn man sie auf den nächsten anwendet.

So entfernte sich Wilhelm, indem er mit sich selbst einig zu werden strebte, immer mehr von der heilsamen Einheit, und bei dieser Verwirrung ward es seinen Leidenschaften um so leichter, alle Zurüstungen zu ihrem Vorteil zu gebrauchen und ihn über das, was er zu tun hatte, nur noch mehr zu verwirren.

Serlo benutzte die Todespost zu seinem Vorteil, und wirklich hatte er auch täglich immer mehr Ursache, an eine andere Einrichtung seines Schauspiels zu denken. Er mußte entweder seine alten Kontrakte erneuern, wozu er keine große Lust hatte, indem mehrere Mitglieder, die sich für unentbehrlich hielten, täglich unleidlicher wurden; oder er mußte, wohin auch sein Wunsch ging, der Gesellschaft eine ganz neue Gestalt geben.

Ohne selbst in Wilhelmen zu dringen, regte er Aurelien und Philinen auf; und die übrigen Gesellen, die sich nach Engagement sehnten, ließen unserm Freunde gleichfalls keine Ruhe, so daß er mit ziemlicher Verlegenheit an einem Scheidewege stand. Wer hätte gedacht, daß ein Brief von Wernern, der ganz im entgegengesetzten Sinne geschrieben war, ihn endlich zu einer Entschließung hindrängen sollte. Wir lassen nur den Eingang weg und geben übrigens das Schreiben mit weniger Veränderung.

Zweites Kapitel

So war es, und so muß es denn auch wohl recht sein, daß jeder bei jeder Gelegenheit seinem Gewerbe nachgeht und seine Tätigkeit zeigt. Der gute Alte war kaum verschieden, als auch in der nächsten Viertelstunde schon nichts mehr nach seinem Sinne im Hause geschah. Freunde, Bekannte und Verwandte drängten sich zu, besonders aber alle Menschenarten, die bei solchen Gelegenheiten etwas zu gewinnen haben. Man brachte, man trug, man zahlte, schrieb und rechnete; die einen holten Wein und Kuchen, die andern tranken und aßen; niemanden sah ich aber ernsthafter beschäftigt als die Weiber, indem sie die Trauer aussuchten.

Du wirst mir also verzeihen, mein Lieber, wenn ich bei dieser Gelegenheit auch an *meinen* Vorteil dachte, mich deiner Schwester so hülfreich und tätig als möglich zeigte und ihr, sobald es nur einigermaßen schicklich war, begreiflich machte, daß es nunmehr unsre Sache sei, eine Verbindung zu beschleunigen, die unsre Väter aus allzu großer Umständlichkeit bisher verzögert hatten.

Nun mußt du aber ja nicht denken, daß es uns eingefallen sei, das große leere Haus in Besitz zu nehmen. Wir sind bescheidner und vernünftiger; unsern Plan sollst du hören. Deine Schwester zieht nach der Heirat gleich in unser Haus herüber, und sogar auch deine Mutter mit.

Wie ist das möglich? wirst du sagen; ihr habt ja selbst in dem Neste kaum Platz. Das ist eben die Kunst, mein Freund! Die geschickte Einrichtung macht alles möglich, und du glaubst nicht, wie viel Platz man findet, wenn man wenig Raum braucht. Das große Haus verkaufen wir, wozu sich sogleich eine gute Gelegenheit darbietet; das daraus gelöste Geld soll hundertfältige Zinsen tragen.

Ich hoffe, du bist damit einverstanden, und wünsche, daß du nichts von den unfruchtbaren Liebhabereien deines Vaters und Großvaters geerbt haben mögest. Dieser setzte seine höchste Glückseligkeit in eine Anzahl unscheinbarer Kunstwerke, die niemand, ich darf wohl sagen niemand, mit ihm genießen konnte; jener lebte in einer kostbaren Einrichtung, die er niemand mit sich genießen ließ. Wir wollen es anders machen, und ich hoffe deine Beistimmung.

Es ist wahr, ich selbst behalte in unserm ganzen Haus keinen Platz als den an meinem Schreibepulte, und noch seh ich nicht ab, wo man künftig eine Wiege hinsetzen will; aber dafür ist der Raum außer dem Hause desto größer. Die Kaffeehäuser und Klubs für den Mann, die Spaziergänge und Spazierfahrten für die Frau, und die schönen Lustörter auf dem Lande für beide. Dabei ist der größte Vorteil, daß auch unser runder Tisch ganz besetzt ist und es dem Vater unmöglich wird, Freunde zu sehen, die sich nur desto leichtfertiger über ihn aufhalten, je mehr er sich Mühe gegeben hat, sie zu bewirten.

Nur nichts Überflüssiges im Hause! nur nicht zuviel Möbeln, Gerätschaften, nur keine Kutsche und Pferde! Nichts als Geld, und dann auf eine vernünftige Weise jeden Tag getan, was dir beliebt. Nur keine Garderobe, immer das Neueste und Beste auf dem Leibe; der Mann mag seinen Rock abtragen und die Frau den ihrigen vertrödeln, sobald er nur einigermaßen aus der Mode kömmt. Es ist mir nichts unerträglicher als so ein alter Kram von Besitztum. Wenn man mir den kostbarsten Edelstein schenken wollte, mit der Bedingung, ihn täglich am Finger zu tragen, ich würde ihn nicht annehmen; denn wie läßt sich bei einem toten Kapital nur irgend eine Freude denken? Das ist also mein lustiges Glaubensbekenntnis: seine Geschäfte verrichtet, Geld geschafft, sich mit den Seinigen lustig gemacht und um die übrige Welt sich nicht mehr bekümmert, als insofern man sie nutzen kann.

Nun wirst du aber sagen: wie ist denn in eurem saubern Plane an *mich* gedacht? Wo soll ich unterkommen, wenn ihr mir das väterliche Haus verkauft und in dem eurigen nicht der mindeste Raum übrig bleibt?

Das ist freilich der Hauptpunkt, Brüderchen, und auf den werde ich dir gleich dienen können, wenn ich dir vorher das gebührende Lob über deine vortrefflich angewendete Zeit werde entrichtet haben.

Sage nur, wie hast du es angefangen, in so wenigen Wochen ein Kenner aller nützlichen und interessanten Gegenstände zu werden? So viel Fähigkeiten ich an dir kenne, hätte ich dir doch solche Aufmerksamkeit und solchen Fleiß nicht zugetraut. Dein Tagebuch hat uns überzeugt, mit welchem Nutzen du die Reise gemacht hast; die Beschreibung der Eisen- und Kupferhämmer ist vortrefflich und zeigt von vieler Einsicht in die Sache. Ich habe sie ehemals auch besucht; aber meine Relation, wenn ich sie dagegen halte, sieht sehr stümpermäßig aus. Der ganze Brief über die Leinwandfabrikation ist lehrreich, und die Anmerkung über die Konkurrenz sehr treffend. An einigen Orten hast du Fehler in der Addition gemacht, die jedoch sehr verzeihlich sind.

Was aber mich und meinen Vater am meisten und höchsten freut, sind deine gründlichen Einsichten in die Bewirtschaftung und besonders in die Verbesserung der Feldgüter. Wir haben Hoffnung, ein großes Gut, das in Sequestration liegt, in einer sehr fruchtbaren Gegend zu erkaufen. Wir wenden das Geld, das wir aus dem väterlichen Hause lösen, dazu an; ein Teil wird geborgt, und ein Teil kann stehen bleiben; und wir rechnen auf dich, daß du dahin ziehst, den Verbesserungen vorstehst, und so kann, um nicht zuviel zu sagen, das Gut in einigen Jahren um ein Drittel an Wert steigen; man verkauft es wieder, sucht ein größeres, verbessert und handelt wieder, und dazu bist du der Mann. Unsre Federn sollen indes zu Hause nicht müßig sein, und wir wollen uns bald in einen beneidenswerten Zustand versetzen.

Jetzt lebe wohl! Genieße das Leben auf der Reise und ziehe hin, wo du es vergnüglich und nützlich findest. Vor dem ersten halben Jahre bedürfen wir deiner nicht; du kannst dich also nach Belieben in der Welt umsehen: denn die beste Bildung findet ein gescheiter Mensch auf Reisen. Lebe wohl, ich freue mich, so nahe mit dir verbunden, auch nunmehr im Geist der Tätigkeit mit dir vereint zu werden.‹

So gut dieser Brief geschrieben war und so viel ökonomische Wahrheiten er enthalten mochte, mißfiel er doch Wilhelmen auf mehr als eine Weise. Das Lob, das er über seine fingierten statistischen, technologischen und ruralischen Kenntnisse erhielt, war ihm ein stiller Vorwurf; und das Ideal, das ihm sein Schwager vom Glück des bürgerlichen Lebens vorzeichnete, reizte ihn keineswegs; vielmehr ward er durch einen heimlichen Geist des Widerspruchs mit Heftigkeit auf die entgegengesetzte Seite getrieben. Er überzeugte sich, daß er nur auf dem Theater die Bildung, die er sich zu geben wünschte, vollenden könne, und schien in seinem Entschlusse nur desto mehr bestärkt zu werden, je lebhafter Werner, ohne es zu wissen, sein Gegner geworden war. Er faßte darauf alle seine Argumente zusammen und bestätigte bei sich seine Meinung nur um desto mehr, je mehr er Ursache zu haben glaubte, sie dem klugen Werner in einem günstigen Lichte darzustellen, und auf diese Weise entstand eine Antwort, die wir gleichfalls einrücken.

Drittes Kapitel

Dein Brief ist so wohl geschrieben und so gescheit und klug gedacht, daß sich nichts mehr dazusetzen läßt. Du wirst mir aber verzeihen, wenn ich sage, daß man gerade das Gegenteil davon meinen, behaupten und tun und doch auch recht haben kann. Deine Art zu sein und zu denken geht auf einen unbeschränkten Besitz und auf eine leichte, lustige Art zu genießen hinaus, und ich brauche dir kaum zu sagen, daß ich daran nichts, was mich reizte, finden kann.

Zuerst muß ich dir leider bekennen, daß mein Tagebuch aus

Not, um meinem Vater gefällig zu sein, mit Hülfe eines Freundes aus mehreren Büchern zusammengeschrieben ist, und daß ich wohl die darin enthaltenen Sachen und noch mehrere dieser Art weiß, aber keineswegs verstehe, noch mich damit abgeben mag. Was hilft es mir, gutes Eisen zu fabrizieren, wenn mein eigenes Inneres voller Schlacken ist? und was, ein Landgut in Ordnung zu bringen, wenn ich mit mir selber uneins bin?

Daß ich dirs mit Einem Worte sage: mich selbst, ganz wie ich dabin, auszubilden, das war dunkel von Jugend auf mein Wunsch und meine Absicht. Noch hege ich ebendiese Gesinnungen, nur daß mir die Mittel, die mir es möglich machen werden, etwas deutlicher sind. Ich habe mehr Welt gesehen, als du glaubst, und sie besser genutzt, als du denkst. Schenke deswegen dem, was ich sage, einige Aufmerksamkeit, wenn es gleich nicht ganz nach deinem Sinne sein sollte.

Wäre ich ein Edelmann, so wäre unser Streit bald abgetan; da ich aber nur ein Bürger bin, so muß ich einen eigenen Weg nehmen, und ich wünsche, daß du mich verstehen mögest. Ich weiß nicht, wie es in fremden Ländern ist, aber in Deutschland ist nur dem Edelmann eine gewisse allgemeine, wenn ich sagen darf personelle, Ausbildung möglich. Ein Bürger kann sich Verdienst erwerben und zur höchsten Not seinen Geist ausbilden; seine Persönlichkeit geht aber verloren, er mag sich stellen, wie er will. Indem es dem Edelmann, der mit den Vornehmsten umgeht, zur Pflicht wird, sich selbst einen vornehmen Anstand zu geben, indem dieser Anstand, da ihm weder Tür noch Tor verschlossen ist, zu einem freien Anstand wird, da er mit seiner Figur, mit seiner Person, es sei bei Hofe oder bei der Armee, bezahlen muß: so hat er Ursache, etwas auf sie zu halten und zu zeigen, daß er etwas auf sie hält. Eine gewisse feierliche Grazie bei gewöhnlichen Dingen, eine Art von leichtsinniger Zierlichkeit bei ernsthaften und wichtigen kleidet ihn wohl, weil er sehen läßt, daß er überall im Gleichgewicht steht. Er ist eine öffentliche Person, und je ausgebildeter seine Bewegungen, je sonorer seine Stimme, je gehaltner und gemessener sein ganzes Wesen ist, desto vollkommner ist er. Wenn er gegen Hohe und

Niedre, gegen Freunde und Verwandte immer ebenderselbe bleibt, so ist nichts an ihm auszusetzen, man darf ihn nicht anders wünschen. Er sei kalt, aber verständig; verstellt, aber klug. Wenn er sich äußerlich in jedem Momente seines Lebens zu beherrschen weiß, so hat niemand eine weitere Forderung an ihn zu machen, und alles übrige, was er an und um sich hat, Fähigkeit, Talent, Reichtum, alles scheinen nur Zugaben zu sein.

Nun denke dir irgend einen Bürger; der an jene Vorzüge nur einigen Anspruch zu machen gedächte; durchaus muß es ihm mißlingen, und er müßte desto unglücklicher werden, je mehr sein Naturell ihm zu jener Art zu sein Fähigkeit und Trieb gegeben hätte.

Wenn der Edelmann im gemeinen Leben gar keine Grenzen kennt, wenn man aus ihm Könige oder königähnliche Figuren erschaffen kann, so darf er überall mit einem stillen Bewußtsein vor seinesgleichen treten; er darf überall vorwärts dringen, anstatt daß dem Bürger nichts besser ansteht, als das reine, stille Gefühl der Grenzlinie, die ihm gezogen ist. Er darf nicht fragen: Was bist du? sondern nur: Was hast du? welche Einsicht, welche Kenntnis, welche Fähigkeit, wieviel Vermögen? Wenn der Edelmann durch die Darstellung seiner Person alles gibt, so gibt der Bürger durch seine Persönlichkeit nichts und soll nichts geben. Jener darf und soll scheinen; dieser soll nur sein, und was er scheinen will, ist lächerlich oder abgeschmackt. Jener soll tun und wirken, dieser soll leisten und schaffen; er soll einzelne Fähigkeiten ausbilden, um brauchbar zu werden, und es wird schon vorausgesetzt, daß in seinem Wesen keine Harmonie sei, noch sein dürfe, weil er, um sich auf Eine Weise brauchbar zu machen, alles übrige vernachlässigen muß.

An diesem Unterschiede ist nicht etwa die Anmaßung der Edelleute und die Nachgiebigkeit der Bürger, sondern die Verfassung der Gesellschaft selbst schuld; ob sich daran einmal etwas ändern wird, und was sich ändern wird, bekümmert mich wenig; genug, ich habe, wie die Sachen jetzt stehen, an mich selbst zu denken, und wie ich mich selbst und das, was mir ein unerläßliches Bedürfnis ist, rette und erreiche.

Ich habe nun einmal gerade zu jener harmonischen Ausbildung meiner Natur, die mir meine Geburt versagt, eine unwiderstehliche Neigung. Ich habe, seit ich dich verlassen, durch Leibesübung viel gewonnen; ich habe viel von meiner gewöhnlichen Verlegenheit abgelegt und stelle mich so ziemlich dar. Ebenso habe ich meine Sprache und Stimme ausgebildet, und ich darf ohne Eitelkeit sagen, daß ich in Gesellschaften nicht mißfalle. Nun leugne ich dir nicht, daß mein Trieb täglich unüberwindlicher wird, eine öffentliche Person zu sein und in einem weitern Kreise zu gefallen und zu wirken. Dazu kömmt meine Neigung zur Dichtkunst und zu allem, was mit ihr in Verbindung steht, und das Bedürfnis, meinen Geist und Geschmack auszubilden, damit ich nach und nach auch bei dem Genuß, den ich nicht entbehren kann, nur das Gute wirklich für gut und das Schöne für schön halte. Du siehst wohl, daß das alles für mich nur auf dem Theater zu finden ist, und daß ich mich in diesem einzigen Elemente nach Wunsch rühren und ausbilden kann. Auf den Brettern erscheint der gebildete Mensch so gut persönlich in seinem Glanz als in den obern Klassen; Geist und Körper müssen bei jeder Bemühung gleichen Schritt gehen, und ich werde da so gut sein und scheinen können als irgend anderswo. Suche ich daneben noch Beschäftigungen, so gibt es dort mechanische Quälereien genug, und ich kann meiner Geduld tägliche Übung verschaffen.

Disputiere mit mir nicht darüber; denn eh du mir schreibst, ist der Schritt schon geschehen. Wegen der herrschenden Vorurteile will ich meinen Namen verändern, weil ich mich ohnehin schäme, als Meister aufzutreten. Lebe wohl. Unser Vermögen ist in so guter Hand, daß ich mich darum gar nicht bekümmere; was ich brauche, verlange ich gelegentlich von dir; es wird nicht viel sein, denn ich hoffe, daß mich meine Kunst auch nähren soll.‹

Der Brief war kaum abgeschickt, als Wilhelm auf der Stelle Wort hielt und zu Serlos und der Übrigen großen Verwunderung sich auf einmal erklärte: daß er sich zum Schauspieler widme und einen Kontrakt auf billige Bedingungen eingehen wolle. Man war hierüber bald einig; denn Serlo hatte schon früher sich so erklärt, daß Wilhelm und die übrigen damit gar wohl zufrieden sein konnten. Die ganze verunglückte Gesellschaft, mit der wir uns so lange unterhalten haben, ward auf einmal angenommen, ohne daß jedoch, außer etwa Laertes, sich einer gegen Wilhelmen dankbar erzeigt hätte. Wie sie ohne Zutrauen gefordert hatten, so empfingen sie ohne Dank. Die meisten wollten lieber ihre Anstellung dem Einflusse Philinens zuschreiben und richteten ihre Danksagungen an sie. Indessen wurden die ausgefertigten Kontrakte unterschrieben, und durch eine unerklärliche Verknüpfung von Ideen entstand vor Wilhelms Einbildungskraft, in dem Augenblicke, als er seinen fingierten Namen unterzeichnete, das Bild jenes Waldplatzes, wo er verwundet in Philinens Schoß gelegen. Auf einem Schimmel kam die liebenswürdige Amazone aus den Büschen, nahte sich ihm und stieg ab. Ihr menschenfreundliches Bemühen hieß sie gehen und kommen; endlich stand sie vor ihm. Das Kleid fiel von ihren Schultern, ihr Gesicht, ihre Gestalt fing an zu glänzen, und sie verschwand. So schrieb er seinen Namen nur mechanisch hin, ohne zu wissen, was er tat, und fühlte erst, nachdem er unterzeichnet hatte, daß Mignon an seiner Seite stand, ihn am Arm hielt und ihm die Hand leise wegzuziehen versucht hatte.

Viertes Kapitel

Eine der Bedingungen, unter denen Wilhelm sich aufs Theater begab, war von Serlo nicht ohne Einschränkung zugestanden worden. Jener verlangte, daß Hamlet ganz und unzerstückt aufgeführt werden sollte, und dieser ließ sich das wunderliche Begehren insofern gefallen, als es *möglich* sein würde. Nun hatten sie hierüber bisher manchen Streit gehabt; denn was möglich oder nicht möglich sei, und was man von dem Stück weglassen könne, ohne es zu zerstücken, darüber waren beide sehr verschiedener Meinung.

Wilhelm befand sich noch in den glücklichen Zeiten, da man nicht begreifen kann, daß an einem geliebten Mädchen, an einem verehrten Schriftsteller irgend etwas mangelhaft sein könne.

Unsere Empfindung von ihnen ist so ganz, so mit sich selbst übereinstimmend, daß wir uns auch in ihnen eine solche vollkommene Harmonie denken müssen. Serlo hingegen sonderte gern und beinah zuviel; sein scharfer Verstand wollte in einem Kunstwerke gewöhnlich nur ein mehr oder weniger unvollkommenes Ganze erkennen. Er glaubte, so wie man die Stücke finde, habe man wenig Ursache, mit ihnen so gar bedächtig umzugehen, und so mußte auch Shakespeare, so mußte besonders Hamlet vieles leiden.

Wilhelm wollte gar nicht hören, wenn jener von der Absonderung der Spreu von dem Weizen sprach. Es ist nicht Spreu und Weizen durcheinander, rief dieser, es ist ein Stamm, Äste, Zweige, Blätter, Knospen, Blüten und Früchte. Ist nicht eins mit dem anderen und durch das andere? Jener behauptete, man bringe nicht den ganzen Stamm auf den Tisch, der Künstler müsse goldne Äpfel in silbernen Schalen seinen Gästen reichen. Sie erschöpften sich in Gleichnissen, und ihre Meinungen schienen sich immer weiter voneinander zu entfernen.

Gar verzweifeln wollte unser Freund, als Serlo ihm einst nach langem Streit das einfachste Mittel anriet, sich kurz zu resolvieren, die Feder zu ergreifen und in dem Trauerspiele, was eben nicht gehen wolle noch könne, abzustreichen, mehrere Personen in Eine zu drängen, und wenn er mit dieser Art noch nicht bekannt genug sei oder noch nicht Herz genug dazu habe, so solle er ihm die Arbeit überlassen, und er wolle bald fertig sein.

Das ist nicht unserer Abrede gemäß, versetzte Wilhelm. Wie können Sie bei so viel Geschmack so leichtsinnig sein?

Mein Freund, rief Serlo aus, Sie werden es auch schon werden. Ich kenne das Abscheuliche dieser Manier nur zu wohl, die vielleicht noch auf keinem Theater in der Welt stattgefunden hat. Aber wo ist auch eins so verwahrlost als das unsere? Zu dieser ekelhaften Verstümmelung zwingen uns die Autoren, und das Publikum erlaubt sie. Wieviel Stücke haben wir denn, die nicht über das Maß des Personals, der Dekorationen und Theatermechanik, der Zeit, des Dialogs und der physischen Kräfte des Akteurs hinausschritten? und doch sollen wir spielen und immer spielen und immer neu spielen. Sollen wir uns dabei nicht unsers Vorteils bedienen, da wir mit zerstückelten Werken ebensoviel ausrichten als mit ganzen? Setzt uns das Publikum doch selbst in den Vorteil! Wenig Deutsche, und vielleicht nur wenige Menschen aller neuern Nationen, haben Gefühl für ein ästhetisches Ganze; sie loben und tadeln nur stellenweise, sie entzücken sich nur stellenweise: und für wen ist das ein größeres Glück als für den Schauspieler, da das Theater immer nur ein gestoppeltes und gestückeltes Wesen bleibt.

Ist! versetzte Wilhelm; aber *muß* es denn auch so bleiben, muß denn alles bleiben, was ist? Überzeugen Sie mich ja nicht, daß Sie recht haben; denn keine Macht in der Welt würde mich bewegen können, einen Kontrakt zu halten, den ich nur im gröbsten Irrtum geschlossen hätte.

Serlo gab der Sache eine lustige Wendung und ersuchte Wilhelmen, ihre öftern Gespräche über Hamlet nochmals zu bedenken und selbst die Mittel zu einer glücklichen Bearbeitung zu ersinnen.

Nach einigen Tagen, die er in der Einsamkeit zugebracht hatte, kam Wilhelm mit frohem Blicke zurück. Ich müßte mich sehr irren, rief er aus, wenn ich nicht gefunden hätte, wie dem Ganzen zu helfen ist; ja ich bin überzeugt, daß Shakespeare es selbst so würde gemacht haben, wenn sein Genie nicht auf die Hauptsache so sehr gerichtet und nicht vielleicht durch die Novellen, nach denen er arbeitete, verführt worden wäre.

Lassen Sie hören, sagte Serlo, indem er sich gravitätisch aufs Kanapee setzte; ich werde ruhig aufhorchen, aber auch desto strenger richten.

Wilhelm versetzte: Mir ist nicht bange; hören Sie nur. Ich unterscheide, nach der genausten Untersuchung, nach der reiflichsten Überlegung, in der Komposition dieses Stücks zweierlei: das erste sind die großen innern Verhältnisse der Personen und der Begebenheiten, die mächtigen Wirkungen, die aus den Charakteren und Handlungen der Hauptfiguren entstehen, und diese sind einzeln vortrefflich, und die Folge, in der sie aufgestellt sind, unverbesserlich. Sie können durch keine Art von

Behandlung zerstört, ja kaum verunstaltet werden. Diese sinds, die jedermann zu sehen verlangt, die niemand anzutasten wagt, die sich tief in die Seele eindrücken, und die man, wie ich höre, beinahe alle auf das deutsche Theater gebracht hat. Nur hat man, wie ich glaube, darin gefehlt, daß man das zweite, was bei diesem Stück zu bemerken ist, ich meine die äußern Verhältnisse der Personen, wodurch sie von einem Orte zum andern gebracht oder auf diese und jene Weise durch gewisse zufällige Begebenheiten verbunden werden, für allzu unbedeutend angesehen, nur im Vorbeigehn davon gesprochen oder sie gar weggelassen hat. Freilich sind diese Fäden nur dünn und lose, aber sie gehen doch durchs ganze Stück und halten zusammen, was sonst auseinanderfiele, auch wirklich auseinanderfällt, wenn man sie wegschneidet und ein übriges getan zu haben glaubt, daß man die Enden stehen läßt.

Zu diesen äußern Verhältnissen zähle ich die Unruhen in Norwegen, den Krieg mit dem jungen Fortinbras, die Gesandtschaft an den alten Oheim, den geschlichteten Zwist, den Zug des jungen Fortinbras nach Polen und seine Rückkehr am Ende; ingleichen die Rückkehr des Horatio von Wittenberg, die Lust Hamlets, dahin zu gehen, die Reise des Laertes nach Frankreich, seine Rückkunft, die Verschickung Hamlets nach England, seine Gefangenschaft beim Seeräuber, der Tod der beiden Hofleute auf den Uriasbrief: alles dieses sind Umstände und Begebenheiten, die einen Roman weit und breit machen können, die aber der Einheit dieses Stücks, in dem besonders der Held keinen Plan hat, auf das äußerste schaden und höchst fehlerhaft sind.

So höre ich Sie einmal gerne! rief Serlo.

Fallen Sie mir nicht ein, versetzte Wilhelm, Sie möchten mich nicht immer loben. Diese Fehler sind wie flüchtige Stützen eines Gebäudes, die man nicht wegnehmen darf, ohne vorher eine feste Mauer unterzuziehen. Mein Vorschlag ist also, an jenen ersten großen Situationen gar nicht zu rühren, sondern sie sowohl im ganzen als einzelnen möglichst zu schonen, aber diese äußern, einzelnen, zerstreuten und zerstreuenden Motive alle auf einmal wegzuwerfen und ihnen ein einziges zu substituieren.

Und das wäre? fragte Serlo, indem er sich aus seiner ruhigen Stellung aufhob.

Es liegt auch schon im Stücke, erwiderte Wilhelm, nur mache ich den rechten Gebrauch davon. Es sind die Unruhen in Norwegen. Hier haben Sie meinen Plan zur Prüfung.

Nach dem Tode des alten Hamlet werden die erst eroberten Norweger unruhig. Der dortige Statthalter schickt seinen Sohn Horatio, einen alten Schulfreund Hamlets, der aber an Tapferkeit und Lebensklugheit allen andern vorgelaufen ist, nach Dänemark, auf die Ausrüstung der Flotte zu dringen, welche unter dem neuen, der Schwelgerei ergebenen König nur saumselig vonstatten geht. Horatio kennt den alten König, denn er hat seinen letzten Schlachten beigewohnt, hat bei ihm in Gunsten gestanden, und die erste Geisterszene wird dadurch nicht verlieren. Der neue König gibt sodann dem Horatio Audienz und schickt den Laertes nach Norwegen mit der Nachricht, daß die Flotte bald anlanden werde, indes Horatio den Auftrag erhält, die Rüstung derselben zu beschleunigen; dagegen will die Mutter nicht einwilligen, daß Hamlet, wie er wünschte, mit Horatio zur See gehe.

Gott sei Dank! rief Serlo, so werden wir auch Wittenberg und die hohe Schule los, die mir immer ein leidiger Anstoß war. Ich finde Ihren Gedanken recht gut: denn außer den zwei einzigen fernen Bildern, Norwegen und der Flotte, braucht der Zuschauer sich nichts zu *denken;* das übrige *sieht* er alles, das übrige geht alles vor, anstatt daß sonst seine Einbildungskraft in der ganzen Welt herumgejagt würde.

Sie sehen leicht, versetzte Wilhelm, wie ich nunmehr auch das übrige zusammenhalten kann. Wenn Hamlet dem Horatio die Missetat seines Stiefvaters entdeckt, so rät ihm dieser, mit nach Norwegen zu gehen, sich der Armee zu versichern und mit gewaffneter Hand zurückzukehren. Da Hamlet dem König und der Königin zu gefährlich wird, haben sie kein näheres Mittel, ihn loszuwerden, als ihn nach der Flotte zu schicken und ihm Rosenkranz und Güldenstern zu Beobachtern mitzugeben; und da indes Laertes zurückkommt, soll dieser bis zum Meuchelmord erhitzte Jüngling ihm nachgeschickt werden. Die Flotte bleibt wegen ungünstigen Windes liegen; Hamlet kehrt nochmals zurück; seine Wanderung über den Kirchhof kann vielleicht glücklich motiviert werden; sein Zusammentreffen mit Laertes in Opheliens Grabe ist ein großer, unentbehrlicher Moment. Hierauf mag der König bedenken, daß es besser sei, Hamlet auf der Stelle loszuwerden; das Fest der Abreise, der scheinbaren Versöhnung mit Laertes wird nun feierlich begangen, wobei man Ritterspiele hält und auch Hamlet und Laertes fechten. Ohne die vier Leichen kann ich das Stück nicht schließen; es darf niemand übrig bleiben. Hamlet gibt, da nun das Wahlrecht des Volks wieder eintritt, seine Stimme sterbend dem Horatio.

Nur geschwind, versetzte Serlo, setzen Sie sich hin und arbeiten das Stück aus; die Idee hat völlig meinen Beifall; nur daß die Lust nicht verraucht.

Fünftes Kapitel

Wilhelm hatte sich schon lange mit einer Übersetzung Hamlets abgegeben; er hatte sich dabei der geistvollen Wielandschen Arbeit bedient, durch die er überhaupt Shakespearen zuerst kennen lernte. Was in derselben ausgelassen war, fügte er hinzu, und so war er im Besitz eines vollständigen Exemplars in dem Augenblicke, da er mit Serlo über die Behandlung so ziemlich einig geworden war. Er fing nun an, nach seinem Plane auszuheben und einzuschieben, zu trennen, und zu verbinden, zu verändern und oft wiederherzustellen; denn so zufrieden er auch mit seiner Idee war, so schien ihm doch bei der Ausführung immer, daß das Original nur verdorben werde.

Sobald er fertig war, las er es Serlo und der übrigen Gesellschaft vor. Sie bezeugten sich sehr zufrieden damit; besonders machte Serlo manche günstige Bemerkung.

Sie haben, sagte er unter andern, sehr richtig empfunden, daß äußere Umstände dieses Stück begleiten, aber einfacher sein müssen, als sie uns der große Dichter gegeben hat. Was außer dem Theater vorgeht, was der Zuschauer nicht sieht, was er sich vorstellen muß, ist wie ein Hintergrund, vor dem die spielenden Figuren sich bewegen. Die große einfache Aussicht auf die Flotte und Norwegen wird dem Stück sehr gut tun; nähme man sie ganz weg, so ist es nur eine Familienszene, und der große Begriff, daß hier ein ganzes königliches Haus durch innere Verbrechen und Ungeschicklichkeiten zugrunde geht, wird nicht in seiner Würde dargestellt. Bliebe aber jener Hintergrund selbst mannigfaltig, beweglich, konfus, so täte er dem Eindrucke der Figuren Schaden.

Wilhelm nahm nun wieder die Partie Shakespeares und zeigte, daß er für Insulaner geschrieben habe, für Engländer, die selbst im Hintergrunde nur Schiffe und Seereisen, die Küste von Frankreich und Kaper zu sehen gewohnt sind, und daß, was jenen etwas ganz Gewöhnliches sei, uns schon zerstreue und verwirre.

Serlo mußte nachgeben, und beide stimmten darin überein, daß, da das Stück nur einmal auf das deutsche Theater solle, dieser ernstere einfachere Hintergrund für unsre Vorstellungsart am besten passen werde.

Die Rollen hatte man schon früher ausgeteilt: den Polonius übernahm Serlo, Aurelie Ophelien, Laertes war durch seinen Namen schon bezeichnet; ein junger untersetzter, muntrer, neuangekommener Jüngling erhielt die Rolle des Horatio; nur wegen des Königs und des Geistes war man in einiger Verlegenheit. Für beide Rollen war nur der alte Polterer da. Serlo schlug den Pedanten zum Könige vor; wogegen Wilhelm aber aufs äußerste protestierte. Man konnte sich nicht entschließen.

Ferner hatte Wilhelm in seinem Stücke die beiden Rollen von Rosenkranz und Güldenstern stehen lassen. Warum haben Sie diese nicht in Eine verbunden? fragte Serlo; diese Abbreviatur ist doch so leicht gemacht.

Gott bewahre mich vor solchen Verkürzungen, die zugleich Sinn und Wirkung aufheben, versetzte Wilhelm. Das, was diese beiden Menschen sind und tun, kann nicht durch Einen vorgestellt werden. In solchen Kleinigkeiten zeigt sich Shakespeares Größe. Dieses leise Auftreten, dieses Schmiegen und Biegen, dies Jasagen, Streicheln und Schmeicheln, diese Behendigkeit, dies Schwänzeln, diese Allheit und Leerheit, diese rechtliche Schurkerei, diese Unfähigkeit, wie kann sie durch Einen Menschen ausgedrückt werden? Es sollten ihrer wenigstens ein Dutzend sein, wenn man sie haben könnte; denn sie sind bloß in Gesellschaft etwas, sie sind die Gesellschaft, und Shakespeare war sehr bescheiden und weise, daß er nur zwei solche Repräsentanten auftreten ließ. Überdies brauche ich sie in meiner Bearbeitung als ein Paar, das mit dem einen, guten, trefflichen Horatio kontrastiert.

Ich verstehe Sie, sagte Serlo, und wir können uns helfen. Den einen geben wir Elmiren (so nannte man die älteste Tochter des Polterers); es kann nicht schaden, wenn sie gut aussehen, und ich will die Puppen putzen und dressieren, daß es eine Lust sein soll.

Philine freute sich außerordentlich, daß sie die Herzogin in der kleinen Komödie spielen sollte. Das will ich so natürlich machen, rief sie aus, wie man in der Geschwindigkeit einen zweiten heiratet, nachdem man den ersten ganz außerordentlich geliebt hat. Ich hoffe mir den größten Beifall zu erwerben, und jeder Mann soll wünschen, der dritte zu werden.

Aurelie machte ein verdrießliches Gesicht bei diesen Äußerungen; ihr Widerwille gegen Philinen nahm mit jedem Tage zu.

Es ist recht schade, sagte Serlo, daß wir kein Ballett haben; sonst sollten Sie mir mit Ihrem ersten und zweiten Manne ein Pas de deux tanzen, und der Alte sollte nach dem Takt einschlafen, und Ihre Füßchen und Wädchen würden sich dort hinten auf dem Kindertheater ganz allerliebst ausnehmen.

Von meinen Wädchen wissen Sie ja wohl nicht viel, versetzte sie schnippisch, und was meine Füßchen betrifft, rief sie, indem sie schnell unter den Tisch reichte, ihre Pantöffelchen heraufholte und nebeneinander vor Serlo hinstellte: hier sind die Stelzchen, und ich gebe Ihnen auf, niedlichere zu finden.

Es war Ernst! sagte er, als er die zierlichen Halbschuhe betrachtete. Gewiß, man konnte nicht leicht etwas Artigers sehen.

Sie waren Pariser Arbeit; Philine hatte sie von der Gräfin zum

Geschenk erhalten, einer Dame, deren schöner Fuß berühmt war.

Ein reizender Gegenstand! rief Serlo; das Herz hüpft mir, wenn ich sie ansehe.

Welche Verzuckungen! sagte Philine.

Es geht nichts über ein Paar Pantöffelchen von so feiner, schöner Arbeit, rief Serlo; doch ist ihr Klang noch reizender als ihr Anblick. Er hub sie auf und ließ sie einigemal hintereinander wechselsweise auf den Tisch fallen.

Was soll das heißen? Nur wieder her damit! rief Philine.

Darf ich sagen, versetzte er mit verstellter Bescheidenheit und schalkhaftem Ernst, wir andern Junggesellen, die wir nachts meist allein sind und uns doch wie andre Menschen fürchten und im Dunkeln uns nach Gesellschaft sehnen, besonders in Wirtshäusern und fremden Orten, wo es nicht ganz geheuer ist, wir finden es gar tröstlich, wenn ein gutherziges Kind uns Gesellschaft und Beistand leisten will. Es ist Nacht, man liegt im Bette, es raschelt, man schaudert, die Türe tut sich auf, man erkennt ein liebes pisperndes Stimmchen, es schleicht was herbei, die Vorhänge rauschen, klipp! klapp! die Pantoffeln fallen, und husch! man ist nicht mehr allein. Ach der liebe, der einzige Klang, wenn die Absätzchen auf den Boden aufschlagen! Je zierlicher sie sind, je feiner klingts. Man spreche mir von Philomelen, von rauschenden Bächen, vom Säuseln der Winde und von allem, was je georgelt und gepfiffen worden ist, ich halte mich an das Klipp! Klapp! – Klipp! Klapp! ist das schönste Thema zu einem Rondeau, das man immer wieder von vorne zu hören wünscht.

Philine nahm ihm die Pantoffeln aus den Händen und sagte: Wie ich sie krumm getreten habe! sie sind mir viel zu weit! Dann spielte sie damit und rieb die Sohlen gegeneinander. Was das heiß wird! rief sie aus, indem sie die eine Sohle flach an die Wange hielt, dann wieder rieb und sie gegen Serlo hinreichte. Er war gutmütig genug, nach der Wärme zu fühlen, und Klipp! Klapp! rief sie, indem sie ihm einen derben Schlag mit dem Absatz versetzte, daß er schreiend die Hand zurückzog. Ich will Euch lehren, bei meinen Pantoffeln was anders denken, sagte Philine lachend.

Und ich will dich lehren, alte Leute wie Kinder anführen! rief Serlo dagegen, sprang auf, faßte sie mit Heftigkeit und raubte ihr manchen Kuß, deren jeden sie sich mit ernstlichem Widerstreben gar künstlich abzwingen ließ. Über dem Balgen fielen ihre langen Haare herunter und wickelten sich um die Gruppe, der Stuhl schlug an den Boden, und Aurelie, die von diesem Unwesen innerlich beleidigt war, stand mit Verdruß auf.

Sechstes Kapitel

Obgleich bei der neuen Bearbeitung Hamlets manche Personen weggefallen waren, so blieb die Anzahl derselben doch immer noch groß genug, und fast wollte die Gesellschaft nicht hinreichen.

Wenn das so fortgeht, sagte Serlo, wird unser Souffleur auch noch aus dem Loche hervorsteigen müssen, unter uns wandeln und zur Person werden.

Schon oft habe ich ihn an seiner Stelle bewundert, versetzte Wilhelm.

Ich glaube nicht, daß es einen vollkommenern Einhelfer gibt, sagte Serlo. Kein Zuschauer wird ihn jemals hören; wir auf dem Theater verstehen jede Silbe. Er hat sich gleichsam ein eigen Organ dazu gemacht und ist wie ein Genius, der uns in der Not vernehmlich zulispelt. Er fühlt, welchen Teil seiner Rolle der Schauspieler vollkommen inne hat, und ahnet von weitem, wenn ihn das Gedächtnis verlassen will. In einigen Fällen, da ich die Rolle kaum überlesen konnte, da er sie mir Wort vor Wort vorsagte, spielte ich sie mit Glück; nur hat er Sonderbarkeiten, die jeden andern unbrauchbar machen würden: er nimmt so herzlichen Anteil an den Stücken, daß er pathetische Stellen nicht eben deklamiert, aber doch affektvoll rezitiert. Mit dieser Unart hat er mich mehr als einmal irre gemacht.

So wie er mich, sagte Aurelie, mit einer andern Sonderbarkeit einst an einer sehr gefährlichen Stelle stecken ließ.

Wie war das bei seiner Aufmerksamkeit möglich? fragte Wilhelm.

Er wird, versetzte Aurelie, bei gewissen Stellen so gerührt, daß er heiße Tränen weint und einige Augenblicke ganz aus der Fassung kommt; und es sind eigentlich nicht die sogenannten rührenden Stellen, die ihn in diesen Zustand versetzen; es sind, wenn ich mich deutlich ausdrücke, die *schönen* Stellen, aus welchen der reine Geist des Dichters gleichsam aus hellen, offenen Augen hervorsieht, Stellen, bei denen wir andern uns nur höchstens freuen, und worüber viele Tausende wegsehen.

Und warum erscheint er mit dieser zarten Seele nicht auf dem Theater?

Ein heiseres Organ und ein steifes Betragen schließen ihn von der Bühne und seine hypochondrische Natur von der Gesellschaft aus, versetzte Serlo. Wie viel Mühe habe ich mir gegeben, ihn an mich zu gewöhnen! aber vergebens. Er liest vortrefflich, wie ich nicht wieder habe lesen hören; niemand hält wie er die zarte Grenzlinie zwischen Deklamation und affektvoller Rezitation.

Gefunden! rief Wilhelm, gefunden! Welch eine glückliche Entdeckung! Nun haben wir den Schauspieler, der uns die Stelle vom *rauhen Pyrrhus* rezitieren soll.

Man muß so viel Leidenschaft haben wie Sie, versetzte Serlo, um alles zu seinem Endzwecke zu nutzen.

Gewiß, ich war in der größten Sorge, rief Wilhelm, daß vielleicht diese Stelle wegbleiben müßte, und das ganze Stück würde dadurch gelähmt werden.

Das kann ich doch nicht einsehen, versetzte Aurelie.

Ich hoffe, Sie werden bald meiner Meinung sein, sagte Wilhelm. Shakespeare führt die ankommenden Schauspieler zu einem doppelten Endzweck herein. Erst macht der Mann, der den Tod des Priamus mit so viel eigner Rührung deklamiert, tiefen Eindruck auf den *Prinzen* selbst; er schärft das Gewissen des jungen schwankenden Mannes: und so wird diese Szene das Präludium zu jener, in welcher das kleine Schauspiel so große Wirkung auf den *König* tut. Hamlet fühlt sich durch den Schauspieler beschämt, der an fremden, an fingierten Leiden so großen Teil nimmt; und der Gedanke, auf ebendie Weise einen Versuch auf das Gewissen seines Stiefvaters zu machen, wird dadurch bei ihm sogleich erregt. Welch ein herrlicher Monolog ists, der den zweiten Akt schließt! Wie freue ich mich darauf, ihn zu rezitieren:

›O! welch ein Schurke, welch ein niedriger Sklave bin ich! – Ist es nicht ungeheuer, daß dieser Schauspieler hier, nur durch Erdichtung, durch einen Traum von Leidenschaft, seine Seele so nach seinem Willen zwingt, daß ihre Wirkung sein ganzes Gesicht entfärbt: – Tränen im Auge! Verwirrung im Betragen! Gebrochne Stimme! Sein ganzes Wesen von Einem Gefühl durchdrungen! und das alles um nichts – um Hekuba! – Was ist Hekuba für ihn oder er für Hekuba, daß er um sie weinen sollte?‹

Wenn wir nur unsern Mann auf das Theater bringen können, sagte Aurelie.

Wir müssen, versetzte Serlo, ihn nach und nach hineinführen. Bei den Proben mag er die Stelle lesen, und wir sagen, daß wir einen Schauspieler, der sie spielen soll, erwarten, und so sehen wir, wie wir ihm näherkommen.

Nachdem sie darüber einig waren, wendete sich das Gespräch auf den *Geist*. Wilhelm konnte sich nicht entschließen, die Rolle des lebenden Königs dem Pedanten zu überlassen, damit der Polterer den Geist spielen könne, und meinte vielmehr, daß man noch einige Zeit warten sollte, indem sich doch noch einige Schauspieler gemeldet hätten und sich unter ihnen der rechte Mann finden könnte.

Man kann sich daher denken, wie verwundert Wilhelm war, als er, unter der Adresse seines Theaternamens, abends folgendes Billett mit wunderbaren Zügen versiegelt auf seinem Tische fand:

›Du bist, o sonderbarer Jüngling, wir wissen es, in großer Verlegenheit. Du findest kaum Menschen zu deinem Hamlet, geschweige Geister. Dein Eifer verdient ein Wunder; Wunder können wir nicht tun, aber etwas Wunderbares soll geschehen. Hast du Vertrauen, so soll zur rechten Stunde der Geist erscheinen! Habe Mut und bleibe gefaßt! Es bedarf keiner Antwort, dein Entschluß wird uns bekannt werden.‹

Mit diesem seltsamen Blatte eilte er zu Serlo zurück, der es las und wieder las und endlich mit bedenklicher Miene versicherte:

die Sache sei von Wichtigkeit; man müsse wohl überlegen, ob man es wagen dürfe und könne. Sie sprachen vieles hin und wider; Aurelie war still und lächelte von Zeit zu Zeit, und als nach einigen Tagen wieder davon die Rede war, gab sie nicht undeutlich zu verstehen, daß sie es für einen Scherz von Serlo halte. Sie bat Wilhelmen, völlig außer Sorge zu sein und den Geist geduldig zu erwarten.

Überhaupt war Serlo von dem besten Humor; denn die abgehenden Schauspieler gaben sich alle mögliche Mühe, gut zu spielen, damit man sie ja recht vermissen sollte, und von der Neugierde auf die neue Gesellschaft konnte er auch die beste Einnahme erwarten.

Sogar hatte der Umgang Wilhelms auf ihn einigen Einfluß gehabt. Er fing an, mehr über Kunst zu sprechen, denn er war am Ende doch ein Deutscher, und diese Nation gibt sich gern Rechenschaft von dem, was sie tut. Wilhelm schrieb sich manche solche Unterredung auf; und wir werden, da die Erzählung hier nicht so oft unterbrochen werden darf, denjenigen unsrer Leser, die sich dafür interessieren, solche dramaturgische Versuche bei einer andern Gelegenheit vorlegen.

Besonders war Serlo eines Abends sehr lustig, als er von der Rolle des Polonius sprach, wie er sie zu fassen gedachte. Ich verspreche, sagte er, diesmal einen recht würdigen Mann zum besten zu geben; ich werde die gehörige Ruhe und Sicherheit, Leerheit und Bedeutsamkeit, Annehmlichkeit und geschmackloses Wesen, Freiheit und Aufpassen, treuherzige Schalkheit und erlogene Wahrheit da, wo sie hingehören, recht zierlich aufstellen. Ich will einen solchen grauen, redlichen, ausdauernden, der Zeit dienenden Halbschelm aufs allerhöflichste vorstellen und vortragen, und dazu sollen mir die etwas rohen und groben Pinselstriche unsers Autors gute Dienste leisten. Ich will reden wie ein Buch, wenn ich mich vorbereitet habe, und wie ein Tor, wenn ich bei guter Laune bin. Ich werde abgeschmackt sein, um jedem nach dem Maule zu reden, und immer so fein, es nicht zu merken, wenn mich die Leute zum besten haben. Nicht leicht habe ich eine Rolle mit solcher Lust und Schalkheit übernommen.

Wenn ich nur auch von der meinigen so viel hoffen könnte, sagte Aurelie. Ich habe weder Jugend noch Weichheit genug, um mich in diesen Charakter zu finden. Nur eins weiß ich leider: das Gefühl, das Ophelien den Kopf verrückt, wird mich nicht verlassen.

Wir wollen es ja nicht so genau nehmen, sagte Wilhelm: denn eigentlich hat mein Wunsch, den Hamlet zu spielen, mich bei allem Studium des Stücks aufs äußerste irregeführt. Je mehr ich mich in die Rolle studiere, desto mehr sehe ich, daß in meiner ganzen Gestalt kein Zug der Physiognomie ist, wie Shakespeare seinen Hamlet aufstellt. Wenn ich es recht überlege, wie genau in der Rolle alles zusammenhängt, so getraue ich mir kaum, eine leidliche Wirkung hervorzubringen.

Sie treten mit großer Gewissenhaftigkeit in Ihre Laufbahn, versetzte Serlo. Der Schauspieler schickt sich in die Rolle, wie er kann, und die Rolle richtet sich nach ihm, wie sie muß. Wie hat aber Shakespeare seinen Hamlet vorgezeichnet? Ist er Ihnen denn so ganz unähnlich?

Zuvörderst ist Hamlet blond, erwiderte Wilhelm.

Das heiß ich weit gesucht, sagte Aurelie. Woher schließen Sie das? –

Als Däne, als Nordländer ist er blond von Hause aus und hat blaue Augen. –

Sollte Shakespeare daran gedacht haben? –

Bestimmt find ich es nicht ausgedrückt, aber in Verbindung mit andern Stellen scheint es mir unwidersprechlich. Ihm wird das Fechten sauer, der Schweiß läuft ihm vom Gesichte, und die Königin spricht: Er ist fett, laßt ihn zu Atem kommen. Kann man sich ihn da anders als blond und wohlbehäglich vorstellen? denn braune Leute sind in ihrer Jugend selten in diesem Falle. Paßt nicht auch seine schwankende Melancholie, seine weiche Trauer, seine tätige Unentschlossenheit besser zu einer solchen Gestalt, als wenn Sie sich einen schlanken, braunlockigen Jüngling denken, von dem man mehr Entschlossenheit und Behendigkeit erwartet?

Sie verderben mir die Imagination, rief Aurelie; weg mit Ihrem fetten Hamlet! stellen Sie uns ja nicht Ihren wohlbeleibten Prinzen vor! Geben Sie uns lieber irgendein Quiproquo, das uns reizt, das uns rührt. Die Intention des Autors liegt uns nicht so nahe als unser Vergnügen, und wir verlangen einen Reiz, der uns homogen ist.

Siebentes Kapitel

Einen Abend stritt die Gesellschaft, ob der Roman oder das Drama den Vorzug verdiene? Serlo versicherte, es sei ein vergeblicher, mißverstandner Streit; beide könnten in ihrer Art vortrefflich sein, nur müßten sie sich in den Grenzen ihrer Gattung halten.

Ich bin selbst noch nicht ganz im klaren darüber, versetzte Wilhelm.

Wer ist es auch? sagte Serlo; und doch wäre es der Mühe wert, daß man der Sache näher käme.

Sie sprachen viel herüber und hinüber, und endlich war folgendes ungefähr das Resultat ihrer Unterhaltung:

Im Roman wie im Drama sehen wir menschliche Natur und Handlung. Der Unterschied beider Dichtungsarten liegt nicht bloß in der äußern Form, nicht darin, daß die Personen in dem einen sprechen, und daß in dem andern gewöhnlich von ihnen erzählt wird. Leider viele Dramen sind nur dialogierte Romane, und es wäre nicht unmöglich, ein Drama in Briefen zu schreiben.

Im Roman sollen vorzüglich Gesinnungen und Begebenheiten vorgestellt werden; im Drama Charaktere und Taten. Der Roman muß langsam gehen, und die Gesinnungen der Hauptfigur müssen, es sei auf welche Weise es wolle, das Vordringen des Ganzen zur Entwickelung aufhalten. Das Drama soll eilen, und der Charakter der Hauptfigur muß sich nach dem Ende drängen und nur aufgehalten werden. Der Romanheld muß leidend, wenigstens nicht im hohen Grade wirkend sein; von dem dramatischen verlangt man Wirkung und Tat. Grandison, Clarisse, Pamela, der Landpriester von Wakefield, Tom Jones selbst sind, wo nicht leidende, doch retardierende Personen, und alle Begebenheiten werden gewissermaßen nach ihren Gesinnungen gemodelt. Im Drama modelt der Held nichts nach sich, alles widersteht ihm, und er räumt und rückt die Hindernisse aus dem Wege oder unterliegt ihnen.

So vereinigte man sich auch darüber, daß man dem Zufall im Roman gar wohl sein Spiel erlauben könne; daß er aber immer durch die Gesinnungen der Personen gelenkt und geleitet werden müsse; daß hingegen das Schicksal, das die Menschen, ohne ihr Zutun, durch unzusammenhängende äußere Umstände zu einer unvorgesehenen Katastrophe hindrängt, nur im Drama statthabe; daß der Zufall wohl pathetische, niemals aber tragische Situationen hervorbringen dürfe; das Schicksal hingegen müsse immer fürchterlich sein und werde im höchsten Sinne tragisch, wenn es schuldige und unschuldige, voneinander unabhängige Taten in eine unglückliche Verknüpfung bringt.

Diese Betrachtungen führten wieder auf den wunderlichen Hamlet und auf die Eigenheiten dieses Stücks. Der Held, sagte man, hat eigentlich auch nur Gesinnungen; es sind nur Begebenheiten, die zu ihm stoßen, und deswegen hat das Stück etwas von dem Gedehnten des Romans: weil aber das Schicksal den Plan gezeichnet hat, weil das Stück von einer fürchterlichen Tat ausgeht und der Held immer vorwärts zu einer fürchterlichen Tat gedrängt wird, so ist es im höchsten Sinne tragisch und leidet keinen andern als einen tragischen Ausgang.

Nun sollte Leseprobe gehalten werden, welche Wilhelm eigentlich als ein Fest ansah. Er hatte die Rollen vorher kollationiert, daß also von dieser Seite kein Anstoß sein konnte. Die sämtlichen Schauspieler waren mit dem Stücke bekannt, und er suchte sie nur, ehe sie anfingen, von der Wichtigkeit einer Leseprobe zu überzeugen. Wie man von jedem Musikus verlange, daß er, bis auf einen gewissen Grad, vom Blatte spielen könne, so solle auch jeder Schauspieler, ja jeder wohlerzogene Mensch sich üben, vom Blatte zu lesen, einem Drama, einem Gedicht, einer Erzählung sogleich ihren Charakter abzugewinnen und sie mit Fertigkeit vorzutragen. Alles Memorieren helfe nichts, wenn der Schauspieler nicht vorher in den Geist und Sinn des guten Schriftstellers eingedrungen sei; der Buchstabe könne nichts wirken.

Serlo versicherte, daß er jeder andern Probe, ja der Hauptprobe nachsehen wolle, sobald der Leseprobe ihr Recht widerfahren sei: denn gewöhnlich, sagte er, ist nichts lustiger, als wenn Schauspieler von Studieren sprechen; es kommt mir ebenso vor, als wenn die Freimäurer von Arbeiten reden.

Die Probe lief nach Wunsch ab, und man kann sagen, daß der Ruhm und die gute Einnahme der Gesellschaft sich auf diese wenigen wohlangewandten Stunden gründete.

Sie haben wohlgetan, mein Freund, sagte Serlo, nachdem sie wieder allein waren, daß Sie unsern Mitarbeitern so ernstlich zusprachen, wenn ich gleich fürchte, daß sie Ihre Wünsche schwerlich erfüllen werden.

Wieso? versetzte Wilhelm.

Ich habe gefunden, sagte Serlo, daß, so leicht man der Menschen Imagination in Bewegung setzen kann, so gern sie sich Märchen erzählen lassen, ebenso selten ist es, eine Art von produktiver Imagination bei ihnen zu finden. Bei den Schauspielern ist dieses sehr auffallend. Jeder ist sehr wohl zufrieden, eine schöne, lobenswürdige, brillante Rolle zu übernehmen; selten aber tut einer mehr, als sich mit Selbstgefälligkeit an die Stelle des Helden setzen, ohne sich im mindesten zu bekümmern, ob ihn auch jemand dafür halten werde. Aber mit Lebhaftigkeit zu umfassen, was sich der Autor beim Stück gedacht hat, was man von seiner Individualität hingeben müsse, um einer Rolle genugzutun, wie man durch eigene Überzeugung, man sei ein ganz anderer Mensch, den Zuschauer gleichfalls zur Überzeugung hinreiße, wie man durch eine innere Wahrheit der Darstellungskraft diese Bretter in Tempel, diese Pappen in Wälder verwandelt, ist wenigen gegeben. Diese innere Stärke des Geistes, wodurch ganz allein der Zuschauer getäuscht wird, diese erlogene Wahrheit, die ganz allein Wirkung hervorbringt, wodurch ganz allein die Illusion erzielt wird, wer hat davon einen Begriff?

Lassen Sie uns daher ja nicht zu sehr auf Geist und Empfindung dringen! Das sicherste Mittel ist, wenn wir unsern Freunden mit Gelassenheit zuerst den Sinn des Buchstabens erklären und ihnen den Verstand eröffnen. Wer Anlage hat, eilt alsdann selbst dem geistreichen und empfindungsvollen Ausdrucke entgegen; und wer sie nicht hat, wird wenigstens niemals ganz falsch spielen und rezitieren. Ich habe aber bei Schauspielern, so wie überhaupt, keine schlimmere Anmaßung gefunden, als wenn jemand Ansprüche an Geist macht, solange ihm der Buchstabe noch nicht deutlich und geläufig ist.

Achtes Kapitel

Wilhelm kam zur ersten Theaterprobe sehr zeitig und fand sich auf den Brettern allein. Das Lokal überraschte ihn und gab ihm die wunderbarsten Erinnerungen. Die Wald- und Dorfdekoration stand genau so wie auf der Bühne seiner Vaterstadt, auch bei einer Probe, als ihm an jenem Morgen Mariane lebhaft ihre Liebe bekannte und ihm die erste glückliche Nacht zusagte. Die Bauernhäuser glichen sich auf dem Theater wie auf dem Lande: die wahre Morgensonne beschien, durch einen halb offenen Fensterladen hereinfallend, einen Teil der Bank, die neben der Türe schlecht befestigt war; nur leider schien sie nicht wie damals auf Marianens Schoß und Busen. Er setzte sich nieder, dachte dieser wunderbaren Übereinstimmung nach und glaubte zu ahnen, daß er sie vielleicht auf diesem Platze bald wiedersehen werde. Ach, und es war weiter nichts, als daß ein Nachspiel, zu welchem diese Dekoration gehörte, damals auf dem deutschen Theater sehr oft gegeben wurde.

In diesen Betrachtungen störten ihn die übrigen ankommenden Schauspieler, mit denen zugleich zwei Theater- und Garderobenfreunde hereintraten und Wilhelmen mit Enthusiasmus begrüßten. Der eine war gewissermaßen an Madame Melina attachiert; der andere aber ein ganz reiner Freund der Schauspielkunst, und beide von der Art, wie sich jede gute Gesellschaft Freunde wünschen sollte. Man wußte nicht zu sagen, ob sie das Theater mehr kannten oder liebten. Sie liebten es zu sehr, um es recht zu kennen; sie kannten es genug, um das Gute zu schätzen und das Schlechte zu verbannen. Aber bei ihrer Neigung war ihnen das Mittelmäßige nicht unerträglich, und der herrliche Genuß, mit dem sie das Gute vor- und nachkosteten, war über allen Ausdruck. Das Mechanische machte ihnen Freude, das Geistige entzückte sie, und ihre Neigung war so groß, daß auch eine zerstückelte Probe sie in eine Art von Illusion versetzte. Die Mängel schienen ihnen jederzeit in die Ferne zu treten, das Gute berührte sie wie ein naher Gegenstand. Kurz, sie waren Liebhaber, wie sie sich der Künstler in seinem Fache wünscht. Ihre liebste Wanderung war von den Kulissen ins Parterre, vom Parterre in die Kulissen, ihr angenehmster Aufenthalt in der Garderobe, ihre emsigste Beschäftigung, an der Stellung, Kleidung, Rezitation und Deklamation der Schauspieler etwas zuzustutzen, ihr lebhaftestes Gespräch über den Effekt, den man hervorgebracht hatte, und ihre beständigste Bemühung, den Schauspieler aufmerksam, tätig und genau zu erhalten, ihm etwas zugute oder zuliebe zu tun und, ohne Verschwendung, der Gesellschaft manchen Genuß zu verschaffen. Sie hatten sich beide das ausschließliche Recht verschafft, bei Proben und Aufführungen auf dem Theater zu erscheinen. Sie waren, was die Aufführung Hamlets betraf, mit Wilhelmen nicht bei allen Stellen einig; hie und da gab er nach, meistens aber behauptete er seine Meinung, und im ganzen diente diese Unterhaltung sehr zur Bildung seines Geschmacks. Er ließ die beiden Freunde sehen, wie sehr er sie schätze, und sie dagegen weissagten nichts weniger von diesen vereinten Bemühungen, als eine neue Epoche fürs deutsche Theater.

Die Gegenwart dieser beiden Männer war bei den Proben sehr nützlich. Besonders überzeugten sie unsre Schauspieler, daß man bei der Probe Stellung und Aktion, wie man sie bei der Aufführung zu zeigen gedenke, immerfort mit der Rede verbinden und alles zusammen durch Gewohnheit mechanisch vereinigen müsse. Besonders mit den Händen solle man ja bei der Probe einer Tragödie keine gemeine Bewegung vornehmen; ein tragischer Schauspieler, der in der Probe Tabak schnupft, mache sie immer bange: denn höchst wahrscheinlich werde er an einer solchen Stelle bei der Aufführung die Prise vermissen. Ja sie hielten dafür, daß niemand in Stiefeln probieren solle, wenn die Rolle in Schuhen zu spielen sei. Nichts aber, versicherten sie, schmerze sie mehr, als wenn die Frauenzimmer in den Proben ihre Hände in die Rockfalten versteckten.

Außerdem ward durch das Zureden dieser Männer noch etwas sehr Gutes bewirkt, daß nämlich alle Mannspersonen exerzieren lernten. Da so viele Militärrollen vorkommen, sagten sie, sieht nichts betrübter aus, als Menschen, die nicht die mindeste Dressur zeigen, in Hauptmanns- und Majorsuniform auf dem Theater herumschwanken zu sehen.

Wilhelm und Laertes waren die ersten, die sich der Pädagogik eines Unteroffiziers unterwarfen, und setzten dabei ihre Fechtübungen mit großer Anstrengung fort.

So viel Mühe gaben sich beide Männer mit der Ausbildung einer Gesellschaft, die sich so glücklich zusammengefunden hatte. Sie sorgten für die künftige Zufriedenheit des Publikums, indes sich dieses über ihre entschiedene Liebhaberei gelegentlich aufhielt. Man wußte nicht, wie viel Ursache man hatte, ihnen dankbar zu sein, besonders da sie nicht versäumten, den Schauspielern oft den Hauptpunkt einzuschärfen, daß es nämlich ihre Pflicht sei, laut und vernehmlich zu sprechen. Sie fanden hierbei mehr Widerstand und Unwillen, als sie anfangs gedacht hatten. Die meisten wollten so gehört sein, wie sie sprachen, und wenige bemühten sich, so zu sprechen, daß man sie hören könnte. Einige schoben den Fehler aufs Gebäude, andere sagten, man könne doch nicht schreien, wenn man natürlich, heimlich oder zärtlich zu sprechen habe.

Unsre Theaterfreunde, die eine unsägliche Geduld hatten, suchten auf alle Weise diese Verwirrung zu lösen, diesem Eigensinne beizukommen. Sie sparten weder Gründe noch Schmeicheleien und erreichten zuletzt doch ihren Endzweck, wobei ihnen das gute Beispiel Wilhelms besonders zustatten kam. Er bat sich aus, daß sie sich bei den Proben in die entferntesten Ecken setzen und, sobald sie ihn nicht vollkommen verstünden, mit dem Schlüssel auf die Bank pochen möchten. Er artikulierte gut, sprach gemäßigt aus, steigerte den Ton stufenweise und überschrie sich nicht in den heftigsten Stellen. Die pochenden Schlüssel hörte man bei jeder Probe weniger; nach und nach ließen sich die andern dieselbe Operation gefallen, und man konnte hoffen, daß das Stück endlich in allen Winkeln des Hauses von jedermann würde verstanden werden.

Man sieht aus diesem Beispiel, wie gern die Menschen ihren Zweck nur auf ihre eigene Weise erreichen möchten, wie viel Not man hat, ihnen begreiflich zu machen, was sich eigentlich von selbst versteht, und wie schwer es ist, denjenigen, der etwas zu leisten wünscht, zur Erkenntnis der ersten Bedingungen zu bringen, unter denen sein Vorhaben allein möglich wird.

Neuntes Kapitel

Man fuhr nun fort, die nötigen Anstalten zu Dekorationen und Kleidern, und was sonst erforderlich war, zu machen. Über einige Szenen und Stellen hatte Wilhelm besondere Grillen, denen Serlo nachgab, teils in Rücksicht auf den Kontrakt, teils aus Überzeugung, und weil er hoffte, Wilhelmen durch diese Gefälligkeit zu gewinnen und in der Folge desto mehr nach seinen Absichten zu lenken.

So sollte zum Beispiel König und Königin bei der ersten Audienz auf dem Throne sitzend erscheinen, die Hofleute an den Seiten und Hamlet unbedeutend unter ihnen stehen. Hamlet, sagte er, muß sich ruhig verhalten; seine schwarze Kleidung unterscheidet ihn schon genug. Er muß sich eher verbergen als zum Vorschein kommen. Nur dann, wenn die Audienz geendigt ist, wenn der König mit ihm als Sohn spricht, dann mag er herbeitreten und die Szene ihren Gang gehen.

Noch eine Hauptschwierigkeit machten die beiden Gemälde, auf die sich Hamlet in der Szene mit seiner Mutter so heftig bezieht. Mir sollen, sagte Wilhelm, in Lebensgröße beide im Grunde des Zimmers neben der Haupttüre sichtbar sein, und zwar muß der alte König in völliger Rüstung, wie der Geist, auf ebender Seite hängen, wo dieser hervortritt. Ich wünsche, daß die Figur mit der rechten Hand eine befehlende Stellung annehme, etwas gewandt sei und gleichsam über die Schulter sehe, damit sie dem Geiste völlig gleiche in dem Augenblicke, da dieser zur Türe hinausgeht. Es wird eine sehr große Wirkung tun, wenn in diesem Augenblick Hamlet nach dem Geiste und die Königin nach dem Bilde sieht. Der Stiefvater mag dann im königlichen Ornat, doch unscheinbarer als jener, vorgestellt werden.

So gab es noch verschiedene Punkte, von denen wir zu sprechen vielleicht Gelegenheit haben.

Sind Sie auch unerbittlich, daß Hamlet am Ende sterben muß? fragte Serlo.

Wie kann ich ihn am Leben erhalten, sagte Wilhelm, da ihn das ganze Stück zu Tode drückt? Wir haben ja schon so weitläufig darüber gesprochen.

Aber das Publikum wünscht ihn lebendig. –

Ich will ihm gern jeden andern Gefallen tun, nur diesmal ists unmöglich. Wir wünschen auch, daß ein braver, nützlicher Mann, der an einer chronischen Krankheit stirbt, noch länger leben möge. Die Familie weint und beschwört den Arzt, der ihn nicht halten kann: und so wenig als dieser einer Naturnotwendigkeit zu widerstehen vermag, so wenig können wir einer anerkannten Kunstnotwendigkeit gebieten. Es ist eine falsche Nachgiebigkeit gegen die Menge, wenn man ihnen die Empfindungen erregt, die sie haben *wollen,* und nicht, die sie haben *sollen.* –

Wer das Geld bringt, kann die Ware nach seinem Sinne verlangen. –

Gewissermaßen; aber ein großes Publikum verdient, daß man es achte, daß man es nicht wie Kinder, denen man das Geld abnehmen will, behandle. Man bringe ihm nach und nach durch das Gute Gefühl und Geschmack für das Gute bei, und es wird sein Geld mit doppeltem Vergnügen einlegen, weil ihm der Verstand, ja die Vernunft selbst bei dieser Ausgabe nichts vorzuwerfen hat. Man kann ihm schmeicheln wie einem geliebten Kinde, schmeicheln, um es zu bessern, um es künftig aufzuklären; nicht wie einem Vornehmen und Reichen, um den Irrtum, den man nutzt, zu verewigen.

So handelten sie noch manches ab, das sich besonders auf die Frage bezog: was man noch etwa an dem Stücke verändern dürfe, und was unberührt bleiben müsse. Wir lassen uns hierauf nicht weiter ein, sondern legen vielleicht künftig die neue Bearbeitung Hamlets selbst demjenigen Teile unsrer Leser vor, der sich etwa dafür interessieren könnte.

Zehntes Kapitel

Die Hauptprobe war vorbei; sie hatte übermäßig lange gedauert. Serlo und Wilhelm fanden noch manches zu besorgen: denn ungeachtet der vielen Zeit, die man zur Vorbereitung verwendet hatte, waren doch sehr notwendige Anstalten bis auf den letzten Augenblick verschoben worden.

So waren zum Beispiel die Gemälde der beiden Könige noch nicht fertig, und die Szene zwischen Hamlet und seiner Mutter, von der man einen so großen Effekt hoffte, sah noch sehr mager aus, indem weder der Geist noch sein gemaltes Ebenbild dabei gegenwärtig war. Serlo scherzte bei dieser Gelegenheit und sagte: Wir wären doch im Grunde recht übel angeführt, wenn der Geist ausbliebe, die Wache wirklich mit der Luft fechten und unser Souffleur aus der Kulisse den Vortrag des Geistes supplieren müßte.

Wir wollen den wunderbaren Freund nicht durch unsern Unglauben verscheuchen, versetzte Wilhelm; er kommt gewiß zur rechten Zeit und wird uns so gut als die Zuschauer überraschen.

Gewiß, rief Serlo, ich werde froh sein, wenn das Stück morgen gegeben ist: es macht uns mehr Umstände, als ich geglaubt habe.

Aber niemand in der Welt wird froher sein als ich, wenn das Stück morgen gespielt ist, versetzte Philine, so wenig mich meine Rolle drückt. Denn immer und ewig von Einer Sache reden zu hören, wobei doch nichts weiter herauskommt als eine Repräsentation, die, wie so viele hundert andere, vergessen werden wird, dazu will meine Geduld nicht hinreichen. Macht doch in Gottes Namen nicht so viel Umstände! Die Gäste, die vom Tische aufstehen, haben nachher an jedem Gerichte was auszusetzen; ja wenn man sie zu Hause reden hört, so ist es ihnen kaum begreiflich, wie sie eine solche Not haben ausstehen können.

Lassen Sie mich Ihr Geheimnis zu meinem Vorteile brauchen, schönes Kind, versetzte Wilhelm. Bedenken Sie, was Natur und Kunst, was Handel, Gewerke und Gewerbe zusammen schaffen müssen, bis ein Gastmahl gegeben werden kann. Wie viel Jahre muß der Hirsch im Walde, der Fisch im Fluß oder Meere zubringen, bis er unsre Tafel zu besetzen würdig ist, und was hat die Hausfrau, die Köchin nicht alles in der Küche zu tun! Mit welcher Nachlässigkeit schlürft man die Sorge des entferntesten Winzers, des Schiffers, des Kellermeisters beim Nachtische hinunter, als müsse es nur so sein. Und sollten deswegen alle diese Menschen nicht arbeiten, nicht schaffen und bereiten, sollte der Hausherr das alles nicht sorgfältig zusammenbringen und zusammenhalten, weil am Ende der Genuß nur vorübergehend ist? Aber kein Genuß ist vorübergehend: denn der Eindruck, den er zurückläßt, ist bleibend, und was man mit Fleiß und Anstrengung tut, teilt dem Zuschauer selbst eine verborgene Kraft mit, von der man nicht wissen kann, wie weit sie wirkt.

Mir ist alles einerlei, versetzte Philine, nur muß ich auch diesmal erfahren, daß Männer immer im Widerspruch mit sich selbst sind. Bei all eurer Gewissenhaftigkeit, den großen Autor nicht verstümmeln zu wollen, laßt ihr doch den schönsten Gedanken aus dem Stücke.

Den schönsten? rief Wilhelm.

Gewiß den schönsten, auf den sich Hamlet selbst was zugute tut.

Und der wäre? rief Serlo.

Wenn Sie eine Perücke aufhätten, versetzte Philine, würde ich sie Ihnen ganz säuberlich abnehmen: denn es scheint nötig, daß man Ihnen das Verständnis eröffne.

Die andern dachten nach, und die Unterhaltung stockte. Man war aufgestanden, es war schon spät, man schien auseinandergehen zu wollen. Als man so unentschlossen dastand, fing Philine ein Liedchen, auf eine sehr zierliche und gefällige Melodie, zu singen an.

Singet nicht in Trauertönen
Von der Einsamkeit der Nacht;
Nein, sie ist, o holde Schönen,
Zur Geselligkeit gemacht.

Wie das Weib dem Mann gegeben
Als die schönste Hälfte war,
Ist die Nacht das halbe Leben,
Und die schönste Hälfte zwar.

Könnt ihr euch des Tages freuen,
Der nur Freuden unterbricht?
Er ist gut, sich zu zerstreuen,
Zu was anderm taugt er nicht.

Aber wenn in nächtger Stunde
Süßer Lampe Dämmrung fließt
Und vom Mund zum nahen Munde
Scherz und Liebe sich ergießt;

Wenn der rasche, lose Knabe,
Der sonst wild und feurig eilt,
Oft bei einer kleinen Gabe
Unter leichten Spielen weilt;

Wenn die Nachtigall Verliebten
Liebevoll ein Liedchen singt,
Das Gefangnen und Betrübten
Nur wie Ach und Wehe klingt:

Mit wie leichtem Herzensregen
Horchet ihr der Glocke nicht,
Die mit zwölf bedächtgen Schlägen
Ruh und Sicherheit verspricht!

Darum an dem langen Tage
Merke dir es, liebe Brust:
Jeder Tag hat seine Plage,
Und die Nacht hat ihre Lust.

Sie machte eine leichte Verbeugung, als sie geendigt hatte, und Serlo rief ihr ein lautes Bravo zu. Sie sprang zur Tür hinaus und eilte mit Gelächter fort. Man hörte sie die Treppe hinunter singen und mit den Absätzen klappern.

Serlo ging in das Seitenzimmer, und Aurelie blieb vor Wilhelmen, der ihr eine gute Nacht wünschte, noch einige Augenblicke stehen und sagte:

Wie sie mir zuwider ist! recht meinem innern Wesen zuwider! bis auf die kleinsten Zufälligkeiten. Die rechte braune Augenwimper bei den blonden Haaren, die der Bruder so reizend findet, mag ich gar nicht ansehn, und die Schramme auf der Stirne hat mir so was Widriges, so was Niedriges, daß ich immer zehn Schritte von ihr zurücktreten möchte. Sie erzählte neulich als einen Scherz, ihr Vater habe ihr in ihrer Kindheit einen Teller an den Kopf geworfen, davon sie noch das Zeichen trage. Wohl ist sie recht an Augen und Stirne gezeichnet, daß man sich vor ihr hüten möge.

Wilhelm antwortete nichts, und Aurelie schien mit mehr Unwillen fortzufahren:

Es ist mir beinahe unmöglich, ein freundliches, höfliches Wort mit ihr zu reden, so sehr hasse ich sie, und doch ist sie so anschmiegend. Ich wollte, wir wären sie los. Auch Sie, mein Freund, haben eine gewisse Gefälligkeit gegen dieses Geschöpf, ein Betragen, das mich in der Seele kränkt, eine Aufmerksamkeit, die an Achtung grenzt und die sie, bei Gott, nicht verdient!

Wie sie ist, bin ich ihr Dank schuldig, versetzte Wilhelm; ihre Aufführung ist zu tadeln, ihrem Charakter muß ich Gerechtigkeit widerfahren lassen.

Charakter! rief Aurelie: glauben Sie, daß so eine Kreatur einen Charakter hat? O ihr Männer, daran erkenne ich euch! Solcher Frauen seid ihr wert!

Leicht und gefällig.
J. F. Reichardt.
Sin-get nicht in Trau-er-tö-nen von der Ein-sam-keit der Nacht, nein, sie
ist, ihr hol-den Schö-nen, zur Ge-sel-lig-keit ge-macht.

Sollten Sie mich in Verdacht haben, meine Freundin? versetzte Wilhelm. Ich will von jeder Minute Rechenschaft geben, die ich mit ihr zugebracht habe.

Nun, nun, sagte Aurelie, es ist spät, wir wollen nicht streiten. Alle wie einer, einer wie alle! Gute Nacht, mein Freund! gute Nacht, mein feiner Paradiesvogel!

Wilhelm fragte, wie er zu diesem Ehrentitel komme.

Ein andermal, versetzte Aurelie, ein andermal. Man sagt, sie hätten keine Füße, sie schwebten in der Luft und nährten sich vom Äther. Es ist aber ein Märchen, fuhr sie fort, eine poetische Fiktion. Gute Nacht, laßt Euch was Schönes träumen, wenn Ihr Glück habt.

Sie ging in ihr Zimmer und ließ ihn allein; er eilte auf das seinige.

Halb unwillig ging er auf und nieder. Der scherzende, aber entschiedne Ton Aureliens hatte ihn beleidigt: er fühlte tief, wie unrecht sie ihm tat. Philinen konnte er nicht widrig, nicht unhold begegnen; sie hatte nichts gegen ihn verbrochen, und dann fühlte er sich so fern von jeder Neigung zu ihr, daß er recht stolz und standhaft vor sich selbst bestehen konnte.

Eben war er im Begriffe, sich auszuziehen, nach seinem Lager zu gehen und die Vorhänge aufzuschlagen, als er zu seiner größten Verwunderung ein Paar Frauenpantoffeln vor dem Bett erblickte; der eine stand, der andere lag. – Es waren Philinens Pantoffeln, die er nur zu gut erkannte; er glaubte auch eine Unordnung an den Vorhängen zu sehen, ja es schien, als bewegten sie sich; er stand und sah mit unverwandten Augen hin.

Eine neue Gemütsbewegung, die er für Verdruß hielt, versetzte ihm den Atem; und nach einer kurzen Pause, in der er sich erholt hatte, rief er gefaßt:

Stehen Sie auf, Philine! Was soll das heißen? Wo ist Ihre Klugheit, Ihr gutes Betragen? Sollen wir morgen das Märchen des Hauses werden?

Es rührte sich nichts.

Ich scherze nicht, fuhr er fort, diese Neckereien sind bei mir übel angewandt.

Kein Laut! Keine Bewegung!

Entschlossen und unmutig ging er endlich auf das Bette zu und riß die Vorhänge voneinander. Stehen Sie auf, sagte er, wenn ich Ihnen nicht das Zimmer diese Nacht überlassen soll.

Mit großem Erstaunen fand er sein Bette leer, die Kissen und Decken in schönster Ruhe. Er sah sich um, suchte nach, suchte alles durch und fand keine Spur von dem Schalk. Hinter dem Bette, dem Ofen, den Schränken war nichts zu sehen; er suchte emsiger und emsiger; ja ein boshafter Zuschauer hätte glauben mögen, er suche, um zu finden.

Kein Schlaf stellte sich ein; er setzte die Pantoffeln auf seinen Tisch, ging auf und nieder, blieb manchmal bei dem Tische stehen, und ein schelmischer Genius, der ihn belauschte, will versichern: er habe sich einen großen Teil der Nacht mit den allerliebsten Stelzchen beschäftigt; er habe sie mit einem gewissen Interesse angesehen, behandelt, damit gespielt und sich erst gegen Morgen in seinen Kleidern aufs Bette geworfen, wo er unter den seltsamsten Phantasieen einschlummerte.

Und wirklich schlief er noch, als Serlo hereintrat und rief: Wo sind Sie? Noch im Bette? Unmöglich! Ich suchte Sie auf dem Theater, wo noch so mancherlei zu tun ist.

Elftes Kapitel

Vor- und Nachmittag verflossen eilig. Das Haus war schon voll, und Wilhelm eilte, sich anzuziehen. Nicht mit der Behaglichkeit, mit der er die Maske zum ersten Mal anprobierte, konnte er sie gegenwärtig anlegen; er zog sich an, um fertig zu werden. Als er zu den Frauen ins Versammlungszimmer kam, beriefen sie ihn einstimmig, daß nichts recht sitze; der schöne Federbusch sei verschoben, die Schnalle passe nicht; man fing wieder an aufzutrennen, zu nähen, zusammenzustecken. Die Symphonie ging an, Philine hatte etwas gegen die Krause einzuwenden, Aurelie viel an dem Mantel auszusetzen. Laßt mich, ihr Kinder, rief er, diese Nachlässigkeit wird mich erst recht zum Hamlet machen. Die Frauen ließen ihn nicht los und fuhren fort zu putzen. Die Symphonie hatte aufgehört, und das Stück war angegangen. Er besah sich im Spiegel, drückte den Hut tiefer ins Gesicht und erneuerte die Schminke.

In diesem Augenblick stürzte jemand herein und rief: Der Geist! der Geist!

Wilhelm hatte den ganzen Tag nicht Zeit gehabt, an die Hauptsorge zu denken, ob der Geist auch kommen werde. Nun war sie ganz weggenommen, und man hatte die wunderlichste Gastrolle zu erwarten. Der Theatermeister kam und fragte über dieses und jenes; Wilhelm hatte nicht Zeit, sich nach dem Gespenst umzusehen, und eilte nur, sich am Throne einzufinden, wo König und Königin schon, von ihrem Hofe umgeben, in aller Herrlichkeit glänzten; er hörte nur noch die letzten Worte des Horatio, der über die Erscheinung des Geistes ganz verwirrt sprach und fast seine Rolle vergessen zu haben schien.

Der Zwischenvorhang ging in die Höhe, und er sah das volle Haus vor sich. Nachdem Horatio seine Rede gehalten und vom Könige abgefertigt war, drängte er sich an Hamlet, und als ob er sich ihm, dem Prinzen, präsentiere, sagte er: Der Teufel steckt in dem Harnische! Er hat uns alle in Furcht gejagt.

In der Zwischenzeit sah man nur zwei große Männer in weißen Mänteln und Kapuzen in den Kulissen stehen, und Wilhelm, dem in der Zerstreuung, Unruhe und Verlegenheit der erste Monolog, wie er glaubte, mißglückt war, trat, ob ihn gleich ein lebhafter Beifall beim Abgehen begleitete, in der schauerlichen dramatischen Winternacht wirklich recht unbehaglich auf. Doch nahm er sich zusammen und sprach die so zweckmäßig angebrachte Stelle über das Schmausen und Trinken der Nordländer mit der gehörigen Gleichgültigkeit, vergaß, so wie die Zuschauer, darüber des Geistes und erschrak wirklich, als Horatio ausrief: Seht her, es kommt! Er fuhr mit Heftigkeit herum, und die edle, große Gestalt, der leise, unhörbare Tritt, die leichte Bewegung in der schwer scheinenden Rüstung machten einen so starken Eindruck auf ihn, daß er wie versteinert dastand und nur mit halber Stimme: Ihr Engel und himmlischen Geister, beschützt uns! ausrufen konnte. Er starrte ihn an, holte einigemal Atem und brachte die Anrede an den Geist so verwirrt, zerstückt und gezwungen vor, daß die größte Kunst sie nicht so trefflich hätte ausdrücken können.

Seine Übersetzung dieser Stelle kam ihm sehr zustatten. Er hatte sich nahe an das Original gehalten, dessen Wortstellung ihm die Verfassung eines überraschten, erschreckten, von Entsetzen ergriffenen Gemüts einzig auszudrücken schien.

›Sei du ein guter Geist, sei ein verdammter Kobold, bringe Düfte des Himmels mit dir oder Dämpfe der Hölle, sei Gutes oder Böses dein Beginnen, du kommst in so einer würdigen Gestalt, ja ich rede mit dir, ich nenne dich Hamlet, König, Vater, o antworte mir!‹ –

Man spürte im Publiko die größte Wirkung. Der Geist wirkte, der Prinz folgte ihm unter dem lautesten Beifall.

Das Theater verwandelte sich, und als sie auf den entfernten Platz kamen, hielt der Geist unvermutet inne und wandte sich um; dadurch kam ihm Hamlet etwas zu nahe zu stehen. Mit Verlangen und Neugierde sah Wilhelm sogleich zwischen das niedergelassene Visier hinein, konnte aber nur tiefliegende Augen neben einer wohlgebildeten Nase erblicken. Furchtsam ausspähend stand er vor ihm; allein als die ersten Töne aus dem Helme hervordrangen, als eine wohlklingende, nur ein wenig rauhe Stimme sich in den Worten hören ließ: Ich bin der Geist deines Vaters, trat Wilhelm einige Schritte schaudernd zurück, und das ganze Publikum schauderte. Die Stimme schien jedermann bekannt, und Wilhelm glaubte eine Ähnlichkeit mit der Stimme seines Vaters zu bemerken. Diese wunderbaren Empfindungen und Erinnerungen, die Neugierde, den seltsamen Freund zu entdecken, und die Sorge, ihn zu beleidigen, selbst die Unschicklichkeit, ihm als Schauspieler in dieser Situation zu nahe zu treten, bewegten Wilhelmen nach entgegengesetzten Seiten. Er veränderte während der langen Erzählung des Geistes seine Stellung so oft, schien so unbestimmt und verlegen, so aufmerksam und so zerstreut, daß sein Spiel eine allgemeine Bewunderung, so wie der Geist ein allgemeines Entsetzen erregte. Dieser sprach mehr mit einem tiefen Gefühl des Verdrusses als des Jammers, aber eines geistigen, langsamen und unübersehlichen Verdrusses. Es war der Mißmut einer großen Seele, die von allem Irdischen getrennt ist und doch unendlichen Leiden unterliegt. Zuletzt versank der Geist, aber auf eine sonderbare Art: denn ein leichter, grauer, durchsichtiger Flor, der wie ein Dampf aus der Versenkung zu steigen schien, legte sich über ihn weg und zog sich mit ihm hinunter.

Nun kamen Hamlets Freunde zurück und schwuren auf das Schwert. Da war der alte Maulwurf so geschäftig unter der Erde, daß er ihnen, wo sie auch stehen mochten, immer unter den Füßen rief: Schwört! und sie, als ob der Boden unter ihnen brennte, schnell von einem Ort zum andern eilten. Auch erschien da, wo sie standen, jedesmal eine kleine Flamme aus dem Boden, vermehrte die Wirkung und hinterließ bei allen Zuschauern den tiefsten Eindruck.

Nun ging das Stück unaufhaltsam seinen Gang fort, nichts mißglückte, alles geriet; das Publikum bezeigte seine Zufriedenheit; die Lust und der Mut der Schauspieler schien mit jeder Szene zuzunehmen.

Zwölftes Kapitel

Der Vorhang fiel, und der lebhafteste Beifall erscholl aus allen Ecken und Enden. Die vier fürstlichen Leichen sprangen behend in die Höhe und umarmten sich vor Freuden. Polonius und Ophelia kamen auch aus ihren Gräbern hervor und hörten noch mit lebhaftem Vergnügen, wie Horatio, als er zum Ankündigen heraustrat, auf das heftigste beklatscht wurde. Man wollte ihn zu keiner Anzeige eines andern Stücks lassen, sondern begehrte mit Ungestüm die Wiederholung des heutigen.

Nun haben wir gewonnen, rief Serlo, aber auch heute abend kein vernünftig Wort mehr! Alles kommt auf den ersten Eindruck an. Man soll ja keinem Schauspieler übelnehmen, wenn er bei seinen Debüts vorsichtig und eigensinnig ist.

Der Kassier kam und überreichte ihm eine schwere Kasse. Wir haben gut debütiert, rief er aus, und das Vorurteil wird uns zustatten kommen. Wo ist denn nun das versprochene Abendessen? Wir dürfen es uns heute schmecken lassen!

Sie hatten ausgemacht, daß sie in ihren Theaterkleidern beisammenbleiben und sich selbst ein Fest feiern wollten. Wilhelm hatte unternommen, das Lokal, und Madame Melina, das Essen zu besorgen.

Ein Zimmer, worin man sonst zu malen pflegte, war aufs beste gesäubert, mit allerlei kleinen Dekorationen und so herausgeputzt worden, daß es halb einem Garten, halb einem Säulengange ähnlich sah. Beim Hereintreten wurde die Gesellschaft von dem Glanz vieler Lichter geblendet, die einen feierlichen Schein durch den Dampf des süßesten Räucherwerks, das man nicht gespart hatte, über eine wohl geschmückte und bestellte Tafel verbreitete. Mit Ausrufungen lobte man die Anstalten und nahm wirklich mit Anstand Platz; es schien, als wenn eine königliche Familie im Geisterreiche zusammenkäme. Wilhelm saß zwischen Aurelien und Madame Melina; Serlo zwischen Philinen und Elmiren; niemand war mit sich selbst noch mit seinem Platze unzufrieden.

Die beiden Theaterfreunde, die sich gleichfalls eingefunden hatten, vermehrten das Glück der Gesellschaft. Sie waren einigemal während der Vorstellung auf die Bühne gekommen und konnten nicht genug von ihrer eignen und von des Publikums Zufriedenheit sprechen; nunmehr gings aber ans Besondere; jedes ward für seinen Teil reichlich belohnt.

Mit einer unglaublichen Lebhaftigkeit ward ein Verdienst nach dem andern, eine Stelle nach der andern herausgehoben. Dem Souffleur, der bescheiden am Ende der Tafel saß, ward ein großes Lob über seinen rauhen Pyrrhus; die Fechtübung Hamlets und Laertes' konnte man nicht genug erheben; Opheliens Trauer war über allen Ausdruck schön und erhaben; von Polonius' Spiel durfte man gar nicht sprechen; jeder Gegenwärtige hörte sein Lob in dem andern und durch ihn.

Aber auch der abwesende Geist nahm seinen Teil Lob und Bewunderung hinweg. Er hatte die Rolle mit einem sehr glücklichen Organ und in einem großen Sinne gesprochen, und man wunderte sich am meisten, daß er von allem, was bei der Gesellschaft vorgegangen war, unterrichtet schien. Er glich völlig dem gemalten Bilde, als wenn er dem Künstler gestanden hätte, und die Theaterfreunde konnten nicht genug rühmen, wie schauerlich es ausgesehen habe, als er unfern von dem Gemälde hervorgetreten und vor seinem Ebenbilde vorbeigeschritten sei. Wahrheit und Irrtum habe sich dabei so sonderbar vermischt, und man habe wirklich sich überzeugt, daß die Königin die eine Gestalt nicht sehe. Madame Melina ward bei dieser Gelegenheit sehr gelobt, daß sie bei dieser Stelle in die Höhe nach dem Bilde gestarrt, indes Hamlet nieder auf den Geist gewiesen.

Man erkundigte sich, wie das Gespenst habe hereinschleichen können, und erfuhr vom Theatermeister, daß zu einer hintern Türe, die sonst immer mit Dekorationen verstellt sei, diesen Abend aber, weil man den gotischen Saal gebraucht, frei geworden, zwei große Figuren in weißen Mänteln und Kapuzen hereingekommen, die man voneinander nicht unterscheiden können, und so seien sie nach geendigtem dritten Akt wahrscheinlich auch wieder hinausgegangen.

Serlo lobte besonders an ihm, daß er nicht so schneidermäßig gejammert und sogar am Ende eine Stelle, die einem so großen Helden besser zieme, seinen Sohn zu befeuern, angebracht habe. Wilhelm hatte sie im Gedächtnis behalten und versprach, sie ins Manuskript nachzutragen.

Man hatte in der Freude des Gastmahls nicht bemerkt, daß die Kinder und der Harfenspieler fehlten; bald aber machten sie eine sehr angenehme Erscheinung. Denn sie traten zusammen herein, sehr abenteuerlich ausgeputzt; Felix schlug den Triangel, Mignon das Tamburin, und der Alte hatte die schwere Harfe umgehangen und spielte sie, indem er sie vor sich trug. Sie zogen um den Tisch und sangen allerlei Lieder. Man gab ihnen zu essen, und die Gäste glaubten den Kindern eine Wohltat zu erzeigen, wenn sie ihnen soviel süßen Wein gäben, als sie nur trinken wollten; denn die Gesellschaft selbst hatte die köstlichen Flaschen nicht geschont, welche diesen Abend, als ein Geschenk der Theaterfreunde, in einigen Körben angekommen waren. Die Kinder sprangen und sangen fort, und besonders war Mignon ausgelassen, wie man sie niemals gesehen. Sie schlug das

Tamburin mit aller möglichen Zierlichkeit und Lebhaftigkeit, indem sie bald mit druckendem Finger auf dem Felle schnell hin und her schnurrte, bald mit dem Rücken der Hand, bald mit den Knöcheln darauf pochte, ja mit abwechselnden Rhythmen das Pergament bald wider die Kniee, bald wider den Kopf schlug, bald schüttelnd die Schellen allein klingen ließ und so aus dem einfachsten Instrumente gar verschiedene Töne hervorlockte. Nachdem sie lange gelärmt hatten, setzten sie sich in einen Lehnsessel, der gerade Wilhelmen gegenüber am Tische leer geblieben war.

Bleibt von dem Sessel weg! rief Serlo, er steht vermutlich für den Geist da; wenn er kommt, kanns euch übel gehen.

Ich fürchte ihn nicht, rief Mignon; kommt er, so stehen wir auf. Es ist mein Oheim, er tut mir nichts zuleide. Diese Rede verstand niemand, als wer wußte, daß sie ihren vermeintlichen Vater den großen Teufel genannt hatte.

Die Gesellschaft sah einander an und ward noch mehr in dem Verdacht bestärkt, daß Serlo um die Erscheinung des Geistes wisse. Man schwatzte und trank, und die Mädchen sahen von Zeit zu Zeit furchtsam nach der Türe.

Die Kinder, die, in dem großen Sessel sitzend, nur wie Pulcinellpuppen aus dem Kasten über den Tisch hervorragten, fingen an, auf diese Weise ein Stück aufzuführen. Mignon machte den schnarrenden Ton sehr artig nach, und sie stießen zuletzt die Köpfe dergestalt zusammen und auf die Tischkante, wie es eigentlich nur Holzpuppen aushalten können. Mignon ward bis zur Wut lustig, und die Gesellschaft, so sehr sie anfangs über den Scherz gelacht hatte, mußte zuletzt Einhalt tun. Aber wenig half das Zureden, denn nun sprang sie auf und raste, die Schellentrommel in der Hand, um den Tisch herum. Ihre Haare flogen, und indem sie den Kopf zurück und alle ihre Glieder gleichsam in die Luft warf, schien sie einer Mänade ähnlich, deren wilde und beinah unmögliche Stellungen uns auf alten Monumenten noch oft in Erstaunen setzen.

Durch das Talent der Kinder und ihren Lärm aufgereizt, suchte jedermann zur Unterhaltung der Gesellschaft etwas bei-

zutragen. Die Frauenzimmer sangen einige Kanons, Laertes ließ eine Nachtigall hören, und der Pedant gab ein Konzert pianissimo auf der Maultrommel. Indessen spielten die Nachbarn und Nachbarinnen allerlei Spiele, wobei sich die Hände begegnen und vermischen, und es fehlte manchem Paare nicht am Ausdruck einer hoffnungsvollen Zärtlichkeit. Madame Melina besonders schien eine lebhafte Neigung zu Wilhelmen nicht zu verhehlen. Es war spät in der Nacht, und Aurelie, die fast allein noch Herrschaft über sich behalten hatte, ermahnte die übrigen, indem sie aufstand, auseinanderzugehen.

Serlo gab noch zum Abschied ein Feuerwerk, indem er mit dem Munde, auf eine fast unbegreifliche Weise, den Ton der Raketen, Schwärmer und Feuerräder nachzuahmen wußte. Man durfte die Augen nur zumachen, so war die Täuschung vollkommen. Indessen war jedermann aufgestanden, und man reichte den Frauenzimmern den Arm, sie nach Hause zu führen. Wilhelm ging zuletzt mit Aurelien. Auf der Treppe begegnete ihnen der Theatermeister und sagte: Hier ist der Schleier, worin der Geist verschwand. Er ist an der Versenkung hängen geblieben, und wir haben ihn eben gefunden. Eine wunderbare Reliquie! rief Wilhelm und nahm ihn ab.

In dem Augenblicke fühlte er sich am linken Arme ergriffen und zugleich einen sehr heftigen Schmerz. Mignon hatte sich versteckt gehabt, hatte ihn angefaßt und ihn in den Arm gebissen. Sie fuhr an ihm die Treppe hinunter und verschwand.

Als die Gesellschaft in die freie Luft kam, merkte fast jedes, daß man für diesen Abend des Guten zuviel genossen hatte. Ohne Abschied zu nehmen, verlor man sich auseinander.

Wilhelm hatte kaum seine Stube erreicht, als er seine Kleider abwarf und nach ausgelöschtem Licht ins Bett eilte. Der Schlaf wollte sogleich sich seiner bemeistern; allein ein Geräusch, das in seiner Stube hinter dem Ofen zu entstehen schien, machte ihn aufmerksam. Eben schwebte vor seiner erhitzten Phantasie das Bild des geharnischten Königs; er richtete sich auf, das Gespenst anzureden, als er sich von zarten Armen umschlungen, seinen Mund mit lebhaften Küssen verschlossen und eine Brust an der seinigen fühlte, die er wegzustoßen nicht Mut hatte.

Dreizehntes Kapitel

Wilhelm fuhr des andern Morgens mit einer unbehaglichen Empfindung in die Höhe und fand sein Bette leer. Von dem nicht völlig ausgeschlafenen Rausche war ihm der Kopf düster, und die Erinnerung an den unbekannten nächtlichen Besuch machte ihn unruhig. Sein erster Verdacht fiel auf Philinen, und doch schien der liebliche Körper, den er in seine Arme geschlossen hatte, nicht der ihrige gewesen zu sein. Unter lebhaften Liebkosungen war unser Freund an der Seite dieses seltsamen, stummen Besuches eingeschlafen, und nun war weiter keine Spur mehr davon zu entdecken. Er sprang auf, und indem er sich anzog, fand er seine Türe, die er sonst zu verriegeln pflegte, nur angelehnt und wußte sich nicht zu erinnern, ob er sie gestern abend zugeschlossen hatte.

Am wunderbarsten aber erschien ihm der Schleier des Geistes, den er auf seinem Bette fand. Er hatte ihn mit heraufgebracht und wahrscheinlich selbst dahin geworfen. Es war ein grauer Flor, an dessen Saum er eine Schrift mit schwarzen Buchstaben gestickt sah. Er entfaltete sie und las die Worte: *Zum ersten und letzten Mal! Flieh! Jüngling, flieh!* Er war betroffen und wußte nicht, was er sagen sollte.

In ebendem Augenblick trat Mignon herein und brachte ihm das Frühstück. Wilhelm erstaunte über den Anblick des Kindes, ja man kann sagen, er erschrak. Sie schien diese Nacht größer geworden zu sein; sie trat mit einem hohen, edlen Anstand vor ihn hin und sah ihm sehr ernsthaft in die Augen, so daß er den Blick nicht ertragen konnte. Sie rührte ihn nicht an, wie sonst, da sie gewöhnlich ihm die Hand drückte, seine Wange, seinen Mund, seinen Arm oder seine Schulter küßte, sondern ging, nachdem sie seine Sachen in Ordnung gebracht, stillschweigend wieder fort.

Die Zeit einer angesetzten Leseprobe kam nun herbei; man

versammelte sich, und alle waren durch das gestrige Fest verstimmt. Wilhelm nahm sich zusammen, so gut er konnte, um nicht gleich anfangs gegen seine so lebhaft gepredigten Grundsätze zu verstoßen. Seine große Übung half ihm durch; denn Übung und Gewohnheit müssen in jeder Kunst die Lücken ausfüllen, welche Genie und Laune so oft lassen würden.

Eigentlich aber konnte man bei dieser Gelegenheit die Bemerkung recht wahr finden, daß man keinen Zustand, der länger dauern, ja der eigentlich ein Beruf, eine Lebensweise werden soll, mit einer Feierlichkeit anfangen dürfe. Man feire nur, was glücklich vollendet ist; alle Zeremonien zum Anfange erschöpfen Lust und Kräfte, die das Streben hervorbringen und uns bei einer fortgesetzten Mühe beistehen sollen. Unter allen Festen ist das Hochzeitsfest das unschicklichste; keines sollte mehr in Stille, Demut und Hoffnung begangen werden als dieses.

So schlich der Tag nun weiter, und Wilhelmen war noch keiner jemals so alltäglich vorgekommen. Statt der gewöhnlichen Unterhaltung abends fing man zu gähnen an; das Interesse an Hamlet war erschöpft, und man fand eher unbequem, daß er des folgenden Tages zum zweiten Mal vorgestellt werden sollte. Wilhelm zeigte den Schleier des Geistes vor; man mußte daraus schließen, daß er nicht wiederkommen werde. Serlo war besonders dieser Meinung; er schien mit den Ratschlägen der wunderbaren Gestalt sehr vertraut zu sein; dagegen ließen sich aber die Worte: Flieh! Jüngling, flieh! nicht erklären. Wie konnte Serlo mit jemanden einstimmen, der den vorzüglichsten Schauspieler seiner Gesellschaft zu entfernen die Absicht zu haben schien.

Notwendig war es nunmehr, die Rolle des Geistes dem Polterer und die Rolle des Königs dem Pedanten zu geben. Beide erklärten, daß sie schon einstudiert seien, und es war kein Wunder, denn bei den vielen Proben und der weitläufigen Behandlung dieses Stücks waren alle so damit bekannt geworden, daß sie sämtlich gar leicht mit den Rollen hätten wechseln können. Doch probierte man einiges in der Geschwindigkeit, und als man spät genug auseinanderging, flüsterte Philine beim Abschiede Wilhelmen leise zu: Ich muß meine Pantoffeln holen, du schiebst doch den Riegel nicht vor? Diese Worte setzten ihn, als er auf seine Stube kam, in ziemliche Verlegenheit; denn die Vermutung, daß der Gast der vorigen Nacht Philine gewesen, ward dadurch bestärkt, und wir sind auch genötigt, uns zu dieser Meinung zu schlagen, besonders da wir die Ursachen, welche ihn hierüber zweifelhaft machten und ihm einen andern sonderbaren Argwohn einflößen mußten, nicht entdecken können. Er ging unruhig einigemal in seinem Zimmer auf und ab und hatte wirklich den Riegel noch nicht vorgeschoben.

Auf einmal stürzte Mignon in das Zimmer, faßte ihn an und rief: Meister! rette das Haus! es brennt! Wilhelm sprang vor die Türe, und ein gewaltiger Rauch drängte sich die obere Treppe herunter ihm entgegen. Auf der Gasse hörte man schon das Feuergeschrei, und der Harfenspieler kam, sein Instrument in der Hand, durch den Rauch atemlos die Treppe herunter. Aurelie stürzte aus ihrem Zimmer und warf den kleinen Felix in Wilhelms Arme.

Retten Sie das Kind! rief sie; wir wollen nach dem übrigen greifen.

Wilhelm, der die Gefahr nicht für so groß hielt, gedachte zuerst nach dem Ursprunge des Brandes hinzudringen, um ihn vielleicht noch im Anfange zu ersticken. Er gab dem Alten das Kind und befahl ihm, die steinerne Wendeltreppe hinunter, die durch ein kleines Gartengewölbe in den Garten führte, zu eilen und mit den Kindern im Freien zu bleiben. Mignon nahm ein Licht, ihm zu leuchten. Wilhelm bat darauf Aurelien, ihre Sachen auf ebendiesem Wege zu retten. Er selbst drang durch den Rauch hinauf; allein vergebens setzte er sich der Gefahr aus. Die Flamme schien von dem benachbarten Hause herüberzudringen und hatte schon das Holzwerk des Bodens und eine leichte Treppe gefaßt; andre, die zur Rettung herbeieilten, litten, wie er, von Qualm und Feuer. Doch sprach er ihnen Mut ein und rief nach Wasser; er beschwor sie, der Flamme nur Schritt vor Schritt zu weichen, und versprach, bei ihnen zu bleiben. In diesem Augenblick sprang Mignon herauf und rief: Meister! rette deinen Felix! der Alte ist rasend! der Alte bringt ihn um!

Wilhelm sprang, ohne sich zu besinnen, die Treppe hinab, und Mignon folgte ihm an den Fersen.

Auf den letzten Stufen, die ins Gartengewölbe führten, blieb er mit Entsetzen stehen. Große Bündel Stroh und Reisholz, die man daselbst aufgehäuft hatte, brannten mit heller Flamme; Felix lag am Boden und schrie; der Alte stand mit niedergesenktem Haupte seitwärts an der Wand. Was machst du, Unglücklicher? rief Wilhelm. Der Alte schwieg, Mignon hatte den Felix aufgehoben und schleppte mit Mühe den Knaben in den Garten, indes Wilhelm das Feuer auseinanderzuzerren und zu dämpfen strebte, aber dadurch nur die Gewalt und Lebhaftigkeit der Flamme vermehrte. Endlich mußte er mit verbrannten Augenwimpern und Haaren auch in den Garten fliehen, indem er den Alten mit durch die Flamme riß, der ihm mit versengtem Barte unwillig folgte.

Wilhelm eilte sogleich, die Kinder im Garten zu suchen. Auf der Schwelle eines entfernten Lusthäuschens fand er sie, und Mignon tat ihr möglichstes, den Kleinen zu beruhigen. Wilhelm nahm ihn auf den Schoß, fragte ihn, befühlte ihn und konnte nichts Zusammenhängendes aus beiden Kindern herausbringen.

Indessen hatte das Feuer gewaltsam mehrere Häuser ergriffen und erhellte die ganze Gegend. Wilhelm besah das Kind beim roten Schein der Flamme; er konnte keine Wunde, kein Blut, ja keine Beule wahrnehmen. Er betastete es überall, es gab kein Zeichen von Schmerz von sich, es beruhigte sich vielmehr nach und nach und fing an, sich über die Flamme zu verwundern, ja sich über die schönen, der Ordnung nach, wie eine Illumination, brennenden Sparren und Gebälke zu erfreuen.

Wilhelm dachte nicht an die Kleider, und was er sonst verloren haben konnte; er fühlte stark, wie wert ihm diese beiden menschlichen Geschöpfe seien, die er einer so großen Gefahr entronnen sah. Er drückte den Kleinen mit einer ganz neuen Empfindung an sein Herz und wollte auch Mignon mit freudiger Zärtlichkeit umarmen, die es aber sanft ablehnte, ihn bei der Hand nahm und sie fest hielt.

Meister, sagte sie (noch niemals, als diesen Abend, hatte sie ihm diesen Namen gegeben, denn anfangs pflegte sie ihn Herr und nachher Vater zu nennen), Meister! wir sind einer großen Gefahr entronnen: dein Felix war am Tode.

Durch viele Fragen erfuhr endlich Wilhelm, daß der Harfenspieler, als sie in das Gewölbe gekommen, ihr das Licht aus der Hand gerissen und das Stroh sogleich angezündet habe. Darauf habe er den Felix niedergesetzt, mit wunderlichen Gebärden die Hände auf des Kindes Kopf gelegt und ein Messer gezogen, als wenn er ihn opfern wolle. Sie sei zugesprungen und habe ihm das Messer aus der Hand gerissen; sie habe geschrien, und einer vom Hause, der einige Sachen nach dem Garten zu gerettet, sei ihr zu Hülfe gekommen; der müsse aber in der Verwirrung wieder weggegangen sein und den Alten und das Kind allein gelassen haben.

Zwei bis drei Häuser standen in vollen Flammen. In den Garten hatte sich niemand retten können, wegen des Brandes im Gartengewölbe. Wilhelm war verlegen wegen seiner Freunde, weniger wegen seiner Sachen. Er getraute sich nicht, die Kinder zu verlassen, und sah das Unglück sich immer vergrößern.

Er brachte einige Stunden in einer bänglichen Lage zu. Felix war auf seinem Schoße eingeschlafen, Mignon lag neben ihm und hielt seine Hand fest. Endlich hatten die getroffenen Anstalten dem Feuer Einhalt getan. Die ausgebrannten Gebäude stürzten zusammen, der Morgen kam herbei, die Kinder fingen an zu frieren, und ihm selbst ward in seiner leichten Kleidung der fallende Tau fast unerträglich. Er führte sie zu den Trümmern des zusammengestürzten Gebäudes, und sie fanden neben einem Kohlen- und Aschenhaufen eine sehr behagliche Wärme.

Der anbrechende Tag brachte nun alle Freunde und Bekannte nach und nach zusammen. Jedermann hatte sich gerettet, niemand hatte viel verloren.

Wilhelms Koffer fand sich auch wieder, und Serlo trieb, als es gegen zehn Uhr ging, zur Probe von Hamlet, wenigstens einiger Szenen, die mit neuen Schauspielern besetzt waren. Er hatte darauf noch einige Debatten mit der Polizei. Die Geistlichkeit verlangte: daß nach einem solchen Strafgerichte Gottes das Schauspielhaus geschlossen bleiben sollte; und Serlo behauptete:

daß teils zum Ersatz dessen, was er diese Nacht verloren, teils zur Aufheiterung der erschreckten Gemüter die Aufführung eines interessanten Stückes mehr als jemals am Platz sei. Diese letzte Meinung drang durch, und das Haus war gefüllt. Die Schauspieler spielten mit seltenem Feuer und mit mehr leidenschaftlicher Freiheit als das erste Mal. Die Zuschauer, deren Gefühl durch die schreckliche nächtliche Szene erhöht und durch die Langeweile eines zerstreuten und verdorbenen Tages noch mehr auf eine interessante Unterhaltung gespannt war, hatten mehr Empfänglichkeit für das Außerordentliche. Der größte Teil waren neue, durch den Ruf des Stücks herbeigezogene Zuschauer, die keine Vergleichung mit dem ersten Abend anstellen konnten. Der Polterer spielte ganz im Sinne des unbekannten Geistes, und der Pedant hatte seinem Vorgänger gleichfalls gut aufgepaßt; daneben kam ihm seine Erbärmlichkeit sehr zustatten, daß ihm Hamlet wirklich nicht unrecht tat, wenn er ihn, trotz seines Purpurmantels und Hermelinkragens, einen zusammengeflickten Lumpenkönig schalt.

Sonderbarer als er war vielleicht niemand zum Throne gelangt; und obgleich die übrigen, besonders aber Philine, sich über seine neue Würde äußerst lustig machten, so ließ er doch merken, daß der Graf, als ein großer Kenner, das und noch viel mehr von ihm beim ersten Anblick vorausgesagt habe; dagegen ermahnte ihn Philine zur Demut und versicherte: sie werde ihm gelegentlich die Rockärmel pudern, damit er sich jener unglücklichen Nacht im Schlosse erinnern und die Krone mit Bescheidenheit tragen möge.

Vierzehntes Kapitel

Man hatte sich in der Geschwindigkeit nach Quartieren umgesehen, und die Gesellschaft war dadurch sehr zerstreut worden. Wilhelm hatte das Lusthaus in dem Garten, bei dem er die Nacht zugebracht, liebgewonnen; er erhielt leicht die Schlüssel dazu und richtete sich daselbst ein; da aber Aurelie in ihrer neuen Wohnung sehr eng war, mußte er den Felix bei sich behalten, und Mignon wollte den Knaben nicht verlassen.

Die Kinder hatten ein artiges Zimmer in dem ersten Stocke eingenommen, Wilhelm hatte sich in dem untern Saale eingerichtet. Die Kinder schliefen, aber er konnte keine Ruhe finden.

Neben dem anmutigen Garten, den der eben aufgegangene Vollmond herrlich erleuchtete, standen die traurigen Ruinen, von denen hier und da noch Dampf aufstieg; die Luft war angenehm und die Nacht außerordentlich schön. Philine hatte, beim Herausgehen aus dem Theater, ihn mit dem Ellenbogen angestrichen und ihm einige Worte zugelispelt, die er aber nicht verstanden hatte. Er war verwirrt und verdrießlich und wußte nicht, was er erwarten oder tun sollte. Philine hatte ihn einige Tage gemieden und ihm nur diesen Abend wieder ein Zeichen gegeben. Leider war nun die Türe verbrannt, die er nicht zuschließen sollte, und die Pantöffelchen waren in Rauch aufgegangen. Wie die Schöne in den Garten kommen wollte, wenn es ihre Absicht war, wußte er nicht. Er wünschte sie nicht zu sehen, und doch hätte er sich gar zu gern mit ihr erklären mögen.

Was ihm aber noch schwerer auf dem Herzen lag, war das Schicksal des Harfenspielers, den man nicht wieder gesehen hatte. Wilhelm fürchtete, man würde ihn beim Aufräumen tot unter dem Schutte finden. Wilhelm hatte gegen jedermann den Verdacht verborgen, den er hegte, daß der Alte schuld an dem Brande sei. Denn er kam ihm zuerst von dem brennenden und rauchenden Boden entgegen, und die Verzweiflung im Gartengewölbe schien die Folge eines solchen unglücklichen Ereignisses zu sein. Doch war es bei der Untersuchung, welche die Polizei sogleich anstellte, wahrscheinlich geworden, daß nicht in dem Hause, wo sie wohnten, sondern in dem dritten davon der Brand entstanden sei, der sich auch sogleich unter den Dächern weggeschlichen hatte.

Wilhelm überlegte das alles, in einer Laube sitzend, als er in einem nahen Gange jemanden schleichen hörte. An dem traurigen Gesange, der sogleich angestimmt ward, erkannte er den Harfenspieler. Das Lied, das er sehr wohl verstehen konnte, enthielt den Trost eines Unglücklichen, der sich dem Wahnsinne ganz nahe fühlt. Leider hat Wilhelm davon nur die letzte Strophe behalten.

An die Türen will ich schleichen,
Still und sittsam will ich stehn,
Fromme Hand wird Nahrung reichen,
Und ich werde weitergehn.
Jeder wird sich glücklich scheinen,
Wenn mein Bild vor ihm erscheint,
Eine Träne wird er weinen,
Und ich weiß nicht, was er weint.

Unter diesen Worten war er an die Gartentüre gekommen, die nach einer entlegenen Straße ging; er wollte, da er sie verschlossen fand, an den Spalieren übersteigen; allein Wilhelm hielt ihn zurück und redete ihn freundlich an. Der Alte bat ihn aufzuschließen, weil er fliehen wolle und müsse. Wilhelm stellte ihm vor: daß er wohl aus dem Garten, aber nicht aus der Stadt könne, und zeigte ihm, wie sehr er sich durch einen solchen Schritt verdächtig mache; allein vergebens! Der Alte bestand auf seinem Sinne. Wilhelm gab nicht nach und drängte ihn endlich halb mit Gewalt ins Gartenhaus, schloß sich daselbst mit ihm ein und führte ein wunderbares Gespräch mit ihm, das wir aber, um unsere Leser nicht mit unzusammenhängenden Ideen und bänglichen Empfindungen zu quälen, lieber verschweigen als ausführlich mitteilen.

Fünfzehntes Kapitel

Aus der großen Verlegenheit, worin sich Wilhelm befand, was er mit dem unglücklichen Alten beginnen sollte, der so deutliche Spuren des Wahnsinns zeigte, riß ihn Laertes noch am selbigen Morgen. Dieser, der nach seiner alten Gewohnheit überall zu sein pflegte, hatte auf dem Kaffeehaus einen Mann gesehen, der vor einiger Zeit die heftigsten Anfälle von Melancholie erduldete. Man hatte ihn einem Landgeistlichen anvertraut, der sich ein besonderes Geschäft daraus machte, dergleichen Leute zu behandeln. Auch diesmal war es ihm gelungen; noch war er in der Stadt, und die Familie des Wiederhergestellten erzeigte ihm große Ehre.

Wilhelm eilte sogleich, den Mann aufzusuchen, vertraute ihm den Fall und ward mit ihm einig. Man wußte unter gewissen Vorwänden ihm den Alten zu übergeben. Die Scheidung schmerzte Wilhelmen tief, und nur die Hoffnung, ihn wiederhergestellt zu sehen, konnte sie ihm einigermaßen erträglich machen, so sehr war er gewohnt, den Mann um sich zu sehen und seine geistreichen und herzlichen Töne zu vernehmen. Die Harfe war mitverbrannt; man suchte eine andere, die man ihm auf die Reise mitgab.

Auch hatte das Feuer die kleine Garderobe Mignons verzehrt, und als man ihr wieder etwas Neues schaffen wollte, tat Aurelie den Vorschlag, daß man sie doch endlich als Mädchen kleiden solle.

Nun gar nicht! rief Mignon aus und bestand mit großer Lebhaftigkeit auf ihrer alten Tracht, worin man ihr denn auch willfahren mußte.

Die Gesellschaft hatte nicht viel Zeit, sich zu besinnen; die Vorstellungen gingen ihren Gang.

Wilhelm horchte oft ins Publikum, und nur selten kam ihm eine Stimme entgegen, wie er sie zu hören wünschte, ja öfters vernahm er, was ihn betrübte oder verdroß. So erzählte zum Beispiel gleich nach der ersten Aufführung Hamlets ein junger Mensch mit großer Lebhaftigkeit, wie zufrieden er an jenem Abend im Schauspielhause gewesen. Wilhelm lauschte und hörte zu seiner großen Beschämung, daß der junge Mann zum Verdruß seiner Hintermänner den Hut aufbehalten und ihn hartnäckig das ganze Stück hindurch nicht abgetan hatte, welcher Heldentat er sich mit dem größten Vergnügen erinnerte.

Ein anderer versicherte: Wilhelm habe die Rolle des Laertes sehr gut gespielt, hingegen mit dem Schauspieler, der den Hamlet unternommen, könne man nicht ebenso zufrieden sein. Diese Verwechslung war nicht ganz unnatürlich, denn Wilhelm und Laertes glichen sich, wiewohl in einem sehr entfernten Sinne.

Ein dritter lobte sein Spiel, besonders in der Szene mit der Mutter, aufs lebhafteste und bedauerte nur: daß eben in diesem feurigen Augenblick ein weißes Band unter der Weste hervorgesehen habe, wodurch die Illusion äußerst gestört worden sei.

In dem Innern der Gesellschaft gingen indessen allerlei Veränderungen vor. Philine hatte seit jenem Abend nach dem Brande Wilhelmen auch nicht das geringste Zeichen einer Annäherung gegeben. Sie hatte, wie es schien, vorsätzlich, ein entfernteres Quartier gemietet, vertrug sich mit Elmiren und kam seltener zu Serlo, womit Aurelie wohl zufrieden war. Serlo, der ihr immer gewogen blieb, besuchte sie manchmal, besonders da er Elmiren bei ihr zu finden hoffte, und nahm eines Abends Wilhelmen mit sich. Beide waren im Hereintreten sehr verwundert, als sie Philinen in dem zweiten Zimmer in den Armen eines jungen Offiziers sahen, der eine rote Uniform und weiße Unterkleider anhatte, dessen abgewendetes Gesicht sie aber nicht sehen konnten. Philine kam ihren besuchenden Freunden in das Vorzimmer entgegen und verschloß das andere. Sie überraschen mich bei einem wunderbaren Abenteuer! rief sie aus.

So wunderbar ist es nicht, sagte Serlo: lassen Sie uns den hübschen, jungen, beneidenswerten Freund sehen; Sie haben uns ohnedem schon so zugestutzt, daß wir nicht eifersüchtig sein dürfen.

Ich muß Ihnen diesen Verdacht noch eine Zeitlang lassen, sagte Philine scherzend; doch kann ich Sie versichern, daß es nur eine gute Freundin ist, die sich einige Tage unbekannt bei mir aufhalten will. Sie sollen ihre Schicksale künftig erfahren, ja vielleicht das interessante Mädchen selbst kennen lernen, und ich werde wahrscheinlich alsdann Ursache haben, meine Bescheidenheit und Nachsicht zu üben; denn ich fürchte, die Herren werden über ihre neue Bekanntschaft ihre alte Freundin vergessen.

Wilhelm stand versteinert da; denn gleich beim ersten Anblick hatte ihn die rote Uniform an den so sehr geliebten Rock Marianens erinnert; es war ihre Gestalt, es waren ihre blonden Haare, nur schien ihm der gegenwärtige Offizier etwas größer zu sein.

Um des Himmels willen! rief er aus, lassen Sie uns mehr von Ihrer Freundin wissen, lassen Sie uns das verkleidete Mädchen sehen. Wir sind nun einmal Teilnehmer des Geheimnisses; wir wollen versprechen, wir wollen schwören, aber lassen Sie uns das Mädchen sehen!

O wie er in Feuer ist! rief Philine; nur gelassen, nur geduldig! heute wird einmal nichts draus.

So lassen Sie uns nur ihren Namen wissen! rief Wilhelm.

Das wäre alsdann ein schönes Geheimnis, versetzte Philine.

Wenigstens nur den Vornamen.

Wenn Sie ihn raten, meinetwegen. Dreimal dürfen Sie raten, aber nicht öfter; Sie könnten mich sonst durch den ganzen Kalender durchführen.

Gut, sagte Wilhelm: Cäcilie also?

Nichts von Cäcilien!

Henriette?

Keineswegs! Nehmen Sie sich in acht! Ihre Neugierde wird ausschlafen müssen.

Wilhelm zauderte und zitterte; er wollte seinen Mund auftun, aber die Sprache versagte ihm. Mariane? stammelte er endlich, Mariane!

Bravo! rief Philine, getroffen! indem sie sich nach ihrer Gewohnheit auf dem Absatze herumdrehte.

Wilhelm konnte kein Wort hervorbringen, und Serlo, der seine Gemütsbewegung nicht bemerkte, fuhr fort, in Philinen zu dringen, daß sie die Türe öffnen sollte.

Wie verwundert waren daher beide, als Wilhelm auf einmal heftig ihre Neckerei unterbrach, sich Philinen zu Füßen warf und sie mit dem lebhaftesten Ausdrucke der Leidenschaft bat und beschwor. Lassen Sie mich das Mädchen sehen, rief er aus, sie ist mein, es ist meine Mariane! Sie, nach der ich mich alle Tage meines Lebens gesehnt habe, sie, die mir noch immer statt aller andern Weiber in der Welt ist! Gehen Sie wenigstens zu ihr hinein, sagen Sie ihr, daß ich hier bin, daß der Mensch hier ist, der seine erste Liebe und das ganze Glück seiner Jugend an sie knüpfte. Er will sich rechtfertigen, daß er sie unfreundlich verließ, er will sie um Verzeihung bitten, er will ihr vergeben, was sie auch gegen ihn gefehlt haben mag, er will sogar keine Ansprüche an sie mehr machen, wenn er sie nur noch einmal sehen kann, wenn er nur sehen kann, daß sie lebt und glücklich ist!

Philine schüttelte den Kopf und sagte: Mein Freund, reden Sie leise! Betrügen wir uns nicht; und ist das Frauenzimmer wirklich Ihre Freundin, so müssen wir sie schonen, denn sie vermutet keineswegs, Sie hier zu sehen. Ganz andere Angelegenheiten führen sie hierher, und das wissen Sie doch, man möchte oft lieber ein Gespenst als einen alten Liebhaber zur unrechten Zeit vor Augen sehen. Ich will sie fragen, ich will sie vorbereiten, und wir wollen überlegen, was zu tun ist. Ich schreibe Ihnen morgen ein Billett, zu welcher Stunde Sie kommen sollen, oder ob Sie kommen dürfen; gehorchen Sie mir pünktlich, denn ich schwöre: niemand soll gegen meinen und meiner Freundin Willen dieses liebenswürdige Geschöpf mit Augen sehen. Meine Türen werde ich besser verschlossen halten, und mit Axt und Beil werden Sie mich nicht besuchen wollen.

Wilhelm beschwor sie, Serlo redete ihr zu – vergebens! beide Freunde mußten zuletzt nachgeben, das Zimmer und das Haus räumen.

Welche unruhige Nacht Wilhelm zubrachte, wird sich jedermann denken. Wie langsam die Stunden des Tages dahinzogen, in denen er Philinens Billett erwartete, läßt sich begreifen. Unglücklicherweise mußte er selbigen Abend spielen; er hatte niemals eine größere Pein ausgestanden. Nach geendigtem Stücke eilte er zu Philinen, ohne nur zu fragen, ob er eingeladen worden. Er fand ihre Tür verschlossen, und die Hausleute sagten: Mademoiselle sei heute früh mit einem jungen Offizier weggefahren; sie habe zwar gesagt, daß sie in einigen Tagen wiederkomme, man glaube es aber nicht, weil sie alles bezahlt und ihre Sachen mitgenommen habe.

Wilhelm war außer sich über diese Nachricht. Er eilte zu Laertes und schlug ihm vor, ihr nachzusetzen und, es koste was es wolle, über ihren Begleiter Gewißheit zu erlangen. Laertes dagegen verwies seinem Freunde seine Leidenschaft und Leichtgläubigkeit. Ich will wetten, sagte er, es ist niemand anders als Friedrich. Der Junge ist von gutem Hause, ich weiß es recht wohl; er ist unsinnig in das Mädchen verliebt und hat wahrscheinlich seinen Verwandten so viel Geld abgelockt, daß er wieder eine Zeitlang mit ihr leben kann.

Durch diese Einwendungen ward Wilhelm nicht überzeugt, doch zweifelhaft. Laertes stellte ihm vor, wie unwahrscheinlich das Märchen sei, das Philine ihnen vorgespiegelt hatte, wie Figur und Haar sehr gut auf Friedrichen passe, wie sie bei zwölf Stunden Vorsprung so leicht nicht einzuholen sein würden, und hauptsächlich, wie Serlo keinen von ihnen beiden beim Schauspiele entbehren könne.

Durch all diese Gründe wurde Wilhelm endlich nur so weit gebracht, daß er Verzicht darauf tat, selbst nachzusetzen. Laertes wußte noch in selbiger Nacht einen tüchtigen Mann zu schaffen, dem man den Auftrag geben konnte. Es war ein gesetzter Mann, der mehreren Herrschaften auf Reisen als Kurier und Führer gedient hatte und eben jetzt ohne Beschäftigung stille lag. Man gab ihm Geld, man unterrichtete ihn von der ganzen Sache, mit dem Auftrage, daß er die Flüchtlinge aufsuchen und einholen, sie alsdann nicht aus den Augen lassen und die Freunde sogleich, wo und wie er sie fände, benachrichtigen solle. Er setzte sich in derselbigen Stunde zu Pferde und ritt dem zweideutigen Paare nach, und Wilhelm war durch diese Anstalt wenigstens einigermaßen beruhigt.

Sechzehntes Kapitel

Die Entfernung Philinens machte keine auffallende Sensation, weder auf dem Theater noch im Publiko. Es war ihr mit allem wenig Ernst; die Frauen haßten sie durchgängig, und die Männer hätten sie lieber unter vier Augen als auf dem Theater gesehen, und so war ihr schönes und für die Bühne selbst glückliches Talent verloren. Die übrigen Glieder der Gesellschaft gaben sich desto mehr Mühe; Madame Melina besonders tat sich durch Fleiß und Aufmerksamkeit sehr hervor. Sie merkte, wie sonst, Wilhelmen seine Grundsätze ab, richtete sich nach seiner Theorie und seinem Beispiel und hatte zeither ein ich-weiß-nicht-was in ihrem Wesen, das sie interessanter machte. Sie erlangte bald ein richtiges Spiel und gewann den natürlichen Ton der Unterhaltung vollkommen und den der Empfindung bis auf einen gewissen Grad. Sie wußte sich in Serlos Launen zu schicken und befliß sich des Singens ihm zu Gefallen, worin sie auch bald so weit kam, als man dessen zur geselligen Unterhaltung bedarf.

Durch einige neu angenommene Schauspieler ward die Gesellschaft noch vollständiger, und indem Wilhelm und Serlo jeder in seiner Art wirkte, jener bei jedem Stücke auf den Sinn und Ton des Ganzen drang, dieser die einzelnen Teile gewissenhaft durcharbeitete, belebte ein lobenswürdiger Eifer auch die Schauspieler, und das Publikum nahm an ihnen einen lebhaften Anteil.

Wir sind auf einem guten Wege, sagte Serlo einst, und wenn wir so fortfahren, wird das Publikum auch bald auf dem rechten sein. Man kann die Menschen sehr leicht durch tolle und unschickliche Darstellungen irre machen; aber man lege ihnen das Vernünftige und Schickliche auf eine interessante Weise vor, so werden sie gewiß darnach greifen.

Was unserm Theater hauptsächlich fehlt, und warum weder Schauspieler noch Zuschauer zur Besinnung kommen, ist, daß es darauf im ganzen zu bunt aussieht, und daß man nirgends eine Grenze hat, woran man sein Urteil anlehnen könnte. Es scheint mir kein Vorteil zu sein, daß wir unser Theater gleichsam zu einem unendlichen Naturschauplatze ausgeweitet haben; doch kann jetzt weder Direktor noch Schauspieler sich in die Enge ziehen, bis vielleicht der Geschmack der Nation in der Folge den rechten Kreis selbst bezeichnet. Eine jede gute Sozietät existiert nur unter gewissen Bedingungen, so auch ein gutes Theater. Gewisse Manieren und Redensarten, gewisse Gegenstände und Arten des Betragens müssen ausgeschlossen sein. Man wird nicht ärmer, wenn man sein Hauswesen zusammenzieht.

Sie waren hierüber mehr oder weniger einig und uneinig. Wilhelm und die meisten waren auf der Seite des englischen, Serlo und einige auf der Seite des französischen Theaters.

Man ward einig, in leeren Stunden, deren ein Schauspieler

leider so viele hat, in Gesellschaft die berühmtesten Schauspiele beider Theater durchzugehen und das Beste und Nachahmenswerte derselben zu bemerken. Man machte auch wirklich einen Anfang mit einigen französischen Stücken. Aurelie entfernte sich jedesmal, sobald die Vorlesung anging. Anfangs hielt man sie für krank; einst aber fragte sie Wilhelm darüber, dem es aufgefallen war.

Ich werde bei keiner solchen Vorlesung gegenwärtig sein, sagte sie, denn wie soll ich hören und urteilen, wenn mir das Herz zerrissen ist? Ich hasse die französische Sprache von ganzer Seele.

Wie kann man einer Sprache feind sein, rief Wilhelm aus, der man den größten Teil seiner Bildung schuldig ist, und der wir noch viel schuldig werden müssen, ehe unser Wesen eine Gestalt gewinnen kann!

Es ist kein Vorurteil! versetzte Aurelie: ein unglücklicher Eindruck, eine verhaßte Erinnerung an meinen treulosen Freund hat mir die Lust an dieser schönen und ausgebildeten Sprache geraubt. Wie ich sie jetzt von ganzem Herzen hasse! Während der Zeit unserer freundschaftlichen Verbindung schrieb er Deutsch, und welch ein herzliches, wahres, kräftiges Deutsch! Nun, da er mich los sein wollte, fing er an, Französisch zu schreiben, das vorher manchmal nur im Scherze geschehen war. Ich fühlte, ich merkte, was es bedeuten sollte. Was er in seiner Muttersprache zu sagen errötete, konnte er nun mit gutem Gewissen hinschreiben. Zu Reservationen, Halbheiten und Lügen ist es eine treffliche Sprache; sie ist eine perfide Sprache! ich finde, Gott sei Dank, kein deutsches Wort, um *perfid* in seinem ganzen Umfange auszudrücken. Unser armseliges *treulos* ist ein unschuldiges Kind dagegen. Perfid ist treulos mit Genuß, mit Übermut und Schadenfreude. O, die Ausbildung einer Nation ist zu beneiden, die so feine Schattierungen in Einem Worte auszudrücken weiß! Französisch ist recht die Sprache der Welt, wert, die allgemeine Sprache zu sein, damit sie sich nur alle unter einander recht betrügen und belügen können! Seine französischen Briefe ließen sich noch immer gut genug lesen. Wenn man sichs einbilden wollte, klangen sie warm und selbst leidenschaftlich; doch genau besehen waren es Phrasen, vermaledeite Phrasen! Er hat mir alle Freude an der ganzen Sprache, an der französischen Literatur, selbst an dem schönen und köstlichen Ausdruck edler Seelen in dieser Mundart verdorben; mich schaudert, wenn ich ein französisches Wort höre!

Auf diese Weise konnte sie stundenlang fortfahren, ihren Unmut zu zeigen und jede andere Unterhaltung zu unterbrechen oder zu verstimmen. Serlo machte früher oder später ihren launischen Äußerungen mit einiger Bitterkeit ein Ende; aber gewöhnlich war für diesen Abend das Gespräch zerstört.

Überhaupt ist es leider der Fall, daß alles, was durch mehrere zusammentreffende Menschen und Umstände hervorgebracht werden soll, keine lange Zeit sich vollkommen erhalten kann. Von einer Theatergesellschaft so gut wie von einem Reiche, von einem Zirkel Freunde so gut wie von einer Armee läßt sich gewöhnlich der Moment angeben, wenn sie auf der höchsten Stufe ihrer Vollkommenheit, ihrer Übereinstimmung, ihrer Zufriedenheit und Tätigkeit standen; oft aber verändert sich schnell das Personal, neue Glieder treten hinzu, die Personen passen nicht mehr zu den Umständen, die Umstände nicht mehr zu den Personen; es wird alles anders, und was vorher verbunden war, fällt nunmehr bald auseinander. So konnte man sagen, daß Serlos Gesellschaft eine Zeitlang so vollkommen war, als irgendeine deutsche sich hätte rühmen können. Die meisten Schauspieler standen an ihrem Platze; alle hatten genug zu tun, und alle taten gern, was zu tun war. Ihre persönlichen Verhältnisse waren leidlich, und jedes schien in seiner Kunst viel zu versprechen, weil jedes die ersten Schritte mit Feuer und Munterkeit tat. Bald aber entdeckte sich, daß ein Teil doch nur Automaten waren, die nur das erreichen konnten, wohin man ohne Gefühl gelangen kann, und bald mischten sich die Leidenschaften dazwischen, die gewöhnlich jeder guten Einrichtung im Wege stehen und alles so leicht auseinanderzerren, was vernünftige und wohldenkende Menschen zusammenzuhalten wünschen.

Philinens Abgang war nicht so unbedeutend, als man anfangs glaubte. Sie hatte mit großer Geschicklichkeit Serlo zu unterhalten und die übrigen mehr oder weniger zu reizen gewußt. Sie ertrug Aureliens Heftigkeit mit großer Geduld, und ihr eigenstes Geschäft war, Wilhelmen zu schmeicheln. So war sie eine Art von Bindungsmittel fürs Ganze, und ihr Verlust mußte bald fühlbar werden.

Serlo konnte ohne eine kleine Liebschaft nicht leben. Elmire, die in weniger Zeit herangewachsen und, man könnte beinahe sagen, schön geworden war, hatte schon lange seine Aufmerksamkeit erregt, und Philine war klug genug, diese Leidenschaft, die sie merkte, zu begünstigen. Man muß sich, pflegte sie zu sagen, beizeiten aufs Kuppeln legen; es bleibt uns doch weiter nichts übrig, wenn wir alt werden. Dadurch hatten sich Serlo und Elmire dergestalt genähert, daß sie nach Philinens Abschiede bald einig wurden, und der kleine Roman interessierte sie beide um so mehr, als sie ihn vor dem Alten, der über eine solche Unregelmäßigkeit keinen Scherz verstanden hätte, geheimzuhalten alle Ursache hatten. Elmirens Schwester war mit im Verständnis, und Serlo mußte beiden Mädchen daher vieles nachsehen. Eine ihrer größten Untugenden war eine unmäßige Näscherei, ja, wenn man will, eine unleidliche Gefräßigkeit, worin sie Philinen keinesweges glichen, die dadurch einen neuen Schein von Liebenswürdigkeit erhielt, daß sie gleichsam nur von der Luft lebte, sehr wenig aß und nur den Schaum eines Champagnerglases mit der größten Zierlichkeit wegschlürfte.

Nun aber mußte Serlo, wenn er seiner Schönen gefallen wollte, das Frühstück mit dem Mittagessen verbinden und an dieses durch ein Vesperbrot das Abendessen anknüpfen. Dabei hatte Serlo einen Plan, dessen Ausführung ihn beunruhigte. Er glaubte eine gewisse Neigung zwischen Wilhelmen und Aurelien zu entdecken und wünschte sehr, daß sie ernstlich werden möchte. Er hoffte den ganzen mechanischen Teil der Theaterwirtschaft Wilhelmen aufzubürden und an ihm, wie an seinem ersten Schwager, ein treues und fleißiges Werkzeug zu finden. Schon hatte er ihm nach und nach den größten Teil der Besorgung unmerklich übertragen, Aurelie führte die Kasse, und Serlo lebte wieder wie in früheren Zeiten ganz nach seinem Sinne. Doch war etwas, was sowohl ihn als seine Schwester heimlich kränkte.

Das Publikum hat eine eigene Art, gegen öffentliche Menschen von anerkanntem Verdienste zu verfahren; es fängt nach und nach an, gleichgültig gegen sie zu werden, und begünstigt viel geringere, aber neu erscheinende Talente; es macht an jene übertriebene Forderungen und läßt sich von diesen alles gefallen.

Serlo und Aurelie hatten Gelegenheit genug, hierüber Betrachtungen anzustellen. Die neuen Ankömmlinge, besonders die jungen und wohlgebildeten, hatten alle Aufmerksamkeit, allen Beifall auf sich gezogen, und beide Geschwister mußten die meiste Zeit, nach ihren eifrigsten Bemühungen, ohne den willkommenen Klang der zusammenschlagenden Hände abtreten. Freilich kamen dazu noch besondere Ursachen. Aureliens Stolz war auffallend, und von ihrer Verachtung des Publikums waren viele unterrichtet. Serlo schmeichelte zwar jedermann im einzelnen, aber seine spitzen Reden über das Ganze waren doch auch öfters herumgetragen und wiederholt worden. Die neuen Glieder hingegen waren teils fremd und unbekannt, teils jung, liebenswürdig und hülfsbedürftig und hatten also auch sämtlich Gönner gefunden.

Nun gab es auch bald innerliche Unruhen und manches Mißvergnügen; denn kaum bemerkte man, daß Wilhelm die Beschäftigung eines Regisseurs übernommen hatte, so fingen die meisten Schauspieler um desto mehr an, unartig zu werden, als er nach seiner Weise etwas mehr Ordnung und Genauigkeit in das Ganze zu bringen wünschte und besonders darauf bestand, daß alles Mechanische vor allen Dingen pünktlich und ordentlich gehen solle.

In kurzer Zeit war das ganze Verhältnis, das wirklich eine Zeitlang beinahe idealisch gehalten hatte, so gemein, als man es nur irgend bei einem herumreisenden Theater finden mag. Und leider in dem Augenblicke, als Wilhelm durch Mühe, Fleiß und

Anstrengung sich mit allen Erfordernissen des Metiers bekannt gemacht und seine Person sowohl als seine Geschäftigkeit vollkommen dazu gebildet hatte, schien es ihm endlich in trüben Stunden, daß dieses Handwerk weniger als irgendein andres den nötigen Aufwand von Zeit und Kräften verdiene. Das Geschäft war lästig und die Belohnung gering. Er hätte jedes andere lieber übernommen, bei dem man doch, wenn es vorbei ist, der Ruhe des Geistes genießen kann, als dieses, wo man nach überstandenen mechanischen Mühseligkeiten noch durch die höchste Anstrengung des Geistes und der Empfindung erst das Ziel seiner Tätigkeit erreichen soll. Er mußte die Klagen Aureliens über die Verschwendung des Bruders hören, er mußte die Winke Serlos mißverstehen, wenn dieser ihn zu einer Heirat mit der Schwester von ferne zu leiten suchte. Er hatte dabei seinen Kummer zu verbergen, der ihn auf das tiefste drückte, indem der nach dem zweideutigen Offizier fortgeschickte Bote nicht zurückkam, auch nichts von sich hören ließ und unser Freund daher seine Mariane zum zweiten Mal verloren zu haben fürchten mußte.

Zu ebender Zeit fiel eine allgemeine Trauer ein, wodurch man genötigt ward, das Theater auf einige Wochen zu schließen. Er ergriff diese Zwischenzeit, um jenen Geistlichen zu besuchen, bei welchem der Harfenspieler in der Kost war. Er fand ihn in einer angenehmen Gegend, und das erste, was er in dem Pfarrhofe erblickte, war der Alte, der einem Knaben auf seinem Instrumente Lektion gab. Er bezeugte viel Freude, Wilhelmen wiederzusehen, stand auf und reichte ihm die Hand und sagte: Sie sehen, daß ich in der Welt doch noch zu etwas nütze bin; Sie erlauben, daß ich fortfahre, denn die Stunden sind eingeteilt.

Der Geistliche begrüßte Wilhelmen auf das freundlichste und erzählte ihm, daß der Alte sich schon recht gut anlasse, und daß man Hoffnung zu seiner völligen Genesung habe.

Ihr Gespräch fiel natürlich auf die Methode, Wahnsinnige zu kurieren.

Außer dem Physischen, sagte der Geistliche, das uns oft unüberwindliche Schwierigkeiten in den Weg legt, und worüber ich einen denkenden Arzt zu Rate ziehe, finde ich die Mittel, vom Wahnsinne zu heilen, sehr einfach. Es sind ebendieselben, wodurch man gesunde Menschen hindert, wahnsinnig zu werden. Man errege ihre Selbsttätigkeit, man gewöhne sie an Ordnung, man gebe ihnen einen Begriff, daß sie ihr Sein und Schicksal mit so vielen gemein haben, daß das außerordentliche Talent, das größte Glück und das höchste Unglück nur kleine Abweichungen von dem Gewöhnlichen sind – so wird sich kein Wahnsinn einschleichen und, wenn er da ist, nach und nach wieder verschwinden. Ich habe des alten Mannes Stunden eingeteilt, er unterrichtet einige Kinder auf der Harfe, er hilft im Garten arbeiten und ist schon viel heiterer. Er wünscht von dem Kohle zu genießen, den er pflanzt, und wünscht meinen Sohn, dem er die Harfe auf den Todesfall geschenkt hat, recht emsig zu unterrichten, damit sie der Knabe ja auch brauchen könne. Als Geistlicher suche ich ihm über seine wunderbaren Skrupel nur wenig zu sagen, aber ein tätiges Leben führt so viele Ereignisse herbei, daß er bald fühlen muß, daß jede Art von Zweifel nur durch Wirksamkeit gehoben werden kann. Ich gehe sachte zu Werke; wenn ich ihm aber noch seinen Bart und seine Kutte wegnehmen kann, so habe ich viel gewonnen: denn es bringt uns nichts näher dem Wahnsinn, als wenn wir uns vor andern auszeichnen, und nichts erhält so sehr den gemeinen Verstand, als im allgemeinen Sinne mit vielen Menschen zu leben. Wie vieles ist leider nicht in unserer Erziehung und in unsern bürgerlichen Einrichtungen, wodurch wir uns und unsere Kinder zur Tollheit vorbereiten.

Wilhelm verweilte bei diesem vernünftigen Manne einige Tage und erfuhr die interessantesten Geschichten, nicht allein von verrückten Menschen, sondern auch von solchen, die man für klug, ja für weise zu halten pflegt, und deren Eigentümlichkeiten nahe an den Wahnsinn grenzen.

Dreifach belebt aber ward die Unterhaltung, als der Medikus eintrat, der den Geistlichen, seinen Freund, öfters zu besuchen und ihm bei seinen menschenfreundlichen Bemühungen beizustehen pflegte. Es war ein ältlicher Mann, der bei einer schwächlichen Gesundheit viele Jahre in Ausübung der edelsten Pflichten zugebracht hatte. Er war ein großer Freund vom Landleben und konnte fast nicht anders als in freier Luft sein; dabei war er äußerst gesellig und tätig und hatte seit vielen Jahren eine besondere Neigung, mit allen Landgeistlichen Freundschaft zu stiften. Jedem, an dem er eine nützliche Beschäftigung kannte, suchte er auf alle Weise beizustehen; andern, die noch unbestimmt waren, suchte er eine Liebhaberei einzureden, und da er zugleich mit den Edelleuten, Amtmännern und Gerichtshaltern in Verbindung stand, so hatte er in Zeit von zwanzig Jahren sehr viel im Stillen zur Kultur mancher Zweige der Landwirtschaft beigetragen und alles, was dem Felde, Tieren und Menschen ersprießlich ist, in Bewegung gebracht und so die wahrste Aufklärung befördert. Für den Menschen, sagte er, sei nur das eine ein Unglück, wenn sich irgendeine Idee bei ihm festsetze, die keinen Einfluß ins tätige Leben habe oder ihn wohl gar vom tätigen Leben abziehe. Ich habe, sagte er, gegenwärtig einen solchen Fall an einem vornehmen und reichen Ehepaar, wo mir bis jetzt noch alle Kunst mißglückt ist; fast gehört der Fall in Ihr Fach, lieber Pastor, und dieser junge Mann wird ihn nicht weitererzählen.

In der Abwesenheit eines vornehmen Mannes verkleidet man, mit einem nicht ganz lobenswürdigen Scherze, einen jungen Menschen in die Hauskleidung dieses Herrn. Seine Gemahlin sollte dadurch angeführt werden, und ob man mir es gleich nur als eine Posse erzählt hat, so fürchte ich doch sehr, man hatte die Absicht, die edle, liebenswürdige Dame vom rechten Wege abzuleiten. Der Gemahl kommt unvermutet zurück, tritt in sein Zimmer, glaubt sich selbst zu sehen und fällt von der Zeit an in eine Melancholie, in der er die Überzeugung nährt, daß er bald sterben werde.

Er überläßt sich Personen, die ihm mit religiösen Ideen schmeicheln, und ich sehe nicht, wie er abzuhalten ist, mit seiner Gemahlin unter die Herrnhuter zu gehen und den größten Teil seines Vermögens, da er keine Kinder hat, seinen Verwandten zu entziehen.

Mit seiner Gemahlin? rief Wilhelm, den diese Erzählung nicht wenig erschreckt hatte, ungestüm aus.

Und leider, versetzte der Arzt, der in Wilhelms Ausrufung nur eine menschenfreundliche Teilnahme zu hören glaubte, ist diese Dame mit einem noch tiefern Kummer behaftet, der ihr eine Entfernung von der Welt nicht widerlich macht. Ebendieser junge Mensch nimmt Abschied von ihr; sie ist nicht vorsichtig genug, eine aufkeimende Neigung zu verbergen; er wird kühn, schließt sie in seine Arme und drückt ihr das große, mit Brillanten besetzte Porträt ihres Gemahls gewaltsam wider die Brust. Sie empfindet einen heftigen Schmerz, der nach und nach vergeht, erst eine kleine Röte und dann keine Spur zurückläßt. Ich bin als Mensch überzeugt, daß sie sich nichts weiter vorzuwerfen hat; ich bin als Arzt gewiß, daß dieser Druck keine üblen Folgen haben werde, aber sie läßt sich nicht ausreden, es sei eine Verhärtung da, und wenn man ihr durch das Gefühl den Wahn benehmen will, so behauptet sie, nur in diesem Augenblick sei nichts zu fühlen; sie hat sich fest eingebildet, es werde dieses Übel mit einem Krebsschaden sich endigen, und so ist ihre Jugend, ihre Liebenswürdigkeit für sie und andere völlig verloren.

Ich Unglückseliger! rief Wilhelm, indem er sich vor die Stirne schlug und aus der Gesellschaft ins Feld lief. Er hatte sich noch nie in einem solchen Zustande befunden.

Der Arzt und der Geistliche, über diese seltsame Entdeckung höchlich erstaunt, hatten abends genug mit ihm zu tun, als er zurückkam und bei dem umständlichern Bekenntnis dieser Begebenheit sich aufs lebhafteste anklagte. Beide Männer nahmen den größten Anteil an ihm, besonders da er ihnen seine übrige Lage nun auch mit schwarzen Farben der augenblicklichen Stimmung malte.

Den andern Tag ließ sich der Arzt nicht lange bitten, mit ihm nach der Stadt zu gehen, um ihm Gesellschaft zu leisten, um Aurelien, die ihr Freund in bedenklichen Umständen zurückgelassen hatte, wo möglich Hilfe zu verschaffen.

Sie fanden sie auch wirklich schlimmer, als sie vermuteten. Sie hatte eine Art von überspringendem Fieber, dem um so weniger beizukommen war, als sie die Anfälle nach ihrer Art vorsätzlich unterhielt und verstärkte. Der Fremde ward nicht als Arzt eingeführt und betrug sich sehr gefällig und klug. Man sprach über den Zustand ihres Körpers und ihres Geistes, und der neue Freund erzählte manche Geschichten, wie Personen, ungeachtet einer solchen Kränklichkeit, ein hohes Alter erreichen könnten; nichts aber sei schädlicher in solchen Fällen als eine vorsätzliche Erneuerung leidenschaftlicher Empfindungen. Besonders verbarg er nicht, daß er diejenigen Personen sehr glücklich gefunden habe, die bei einer nicht ganz herzustellenden kränklichen Anlage wahrhaft religiöse Gesinnungen bei sich zu nähren bestimmt gewesen wären. Er sagte das auf eine sehr bescheidene Weise und gleichsam historisch und versprach dabei, seinen neuen Freunden eine sehr interessante Lektüre an einem Manuskript zu verschaffen, das er aus den Händen einer nunmehr abgeschiedenen vortrefflichen Freundin erhalten habe. Es ist mir unendlich wert, sagte er, und ich vertraue Ihnen das Original selbst an. Nur der Titel ist von meiner Hand: *Bekenntnisse einer schönen Seele*.

Über diätetische und medizinische Behandlung der unglücklichen aufgespannten Aurelie vertraute der Arzt Wilhelmen noch seinen besten Rat, versprach zu schreiben und wo möglich selbst wiederzukommen.

Inzwischen hatte sich in Wilhelms Abwesenheit eine Veränderung vorbereitet, die er nicht vermuten konnte. Wilhelm hatte während der Zeit seiner Regie das ganze Geschäft mit einer gewissen Freiheit und Liberalität behandelt, vorzüglich auf die Sache gesehen und besonders bei Kleidungen, Dekorationen und Requisiten alles reichlich und anständig angeschafft, auch, um den guten Willen der Leute zu erhalten, ihrem Eigennutze geschmeichelt, da er ihnen durch edlere Motive nicht beikommen konnte; und er fand sich hierzu um so mehr berechtigt, als Serlo selbst keine Ansprüche machte, ein genauer Wirt zu sein, den Glanz seines Theaters gerne loben hörte und zufrieden war, wenn Aurelie, welche die ganze Haushaltung führte, nach Abzug aller Kosten versicherte, daß sie keine Schulden habe, und noch soviel hergab, als nötig war, die Schulden abzutragen, die Serlo unterdessen durch außerordentliche Freigebigkeit gegen seine Schönen und sonst etwa auf sich geladen haben mochte.

Melina, der indessen die Garderobe besorgte, hatte, kalt und heimtückisch wie er war, der Sache im Stillen zugesehen und wußte, bei der Entfernung Wilhelms und bei der zunehmenden Krankheit Aureliens, Serlo fühlbar zu machen, daß man eigentlich mehr einnehmen, weniger ausgeben und entweder etwas zurücklegen oder doch am Ende nach Willkür noch lustiger leben könne. Serlo hörte das gern, und Melina wagte sich mit seinem Plane hervor.

Ich will, sagte er, nicht behaupten, daß einer von den Schauspielern gegenwärtig zuviel Gage hat; es sind verdienstvolle Leute, und sie würden an jedem Orte willkommen sein; allein für die Einnahme, die sie uns verschaffen, erhalten sie doch zuviel. Mein Vorschlag wäre, eine Oper einzurichten, und was das Schauspiel betrifft, so muß ich Ihnen sagen: Sie sind der Mann, allein ein ganzes Schauspiel auszumachen. Müssen Sie jetzt nicht selbst erfahren, daß man Ihre Verdienste verkennt? Nicht, weil Ihre Mitspieler vortrefflich, sondern weil sie gut sind, läßt man Ihrem außerordentlichen Talente keine Gerechtigkeit mehr widerfahren.

Stellen Sie sich, wie wohl sonst geschehen ist, nur allein hin, suchen Sie mittelmäßige, ja ich darf sagen schlechte Leute für geringe Gage an sich zu ziehen, stutzen Sie das Volk, wie Sie es so sehr verstehen, im Mechanischen zu, wenden Sie das übrige an die Oper, und Sie werden sehen, daß Sie mit derselben Mühe und mit denselben Kosten mehr Zufriedenheit erregen und ungleich mehr Geld als bisher gewinnen werden.

Serlo war zu sehr geschmeichelt, als daß seine Einwendungen einige Stärke hätten haben sollen. Er gestand Melinan gern zu, daß er bei seiner Liebhaberei zur Musik längst so etwas gewünscht habe; doch sehe er freilich ein, daß die Neigung des Publikums dadurch noch mehr auf Abwege geleitet und daß bei so einer Vermischung eines Theaters, das nicht recht Oper, nicht recht Schauspiel sei, notwendig der Überrest von Geschmack an einem bestimmten und ausführlichen Kunstwerke sich völlig verlieren müsse.

Melina scherzte nicht ganz fein über Wilhelms pedantische Ideale dieser Art, über die Anmaßung, das Publikum zu bilden, statt sich von ihm bilden zu lassen, und beide vereinigten sich mit großer Überzeugung, daß man nur Geld einnehmen, reich werden oder sich lustig machen solle, und verbargen sich kaum, daß sie nur jener Personen loszusein wünschten, die ihrem Plane im Wege standen. Melina bedauerte, daß die schwächliche Gesundheit Aureliens ihr kein langes Leben verspreche, dachte aber gerade das Gegenteil. Serlo schien zu beklagen, daß Wilhelm nicht Sänger sei, und gab dadurch zu verstehen, daß er ihn für bald entbehrlich halte. Melina trat mit einem ganzen Register von Ersparnissen, die zu machen seien, hervor, und Serlo sah in ihm seinen ersten Schwager dreifach ersetzt. Sie fühlten wohl, daß sie sich über diese Unterredung das Geheimnis zuzusagen hatten, wurden dadurch nur noch mehr aneinander geknüpft und nahmen Gelegenheit, insgeheim über alles, was vorkam, sich zu besprechen, was Aurelie und Wilhelm unternahmen, zu tadeln und ihr neues Projekt in Gedanken immer mehr auszuarbeiten.

So verschwiegen auch beide über ihren Plan sein mochten, und so wenig sie durch Worte sich verrieten, so waren sie doch nicht politisch genug, in dem Betragen ihre Gesinnungen zu verbergen. Melina widersetzte sich Wilhelmen in manchen Fällen, die in seinem Kreise lagen, und Serlo, der niemals glimpflich mit seiner Schwester umgegangen war, ward nur bitterer, je mehr ihre Kränklichkeit zunahm, und je mehr sie bei ihren ungleichen, leidenschaftlichen Launen Schonung verdient hätte.

Zu ebendieser Zeit nahm man Emilie Galotti vor. Dieses Stück war sehr glücklich besetzt, und alle konnten in dem beschränkten Kreise dieses Trauerspiels die ganze Mannigfaltigkeit ihres Spieles zeigen. Serlo war als Marinelli an seinem Platze, Odoardo ward sehr gut vorgetragen, Madame Melina spielte die Mutter mit vieler Einsicht, Elmire zeichnete sich in der Rolle Emiliens zu ihrem Vorteil aus, Laertes trat als Appiani mit vielem Anstand auf, und Wilhelm hatte ein Studium von mehreren Monaten auf die Rolle des Prinzen verwendet. Bei dieser Gelegenheit hatte er sowohl mit sich selbst als mit Serlo und Aurelien die Frage oft abgehandelt: welch ein Unterschied sich zwischen einem edlen und vornehmen Betragen zeige, und inwiefern jenes in diesem, dieses aber nicht in jenem enthalten zu sein brauche.

Serlo, der selbst als Marinelli den Hofmann rein, ohne Karikatur vorstellte, äußerte über diesen Punkt manchen guten Gedanken. Der vornehme Anstand, sagte er, ist schwer nachzuahmen, weil er eigentlich negativ ist und eine lange, anhaltende Übung voraussetzt. Denn man soll nicht etwa in seinem Benehmen etwas darstellen, das Würde anzeigt: denn leicht fällt man dadurch in ein förmliches, stolzes Wesen; man soll vielmehr nur alles vermeiden, was unwürdig, was gemein ist; man soll sich nie vergessen, immer auf sich und andere achthaben, sich nichts vergeben, andern nicht zuviel, nicht zu wenig tun, durch nichts gerührt scheinen, durch nichts bewegt werden, sich niemals übereilen, sich in jedem Momente zu fassen wissen und so ein äußeres Gleichgewicht erhalten, innerlich mag es stürmen, wie es will. Der edle Mensch kann sich in Momenten vernachlässigen, der vornehme nie. Dieser ist wie ein sehr wohlgekleideter Mann: er wird sich nirgends anlehnen, und jedermann wird sich hüten, an ihn zu streichen; er unterscheidet sich vor andern, und doch darf er nicht allein stehen bleiben; denn wie in jeder Kunst, also auch in dieser, soll zuletzt das Schwerste mit Leichtigkeit ausgeführt werden; so soll der Vornehme, ungeachtet aller Absonderung, immer mit andern verbunden scheinen, nirgends steif, überall gewandt sein, immer als der erste erscheinen und sich nie als ein solcher aufdringen.

Man sieht also, daß man, um vornehm zu scheinen, wirklich vornehm sein müsse; man sieht, warum Frauen im Durchschnitt sich eher dieses Ansehen geben können als Männer, warum Hofleute und Soldaten am schnellsten zu diesem Anstande gelangen.

Wilhelm verzweifelte nun fast an seiner Rolle; allein Serlo half ihm wieder auf, indem er ihm über das einzelne die feinsten Bemerkungen mitteilte und ihn dergestalt austattete, daß er bei der Aufführung, wenigstens in den Augen der Menge, einen recht feinen Prinzen darstellte.

Serlo hatte versprochen, ihm nach der Vorstellung die Bemerkungen mitzuteilen, die er noch allenfalls über ihn machen würde; allein ein unangenehmer Streit zwischen Bruder und Schwester hinderte jede kritische Unterhaltung. Aurelie hatte die Rolle der Orsina auf eine Weise gespielt, wie man sie wohl niemals wieder sehen wird. Sie war mit der Rolle überhaupt sehr bekannt und hatte sie in den Proben gleichgültig behandelt; bei der Aufführung selbst aber zog sie, möchte man sagen, alle Schleusen ihres individuellen Kummers auf, und es ward dadurch eine Darstellung, wie sie sich kein Dichter in dem ersten Feuer der Empfindung hätte denken können. Ein unmäßiger Beifall des Publikums belohnte ihre schmerzlichen Bemühungen, aber sie lag auch halb ohnmächtig in einem Sessel, als man sie nach der Aufführung aufsuchte.

Serlo hatte schon über ihr übertriebenes Spiel, wie er es nannte, und über die Entblößung ihres innersten Herzens vor dem Publikum, das doch mehr oder weniger mit jener fatalen Geschichte bekannt war, seinen Unwillen zu erkennen gegeben und, wie er es im Zorn zu tun pflegte, mit den Zähnen geknirscht und mit den Füßen gestampft. Laßt sie, sagte er, als er sie, von den übrigen umgeben, in dem Sessel fand; sie wird noch ehstens ganz nackt auf das Theater treten, und dann wird erst der Beifall recht vollkommen sein.

Undankbarer! rief sie aus, Unmenschlicher! man wird mich bald nackt dahin tragen, wo kein Beifall mehr zu unsern Ohren kommt! Mit diesen Worten sprang sie auf und eilte nach der Türe. Die Magd hatte versäumt, ihr den Mantel zu bringen, die Portechaise war nicht da; es hatte geregnet, und ein sehr rauher Wind zog durch die Straßen. Man redete ihr vergebens zu, denn sie war übermäßig erhitzt; sie ging vorsätzlich langsam und lobte die Kühlung, die sie recht begierig einzusaugen schien. Kaum war sie zu Hause, als sie vor Heiserkeit kaum ein Wort mehr sprechen konnte; sie gestand aber nicht, daß sie im Nacken und den Rücken hinab eine völlige Steifigkeit fühlte. Nicht lange, so überfiel sie eine Art von Lähmung der Zunge, so daß sie ein Wort fürs andere sprach; man brachte sie zu Bette; durch häufig angewandte Mittel legte sich ein Übel, indem sich das andere zeigte. Das Fieber ward stark und ihr Zustand gefährlich.

Den andern Morgen hatte sie eine ruhige Stunde. Sie ließ Wilhelmen rufen und übergab ihm einen Brief. Dieses Blatt, sagte sie, wartet schon lange auf diesen Augenblick. Ich fühle, daß das Ende meines Lebens bald herannaht; versprechen Sie mir, daß Sie es selbst abgeben und daß Sie durch wenige Worte meine Leiden an dem Ungetreuen rächen wollen. Er ist nicht fühllos, und wenigstens soll ihn mein Tod einen Augenblick schmerzen.

Wilhelm übernahm den Brief, indem er sie jedoch tröstete und den Gedanken des Todes von ihr entfernen wollte.

Nein, versetzte sie, benehmen Sie mir nicht meine nächste Hoffnung. Ich habe ihn lange erwartet und will ihn freudig in die Arme schließen.

Kurz darauf kam das vom Arzt versprochene Manuskript an. Sie ersuchte Wilhelmen, ihr daraus vorzulesen, und die Wirkung, die es tat, wird der Leser am besten beurteilen können, wenn er sich mit dem folgenden Buche bekannt gemacht hat. Das heftige und trotzige Wesen unsrer armen Freundin ward auf einmal gelinder. Sie nahm den Brief zurück und schrieb einen andern, wie es schien in sehr sanfter Stimmung; auch forderte sie Wilhelmen auf, ihren Freund, wenn er irgend durch die Nachricht ihres Todes betrübt werden sollte, zu trösten, ihn zu versichern, daß sie ihm verziehen habe, und daß sie ihm alles Glück wünsche.

Von dieser Zeit an war sie sehr still und schien sich nur mit wenigen Ideen zu beschäftigen, die sie sich aus dem Manuskript eigen zu machen suchte, woraus ihr Wilhelm von Zeit zu Zeit vorlesen mußte. Die Abnahme ihrer Kräfte war nicht sichtbar, und unvermutet fand sie Wilhelm eines Morgens tot, als er sie besuchen wollte.

Bei der Achtung, die er für sie gehabt, und bei der Gewohnheit, mit ihr zu leben, war ihm ihr Verlust sehr schmerzlich. Sie war die einzige Person, die es eigentlich gut mit ihm meinte, und die Kälte Serlos in der letzten Zeit hatte er nur allzu sehr gefühlt. Er eilte daher, die aufgetragene Botschaft auszurichten, und wünschte sich auf einige Zeit zu entfernen. Von der andern Seite war für Melina diese Abreise sehr erwünscht: denn dieser hatte sich bei der weitläufigen Korrespondenz, die er unterhielt, gleich mit einem Sänger und einer Sängerin eingelassen, die das Publikum einstweilen durch Zwischenspiele zur künftigen Oper vorbereiten sollten. Der Verlust Aureliens und Wilhelms Entfernung sollten auf diese Weise in der ersten Zeit übertragen werden, und unser Freund war mit allem zufrieden, was ihm seinen Urlaub auf einige Wochen erleichterte.

Er hatte sich eine sonderbar wichtige Idee von seinem Auftrage gemacht. Der Tod seiner Freundin hatte ihn tief gerührt, und da er sie so frühzeitig von dem Schauplatze abtreten sah, mußte er notwendig gegen den, der ihr Leben verkürzt und dieses kurze Leben ihr so qualvoll gemacht, feindselig gesinnt sein.

Ungeachtet der letzten gelinden Worte der Sterbenden nahm er sich doch vor, bei Überreichung des Briefs ein strenges Gesicht über den ungetreuen Freund ergehen zu lassen, und da er sich nicht einer zufälligen Stimmung vertrauen wollte, dachte er an eine Rede, die in der Ausarbeitung pathetischer als billig ward. Nachdem er sich völlig von der guten Komposition seines Aufsatzes überzeugt hatte, machte er, indem er ihn auswendig lernte, Anstalt zu seiner Abreise. Mignon war beim Einpacken gegenwärtig und fragte ihn, ob er nach Süden oder nach Norden reise? und als sie das letzte von ihm erfuhr, sagte sie: So will ich dich hier wieder erwarten. Sie bat ihn um die Perlenschnur Marianens, die er dem lieben Geschöpf nicht versagen konnte; das Halstuch hatte sie schon. Dagegen steckte sie ihm den Schleier des Geistes in den Mantelsack, ob er ihr gleich sagte, daß ihm dieser Flor zu keinem Gebrauch sei.

Melina übernahm die Regie, und seine Frau versprach, auf die

J. F. Reichardt.
Langsam und zärtlich.
Heiß mich nicht re - den, heiß mich schweigen, denn mein Ge - heim - niß ist mir
Pflicht. Ich möch - te dir mein ganzes Innre zei - gen, al - lein das Schick - sal will es nicht.
Ernsthaft mit etwas allmählig zunehmender Lebhaftigkeit.
Zur rechten Zeit ver - treibt der Sonne Lauf die fin - stre Nacht, und sie muß sich er - hel - len, der
pf.

har - te Fels schließt sei - nen Bu - sen auf miß - gönnt der Er - de nicht die tief - ver - borgnen Quel - len.
Leise, mit tiefer Rührung, nach und nach angehalten.
Ein je - der sucht im Arm des Freundes Ruh, dort kann die Brust in Klagen sich er - gie-
p
Mit zunehmender Stärke.
Mit immer zunehmender Stärke und Lebhaftigkeit.
ßen; al - lein ein Schwur drückt mir die Lip - pen zu und nur ein Gott ver - mag sie auf - zu - schlie - ßen.
pf.
cresc.
f

Kinder ein mütterliches Auge zu haben, von denen sich Wilhelm ungern losriß. Felix war sehr lustig beim Abschied, und als man ihn fragte, was er wolle mitgebracht haben, sagte er: Höre! bringe mir einen Vater mit. Mignon nahm den Scheidenden bei der Hand, und indem sie, auf die Zehen gehoben, ihm einen treuherzigen und lebhaften Kuß, doch ohne Zärtlichkeit, auf die Lippen drückte, sagte sie: Meister! vergiß uns nicht und komm bald wieder.

Und so lassen wir unsern Freund unter tausend Gedanken und Empfindungen seine Reise antreten und zeichnen hier noch zum Schlusse ein Gedicht auf, das Mignon mit großem Ausdruck einigemal rezitiert hatte, und das wir früher mitzuteilen durch den Drang so mancher sonderbaren Ereignisse verhindert wurden.

Heiß mich nicht reden, heiß mich schweigen,
Denn mein Geheimnis ist mir Pflicht;
Ich möchte dir mein ganzes Innre zeigen,
Allein das Schicksal will es nicht.

Zur rechten Zeit vertreibt der Sonne Lauf
Die finstre Nacht, und sie muß sich erhellen;
Der harte Fels schließt seinen Busen auf,
Mißgönnt der Erde nicht die tiefverborgnen Quellen.

Ein jeder sucht im Arm des Freundes Ruh,
Dort kann die Brust in Klagen sich ergießen;
Allein ein Schwur drückt mir die Lippen zu,
Und nur ein Gott vermag sie aufzuschließen.

SECHSTES BUCH

Bekenntnisse einer schönen Seele

Bis in mein achtes Jahr war ich ein ganz gesundes Kind, weiß mich aber von dieser Zeit so wenig zu erinnern als von dem Tage meiner Geburt. Mit dem Anfange des achten Jahres bekam ich einen Blutsturz, und in dem Augenblick war meine Seele ganz Empfindung und Gedächtnis. Die kleinsten Umstände dieses Zufalls stehn mir noch vor Augen, als hätte er sich gestern ereignet.

Während des neunmonatlichen Krankenlagers, das ich mit Geduld aushielt, ward, so wie mich dünkt, der Grund zu meiner ganzen Denkart gelegt, indem meinem Geiste die ersten Hülfsmittel gereicht wurden, sich nach seiner eigenen Art zu entwickeln.

Ich litt und liebte, das war die eigentliche Gestalt meines Herzens. In dem heftigsten Husten und abmattenden Fieber war ich stille wie eine Schnecke, die sich in ihr Haus zieht; sobald ich ein wenig Luft hatte, wollte ich etwas Angenehmes fühlen, und da mir aller übrige Genuß versagt war, suchte ich mich durch Augen und Ohren schadlos zu halten. Man brachte mir Puppenwerk und Bilderbücher, und wer Sitz an meinem Bette haben wollte, mußte mir etwas erzählen.

Von meiner Mutter hörte ich die biblischen Geschichten gern an; der Vater unterhielt mich mit Gegenständen der Natur. Er besaß ein artiges Kabinett. Davon brachte er gelegentlich eine Schublade nach der andern herunter, zeigte mir die Dinge und erklärte sie mir nach der Wahrheit. Getrocknete Pflanzen und Insekten und manche Arten von anatomischen Präparaten, Menschenhaut, Knochen, Mumien und dergleichen kamen auf das Krankenbette der Kleinen; Vögel und Tiere, die er auf der Jagd erlegte, wurden mir vorgezeigt, ehe sie nach der Küche gingen; und damit doch auch der Fürst der Welt eine Stimme in dieser Versammlung behielte, erzählte mir die Tante Liebesgeschichten und Feenmärchen. Alles ward angenommen, und alles faßte

Wurzel. Ich hatte Stunden, in denen ich mich lebhaft mit dem unsichtbaren Wesen unterhielt; ich weiß noch einige Verse, die ich der Mutter damals in die Feder diktierte.

Oft erzählte ich dem Vater wieder, was ich von ihm gelernt hatte. Ich nahm nicht leicht eine Arzenei, ohne zu fragen: wo wachsen die Dinge, aus denen sie gemacht ist? wie sehen sie aus? wie heißen sie? Aber die Erzählungen meiner Tante waren auch nicht auf einen Stein gefallen. Ich dachte mich in schöne Kleider und begegnete den allerliebsten Prinzen, die nicht ruhen noch rasten konnten, bis sie wußten, wer die unbekannte Schöne war. Ein ähnliches Abenteuer mit einem reizenden kleinen Engel, der in weißem Gewand und goldnen Flügeln sich sehr um mich bemühte, setzte ich so lange fort, daß meine Einbildungskraft sein Bild fast bis zur Erscheinung erhöhte.

Nach Jahresfrist war ich ziemlich wiederhergestellt; aber es war mir aus der Kindheit nichts Wildes übrig geblieben. Ich konnte nicht einmal mit Puppen spielen, ich verlangte nach Wesen, die meine Liebe erwiderten. Hunde, Katzen und Vögel, dergleichen mein Vater von allen Arten ernährte, vergnügten mich sehr; aber was hätte ich nicht gegeben, ein Geschöpf zu besitzen, das in einem der Märchen meiner Tante eine sehr wichtige Rolle spielte. Es war ein Schäfchen, das von einem Bauernmädchen in dem Walde aufgefangen und ernährt worden war; aber in diesem artigen Tiere stak ein verwünschter Prinz, der sich endlich wieder als schöner Jüngling zeigte und seine Wohltäterin durch seine Hand belohnte. So ein Schäfchen hätte ich gar zu gerne besessen!

Nun wollte sich aber keines finden, und da alles neben mir so ganz natürlich zuging, mußte mir nach und nach die Hoffnung auf einen so köstlichen Besitz fast vergehen. Unterdessen tröstete ich mich, indem ich solche Bücher las, in denen wunderbare Begebenheiten beschrieben wurden. Unter allen war mir der Christliche deutsche Herkules der liebste; die andächtige Liebesgeschichte war ganz nach meinem Sinne. Begegnete seiner Valiska irgend etwas, und es begegneten ihr grausame Dinge, so betete er erst, eh er ihr zu Hülfe eilte, und die Gebete standen ausführlich im Buche. Wie wohl gefiel mir das! Mein Hang zu dem Unsichtbaren, den ich immer auf eine dunkle Weise fühlte, ward dadurch nur vermehrt; denn ein für allemal sollte Gott auch mein Vertrauter sein.

Als ich weiter heranwuchs, las ich, der Himmel weiß was, alles durcheinander; aber die Römische Oktavia behielt vor allen den Preis. Die Verfolgungen der ersten Christen, in einen Roman gekleidet, erregten bei mir das lebhafteste Interesse.

Nun fing die Mutter an, über das stete Lesen zu schmälen; der Vater nahm ihr zuliebe mir einen Tag die Bücher aus der Hand und gab sie mir den andern wieder. Sie war klug genug, zu bemerken, daß hier nichts auszurichten war, und drang nur darauf, daß auch die Bibel ebenso fleißig gelesen wurde. Auch dazu ließ ich mich nicht treiben, und ich las die heiligen Bücher mit vielem Anteil. Dabei war meine Mutter immer sorgfältig, daß keine verführerischen Bücher in meine Hände kämen, und ich selbst würde jede schändliche Schrift aus der Hand geworfen haben; denn meine Prinzen und Prinzessinnen waren alle äußerst tugendhaft, und ich wußte übrigens von der natürlichen Geschichte des menschlichen Geschlechts mehr, als ich merken ließ, und hatte es meistens aus der Bibel gelernt. Bedenkliche Stellen hielt ich mit Worten und Dingen, die mir vor Augen kamen, zusammen und brachte bei meiner Wißbegierde und Kombinationsgabe die Wahrheit glücklich heraus. Hätte ich von Hexen gehört, so hätte ich auch mit der Hexerei bekannt werden müssen.

Meiner Mutter und dieser Wißbegierde hatte ich es zu danken, daß ich bei dem heftigen Hang zu Büchern doch kochen lernte; aber dabei war etwas zu sehen. Ein Huhn, ein Ferkel aufzuschneiden, war für mich ein Fest. Dem Vater brachte ich die Eingeweide, und er redete mit mir darüber wie mit einem jungen Studenten und pflegte mich oft mit inniger Freude seinen mißratenen Sohn zu nennen.

Nun war das zwölfte Jahre zurückgelegt. Ich lernte Französisch, Tanzen und Zeichnen und erhielt den gewöhnlichen Religionsunterricht. Bei dem letzten wurden manche Empfindungen und Gedanken rege, aber nichts, was sich auf meinen Zustand bezogen hätte. Ich hörte gern von Gott reden, ich war stolz darauf, besser als meinesgleichen von ihm reden zu können; ich las nun mit Eifer manche Bücher, die mich in den Stand setzten, von Religion zu schwatzen; aber nie fiel es mir ein, zu denken, wie es denn mit mir stehe, ob meine Seele auch so gestaltet sei, ob sie einem Spiegel gleiche, von dem die ewige Sonne widerglänzen könnte; das hatte ich für allemal schon vorausgesetzt.

Französisch lernte ich mit vieler Begierde. Mein Sprachmeister war ein wackrer Mann. Er war nicht ein leichtsinniger Empiriker, nicht ein trockner Grammatiker; er hatte Wissenschaften, er hatte die Welt gesehen. Zugleich mit dem Sprachunterrichte sättigte er meine Wißbegierde auf mancherlei Weise. Ich liebte ihn so sehr, daß ich seine Ankunft immer mit Herzklopfen erwartete. Das Zeichnen fiel mir nicht schwer, und ich würde es weiter gebracht haben, wenn mein Meister Kopf und Kenntnisse gehabt hätte; er hatte aber nur Hände und Übung.

Tanzen war anfangs nur meine geringste Freude; mein Körper war zu empfindlich, und ich lernte nur in der Gesellschaft meiner Schwester. Durch den Einfall unsers Tanzmeisters, allen seinen Schülern und Schülerinnen einen Ball zu geben, ward aber die Lust zu dieser Übung ganz anders belebt.

Unter vielen Knaben und Mädchen zeichneten sich zwei Söhne des Hofmarschalls aus: der jüngste so alt wie ich, der andere zwei Jahr älter, Kinder von einer solchen Schönheit, daß sie nach dem allgemeinen Geständnis alles übertrafen, was man je von schönen Kindern gesehen hatte. Auch ich hatte sie kaum erblickt, so sah ich niemand mehr vom ganzen Haufen. In dem Augenblicke tanzte ich mit Aufmerksamkeit und wünschte schön zu tanzen. Wie es kam, daß auch diese Knaben unter allen andern mich vorzüglich bemerkten? – Genug, in der ersten Stunde waren wir die besten Freunde, und die kleine Lustbarkeit ging noch nicht zu Ende, so hatten wir schon ausgemacht, wo wir uns nächstens wiedersehen wollten. Eine große Freude für mich! Aber ganz entzückt war ich, als beide den andern Morgen, jeder in einem galanten Billett, das mit einem Blumenstrauß begleitet war, sich nach meinem Befinden erkundigten. So fühlte ich nie mehr, wie ich da fühlte! Artigkeiten wurden mit Artigkeiten, Briefchen mit Briefchen erwidert. Kirche und Promenaden wurden von nun an zu Rendezvous; unsre jungen Bekannten luden uns schon jederzeit zusammen ein, wir aber waren schlau genug, die Sache dergestalt zu verdecken, daß die Eltern nicht mehr davon einsahen, als wir für gut hielten.

Nun hatte ich auf einmal zwei Liebhaber bekommen. Ich war für keinen entschieden; sie gefielen mir beide, und wir standen aufs beste zusammen. Auf einmal ward der Ältere sehr krank; ich war selbst schon oft sehr krank gewesen und wußte den Leidenden durch Übersendung mancher Artigkeiten und für einen Kranken schicklichen Leckerbissen zu erfreuen, daß seine Eltern die Aufmerksamkeit dankbar erkannten, der Bitte des lieben Sohns Gehör gaben und mich samt meinen Schwestern, sobald er nur das Bette verlassen hatte, zu ihm einluden. Die Zärtlichkeit, womit er mich empfing, war nicht kindisch, und von dem Tage an war ich für ihn entschieden. Er warnte mich gleich, vor seinem Bruder geheim zu sein; allein das Feuer war nicht mehr zu verbergen, und die Eifersucht des Jüngern machte den Roman vollkommen. Er spielte uns tausend Streiche, mit Lust vernichtete er unsre Freude und vermehrte dadurch die Leidenschaft, die er zu zerstören suchte.

Nun hatte ich denn wirklich das gewünschte Schäfchen gefunden, und diese Leidenschaft hatte, wie sonst eine Krankheit, die Wirkung auf mich, daß sie mich still machte und mich von der schwärmenden Freude zurückzog. Ich war einsam und gerührt, und Gott fiel mir wieder ein. Er blieb mein Vertrauter, und ich weiß wohl, mit welchen Tränen ich für den Knaben, der fortkränkelte, zu beten anhielt.

So viel Kindisches in dem Vorgang war, so viel trug er zur Bildung meines Herzens bei. Unserm französischen Sprachmeister mußten wir täglich, statt der sonst gewöhnlichen Übersetzung, Briefe von unsrer eignen Erfindung schreiben. Ich brachte meine Liebesgeschichten unter dem Namen Phyllis und Damon zu Markte. Der Alte sah bald durch, und um mich treuherzig zu machen, lobte er meine Arbeit gar sehr. Ich wurde immer kühner, ging offenherzig heraus und war bis ins Detail der Wahrheit getreu. Ich weiß nicht mehr, bei welcher Stelle er einst Gelegenheit nahm zu sagen: Wie das artig, wie das natürlich ist! Aber die gute Phyllis mag sich in acht nehmen, es kann bald ernsthaft werden.

Mich verdroß, daß er die Sache nicht schon für ernsthaft hielt, und fragte ihn pikiert, was er unter ernsthaft verstehe? Er ließ sich nicht zweimal fragen und erklärte sich so deutlich, daß ich meinen Schrecken kaum verbergen konnte. Doch da sich gleich darauf bei mir der Verdruß einstellte und ich ihm übelnahm, daß er solche Gedanken hegen könne, faßte ich mich, wollte meine Schöne rechtfertigen und sagte mit feuerroten Wangen: Aber, mein Herr, Phyllis ist ein ehrbares Mädchen!

Nun war er boshaft genug, mich mit meiner ehrbaren Heldin aufzuziehen und, indem wir Französisch sprachen, mit dem ›honnête‹ zu spielen, um die Ehrbarkeit der Phyllis durch alle Bedeutungen durchzuführen. Ich fühlte das Lächerliche und war äußerst verwirrt. Er, der mich nicht furchtsam machen wollte, brach ab, brachte aber das Gespräch bei andern Gelegenheiten wieder auf die Bahn. Schauspiele und kleine Geschichten, die ich bei ihm las und übersetzte, gaben ihm oft Anlaß, zu zeigen, was für ein schwacher Schutz die sogenannte Tugend gegen die Aufforderungen eines Affekts sei. Ich widersprach nicht mehr, ärgerte mich aber heimlich, und seine Anmerkungen wurden mir zur Last.

Mit meinem guten Damon kam ich auch nach und nach aus aller Verbindung. Die Schikanen des Jüngeren hatten unsern Umgang zerrissen. Nicht lange Zeit darauf starben beide blühende Jünglinge. Es tat mir weh, aber bald waren sie vergessen.

Phyllis wuchs nun schnell heran, war ganz gesund und fing an, die Welt zu sehen. Der Erbprinz vermählte sich und trat bald darauf nach dem Tode seines Vaters die Regierung an. Hof und Stadt waren in lebhafter Bewegung. Nun hatte meine Neugierde mancherlei Nahrung. Nun gab es Komödien, Bälle und was sich daran anschließt, und ob uns gleich die Eltern so viel als möglich zurückhielten, so mußte man doch bei Hof, wo ich eingeführt war, erscheinen. Die Fremden strömten herbei, in allen Häusern war große Welt, an uns selbst waren einige Kavaliere empfohlen und andre introduziert, und bei meinem Oheim waren alle Nationen anzutreffen.

Mein ehrlicher Mentor fuhr fort, mich auf eine bescheidene und doch treffende Weise zu warnen, und ich nahm es ihm immer heimlich übel. Ich war keineswegs von der Wahrheit seiner Behauptung überzeugt, und vielleicht hatte ich auch damals recht, vielleicht hatte er unrecht, die Frauen unter allen Umständen für so schwach zu halten; aber er redete zugleich so zudringlich, daß mir einst bange wurde, er möchte recht haben, da ich denn sehr lebhaft zu ihm sagte: Weil die Gefahr so groß und das menschliche Herz so schwach ist, so will ich Gott bitten, daß er mich bewahre.

Die naive Antwort schien ihn zu freuen, er lobte meinen Vorsatz; aber es war bei mir nichts weniger als ernstlich gemeint; diesmal war es nur ein leeres Wort: denn die Empfindungen für den Unsichtbaren waren bei mir fast ganz verloschen. Der große Schwarm, mit dem ich umgeben war, zerstreute mich und riß mich wie ein starker Strom mit fort. Es waren die leersten Jahre meines Lebens. Tagelang von nichts zu reden, keinen gesunden Gedanken zu haben und nur zu schwärmen, das war meine Sache. Nicht einmal der geliebten Bücher wurde gedacht. Die Leute, mit denen ich umgeben war, hatten keine Ahnung von Wissenschaften; es waren deutsche Hofleute, und diese Klasse hatte damals nicht die mindeste Kultur.

Ein solcher Umgang, sollte man denken, hätte mich an den Rand des Verderbens führen müssen. Ich lebte in sinnlicher Munterkeit nur so hin, ich sammelte mich nicht, ich betete nicht, ich dachte nicht an mich noch an Gott; aber ich seh es als eine Führung an, daß mir keiner von den vielen schönen, reichen und wohlgekleideten Männern gefiel. Sie waren liederlich und versteckten es nicht, das schreckte mich zurück; ihr Gespräch zierten sie mit Zweideutigkeiten, das beleidigte mich, und ich hielt mich kalt gegen sie; ihre Unart überstieg manchmal allen Glauben, und ich erlaubte mir, grob zu sein.

Überdies hatte mir mein Alter einmal vertraulich eröffnet, daß mit den meisten dieser leidigen Bursche nicht allein die Tugend, sondern auch die Gesundheit eines Mädchens in Gefahr sei. Nun graute mir erst vor ihnen, und ich war schon besorgt, wenn mir einer auf irgendeine Weise zu nahe kam. Ich hütete mich vor Gläsern und Tassen, wie vor dem Stuhle, von dem einer aufgestanden war. Auf diese Weise war ich moralisch und physisch sehr isoliert, und alle die Artigkeiten, die sie mir sagten, nahm ich stolz für schuldigen Weihrauch auf.

Unter den Fremden, die sich damals bei uns aufhielten, zeichnete sich ein junger Mann besonders aus, den wir im Scherz Narciß nannten. Er hatte sich in der diplomatischen Laufbahn guten Ruf erworben und hoffte bei verschiedenen Veränderungen, die an unserm neuen Hofe vorgingen, vorteilhaft placiert zu werden. Er ward mit meinem Vater bald bekannt, und seine Kenntnisse und sein Betragen öffneten ihm den Weg in eine geschlossene Gesellschaft der würdigsten Männer. Mein Vater sprach viel zu seinem Lobe, und seine schöne Gestalt hätte noch mehr Eindruck gemacht, wenn sein ganzes Wesen nicht eine Art von Selbstgefälligkeit gezeigt hätte. Ich hatte ihn gesehen, dachte gut von ihm, aber wir hatten uns nie gesprochen.

Auf einem großen Balle, auf dem er sich auch befand, tanzten wir eine Menuett zusammen; auch das ging ohne nähere Bekanntschaft ab. Als die heftigen Tänze angingen, die ich meinem Vater zuliebe, der für meine Gesundheit besorgt war, zu vermeiden pflegte, begab ich mich in ein Nebenzimmer und unterhielt mich mit ältern Freundinnen, die sich zum Spiele gesetzt hatten.

Narciß, der eine Weile mit herumgesprungen war, kam auch einmal in das Zimmer, in dem ich mich befand, und fing, nachdem er sich von einem Nasenbluten, das ihn beim Tanzen überfiel, erholt hatte, mit mir über mancherlei zu sprechen an. Binnen einer halben Stunde war der Diskurs so interessant, ob sich gleich keine Spur von Zärtlichkeit dreinmischte, daß wir nun beide das Tanzen nicht mehr vertragen konnten. Wir wurden bald von den andern darüber geneckt, ohne daß wir uns dadurch irremachen ließen. Den andern Abend konnten wir unser Gespräch wieder anknüpfen und schonten unsre Gesundheit sehr.

Nun war die Bekanntschaft gemacht. Narciß wartete mir und meinen Schwestern auf, und nun fing ich erst wieder an, gewahr zu werden, was ich alles wußte, worüber ich gedacht, was ich empfunden hatte, und worüber ich mich im Gespräche auszudrücken verstand. Mein neuer Freund, der von jeher in der besten Gesellschaft gewesen war, hatte außer dem historischen und politischen Fache, das er ganz übersah, sehr ausgebreitete literarische Kenntnisse, und ihm blieb nichts Neues, besonders was in Frankreich herauskam, unbekannt. Er brachte und sendete mir manch angenehmes Buch, doch das mußte geheimer als ein verbotenes Liebesverständnis gehalten werden. Man hatte die gelehrten Weiber lächerlich gemacht, und man wollte auch die unterrichteten nicht leiden, wahrscheinlich weil man für unhöflich hielt, so viel unwissende Männer beschämen zu lassen. Selbst mein Vater, dem diese neue Gelegenheit, meinen Geist auszubilden, sehr erwünscht war, verlangte ausdrücklich, daß dieses literarische Kommerz ein Geheimnis bleiben sollte.

So währte unser Umgang beinahe Jahr und Tag, und ich konnte nicht sagen, daß Narciß auf irgendeine Weise Liebe oder Zärtlichkeit gegen mich geäußert hätte. Er blieb artig und verbindlich, aber zeigte keinen Affekt; vielmehr schien der Reiz meiner jüngsten Schwester, die damals außerordentlich schön war, ihn nicht gleichgültig zu lassen. Er gab ihr im Scherze allerlei freundliche Namen aus fremden Sprachen, deren mehrere er sehr gut sprach, und deren eigentümliche Redensarten er gern ins deutsche Gespräch mischte. Sie erwiderte seine Artigkeiten nicht sonderlich; sie war von einem andern Fädchen gebunden, und da sie überhaupt sehr rasch und er empfindlich war, so wurden sie nicht selten über Kleinigkeiten uneins. Mit der Mutter und den Tanten wußte er sich gut zu halten, und so war er nach und nach ein Glied der Familie geworden.

Wer weiß, wie lange wir noch auf diese Weise fortgelebt

hätten, wären durch einen sonderbaren Zufall unsere Verhältnisse nicht auf einmal verändert worden. Ich ward mit meinen Schwestern in ein gewisses Haus gebeten, wohin ich nicht gerne ging. Die Gesellschaft war zu gemischt, und es fanden sich dort oft Menschen, wo nicht vom rohsten, doch vom plattsten Schlage mit ein. Diesmal war Narciß auch mit geladen, und um seinetwillen war ich geneigt hinzugehen: denn ich war doch gewiß, jemanden zu finden, mit dem ich mich auf meine Weise unterhalten konnte. Schon bei Tafel hatten wir manches auszustehen, denn einige Männer hatten stark getrunken; nach Tische sollten und mußten Pfänder gespielt werden. Es ging dabei sehr rauschend und lebhaft zu. Narciß hatte ein Pfand zu lösen; man gab ihm auf, der ganzen Gesellschaft etwas ins Ohr zu sagen, das jedermann angenehm wäre. Er mochte sich bei meiner Nachbarin, der Frau eines Hauptmanns, zu lange verweilen. Auf einmal gab ihm dieser eine Ohrfeige, daß mir, die ich gleich daran saß, der Puder in die Augen flog. Als ich die Augen ausgewischt und mich vom Schrecken einigermaßen erholt hatte, sah ich beide Männer mit bloßen Degen. Narciß blutete, und der andere, außer sich von Wein, Zorn und Eifersucht, konnte kaum von der ganzen übrigen Gesellschaft zurückgehalten werden. Ich nahm Narcissen beim Arm und führte ihn zur Türe hinaus eine Treppe hinauf in ein ander Zimmer, und weil ich meinen Freund vor seinem tollen Gegner nicht sicher glaubte, riegelte ich die Türe sogleich zu.

Wir hielten beide die Wunde nicht für ernsthaft, denn wir sahen nur einen leichten Hieb über die Hand; bald aber wurden wir einen Strom von Blut, der den Rücken hinunterfloß, gewahr, und es zeigte sich eine große Wunde auf dem Kopfe. Nun ward mir bange. Ich eilte auf den Vorplatz, um nach Hülfe zu schicken, konnte aber niemand ansichtig werden, denn alles war unten geblieben, den rasenden Menschen zu bändigen. Endlich kam eine Tochter des Hauses heraufgesprungen, und ihre Munterkeit ängstigte mich nicht wenig, da sie sich über den tollen Spektakel und über die verfluchte Komödie fast zu Tode lachen wollte. Ich bat sie dringend, mir einen Wundarzt zu schaffen, und sie, nach ihrer wilden Art, sprang gleich die Treppe hinunter, selbst einen zu holen.

Ich ging wieder zu meinem Verwundeten, band ihm mein Schnupftuch um die Hand und ein Handtuch, das an der Türe hing, um den Kopf. Er blutete noch immer heftig: der Verwundete erblaßte und schien in Ohnmacht zu sinken. Niemand war in der Nähe, der mir hätte beistehen können; ich nahm ihn sehr ungezwungen in den Arm und suchte ihn durch Streicheln und Schmeicheln aufzumuntern. Es schien die Wirkung eines geistigen Heilmittels zu tun; er blieb bei sich, aber saß totenbleich da.

Nun kam endlich die tätige Hausfrau, und wie erschrak sie, als sie den Freund in dieser Gestalt in meinen Armen liegen und uns alle beide mit Blut überströmt sah: denn niemand hatte sich vorgestellt, daß Narciß verwundet sei; alle meinten, ich habe ihn glücklich hinausgebracht.

Nun war Wein, wohlriechendes Wasser, und was nur erquicken und erfrischen konnte, im Überfluß da, nun kam auch der Wundarzt, und ich hätte wohl abtreten können; allein Narciß hielt mich fest bei der Hand, und ich wäre, ohne gehalten zu werden, stehengeblieben. Ich fuhr während des Verbandes fort, ihn mit Wein anzustreichen, und achtete es wenig, daß die ganze Gesellschaft nunmehr umherstand. Der Wundarzt hatte geendigt, der Verwundete nahm einen stummen verbindlichen Abschied von mir und wurde nach Hause getragen.

Nun führte mich die Hausfrau in ihr Schlafzimmer; sie mußte mich ganz auskleiden, und ich darf nicht verschweigen, daß ich, da man sein Blut von meinem Körper abwusch, zum ersten Mal zufällig im Spiegel gewahr wurde, daß ich mich auch ohne Hülle für schön halten durfte. Ich konnte keines meiner Kleidungsstücke wieder anziehn, und da die Personen im Hause alle kleiner oder stärker waren als ich, so kam ich in einer seltsamen Verkleidung zum größten Erstaunen meiner Eltern nach Hause. Sie waren über mein Schrecken, über die Wunden des Freundes, über den Unsinn des Hauptmanns, über den ganzen Vorfall äußerst verdrießlich. Wenig fehlte, so hätte mein Vater selbst, seinen Freund auf der Stelle zu rächen, den Hauptmann herausgefordert. Er schalt die anwesenden Herren, daß sie ein solches meuchlerisches Beginnen nicht auf der Stelle geahndet; denn es war nur zu offenbar, daß der Hauptmann sogleich, nachdem er geschlagen, den Degen gezogen und Narcissen von hinten verwundet habe; der Hieb über die Hand war erst geführt worden, als Narciß selbst zum Degen griff. Ich war unbeschreiblich alteriert und affiziert, oder wie soll ich es ausdrücken; der Affekt, der im tiefsten Grunde des Herzens ruhte, war auf einmal losgebrochen, wie eine Flamme, welche Luft bekömmt. Und wenn Lust und Freude sehr geschickt sind, die Liebe zuerst zu erzeugen und im Stillen zu nähren, so wird sie, die von Natur herzhaft ist, durch den Schrecken am leichtesten angetrieben, sich zu entscheiden und zu erklären. Mag gab dem Töchterchen Arznei ein und legte es zu Bette. Mit dem frühsten Morgen eilte mein Vater zu dem verwundeten Freund, der an einem starken Wundfieber recht krank darniederlag.

Mein Vater sagte mir wenig von dem, was er mit ihm geredet hatte, und suchte mich wegen der Folgen, die dieser Vorfall haben könnte, zu beruhigen. Es war die Rede, ob man sich mit einer Abbitte begnügen könne, ob die Sache gerichtlich werden müsse, und was dergleichen mehr war. Ich kannte meinen Vater zu wohl, als daß ich ihm geglaubt hätte, daß er diese Sache ohne Zweikampf geendigt zu sehen wünschte; allein ich blieb still, denn ich hatte von meinem Vater früh gelernt, daß Weiber in solche Händel sich nicht zu mischen hätten. Übrigens schien es nicht, als wenn zwischen den beiden Freunden etwas vorgefallen wäre, das mich betroffen hätte; doch bald vertraute mein Vater den Inhalt seiner weitern Unterredung meiner Mutter. Narciß, sagte er, sei äußerst gerührt von meinem geleisteten Beistand, habe ihn umarmt, sich für meinen ewigen Schuldner erklärt, bezeigt, er verlange kein Glück, wenn er es nicht mit mir teilen sollte; er habe sich die Erlaubnis ausgebeten, ihn als Vater ansehn zu dürfen. Mama sagte mir das alles treulich wieder, hängte aber die wohlmeinende Erinnerung daran, auf so etwas, das in der ersten Bewegung gesagt worden, dürfe man so sehr nicht achten. Ja freilich, antwortete ich mit angenommener Kälte, und fühlte der Himmel weiß was und wieviel dabei.

Narciß blieb zwei Monate krank, konnte wegen der Wunde an der rechten Hand nicht einmal schreiben, bezeigte mir aber inzwischen sein Andenken durch die verbindlichste Aufmerksamkeit. Alle diese mehr als gewöhnlichen Höflichkeiten hielt ich mit dem, was ich von der Mutter erfahren hatte, zusammen, und beständig war mein Kopf voller Grillen. Die ganze Stadt unterhielt sich von der Begebenheit. Man sprach mit mir davon in einem besondern Tone, man zog Folgerungen daraus, die, so sehr ich sie abzulehnen suchte, mir immer sehr nahe gingen. Was vorher Tändelei und Gewohnheit gewesen war, ward nun Ernst und Neigung. Die Unruhe, in der ich lebte, war um so heftiger, je sorgfältiger ich sie vor allen Menschen zu verbergen suchte. Der Gedanke, ihn zu verlieren, erschreckte mich, und die Möglichkeit einer nähern Verbindung machte mich zittern. Der Gedanke des Ehestandes hat für ein halbkluges Mädchen gewiß etwas Schreckhaftes.

Durch diese heftigen Erschütterungen ward ich wieder an mich selbst erinnert. Die bunten Bilder eines zerstreuten Lebens, die mir sonst Tag und Nacht vor den Augen schwebten, waren auf einmal weggeblasen. Meine Seele fing wieder an, sich zu regen; allein die sehr unterbrochene Bekanntschaft mit dem unsichtbaren Freunde war so leicht nicht wiederhergestellt. Wir blieben noch immer in ziemlicher Entfernung; es war wieder etwas, aber gegen sonst ein großer Unterschied.

Ein Zweikampf, worin der Hauptmann stark verwundet wurde, war vorüber, ohne daß ich etwas davon erfahren hatte, und die öffentliche Meinung war in jedem Sinne auf der Seite meines Geliebten, der endlich wieder auf dem Schauplatze erschien. Vor allen Dingen ließ er sich mit verbundnem Haupt und eingewickelter Hand in unser Haus tragen. Wie klopfte mir das Herz bei diesem Besuche! Die ganze Familie war gegenwärtig; es blieb auf beiden Seiten nur bei allgemeinen Danksagungen und Höflichkeiten; doch fand er Gelegenheit, mir einige geheime Zeichen seiner Zärtlichkeit zu geben, wodurch meine Unruhe nur zu sehr vermehrt ward. Nachdem er sich völlig wieder erholt, besuchte er uns den ganzen Winter auf ebendem Fuß wie ehemals, und bei allen leisen Zeichen von Empfindung und Liebe, die er mir gab, blieb alles unerörtert.

Auf diese Weise ward ich in steter Übung gehalten. Ich konnte mich keinem Menschen vertrauen, und von Gott war ich zu weit entfernt. Ich hatte diesen während vier wilder Jahre ganz vergessen; nun dachte ich dann und wann wieder an ihn, aber die Bekanntschaft war erkaltet; es waren nur Zeremonienvisiten, die ich ihm machte, und da ich überdies, wenn ich vor ihm erschien, immer schöne Kleider anlegte, meine Tugend, Ehrbarkeit und Vorzüge, die ich vor andern zu haben glaubte, ihm mit Zufriedenheit vorwies, so schien er mich in dem Schmucke gar nicht zu bemerken.

Ein Höfling würde, wenn sein Fürst, von dem er sein Glück erwartet, sich so gegen ihn betrüge, sehr beunruhigt werden, mir aber war nicht übel dabei zumute. Ich hatte, was ich brauchte, Gesundheit und Bequemlichkeit; wollte sich Gott mein Andenken gefallen lassen, so war es gut; wo nicht, so glaubte ich doch meine Schuldigkeit getan zu haben.

So dachte ich freilich damals nicht von mir; aber es war doch die wahrhafte Gestalt meiner Seele. Meine Gesinnungen zu ändern und zu reinigen, waren aber auch schon Anstalten gemacht.

Der Frühling kam heran, und Narciß besuchte mich unangemeldet zu einer Zeit, da ich ganz allein zu Hause war. Nun erschien er als Liebhaber und fragte mich, ob ich ihm mein Herz und, wenn er eine ehrenvolle, wohlbesoldete Stelle erhielte, auch dereinst meine Hand schenken wollte.

Man hatte ihn zwar in unsre Dienste genommen; allein anfangs hielt man ihn, weil man sich vor seinem Ehrgeiz fürchtete, mehr zurück, als daß man ihn schnell emporgehoben hätte, und ließ ihn, weil er eignes Vermögen hatte, bei einer kleinen Besoldung.

Bei aller meiner Neigung zu ihm wußte ich, daß er der Mann nicht war, mit dem man ganz gerade handeln konnte. Ich nahm mich daher zusammen und verwies ihn an meinen Vater, an dessen Einwilligung er nicht zu zweifeln schien und mit mir erst auf der Stelle einig sein wollte. Endlich sagte ich Ja, indem ich die Beistimmung meiner Eltern zur notwendigen Bedingung machte. Er sprach alsdann mit beiden förmlich; sie zeigten ihre Zufriedenheit, man gab sich das Wort auf den bald zu hoffenden Fall, daß man ihn weiter avancieren werde. Schwestern und Tanten wurden davon benachrichtigt und ihnen das Geheimnis auf das strengste anbefohlen.

Nun war aus einem Liebhaber ein Bräutigam geworden. Die Verschiedenheit zwischen beiden zeigte sich sehr groß. Könnte jemand die Liebhaber aller wohldenkenden Mädchen in Bräutigame verwandeln, so wäre es eine große Wohltat für unser Geschlecht, selbst wenn auf dieses Verhältnis keine Ehe erfolgen sollte. Die Liebe zwischen beiden Personen nimmt dadurch nicht ab, aber sie wird vernünftiger. Unzählige kleine Torheiten, alle Koketterieen und Launen fallen gleich hinweg. Äußert uns der Bräutigam, daß wir ihm in einer Morgenhaube besser als in dem schönsten Aufsatze gefallen, dann wird einem wohldenkenden Mädchen gewiß die Frisur gleichgültig, und es ist nichts natürlicher, als daß er auch solid denkt und lieber sich eine Hausfrau als der Welt eine Putzdocke zu bilden wünscht. Und so geht es durch alle Fächer durch.

Hat ein solches Mädchen dabei das Glück, daß ihr Bräutigam Verstand und Kenntnisse besitzt, so lernt sie mehr, als hohe Schulen und fremde Länder geben können. Sie nimmt nicht nur alle Bildung gern an, die er ihr gibt, sondern sie sucht sich auch auf diesem Wege so immer weiter zu bringen. Die Liebe macht vieles Unmögliche möglich, und endlich geht die dem weiblichen Geschlecht so nötige und anständige Unterwerfung sogleich an; der Bräutigam herrscht nicht wie der Ehemann; er bittet nur, und seine Geliebte sucht ihm abzumerken, was er wünscht, um es noch eher zu vollbringen, als er bittet.

So hat mich die Erfahrung gelehrt, was ich nicht um vieles missen möchte. Ich war glücklich, wahrhaft glücklich, wie man es in der Welt sein kann, das heißt auf kurze Zeit.

Ein Sommer ging unter diesen stillen Freuden hin. Narciß gab mir nicht die mindeste Gelegenheit zu Beschwerden; er ward mir immer lieber, meine ganze Seele hing an ihm, das wußte er wohl und wußte es zu schätzen. Inzwischen entspann sich aus anscheinenden Kleinigkeiten etwas, das unserm Verhältnis nach und nach schädlich wurde.

Narciß ging als Bräutigam mit mir um, und nie wagte er es, das von mir zu begehren, was uns noch verboten war. Allein über die Grenzen der Tugend und Sittsamkeit waren wir sehr verschiedener Meinung. Ich wollte sicher gehen und erlaubte durchaus keine Freiheit, als welche allenfalls die ganze Welt hätte wissen dürfen. Er, an Näschereien gewöhnt, fand diese Diät sehr streng; hier setzte es nun beständigen Widerspruch; er lobte mein Verhalten und suchte meinen Entschluß zu untergraben.

Mir fiel das *ernsthaft* meines alten Sprachmeisters wieder ein und zugleich das Hülfsmittel, das ich damals dagegen angegeben hatte.

Mit Gott war ich wieder ein wenig bekannter geworden. Er hatte mir so einen lieben Bräutigam gegeben, und dafür wußte ich ihm Dank. Die irdische Liebe selbst konzentrierte meinen Geist und setzte ihn in Bewegung, und meine Beschäftigung mit Gott widersprach ihr nicht. Ganz natürlich klagte ich ihm, was mich bange machte, und bemerkte nicht, daß ich selbst das, was mich bange machte, wünschte und begehrte. Ich kam mir sehr stark vor und betete nicht etwa: bewahre mich vor Versuchung – über die Versuchung war ich meinen Gedanken nach weit hinaus. In diesem losen Flitterschmuck eigner Tugend erschien ich dreist vor Gott; er stieß mich nicht weg; auf die geringste Bewegung zu ihm hinterließ er einen sanften Eindruck in meiner Seele, und dieser Eindruck bewegte mich, ihn immer wieder aufzusuchen.

Die ganze Welt war mir außer Narcissen tot, nichts hatte außer ihm einen Reiz für mich. Selbst meine Liebe zum Putz hatte nur den Zweck, ihm zu gefallen; wußte ich, daß er mich nicht sah, so konnte ich keine Sorgfalt darauf wenden. Ich tanzte gern; wenn er aber nicht dabei war, so schien mir, als wenn ich die Bewegung nicht vertragen könnte. Auf ein brillantes Fest, bei dem er nicht zugegen war, konnte ich mir weder etwas Neues anschaffen, noch das Alte der Mode gemäß aufstutzen. Einer war mir so lieb wie der andere, doch möchte ich lieber sagen: einer so lästig als der andere. Ich glaubte meinen Abend recht gut zugebracht zu haben, wenn ich mir mit ältern Personen ein Spiel ausmachen konnte, wozu ich sonst nicht die mindeste Lust hatte; und wenn ein alter guter Freund mich etwa scherzhaft darüber aufzog, lächelte ich vielleicht das erste Mal den ganzen Abend. So ging es mit Promenaden und allen gesellschaftlichen Vergnügungen, die sich nur denken lassen:

Ich hatt ihn einzig mir erkoren;
Ich schien mir nur für ihn geboren,
Begehrte nichts als seine Gunst.

So war ich oft in der Gesellschaft einsam, und die völlige Einsamkeit war mir meistens lieber. Allein mein geschäftiger Geist konnte weder schlafen noch träumen; ich fühlte und dachte und erlangte nach und nach eine Fertigkeit, von meinen Empfindungen und Gedanken mit Gott zu reden. Da entwickelten sich Empfindungen anderer Art in meiner Seele, die jenen nicht widersprachen. Denn meine Liebe zu Narciß war dem ganzen Schöpfungsplane gemäß und stieß nirgend gegen meine Pflichten an. Sie widersprachen sich nicht und waren doch unendlich verschieden. Narciß war das einzige Bild, das mir vorschwebte, auf das sich meine ganze Liebe bezog; aber das andere Gefühl bezog sich auf kein Bild und war unaussprechlich angenehm. Ich habe es nicht mehr und kann es mir nicht mehr geben.

Mein Geliebter, der sonst alle meine Geheimnisse wußte, erfuhr nichts hiervon. Ich merkte bald, daß er anders dachte; er gab mir öfters Schriften, die alles, was man Zusammenhang mit dem Unsichtbaren heißen kann, mit leichten und schweren Waffen bestritten. Ich las die Bücher, weil sie von ihm kamen, und wußte am Ende kein Wort von alledem, was darin gestanden hatte.

Über Wissenschaften und Kenntnisse ging es auch nicht ohne Widerspruch ab; er machte es wie alle Männer, spottete über gelehrte Frauen und bildete unaufhörlich an mir. Über alle Gegenstände, die Rechtsgelehrsamkeit ausgenommen, pflegte er mit mir zu sprechen, und indem er mir Schriften von allerlei Art beständig zubrachte, wiederholte er oft die bedenkliche Lehre: daß ein Frauenzimmer sein Wissen heimlicher halten müsse als der Kalvinist seinen Glauben im katholischen Lande; und indem ich wirklich auf eine ganz natürliche Weise vor der Welt mich nicht klüger und unterrichteter als sonst zu zeigen pflegte, war er der erste, der gelegentlich der Eitelkeit nicht widerstehen konnte, von meinen Vorzügen zu sprechen.

Ein berühmter und damals wegen seines Einflusses, seiner Talente und seines Geistes sehr geschätzter Weltmann fand an unserm Hofe großen Beifall. Er zeichnete Narcissen besonders aus und hatte ihn beständig um sich. Sie stritten auch über die Tugend der Frauen. Narciß vertraute mir weitläufig ihre Unterredung; ich blieb mit meinen Anmerkungen nicht dahinten, und mein Freund verlangte von mir einen schriftlichen Aufsatz. Ich schrieb ziemlich geläufig Französisch: ich hatte bei meinem Alten einen guten Grund gelegt. Die Korrespondenz mit meinem Freunde war in dieser Sprache geführt, und eine feinere Bildung konnte man überhaupt damals nur aus französischen Büchern nehmen. Mein Aufsatz hatte dem Grafen gefallen; ich mußte einige kleine Lieder hergeben, die ich vor kurzem gedichtet hatte. Genug, Narciß schien sich auf seine Geliebte ohne Rückhalt etwas zugute zu tun, und die Geschichte endigte zu seiner großen Zufriedenheit mit einer geistreichen Epistel in französischen Versen, die ihm der Graf bei seiner Abreise zusandte, worin ihres freundschaftlichen Streites gedacht war und mein Freund am Ende glücklich gepriesen wurde, daß er nach so manchen Zweifeln und Irrtümern in den Armen einer reizenden und tugendhaften Gattin, was Tugend sei, am sichersten erfahren würde.

Dieses Gedicht ward mir vor allen und dann aber auch fast jedermann gezeigt, und jeder dachte dabei, was er wollte. So ging es in mehreren Fällen, und so mußten alle Fremden, die er schätzte, in unserm Hause bekannt werden.

Eine gräfliche Familie hielt sich wegen unsres geschickten Arztes eine Zeitlang hier auf. Auch in diesem Hause war Narciß wie ein Sohn gehalten; er führte mich daselbst ein, man fand bei diesen würdigen Personen eine angenehme Unterhaltung für Geist und Herz, und selbst die gewöhnlichen Zeitvertreibe der Gesellschaft schienen in diesem Hause nicht so leer wie anderwärts. Jedermann wußte, wie wir zusammen standen, man behandelte uns, wie es die Umstände mit sich brachten, und ließ das Hauptverhältnis unberührt. Ich erwähne dieser einen Bekanntschaft, weil sie in der Folge meines Lebens manchen Einfluß auf mich hatte.

Nun war fast ein Jahr unserer Verbindung verstrichen, und mit ihm war auch unser Frühling dahin. Der Sommer kam, und alles wurde ernsthafter und heißer.

Durch einige unerwartete Todesfälle waren Ämter erledigt, auf die Narciß Anspruch machen konnte. Der Augenblick war nahe, in dem sich mein ganzes Schicksal entscheiden sollte, und indes Narciß und alle Freunde sich bei Hofe die möglichste Mühe gaben, gewisse Eindrücke, die ihm ungünstig waren, zu vertilgen und ihm den erwünschten Platz zu verschaffen, wendete ich mich mit meinem Anliegen zu dem unsichtbaren Freunde. Ich ward so freundlich aufgenommen, daß ich gern wiederkam. Ganz frei gestand ich meinen Wunsch, Narciß möchte zu der Stelle gelangen; allein meine Bitte war nicht ungestüm, und ich forderte nicht, daß es um meines Gebets willen geschehen sollte.

Die Stelle ward durch einen viel geringern Konkurrenten besetzt. Ich erschrak heftig über die Zeitung und eilte in mein Zimmer, das ich fest hinter mir zumachte. Der erste Schmerz löste sich in Tränen auf; der nächste Gedanke war: es ist aber doch nicht von ungefähr geschehen, und sogleich folgte die Entschließung, es mir recht wohl gefallen zu lassen, weil auch dieses anscheinende Übel zu meinem wahren Besten gereichen würde. Nun drangen die sanftesten Empfindungen, die alle

Wolken des Kummers zerteilten, herbei; ich fühlte, daß sich mit dieser Hülfe alles ausstehn ließ. Ich ging heiter zu Tische, zum Erstaunen meiner Hausgenossen.

Narciß hatte weniger Kraft als ich, und ich mußte ihn trösten. Auch in seiner Familie begegneten ihm Widerwärtigkeiten, die ihn sehr drückten, und bei dem wahren Vertrauen, das unter uns statthatte, vertraute er mir alles. Seine Negoziationen, in fremde Dienste zu gehen, waren auch nicht glücklicher; alles fühlte ich tief um seinet- und meinetwillen, und alles trug ich zuletzt an den Ort, wo mein Anliegen so wohl aufgenommen wurde.

Je sanfter diese Erfahrungen waren, desto öfter suchte ich sie zu erneuern, und ich suchte immer da den Trost, wo ich ihn so oft gefunden hatte; allein ich fand ihn nicht immer: es war mir wie einem, der sich an der Sonne wärmen will, und dem etwas im Wege steht, das Schatten macht. Was ist das? fragte ich mich selbst. Ich spürte der Sache eifrig nach und bemerkte deutlich, daß alles von der Beschaffenheit meiner Seele abhing; wenn die nicht ganz in der geradesten Richtung zu Gott gekehrt war, so blieb ich kalt; ich fühlte seine Rückwirkung nicht und konnte seine Antwort nicht vernehmen. Nun war die zweite Frage: was verhindert diese Richtung? Hier war ich in einem weiten Feld und verwickelte mich in eine Untersuchung, die beinahe das ganze zweite Jahr meiner Liebesgeschichte fortdauerte. Ich hätte sie früher endigen können, denn ich kam bald auf die Spur; aber ich wollte es nicht gestehen und suchte tausend Ausflüchte.

Ich fand sehr bald, daß die gerade Richtung meiner Seele durch törichte Zerstreuung und Beschäftigung mit unwürdigen Sachen gestört werde; das Wie und Wo war mir bald klar genug. Nun aber wie herauskommen in einer Welt, wo alles gleichgültig oder toll ist? Gern hätte ich die Sache an ihren Ort gestellt sein lassen und hätte auf Geratewohl hingelebt wie andere Leute auch, die ich ganz wohlauf sah; allein ich durfte nicht: mein Inneres widersprach mir zu oft. Wollte ich mich der Gesellschaft entziehen und meine Verhältnisse verändern, so konnte ich nicht. Ich war nun einmal in einen Kreis hineingesperrt; gewisse Verbindungen konnte ich nicht loswerden, und in der mir so angelegenen Sache drängten und häuften sich die Fatalitäten. Ich legte mich oft mit Tränen zu Bette und stand nach einer schlaflosen Nacht auch wieder so auf; ich bedurfte einer kräftigen Unterstützung, und die verlieh mir Gott nicht, wenn ich mit der Schellenkappe herumlief.

Nun ging es an ein Abwiegen aller und jeder Handlungen; Tanzen und Spielen wurden am ersten in Untersuchung genommen. Nie ist etwas für oder gegen diese Dinge geredet, gedacht oder geschrieben worden, das ich nicht aufsuchte, besprach, las, erwog, vermehrte, verwarf und mich unerhört herumplagte. Unterließ ich diese Dinge, so war ich gewiß, Narcissen zu beleidigen; denn er fürchtete sich äußerst vor dem Lächerlichen, das uns der Anschein ängstlicher Gewissenhaftigkeit vor der Welt gibt. Weil ich nun das, was ich für Torheit, für schädliche Torheit hielt, nicht einmal aus Geschmack, sondern bloß um seinetwillen tat, so wurde mir alles entsetzlich schwer.

Ohne unangenehme Weitläufigkeiten und Wiederholungen würde ich die Bemühungen nicht darstellen können, welche ich anwendete, um jene Handlungen, die mich nun einmal zerstreuten und meinen innern Frieden störten, so zu verrichten, daß dabei mein Herz für die Einwirkungen des unsichtbaren Wesens offen bliebe, und wie schmerzlich ich empfinden mußte, daß der Streit auf diese Weise nicht beigelegt werden könne. Denn sobald ich mich in das Gewand der Torheit kleidete, blieb es nicht bloß bei der Maske, sondern die Narrheit durchdrang mich sogleich durch und durch.

Darf ich hier das Gesetz einer bloß historischen Darstellung überschreiten und einige Betrachtungen über dasjenige machen, was in mir vorging? Was konnte das sein, das meinen Geschmack und meine Sinnesart so änderte, daß ich im zweiundzwanzigsten Jahre, ja früher, kein Vergnügen an Dingen fand, die Leute von diesem Alter unschuldig belustigen können? Warum waren sie mir nicht unschuldig? Ich darf wohl antworten: eben weil sie mir nicht unschuldig waren, weil ich nicht, wie andre meinesgleichen, unbekannt mit meiner Seele war. Nein, ich wußte aus Erfahrungen, die ich ungesucht erlangt hatte, daß es höhere Empfindungen gebe, die uns ein Vergnügen wahrhaftig gewährten, das man vergebens bei Lustbarkeiten sucht, und daß in diesen höhern Freuden zugleich ein geheimer Schatz zur Stärkung im Unglück aufbewahrt sei.

Aber die geselligen Vergnügungen und Zerstreuungen der Jugend mußten doch notwendig einen starken Reiz für mich haben, weil es mir nicht möglich war, sie zu tun, als täte ich sie nicht. Wie manches könnte ich jetzt mit großer Kälte tun, wenn ich nur wollte, was mich damals irre machte, ja Meister über mich zu werden drohte. Hier konnte kein Mittelweg gehalten werden: ich mußte entweder die reizenden Vergnügungen oder die erquickenden innerlichen Empfindungen entbehren.

Aber schon war der Streit in meiner Seele ohne mein eigentliches Bewußtsein entschieden. Wenn auch etwas in mir war, das sich nach den sinnlichen Freuden hinsehnte, so konnte ich sie doch nicht mehr genießen. Wer den Wein noch so sehr liebt, dem wird alle Lust zum Trinken vergehen, wenn er sich bei vollen Fässern in einem Keller befände, in welchem die verdorbene Luft ihn zu ersticken drohete. Reine Luft ist mehr als Wein, das fühlte ich nur zu lebhaft, und es hätte gleich von Anfang an wenig Überlegung bei mir gekostet, das Gute dem Reizenden vorzuziehen, wenn mich die Furcht, Narcissens Gunst zu verlieren, nicht abgehalten hätte. Aber da ich endlich nach tausendfältigem Streit, nach immer wiederholter Betrachtung auch scharfe Blicke auf das Band warf, das mich an ihn festhielt, entdeckte ich, daß es nur schwach war, daß es sich zerreißen lasse. Ich erkannte auf einmal, daß es nur eine Glasglocke sei, die mich in den luftleeren Raum sperrte; nur noch soviel Kraft, sie entzweizuschlagen, und du bist gerettet!

Gedacht, gewagt. Ich zog die Maske ab und handelte jedesmal, wie mirs ums Herz war. Narcissen hatte ich immer zärtlich lieb; aber das Thermometer, das vorher im heißen Wasser gestanden, hing nun an der natürlichen Luft; es konnte nicht höher steigen, als die Atmosphäre warm war.

Unglücklicherweise erkältete sie sich sehr. Narciß fing an, sich zurückzuziehen und fremd zu tun; das stand ihm frei; aber mein Thermometer fiel, so wie er sich zurückzog. Meine Familie bemerkte es, man befragte mich, man wollte sich verwundern. Ich erklärte mit männlichem Trotz, daß ich mich bisher genug aufgeopfert habe, daß ich bereit sei, noch ferner und bis ans Ende meines Lebens alle Widerwärtigkeiten mit ihm zu teilen; daß ich aber für meine Handlungen völlige Freiheit verlange, daß mein Tun und Lassen von meiner Überzeugung abhängen müsse; daß ich zwar niemals eigensinnig auf meiner Meinung beharren, vielmehr jede Gründe gerne anhören wolle, aber da es mein eignes Glück betreffe, müsse die Entscheidung von mir abhängen, und keine Art von Zwang würde ich dulden. So wenig das Räsonnement des größten Arztes mich bewegen würde, eine sonst vielleicht ganz gesunde und von vielen sehr geliebte Speise zu mir zu nehmen, sobald mir meine Erfahrung bewiese, daß sie mir jederzeit schädlich sei, wie ich den Gebrauch des Kaffees zum Beispiel anführen könnte, so wenig und noch viel weniger würde ich mir irgend eine Handlung, die mich verwirrte, als für mich moralisch zuträglich aufdemonstrieren lassen.

Da ich mich so lange im Stillen vorbereitet hatte, so waren mir die Debatten hierüber eher angenehm als verdrießlich. Ich machte meinem Herzen Luft und fühlte den ganzen Wert meines Entschlusses. Ich wich nicht ein Haar breit, und wem ich nicht kindlichen Respekt schuldig war, der wurde derb abgefertigt. In meinem Hause siegte ich bald. Meine Mutter hatte von Jugend auf ähnliche Gesinnungen, nur waren sie bei ihr nicht zur Reife gediehen; keine Not hatte sie gedrängt und den Mut, ihre Überzeugung durchzusetzen, erhöht. Sie freute sich, durch mich ihre stillen Wünsche erfüllt zu sehen. Die jüngere Schwester schien sich an mich anzuschließen; die zweite war aufmerksam und still. Die Tante hatte am meisten einzuwenden. Die Gründe, die sie vorbrachte, schienen ihr unwiderleglich und waren es auch, weil sie ganz gemein waren. Ich war endlich genötigt, ihr zu zeigen, daß sie in keinem Sinne eine Stimme in dieser Sache habe, und sie ließ nur selten merken, daß sie auf ihrem Sinne verharre. Auch war sie die einzige, die diese Begebenheit von nahem ansah und ganz ohne Empfindung blieb. Ich tue ihr nicht zuviel, wenn ich sage, daß sie kein Gemüt und die eingeschränktesten Begriffe hatte.

Der Vater benahm sich ganz seiner Denkart gemäß. Er sprach weniges, aber öfter mit mir über die Sache, und seine Gründe waren verständig und als *seine* Gründe unwiderleglich; nur das tiefe Gefühl meines Rechts gab mir Stärke, gegen ihn zu disputieren. Aber bald veränderten sich die Szenen; ich mußte an sein Herz Anspruch machen. Gedrängt von seinem Verstande, brach ich in die affektvollsten Vorstellungen aus. Ich ließ meiner Zunge und meinen Tränen freien Lauf. Ich zeigte ihm, wie sehr ich Narcissen liebte, und welchen Zwang ich mir seit zwei Jahren angetan hatte, wie gewiß ich sei, daß ich recht handle, daß ich bereit sei, diese Gewißheit mit dem Verlust des geliebten Bräutigams und anscheinenden Glücks, ja wenn es nötig wäre, mit Hab und Gut zu versiegeln; daß ich lieber mein Vaterland, Eltern und Freunde verlassen und mein Brot in der Fremde verdienen, als gegen meine Einsichten handeln wolle. Er verbarg seine Rührung, schwieg einige Zeit stille und erklärte sich endlich öffentlich für mich.

Narciß vermied seit jener Zeit unser Haus, und nun gab mein Vater die wöchentliche Gesellschaft auf, in der sich dieser befand. Die Sache machte Aufsehn bei Hofe und in der Stadt. Man sprach darüber, wie gewöhnlich in solchen Fällen, an denen das Publikum heftigen Teil zu nehmen pflegt, weil es verwöhnt ist, auf die Entschließungen schwacher Gemüter einigen Einfluß zu haben. Ich kannte die Welt genug und wußte, daß man oft von ebenden Personen über das getadelt wird, wozu man sich durch sie hat bereden lassen, und auch ohne das würden mir bei meiner innern Verfassung alle solche vorübergehende Meinungen weniger als nichts gewesen sein.

Dagegen versagte ich mir nicht, meiner Neigung zu Narcissen nachzuhängen. Er war mir unsichtbar geworden, und mein Herz hatte sich nicht gegen ihn geändert. Ich liebte ihn zärtlich, gleichsam auf das neue, und viel gesetzter als vorher. Wollte er meine Überzeugung nicht stören, so war ich die Seine; ohne diese

Bedingung hätte ich ein Königreich mit ihm ausgeschlagen. Mehrere Monate lang trug ich diese Empfindungen und Gedanken mit mir herum, und da ich mich endlich still und stark genug fühlte, um ruhig und gesetzt zu Werke zu gehen, so schrieb ich ihm ein höfliches, nicht zärtliches Billett und fragte ihn, warum er nicht mehr zu mir komme.

Da ich seine Art kannte, sich selbst in geringern Dingen nicht gern zu erklären, sondern stillschweigend zu tun, was ihm gut deuchte, so drang ich gegenwärtig mit Vorsatz in ihn. Ich erhielt eine lange und, wie mir schien, abgeschmackte Antwort, in einem weitläufigen Stil und unbedeutenden Phrasen: daß er ohne bessere Stellen sich nicht einrichten und mir seine Hand anbieten könne, daß ich am besten wisse, wie hinderlich es ihm bisher gegangen, daß er glaube, ein so lang fortgesetzter fruchtloser Umgang könne meiner Renommee schaden, ich würde ihm erlauben, sich in der bisherigen Entfernung zu halten; sobald er imstande wäre, mich glücklich zu machen, würde ihm das Wort, das er mir gegeben, heilig sein.

Ich antwortete ihm auf der Stelle: da die Sache aller Welt bekannt sei, möge es zu spät sein, meine Renommee zu menagieren, und für diese wären mir mein Gewissen und meine Unschuld die sichersten Bürgen; ihm aber gäbe ich hiermit sein Wort ohne Bedenken zurück und wünschte, daß er dabei sein Glück finden möchte. In ebender Stunde erhielt ich eine kurze Antwort, die im wesentlichen mit der ersten völlig gleichlautend war. Er blieb dabei, daß er nach erhaltener Stelle bei mir anfragen würde, ob ich sein Glück mit ihm teilen wollte.

Mir hieß das nun soviel als nichts gesagt. Ich erklärte meinen Verwandten und Bekannten, die Sache sei abgetan, und sie war es auch wirklich. Denn als er neun Monate hernach auf das erwünschteste befördert wurde, ließ er mir seine Hand nochmals antragen, freilich mit der Bedingung, daß ich als Gattin eines Mannes, der ein Haus machen müßte, meine Gesinnungen würde zu ändern haben. Ich dankte höflich und eilte mit Herz und Sinn von dieser Geschichte weg, wie man sich aus dem Schauspielhause heraussehnt, wenn der Vorhang gefallen ist.

Und da er kurze Zeit darauf, wie es ihm nun sehr leicht war, eine reiche und ansehnliche Partie gefunden hatte und ich ihn nach seiner Art glücklich wußte, so war meine Beruhigung ganz vollkommen.

Ich darf nicht mit Stillschweigen übergehen, daß einigemal, noch eh er eine Bedienung erhielt, auch nachher, ansehnliche Heiratsanträge an mich getan wurden, die ich aber ganz ohne Bedenken ausschlug, so sehr Vater und Mutter mehr Nachgiebigkeit von meiner Seite gewünscht hätten.

Nun schien mir nach einem stürmischen März und April das schönste Maiwetter beschert zu sein. Ich genoß bei einer guten Gesundheit eine unbeschreibliche Gemütsruhe; ich mochte mich umsehen, wie ich wollte, so hatte ich bei meinem Verluste noch gewonnen. Jung und voll Empfindung, wie ich war, deuchte mir die Schöpfung tausendmal schöner als vorher, da ich Gesellschaften und Spiele haben mußte, damit mir die Weile in dem schönen Garten nicht zu lang wurde. Da ich mich einmal meiner Frömmigkeit nicht schämte, so hatte ich Herz, meine Liebe zu Künsten und Wissenschaften nicht zu verbergen. Ich zeichnete, malte, las und fand Menschen genug, die mich unterstützten; statt der großen Welt, die ich verlassen hatte, oder vielmehr die mich verließ, bildete sich eine kleinere um mich her, die weit reicher und unterhaltender war. Ich hatte eine Neigung zum gesellschaftlichen Leben, und ich leugne nicht, daß mir, als ich meine ältern Bekanntschaften aufgab, vor der Einsamkeit grauete. Nun fand ich mich hinlänglich, ja vielleicht zu sehr entschädigt. Meine Bekanntschaften wurden erst recht weitläufig, nicht nur mit Einheimischen, deren Gesinnungen mit den meinigen übereinstimmten, sondern auch mit Fremden. Meine Geschichte war ruchtbar geworden, und es waren viele Menschen neugierig, das Mädchen zu sehen, die Gott mehr schätzte als ihren Bräutigam. Es war damals überhaupt eine gewisse religiöse Stimmung in Deutschland bemerkbar. In mehreren fürstlichen und gräflichen Häusern war eine Sorge für das Heil der Seele lebendig. Es fehlte nicht an Edelleuten, die gleiche Aufmerksamkeit hegten, und in den geringern Ständen war durchaus diese Gesinnung verbreitet.

Die gräfliche Familie, deren ich oben erwähnt, zog mich nun näher an sich. Sie hatte sich indessen verstärkt, indem sich einige Verwandten in die Stadt gewendet hatten. Diese schätzbaren Personen suchten meinen Umgang, wie ich den ihrigen. Sie hatten große Verwandtschaft, und ich lernte in diesem Hause einen großen Teil der Fürsten, Grafen und Herren des Reichs kennen. Meine Gesinnungen waren niemanden ein Geheimnis, und man mochte sie ehren oder auch nur schonen, so erlangte ich doch meinen Zweck und blieb ohne Anfechtung.

Noch auf eine andere Weise sollte ich wieder in die Welt geführt werden. Zu ebender Zeit verweilte ein Stiefbruder meines Vaters, der uns sonst nur im Vorbeigehn besucht hatte, länger bei uns. Er hatte die Dienste seines Hofes, wo er geehrt und von Einfluß war, nur deswegen verlassen, weil nicht alles nach seinem Sinne ging. Sein Verstand war richtig und sein Charakter streng, und er war darin meinem Vater sehr ähnlich; nur hatte dieser dabei einen gewissen Grad von Weichheit, wodurch ihm leichter ward, in Geschäften nachzugeben und etwas gegen seine Überzeugung, nicht zu tun, aber geschehen zu lassen und den Unwillen darüber alsdann entweder in der Stille für sich oder vertraulich mit seiner Familie zu verkochen. Mein Oheim war um vieles jünger, und seine Selbständigkeit ward durch seine äußern Umstände nicht wenig bestätigt. Er hatte eine sehr reiche Mutter gehabt und hatte von ihren nahen und fernen Verwandten noch ein großes Vermögen zu hoffen; er bedurfte keines fremden Zuschusses, anstatt daß mein Vater bei seinem mäßigen Vermögen durch Besoldung an den Dienst fest geknüpft war.

Noch unbiegsamer war mein Oheim durch häusliches Unglück geworden. Er hatte eine liebenswürdige Frau und einen hoffnungsvollen Sohn früh verloren, und er schien von der Zeit an alles von sich entfernen zu wollen, was nicht von seinem Willen abhing.

In der Familie sagte man sich gelegentlich mit einiger Selbstgefälligkeit in die Ohren, daß er wahrscheinlich nicht wieder heiraten werde, und daß wir Kinder uns schon als Erben seines großen Vermögens ansehen könnten. Ich achtete nicht weiter darauf; allein das Betragen der übrigen ward nach diesen Hoffnungen nicht wenig gestimmt. Bei der Festigkeit seines Charakters hatte er sich gewöhnt, in der Unterredung niemand zu widersprechen, vielmehr die Meinung eines jeden freundlich anzuhören und die Art, wie sich jeder eine Sache dachte, noch selbst durch Argumente und Beispiele zu erheben. Wer ihn nicht kannte, glaubte stets mit ihm einerlei Meinung zu sein; denn er hatte einen überwiegenden Verstand und konnte sich in alle Vorstellungsarten versetzen. Mit mir ging es ihm nicht so glücklich, denn hier war von Empfindungen die Rede, von denen er gar keine Ahnung hatte, und so schonend, teilnehmend und verständig er mit mir über meine Gesinnungen sprach, so war es mir doch auffallend, daß er von dem, worin der Grund aller meiner Handlungen lag, offenbar keinen Begriff hatte.

So geheim er übrigens war, entdeckte sich doch der Endzweck seines ungewöhnlichen Aufenthalts bei uns nach einiger Zeit. Er hatte, wie man endlich bemerken konnte, sich unter uns die jüngste Schwester ausersehen, um sie nach seinem Sinne zu verheiraten und glücklich zu machen; und gewiß, sie konnte nach ihren körperlichen und geistigen Gaben, besonders wenn sich ein ansehnliches Vermögen noch mit auf die Schale legte, auf die ersten Partieen Anspruch machen. Seine Gesinnungen gegen mich gab er gleichfalls pantomimisch zu erkennen, indem er mir den Platz einer Stiftsdame verschaffte, wovon ich sehr bald auch die Einkünfte zog.

Meine Schwester war mit seiner Fürsorge nicht so zufrieden und nicht so dankbar wie ich. Sie entdeckte mir eine Herzensangelegenheit, die sie bisher sehr weislich verborgen hatte: denn sie fürchtete wohl, was auch wirklich geschah, daß ich ihr auf alle mögliche Weise die Verbindung mit einem Manne, der ihr nicht hätte gefallen sollen, widerraten würde. Ich tat mein möglichstes, und es gelang mir. Die Absichten des Oheims waren zu ernsthaft und zu deutlich mit der Aussicht für meine Schwester, bei ihrem Weltsinne, zu reizend, als daß sie nicht eine Neigung, die ihr Verstand selbst mißbilligte, aufzugeben Kraft hätte haben sollen.

Da sie nun den sanften Leitungen des Oheims nicht mehr wie bisher auswich, so war der Grund zu seinem Plane bald gelegt. Sie ward Hofdame an einem benachbarten Hofe, wo er sie einer Freundin, die als Oberhofmeisterin in großem Ansehn stand, zur Aufsicht und Ausbildung übergeben konnte. Ich begleitete sie zu dem Ort ihres neuen Aufenthaltes. Wir konnten beide mit der Aufnahme, die wir erfuhren, sehr zufrieden sein, und manchmal mußte ich über die Person, die ich nun als Stiftsdame, als junge und fromme Stiftsdame, in der Welt spielte, heimlich lächeln.

In frühern Zeiten würde ein solches Verhältnis mich sehr verwirrt, ja mir vielleicht den Kopf verrückt haben; nun aber war ich bei allem, was mich umgab, sehr gelassen. Ich ließ mich in großer Stille ein paar Stunden frisieren, putzte mich und dachte nichts dabei, daß ich in meinem Verhältnisse diese Galalivree anzuziehen schuldig sei. In den angefüllten Sälen sprach ich mit allen und jeden, ohne daß mir irgend eine Gestalt oder ein Wesen einen starken Eindruck zurückgelassen hätte. Wenn ich wieder nach Hause kam, waren müde Beine meist alles Gefühl, was ich mit zurückbrachte. Meinem Verstande nützten die vielen Menschen, die ich sah; und als Muster aller menschlichen Tugenden, eines guten und edlen Betragens lernte ich einige Frauen, besonders die Oberhofmeisterin kennen, unter der meine Schwester sich zu bilden das Glück hatte.

Doch fühlte ich bei meiner Rückkunft nicht so glückliche körperliche Folgen von dieser Reise. Bei der größten Enthaltsamkeit und der genausten Diät war ich doch nicht wie sonst Herr von meiner Zeit und meinen Kräften. Nahrung, Bewegung, Aufstehn und Schlafengehn, Ankleiden und Ausfahren hing nicht, wie zu Hause, von meinem Willen und meinem Empfinden ab. Im Laufe des geselligen Kreises darf man nicht stocken, ohne unhöflich zu sein, und alles, was nötig war, leistete ich gern, weil ich es für Pflicht hielt, weil ich wußte, daß es bald vorübergehen würde, und weil ich mich gesunder als jemals fühlte. Dessenungeachtet mußte dieses fremde unruhige Leben auf mich stärker, als ich fühlte, gewirkt haben. Denn kaum war ich zu Hause angekommen und hatte meine Eltern mit einer befriedigenden Erzählung erfreut, so überfiel mich ein Blutsturz, der, ob er gleich nicht gefährlich war und schnell vorüberging, doch lange Zeit eine merkwürdige Schwachheit hinterließ.

Hier hatte ich nun wieder eine neue Lektion aufzusagen. Ich tat es freudig. Nichts fesselte mich an die Welt, und ich war überzeugt, daß ich hier das Rechte niemals finden würde, und so war ich in dem heitersten und ruhigsten Zustande und ward, indem ich Verzicht aufs Leben getan hatte, beim Leben erhalten.

Eine neue Prüfung hatte ich auszustehen, da meine Mutter mit einer drückenden Beschwerde überfallen wurde, die sie noch fünf Jahre trug, ehe sie die Schuld der Natur bezahlte. In dieser Zeit gab es manche Übung. Oft, wenn ihr die Bangigkeit zu stark wurde, ließ sie uns des Nachts alle vor ihr Bette rufen, um wenigstens durch unsre Gegenwart zerstreut, wo nicht gebessert zu werden. Schwerer, ja kaum zu tragen war der Druck, als mein Vater auch elend zu werden anfing. Von Jugend auf hatte er öfters heftige Kopfschmerzen, die aber aufs längste nur sechsunddreißig Stunden anhielten. Nun aber wurden sie bleibend, und wenn sie auf einen hohen Grad stiegen, so zerriß der Jammer mir das Herz. Bei diesen Stürmen fühlte ich meine körperliche Schwäche am meisten, weil sie mich hinderte, meine heiligsten, liebsten Pflichten zu erfüllen, oder mir doch ihre Ausübung äußerst beschwerlich machte.

Nun konnte ich mich prüfen, ob auf dem Wege, den ich eingeschlagen, Wahrheit oder Phantasie sei, ob ich vielleicht nur nach andern gedacht, oder ob der Gegenstand meines Glaubens eine Realität habe, und zu meiner größten Unterstützung fand ich immer das letzte. Die gerade Richtung meines Herzens zu Gott, den Umgang mit den beloved ones hatte ich gesucht und gefunden, und das war, was mir alles erleichterte. Wie der Wanderer in den Schatten, so eilte meine Seele nach diesem Schutzort, wenn mich alles von außen drückte, und kam niemals leer zurück.

In der neuern Zeit haben einige Verfechter der Religion, die mehr Eifer als Gefühl für dieselbe zu haben scheinen, ihre Mitgläubigen aufgefordert, Beispiele von wirklichen Gebetserhörungen bekannt zu machen, wahrscheinlich weil sie sich Brief und Siegel wünschten, um ihren Gegnern recht diplomatisch und juristisch zu Leibe zu gehen. Wie unbekannt muß ihnen das wahre Gefühl sein, und wie wenig echte Erfahrungen mögen sie selbst gemacht haben!

Ich darf sagen, ich kam nie leer zurück, wenn ich unter Druck und Not Gott gesucht habe. Es ist unendlich viel gesagt, und doch kann und darf ich nicht mehr sagen. So wichtig jede Erfahrung in dem kritischen Augenblicke für mich war, so matt, so unbedeutend, unwahrscheinlich würde die Erzählung werden, wenn ich einzelne Fälle anführen wollte. Wie glücklich war ich, daß tausend kleine Vorgänge zusammen, so gewiß als das Atemholen Zeichen meines Lebens ist, mir bewiesen, daß ich nicht ohne Gott auf der Welt sei. Er war mir nahe, ich war vor ihm. Das ists, was ich mit geflissentlicher Vermeidung aller theologischen Systemsprache mit größter Wahrheit sagen kann.

Wie sehr wünschte ich, daß ich mich auch damals ganz ohne System befunden hätte; aber wer kommt früh zu dem Glücke, sich seines eigenen Selbsts, ohne fremde Formen, in reinem Zusammenhang bewußt zu sein? Mir war es Ernst mit meiner Seligkeit. Bescheiden vertraute ich fremdem Ansehn; ich ergab mich völlig dem hallischen Bekehrungssystem, und mein ganzes Wesen wollte auf keine Wege hineinpassen.

Nach diesem Lehrplan muß die Veränderung des Herzens mit einem tiefen Schrecken über die Sünde anfangen; das Herz muß in dieser Not bald mehr, bald weniger die verschuldete Strafe erkennen und den Vorgeschmack der Hölle kosten, der die Lust der Sünde verbittert. Endlich muß man eine sehr merkliche Versicherung der Gnade fühlen, die aber im Fortgange sich oft versteckt und mit Ernst wieder gesucht werden muß.

Das alles traf bei mir weder nahe noch ferne zu. Wenn ich Gott aufrichtig suchte, so ließ er sich finden und hielt mir von vergangenen Dingen nichts vor. Ich sah hintennach wohl ein, wo ich unwürdig gewesen, und wußte auch, wo ich es noch war; aber die Erkenntnis meiner Gebrechen war ohne alle Angst. Nicht einen Augenblick ist mir eine Furcht vor der Hölle gekommen, ja die Idee eines bösen Geistes und eines Straf- und Quälortes nach dem Tode konnte keinesweges in dem Kreise meiner Ideen Platz finden. Ich fand die Menschen, die ohne Gott lebten, deren Herz dem Vertrauen und der Liebe gegen den Unsichtbaren zugeschlossen war, schon so unglücklich, daß eine Hölle und äußere Strafen mir eher für sie eine Linderung zu versprechen als eine Schärfung der Strafe zu drohen schienen. Ich durfte nur Menschen auf dieser Welt ansehen, die gehässigen Gefühlen in ihrem Busen Raum geben, die sich gegen das Gute von irgend einer Art verstocken und sich und andern das Schlechte aufdringen wollen, die lieber bei Tage die Augen zuschließen, um nur behaupten zu können, die Sonne gebe keinen Schein von sich – wie über allen Ausdruck schienen mir diese Menschen elend! Wer hätte eine Hölle schaffen können, um ihren Zustand zu verschlimmern!

Diese Gemütsbeschaffenheit blieb mir, einen Tag wie den andern, zehn Jahre lang. Sie erhielt sich durch viele Proben, auch am schmerzhaften Sterbebette meiner geliebten Mutter. Ich war offen genug, um bei dieser Gelegenheit meine heitere Gemütsverfassung frommen, aber ganz schulgerechten Leuten nicht zu verbergen, und ich mußte darüber manchen freundschaftlichen Verweis erdulden. Man meinte mir eben zur rechten Zeit vorzustellen, welchen Ernst man anzuwenden hätte, um in gesunden Tagen einen guten Grund zu legen.

An Ernst wollte ich es auch nicht fehlen lassen. Ich ließ mich für den Augenblick überzeugen und wäre um mein Leben gern traurig und voll Schrecken gewesen. Wie verwundert war ich aber, da es ein für allemal nicht möglich war. Wenn ich an Gott dachte, war ich heiter und vergnügt; auch bei meiner lieben Mutter schmerzensvollem Ende graute mir vor dem Tode nicht. Doch lernte ich vieles und ganz andre Sachen, als meine unberufenen Lehrmeister glaubten, in diesen großen Stunden.

Nach und nach ward ich an den Einsichten so mancher hochberühmten Leute zweifelhaft und bewahrte meine Gesinnungen in der Stille. Eine gewisse Freundin, der ich erst zu viel eingeräumt hatte, wollte sich immer in meine Angelegenheiten mengen; auch von dieser war ich genötigt, mich loszumachen, und einst sagte ich ihr ganz entschieden, sie solle ohne Mühe bleiben, ich brauche ihren Rat nicht; ich kenne meinen Gott und wolle ihn ganz allein zum Führer haben. Sie fand sich sehr beleidigt, und ich glaube, sie hat mirs nie ganz verziehen.

Dieser Entschluß, mich dem Rate und der Einwirkung meiner Freunde in geistlichen Sachen zu entziehen, hatte die Folge, daß ich auch in äußerlichen Verhältnissen meinen eigenen Weg zu gehen Mut gewann. Ohne den Beistand meines treuen unsichtbaren Führers hätte es mir übel geraten können, und noch muß ich über diese weise und glückliche Leitung erstaunen. Niemand wußte eigentlich, worauf es bei mir ankam, und ich wußte es selbst nicht.

Das Ding, das noch nie erklärte böse Ding, das uns von dem Wesen trennt, dem wir das Leben verdanken, von dem Wesen, aus dem alles, was Leben genannt werden soll, sich unterhalten muß, das Ding, das man Sünde nennt, kannte ich noch gar nicht.

In dem Umgange mit dem unsichtbaren Freunde fühlte ich den süßesten Genuß aller meiner Lebenskräfte. Das Verlangen, dieses Glück immer zu genießen, war so groß, daß ich gern unterließ, was diesen Umgang störte, und hierin war die Erfahrung mein bester Lehrmeister. Allein es ging mir wie Kranken, die keine Arznei haben und sich mit der Diät zu helfen suchen. Es tut etwas, aber lange nicht genug.

In der Einsamkeit konnte ich nicht immer bleiben, ob ich gleich in ihr das beste Mittel gegen die mir so eigene Zerstreuung der Gedanken fand. Kam ich nachher in Getümmel, so machte es einen desto größern Eindruck auf mich. Mein eigentlichster Vorteil bestand darin, daß die Liebe zur Stille herrschend war und ich mich am Ende immer dahin wieder zurückzog. Ich erkannte, wie in einer Art von Dämmerung, mein Elend und meine Schwäche, und ich suchte mir dadurch zu helfen, daß ich mich schonte, daß ich mich nicht aussetzte.

Sieben Jahre lang hatte ich meine diätetische Vorsicht ausgeübt. Ich hielt mich nicht für schlimm und fand meinen Zustand wünschenswert. Ohne sonderbare Umstände und Verhältnisse wäre ich auf dieser Stufe stehengeblieben, und ich kam nur auf einem sonderbaren Wege weiter. Gegen den Rat aller meiner Freunde knüpfte ich ein neues Verhältnis an. Ihre Einwendungen machten mich anfangs stutzig. Sogleich wandte ich mich an meinen unsichtbaren Führer, und da dieser es mir vergönnte, ging ich ohne Bedenken auf meinem Wege fort.

Ein Mann von Geist, Herz und Talenten hatte sich in der Nachbarschaft angekauft. Unter den Fremden, die ich kennen lernte, war auch er und seine Familie. Wir stimmten in unsern Sitten, Hausverfassungen und Gewohnheiten sehr überein und konnten uns daher bald aneinander anschließen.

Philo, so will ich ihn nennen, war schon in gewissen Jahren, und meinem Vater, dessen Kräfte abzunehmen anfingen, in gewissen Geschäften von der größten Beihülfe. Er ward bald der innige Freund unsers Hauses, und da er, wie er sagte, an mir eine Person fand, die nicht das Ausschweifende und Leere der großen Welt und nicht das Trockne und Ängstliche der Stillen im Lande habe, so waren wir bald vertraute Freunde. Er war mir sehr angenehm und sehr brauchbar.

Ob ich gleich die mindeste Anlage noch Neigung hatte, mich in weltliche Geschäfte zu mischen und irgend einen Einfluß zu suchen, so hörte ich doch gerne davon und wußte gern, was in der Nähe und Ferne vorging. Von weltlichen Dingen liebte ich mir eine gefühllose Deutlichkeit zu verschaffen; Empfindung, Innigkeit, Neigung bewahrte ich für meinen Gott, für die Meinigen und für meine Freunde.

Diese letzten waren, wenn ich so sagen darf, auf meine neue Verbindung mit Philo eifersüchtig und hatten dabei von mehr als einer Seite recht, wenn sie mich hierüber warnten. Ich litt viel in der Stille, denn ich konnte selbst ihre Einwendungen nicht ganz für leer oder eigennützig halten. Ich war von jeher gewohnt, meine Einsichten unterzuordnen, und doch wollte diesmal meine Überzeugung nicht nach. Ich flehte zu meinem Gott, auch hier mich zu warnen, zu hindern, zu leiten, und da mich hierauf mein Herz nicht abmahnte, so ging ich meinen Pfad getrost fort.

Philo hatte im ganzen eine entfernte Ähnlichkeit mit Narcissen, nur hatte eine fromme Erziehung sein Gefühl mehr zusammengehalten und belebt. Er hatte weniger Eitelkeit, mehr Charakter, und wenn jener in weltlichen Geschäften fein, genau, anhaltend und unermüdlich war, so war dieser klar, scharf, schnell und arbeitete mit einer unglaublichen Leichtigkeit. Durch ihn erfuhr ich die innersten Verhältnisse fast aller der vornehmen Personen, deren Äußeres ich in der Gesellschaft hatte kennen lernen, und ich war froh, von meiner Warte dem Getümmel von weitem zuzusehen. Philo konnte mir nichts mehr verhehlen: er vertraute mir nach und nach seine äußern und innern Verbindungen. Ich fürchtete für ihn, denn ich sah gewisse Umstände und Verwickelungen voraus, und das Übel kam schneller, als ich vermutet hatte. Denn er hatte mit gewissen Bekenntnissen immer zurückgehalten, und auch zuletzt entdeckte er mir nur soviel, daß ich das Schlimmste vermuten konnte.

Welche Wirkung hatte das auf mein Herz! Ich gelangte zu Erfahrungen, die mir ganz neu waren. Ich sah mit unbeschreiblicher Wehmut einen Agathon, der, in den Hainen von Delphi erzogen, das Lehrgeld noch schuldig war und es nun mit schweren rückständigen Zinsen abzahlte; und dieser Agathon war mein genau verbundener Freund. Meine Teilnahme war lebhaft und vollkommen; ich litt mit ihm, und wir befanden uns beide in dem sonderbarsten Zustande.

Nachdem ich mich lange mit seiner Gemütsverfassung beschäftigt hatte, wendete sich meine Betrachtung auf mich selbst. Der Gedanke: du bist nicht besser als er, stieg wie eine kleine Wolke vor mir auf, breitete sich nach und nach aus und verfinsterte meine ganze Seele.

Nun dachte ich nicht mehr bloß: du bist nicht besser als er; ich fühlte es, und fühlte es so, daß ich es nicht noch einmal fühlen möchte. Und es war kein schneller Übergang. Mehr als ein Jahr mußte ich empfinden, daß, wenn mich eine unsichtbare Hand nicht umschränkt hätte, ich ein Girard, ein Cartouche, ein Damiens, und welches Ungeheuer man nennen will, hätte werden können: die Anlage dazu fühlte ich deutlich in meinem Herzen. Gott, welche Entdeckung!

Hatte ich nun bisher die Wirklichkeit der Sünde in mir durch die Erfahrung nicht einmal auf das leiseste gewahr werden können, so war mir jetzt die Möglichkeit derselben in der Ahnung aufs schrecklichste deutlich geworden, und doch kannte ich das Übel nicht, ich fürchtete es nur; ich fühlte, daß ich schuldig sein könnte, und hatte mich nicht anzuklagen.

So tief ich überzeugt war, daß eine solche Geistesbeschaffenheit, wofür ich die meinige anerkennen mußte, sich nicht zu einer Vereinigung mit dem höchsten Wesen, die ich nach dem Tode hoffte, schicken könne, so wenig fürchtete ich, in eine solche Trennung zu geraten. Bei allem Bösen, das ich in mir entdeckte, hatte ich Ihn lieb und haßte, was ich fühlte, ja ich wünschte es noch ernstlicher zu hassen, und mein ganzer Wunsch war, von dieser Krankheit und dieser Anlage zur Krankheit erlöst zu werden; und ich war gewiß, daß mir der große Arzt seine Hülfe nicht versagen würde.

Die einzige Frage war: was heilt diesen Schaden? Tugendübungen? An die konnte ich nicht einmal denken; denn zehn Jahre hatte ich schon mehr als nur bloße Tugend geübt, und die nun erkannten Greuel hatten dabei tief in meiner Seele verborgen gelegen. Hätten sie nicht auch wie bei David losbrechen können, als er Bathseba erblickte, und war er nicht auch ein Freund Gottes, und war ich nicht im Innersten überzeugt, daß Gott mein Freund sei?

Sollte es also wohl eine unvermeidliche Schwäche der Menschheit sein? Müssen wir uns nun gefallen lassen, daß wir irgend einmal die Herrschaft unsrer Neigung empfinden, und bleibt uns bei dem besten Willen nichts andres übrig, als den Fall, den wir getan, zu verabscheuen und bei einer ähnlichen Gelegenheit wieder zu fallen?

Aus der Sittenlehre konnte ich keinen Trost schöpfen. Weder

ihre Strenge, wodurch sie unsre Neigung meistern will, noch ihre Gefälligkeit, mit der sie unsre Neigungen zu Tugenden machen möchte, konnte mir genügen. Die Grundbegriffe, die mir der Umgang mit dem unsichtbaren Freunde eingeflößt hatte, hatten für mich schon einen viel entschiedenern Wert.

Indem ich einst die Lieder studierte, welche David nach jener häßlichen Katastrophe gedichtet hatte, war mir sehr auffallend, daß er das in ihm wohnende Böse schon in dem Stoff, woraus er geworden war, erblickte; daß er aber entsündigt sein wollte, und daß er auf das dringendste um ein reines Herz flehte.

Wie nun aber dazu zu gelangen? Die Antwort aus den symbolischen Büchern wußte ich wohl; es war mir auch eine Bibelwahrheit, daß das Blut Jesu Christi uns von allen Sünde reinige. Nun aber bemerkte ich erst, daß ich diesen so oft wiederholten Spruch noch nie verstanden hatte. Die Fragen: was heißt das? wie soll das zugehen? arbeiteten Tag und Nacht in mir sich durch. Endlich glaubte ich bei einem Schimmer zu sehen, daß das, was ich suchte, in der Menschwerdung des ewigen Worts, durch das alles und auch wir erschaffen sind, zu suchen sei. Daß der Uranfängliche sich in die Tiefen, in denen wir stecken, die er durchschaut und umfaßt, einstmals als Bewohner begeben habe, durch unser Verhältnis von Stufe zu Stufe, von der Empfängnis und Geburt bis zu dem Grabe, durchgegangen sei, daß er durch diesen sonderbaren Umweg wieder zu den lichten Höhen aufgestiegen, wo wir auch wohnen sollten, um glücklich zu sein: das ward mir, wie in einer dämmernden Ferne, offenbart.

O warum müssen wir, um von solchen Dingen zu reden, Bilder gebrauchen, die nur äußere Zustände anzeigen? Wo ist vor ihm etwas Hohes oder Tiefes, etwas Dunkles oder Helles? Wir nur haben ein Oben und Unten, einen Tag und eine Nacht. Und eben darum ist er uns ähnlich geworden, weil wir sonst keinen Teil an ihm haben könnten.

Wie können wir aber an dieser unschätzbaren Wohltat teilnehmen? Durch den Glauben, antwortet uns die Schrift. Was ist denn Glauben? Die Erzählung einer Begebenheit für wahr halten, was kann mir das helfen? Ich muß mir ihre Wirkungen, ihre

Folgen zueignen können. Dieser zueignende Glaube muß ein eigener, dem natürlichen Menschen ungewöhnlicher Zustand des Gemüts sein.

Nun, Allmächtiger! so schenke mir Glauben, flehte ich einst in dem größten Druck des Herzens. Ich lehnte mich auf einen kleinen Tisch, an dem ich saß, und verbarg mein beträntes Gesicht in meinen Händen. Hier war ich in der Lage, in der man sein muß, wenn Gott auf unser Gebet achten soll, und in der man selten ist.

Ja, wer nur schildern könnte, was ich da fühlte! Ein Zug brachte meine Seele nach dem Kreuze hin, an dem Jesus einst erblaßte; ein Zug war es, ich kann es nicht anders nennen, demjenigen völlig gleich, wodurch unsre Seele zu einem abwesenden Geliebten geführt wird, ein Zunahen, das vermutlich viel wesentlicher und wahrhafter ist, als wir vermuten. So nahte meine Seele dem Menschgewordnen und am Kreuz Gestorbenen, und in dem Augenblicke wußte ich, was Glauben war.

Das ist Glauben! sagte ich und sprang wie halb erschreckt in die Höhe. Ich suchte nun meiner Empfindung, meines Anschauens gewiß zu werden, und in kurzem war ich überzeugt, daß mein Geist eine Fähigkeit, sich aufzuschwingen, erhalten habe, die ihm ganz neu war.

Bei diesen Empfindungen verlassen uns die Worte. Ich konnte sie ganz deutlich von aller Phantasie unterscheiden; sie waren ganz ohne Phantasie, ohne Bild, und gaben doch ebendie Gewißheit eines Gegenstandes, auf den sie sich bezogen, als die Einbildungskraft, indem sie uns die Züge eines abwesenden Geliebten vormalt.

Als das erste Entzücken vorüber war, bemerkte ich, daß mir dieser Zustand der Seele schon vorher bekannt gewesen; allein ich hatte ihn nie in dieser Stärke empfunden. Ich hatte ihn niemals festhalten, nie zu eigen behalten können. Ich glaube überhaupt, daß jede Menschenseele ein und das andere Mal davon etwas empfunden hat. Ohne Zweifel ist *er* das, was einem jeden lehrt, daß ein Gott ist.

Mit dieser mich ehemals von Zeit zu Zeit nur anwandelnden

Kraft war ich bisher sehr zufrieden gewesen, und wäre mir nicht durch sonderbare Schickung seit Jahr und Tag die unerwartete Plage widerfahren, wäre nicht dabei mein Können und Vermögen bei mir selbst außer allen Kredit gekommen, so wäre ich vielleicht mit jenem Zustande immer zufrieden geblieben.

Nun hatte ich aber seit jenem großen Augenblicke Flügel bekommen. Ich konnte mich über das, was mich vorher bedrohete, aufschwingen, wie ein Vogel singend über den schnellsten Strom ohne Mühe fliegt, vor welchem das Hündchen ängstlich bellend stehenbleibt.

Meine Freude war unbeschreiblich, und ob ich gleich niemand etwas davon entdeckte, so merkten doch die Meinigen eine ungewöhnliche Heiterkeit an mir, ohne begreifen zu können, was die Ursache meines Vergnügens wäre. Hätte ich doch immer geschwiegen und die reine Stimmung in meiner Seele zu erhalten gesucht! Hätte ich mich doch nicht durch Umstände verleiten lassen, mit meinem Geheimnisse hervorzutreten: dann hätte ich mir abermals einen großen Umweg ersparen können.

Da in meinem vorhergehenden zehnjährigen Christenlauf diese notwendige Kraft nicht in meiner Seele war, so hatte ich mich in dem Fall anderer redlichen Leute auch befunden; ich hatte mir dadurch geholfen, daß ich die Phantasie immer mit Bildern erfüllte, die einen Bezug auf Gott hatten, und auch dieses ist schon wahrhaft nützlich; denn schädliche Bilder und ihre bösen Folgen werden dadurch abgehalten. Sodann ergreift unsre Seele oft ein und das andere von den geistigen Bildern und schwingt sich ein wenig damit in die Höhe, wie ein junger Vogel von einem Zweige auf den andern flattert. Solange man nichts Besseres hat, ist doch diese Übung nicht ganz zu verwerfen.

Auf Gott zielende Bilder und Eindrücke verschaffen uns kirchliche Anstalten, Glocken, Orgeln und Gesänge, und besonders die Vorträge unsrer Lehrer. Auf sie war ich ganz unsäglich begierig; keine Witterung, keine körperliche Schwäche hielt mich ab, die Kirchen zu besuchen, und nur das sonntägige Geläute konnte mir auf meinem Krankenlager einige Ungeduld verursachen. Unsern Oberhofprediger, der ein trefflicher Mann war, hörte ich mit großer Neigung; auch seine Kollegen waren mir wert, und ich wußte die goldnen Äpfel des göttlichen Wortes auch aus irdenen Schalen unter gemeinem Obste herauszufinden. Den öffentlichen Übungen wurden alle mögliche Privaterbauungen, wie man sie nennt, hinzugefügt, und auch dadurch nur Phantasie und feinere Sinnlichkeit genährt. Ich war so an diesen Gang gewöhnt, ich respektierte ihn so sehr, daß mir auch jetzt nichts Höheres einfiel. Denn meine Seele hat nur Fühlhörner und keine Augen; sie tastet nur und sieht nicht; ach! daß sie Augen bekäme und schauen dürfte!

Auch jetzt ging ich voll Verlangen in die Predigten; aber ach, wie geschah mir! Ich fand das nicht mehr, was ich sonst gefunden. Diese Prediger stumpften sich die Zähne an den Schalen ab, indessen ich den Kern genoß. Ich mußte ihrer nun bald müde werden; aber mich an den allein zu halten, den ich doch zu finden wußte, dazu war ich zu verwöhnt. Bilder wollte ich haben, äußere Eindrücke bedurfte ich und glaubte ein reines geistiges Bedürfnis zu fühlen.

Philos Eltern hatten mit der Herrnhutischen Gemeinde in Verbindung gestanden; in seiner Bibliothek fanden sich noch viele Schriften des Grafen. Er hatte mir einigemal sehr klar und billig darüber gesprochen und mich ersucht, einige dieser Schriften durchzublättern, und wäre es auch nur, um ein psychologisches Phänomen kennen zu lernen. Ich hielt den Grafen für einen gar zu argen Ketzer; so ließ ich auch das Ebersdorfer Gesangbuch bei mir liegen, das mir der Freund in ähnlicher Absicht gleichsam aufgedrungen hatte.

In dem völligen Mangel aller äußeren Ermunterungsmittel ergriff ich wie von ungefähr das gedachte Gesangbuch und fand zu meinem Erstaunen wirklich Lieder darin, die, freilich unter sehr seltsamen Formen, auf dasjenige zu deuten schienen, was ich fühlte; die Originalität und Naivität der Ausdrücke zog mich an. Eigene Empfindungen schienen auf eine eigene Weise ausgedrückt; keine Schul-Terminologie erinnerte an etwas Steifes oder Gemeines. Ich ward überzeugt, die Leute fühlten, was ich fühlte, und ich fand mich nun sehr glücklich, ein solches Verschen ins Gedächtnis zu fassen und mich einige Tage damit zu tragen.

Seit jenem Augenblick, in welchem mir das Wahre geschenkt worden war, verflossen auf diese Weise ungefähr drei Monate. Endlich faßte ich den Entschluß, meinem Freunde Philo alles zu entdecken und ihn um die Mitteilung jener Schriften zu bitten, auf die ich nun über die Maßen neugierig geworden war. Ich tat es auch wirklich, ungeachtet mir ein Etwas im Herzen ernstlich davon abriet.

Ich erzählte Philo die ganze Geschichte umständlich, und da er selbst darin eine Hauptperson war, da meine Erzählung auch für ihn die strengste Bußpredigt enthielt, war er äußerst betroffen und gerührt. Er zerfloß in Tränen. Ich freute mich und glaubte, auch bei ihm sei eine völlige Sinnesänderung bewirkt worden.

Er versorgte mich mit allen Schriften, die ich nur verlangte, und nun hatte ich überflüssige Nahrung für meine Einbildungskraft. Ich machte große Fortschritte in der Zinzendorfischen Art zu denken und zu sprechen. Man glaube nicht, daß ich die Art und Weise des Grafen nicht auch gegenwärtig zu schätzen wisse; ich lasse ihm gern Gerechtigkeit widerfahren: er ist kein leerer Phantast; er spricht von großen Wahrheiten meist in einem kühnen Fluge der Einbildungskraft, und die ihn geschmäht haben, wußten seine Eigenschaften weder zu schätzen noch zu unterscheiden.

Ich gewann ihn unbeschreiblich lieb. Wäre ich mein eigner Herr gewesen, so hätte ich gewiß Vaterland und Freunde verlassen, wäre zu ihm gezogen; unfehlbar hätten wir uns verstanden, und schwerlich hätten wir uns lange vertragen.

Dank sei meinem Genius, der mich damals in meiner häuslichen Verfassung so eingeschränkt hielt! Es war schon eine große Reise, wenn ich nur in den Hausgarten gehen konnte. Die Pflege meines alten und schwächlichen Vaters machte mir Arbeit genug, und in den Ergötzungsstunden war die edle Phantasie mein Zeitvertreib. Der einzige Mensch, den ich sah, war Philo, den mein Vater sehr liebte, dessen offnes Verhältnis zu mir aber durch die letzte Erklärung einigermaßen gelitten hatte. Bei ihm war die Rührung nicht tief gedrungen, und da ihm einige Versuche, in meiner Sprache zu reden, nicht gelungen waren, so vermied er diese Materie um so leichter, als er durch seine ausgebreiteten Kenntnisse immer neue Gegenstände des Gesprächs herbeizuführen wußte.

Ich war also eine Herrnhutische Schwester auf meine eigene Hand und hatte diese neue Wendung meines Gemüts und meiner Neigungen besonders vor dem Oberhofprediger zu verbergen, den ich als meinen Beichtvater zu schätzen sehr Ursache hatte, und dessen große Verdienste auch gegenwärtig durch seine äußerste Abneigung gegen die Herrnhutische Gemeinde in meinen Augen nicht geschmälert wurden. Leider sollte dieser würdige Mann an mir und andern viele Betrübnis erleben!

Er hatte vor mehreren Jahren auswärts einen Kavalier als einen redlichen, frommen Mann kennen lernen und war mit ihm als einem, der Gott ernstlich suchte, in einem ununterbrochenen Briefwechsel geblieben. Wie schmerzhaft war es daher für seinen geistlichen Führer, als dieser Kavalier sich in der Folge mit der Herrnhutischen Gemeinde einließ und sich lange unter den Brüdern aufhielt; wie angenehm dagegen, als sein Freund sich mit den Brüdern wieder entzweite, in seiner Nähe zu wohnen sich entschloß und sich seiner Leitung aufs neue völlig zu überlassen schien.

Nun wurde der Neuangekommene gleichsam im Triumph allen besonders geliebten Schäfchen des Oberhirten vorgestellt. Nur in unser Haus ward er nicht eingeführt, weil mein Vater niemand mehr zu sehen pflegte. Der Kavalier fand große Approbation; er hatte das Gesittete des Hofs und das Einnehmende der Gemeinde, dabei viel schöne natürliche Eigenschaften und ward bald der große Heilige für alle, die ihn kennen lernten, worüber sich sein geistlicher Gönner äußerst freute. Leider war jener nur über äußere Umstände mit der Gemeinde brouilliert und im Herzen noch ganz Herrnhuter. Er hing zwar wirklich an der Realität der Sache; allein auch ihm war das Tändelwerk, das der Graf darumgehängt hatte, höchst angemessen. Er war an jene

Vorstellungs- und Redensarten nun einmal gewöhnt, und wenn er sich nunmehr vor seinem alten Freunde sorgfältig verbergen mußte, so war es ihm desto notwendiger, sobald er ein Häufchen vertrauter Personen um sich erblickte, mit seinen Versuchen, Litaneien und Bilderchen hervorzurücken, und er fand, wie man denken kann, großen Beifall.

Ich wußte von der ganzen Sache nichts und tändelte auf meine eigene Art fort. Lange Zeit blieben wir uns unbekannt.

Einst besuchte ich, in einer freien Stunde, eine kranke Freundin. Ich traf mehrere Bekannte dort an und merkte bald, daß ich sie in einer Unterredung gestört hatte. Ich ließ mir nichts merken, erblickte aber, zu meiner großen Verwunderung, an der Wand einige Herrnhutische Bilder in zierlichen Rahmen. Ich faßte geschwinde, was in der Zeit, da ich nicht im Hause gewesen, vorgegangen sein mochte, und bewillkommte diese neue Erscheinung mit einigen angemessenen Versen.

Man denke sich das Erstaunen meiner Freundinnen. Wir erklärten uns und waren auf der Stelle einig und vertraut.

Ich suchte nun öfter Gelegenheit auszugehn. Leider fand ich sie nur alle drei bis vier Wochen, ward mit dem adeligen Apostel und nach und nach mit der ganzen heimlichen Gemeinde bekannt. Ich besuchte, wenn ich konnte, ihre Versammlungen, und bei meinem geselligen Sinn war es mir unendlich angenehm, das von andern zu vernehmen und andern mitzuteilen, was ich nur bisher in und mit mir selbst ausgearbeitet hatte.

Ich war nicht so eingenommen, daß ich nicht bemerkt hätte, wie nur wenige den Sinn der zarten Worte und Ausdrücke fühlten, und wie sie dadurch auch nicht mehr, als ehemals durch die kirchlich symbolische Sprache, gefördert waren. Dessenungeachtet ging ich mit ihnen fort und ließ mich nicht irremachen. Ich dachte, daß ich nicht zur Untersuchung und Herzensprüfung berufen sei. War ich doch auch durch manche unschuldige Übung zum Bessern vorbereitet worden. Ich nahm meinen Teil hinweg, drang, wo ich zur Rede kam, auf den Sinn, der bei so zarten Gegenständen eher durch Worte versteckt als angedeutet wird, und ließ übrigens mit stiller Verträglichkeit einen jeden nach seiner Art gewähren.

Auf diese ruhigen Zeiten des heimlichen gesellschaftlichen Genusses folgten bald die Stürme öffentlicher Streitigkeiten und Widerwärtigkeiten, die am Hofe und in der Stadt große Bewegungen erregten und, ich möchte beinahe sagen, manches Skandal verursachten. Der Zeitpunkt war gekommen, in welchem unser Oberhofprediger, dieser große Widersacher der Herrnhutischen Gemeinde, zu seiner gesegneten Demütigung entdecken sollte, daß seine besten und sonst anhänglichsten Zuhörer sich sämtlich auf die Seite der Gemeinde neigten. Er war äußerst gekränkt, vergaß im ersten Augenblicke alle Mäßigung und konnte in der Folge sich nicht, selbst wenn er gewollt hätte, zurückziehn. Es gab heftige Debatten, bei denen ich glücklicherweise nicht genannt wurde, da ich nur ein zufälliges Mitglied der so sehr verhaßten Zusammenkünfte war und unser eifriger Führer meinen Vater und meinen Freund in bürgerlichen Angelegenheit nicht entbehren konnte. Ich erhielt meine Neutralität mit stiller Zufriedenheit; denn mich von solchen Empfindungen und Gegenständen selbst mit wohlwollenden Menschen zu unterhalten, war mir schon verdrießlich, wenn sie den tiefsten Sinn nicht fassen konnten und nur auf der Oberfläche verweilten. Nun aber gar über das mit Widersachern zu streiten, worüber man sich kaum mit Freunden verstand, schien mir unnütz, ja verderblich. Denn bald konnte ich bemerken, daß liebevolle, edle Menschen, die in diesem Falle ihr Herz von Widerwillen und Haß nicht rein halten konnten, gar bald zur Ungerechtigkeit übergingen und, um eine äußere Form zu verteidigen, ihr bestes Innerstes beinah zerstörten.

So sehr auch der würdige Mann in diesem Falle unrecht haben mochte, und so sehr man mich auch gegen ihn aufzubringen suchte, konnte ich ihm doch niemals eine herzliche Achtung versagen. Ich kannte ihn genau; ich konnte mich in seine Art, diese Sachen anzusehen, mit Billigkeit versetzen. Ich hatte niemals einen Menschen ohne Schwäche gesehen; nur ist sie auffallender bei vorzüglichen Menschen. Wir wünschen und wollen nun ein für allemal, daß die, die so sehr privilegiert sind, auch gar keinen Tribut, keine Abgaben zahlen sollen. Ich ehrte ihn als einen vorzüglichen Mann und hoffte, den Einfluß meiner stillen Neutralität, wo nicht zu einem Frieden, doch zu einem Waffenstillstande zu nutzen. Ich weiß nicht, was ich bewirkt hätte; Gott faßte die Sache kürzer und nahm ihn zu sich. Bei seiner Bahre weinten alle, die noch kurz vorher um Worte mit ihm gestritten hatten. Seine Rechtschaffenheit, seine Gottesfurcht hatte niemals jemand bezweifelt.

Auch ich mußte um diese Zeit das Puppenwerk aus den Händen legen, das mir durch diese Streitigkeiten gewissermaßen in einem andern Lichte erschienen war. Der Oheim hatte seine Pläne auf meine Schwester in der Stille durchgeführt. Er stellte ihr einen jungen Mann von Stande und Vermögen als ihren Bräutigam vor und zeigte sich in einer reichlichen Aussteuer, wie man es von ihm erwarten konnte. Mein Vater willigte mit Freuden ein; die Schwester war frei und vorbereitet und veränderte gerne ihren Stand. Die Hochzeit wurde auf des Oheims Schloß ausgerichtet, Familie und Freunde waren eingeladen, und wir kamen alle mit heiterm Geiste.

Zum ersten Mal in meinem Leben erregte mir der Eintritt in ein Haus Bewunderung. Ich hatte wohl oft von des Oheims Geschmack, von seinem italienischen Baumeister, von seinen Sammlungen und seiner Bibliothek reden hören; ich verglich aber das alles mit dem, was ich schon gesehen hatte, und machte mir ein sehr buntes Bild davon in Gedanken. Wie verwundert war ich daher über den ernsten und harmonischen Eindruck, den ich beim Eintritt in das Haus empfand, und der sich in jedem Saal und Zimmer verstärkte. Hatte Pracht und Zierat mich sonst nur zerstreut, so fühlte ich mich hier gesammelt und auf mich selbst zurückgeführt. Auch in allen Anstalten zu Feierlichkeiten und Festen erregten Pracht und Würde ein stilles Gefallen, und es war mir ebenso unbegreiflich, daß Ein Mensch das alles hätte erfinden und anordnen können, als daß mehrere sich vereinigen könnten, um in einem so großen Sinne zusammenzuwirken. Und bei dem allen schienen der Wirt und die Seinigen so natürlich; es war keine Spur von Steifheit noch von leerem Zeremoniell zu bemerken.

Die Trauung selbst ward unvermutet auf eine herzliche Art eingeleitet; eine vortreffliche Vokalmusik überraschte uns, und der Geistliche wußte dieser Zeremonie alle Feierlichkeit der Wahrheit zu geben. Ich stand neben Philo, und statt mir Glück zu wünschen, sagte er mit einem tiefen Seufzer: Als ich die Schwester sah die Hand hingeben, war mirs, als ob man mich mit siedheißem Wasser begossen hätte. Warum? fragte ich. Es ist mir allezeit so, wenn ich eine Kopulation ansehe, versetzte er. Ich lachte über ihn und habe nachher oft genug an seine Worte zu denken gehabt.

Die Heiterkeit der Gesellschaft, worunter viel junge Leute waren, schien noch einmal so glänzend, indem alles, was uns umgab, würdig und ernsthaft war. Aller Hausrat, Tafelzeug, Service und Tischaufsätze stimmten zu dem Ganzen, und wenn mir sonst die Baumeister mit den Konditoren aus Einer Schule entsprungen zu sein schienen, so war hier Konditor und Tafeldecker bei dem Architekten in die Schule gegangen.

Da man mehrere Tage zusammenblieb, hatte der geistreiche und verständige Wirt für die Unterhaltung der Gesellschaft auf das mannigfaltigste gesorgt. Ich wiederholte hier nicht die traurige Erfahrung, die ich so oft in meinem Leben gehabt hatte, wie übel eine große gemischte Gesellschaft sich befinde, die, sich selbst überlassen, zu den allgemeinsten und schalsten Zeitvertreiben greifen muß, damit ja eher die guten als die schlechten Subjekte Mangel der Unterhaltung fühlen.

Ganz anders hatte es der Oheim veranstaltet. Er hatte zwei bis drei Marschälle, wenn ich sie so nennen darf, bestellt; der eine hatte für die Freuden der jungen Welt zu sorgen: Tänze, Spazierfahrten, kleine Spiele waren von seiner Erfindung und standen unter seiner Direktion; und da junge Leute gern im Freien leben und die Einflüsse der Luft nicht scheuen, so war ihnen der Garten und der große Gartensaal übergeben, an den zu diesem Endzwecke noch einige Galerien und Pavillons angebauet waren, zwar nur von Brettern und Leinwand, aber in so edlen

Verhältnissen, daß man nur an Stein und Marmor dabei erinnert ward.

Wie selten ist eine Fête, wobei derjenige, der die Gäste zusammenberuft, auch die Schuldigkeit empfindet, für ihre Bedürfnisse und Bequemlichkeiten auf alle Weise zu sorgen!

Jagd- und Spielpartieen, kurze Promenaden, Gelegenheiten zu vertraulichen einsamen Gesprächen waren für die älteren Personen bereitet, und derjenige, der am frühsten zu Bette ging, war auch gewiß am weitesten von allem Lärm einquartiert.

Durch diese gute Ordnung schien der Raum, in dem wir uns befanden, eine kleine Welt zu sein, und doch, wenn man es bei nahem betrachtete, war das Schloß nicht groß, und man würde ohne genaue Kenntnis desselben und ohne den Geist des Wirtes wohl schwerlich so viele Leute darin beherbergt und jeden nach seiner Art bewirtet haben.

So angenehm uns der Anblick eines wohlgestalteten Menschen ist, so angenehm ist uns eine ganze Einrichtung, aus der uns die Gegenwart eines verständigen, vernünftigen Wesens fühlbar wird. Schon in ein reinliches Haus zu kommen, ist eine Freude, wenn es auch sonst geschmacklos gebauet und verziert ist: denn es zeigt uns die Gegenwart wenigstens von Einer Seite gebildeter Menschen. Wie doppelt angenehm ist es uns also, wenn aus einer menschlichen Wohnung uns der Geist einer höhern, obgleich auch nur sinnlichen Kultur entgegenspricht!

Mit vieler Lebhaftigkeit ward mir dieses auf dem Schlosse meines Oheims anschaulich. Ich hatte vieles von Kunst gehört und gelesen; Philo selbst war ein großer Liebhaber von Gemälden und hatte eine schöne Sammlung; auch ich selbst hatte viel gezeichnet; aber teils war ich zu sehr mit meinen Empfindungen beschäftigt und trachtete nur das Eine, was not ist, erst recht ins reine zu bringen, teils schienen doch alle die Sachen, die ich gesehen hatte, mich wie die übrigen weltlichen Dinge zu zerstreuen. Nun war ich zum ersten Mal durch etwas Äußerliches auf mich selbst zurückgeführt, und ich lernte den Unterschied zwischen dem natürlichen vortrefflichen Gesang der Nachtigall und einem vierstimmigen Hallelujah aus gefühlvollen Menschenkehlen zu meiner größten Verwunderung erst kennen.

Ich verbarg meine Freude über diese neue Anschauung meinem Oheim nicht, der, wenn alles andere in sein Teil gegangen war, sich mit mir besonders zu unterhalten pflegte. Er sprach mit großer Bescheidenheit von dem, was er besaß und hervorgebracht hatte, mit großer Sicherheit von dem Sinne, in dem es gesammelt und aufgestellt worden war, und ich konnte wohl merken, daß er mit Schonung für mich redete, indem er nach seiner alten Art das Gute, wovon er Herr und Meister zu sein glaubte, demjenigen unterzuordnen schien, was nach meiner Überzeugung das Rechte und Beste war.

Wenn wir uns, sagte er einmal, als möglich denken können, daß der Schöpfer der Welt selbst die Gestalt seiner Kreatur angenommen und auf ihre Art und Weise sich eine Zeitlang auf der Welt befunden habe, so muß uns dieses Geschöpf schon unendlich vollkommen erscheinen, weil sich der Schöpfer so innig damit vereinigen konnte. Es muß also in dem Begriff des Menschen kein Widerspruch mit dem Begriff der Gottheit liegen; und wenn wir auch oft eine gewisse Unähnlichkeit und Entfernung von ihr empfinden, so ist es doch um desto mehr unsere Schuldigkeit, nicht immer, wie der Advokat des bösen Geistes, nur auf die Blößen und Schwächen unserer Natur zu sehen, sondern eher alle Vollkommenheiten aufzusuchen, wodurch wir die Ansprüche unsrer Gottähnlichkeit bestätigen können.

Ich lächelte und versetzte: Beschämen Sie mich nicht zu sehr, lieber Oheim, durch die Gefälligkeit, in meiner Sprache zu reden! Das, was Sie mir zu sagen haben, ist für mich von so großer Wichtigkeit, daß ich es in Ihrer eigensten Sprache zu hören wünschte, und ich will alsdann, was ich mir davon nicht ganz zueignen kann, schon zu übersetzen suchen.

Ich werde, sagte er darauf, auch auf meine eigenste Weise, ohne Veränderung des Tons fortfahren können. Des Menschen größtes Verdienst bleibt wohl, wenn er die Umstände so viel als möglich bestimmt und sich so wenig als möglich von ihnen bestimmen läßt. Das ganze Weltwesen liegt vor uns, wie ein großer Steinbruch vor dem Baumeister, der nur dann den Namen verdient, wenn er aus diesen zufälligen Naturmassen ein in seinem Geiste entsprungenes Urbild mit der größten Ökonomie, Zweckmäßigkeit und Festigkeit zusammenstellt. Alles außer uns ist nur Element, ja ich darf wohl sagen: auch alles an uns; aber tief in uns liegt diese schöpferische Kraft, die das zu erschaffen vermag, was sein soll, und uns nicht ruhen und rasten läßt, bis wir es außer uns oder an uns, auf eine oder die andere Weise, dargestellt haben. Sie, liebe Nichte, haben vielleicht das beste Teil erwählt; Sie haben Ihr sittliches Wesen, Ihre tiefe, liebevolle Natur mit sich selbst und mit dem höchsten Wesen übereinstimmend zu machen gesucht, indes wir andern wohl auch nicht zu tadeln sind, wenn wir den sinnlichen Menschen in seinem Umfange zu kennen und tätig in Einheit zu bringen suchen.

Durch solche Gespräche wurden wir nach und nach vertrauter, und ich erlangte von ihm, daß er mit mir ohne Kondeszendenz wie mit sich selbst sprach. Glauben Sie nicht, sagte der Oheim zu mir, daß ich Ihnen schmeichle, wenn ich Ihre Art zu denken und zu handeln lobe. Ich verehre den Menschen, der deutlich weiß, was er will, unablässig vorschreitet, die Mittel zu seinem Zwecke kennt und sie zu ergreifen und zu brauchen weiß; inwiefern sein Zweck groß oder klein sei, Lob oder Tadel verdiene, das kommt bei mir erst nachher in Betrachtung. Glauben Sie mir, meine Liebe, der größte Teil des Unheils und dessen, was man bös in der Welt nennt, entsteht bloß, weil die Menschen zu nachlässig sind, ihre Zwecke recht kennen zu lernen und, wenn sie solche kennen, ernsthaft darauf loszuarbeiten. Sie kommen mir vor wie Leute, die den Begriff haben, es könne und müsse ein Turm gebauet werden, und die doch an den Grund nicht mehr Steine und Arbeit verwenden, als man allenfalls einer Hütte unterschlüge. Hätten Sie, meine Freundin, deren höchstes Bedürfnis war, mit Ihrer innern sittlichen Natur ins reine zu kommen, anstatt der großen und kühnen Aufopferungen, sich zwischen Ihrer Familie, einem Bräutigam, vielleicht einem Gemahl, nur so hinbeholfen – Sie würden, in einem ewigen Widerspruch mit sich selbst, niemals einen zufriedenen Augenblick genossen haben.

Sie brauchen, versetzte ich hier, das Wort Aufopferung, und ich habe manchmal gedacht, wie wir einer höhern Absicht, gleichsam wie einer Gottheit, das Geringere zum Opfer darbringen, ob es uns schon am Herzen liegt, wie man ein geliebtes Schaf für die Gesundheit eines verehrten Vaters gern und willig zum Altar führen würde.

Was es auch sei, versetzte er, der Verstand oder die Empfindung, das uns eins für das andere hingeben, eins vor dem andern wählen heißt, so ist Entschiedenheit und Folge, nach meiner Meinung, das Verehrungswürdigste am Menschen. Man kann die Ware und das Geld nicht zugleich haben! und der ist ebenso übel daran, dem es immer nach der Ware gelüstet, ohne daß er das Herz hat, das Geld hinzugeben, als der, den der Kauf reut, wenn er die Ware in Händen hat. Aber ich bin weit entfernt, die Menschen deshalb zu tadeln; denn sie sind eigentlich nicht schuld, sondern die verwickelte Lage, in der sie sich befinden, und in der sie sich nicht zu regieren wissen. So werden Sie zum Beispiel im Durchschnitt weniger üble Wirte auf dem Lande als in den Städten finden, und wieder in kleinen Städten weniger als in großen; und warum? Der Mensch ist zu einer beschränkten Lage geboren; einfache, nahe, bestimmte Zwecke vermag er einzusehen, und er gewöhnt sich, die Mittel zu benutzen, die ihm gleich zur Hand sind; sobald er aber ins Weite kommt, weiß er weder was er will, noch was er soll, und es ist ganz einerlei, ob er durch die Menge der Gegenstände zerstreut, oder ob er durch die Höhe und Würde derselben außer sich gesetzt werde. Es ist immer sein Unglück, wenn er veranlaßt wird, nach etwas zu streben, mit dem er sich durch eine regelmäßige Selbsttätigkeit nicht verbinden kann.

Fürwahr, fuhr er fort, ohne Ernst ist in der Welt nichts möglich, und unter denen, die wir gebildete Menschen nennen, ist eigentlich wenig Ernst zu finden; sie gehen, ich möchte sagen, gegen Arbeiten und Geschäfte, gegen Künste, ja gegen Vergnügungen nur mit einer Art von Selbstverteidigung zu Werke;

man lebt, wie man ein Pack Zeitungen liest, nur damit man sie loswerde, und es fällt mir dabei jener junge Engländer in Rom ein, der abends in einer Gesellschaft sehr zufrieden erzählte: daß er doch heute sechs Kirchen und zwei Galerieen beiseitegebracht habe. Man will mancherlei wissen und kennen, und gerade das, was einen am wenigsten angeht, und man bemerkt nicht, daß kein Hunger dadurch gestillt wird, wenn man nach der Luft schnappt. Wenn ich einen Menschen kennen lerne, frage ich sogleich: womit beschäftigt er sich? und wie und in welcher Folge? und mit der Beantwortung der Frage ist auch mein Interesse an ihm auf zeitlebens entschieden.

Sie sind, lieber Oheim, versetzte ich darauf, vielleicht zu strenge und entziehen manchem guten Menschen, dem Sie nützlich sein könnten, Ihre hülfreiche Hand.

Ist es dem zu verdenken, antwortete er, der so lange vergebens an ihnen und um sie gearbeitet hat? Wie sehr leidet man nicht in der Jugend von Menschen, die uns zu einer angenehmen Lustpartie einzuladen glauben, wenn sie uns in die Gesellschaft der Danaiden oder des Sisyphus zu bringen versprechen. Gott sei Dank, ich habe mich von ihnen losgemacht, und wenn einer unglücklicherweise in meinen Kreis kommt, suche ich ihn auf die höflichste Art hinauszukomplimentieren: denn gerade von diesen Leuten hört man die bittersten Klagen über den verworrenen Lauf der Welthändel, über die Seichtigkeit der Wissenschaften, über den Leichtsinn der Künstler, über die Leerheit der Dichter, und was alles noch mehr ist. Sie bedenken am wenigsten, daß eben sie selbst und die Menge, die ihnen gleich ist, gerade das Buch nicht lesen würden, das geschrieben wäre, wie sie es fordern, daß ihnen die echte Dichtung fremd sei, und daß selbst ein gutes Kunstwerk nur durch Vorurteil ihren Beifall erlangen könne. Doch lassen Sie uns abbrechen; es ist hier keine Zeit, zu schelten noch zu klagen.

Er leitete meine Aufmerksamkeit auf die verschiedenen Gemälde, die an der Wand aufgehängt waren; mein Auge hielt sich an die, deren Anblick reizend oder deren Gegenstand bedeutend war. Er ließ es eine Weile geschehen, dann sagte er: Gönnen Sie nun auch dem Genius, der diese Werke hervorgebracht hat, einige Aufmerksamkeit. Gute Gemüter sehen so gerne den Finger Gottes in der Natur; warum sollte man nicht auch der Hand seines Nachahmers einige Betrachtung schenken? Er machte mich sodann auf unscheinbare Bilder aufmerksam und suchte mir begreiflich zu machen, daß eigentlich die Geschichte der Kunst allein uns den Begriff von dem Wert und der Würde eines Kunstwerks geben könne, daß man erst die beschwerlichen Stufen des Mechanismus und des Handwerks, an denen der fähige Mensch sich jahrhundertelang hinaufarbeitet, kennen müsse, um zu begreifen, wie es möglich sei, daß das Genie auf dem Gipfel, bei dessen bloßem Anblick uns schwindelt, sich frei und fröhlich bewege.

Er hatte in diesem Sinne eine schöne Reihe zusammengebracht, und ich konnte mich nicht enthalten, als er mir sie auslegte, die moralische Bildung hier wie im Gleichnisse vor mir zu sehen. Als ich ihm meine Gedanken äußerte, versetzte er: Sie haben vollkommen recht, und wir sehen daraus, daß man nicht wohl tut, der sittlichen Bildung einsam, in sich selbst verschlossen, nachzuhängen; vielmehr wird man finden, daß derjenige, dessen Geist nach einer moralischen Kultur strebt, alle Ursache hat, seine feinere Sinnlichkeit zugleich mit auszubilden, damit er nicht in Gefahr komme, von seiner moralischen Höhe herabzugleiten, indem er sich den Lockungen einer regellosen Phantasie übergibt und in den Fall kommt, seine edlere Natur durch Vergnügen an geschmacklosen Tändeleien, wo nicht an etwas Schlimmerem, herabzuwürdigen.

Ich hatte ihn nicht im Verdacht, daß er auf mich ziele, aber ich fühlte mich getroffen, wenn ich zurückdachte, daß unter den Liedern, die mich erbauet hatten, manches abgeschmackte mochte gewesen sein, und daß die Bildchen, die sich an meine geistlichen Ideen anschlossen, wohl schwerlich vor den Augen des Oheims würden Gnade gefunden haben.

Philo hatte sich indessen öfters in der Bibliothek aufgehalten und führte mich nunmehr auch in selbiger ein. Wir bewunderten die Auswahl und dabei die Menge der Bücher. Sie waren in jedem Sinne gesammelt: denn es waren beinahe auch nur solche darin zu finden, die uns zur deutlichen Erkenntnis führen oder uns zur rechten Ordnung anweisen; die uns entweder rechte Materialien geben oder uns von der Einheit unsers Geistes überzeugen.

Ich hatte in meinem Leben unsäglich gelesen, und in gewissen Fächern war mir fast kein Buch unbekannt; um desto angenehmer war mirs hier, von der Übersicht des Ganzen zu sprechen und Lücken zu bemerken, wo ich sonst nur eine beschränkte Verwirrung oder eine unendliche Ausdehnung gesehen hatte.

Zugleich machten wir die Bekanntschaft eines sehr interessanten stillen Mannes. Er war Arzt und Naturforscher und schien mehr zu den Penaten als zu den Bewohnern des Hauses zu gehören. Er zeigte uns das Naturalienkabinett, das, wie die Bibliothek, in verschlossenen Glasschränken zugleich die Wände der Zimmer verzierte und den Raum veredelte, ohne ihn zu verengen. Hier erinnerte ich mich mit Freuden meiner Jugend und zeigte meinem Vater mehrere Gegenstände, die er ehemals auf das Krankenbette seines kaum in die Welt blickenden Kindes gebracht hatte. Dabei verhehlte der Arzt so wenig als bei folgenden Unterredungen, daß er sich mir in Absicht auf religiöse Gesinnungen nähere, lobte dabei den Oheim außerordentlich wegen seiner Toleranz und Schätzung von allem, was den Wert und die Einheit der menschlichen Natur anzeige und befördere; nur verlange er freilich von allen andern Menschen ein gleiches und pflege nichts so sehr als individuellen Dünkel und ausschließende Beschränktheit zu verdammen oder zu fliehen.

Seit der Trauung meiner Schwester sah dem Oheim die Freude aus den Augen, und er sprach verschiedenemal mit mir über das, was er für sie und ihre Kinder zu tun denke. Er hatte schöne Güter, die er selbst bewirtschaftete und die er in dem besten Zustande seinen Neffen zu übergeben hoffte. Wegen des kleinen Gutes, auf dem wir uns befanden, schien er besondere Gedanken zu hegen: Ich werde es, sagte er, nur einer Person überlassen, die zu kennen, zu schätzen und zu genießen weiß, was es enthält, und die einsieht, wie sehr ein Reicher und Vornehmer, besonders in Deutschland, Ursache habe, etwas Mustermäßiges aufzustellen.

Schon war der größte Teil der Gäste nach und nach verflogen; wir bereiteten uns zum Abschied und glaubten die letzte Szene der Feierlichkeit erlebt zu haben, als wir aufs neue durch seine Aufmerksamkeit, uns ein würdiges Vergnügen zu machen, überrascht wurden. Wir hatten ihm das Entzücken nicht verbergen können, das wir fühlten, als bei meiner Schwester Trauung ein Chor Menschenstimmen sich, ohne alle Begleitung irgendeines Instruments, hören ließ. Wir legten es ihm nahe genug, uns das Vergnügen noch einmal zu verschaffen; er schien nicht darauf zu merken. Wie überrascht waren wir daher, als er eines Abends zu uns sagte: Die Tanzmusik hat sich entfernt; die jungen, flüchtigen Freunde haben uns verlassen; das Ehepaar selbst sieht schon ernsthafter aus als vor einigen Tagen, und in einer solchen Epoche voneinander zu scheiden, da wir uns vielleicht nie, wenigstens anders wiedersehen, regt uns zu einer feierlichen Stimmung, die ich nicht edler nähren kann, als durch eine Musik, deren Wiederholung Sie schon früher zu wünschen schienen.

Er ließ durch das indes verstärkte und im Stillen noch mehr geübte Chor uns vier- und achtstimmige Gesänge vortragen, die uns, ich darf wohl sagen, wirklich einen Vorgeschmack der Seligkeit gaben. Ich hatte bisher nur den frommen Gesang gekannt, in welchem gute Seelen oft mit heiserer Kehle, wie die Waldvögelein, Gott zu loben glauben, weil sie sich selbst eine angenehme Empfindung machen; dann die eitle Musik der Konzerte, in denen man allenfalls zur Bewunderung eines Talents, selten aber auch nur zu einem vorübergehenden Vergnügen hingerissen wird. Nun vernahm ich eine Musik, aus dem tiefsten Sinne der trefflichsten menschlichen Naturen entsprungen, die durch bestimmte und geübte Organe in harmonischer Einheit wieder zum tiefsten, besten Sinne des Menschen sprach und ihn wirklich in diesem Augenblicke seine Gottähnlichkeit lebhaft empfinden ließ. Alles waren lateinische geistliche Gesänge, die sich wie Juwelen in dem goldnen Ringe einer gesitteten weltlichen Gesellschaft ausnahmen und mich, ohne Anforderung einer sogenannten Erbauung, auf das geistigste erhoben und glücklich machten.

Bei unsrer Abreise wurden wir alle auf das edelste beschenkt. Mir überreichte er das Ordenskreuz meines Stiftes, kunstmäßiger und schöner gearbeitet und emailliert, als man es sonst zu sehen gewohnt war. Es hing an einem großen Brillanten, wodurch es zugleich an das Band befestigt wurde, und den er als den edelsten Stein einer Naturaliensammlung anzusehen bat.

Meine Schwester zog nun mit ihrem Gemahl auf seine Güter; wir andern kehrten alle nach unsern Wohnungen zurück und schienen uns, was unsere äußren Umstände anbetraf, in ein ganz gemeines Leben zurückgekehrt zu sein. Wir waren wie aus einem Feenschloß auf die platte Erde gesetzt und mußten uns wieder nach unsrer Weise benehmen und behelfen.

Die sonderbaren Erfahrungen, die ich in jenem neuen Kreise gemacht hatte, ließen einen schönen Eindruck bei mir zurück; doch blieb er nicht lange in seiner ganzen Lebhaftigkeit, obgleich der Oheim ihn zu unterhalten und zu erneuern suchte, indem er mir von Zeit zu Zeit von seinen besten und gefälligsten Kunstwerken zusandte und, wenn ich sie lange genug genossen hatte, wieder mit andern vertauschte.

Ich war zu sehr gewohnt, mich mit mir selbst zu beschäftigen, die Angelegenheiten meines Herzens und meines Gemütes in Ordnung zu bringen und mich davon mit ähnlich gesinnten Personen zu unterhalten, als daß ich mit Aufmerksamkeit ein Kunstwerk hätte betrachten sollen, ohne bald auf mich selbst zurückzukehren. Ich war gewohnt, ein Gemälde und einen Kupferstich nur anzusehen, wie die Buchstaben eines Buchs. Ein schöner Druck gefällt wohl; aber wer wird ein Buch des Druckes wegen in die Hand nehmen? So sollte mir auch eine bildliche Darstellung etwas sagen, sie sollte mich belehren, rühren, bessern; und der Oheim mochte in seinen Briefen, mit denen er seine Kunstwerke erläuterte, reden, was er wollte, so blieb es mit mir doch immer beim alten.

Doch mehr als meine eigene Natur zogen mich äußere Begebenheiten, die Veränderungen in meiner Familie, von solchen Betrachtungen, ja eine Weile von mir selbst ab; ich mußte dulden und wirken, mehr, als meine schwachen Kräfte zu ertragen schienen.

Meine ledige Schwester war bisher mein rechter Arm gewesen; gesund, stark und unbeschreiblich gütig, hatte sie die Besorgung der Haushaltung über sich genommen, wie mich die persönliche Pflege des alten Vaters beschäftigte. Es überfällt sie ein Katarrh, woraus eine Brustkrankheit wird, und in drei Wochen liegt sie auf der Bahre; ihr Tod schlug mir Wunden, deren Narben ich jetzt noch nicht gerne ansehe.

Ich lag krank zu Bette, ehe sie noch beerdiget war; der alte Schaden auf meiner Brust schien aufzuwachen, ich hustete heftig und war so heiser, daß ich keinen lauten Ton hervorbringen konnte.

Die verheiratete Schwester kam vor Schrecken und Betrübnis zu früh in die Wochen. Mein alter Vater fürchtete, seine Kinder und die Hoffnung seiner Nachkommenschaft auf einmal zu verlieren; seine gerechten Tränen vermehrten meinen Jammer; ich flehte zu Gott um Herstellung einer leidlichen Gesundheit und bat ihn nur mein Leben bis nach dem Tode des Vaters zu fristen. Ich genas und war nach meiner Art wohl, konnte wieder meine Pflichten, obgleich nur auf eine kümmerliche Weise, erfüllen.

Meine Schwester ward wieder guter Hoffnung. Mancherlei Sorgen, die in solchen Fällen der Mutter anvertraut werden, wurden mir mitgeteilt; sie lebte nicht ganz glücklich mit ihrem Manne, das sollte dem Vater verborgen bleiben; ich mußte Schiedsrichter sein und konnte es um so eher, da mein Schwager Zutrauen zu mir hatte und beide wirklich gute Menschen waren, nur daß beide, anstatt einander anzusehen, miteinander rechteten und aus Begierde, völlig miteinander überein zu leben, niemals einig werden konnten. Nun lernte ich auch die weltlichen Dinge mit Ernst angreifen und das ausüben, was ich sonst nur gesungen hatte.

Meine Schwester gebar einen Sohn; die Unpäßlichkeit meines Vaters verhinderte ihn nicht, zu ihr zu reisen. Beim Anblick des Kindes war er unglaublich heiter und froh, und bei der Taufe erschien er mir gegen seine Art wie begeistert, ja ich möchte sagen: als ein Genius mit zwei Gesichtern. Mit dem einen blickte er freudig vorwärts in jene Regionen, in die er bald einzugehen hoffte, mit dem andern auf das neue, hoffnungsvolle irdische Leben, das in dem Knaben entsprungen war, der von ihm abstammte. Er ward nicht müde, auf dem Rückwege mich von dem Kinde zu unterhalten, von seiner Gestalt, seiner Gesundheit und dem Wunsche, daß die Anlagen dieses neuen Weltbürgers glücklich ausgebildet werden möchten. Seine Betrachtungen hierüber dauerten fort, als wir zu Hause anlangten, und erst nach einigen Tagen bemerkte man eine Art Fieber, das sich nach Tisch, ohne Frost, durch eine etwas ermattende Hitze äußerte. Er legte sich jedoch nicht nieder, fuhr des Morgens aus und versah treulich seine Amtsgeschäfte, bis ihn endlich anhaltende ernsthafte Symptome davon abhielten.

Nie werde ich die Ruhe des Geistes, die Klarheit und Deutlichkeit vergessen, womit er die Angelegenheiten seines Hauses, die Besorgung seines Begräbnisses, als wie das Geschäft eines andern, mit der größten Ordnung vornahm.

Mit einer Heiterkeit, die ihm sonst nicht eigen war und die bis zu einer lebhaften Freude stieg, sagte er zu mir: Wo ist die Todesfurcht hingekommen, die ich sonst noch wohl empfand? Sollt' ich zu sterben scheuen? Ich habe einen gnädigen Gott, das Grab erweckt mir kein Grauen, ich habe ein ewiges Leben.

Mir die Umstände seines Todes zurückzurufen, der bald darauf erfolgte, ist in meiner Einsamkeit eine meiner angenehmsten Unterhaltungen, und die sichtbaren Wirkungen einer höhern Kraft dabei wird mir niemand wegräsonieren.

Der Tod meines lieben Vaters veränderte meine bisherige Lebensart. Aus dem strengsten Gehorsam, aus der größten Einschränkung kam ich in die größte Freiheit, und ich genoß ihrer wie einer Speise, die man lange entbehrt hat. Sonst war ich selten zwei Stunden außer dem Hause; nun verlebte ich kaum einen Tag in meinem Zimmer. Meine Freunde, bei denen ich sonst nur abgerissene Besuche machen konnte, wollten sich meines anhaltenden Umgangs, so wie ich mich des ihrigen, erfreuen; öfters wurde ich zu Tische geladen, Spazierfahrten und kleine Lustreisen kamen hinzu, und ich blieb nirgends zurück. Als aber der Zirkel durchlaufen war, sah ich, daß das unschätzbare Glück der Freiheit nicht darin besteht, daß man alles tut, was man tun mag und wozu uns die Umstände einladen, sondern daß man das ohne Hindernis und Rückhalt auf dem geraden Wege tun kann, was man für recht und schicklich hält; und ich war alt genug, in diesem Falle ohne Lehrgeld zu der schönen Überzeugung zu gelangen.

Was ich mir nicht versagen konnte, war, so bald als nur möglich den Umgang mit den Gliedern der Herrnhutischen Gemeinde fortzusetzen und fester zu knüpfen, und ich eilte, eine ihrer nächsten Einrichtungen zu besuchen: aber auch da fand ich keineswegs, was ich mir vorgestellt hatte. Ich war ehrlich genug, meine Meinung merken zu lassen, und man suchte mir hinwieder beizubringen: diese Verfassung sei gar nichts gegen eine ordentlich eingerichtete Gemeine. Ich konnte mir das gefallen lassen; doch hätte nach meiner Überzeugung der wahre Geist aus einer kleinen so gut als aus einer großen Anstalt hervorblicken sollen.

Einer ihrer Bischöfe, der gegenwärtig war, ein unmittelbarer Schüler des Grafen, beschäftigte sich viel mit mir; er sprach vollkommen Englisch, und weil ich es ein wenig verstand, meinte er, es sei ein Wink, daß wir zusammengehörten; ich meinte es aber ganz und gar nicht; sein Umgang konnte mir nicht im geringsten gefallen. Er war ein Messerschmied, ein geborner Mähre, seine Art zu denken konnte das Handwerksmäßige nicht verleugnen. Besser verstand ich mich mit dem Herrn von L*, der Major in französischen Diensten gewesen war; aber zu der Untertänigkeit, die er gegen seinen Vorgesetzten bezeigte, fühlte ich mich niemals fähig; ja es war mir, als wenn man mir eine Ohrfeige gäbe, wenn ich die Majorin und andere mehr oder weniger angesehene Frauen dem Bischof die

Hand küssen sah. Indessen wurde doch eine Reise nach Holland verabredet, die aber, und gewiß zu meinem Besten, niemals zustande kam.

Meine Schwester war mit einer Tochter niedergekommen, und nun war die Reihe an uns Frauen, zufrieden zu sein und zu denken, wie sie dereinst, uns ähnlich, erzogen werden sollte. Mein Schwager war dagegen sehr unzufrieden, als in dem Jahr darauf abermals eine Tochter erfolgte; er wünschte bei seinen großen Gütern Knaben um sich zu sehen, die ihm einst in der Verwaltung beistehen könnten.

Ich hielt mich bei meiner schwachen Gesundheit still und bei einer ruhigen Lebensart ziemlich im Gleichgewicht; ich fürchtete den Tod nicht; ja ich wünschte zu sterben, aber ich fühlte in der Stille, daß mir Gott Zeit gebe, meine Seele zu untersuchen und ihm immer näher zu kommen. In den vielen schlaflosen Nächten habe ich besonders etwas empfunden, das ich eben nicht deutlich beschreiben kann.

Es war, als wenn meine Seele ohne Gesellschaft des Körpers dächte; sie sah den Körper selbst als ein ihr fremdes Wesen an, wie man etwa ein Kleid ansieht. Sie stellte sich mit einer außerordentlichen Lebhaftigkeit die vergangenen Zeiten und Begebenheiten vor und fühlte daraus, was folgen werde. Alle diese Zeiten sind dahin; was folgt, wird auch dahingehen: der Körper wird wie ein Kleid zerreißen, aber Ich, das wohlbekannte Ich, Ich bin.

Diesem großen, erhabenen und tröstlichen Gefühle so wenig als nur möglich nachzuhängen, lehrte mich ein edler Freund, der sich mir immer näher verband; es war der Arzt, den ich in dem Hause meines Oheims hatte kennen lernen, und der sich von der Verfassung meines Körpers und meines Geistes sehr gut unterrichtet hatte; er zeigte mir, wie sehr diese Empfindungen, wenn wir sie unabhängig von äußern Gegenständen in uns nähren, uns gewissermaßen aushöhlen und den Grund unseres Daseins untergraben. Tätig zu sein, sagte er, ist des Menschen erste Bestimmung, und alle Zwischenzeiten, in denen er auszuruhen genötiget ist, sollte er anwenden, eine deutliche Erkenntnis der äußerlichen Dinge zu erlangen, die ihm in der Folge abermals seine Tätigkeit erleichtert.

Da der Freund meine Gewohnheit kannte, meinen eigenen Körper als einen äußern Gegenstand anzusehn, und da er wußte, daß ich meine Konstitution, mein Übel und die medizinischen Hülfsmittel ziemlich kannte, und ich wirklich durch anhaltende eigene und fremde Leiden ein halber Arzt geworden war, so leitete er meine Aufmerksamkeit von der Kenntnis des menschlichen Körpers und der Spezereien auf die übrigen nachbarlichen Gegenstände der Schöpfung und führte mich wie im Paradies umher, und nur zuletzt, wenn ich mein Gleichnis fortsetzen darf, ließ er mich den in der Abendkühle im Garten wandelnden Schöpfer aus der Entfernung ahnen.

Wie gerne sah ich nunmehr Gott in der Natur, da ich ihn mit solcher Gewißheit im Herzen trug; wie interessant war mir das Werk seiner Hände, und wie dankbar war ich, daß er mich mit dem Atem seines Mundes hatte beleben wollen!

Wir hofften aufs neue, mit meiner Schwester, auf einen Knaben, dem mein Schwager so sehnlich entgegensah, und dessen Geburt er leider nicht erlebte. Der wackere Mann starb an den Folgen eines unglücklichen Sturzes vom Pferde, und meine Schwester folgte ihm, nachdem sie der Welt einen schönen Knaben gegeben hatte. Ihre vier hinterlassenen Kinder konnte ich nur mit Wehmut ansehn. So manche gesunde Person war vor mir, der Kranken, hingegangen: sollte ich nicht vielleicht von diesen hoffnungsvollen Blüten manche abfallen sehen? Ich kannte die Welt genug, um zu wissen, unter wie vielen Gefahren ein Kind, besonders in dem höheren Stande, heraufwächst, und es schien mir, als wenn sie seit der Zeit meiner Jugend sich für die gegenwärtige Welt noch vermehrt hätten. Ich fühlte, daß ich, bei meiner Schwäche, wenig oder nichts für die Kinder zu tun imstande sei; um desto erwünschter war mir des Oheims Entschluß, der natürlich aus seiner Denkungsart entsprang, seine ganze Aufmerksamkeit auf die Erziehung dieser liebenswürdigen Geschöpfe zu verwenden. Und gewiß, sie verdienten es in jedem Sinne, sie waren wohlgebildet und versprachen, bei ihrer großen Verschiedenheit, sämtlich gutartige und verständige Menschen zu werden.

Seitdem mein guter Arzt mich aufmerksam gemacht hatte, betrachtete ich gern die Familienähnlichkeit in Kindern und Verwandten. Mein Vater hatte sorgfältig die Bilder seiner Vorfahren aufbewahrt, sich selbst und seine Kinder von leidlichen Meistern malen lassen, auch war meine Mutter und ihre Verwandten nicht vergessen worden. Wir kannten die Charaktere der ganzen Familie genau, und da wir sie oft untereinander verglichen hatten, so suchten wir nun bei den Kindern die Ähnlichkeit des Äußern und Innern wieder auf. Der älteste Sohn meiner Schwester schien seinem Großvater väterlicher Seite zu gleichen, von dem ein jugendliches Bild, sehr gut gemalt, in der Sammlung unseres Oheims aufgestellt war; auch liebte er, wie jener, der sich immer als ein braver Offizier gezeigt hatte, nichts so sehr als das Gewehr, womit er sich immer, sooft er mich besuchte, beschäftigte. Denn mein Vater hatte einen sehr schönen Gewehrschrank hinterlassen, und der Kleine hatte nicht eher Ruhe, bis ich ihm ein Paar Pistolen und eine Jagdflinte schenkte, und bis er herausgebracht hatte, wie ein deutsches Schloß aufzuziehen sei. Übrigens war er in seinen Handlungen und seinem ganzen Wesen nichts weniger als rauh, sondern vielmehr sanft und verständig.

Die älteste Tochter hatte meine ganze Neigung gefesselt, und es mochte wohl daher kommen, weil sie mir ähnlich sah, und weil sie sich von allen vieren am meisten zu mir hielt. Aber ich kann wohl sagen, je genauer ich sie beobachtete, da sie heranwuchs, desto mehr beschämte sie mich, und ich konnte das Kind nicht ohne Bewunderung, ja ich darf beinahe sagen: nicht ohne Verehrung ansehn. Man sah nicht leicht eine edlere Gestalt, ein ruhiger Gemüt und eine immer gleiche, auf keinen Gegenstand eingeschränkte Tätigkeit. Sie war keinen Augenblick ihres Lebens unbeschäftigt, und jedes Geschäft ward unter ihren Händen zur würdigen Handlung. Alles schien ihr gleich, wenn sie nur das verrichten konnte, was in der Zeit und am Platz war, und ebenso konnte sie ruhig, ohne Ungeduld, bleiben, wenn sich nichts zu tun fand. Diese Tätigkeit ohne Bedürfnis einer Beschäftigung habe ich in meinem Leben nicht wieder gesehen. Unnachahmlich war von Jugend auf ihr Betragen gegen Notleidende und Hülfsbedürftige. Ich gestehe gern, daß ich niemals das Talent hatte, mir aus Wohltätigkeit ein Geschäft zu machen; ich war nicht karg gegen Arme, ja ich gab oft in meinem Verhältnisse zuviel dahin, aber gewissermaßen kaufte ich mich nur los, und es mußte mir jemand angeboren sein, wenn er mir meine Sorgfalt abgewinnen wollte. Gerade das Gegenteil lobe ich an meiner Nichte. Ich habe sie niemals einem Armen Geld geben sehen, und was sie von mir zu diesem Endzweck erhielt, verwandelte sie immer erst in das nächste Bedürfnis. Niemals erschien sie mir liebenswürdiger, als wenn sie meine Kleider- und Wäschschränke plünderte; immer fand sie etwas, das ich nicht trug und nicht brauchte, und diese alten Sachen zusammenzuschneiden und sie irgendeinem zerlumpten Kinde anzupassen, war ihre größte Glückseligkeit.

Die Gesinnungen ihrer Schwester zeigten sich schon anders; sie hatte vieles von der Mutter, versprach schon frühe, sehr zierlich und reizend zu werden, und scheint ihr Versprechen halten zu wollen; sie ist sehr mit ihrem Äußern beschäftigt und wußte sich von früher Zeit an auf eine in die Augen fallende Weise zu putzen und zu tragen. Ich erinnere mich noch immer, mit welchem Entzücken sie sich als ein kleines Kind im Spiegel besah, als ich ihr die schönen Perlen, die mir meine Mutter hinterlassen hatte und die sie von ungefähr bei mir fand, umbinden mußte.

Wenn ich diese verschiedenen Neigungen betrachtete, war es mir angenehm, zu denken, wie meine Besitzungen nach meinem Tode unter sie zerfallen und durch sie wieder lebendig werden würden. Ich sah die Jagdflinten meines Vaters schon wieder auf dem Rücken des Neffen im Felde herumwandeln und aus seiner Jagdtasche schon wieder Hühner herausfallen; ich sah meine sämtliche Garderobe bei der Osterkonfirmation, lauter kleinen Mädchen angepaßt, aus der Kirche herauskommen und mit meinen besten Stoffen ein sittsames Bürgermädchen an ihrem

Brauttage geschmückt: denn zu Ausstattung solcher Kinder und ehrbarer armer Mädchen hatte Natalie eine besondere Neigung, ob sie gleich, wie ich hier bemerken muß, selbst keine Art von Liebe und, wenn ich so sagen darf, kein Bedürfnis einer Anhänglichkeit an ein sichtbares oder unsichtbares Wesen, wie es sich bei mir in meiner Jugend so lebhaft gezeigt hatte, auf irgend eine Weise merken ließ.

Wenn ich nun dachte, daß die Jüngste an ebendemselben Tage meine Perlen und Juwelen nach Hofe tragen werde, so sah ich mit Ruhe meine Besitzungen, wie meinen Körper, den Elementen wiedergegeben.

Die Kinder wuchsen heran und sind zu meiner Zufriedenheit gesunde, schöne und wackre Geschöpfe. Ich ertrage es mit Geduld, daß der Oheim sie von mir entfernt hält, und sehe sie, wenn sie in der Nähe oder auch wohl gar in der Stadt sind, selten.

Ein wunderbarer Mann, den man für einen französischen Geistlichen hält, ohne daß man recht von seiner Herkunft unterrichtet ist, hat die Aufsicht über die sämtlichen Kinder, welche an verschiedenen Orten erzogen werden und bald hier, bald da in der Kost sind.

Ich konnte anfangs keinen Plan in dieser Erziehung sehn, bis mir mein Arzt zuletzt eröffnete: der Oheim habe sich durch den Abbé überzeugen lassen, daß, wenn man an der Erziehung des Menschen etwas tun wolle, müsse man sehen, wohin seine Neigungen und Wünsche gehen; sodann müsse man ihn in die Lage versetzen, jene so bald als möglich zu befriedigen, diese so bald als möglich zu erreichen, damit der Mensch, wenn er sich geirret habe, früh genug seinen Irrtum gewahr werde und, wenn er das getroffen hat, was für ihn paßt, desto eifriger daran halte und sich desto emsiger fortbilde. Ich wünsche, daß dieser sonderbare Versuch gelingen möge; bei so guten Naturen ist es vielleicht möglich.

Aber das, was ich nicht an diesen Erziehern billigen kann, ist, daß sie alles von den Kindern zu entfernen suchen, was sie zu dem Umgange mit sich selbst und mit dem unsichtbaren, einzigen treuen Freunde führen könne. Ja, es verdrießt mich oft von dem Oheim, daß er mich deshalb für die Kinder für gefährlich hält. Im Praktischen ist doch kein Mensch tolerant! Denn wer auch versichert, daß er jedem seine Art und Wesen gerne lassen wolle, sucht doch immer diejenigen von der Tätigkeit auszuschließen, die nicht so denken wie er.

Diese Art, die Kinder von mir zu entfernen, betrübt mich desto mehr, je mehr ich von der Realität meines Glaubens überzeugt sein kann. Warum sollte er nicht einen göttlichen Ursprung, nicht einen wirklichen Gegenstand haben, da er sich im Praktischen so wirksam erweist? Werden wir durchs Praktische doch unseres eigenen Daseins selbst erst recht gewiß; warum sollten wir uns nicht auch auf ebendem Wege von jenem Wesen überzeugen können, das uns zu allem Guten die Hand reicht?

Daß ich immer vorwärts, nie rückwärts gehe, daß meine Handlungen immer mehr der Idee ähnlich werden, die ich mir von der Vollkommenheit gemacht habe, daß ich täglich mehr Leichtigkeit fühle, das zu tun, was ich für recht halte, selbst bei der Schwäche meines Körpers, der mir so manchen Dienst versagt: läßt sich das alles aus der menschlichen Natur, deren Verderben ich so tief eingesehen habe, erklären? Für mich nun einmal nicht.

Ich erinnere mich kaum eines Gebotes; nichts erscheint mir in Gestalt eines Gesetzes; es ist ein Trieb, der mich leitet und mich immer recht führet; ich folge mit Freiheit meinen Gesinnungen und weiß so wenig von Einschränkung als von Reue. Gott sei Dank, daß ich erkenne, wem ich dieses Glück schuldig bin, und daß ich an diese Vorzüge nur mit Demut denken darf. Denn niemals werde ich in Gefahr kommen, auf mein eignes Können und Vermögen stolz zu werden, da ich so deutlich erkannt habe, welch Ungeheuer in jedem menschlichen Busen, wenn eine höhere Kraft uns nicht bewahrt, sich erzeugen und nähren könne.

SIEBENTES BUCH

Erstes Kapitel

Der Frühling war in seiner völligen Herrlichkeit erschienen; ein frühzeitiges Gewitter, das den ganzen Tag gedrohet hatte, ging stürmisch an den Bergen nieder, der Regen zog nach dem Lande, die Sonne trat wieder in ihrem Glanze hervor, und auf dem grauen Grunde erschien der herrliche Bogen. Wilhelm ritt ihm entgegen und sah ihn mit Wehmut an. Ach! sagte er zu sich selbst, erscheinen uns denn eben die schönsten Farben des Lebens nur auf dunklem Grunde? und müssen Tropfen fallen, wenn wir entzückt werden sollen? Ein heiterer Tag ist wie ein grauer, wenn wir ihn ungerührt ansehen, und was kann uns rühren als die stille Hoffnung, daß die angeborne Neigung unsers Herzens nicht ohne Gegenstand bleiben werde? Uns rührt die Erzählung jeder guten Tat, uns rührt das Anschauen jedes harmonischen Gegenstandes; wir fühlen dabei, daß wir nicht ganz in der Fremde sind, wie wähnen einer Heimat näher zu sein, nach der unser Bestes, Innerstes ungeduldig hinstrebt.

Inzwischen hatte ihn ein Fußgänger eingeholt, der sich zu ihm gesellte, mit starkem Schritte neben dem Pferde blieb und, nach einigen gleichgültigen Reden, zu dem Reiter sagte: Wenn ich mich nicht irre, so muß ich Sie irgendwo schon gesehen haben.

Ich erinnere mich Ihrer auch, versetzte Wilhelm; haben wir nicht zusammen eine lustige Wasserfahrt gemacht? – Ganz recht! erwiderte der andere.

Wilhelm betrachtete ihn genauer und sagte nach einigem Stillschweigen: Ich weiß nicht, was für eine Veränderung mit Ihnen vorgegangen sein mag; damals hielt ich Sie für einen lutherischen Landgeistlichen, und jetzt sehen Sie mir eher einem katholischen ähnlich.

Heute betrügen Sie sich wenigstens nicht, sagte der andere, indem er den Hut abnahm und die Tonsur sehen ließ. Wo ist denn Ihre Gesellschaft hingekommen? Sind Sie noch lange bei ihr geblieben?

Länger als billig: denn leider wenn ich an jene Zeit zurückdenke, die ich mit ihr zugebracht habe, so glaube ich in ein unendliches Leere zu sehen; es ist mir nichts davon übrig geblieben.

Darin irren Sie sich; alles, was uns begegnet, läßt Spuren zurück, alles trägt unmerklich zu unserer Bildung bei; doch es ist gefährlich, sich davon Rechenschaft geben zu wollen. Wir werden dabei entweder stolz und lässig, oder niedergeschlagen und kleinmütig, und eins ist für die Folge so hinderlich als das andere. Das Sicherste bleibt immer, nur das Nächste zu tun, was vor uns liegt, und das ist jetzt, fuhr er mit einem Lächeln fort, daß wir eilen, ins Quartier zu kommen.

Wilhelm fragte, wie weit noch der Weg nach Lotharios Gut sei. Der andere versetzte, daß es hinter dem Berge liege. Vielleicht treffe ich Sie dort an, fuhr er fort, ich habe nur in der Nachbarschaft noch etwas zu besorgen. Leben Sie so lange wohl! Und mit diesen Worten ging er einen steilen Pfad, der schneller über den Berg hinüberzuführen schien.

Ja wohl hat er recht! sagte Wilhelm vor sich, indem er weiterritt: an das Nächste soll man denken, und für mich ist wohl jetzt nichts Näheres als der traurige Auftrag, den ich ausrichten soll. Laß sehen, ob ich die Rede noch ganz im Gedächtnis habe, die den grausamen Freund beschämen soll.

Er fing darauf an, sich dieses Kunstwerk vorzusagen; es fehlte ihm auch nicht eine Silbe, und je mehr ihm sein Gedächtnis zustatten kam, desto mehr wuchs seine Leidenschaft und sein Mut. Aureliens Leiden und Tod waren lebhaft vor seiner Seele gegenwärtig.

Geist meiner Freundin! rief er aus, umschwebe mich! und wenn es dir möglich ist, so gib mir ein Zeichen, daß du besänftigt, daß du versöhnt seist!

Unter diesen Worten und Gedanken war er auf die Höhe des Berges gekommen und sah an dessen Abhang, an der andern Seite, ein wunderliches Gebäude liegen, das er sogleich für Lotharios Wohnung hielt. Ein altes unregelmäßiges Schloß, mit einigen Türmen und Giebeln, schien die erste Anlage dazu gewesen zu sein; allein noch unregelmäßiger waren die neuen

Angebäude, die teils nah, teils in einiger Entfernung davon errichtet, mit dem Hauptgebäude durch Galerieen und bedeckte Gänge zusammenhingen. Alle äußere Symmetrie, jedes architektonische Ansehn schien dem Bedürfnis der innern Bequemlichkeit aufgeopfert zu sein. Keine Spur von Wall und Graben war zu sehen, ebensowenig als von künstlichen Gärten und großen Alleen. Ein Gemüse- und Baumgarten drang bis an die Häuser hinan, und kleine nutzbare Gärten waren selbst in den Zwischenräumen angelegt. Ein heiteres Dörfchen lag in einiger Entfernung; Gärten und Felder schienen durchaus in dem besten Zustande.

In seine eignen leidenschaftlichen Betrachtungen vertieft, ritt Wilhelm weiter, ohne viel über das, was er sah, nachzudenken, stellte sein Pferd in einem Gasthofe ein und eilte nicht ohne Bewegung nach dem Schlosse zu.

Ein alter Bedienter empfing ihn an der Türe und berichtete ihm mit vieler Gutmütigkeit, daß er heute wohl schwerlich vor den Herren kommen werde; der Herr habe viel Briefe zu schreiben und schon einige seiner Geschäftsleute abweisen lassen. Wilhelm ward dringender, und endlich mußte der Alte nachgeben und ihn melden. Er kam zurück und führte Wilhelmen in einen großen alten Saal. Dort ersuchte er ihn, sich zu gedulden, weil der Herr vielleicht noch eine Zeitlang ausbleiben werde. Wilhelm ging unruhig auf und ab und warf einige Blicke auf die Ritter und Frauen, deren Abbildungen an der Wand umherhingen, er wiederholte den Anfang seiner Rede, und sie schien ihm in Gegenwart dieser Harnische und Kragen erst recht am Platz. Sooft er etwas rauschen hörte, setzte er sich in Positur, um seinen Gegner mit Würde zu empfangen, ihm erst den Brief zu überreichen und ihn dann mit den Waffen des Vorwurfs anzufallen.

Mehrmals war er schon getäuscht worden und fing wirklich an, verdrießlich und verstimmt zu werden, als endlich aus einer Seitentür ein wohlgebildeter Mann in Stiefeln und einem schlichten Überrocke heraustrat. Was bringen Sie mir Gutes? sagte er mit freundlicher Stimme zu Wilhelmen; verzeihen Sie, daß ich Sie habe warten lassen.

Er faltete, indem er sprach, einen Brief, den er in der Hand hielt. Wilhelm, nicht ohne Verlegenheit, überreichte ihm das Blatt Aureliens und sagte: Ich bringe die letzten Worte einer Freundin, die Sie nicht ohne Rührung lesen werden.

Lothario nahm den Brief und ging sogleich in das Zimmer zurück, wo er, wie Wilhelm recht gut durch die offne Tür sehen konnte, erst noch einige Briefe siegelte und überschrieb, dann Aureliens Brief eröffnete und las. Er schien das Blatt einigemal durchgelesen zu haben, und Wilhelm, obgleich seinem Gefühl nach die pathetische Rede zu dem natürlichen Empfang nicht recht passen wollte, nahm sich doch zusammen, ging auf die Schwelle los und wollte seinen Spruch beginnen, als eine Tapetentür des Kabinetts sich öffnete und der Geistliche hereintrat.

Ich erhalte die wunderlichste Depesche von der Welt, rief Lothario ihm entgegen; verzeihn Sie mir, fuhr er fort, indem er sich gegen Wilhelm wandte, wenn ich in diesem Augenblick nicht gestimmt bin, mich mit Ihnen weiter zu unterhalten. Sie bleiben heute nacht bei uns! und Sie sorgen für unsern Gast, Abbé, daß ihm nichts abgeht.

Mit diesen Worten machte er eine Verbeugung gegen Wilhelmen; der Geistliche nahm unsern Freund bei der Hand, der nicht ohne Widerstreben folgte.

Stillschweigend gingen sie durch wunderliche Gänge und kamen in ein gar artiges Zimmer. Der Geistliche führte ihn ein und verließ ihn ohne weitere Entschuldigung. Bald darauf erschien ein munterer Knabe, der sich bei Wilhelmen als seine Bedienung ankündigte und das Abendessen brachte, bei der Aufwartung von der Ordnung des Hauses, wie man zu frühstücken, zu speisen, zu arbeiten und sich zu vergnügen pflegte, manches erzählte und besonders zu Lotharios Ruhm gar vieles vorbrachte.

So angenehm auch der Knabe war, so suchte ihn Wilhelm doch bald loszuwerden. Er wünschte allein zu sein, denn er fühlte sich in seiner Lage äußerst gedrückt und beklommen. Er machte sich Vorwürfe, seinen Vorsatz so schlecht vollführt, seinen Auftrag nur halb ausgerichtet zu haben. Bald nahm er sich vor, den andern Morgen das Versäumte nachzuholen, bald ward er gewahr, daß Lotharios Gegenwart ihn zu ganz andern Gefühlen stimmte. Das Haus, worin er sich befand, kam ihm auch so wunderbar vor, er wußte sich in seine Lage nicht zu finden. Er wollte sich ausziehen und öffnete seinen Mantelsack; mit seinen Nachtsachen brachte er zugleich den Schleier des Geistes hervor, den Mignon eingepackt hatte. Der Anblick vermehrte seine traurige Stimmung. Flieh! Jüngling, flieh! rief er aus, was soll das mystische Wort heißen? was fliehen? wohin fliehen? Weit besser hätte der Geist mir zugerufen: Kehre in dich selbst zurück! Er betrachtete die englischen Kupfer, die an der Wand in Rahmen hingen; gleichgültig sah er über die meisten hinweg, endlich fand er auf dem einen ein unglücklich strandendes Schiff vorgestellt: ein Vater mit seinen schönen Töchtern erwartete den Tod von den hereindringenden Wellen. Das eine Frauenzimmer schien Ähnlichkeit mit jener Amazone zu haben; ein unaussprechliches Mitleiden ergriff unsern Freund, er fühlte ein unwiderstehliches Bedürfnis, seinem Herzen Luft zu machen, Tränen drangen aus seinem Auge, und er konnte sich nicht wieder erholen, bis ihn der Schlaf überwältigte.

Sonderbare Traumbilder erschienen ihm gegen Morgen. Er fand sich in einem Garten, den er als Knabe öfters besucht hatte, und sah mit Vergnügen die bekannten Alleen, Hecken und Blumenbeete wieder; Mariane begegnete ihm, er sprach liebevoll mit ihr und ohne Erinnerung irgendeines vergangenen Mißverhältnisses. Gleich darauf trat sein Vater zu ihnen, im Hauskleide; und mit vertraulicher Miene, die ihm selten war, hieß er den Sohn zwei Stühle aus dem Gartenhause holen, nahm Marianen bei der Hand und führte sie nach einer Laube.

Wilhelm eilte nach dem Gartensaale, fand ihn aber ganz leer, nur sah er Aurelien an dem entgegengesetzten Fenster stehen; er ging, sie anzureden, allein sie blieb unverwandt, und ob er sich gleich neben sie stellte, konnte er doch ihr Gesicht nicht sehen. Er blickte zum Fenster hinaus und sah, in einem fremden Garten, viele Menschen beisammen, von denen er einige sogleich erkannte. Frau Melina saß unter einem Baum und spielte mit einer Rose, die sie in der Hand hielt; Laertes stand neben ihr und zählte Gold aus einer Hand in die andere. Mignon und Felix lagen im Grase, jene ausgestreckt auf dem Rücken, dieser auf dem Gesichte. Philine trat hervor und klatschte über den Kindern in die Hände, Mignon blieb unbeweglich, Felix sprang auf und floh vor Philinen. Erst lachte er im Laufen, als Philine ihn verfolgte, dann schrie er ängstlich, als der Harfenspieler mit großen, langsamen Schritten ihm nachging. Das Kind lief grade auf einen Teich los; Wilhelm eilte ihm nach, aber zu spät, das Kind lag im Wasser! Wilhelm stand wie eingewurzelt. Nun sah er die schöne Amazone an der andern Seite des Teichs, sie streckte ihre rechte Hand gegen das Kind aus und ging am Ufer hin, das Kind durchstrich das Wasser in gerader Richtung auf den Finger zu und folgte ihr nach, wie sie ging, endlich reichte sie ihm ihre Hand und zog es aus dem Teiche. Wilhelm war indessen näher gekommen, das Kind brannte über und über, und es fielen feurige Tropfen von ihm herab. Wilhelm war noch besorgter, doch die Amazone nahm schnell einen weißen Schleier vom Haupte und bedeckte das Kind damit. Das Feuer war sogleich gelöscht. Als sie den Schleier aufhob, sprangen zwei Knaben hervor, die zusammen mutwillig hin und her spielten, als Wilhelm mit der Amazone Hand in Hand durch den Garten ging und in der Entfernung seinen Vater und Marianen in einer Allee spazieren sah, die mit hohen Bäumen den ganzen Garten zu umgeben schien. Er richtete seinen Weg auf beide zu und machte mit seiner schönen Begleiterin den Durchschnitt des Gartens, als auf einmal der blonde Friedrich ihnen in den Weg trat und sie mit großem Gelächter und allerlei Possen aufhielt. Sie wollten dessenungeachtet ihren Weg weiter fortsetzen; da eilte er weg und lief auf jenes entfernte Paar zu; der Vater und Mariane schienen vor ihm zu fliehen, er lief nur desto schneller, und Wilhelm sah jene fast im Fluge durch die Allee hinschweben. Natur und Neigung forderten ihn auf, jenen zu Hülfe zu kommen, aber die Hand der Amazone hielt ihn zurück. Wie gern ließ er sich halten! Mit dieser gemischten Empfindung wachte er auf und fand sein Zimmer schon von der hellen Sonne erleuchtet.

Der Knabe lud Wilhelmen zum Frühstück ein; dieser fand den Abbé schon im Saale; Lothario, hieß es, sei ausgeritten; der Abbé war nicht sehr gesprächig und schien eher nachdenklich zu sein, er fragte nach Aureliens Tode und hörte mit Teilnahme der Erzählung Wilhelms zu. Ach! rief er aus, wem es lebhaft und gegenwärtig ist, welche unendliche Operationen Natur und Kunst machen müssen, bis ein gebildeter Mensch dasteht, wer selbst so viel als möglich an der Bildung seiner Mitbrüder teilnimmt, der möchte verzweifeln, wenn er sieht, wie freventlich sich oft der Mensch zerstört und so oft in den Fall kommt, mit oder ohne Schuld, zerstört zu werden. Wenn ich das bedenke, so scheint mir das Leben selbst eine so zufällige Gabe, daß ich jeden loben möchte, der sie nicht höher als billig schätzt.

Er hatte kaum ausgesprochen, als die Türe mit Heftigkeit sich aufriß, ein junges Frauenzimmer hereinstürzte und den alten Bedienten, der sich ihr in den Weg stellte, zurückstieß. Sie eilte gerade auf den Abbé zu und konnte, indem sie ihn beim Arm faßte, vor Weinen und Schluchzen kaum die wenigen Worte hervorbringen: Wo ist er? wo habt ihr ihn? es ist eine entsetzliche Verräterei! gesteht nur! ich weiß, was vorgeht! ich will ihm nach! ich will wissen, wo er ist.

Beruhigen Sie sich, mein Kind, sagte der Abbé mit angenommener Gelassenheit, kommen Sie auf Ihr Zimmer, Sie sollen alles erfahren; nur müssen Sie hören können, wenn ich Ihnen erzählen soll. Er bot ihr die Hand an, im Sinne, sie wegzuführen. Ich werde nicht auf mein Zimmer gehen, rief sie aus, ich hasse die Wände, zwischen denen ihr mich schon so lange gefangen haltet! und doch habe ich alles erfahren, der Obrist hat ihn herausgefordert, er ist hinausgeritten, seinen Gegner aufzusuchen, und vielleicht jetzt eben in diesem Augenblicke – es war mir etlichemal, als hörte ich schießen. Lassen Sie anspannen und fahren Sie mit mir, oder ich fülle das Haus, das ganze Dorf mit meinem Geschrei.

Sie eilte unter den heftigsten Tränen nach dem Fenster, der Abbé hielt sie zurück und suchte vergebens, sie zu besänftigen.

Man hörte einen Wagen fahren, sie riß das Fenster auf: Er ist tot! rief sie, da bringen sie ihn. – Er steigt aus! sagte der Abbé. Sie sehen, er lebt. – Er ist verwundet, versetzte sie heftig, sonst käm er zu Pferde! sie führen ihn! er ist gefährlich verwundet! Sie rannte zur Türe hinaus und die Treppe hinunter, der Abbé eilte ihr nach, und Wilhelm folgte ihnen; er sah, wie die Schöne ihrem heraufkommenden Geliebten begegnete.

Lothario lehnte sich auf seinen Begleiter, welchen Wilhelm sogleich für seinen alten Gönner Jarno erkannte, sprach dem trostlosen Frauenzimmer gar liebreich und freundlich zu, und indem er sich auch auf sie stützte, kam er die Treppe langsam herauf; er grüßte Wilhelmen und ward in sein Kabinett geführt.

Nicht lange darauf kam Jarno wieder heraus und trat zu Wilhelmen: Sie sind, wie es scheint, sagte er, prädestiniert, überall Schauspieler und Theater zu finden; wir sind eben in einem Drama begriffen, das nicht ganz lustig ist.

Ich freue mich, versetzte Wilhelm, Sie in diesem sonderbaren Augenblicke wiederzufinden; ich bin verwundert, erschrocken, und Ihre Gegenwart macht mich gleich ruhig und gefaßt. Sagen Sie mir, hat es Gefahr? Ist der Baron schwer verwundet? – Ich glaube nicht, versetzte Jarno.

Nach einiger Zeit trat der junge Wundarzt aus dem Zimmer. Nun, was sagen Sie? rief ihm Jarno entgegen. – Daß es sehr gefährlich steht, versetzte dieser und steckte einige Instrumente in seine lederne Tasche zusammen.

Wilhelm betrachtete das Band, das von der Tasche herunterhing, er glaubte es zu kennen. Lebhafte, widersprechende Farben, ein seltsames Muster, Gold und Silber in wunderlichen Figuren zeichneten dieses Band vor allen Bändern der Welt aus. Wilhelm war überzeugt, die Instrumententasche des alten Chirurgus vor sich zu sehen, der ihn in jenem Walde verbunden hatte, und die Hoffnung, nach so langer Zeit wieder eine Spur seiner Amazone zu finden, schlug wie eine Flamme durch sein ganzes Wesen.

Wo haben Sie die Tasche her? rief er aus. Wem gehörte sie vor Ihnen? ich bitte, sagen Sie mirs. – Ich habe sie in einer Auktion gekauft, versetzte jener; was kümmerts mich, wem sie angehörte? Mit diesen Worten entfernte er sich, und Jarno sagte: Wenn diesem jungen Menschen nur ein wahres Wort aus dem Munde ginge. – So hat er also diese Tasche nicht erstanden? versetzte Wilhelm. – So wenig, als es Gefahr mit Lothario hat, antwortete Jarno.

Wilhelm stand in ein vielfaches Nachdenken versenkt, als Jarno ihn fragte, wie es ihm zeither gegangen sei. Wilhelm erzählte seine Geschichte im allgemeinen, und als er zuletzt von Aureliens Tod und seiner Botschaft gesprochen hatte, rief jener aus: Es ist doch sonderbar, sehr sonderbar!

Der Abbé trat aus dem Zimmer, winkte Jarno zu, an seiner Statt hineinzugehen, und sagte zu Wilhelmen: Der Baron läßt Sie ersuchen, hierzubleiben, einige Tage die Gesellschaft zu vermehren und zu seiner Unterhaltung unter diesen Umständen beizutragen. Haben Sie nötig etwas an die Ihrigen zu bestellen, so soll Ihr Brief gleich besorgt werden; und damit Sie diese wunderbare Begebenheit verstehen, von der Sie Augenzeuge sind, muß ich Ihnen erzählen, was eigentlich kein Geheimnis ist. Der Baron hatte ein kleines Abenteuer mit einer Dame, das mehr Aufsehen machte, als billig war, weil sie den Triumph, ihn einer Nebenbuhlerin entrissen zu haben, allzu lebhaft genießen wollte. Leider fand er nach einiger Zeit bei ihr nicht die nämliche Unterhaltung, er vermied sie; allein bei ihrer heftigen Gemütsart war es ihr unmöglich, ihr Schicksal mit gesetztem Mute zu tragen. Bei einem Balle gab es einen öffentlichen Bruch, sie glaubte sich äußerst beleidigt und wünschte gerächt zu werden; kein Ritter fand sich, der sich ihrer angenommen hätte, bis endlich ihr Mann, von dem sie sich lange getrennt hatte, die Sache erfuhr und sich ihrer annahm, den Baron herausforderte und heute verwundete; doch ist der Obrist, wie ich höre, noch schlimmer dabei gefahren.

Von diesem Augenblicke an ward unser Freund im Hause, als gehöre er zur Familie, behandelt.

Drittes Kapitel

Man hatte einigemal dem Kranken vorgelesen, Wilhelm leistete diesen kleinen Dienst mit Freuden. Lydie kam nicht vom Bette hinweg, ihre Sorgfalt für den Verwundeten verschlang alle ihre übrige Aufmerksamkeit; aber heute schien auch Lothario zerstreut, ja er bat, daß man nicht weiterlesen möchte.

Ich fühle heute so lebhaft, sagte er, wie töricht der Mensch seine Zeit verstreichen läßt! Wie manches habe ich mir vorgenommen, wie manches durchdacht, und wie zaudert man nicht bei seinen besten Vorsätzen! Ich habe die Vorschläge über die Veränderungen gelesen, die ich auf meinen Gütern machen will, und ich kann sagen, ich freue mich vorzüglich dieserwegen, daß die Kugel keinen gefährlichen Weg genommen hat.

Lydie sah ihn zärtlich, ja mit Tränen in den Augen an, als wollte sie fragen, ob denn *sie,* ob seine Freunde nicht auch Anteil an der Lebensfreude fordern könnten. Jarno dagegen versetzte: Veränderungen, wie Sie vorhaben, werden billig erst von allen Seiten überlegt, bis man sich dazu entschließt.

Lange Überlegungen, versetzte Lothario, zeigen gewöhnlich, daß man den Punkt nicht im Auge hat, von dem die Rede ist, übereilte Handlungen, daß man ihn gar nicht kennt. Ich übersehe sehr deutlich, daß ich in vielen Stücken bei der Wirtschaft meiner Güter die Dienste meiner Landsleute nicht entbehren kann, und daß ich auf gewissen Rechten strack und streng halten muß; ich sehe aber auch, daß andere Befugnisse mir zwar vorteilhaft, aber nicht ganz unentbehrlich sind, so daß ich davon meinen Leuten auch was gönnen kann. Man verliert nicht immer, wenn man entbehrt. Nutze ich nicht meine Güter weit besser als mein Vater? Werde ich meine Einkünfte nicht noch höher treiben? und soll ich diesen wachsenden Vorteil allein genießen? soll ich dem, der mit mir und für mich arbeitet, nicht auch in dem Seinigen Vorteile gönnen, die uns erweiterte Kenntnisse, die uns eine vorrückende Zeit darbietet?

Der Mensch ist nun einmal so! rief Jarno, und ich tadle mich nicht, wenn ich mich auch in dieser Eigenheit ertappe; der

Mensch begehrt, alles an sich zu reißen, um nur nach Belieben damit schalten und walten zu können; das Geld, das er nicht selbst ausgibt, scheint ihm selten wohl angewendet.

O ja! versetzte Lothario, wir könnten manches vom Kapital entbehren, wenn wir mit den Interessen weniger willkürlich umgingen.

Das einzige, was ich zu erinnern habe, sagte Jarno, und warum ich nicht raten kann, daß Sie ebenjetzt diese Veränderungen machen, wodurch Sie wenigstens im Augenblicke verlieren, ist, daß Sie selbst noch Schulden haben, deren Abzahlung Sie einengt. Ich würde raten, Ihren Plan aufzuschieben, bis Sie völlig im reinen wären.

Und indessen einer Kugel oder einem Dachziegel zu überlassen, ob er die Resultate meines Lebens und meiner Tätigkeit auf immer vernichten wollte! O, mein Freund! fuhr Lothario fort: das ist ein Hauptfehler gebildeter Menschen, daß sie alles an eine Idee, wenig oder nichts an einen Gegenstand wenden mögen. Wozu habe ich Schulden gemacht? warum habe ich mich mit meinem Oheim entzweit, meine Geschwister so lange sich selbst überlassen, als um einer Idee willen? In Amerika glaubte ich zu wirken, über dem Meere glaubte ich nützlich und notwendig zu sein; war eine Handlung nicht mit tausend Gefahren umgeben, so schien sie mir nicht bedeutend, nicht würdig. Wie anders seh ich jetzt die Dinge, und wie ist mir das Nächste so wert, so teuer geworden.

Ich erinnere mich wohl des Briefes, versetzte Jarno, den ich noch über das Meer erhielt. Sie schrieben mir: Ich werde zurückkehren und in meinem Hause, in meinem Baumgarten, mitten unter den Meinigen sagen: *Hier oder nirgend ist Amerika!* –

Ja, mein Freund, und ich wiederhole noch immer dasselbe; und doch schelte ich mich zugleich, daß ich hier nicht so tätig wie dort bin. Zu einer gewissen gleichen, fortdauernden Gegenwart brauchen wir nur Verstand, und wir werden auch nur zu Verstand, so daß wir das Außerordentliche, was jeder gleichgültige Tag von uns fordert, nicht mehr sehen und, wenn wir es erkennen, doch tausend Entschuldigungen finden, es nicht zu tun. Ein verständiger Mensch ist viel für sich, aber fürs Ganze ist er wenig.

Wir wollen, sagte Jarno, dem Verstande nicht zu nahe treten, und bekennen, daß das Außerordentliche, was geschieht, meistens töricht ist. –

Ja, und zwar ebendeswegen, weil die Menschen das Außerordentliche außer der Ordnung tun. So gibt mein Schwager sein Vermögen, insofern er es veräußern kann, der Brüdergemeinde und glaubt, seiner Seele Heil dadurch zu befördern; hätte er einen geringen Teil seiner Einkünfte aufgeopfert, so hätte er viel glückliche Menschen machen und sich und ihnen einen Himmel auf Erden schaffen können. Selten sind unsere Aufopferungen tätig, wir tun gleich Verzicht auf das, was wir weggeben. Nicht entschlossen, sondern verzweifelt entsagen wir dem, was wir besitzen. Diese Tage, ich gesteh es, schwebt mir der Graf immer vor Augen, und ich bin fest entschlossen, das aus Überzeugung zu tun, wozu ihn ein ängstlicher Wahn treibt; ich will meine Genesung nicht abwarten. Hier sind die Papiere, sie dürfen nur ins reine gebracht werden. Nehmen Sie den Gerichtshalter dazu, unser Gast hilft Ihnen auch, Sie wissen so gut als ich, worauf es ankommt, und ich will hier genesend oder sterbend dabeibleiben und ausrufen: *Hier oder nirgend ist Herrnhut!*

Als Lydie ihren Freund von Sterben reden hörte, stürzte sie vor seinem Bette nieder, hing an seinen Armen und weinte bitterlich. Der Wundarzt kam herein, Jarno gab Wilhelmen die Papiere und nötigte Lydien, sich zu entfernen.

Ums Himmels willen! rief Wilhelm, als sie in dem Saal allein waren, was ist das mit dem Grafen? Welch ein Graf ist das, der sich unter die Brüdergemeinde begibt?

Den Sie sehr wohl kennen, versetzte Jarno. Sie sind das Gespenst, das ihn in die Arme der Frömmigkeit jagt, Sie sind der Bösewicht, der sein artiges Weib in einen Zustand versetzt, in dem sie erträglich findet, ihrem Manne zu folgen.

Und sie ist Lotharios Schwester? rief Wilhelm.

Nicht anders. –

Und Lothario weiß – ?

Alles.

O lassen Sie mich fliehen! rief Wilhelm aus: wie kann ich vor ihm stehen? was kann er sagen? –

Daß niemand einen Stein gegen den andern aufheben soll, und daß niemand lange Reden komponieren soll, um die Leute zu beschämen, er müßte sie denn vor dem Spiegel halten wollen. –

Auch das wissen Sie?

Wie manches andere, versetzte Jarno lächelnd; doch diesmal, fuhr er fort, werde ich Sie so leicht nicht wie das vorige Mal loslassen, und vor meinem Werbesold haben Sie sich auch nicht mehr zu fürchten. Ich bin kein Soldat mehr, und auch als Soldat hätte ich Ihnen diesen Argwohn nicht einflößen sollen. Seit der Zeit, daß ich Sie nicht gesehen habe, hat sich vieles geändert. Nach dem Tode meines Fürsten, meines einzigen Freundes und Wohltäters, habe ich mich aus der Welt und aus allen weltlichen Verhältnissen herausgerissen. Ich beförderte gern, was vernünftig war, verschwieg nicht, wenn ich etwas abgeschmackt fand, und man hatte immer von meinem unruhigen Kopf und von meinem bösen Maule zu reden. Das Menschenpack fürchtet sich vor nichts mehr als vor dem Verstande; vor der Dummheit sollten sie sich fürchten, wenn sie begriffen, was fürchterlich ist: aber jener ist unbequem, und man muß ihn beiseiteschaffen; diese ist nur verderblich, und das kann man abwarten. Doch es mag hingehen, ich habe zu leben, und von meinem Plane sollen Sie weiter hören. Sie sollen teil daran nehmen, wenn Sie mögen; aber sagen Sie mir, wie ist es Ihnen ergangen? Ich sehe, ich fühle Ihnen an, auch Sie haben sich verändert. Wie stehts mit Ihrer alten Grille, etwas Schönes und Gutes in Gesellschaft von Zigeunern hervorzubringen?

Ich bin gestraft genug! rief Wilhelm aus: erinnern Sie mich nicht, woher ich komme und wohin ich gehe. Man spricht viel vom Theater, aber wer nicht selbst darauf war, kann sich keine Vorstellung davon machen. Wie völlig diese Menschen mit sich selbst unbekannt sind, wie sie ihr Geschäft ohne Nachdenken treiben, wie ihre Anforderungen ohne Grenzen sind, davon hat man keinen Begriff. Nicht allein will jeder der Erste, sondern auch der einzige sein, jeder möchte gerne alle übrigen ausschließen und sieht nicht, daß er mit ihnen zusammen kaum etwas leistet; jeder dünkt sich wunder Original zu sein und ist unfähig, sich in etwas zu finden, was außer dem Schlendrian ist; dabei eine immerwährende Unruhe nach etwas Neuem. Mit welcher Heftigkeit wirken sie gegeneinander! und nur die kleinlichste Eigenliebe, der beschränkteste Eigennutz macht, daß sie sich miteinander verbinden. Vom wechselseitigen Betragen ist gar die Rede nicht; ein ewiges Mißtrauen wird durch heimliche Tücke und schändliche Reden unterhalten; wer nicht liederlich lebt, lebt albern. Jeder macht Anspruch auf die unbedingteste Achtung, jeder ist empfindlich gegen den mindesten Tadel. Das hat er selbst alles schon besser gewußt! Und warum hat er denn immer das Gegenteil getan? Immer bedürftig und immer ohne Zutrauen, scheint es, als wenn sie sich vor nichts so sehr fürchteten als vor Vernunft und gutem Geschmack, und nichts so sehr zu erhalten suchten als das Majestätsrecht ihrer persönlichen Willkür.

Wilhelm holte Atem, um seine Litanei noch weiter fortzusetzen, als ein unmäßiges Gelächter Jarnos ihn unterbrach. Die armen Schauspieler! rief er aus, warf sich in einen Sessel und lachte fort: die armen guten Schauspieler! Wissen Sie denn, mein Freund, fuhr er fort, nachdem er sich einigermaßen wieder erholt hatte, daß Sie nicht das Theater, sondern die Welt beschrieben haben, und daß ich Ihnen aus allen Ständen genug Figuren und Handlungen zu Ihren harten Pinselstrichen finden wollte? Verzeihen Sie mir, ich muß wieder lachen, daß Sie glaubten, diese schönen Qualitäten seien nur auf die Bretter gebannt.

Wilhelm faßte sich, denn wirklich hatte ihn das unbändige und unzeitige Gelächter Jarnos verdrossen. Sie können, sagte er, Ihren Menschenhaß nicht ganz verbergen, wenn Sie behaupten, daß diese Fehler allgemein seien.

Und es zeugt von Ihrer Unbekanntschaft mit der Welt, wenn Sie diese Erscheinungen dem Theater so hoch anrechnen. Wahrhaftig, ich verzeihe dem Schauspieler jeden Fehler, der aus dem Selbstbetrug und aus der Begierde zu gefallen entspringt; denn wenn er sich und andern nicht etwas scheint, so ist er nichts. Zum Schein ist er berufen, er muß den augenblicklichen Beifall hochschätzen, denn er erhält keinen andern Lohn; er muß zu glänzen suchen, denn deswegen steht er da.

Sie erlauben, versetzte Wilhelm, daß ich von meiner Seite wenigstens lächele. Nie hätte ich geglaubt, daß Sie so billig, so nachsichtig sein könnten.

Nein, bei Gott! dies ist mein völliger, wohlbedachter Ernst. Alle Fehler des Menschen verzeih ich dem Schauspieler, keine Fehler des Schauspielers verzeih ich dem Menschen. Lassen Sie mich meine Klaglieder hierüber nicht anstimmen, sie würden heftiger klingen als die Ihrigen.

Der Chirurgus kam aus dem Kabinett, und auf Befragen, wie sich der Kranke befinde, sagte er mit lebhafter Freundlichkeit: Recht sehr wohl, ich hoffe, ihn bald völlig wiederhergestellt zu sehen. Sogleich eilte er zum Saal hinaus und erwartete Wilhelms Frage nicht, der schon den Mund öffnete, sich nochmals und dringender nach der Brieftasche zu erkundigen. Das Verlangen, von seiner Amazone etwas zu erfahren, gab ihm Vertrauen zu Jarno; er entdeckte ihm seinen Fall und bat ihn um seine Beihülfe. Sie wissen so viel, sagte er, sollten Sie nicht auch das erfahren können?

Jarno war einen Augenblick nachdenkend, dann sagte er zu seinem jungen Freunde: Sein Sie ruhig und lassen Sie sich weiter nichts merken, wir wollen der Schönen schon auf die Spur kommen. Jetzt beunruhigt mich nur Lotharios Zustand: die Sache steht gefährlich, das sagt mir die Freundlichkeit und der gute Trost des Wundarztes. Ich hätte Lydien schon gerne weggeschafft, denn sie nutzt hier gar nichts, aber ich weiß nicht, wie ich es anfangen soll. Heute abend, hoff ich, soll unser alter Medikus kommen, und dann wollen wir weiter ratschlagen.

Der Medikus kam; es war der gute, alte, kleine Arzt, den wir schon kennen, und dem wir die Mitteilung des interessanten Manuskripts verdanken. Er besuchte vor allen Dingen den Verwundeten und schien mit dessen Befinden keinesweges zufrieden. Dann hatte er mit Jarno eine lange Unterredung, doch ließen sie nichts merken, als sie abends zu Tische kamen.

Wilhelm begrüßte ihn aufs freundlichste und erkundigte sich nach seinem Harfenspieler. – Wir haben noch Hoffnung, den Unglücklichen zurechtezubringen, versetzte der Arzt. – Dieser Mensch war eine traurige Zugabe zu Ihrem eingeschränkten und wunderlichen Leben, sagte Jarno. Wie ist es ihm weiter ergangen? lassen Sie mich es wissen.

Nachdem man Jarnos Neugierde befriediget hatte, fuhr der Arzt fort: Nie habe ich ein Gemüt in einer so sonderbaren Lage gesehen. Seit vielen Jahren hat er an nichts, was außer ihm war, den mindesten Anteil genommen, ja fast auf nichts gemerkt; bloß in sich gekehrt, betrachtete er sein hohles leeres Ich, das ihm als ein unermeßlicher Abgrund erschien. Wie rührend war es, wenn er von diesem traurigen Zustande sprach! Ich sehe nichts vor mir, nichts hinter mir, rief er aus, als eine unendliche Nacht, in der ich mich in der schrecklichsten Einsamkeit befinde; kein Gefühl bleibt mir als das Gefühl meiner Schuld, die doch auch nur wie ein entferntes unförmliches Gespenst sich rückwärts sehen läßt. Doch da ist keine Höhe, keine Tiefe, kein Vor noch Zurück, kein Wort drückt diesen immer gleichen Zustand aus. Manchmal ruf ich in der Not dieser Gleichgültigkeit: ewig! ewig! mit Heftigkeit aus, und dieses seltsame unbegreifliche Wort ist hell und klar gegen die Finsternis meines Zustandes. Kein Strahl einer Gottheit erscheint mir in dieser Nacht, ich weine meine Tränen alle mir selbst und um mich selbst. Nichts ist mir grausamer als Freundschaft und Liebe; denn sie allein locken mir den Wunsch ab, daß die Erscheinungen, die mich umgeben, wirklich sein möchten. Aber auch diese beiden Gespenster sind nur aus dem Abgrunde gestiegen, um mich zu ängstigen und um mir zuletzt auch das teure Bewußtsein dieses ungeheuren Daseins zu rauben.

Sie sollten ihn hören, fuhr der Arzt fort, wenn er in vertraulichen Stunden auf diese Weise sein Herz erleichtert; mit der größten Rührung habe ich ihm einigemal zugehört. Wenn sich ihm etwas aufdringt, das ihn nötigt, einen Augenblick zu gestehen, eine Zeit sei vergangen, so scheint er wie erstaunt, und dann verwirft er wieder die Veränderung an den Dingen als eine Erscheinung der Erscheinungen. Eines Abends sang er ein Lied über seine grauen Haare; wir saßen alle um ihn her und weinten.

O, schaffen Sie es mir! rief Wilhelm aus.

Haben Sie denn aber, fragte Jarno, nichts entdeckt von dem, was er sein Verbrechen nennt, nicht die Ursache seiner sonderbaren Tracht, sein Betragen beim Brande, seine Wut gegen das Kind?

Nur durch Mutmaßungen können wir seinem Schicksale näherkommen; ihn unmittelbar zu fragen, würde gegen unsere Grundsätze sein. Da wir wohl merken, daß er katholisch erzogen ist, haben wir geglaubt, ihm durch eine Beichte Linderung zu verschaffen; aber er entfernt sich auf eine sonderbare Weise jedesmal, wenn wir ihm den Geistlichen näher zu bringen suchen. Daß ich aber Ihren Wunsch, etwas von ihm zu wissen, nicht ganz unbefriedigt lasse, will ich Ihnen wenigstens unsere Vermutungen entdecken. Er hat seine Jugend in dem geistlichen Stande zugebracht; daher scheint er sein langes Gewand und seinen Bart erhalten zu wollen. Die Freuden der Liebe blieben ihm die größte Zeit seines Lebens unbekannt. Erst spät mag eine Verirrung mit einem sehr nahe verwandten Frauenzimmer, es mag ihr Tod, der einem unglücklichen Geschöpfe das Dasein gab, sein Gehirn völlig zerrüttet haben.

Sein größter Wahn ist, daß er überall Unglück bringe, und daß ihm der Tod durch einen unschuldigen Knaben bevorstehe. Erst fürchtete er sich vor Mignon, eh er wußte, daß es ein Mädchen war; nun ängstigte ihn Felix, und da er das Leben bei alle seinem Elend unendlich liebt, scheint seine Abneigung gegen das Kind daher entstanden zu sein.

Was haben Sie denn zu seiner Besserung für Hoffnung? fragte Wilhelm.

Es geht langsam vorwärts, versetzte der Arzt, aber doch nicht zurück. Seine bestimmten Beschäftigungen treibt er fort, und wir haben ihn gewöhnt, die Zeitungen zu lesen, die er jetzt immer mit großer Begierde erwartet.

Ich bin auf seine Lieder neugierig, sagte Jarno.

Davon werde ich Ihnen verschiedene geben können, sagte der Arzt. Der älteste Sohn des Geistlichen, der seinem Vater die Predigten nachzuschreiben gewohnt ist, hat manche Strophen, ohne von dem Alten bemerkt zu werden, aufgezeichnet und mehrere Lieder nach und nach zusammengesetzt.

Den andern Morgen kam Jarno zu Wilhelmen und sagte ihm: Sie müssen uns einen Gefallen tun; Lydie muß einige Zeit entfernt werden; ihre heftige und, ich darf wohl sagen, unbequeme Liebe und Leidenschaft hindert des Barons Genesung. Seine Wunde verlangt Ruhe und Gelassenheit, ob sie gleich bei seiner guten Natur nicht gefährlich ist. Sie haben gesehen, wie ihn Lydie mit stürmischer Sorgfalt, unbezwinglicher Angst und nie versiegenden Tränen quält, und – genug, setzte er nach einer Pause mit einem Lächeln hinzu, der Medikus verlangt ausdrücklich, daß sie das Haus auf einige Zeit verlassen solle. Wir haben ihr eingebildet, eine sehr gute Freundin halte sich in der Nähe auf, verlange sie zu sehen und erwarte sie jeden Augenblick. Sie hat sich bereden lassen, zu dem Gerichtshalter zu fahren, der nur zwei Stunden von hier wohnt. Dieser ist unterrichtet und wird herzlich bedauern, daß Fräulein Therese soeben weggefahren sei; er wird wahrscheinlich machen, daß man sie noch einholen könne, Lydie wird ihr nacheilen, und wenn das Glück gut ist, wird sie von einem Orte zum andern geführt werden. Zuletzt, wenn sie drauf besteht, wieder umzukehren, darf man ihr nicht widersprechen; man muß die Nacht zu Hülfe nehmen, der Kutscher ist ein gescheiter Kerl, mit dem man noch Abrede nehmen muß. Sie setzen sich zu ihr in den Wagen, unterhalten sie und dirigieren das Abenteuer.

Sie geben mir einen sonderbaren und bedenklichen Auftrag,

versetzte Wilhelm: wie ängstlich ist die Gegenwart einer gekränkten treuen Liebe! und ich soll selbst dazu das Werkzeug sein? Es ist das erste Mal in meinem Leben, daß ich jemanden auf diese Weise hintergehe: denn ich habe immer geglaubt, daß es uns zu weit führen könne, wenn wir einmal um des Guten und Nützlichen willen zu betrügen anfangen.

Können wir doch Kinder nicht anders erziehen als auf diese Weise, versetzte Jarno.

Bei Kindern möchte es noch hingehen, sagte Wilhelm, indem wir sie so zärtlich lieben und offenbar übersehen; aber bei unsersgleichen, für die uns nicht immer das Herz so laut um Schonung anruft, möchte es oft gefährlich werden. Doch glauben Sie nicht, fuhr er nach einem kurzen Nachdenken fort, daß ich deswegen diesen Auftrag ablehne. Bei der Ehrfurcht, die mir Ihr Verstand einflößt, bei der Neigung, die ich für Ihren trefflichen Freund fühle, bei dem lebhaften Wunsch, seine Genesung, durch welche Mittel sie auch möglich sei, zu befördern, mag ich mich gerne selbst vergessen. Es ist nicht genug, daß man sein Leben für einen Freund wagen könne, man muß auch im Notfall seine Überzeugung für ihn verleugnen. Unsere liebste Leidenschaft, unsere besten Wünsche sind wir für ihn aufzuopfern schuldig. Ich übernehme den Auftrag, ob ich gleich schon die Qual voraussehe, die ich von Lydiens Tränen, von ihrer Verzweiflung werde zu erdulden haben.

Dagegen erwartet Sie auch keine geringe Belohnung, versetzte Jarno, indem Sie Fräulein Theresen kennen lernen, ein Frauenzimmer, wie es ihrer wenige gibt; sie beschämt hundert Männer, und ich möchte sie eine wahre Amazone nennen, wenn andere nur als artige Hermaphroditen in dieser zweideutigen Kleidung herumgehen.

Wilhelm war betroffen: er hoffte, in Theresen seine Amazone wiederzufinden, um so mehr, als Jarno, von dem er einige Auskunft verlangte, kurz abbrach und sich entfernte.

Die neue nahe Hoffnung, jene verehrte und geliebte Gestalt wiederzusehen, brachte in ihm die sonderbarsten Bewegungen hervor. Er hielt nunmehr den Auftrag, der ihm gegeben worden war, für ein Werk einer ausdrücklichen Schickung, und der Gedanke, daß er ein armes Mädchen von dem Gegenstande ihrer aufrichtigsten und heftigsten Liebe hinterlistig zu entfernen im Begriff war, erschien ihm nur im Vorübergehen, wie der Schatten eines Vogels über die erleuchtete Erde wegfliegt.

Der Wagen stand vor der Türe, Lydie zauderte einen Augenblick, hineinzusteigen. Grüßt Euren Herrn nochmals, sagte sie zu dem alten Bedienten; vor Abend bin ich wieder zurück. Tränen standen ihr im Auge, als sie im Fortfahren sich nochmals umwendete. Sie kehrte sich darauf zu Wilhelmen, nahm sich zusammen und sagte: Sie werden an Fräulein Theresen eine sehr interessante Person finden. Mich wundert, wie sie in diese Gegend kommt: denn Sie werden wohl wissen, daß sie und der Baron sich heftig liebten. Ungeachtet der Entfernung war Lothario oft bei ihr; ich war damals um sie; es schien, als ob sie nur füreinander leben würden. Auf einmal aber zerschlug sichs, ohne daß ein Mensch begreifen konnte, warum. Er hatte mich kennen lernen, und ich leugne nicht, daß ich Theresen herzlich beneidete, daß ich meine Neigung zu ihm kaum verbarg, und daß ich ihn nicht zurückstieß, als er auf einmal mich statt Theresen zu wählen schien. Sie betrug sich gegen mich, wie ich es nicht besser wünschen konnte, ob es gleich beinahe scheinen mußte, als hätte ich ihr einen so werten Liebhaber geraubt. Aber auch wie viel tausend Tränen und Schmerzen hat mich diese Liebe schon gekostet! Erst sahen wir uns nur zuweilen am dritten Orte verstohlen, aber lange konnte ich das Leben nicht ertragen; nur in seiner Gegenwart war ich glücklich, ganz glücklich! Fern von ihm hatte ich kein trockenes Auge, keinen ruhigen Pulsschlag. Einst verzog er mehrere Tage; ich war in Verzweiflung, machte mich auf den Weg und überraschte ihn hier. Er nahm mich liebevoll auf, und wäre nicht dieser unglückselige Handel dazwischengekommen, so hätte ich ein himmlisches Leben geführt; und was ich ausgestanden habe, seitdem er in Gefahr ist, seitdem er leidet, sag ich nicht, und noch in diesem Augenblicke mache ich mir lebhafte Vorwürfe, daß ich mich nur einen Tag von ihm habe entfernen können.

Wilhelm wollte sich eben näher nach Theresen erkundigen, als sie bei dem Gerichtshalter vorfuhren, der an den Wagen kam und von Herzen bedauerte, daß Fräulein Therese schon abgefahren sei. Er bot den Reisenden ein Frühstück an, sagte aber zugleich, der Wagen würde noch im nächsten Dorfe einzuholen sein. Man entschloß sich nachzufahren, und der Kutscher säumte nicht; man hatte schon einige Dörfer zurückgelegt und niemand angetroffen. Lydie bestand nun darauf, man solle umkehren; der Kutscher fuhr zu, als verstünde er es nicht. Endlich verlangte sie es mit größter Heftigkeit; Wilhelm rief ihm zu und gab das verabredete Zeichen. Der Kutscher erwiderte: Wir haben nicht nötig, denselben Weg zurückzufahren; ich weiß einen nähern, der zugleich viel bequemer ist. Er fuhr nun seitwärts durch einen Wald und über lange Triften weg. Endlich, da kein bekannter Gegenstand zum Vorschein kam, gestand der Kutscher, er sei unglücklicherweise irregefahren, wolle sich aber bald wieder zurechtefinden, indem er dort ein Dorf sehe. Die Nacht kam herbei, und der Kutscher machte seine Sache so geschickt, daß er überall fragte und nirgends die Antwort abwartete. So fuhr man die ganze Nacht, Lydie schloß kein Auge; bei Mondschein fand sie überall Ähnlichkeiten, und immer verschwanden sie wieder. Morgens schienen ihr die Gegenstände bekannt, aber desto unerwarteter. Der Wagen hielt vor einem kleinen, artig gebauten Landhause stille; ein Frauenzimmer trat aus der Türe und öffnete den Schlag. Lydie sah sie starr an, sah sich um, sah sie wieder an und lag ohnmächtig in Wilhelms Armen.

Fünftes Kapitel

Wilhelm ward in ein Mansardenzimmerchen geführt; das Haus war neu und so klein, als es beinah nur möglich war, äußerst reinlich und ordentlich. In Theresen, die ihn und Lydien an der Kutsche empfangen hatte, fand er seine Amazone nicht: es war ein anderes, ein himmelweit von ihr unterschiedenes Wesen. Wohlgebaut, ohne groß zu sein, bewegte sie sich mit viel Lebhaftigkeit, und ihren hellen, blauen, offnen Augen schien nichts verborgen zu bleiben, was vorging.

Sie trat in Wilhelms Stube und fragte, ob er etwas bedürfe. Verzeihen Sie, sagte sie, daß ich Sie in ein Zimmer logiere, das der Ölgeruch noch unangenehm macht; mein kleines Haus ist eben fertig geworden, und Sie weihen dieses Stübchen ein, das meinen Gästen bestimmt ist. Wären Sie nur bei einem angenehmeren Anlaß hier! Die arme Lydie wird uns keine guten Tage machen, und überhaupt müssen Sie vorlieb nehmen: meine Köchin ist mir eben zur ganz unrechten Zeit aus dem Dienste gelaufen, und ein Knecht hat sich die Hand zerquetscht. Es täte not, ich verrichtete alles selbst, und am Ende, wenn man sich darauf einrichtete, müßte es auch gehen. Man ist mit niemand mehr geplagt als mit den Dienstboten; es will niemand dienen, nicht einmal sich selbst.

Sie sagte noch manches über verschiedene Gegenstände, überhaupt schien sie gern zu sprechen. Wilhelm fragte nach Lydien, ob er das gute Mädchen nicht sehen und sich bei ihr entschuldigen könnte.

Das wird jetzt nicht bei ihr wirken, versetzte Therese; die Zeit entschuldigt, wie sie tröstet, Worte sind in beiden Fällen von wenig Kraft. Lydie will Sie nicht sehen. – Lassen Sie mir ihn ja nicht vor die Augen kommen, rief sie, als ich sie verließ; ich möchte an der Menschheit verzweifeln! so ein ehrlich Gesicht, so ein offnes Betragen und diese heimliche Tücke! Lothario ist ganz bei ihr entschuldigt; auch sagt er in einem Briefe an das gute Mädchen: ›Meine Freunde beredeten mich, meine Freunde nötigten mich!‹ Zu diesen rechnet Lydie Sie auch und verdammt Sie mit den übrigen.

Sie erzeigt mir zuviel Ehre, indem sie mich schilt, versetzte Wilhelm: ich darf an die Freundschaft dieses trefflichen Mannes noch keinen Anspruch machen und bin diesmal nur ein unschuldiges Werkzeug. Ich will meine Handlung nicht loben; genug, ich konnte sie tun! Es war von der Gesundheit, es war von dem Leben eines Mannes die Rede, den ich höher schätzen muß als irgend jemand, den ich vorher kannte. O welch ein Mann ist das, Fräulein! und welche Menschen umgeben ihn! In dieser Gesellschaft hab ich, so darf ich wohl sagen, zum ersten Mal ein

Gespräch geführt; zum ersten Mal kam mir der eigenste Sinn meiner Worte aus dem Munde eines andern reichhaltiger, voller und in einem größern Umfang wieder entgegen; was ich ahnete, ward mir klar, und was ich meinte, lernte ich anschauen. Leider ward dieser Genuß erst durch allerlei Sorgen und Grillen, dann durch den unangenehmen Auftrag unterbrochen. Ich übernahm ihn mit Ergebung: denn ich hielt für Schuldigkeit, selbst mit Aufopferung meines Gefühls diesem trefflichen Kreise von Menschen meinen Einstand abzutragen.

Therese hatte unter diesen Worten ihren Gast sehr freundlich angesehen. O, wie süß ist es, rief sie aus, seine eigne Überzeugung aus einem fremden Munde zu hören! Wie werden wir erst recht wir selbst, wenn uns ein anderer vollkommen recht gibt. Auch ich denke über Lothario vollkommen wie Sie; nicht jedermann läßt ihm Gerechtigkeit widerfahren; dafür schwärmen aber auch alle *die* für ihn, die ihn näher kennen, und das schmerzliche Gefühl, das sich in meinem Herzen zu seinem Andenken mischt, kann mich nicht abhalten, täglich an ihn zu denken. Ein Seufzer erweiterte ihre Brust, indem sie dieses sagte, und in ihrem rechten Auge blinkte eine schöne Träne. Glauben Sie nicht, fuhr sie fort, daß ich so weich, so leicht zu rühren bin! Es ist nur das Auge, das weint. Ich hatte eine kleine Warze am untern Augenlid; man hat mir sie glücklich abgebunden, aber das Auge ist seit der Zeit immer schwach geblieben, der geringste Anlaß drängt mir eine Träne hervor. Hier saß das Wärzchen, Sie sehen keine Spur mehr davon.

Er sah keine Spur, aber er sah ihr ins Auge: es war klar wie Kristall, er glaubte bis auf den Grund ihrer Seele zu sehen.

Wir haben, sagte sie, nun das Losungswort unserer Verbindung ausgesprochen; lassen Sie uns so bald als möglich miteinander völlig bekannt werden. Die Geschichte des Menschen ist sein Charakter. Ich will Ihnen erzählen, wie es mir ergangen ist; schenken Sie mir ein gleiches Vertrauen und lassen Sie uns auch in der Ferne verbunden bleiben. Die Welt ist so leer, wenn man nur Berge, Flüsse und Städte darin denkt, aber hie und da jemand zu wissen, der mit uns übereinstimmt, mit dem wir auch stillschweigend fortleben, das macht uns dieses Erdenrund erst zu einem bewohnten Garten.

Sie eilte fort und versprach, ihn bald zum Spaziergange abzuholen. Ihre Gegenwart hatte sehr angenehm auf ihn gewirkt; er wünschte ihr Verhältnis zu Lothario zu erfahren. Er ward gerufen, sie kam ihm aus ihrem Zimmer entgegen.

Als sie die enge und beinah steile Treppe einzeln hinuntergehen mußten, sagte sie: Das könnte alles weiter und breiter sein, wenn ich auf das Anerbieten Ihres großmütigen Freundes hätte hören wollen; doch um seiner wert zu bleiben, muß ich das an mir erhalten, was mich ihm so wert machte. Wo ist der Verwalter? fragte sie, indem sie die Treppe völlig herunterkam. Sie müssen nicht denken, fuhr sie fort, daß ich so reich bin, um einen Verwalter zu brauchen; die wenigen Äcker meines Freigütchens kann ich wohl selbst bestellen. Der Verwalter gehört meinem neuen Nachbar, der das schöne Gut gekauft hat, das ich in- und auswendig kenne; der gute alte Mann liegt krank am Podagra, seine Leute sind in dieser Gegend neu, und ich helfe ihnen gerne sich einrichten.

Sie machten einen Spaziergang durch Äcker, Wiesen und einige Baumgärten. Therese bedeutete den Verwalter in allem, sie konnte ihm von jeder Kleinigkeit Rechenschaft geben, und Wilhelm hatte Ursache genug, sich über ihre Kenntnis, ihre Bestimmtheit und über die Gewandtheit, wie sie in jedem Falle Mittel anzugeben wußte, zu verwundern. Sie hielt sich nirgends auf, eilte immer zu den bedeutenden Punkten, und so war die Sache bald abgetan. Grüßt Euren Herrn, sagte sie, als sie den Mann verabschiedete; ich werde ihn so bald als möglich besuchen und wünsche vollkommene Besserung. Da könnte ich nun auch, sagte sie mit Lächeln, als er weg war, bald reich und vielhabend werden; denn mein guter Nachbar wäre nicht abgeneigt, mir seine Hand zu geben.

Der Alte mit dem Podagra? rief Wilhelm; ich wüßte nicht, wie Sie in Ihren Jahren zu so einem verzweifelten Entschluß kommen könnten. – Ich bin auch gar nicht versucht! versetzte Therese. Wohlhabend ist jeder, der dem, was er besitzt, vorzustehen weiß; vielhabend zu sein ist eine lästige Sache, wenn man es nicht versteht.

Wilhelm zeigte seine Verwunderung über ihre Wirtschaftskenntnisse. – Entschiedene Neigung, frühe Gelegenheit, äußerer Antrieb und eine fortgesetzte Beschäftigung in einer nützlichen Sache machen in der Welt noch viel mehr möglich, versetzte Therese, und wenn Sie erst erfahren werden, was mich dazu belebt hat, so werden Sie sich über das sonderbar scheinende Talent nicht mehr wundern.

Sie ließ ihn, als sie zu Hause anlangten, in ihrem kleinen Garten, in welchem er sich kaum herumdrehen konnte; so eng waren die Wege, und so reichlich war alles bepflanzt. Er mußte lächeln, als er über den Hof zurückkehrte; denn da lag das Brennholz so akkurat gesägt, gespalten und geschränkt, als wenn es ein Teil des Gebäudes wäre und immer so liegen bleiben sollte. Rein standen alle Gefäße an ihren Plätzen, das Häuschen war weiß und rot angestrichen und lustig anzusehen. Was das Handwerk hervorbringen kann, das keine schönen Verhältnisse kennt, aber für Bedürfnis, Dauer und Heiterkeit arbeitet, schien auf dem Platze vereinigt zu sein. Man brachte ihm das Essen auf sein Zimmer, und er hatte Zeit genug, Betrachtungen anzustellen. Besonders fiel ihm auf, daß er nun wieder eine so interessante Person kennen lernte, die mit Lothario in einem nahen Verhältnisse gestanden hatte. Billig ist es, sagte er zu sich selbst, daß so ein trefflicher Mann auch treffliche Weiberseelen an sich ziehe! Wie weit verbreitet sich die Wirkung der Männlichkeit und Würde! Wenn nur andere nicht so sehr dabei zu kurz kämen! Ja, gestehe dir nur deine Furcht. Wenn du dereinst deine Amazone wieder antriffst, diese Gestalt aller Gestalten, du findest sie, trotz aller deiner Hoffnungen und Träume, zu deiner Beschämung und Demütigung doch noch am Ende – als seine Braut.

Sechstes Kapitel

Wilhelm hatte einen unruhigen Nachmittag nicht ganz ohne Langeweile zugebracht, als sich gegen Abend seine Türe öffnete und ein junger, artiger Jägerbursche mit einem Gruße hereintrat. Wollen wir nun spazieren gehen? sagte der junge Mensch, und in dem Augenblicke erkannte Wilhelm Theresen an ihren schönen Augen.

Verzeihn Sie mir diese Maskerade, fing sie an, denn leider ist es jetzt nur Maskerade. Doch da ich Ihnen einmal von der Zeit erzählen soll, in der ich mich so gerne in dieser Weste sah, will ich mir auch jene Tage auf alle Weise vergegenwärtigen. Kommen Sie! selbst der Platz, an dem wir so oft von unsern Jagden und Spaziergängen ausruhten, soll dazu beitragen.

Sie gingen, und auf dem Wege sagte Therese zu ihrem Begleiter: Es ist nicht billig, daß Sie mich allein reden lassen; schon wissen Sie genug von mir, und ich weiß noch nicht das mindeste von Ihnen; erzählen Sie mir indessen etwas von sich, damit ich Mut bekomme, Ihnen auch meine Geschichte und meine Verhältnisse vorzulegen. – Leider hab ich, versetzte Wilhelm, nichts zu erzählen als Irrtümer auf Irrtümer, Verirrungen auf Verirrungen, und ich wüßte nicht, wem ich die Verworrenheiten, in denen ich mich befand und befinde, lieber verbergen möchte als Ihnen. Ihr Blick und alles, was Sie umgibt, Ihr ganzes Wesen und Ihr Betragen zeigt mir, daß Sie sich Ihres vergangenen Lebens freuen können, daß Sie auf einem schönen, reinen Wege in einer sichern Folge gegangen sind, daß Sie keine Zeit verloren, daß Sie sich nichts vorzuwerfen haben.

Therese lächelte und versetzte: Wir müssen abwarten, ob Sie auch noch so denken, wenn Sie meine Geschichte hören. Sie gingen weiter, und unter einigen allgemeinen Gesprächen fragte ihn Therese: Sind Sie frei? – Ich glaube es zu sein, versetzte er, aber ich wünsche es nicht. – Gut! sagte sie, das deutet auf einen komplizierten Roman und zeigt mir, daß Sie auch etwas zu erzählen haben.

Unter diesen Worten stiegen sie den Hügel hinan und lagerten sich bei einer großen Eiche, die ihren Schatten weit umher verbreitete. Hier, sagte Therese, unter diesem deutschen Baume will ich Ihnen die Geschichte eines deutschen Mädchens erzählen; hören Sie mich geduldig an.

Mein Vater war ein wohlhabender Edelmann dieser Provinz,

ein heiterer, klarer, tätiger, wackrer Mann, ein zärtlicher Vater, ein redlicher Freund, ein trefflicher Wirt, an dem ich nur den einzigen Fehler kannte, daß er gegen eine Frau zu nachsichtig war, die ihn nicht zu schätzen wußte. Leider muß ich das von meiner eigenen Mutter sagen! Ihr Wesen war dem seinigen ganz entgegengesetzt. Sie war rasch, unbeständig, ohne Neigung weder für ihr Haus noch für mich, ihr einziges Kind; verschwenderisch, aber schön, geistreich, voller Talente, das Entzücken eines Zirkels, den sie um sich zu versammeln wußte. Freilich war ihre Gesellschaft niemals groß, oder blieb es nicht lange. Dieser Zirkel bestand meist aus Männern, denn keine Frau befand sich wohl neben ihr, und noch weniger konnte *sie* das Verdienst irgend eines Weibes dulden. Ich glich meinem Vater an Gestalt und Gesinnungen. Wie eine junge Ente gleich das Wasser sucht, so waren von der ersten Jugend an die Küche, die Vorratskammer, die Scheunen und Böden mein Element. Die Ordnung und Reinlichkeit des Hauses schien, selbst da ich noch spielte, mein einziger Instinkt, mein einziges Augenmerk zu sein. Mein Vater freute sich darüber und gab meinem kindischen Bestreben stufenweise die zweckmäßigsten Beschäftigungen; meine Mutter dagegen liebte mich nicht und verhehlte es keinen Augenblick.

Ich wuchs heran, mit den Jahren vermehrte sich meine Tätigkeit und die Liebe meines Vaters zu mir. Wenn wir allein waren, auf die Felder gingen, wenn ich ihm die Rechnungen durchsehen half, dann konnte ich ihm recht anfühlen, wie glücklich er war. Wenn ich ihm in die Augen sah, so war es, als wenn ich in mich selbst hineinsähe; denn eben die Augen waren es, die mich ihm vollkommen ähnlich machten. Aber nicht ebenden Mut, nicht ebenden Ausdruck behielt er in der Gegenwart meiner Mutter; er entschuldigte mich gelind, wenn sie mich heftig und ungerecht tadelte, er nahm sich meiner an, nicht als wenn er mich beschützen, sondern als wenn er meine guten Eigenschaften nur entschuldigen könnte. So setzte er auch keiner von ihren Neigungen Hindernisse entgegen; sie fing an, mit größter Leidenschaft sich auf das Schauspiel zu werfen, ein Theater ward erbauet; an Männern fehlte es nicht von allen Altern und Gestalten, die sich mit ihr auf der Bühne darstellten, an Frauen hingegen mangelte es oft. Lydie, ein artiges Mädchen, das mit mir erzogen worden war und das gleich in ihrer ersten Jugend reizend zu werden versprach, mußte die zweiten Rollen übernehmen und eine alte Kammerfrau die Mütter und Tanten vorstellen, indes meine Mutter sich die ersten Liebhaberinnen, Heldinnen und Schäferinnen aller Art vorbehielt. Ich kann Ihnen gar nicht sagen, wie lächerlich mir es vorkam, wenn die Menschen, die ich alle recht gut kannte, sich verkleidet hatten, da droben standen und für etwas anders, als sie waren, gehalten sein wollten. Ich sah immer nur meine Mutter und Lydien, diesen Baron und jenen Sekretär, sie mochten nun als Fürsten und Grafen oder als Bauern erscheinen, und ich konnte nicht begreifen, wie sie mir zumuten wollten, zu glauben, daß es ihnen wohl oder wehe sei, daß sie verliebt oder gleichgültig, geizig oder freigebig seien, da ich doch meist von dem Gegenteile genau unterrichtet war. Deswegen blieb ich auch sehr selten unter den Zuschauern; ich putzte ihnen immer die Lichter, damit ich nur etwas zu tun hatte, besorgte das Abendessen und hatte des andern Morgens, wenn sie noch lange schliefen, schon ihre Garderobe in Ordnung gebracht, die sie des Abends gewöhnlich übereinandergeworfen zurückließen.

Meiner Mutter schien diese Tätigkeit ganz recht zu sein, aber ihre Neigung konnte ich nicht erwerben; sie verachtete mich, und ich weiß noch recht gut, daß sie mehr als einmal mit Bitterkeit wiederholte: Wenn die Mutter so ungewiß sein könnte als der Vater, so würde man wohl schwerlich diese Magd für meine Tochter halten. Ich leugne nicht, daß ihr Betragen mich nach und nach ganz von ihr entfernte; ich betrachtete ihre Handlungen wie die Handlungen einer fremden Person, und da ich gewohnt war, wie ein Falke das Gesinde zu beobachten – denn, im Vorbeigehen gesagt, darauf beruht eigentlich der Grund aller Haushaltung – so fielen mir natürlich auch die Verhältnisse meiner Mutter und ihrer Gesellschaft auf. Es ließ sich wohl bemerken, daß sie nicht alle Männer mit ebendenselben Augen ansah, ich gab schärfer acht und bemerkte bald, daß

Lydie Vertraute war und bei dieser Gelegenheit selbst mit einer Leidenschaft bekannter wurde, die sie von ihrer ersten Jugend an so oft vorgestellt hatte. Ich wußte alle ihre Zusammenkünfte, aber ich schwieg und sagte meinem Vater nichts, den ich zu betrüben fürchtete; endlich aber ward ich dazu genötigt. Manches konnten sie nicht unternehmen, ohne das Gesinde zu bestechen. Dieses fing an, mir zu trotzen, die Anordnungen meines Vaters zu vernachlässigen und meine Befehle nicht zu vollziehen; die Unordnungen, die daraus entstanden, waren mir unerträglich, ich entdeckte, ich klagte alles meinem Vater.

Er hörte mich gelassen an. Gutes Kind! sagte er zuletzt mit Lächeln, ich weiß alles; sei ruhig, ertrag es mit Geduld, denn es ist nur um deinetwillen, daß ich es leide.

Ich war nicht ruhig, ich hatte keine Geduld. Ich schalt meinen Vater im Stillen; denn ich glaubte nicht, daß er um irgendeiner Ursache willen so etwas zu dulden brauche; ich bestand auf der Ordnung, und ich war entschlossen, die Sache aufs Äußerste kommen zu lassen.

Meine Mutter war reich von sich, verzehrte aber doch mehr, als sie sollte, und dies gab, wie ich wohl merkte, manche Erklärung zwischen meinen Eltern. Lange war der Sache nicht geholfen, bis die Leidenschaften meiner Mutter selbst eine Art von Entwickelung hervorbrachten.

Der erste Liebhaber ward auf eine eklatante Weise ungetreu; das Haus, die Gegend, ihre Verhältnisse waren ihr zuwider. Sie wollte auf ein anderes Gut ziehen, da war es ihr zu einsam; sie wollte nach der Stadt, da galt sie nicht genug. Ich weiß nicht, was alles zwischen ihr und meinem Vater vorging – genug, er entschloß sich endlich unter Bedingungen, die ich nicht erfuhr, in eine Reise, die sie nach dem südlichen Frankreich tun wollte, einzuwilligen.

Wir waren nun frei und lebten wie im Himmel; ja ich glaube, daß mein Vater nichts verloren hat, wenn er ihre Gegenwart auch schon mit einer ansehnlichen Summe abkaufte. Alles unnütze Gesinde ward abgeschafft, und das Glück schien unsere Ordnung zu begünstigen; wir hatten einige sehr gute Jahre, alles gelang nach Wunsch. Aber leider dauerte dieser frohe Zustand nicht lange: ganz unvermutet ward mein Vater von einem Schlagflusse befallen, der ihm die rechte Seite lähmte und den reinen Gebrauch der Sprache benahm. Man mußte alles erraten, was er verlangte, denn er brachte nie das Wort hervor, das er im Sinne hatte. Sehr ängstlich waren mir daher manche Augenblicke, in denen er mit mir ausdrücklich allein sein wollte; er deutete mit heftiger Gebärde, daß jedermann sich entfernen sollte, und wenn wir uns allein sahen, war er nicht imstande, das rechte Wort hervorzubringen. Seine Ungeduld stieg aufs Äußerste, und sein Zustand betrübte mich im innersten Herzen. Soviel schien mir gewiß, daß er mir etwas zu vertrauen hatte, das mich besonders anging. Welches Verlangen fühlt ich nicht, es zu erfahren! Sonst konnt ich ihm alles an den Augen ansehen; aber jetzt war es vergebens, selbst seine Augen sprachen nicht mehr. Nur soviel war mir deutlich: er wollte nichts, er begehrte nichts, er strebte nur, mir etwas zu entdecken, das ich leider nicht erfuhr. Sein Übel wiederholte sich, er ward bald darauf ganz untätig und unfähig; und nicht lange, so war er tot.

Ich weiß nicht, wie sich bei mir der Gedanke festgesetzt hatte, daß er irgendwo einen Schatz niedergelegt habe, den er mir nach seinem Tode lieber als meiner Mutter gönnen wollte; ich suchte schon bei seinen Lebzeiten nach, allein ich fand nichts; nach seinem Tode ward alles versiegelt. Ich schrieb meiner Mutter und bot ihr an, als Verwalter im Hause zu bleiben; sie schlug es aus, und ich mußte das Gut räumen. Es kam ein wechselseitiges Testament zum Vorschein, wodurch sie im Besitz und Genuß von allem und ich, wenigstens ihre ganze Lebenszeit über, von ihr abhängig blieb. Nun glaubte ich erst recht die Winke meines Vaters zu verstehn; ich bedauerte ihn, daß er so schwach gewesen war, auch nach seinem Tode ungerecht gegen mich zu sein. Denn einige meiner Freunde wollten sogar behaupten, es sei beinah nicht besser, als ob er mich enterbt hätte, und verlangten, ich sollte das Testament angreifen, wozu ich mich aber nicht entschließen konnte. Ich verehrte das Andenken meines Vaters zu sehr; ich vertraute dem Schicksal, ich vertraute mir selbst.

Ich hatte mit einer Dame in der Nachbarschaft, die große Güter besaß, immer in gutem Verhältnisse gestanden; sie nahm mich mit Vergnügen auf, und es ward mir leicht, bald ihrer Haushaltung vorzustehn. Sie lebte sehr regelmäßig und liebte die Ordnung in allem, und ich half ihr treulich in dem Kampf mit Verwalter und Gesinde. Ich bin weder geizig noch mißgünstig, aber wir Weiber bestehn überhaupt viel ernsthafter als selbst ein Mann darauf, daß nichts verschleudert werde. Jeder Unterschleif ist uns unerträglich; wir wollen, daß jeder nur genieße, insofern er dazu berechtigt ist.

Nun war ich wieder in meinem Elemente und trauerte still über den Tod meines Vaters. Meine Beschützerin war mit mir zufrieden, nur ein kleiner Umstand störte meine Ruhe. Lydie kam zurück; meine Mutter war grausam genug, das arme Mädchen abzustoßen, nachdem sie aus dem Grunde verdorben war. Sie hatte bei meiner Mutter gelernt, Leidenschaften als Bestimmung anzusehen; sie war gewöhnt, sich in nichts zu mäßigen. Als sie unvermutet wieder erschien, nahm meine Wohltäterin auch sie auf; sie wollte mir an die Hand gehn und konnte sich in nichts schicken.

Um diese Zeit kamen die Verwandten und künftigen Erben meiner Dame oft ins Haus und belustigten sich mit der Jagd. Auch Lothario war manchmal mit ihnen; ich bemerkte gar bald, wie er sich vor allen andern auszeichnete, jedoch ohne die mindeste Beziehung auf mich selbst. Er war gegen alle höflich, und bald schien Lydie seine Aufmerksamkeit auf sich zu ziehen. Ich hatte immer zu tun und war selten bei der Gesellschaft; in seiner Gegenwart sprach ich weniger als gewöhnlich: denn ich will nicht leugnen, daß eine lebhafte Unterhaltung von jeher mir die Würze des Lebens war. Ich sprach mit meinem Vater gern viel über alles, was begegnete. Was man nicht bespricht, bedenkt man nicht recht. Keinem Menschen hatte ich jemals lieber zugehört als Lothario, wenn er von seinen Reisen, von seinen Feldzügen erzählte. Die Welt lag ihm so klar, so offen da, wie mir die Gegend, in der ich gewirtschaftet hatte. Ich hörte nicht etwa die wunderlichen Schicksale des Abenteurers, die übertriebenen

Halbwahrheiten eines beschränkten Reisenden, der immer nur seine Person an die Stelle des Landes setzt, wovon er uns ein Bild zu geben verspricht; er erzählte nicht, er führte uns an die Orte selbst; ich habe nicht leicht ein so reines Vergnügen empfunden.

Aber unaussprechlich war meine Zufriedenheit, als ich ihn eines Abends über die Frauen reden hörte. Das Gespräch machte sich ganz natürlich; einige Damen aus der Nachbarschaft hatten uns besucht und über die Bildung der Frauen die gewöhnlichen Gespräche geführt. Man sei ungerecht gegen unser Geschlecht, hieß es, die Männer wollten alle höhere Kultur für sich behalten, man wolle uns zu keinen Wissenschaften zulassen, man verlange, daß wir nur Tändelpuppen oder Haushälterinnen sein sollten. Lothario sprach wenig zu all diesem; als aber die Gesellschaft kleiner ward, sagte er auch hierüber offen seine Meinung. Es ist sonderbar, rief er aus, daß man es dem Manne verargt, der eine Frau an die höchste Stelle setzen will, die sie einzunehmen fähig ist: und welche ist höher als das Regiment des Hauses? Wenn der Mann sich mit äußern Verhältnissen quält, wenn er die Besitztümer herbeischaffen und beschützen muß, wenn er sogar an der Staatsverwaltung Anteil nimmt, überall von Umständen abhängt und, ich möchte sagen, nichts regiert, indem er zu regieren glaubt, immer nur politisch sein muß, wo er gern vernünftig wäre, versteckt, wo er offen, falsch, wo er redlich zu sein wünschte; wenn er um des Zieles willen, das er nie erreicht, das schönste Ziel, die Harmonie mit sich selbst, in jedem Augenblicke aufgeben muß – indessen herrscht eine vernünftige Hausfrau im Innern wirklich und macht einer ganzen Familie jede Tätigkeit, jede Zufriedenheit möglich. Was ist das höchste Glück des Menschen, als daß wir das ausführen, was wir als recht und gut einsehen? daß wir wirklich Herren über die Mittel zu unsern Zwecken sind? Und wo sollen, wo können unsere nächsten Zwecke liegen, als innerhalb des Hauses? Alle immer wiederkehrenden unentbehrlichen Bedürfnisse, wo erwarten wir, wo fordern wir sie als da, wo wir aufstehn und uns niederlegen, wo Küche und Keller und jede Art von Vorrat für uns und die Unsrigen immer bereit sein soll? Welche regelmäßige Tätigkeit wird erfordert, um diese immer wiederkehrende Ordnung in einer unverrückten lebendigen Folge durchzuführen! Wie wenig Männern ist es gegeben, gleichsam als ein Gestirn regelmäßig wiederzukehren und dem Tage so wie der Nacht vorzustehn! sich ihre häuslichen Werkzeuge zu bilden, zu pflanzen und zu ernten, zu verwahren und auszuspenden und den Kreis immer mit Ruhe, Liebe und Zweckmäßigkeit zu durchwandeln! Hat ein Weib einmal diese innere Herrschaft ergriffen, so macht sie den Mann, den sie liebt, erst allein dadurch zum Herrn; ihre Aufmerksamkeit erwirbt alle Kenntnisse, und ihre Tätigkeit weiß sie alle zu benutzen. So ist sie von niemand abhängig und verschafft ihrem Manne die wahre Unabhängigkeit, die häusliche, die innere; das, was er besitzt, sieht er gesichert, das, was er erwirbt, gut benutzt, und so kann er sein Gemüt nach großen Gegenständen wenden und, wenn das Glück gut ist, das dem Staate sein, was seiner Gattin zu Hause so wohl ansteht.

Er machte darauf eine Beschreibung, wie er sich eine Frau wünsche. Ich ward rot, denn er beschrieb mich, wie ich leibte und lebte. Ich genoß im Stillen meinen Triumph, um so mehr, da ich aus allen Umständen sah, daß er mich persönlich nicht gemeint hatte, daß er mich eigentlich nicht kannte. Ich erinnere mich keiner angenehmern Empfindung in meinem ganzen Leben, als daß ein Mann, den ich so sehr schätzte, nicht meiner Person, sondern meiner innersten Natur den Vorzug gab. Welche Belohnung fühlte ich! welche Aufmunterung war mir geworden!

Als sie weg waren, sagte meine würdige Freundin lächelnd zu mir: Schade, daß die Männer oft denken und reden, was sie doch nicht zur Ausführung kommen lassen, sonst wäre eine treffliche Partie für meine liebe Therese geradezu gefunden. Ich scherzte über ihre Äußerung und fügte hinzu, daß zwar der Verstand der Männer sich nach Haushälterinnen umsehe, daß aber ihr Herz und ihre Einbildungskraft sich nach andern Eigenschaften sehne, und daß wir Haushälterinnen eigentlich gegen die liebenswürdigen und reizenden Mädchen keinen Wettstreit aushalten können. Diese Worte sagte ich Lydien zum Gehör; denn sie verbarg nicht, daß Lothario großen Eindruck auf sie gemacht habe, und auch er schien bei jedem neuen Besuche immer aufmerksamer auf sie zu werden. Sie war arm, sie war nicht von Stande, sie konnte an keine Heirat mit ihm denken; aber sie konnte der Wonne nicht widerstehen, zu reizen und gereizt zu werden. Ich hatte nie geliebt und liebte auch jetzt nicht; allein ob es mir schon unendlich angenehm war, zu sehen, wohin meine Natur von einem so verehrten Manne gestellt und gerechnet werde, will ich doch nicht leugnen, daß ich damit nicht ganz zufrieden war. Ich wünschte nun auch, daß er mich kennen, daß er persönlich Anteil an mir nehmen möchte. Es entstand bei mir dieser Wunsch ohne irgend einen bestimmten Gedanken, was daraus folgen könnte.

Der größte Dienst, den ich meiner Wohltäterin leistete, war, daß ich die schönen Waldungen ihrer Güter in Ordnung zu bringen suchte. In diesen köstlichen Besitzungen, deren großen Wert Zeit und Umstände immer vermehren, ging es leider nur immer nach dem alten Schlendrian fort, nirgends war Plan und Ordnung, und des Stehlens und des Unterschleifs kein Ende. Manche Berge standen öde, und einen gleichen Wuchs hatten nur noch die ältesten Schläge. Ich beging alles selbst mit einem geschickten Forstmann, ich ließ die Waldungen messen, ich ließ schlagen, säen, pflanzen, und in kurzer Zeit war alles im Gange. Ich hatte mir, um leichter zu Pferde fortzukommen und auch zu Fuße nirgends gehindert zu sein, Mannskleider machen lassen, ich war an vielen Orten, und man fürchtete mich überall.

Ich hörte, daß die Gesellschaft junger Freunde mit Lothario wieder ein Jagen angestellt hatte; zum ersten Mal in meinem Leben fiel mirs ein, zu *scheinen* oder, daß ich mir nicht unrecht tue, in den Augen des trefflichen Mannes für das zu gelten, was ich war. Ich zog meine Mannskleider an, nahm die Flinte auf den Rücken und ging mit unserm Jäger hinaus, um die Gesellschaft an der Grenze zu erwarten. Sie kam, Lothario kannte mich nicht gleich; einer von den Neffen meiner Wohltäterin stellte mich ihm als einen geschickten Forstmann vor, scherzte über meine Jugend und trieb sein Spiel zu meinem Lobe so lange, bis endlich

Lothario mich erkannte. Der Neffe sekundierte meine Absicht, als wenn wir es abgeredet hätten. Umständlich erzählte er und dankbar, was ich für die Güter der Tante und also auch für ihn getan hatte.

Lothario hörte mit Aufmerksamkeit zu, unterhielt sich mit mir, fragte nach allen Verhältnissen der Güter und der Gegend, und ich war froh, meine Kenntnisse vor ihm ausbreiten zu können; ich bestand in meinem Examen sehr gut, ich legte ihm einige Vorschläge zu gewissen Verbesserungen zur Prüfung vor, er billigte sie, erzählte mir ähnliche Beispiele und verstärkte meine Gründe durch den Zusammenhang, den er ihnen gab. Meine Zufriedenheit wuchs mit jedem Augenblick. Aber glücklicherweise wollte ich nur gekannt, wollte nicht geliebt sein: denn – wir kamen nach Hause, und ich bemerkte mehr als sonst, daß die Aufmerksamkeit, die er Lydien bezeigte, eine heimliche Neigung zu verraten schien. Ich hatte meinen Endzweck erreicht und war doch nicht ruhig; er zeigte von dem Tage an eine wahre Achtung und ein schönes Vertrauen gegen mich; er redete mich in Gesellschaft gewöhnlich an, fragte mich um meine Meinung und schien besonders in Haushaltungssachen das Zutrauen zu mir zu haben, als wenn ich alles wisse. Seine Teilnahme munterte mich außerordentlich auf; sogar wenn von allgemeiner Landesökonomie und von Finanzen die Rede war, zog er mich ins Gespräch, und ich suchte in seiner Abwesenheit mehr Kenntnisse von der Provinz, ja von dem ganzen Lande zu erlangen. Es ward mir leicht, denn es wiederholte sich nur im großen, was ich im kleinen so genau wußte und kannte.

Er kam von dieser Zeit an öfter in unser Haus. Es ward, ich kann wohl sagen, von allem gesprochen, aber gewissermaßen ward unser Gespräch zuletzt immer ökonomisch, wenn auch nur im uneigentlichen Sinne. Was der Mensch durch konsequente Anwendung seiner Kräfte, seiner Zeit, seines Geldes, selbst durch gering scheinende Mittel für ungeheure Wirkungen hervorbringen könne, darüber ward viel gesprochen.

Ich widerstand der Neigung nicht, die mich zu ihm zog, und ich fühlte leider nur zu bald, wie sehr, wie herzlich, wie rein und aufrichtig meine Liebe war, da ich immer mehr zu bemerken glaubte, daß seine öftern Besuche Lydien und nicht mir galten. Sie wenigstens war auf das lebhafteste davon überzeugt; sie machte mich zu ihrer Vertrauten, und dadurch fand ich mich noch einigermaßen getröstet. Das, was sie so sehr zu ihrem Vorteil auslegte, fand ich keineswegs bedeutend; von der Absicht einer ernsthaften, dauernden Verbindung zeigte sich keine Spur; um so deutlicher sah ich den Hang des leidenschaftlichen Mädchens, um jeden Preis die Seinige zu werden.

So standen die Sachen, als mich die Frau vom Hause mit einem unvermuteten Antrag überraschte. Lothario, sagte sie, bietet Ihnen seine Hand an und wünscht, Sie in seinem Leben immer zur Seite zu haben. Sie verbreitete sich über meine Eigenschaften und sagte mir, was ich so gerne anhörte: daß Lothario überzeugt sei, in mir die Person gefunden zu haben, die er so lange gewünscht hatte.

Das höchste Glück war nun für mich erreicht: ein Mann verlangte mich, den ich so sehr schätzte, bei dem und mit dem ich eine völlige freie, ausgebreitete, nützliche Wirkung meiner angebornen Neigung, meines durch Übung erworbenen Talents vor mir sah; die Summe meines ganzen Daseins schien sich ins Unendliche vermehrt zu haben. Ich gab meine Einwilligung, er kam selbst, er sprach mit mir allein, er reichte mir seine Hand, er sah mir in die Augen, er umarmte mich und drückte einen Kuß auf meine Lippen. Es war der erste und letzte. Er vertraute mir seine ganze Lage, was ihn sein amerikanischer Feldzug gekostet, welche Schulden er auf seine Güter geladen, wie er sich mit seinem Großoheim einigermaßen darüber entzweit habe, wie dieser würdige Mann für ihn zu sorgen denke, aber freilich auf seine eigene Art: er wolle ihm eine reiche Frau geben, da einem wohldenkenden Manne doch nur mit einer haushältischen gedient sei; er hoffe, durch seine Schwester den Alten zu bereden. Er legte mir den Zustand seines Vermögens, seine Plane, seine Aussichten vor und erbat sich meine Mitwirkung. Nur bis zur Einwilligung seines Oheims sollte es ein Geheimnis bleiben.

Kaum hatte er sich entfernt, so fragte mich Lydie, ob er etwa von ihr gesprochen habe. Ich sagte Nein und machte ihr Langeweile mit Erzählung von ökonomischen Gegenständen. Sie war unruhig, mißlaunig, und sein Betragen, als er wiederkam, verbesserte ihren Zustand nicht.

Doch ich sehe, daß die Sonne sich zu ihrem Untergange neigt! Es ist Ihr Glück, mein Freund, Sie hätten sonst die Geschichte, die ich mir so gerne selbst erzähle, mit allen ihren kleinen Umständen durchhören müssen. Lassen Sie mich eilen, wir nahen einer Epoche, bei der nicht gut zu verweilen ist.

Lothario machte mich mit seiner trefflichen Schwester bekannt, und diese wußte mich auf eine schickliche Weise beim Oheim einzuführen; ich gewann den Alten, er willigte in unsre Wünsche, und ich kehrte mit einer glücklichen Nachricht zu meiner Wohltäterin zurück. Die Sache war im Hause nun kein Geheimnis mehr, Lydie erfuhr sie, sie glaubte etwas Unmögliches zu vernehmen. Als sie endlich daran nicht mehr zweifeln konnte, verschwand sie auf einmal, und man wußte nicht, wohin sie sich verloren hatte.

Der Tag unserer Verbindung nahte heran; ich hatte ihn schon oft um sein Bildnis gebeten, und ich erinnerte ihn, eben als er wegreiten wollte, nochmals an sein Versprechen. Sie haben vergessen, sagte er, mir das Gehäuse zu geben, wohinein Sie es gepaßt wünschen. Es war so: ich hatte ein Geschenk von einer Freundin, das ich sehr wert hielt. Von ihren Haaren war ein verzogener Name unter dem äußeren Glase befestigt, inwendig blieb ein leeres Elfenbein, worauf eben ihr Bild gemalt werden sollte, als sie mir unglücklicherweise durch den Tod entrissen wurde. Lotharios Neigung beglückte mich in dem Augenblicke, da ihr Verlust mir noch sehr schmerzhaft war, und ich wünschte die Lücke, die sie mir in ihrem Geschenk zurückgelassen hatte, durch das Bild meines Freundes auszufüllen.

Ich eile nach meinem Zimmer, hole mein Schmuckkästchen und eröffne es in seiner Gegenwart; kaum sieht er hinein, so erblickt er ein Medaillon mit dem Bilde eines Frauenzimmers, er nimmt es in die Hand, betrachtet es mit Aufmerksamkeit und fragt hastig: Wen soll dies Porträt vorstellen? – Meine Mutter, versetzte ich. – Hätt ich doch geschworen, rief er aus, es sei das Porträt einer Frau von Saint Alban, die ich vor einigen Jahren in der Schweiz antraf. – Es ist einerlei Person, versetzte ich lächelnd, und Sie haben also Ihre Schwiegermutter, ohne es zu wissen, kennen gelernt. Saint Alban ist der romantische Name, unter dem meine Mutter reist; sie befindet sich unter demselben noch gegenwärtig in Frankreich.

Ich bin der unglücklichste aller Menschen! rief er aus, indem er das Bild in das Kästchen zurückwarf, seine Augen mit der Hand bedeckte und sogleich das Zimmer verließ. Er warf sich auf sein Pferd, ich lief auf den Balkon und rief ihm nach; er kehrte sich um, warf mir eine Hand zu, entfernte sich eilig – und ich habe ihn nicht wiedergesehen.

Die Sonne ging unter, Therese sah mit unverwandtem Blick in die Glut, und ihre beiden schönen Augen füllten sich mit Tränen.

Therese schwieg und legte auf ihres neuen Freundes Hände ihre Hand; er küßte sie mit Teilnehmung, sie trocknete ihre Tränen und stand auf. Lassen Sie uns zurückgehen, sagte sie, und für die Unsrigen sorgen!

Das Gespräch auf dem Wege war nicht lebhaft; sie kamen zur Gartentüre herein und sahen Lydien auf einer Bank sitzen; sie stand auf, wich ihnen aus und begab sich ins Haus zurück; sie hatte ein Papier in der Hand, und zwei kleine Mädchen waren bei ihr. Ich sehe, sagte Therese, sie trägt ihren einzigen Trost, den Brief Lotharios, noch immer bei sich. Ihr Freund verspricht ihr, daß sie gleich, sobald er sich wohl befindet, wieder an seiner Seite leben soll; er bittet sie, so lange ruhig bei mir zu verweilen. An diesen Worten hängt sie, mit diesen Zeilen tröstet sie sich, aber seine Freunde sind übel bei ihr angeschrieben.

Indessen waren die beiden Kinder herangekommen, begrüßten Theresen und gaben ihr Rechenschaft von allem, was in ihrer Abwesenheit im Hause vorgegangen war. Sie sehen hier noch einen Teil meiner Beschäftigung, sagte Therese. Ich habe mit Lotharios trefflicher Schwester einen Bund gemacht; wir erziehen eine Anzahl Kinder gemeinschaftlich: ich bilde die lebhaften und dienstfertigen Haushälterinnen, und sie übernimmt diejenigen, an denen sich ein ruhigeres und feineres Talent zeigt; denn es ist billig, daß man auf jede Weise für das Glück der Männer und der Haushaltung sorge. Wenn Sie meine edle Freundin kennen lernen, so werden Sie ein neues Leben anfangen: ihre Schönheit, ihre Güte macht sie der Anbetung einer ganzen Welt würdig. Wilhelm getraute sich nicht, zu sagen, daß er leider die schöne Gräfin schon kenne, und daß ihn sein vorübergehendes Verhältnis zu ihr auf ewig schmerzen werde; er war sehr zufrieden, daß Therese das Gespräch nicht fortsetzte, und daß ihre Geschäfte sie in das Haus zurückzugehen nötigten. Er befand sich nun allein, und die letzte Nachricht, daß die junge, schöne Gräfin auch schon genötigt sei, durch Wohltätigkeit den Mangel an eignem Glück zu ersetzen, machte ihn äußerst traurig; er fühlte, daß es bei ihr nur eine Notwendigkeit war, sich zu zerstreuen und an die Stelle eines frohen Lebensgenusses die Hoffnung fremder Glückseligkeit zu setzen. Er pries Theresen glücklich, daß selbst bei jener unerwarteten traurigen Veränderung keine Veränderung in ihr selbst vorzugehen brauchte. Wie glücklich ist der über alles, rief er aus, der, um sich mit dem Schicksal in Einigkeit zu setzen, nicht sein ganzes vorhergehendes Leben wegzuwerfen braucht!

Therese kam auf sein Zimmer und bat um Verzeihung, daß sie ihn störe. Hier in dem Wandschrank, sagte sie, steht meine ganze Bibliothek: es sind eher Bücher, die ich nicht wegwerfe, als die ich aufhebe. Lydie verlangt ein geistliches Buch, es findet sich wohl auch eins und das andere darunter. Die Menschen, die das ganze Jahr weltlich sind, bilden sich ein, sie müßten zur Zeit der Not geistlich sein; sie sehen alles Gute und Sittliche wie eine Arzenei an, die man mit Widerwillen zu sich nimmt, wenn man sich schlecht befindet; sie sehen in einem Geistlichen, einem Sittenlehrer nur einen Arzt, den man nicht geschwind genug aus dem Hause loswerden kann; ich aber gestehe gern, ich habe vom Sittlichen den Begriff als von einer Diät, die eben dadurch nur Diät ist, wenn ich sie zur Lebensregel mache, wenn ich sie das ganze Jahr nicht außer Augen lasse.

Sie suchten unter den Büchern und fanden einige sogenannte Erbauungsschriften. Die Zuflucht zu diesen Büchern, sagte Therese, hat Lydie von meiner Mutter gelernt; Schauspiele und Romane waren ihr Leben, solange der Liebhaber treu blieb; seine Entfernung brachte sogleich diese Bücher wieder in Kredit. Ich kann überhaupt nicht begreifen, fuhr sie fort, wie man hat glauben können, daß Gott durch Bücher und Geschichten zu uns spreche. Wem die Welt nicht unmittelbar eröffnet, was sie für ein Verhältnis zu ihm hat, wem sein Herz nicht sagt, was er sich und andern schuldig ist, der wird es wohl schwerlich aus Büchern erfahren, die eigentlich nur geschickt sind, unsern Irrtümern Namen zu geben.

Sie ließ Wilhelmen allein, und er brachte seinen Abend mit Revision der kleinen Bibliothek zu; sie war wirklich bloß durch Zufall zusammengekommen.

Therese blieb die wenigen Tage, die Wilhelm bei ihr verweilte, sich immer gleich; sie erzählte ihm die Folgen ihrer Begebenheit in verschiedenen Absätzen sehr umständlich. Ihrem Gedächtnis war Tag und Stunde, Platz und Name gegenwärtig, und wir ziehen, was unsern Lesern zu wissen nötig ist, hier ins Kurze zusammen.

Die Ursache von Lotharios rascher Entfernung ließ sich leider leicht erklären: er war Theresens Mutter auf ihrer Reise begegnet, ihre Reize zogen ihn an, sie war nicht karg gegen ihn, und nun entfernte ihn dieses unglückliche, schnell vorübergegangene Abenteuer von der Verbindung mit einem Frauenzimmer, das die Natur selbst für ihn gebildet zu haben schien. Therese blieb in dem reinen Kreise ihrer Beschäftigung und ihrer Pflicht. Man erfuhr, daß Lydie sich heimlich in der Nachbarschaft aufgehalten habe. Sie war glücklich, als die Heirat, obgleich aus unbekannten Ursachen, nicht vollzogen wurde; sie suchte sich Lothario zu nähern, und es schien, daß er mehr aus Verzweiflung als aus Neigung, mehr überrascht als mit Überlegung, mehr aus Langeweile als aus Vorsatz ihren Wünschen begegnet sei.

Therese war ruhig darüber, sie machte keine weitern Ansprüche auf ihn, und selbst wenn er ihr Gatte gewesen wäre, hätte sie vielleicht Mut genug gehabt, ein solches Verhältnis zu ertragen, wenn es nur ihre häusliche Ordnung nicht gestört hätte; wenigstens äußerte sie oft, daß eine Frau, die das Hauswesen recht zusammenhalte, ihrem Manne jede kleine Phantasie nachsehe und von seiner Rückkehr jederzeit gewiß sein könne.

Theresens Mutter hatte bald die Angelegenheiten ihres Vermögens in Unordnung gebracht; ihre Tochter mußte es entgelten, denn sie erhielt wenig von ihr; die alte Dame, Theresens Beschützerin, starb, hinterließ ihr das kleine Freigut und ein artiges Kapital zum Vermächtnis. Therese wußte sich sogleich in den engen Kreis zu finden, Lothario bot ihr ein besseres Besitztum an, Jarno machte den Unterhändler, sie schlug es aus. Ich will, sagte sie, im Kleinen zeigen, daß ich wert war, das Große mit ihm zu teilen; aber das behalte ich mir vor, daß, wenn der Zufall mich um meiner oder anderer willen in Verlegenheit setzt, ich zuerst zu meinem werten Freund ohne Bedenken die Zuflucht nehmen könne.

Nichts bleibt weniger verborgen und ungenutzt als zweckmäßige Tätigkeit. Kaum hatte sie sich auf ihrem kleinen Gute eingerichtet, so suchten die Nachbarn schon ihre nähere Bekanntschaft und ihren Rat, und der neue Besitzer der angrenzenden Güter gab nicht undeutlich zu verstehen, daß es nur auf sie ankomme, ob sie seine Hand annehmen und Erbe des größten Teils seines Vermögens werden wolle. Sie hatte schon gegen Wilhelmen dieses Verhältnis erwähnt und scherzte gelegentlich über Heiraten und Mißheiraten mit ihm.

Es gibt, sagte sie, den Menschen nichts mehr zu reden, als wenn einmal eine Heirat geschieht, die sie nach ihrer Art eine Mißheirat nennen können, und doch sind die Mißheiraten viel gewöhnlicher als die Heiraten; denn es sieht leider nach einer kurzen Zeit mit den meisten Verbindungen gar mißlich aus. Die Vermischung der Stände durch Heiraten verdienen nur insofern Mißheiraten genannt zu werden, als der eine Teil an der angebornen, angewohnten und gleichsam notwendig gewordenen Existenz des andern keinen Teil nehmen kann. Die verschiedenen Klassen haben verschiedene Lebensweisen, die sie nicht miteinander teilen noch verwechseln können, und das ists, warum Verbindungen dieser Art besser nicht geschlossen werden; aber Ausnahmen, und recht glückliche Ausnahmen, sind möglich. So ist die Heirat eines jungen Mädchens mit einem bejahrten Manne immer mißlich, und doch habe ich sie recht gut ausschlagen sehen. Für mich kenne ich nur Eine Mißheirat, wenn ich feiern und repräsentieren müßte; ich wollte lieber jedem ehrbaren Pächterssohn aus der Nachbarschaft meine Hand geben.

Wilhelm gedachte nunmehr zurückzukehren und bat seine neue Freundin, ihm noch ein Abschiedswort bei Lydien zu verschaffen. Das leidenschaftliche Mädchen ließ sich bewegen, er sagte ihr einige freundliche Worte, sie versetzte: Den ersten Schmerz hab ich überwunden, Lothario wird mir ewig teuer sein; aber seine Freunde kenne ich, es ist mir leid, daß er so umgeben ist. Der Abbé wäre fähig, wegen einer Grille die Menschen in Not zu lassen, oder sie gar hineinzustürzen; der Arzt möchte gern alles ins Gleiche bringen; Jarno hat kein Gemüt, und Sie – wenigstens keinen Charakter! Fahren Sie nur so fort und lassen Sie sich als Werkzeug dieser drei Menschen brauchen, man wird Ihnen noch manche Exekution auftragen. Lange, mir ist es recht wohl bekannt, war ihnen meine Gegenwart zuwider; ich hatte ihr Geheimnis nicht entdeckt, aber ich hatte beobachtet, daß sie ein Geheimnis verbargen. Wozu diese verschlossenen Zimmer? diese wunderlichen Gänge? warum kann niemand zu dem großen Turm gelangen? Warum verbannten sie mich, so oft sie nur konnten, in meine Stube? Ich will gestehen, daß Eifersucht zuerst mich auf diese Entdeckung brachte, ich fürchtete, eine glückliche Nebenbuhlerin sei irgendwo versteckt. Nun glaube ich das nicht mehr, ich bin überzeugt, daß Lothario mich liebt, daß er es redlich mit mir meint, aber ebenso gewiß bin ich überzeugt, daß er von seinen künstlichen und falschen Freunden betrogen wird. Wenn Sie sich um ihn verdient machen wollen, wenn Ihnen verziehen werden soll, was Sie an mir verbrochen haben, so befreien Sie ihn aus den Händen dieser Menschen. Doch was hoffe ich!

überreichen Sie ihm diesen Brief, wiederholen Sie, was er enthält: daß ich ihn ewig lieben werde, daß ich mich auf sein Wort verlasse. Ach! rief sie aus, indem sie aufstand und am Halse Theresens weinte: er ist von meinen Feinden umgeben, sie werden ihn zu bereden suchen, daß ich ihm nichts aufgeopfert habe – o, der beste Mann mag gerne hören, daß er jedes Opfer wert ist, ohne dafür dankbar sein zu dürfen.

Wilhelms Abschied von Theresen war heiterer; sie wünschte ihn bald wiederzusehen. Sie kennen mich ganz! sagte sie: Sie haben mich immer reden lassen, es ist das nächste Mal Ihre Pflicht, meine Aufrichtigkeit zu erwidern.

Auf seiner Rückreise hatte er Zeit genug, diese neue, helle Erscheinung lebhaft in der Erinnerung zu betrachten. Welch ein Zutrauen hatte sie ihm eingeflößt! Er dachte an Mignon und Felix, wie glücklich die Kinder unter einer solchen Aufsicht werden könnten; dann dachte er an sich selbst und fühlte, welche Wonne es sein müsse, in der Nähe eines so ganz klaren menschlichen Wesens zu leben. Als er sich dem Schloß näherte, fiel ihm der Turm mit den vielen Gängen und Seitengebäuden mehr als sonst auf: er nahm sich vor, bei der nächsten Gelegenheit Jarno oder den Abbé darüber zur Rede zu stellen.

Siebentes Kapitel

Als Wilhelm nach dem Schlosse kam, fand er den edlen Lothario auf dem Wege der völligen Besserung; der Arzt und der Abbé waren nicht zugegen, Jarno allein war geblieben. In kurzer Zeit ritt der Genesende schon wieder aus, bald allein, bald mit seinen Freunden. Sein Gespräch war ernsthaft und gefällig, seine Unterhaltung belehrend und erquickend; oft bemerkte man Spuren einer zarten Fühlbarkeit, ob er sie gleich zu verbergen suchte und, wenn sie sich wider seinen Willen zeigte, beinah zu mißbilligen schien.

So war er eines Abends still bei Tische, ob er gleich heiter aussah.

Sie haben heute gewiß ein Abenteuer gehabt, sagte endlich Jarno, und zwar ein angenehmes.

Wie Sie sich auf Ihre Leute verstehen! versetzte Lothario. Ja, es ist mir ein sehr angenehmes Abenteuer begegnet. Zu einer andern Zeit hätte ich es vielleicht nicht so reizend gefunden als diesmal, da es mich so empfänglich antraf. Ich ritt gegen Abend jenseits des Wassers durch die Dörfer, einen Weg, den ich oft genug in frühern Jahren besucht hatte. Mein körperliches Leiden muß mich mürber gemacht haben, als ich selbst glaubte: ich fühlte mich weich und, bei wieder auflebenden Kräften, wie neugeboren. Alle Gegenstände erschienen mir in ebendem Lichte, wie ich sie in frühern Jahren gesehen hatte; alle so lieblich, so anmutig, so reizend, wie sie mir lange nicht erschienen sind. Ich merkte wohl, daß es Schwachheit war; ich ließ mir sie aber ganz wohl gefallen, ritt sachte hin, und es wurde mir ganz begreiflich, wie Menschen eine Krankheit liebgewinnen können, welche uns zu süßen Empfindungen stimmt. Sie wissen vielleicht, was mich ehemals so oft diesen Weg führte?

Wenn ich mich recht erinnere, versetzte Jarno, so war es ein kleiner Liebeshandel, der sich mit der Tochter eines Pachters entsponnen hatte.

Man dürfte es wohl einen großen nennen, versetzte Lothario: denn wir hatten uns beide sehr lieb, recht im Ernste, und auch ziemlich lange. Zufälligerweise traf heute alles zusammen, mir die ersten Zeiten unserer Liebe recht lebhaft darzustellen. Die Knaben schüttelten eben wieder Maikäfer von den Bäumen, und das Laub der Eschen war eben nicht weiter als an dem Tage, da ich sie zum ersten Mal sah. Nun war es lange, daß ich Margareten nicht gesehen habe, denn sie ist weit weg verheiratet; nur hörte ich zufällig, sie sei mit ihren Kindern vor wenigen Wochen gekommen, ihren Vater zu besuchen. –

So war ja wohl dieser Spazierritt nicht so ganz zufällig?

Ich leugne nicht, sagte Lothario, daß ich sie anzutreffen wünschte. Als ich nicht weit von dem Wohnhaus war, sah ich ihren Vater vor der Tür sitzen; ein Kind von ungefähr einem Jahre stand bei ihm. Als ich mich näherte, sah eine Frauensperson schnell oben zum Fenster heraus, und als ich gegen die Türe kam, hörte ich jemand die Treppe herunterspringen. Ich dachte gewiß, sie sei es, und, ich wills nur gestehen, ich schmeichelte mir, sie habe mich erkannt, und sie komme mir eilig entgegen. Aber wie beschämt war ich, als sie zur Türe heraussprang, das Kind, dem die Pferde näher kamen, anfaßte und in das Haus hineintrug. Es war mir eine unangenehme Empfindung, und nur wurde meine Eitelkeit ein wenig getröstet, als ich, wie sie hinwegeilte, an ihrem Nacken und an dem freistehenden Ohr eine merkliche Röte zu sehen glaubte.

Ich hielt still und sprach mit dem Vater und schielte indessen an den Fenstern herum, ob sie sich nicht hier oder da blicken ließe: allein ich bemerkte keine Spur von ihr. Fragen wollt ich auch nicht, und so ritt ich vorbei. Mein Verdruß wurde durch Verwunderung einigermaßen gemildert: denn ob ich gleich kaum das Gesicht gesehen hatte, so schien sie mir fast gar nicht verändert, und zehn Jahre sind doch eine Zeit! ja sie schien mir jünger, ebenso schlank, ebenso leicht auf den Füßen, der Hals womöglich noch zierlicher als vorher, ihre Wange ebenso leicht der liebenswürdigen Röte empfänglich, dabei Mutter von sechs Kindern, vielleicht noch von mehrern. Es paßte diese Erscheinung so gut in die übrige Zauberwelt, die mich umgab, daß ich um so mehr mit einem verjüngten Gefühl weiterritt und an dem nächsten Walde erst umkehrte, als die Sonne im Untergehen war. So sehr mich auch der fallende Tau an die Vorschrift des Arztes erinnerte und es wohl rätlicher gewesen wäre, gerade nach Hause zu kehren, so nahm ich doch wieder meinen Weg nach der Seite des Pachthofs zurück. Ich bemerkte, daß ein weibliches Geschöpf in dem Garten auf und nieder ging, der mit einer leichten Hecke umzogen ist. Ich ritt auf dem Fußpfade nach der Hecke zu, und ich fand mich eben nicht weit von der Person, nach der ich verlangte.

Ob mir gleich die Abendsonne in den Augen lag, sah ich doch, daß sie sich am Zaune beschäftigte, der sie nur leicht bedeckte. Ich glaubte meine alte Geliebte zu erkennen. Da ich an sie kam, hielt ich still, nicht ohne Regung des Herzens. Einige hohe Zweige wilder Rosen, die eine leise Luft hin und her wehte, machten mir ihre Gestalt undeutlich. Ich redete sie an und fragte, wie sie lebe. Sie antwortete mir mit halber Stimme: Ganz wohl. Indes bemerkte ich, daß ein Kind hinter dem Zaune beschäftigt war, Blumen auszureißen, und nahm die Gelegenheit, sie zu fragen, wo denn ihre übrigen Kinder seien. Es ist nicht mein Kind, sagte sie, das wäre früh! und in diesem Augenblick schickte sichs, daß ich durch die Zweige ihr Gesicht genau sehen konnte, und ich wußte nicht, was ich zu der Erscheinung sagen sollte. Es war meine Geliebte und war es nicht. Fast jünger, fast schöner, als ich sie vor zehen Jahren gekannt hatte. Sind Sie denn nicht die Tochter des Pachters? fragte ich halb verwirrt. Nein, sagte sie, ich bin ihre Muhme.

Aber Sie gleichen einander so außerordentlich, versetzte ich. – Das sagt jedermann, der sie vor zehen Jahren gekannt hat.

Ich fuhr fort, sie verschiedenes zu fragen; mein Irrtum war mir angenehm, ob ich ihn gleich schon entdeckt hatte. Ich konnte mich von dem lebendigen Bilde voriger Glückseligkeit, das vor mir stand, nicht losreißen. Das Kind hatte sich indessen von ihr entfernt und war, Blumen zu suchen, nach dem Teiche gegangen. Sie nahm Abschied und eilte dem Kinde nach.

Indessen hatte ich doch erfahren, daß meine alte Geliebte noch wirklich in dem Hause ihres Vaters sei, und indem ich ritt, beschäftigte ich mich mit Mutmaßungen, ob sie selbst oder die Muhme das Kind vor den Pferden gesichert habe. Ich wiederholte mir die ganze Geschichte mehrmals im Sinne, und ich wüßte nicht leicht, daß irgend etwas angenehmer auf mich gewirkt hätte. Aber ich fühle wohl, ich bin noch krank, und wir wollen den Doktor bitten, daß er uns von dem Überreste dieser Stimmung erlöse.

Es pflegt in vertraulichen Bekenntnissen anmutiger Liebesbegebenheiten wie mit Gespenstergeschichten zu gehen: ist nur erst eine erzählt, so fließen die übrigen von selbst zu.

Unsere kleine Gesellschaft fand in der Rückerinnerung vergangener Zeiten manchen Stoff dieser Art. Lothario hatte am meisten zu erzählen. Jarnos Geschichten trugen alle einen eigenen Charakter, und was Wilhelm zu gestehen hatte, wissen wir schon. Indessen war ihm bange, daß man ihn an die Geschichte mit der Gräfin erinnern möchte; allein niemand dachte derselben auch nur auf die entfernteste Weise.

Es ist wahr, sagte Lothario, angenehmer kann keine Empfindung in der Welt sein, als wenn das Herz nach einer gleichgültigen Pause sich der Liebe zu einem neuen Gegenstande wieder öffnet, und doch wollt' ich diesem Glück für mein Leben entsagt haben, wenn mich das Schicksal mit Theresen hätte verbinden wollen. Man ist nicht immer Jüngling, und man sollte nicht immer Kind sein. Dem Manne, der die Welt kennt, der weiß, was er darin zu tun, was er von ihr zu hoffen hat, was kann ihm erwünschter sein, als eine Gattin zu finden, die überall mit ihm wirkt und die ihm alles vorzubereiten weiß, deren Tätigkeit dasjenige aufnimmt, was die seinige liegen lassen muß, deren Geschäftigkeit sich nach allen Seiten verbreitet, wenn die seinige nur einen geraden Weg fortgehen darf. Welchen Himmel hatte ich mir mit Theresen geträumt! nicht den Himmel eines schwärmerischen Glücks, sondern eines sichern Lebens auf der Erde: Ordnung im Glück, Mut im Unglück, Sorge für das Geringste, und eine Seele, fähig, das Größte zu fassen und wieder fahren zu lassen. O! ich sah in ihr gar wohl die Anlagen, deren Entwickelung wir bewundern, wenn wir in der Geschichte Frauen sehen, die uns weit vorzüglicher als alle Männer erscheinen: diese Klarheit über die Umstände, diese Gewandtheit in allen Fällen, diese Sicherheit im Einzelnen, wodurch das Ganze sich immer so gut befindet, ohne daß sie jemals daran zu denken scheinen. Sie können wohl, fuhr er fort, indem er sich lächelnd gegen Wilhelmen wendete, mir verzeihen, wenn Therese mich Aurelien entführte: mit jener konnte ich ein heiteres Leben hoffen, da bei dieser auch nicht an eine glückliche Stunde zu denken war.

Ich leugne nicht, versetzte Wilhelm, daß ich mit großer Bitterkeit im Herzen gegen Sie hierhergekommen bin, und daß ich mir vorgenommen hatte, Ihr Betragen gegen Aurelien sehr streng zu tadeln.

Auch verdient es Tadel, sagte Lothario: ich hätte meine Freundschaft zu ihr nicht mit dem Gefühl der Liebe verwechseln sollen, ich hätte nicht an die Stelle der Achtung, die sie verdiente, eine Neigung eindrängen sollen, die sie weder erregen noch erhalten konnte. Ach! sie war nicht liebenswürdig, wenn sie liebte, und das ist das größte Unglück, das einem Weibe begegnen kann.

Es sei drum, erwiderte Wilhelm, wir können nicht immer das Tadelnswerte vermeiden, nicht vermeiden, daß unsere Gesinnungen und Handlungen auf eine sonderbare Weise von ihrer natürlichen und guten Richtung abgelenkt werden; aber gewisse Pflichten sollten wir niemals aus den Augen setzen. Die Asche der Freundin ruhe sanft; wir wollen, ohne uns zu schelten und sie zu tadeln, mitleidig Blumen auf ihr Grab streuen. Aber bei dem Grabe, in welchem die unglückliche Mutter ruht, lassen Sie mich fragen, warum Sie sich des Kindes nicht annehmen? eines Sohnes, dessen sich jedermann erfreuen würde, und den Sie ganz und gar zu vernachlässigen scheinen. Wie können Sie, bei Ihren reinen und zarten Gefühlen, das Herz eines Vaters gänzlich verleugnen? Sie haben diese ganze Zeit noch mit keiner Silbe an das köstliche Geschöpf gedacht, von dessen Anmut so viel zu erzählen wäre.

Von wem reden Sie? versetzte Lothario, ich verstehe Sie nicht.

Von wem anders, als von Ihrem Sohne, dem Sohne Aureliens, dem schönen Kinde, dem zu seinem Glücke nichts fehlt, als daß ein zärtlicher Vater sich seiner annimmt.

Sie irren sehr, mein Freund, rief Lothario: Aurelie hatte keinen Sohn, am wenigsten von mir; ich weiß von keinem Kinde, sonst würde ich mich dessen mit Freuden annehmen; aber auch im gegenwärtigen Falle will ich gern das kleine Geschöpf als eine Verlassenschaft von ihr ansehen und für seine Erziehung sorgen. Hat sie sich denn irgend etwas merken lassen, daß der Knabe ihr, daß er mir zugehöre?

Nicht daß ich mich erinnere, ein ausdrückliches Wort von ihr gehört zu haben; es war aber einmal so angenommen, und ich habe nicht einen Augenblick daran gezweifelt.

Ich kann, fiel Jarno ein, einigen Aufschluß hierüber geben. Ein altes Weib, das Sie oft müssen gesehen haben, brachte das

Kind zu Aurelien, sie nahm es mit Leidenschaft auf und hoffte, ihre Leiden durch seine Gegenwart zu lindern; auch hat es ihr manchen vergnügten Augenblick gemacht.

Wilhelm war durch diese Entdeckung sehr unruhig geworden, er gedachte der guten Mignon neben dem schönen Felix auf das lebhafteste, er zeigte seinen Wunsch, die beiden Kinder aus der Lage, in der sie sich befanden, herauszuziehen.

Wir wollen damit bald fertig sein, versetzte Lothario. Das wunderliche Mädchen übergeben wir Theresen, sie kann unmöglich in bessere Hände geraten, und was den Knaben betrifft, den, dächt ich, nähmen Sie selbst zu sich: denn was sogar die Frauen an uns ungebildet zurücklassen, das bilden die Kinder aus, wenn wir uns mit ihnen abgeben.

Überhaupt dächte ich, versetzte Jarno, Sie entsagten kurz und gut dem Theater, zu dem Sie doch einmal kein Talent haben.

Wilhelm war betroffen; er mußte sich zusammennehmen, denn Jarnos harte Worte hatten seine Eigenliebe nicht wenig verletzt. Wenn Sie mich davon überzeugen, versetzte er mit gezwungenem Lächeln, so werden Sie mir einen Dienst erweisen, ob es gleich nur ein trauriger Dienst ist, wenn man uns aus einem Lieblingstraume aufschüttelt.

Ohne viel weiter darüber zu reden, versetzte Jarno, möchte ich Sie nur antreiben, erst die Kinder zu holen; das übrige wird sich schon geben.

Ich bin bereit dazu, versetzte Wilhelm; ich bin unruhig und neugierig, ob ich nicht von dem Schicksal des Knaben etwas Näheres entdecken kann; ich verlange das Mädchen wiederzusehen, das sich mit so vieler Eigenheit an mich angeschlossen hat.

Man ward einig, daß er bald abreisen sollte.

Den andern Tag hatte er sich dazu vorbereitet, das Pferd war gesattelt, nur wollte er noch von Lothario Abschied nehmen. Als die Eßzeit herbeikam, setzte man sich wie gewöhnlich zu Tische, ohne auf den Hausherrn zu warten; er kam erst spät und setzte sich zu ihnen.

Ich wollte wetten, sagte Jarno, Sie haben heute Ihr zärtliches Herz wieder auf die Probe gestellt, Sie haben der

Begierde nicht widerstehen können, Ihre ehemalige Geliebte wiederzusehen.

Erraten! versetzte Lothario.

Lassen Sie uns hören, sagte Jarno, wie ist es abgelaufen? Ich bin äußerst neugierig.

Ich leugne nicht, versetzte Lothario, daß mir das Abenteuer mehr als billig auf dem Herzen lag; ich faßte daher den Entschluß, nochmals hinzureiten und die Person wirklich zu sehen, deren verjüngtes Bild mir eine so angenehme Illusion gemacht hatte. Ich stieg schon in einiger Entfernung vom Hause ab und ließ die Pferde beiseiteführen, um die Kinder nicht zu stören, die vor dem Tore spielten. Ich ging in das Haus, und von ungefähr kam sie mir entgegen, denn sie war es selbst, und ich erkannte sie ungeachtet der großen Veränderung wieder. Sie war stärker geworden und schien größer zu sein; ihre Anmut blickte durch ein gesetztes Wesen hindurch, und ihre Munterkeit war in ein stilles Nachdenken übergegangen. Ihr Kopf, den sie sonst so leicht und frei trug, hing ein wenig gesenkt, und leise Falten waren über ihre Stirne gezogen.

Sie schlug die Augen nieder, als sie mich sah, aber keine Röte verkündigte eine innere Bewegung des Herzens. Ich reichte ihr die Hand, sie gab mir die ihrige; ich fragte nach ihrem Manne, er war abwesend; nach ihren Kindern, sie trat an die Türe und rief sie herbei: alle kamen und versammelten sich um sie. Es ist nichts reizender, als eine Mutter zu sehen mit einem Kinde auf dem Arme, und nichts ehrwürdiger, als eine Mutter unter vielen Kindern. Ich fragte nach den Namen der Kleinen, um doch nur etwas zu sagen; sie bat mich, hineinzutreten und auf ihren Vater zu warten. Ich nahm es an; sie führte mich in die Stube, wo ich beinahe noch alles auf dem alten Platze fand, und – sonderbar! die schöne Muhme, ihr Ebenbild, saß auf ebendem Schemel hinter dem Spinnrocken, wo ich meine Geliebte in ebender Gestalt so oft gefunden hatte. Ein kleines Mädchen, das seiner Mutter vollkommen glich, war uns nachgefolgt, und so stand ich in der sonderbarsten Gegenwart, zwischen der Vergangenheit und Zukunft, wie in einem Orangenwalde, wo in einem kleinen Bezirk Blüten und Früchte stufenweis nebeneinander leben. Die Muhme ging hinaus, einige Erfrischung zu holen, ich gab dem ehemals so geliebten Geschöpfe die Hand und sagte zu ihr: Ich habe eine rechte Freude, Sie wiederzusehen. – Sie sind sehr gut, mir das zu sagen, versetzte sie; aber auch ich kann Ihnen versichern, daß ich eine unaussprechliche Freude habe. Wie oft habe ich mir gewünscht, Sie nur noch einmal in meinem Leben wiederzusehen; ich habe es in Augenblicken gewünscht, die ich für meine letzten hielt. Sie sagte das mit einer gesetzten Stimme, ohne Rührung, mit jener Natürlichkeit, die mich ehemals so sehr an ihr entzückte. Die Muhme kam wieder, ihr Vater dazu – und ich überlasse euch, zu denken, mit welchem Herzen ich blieb und mit welchem ich mich entfernte.

Achtes Kapitel

Wilhelm hatte auf seinem Wege nach der Stadt die edlen weiblichen Geschöpfe, die er kannte und von denen er gehört hatte, im Sinne; ihre sonderbaren Schicksale, die wenig Erfreuliches enthielten, waren ihm schmerzlich gegenwärtig. Ach! rief er aus, arme Mariane! was werde ich noch von dir erfahren müssen? Und dich, herrliche Amazone, edler Schutzgeist, dem ich so viel schuldig bin, dem ich überall zu begegnen hoffe, und den ich leider nirgends finde, in welchen traurigen Umständen treff ich dich vielleicht, wenn du mir einst wieder begegnest!

In der Stadt war niemand von seinen Bekannten zu Hause; er eilte auf das Theater, er glaubte, sie in der Probe zu finden; alles war still, das Haus schien leer, doch sah er einen Laden offen. Als er auf die Bühne kam, fand er Aureliens alte Dienerin beschäftigt, Leinwand zu einer neuen Dekoration zusammenzunähen; es fiel nur soviel Licht herein, als nötig war, ihre Arbeit zu erhellen. Felix und Mignon saßen neben ihr auf der Erde; beide hielten ein Buch, und indem Mignon laut las, sagte ihr Felix alle Worte nach, als wenn er die Buchstaben kennte, als wenn er auch zu lesen verstünde.

Die Kinder sprangen auf und begrüßten den Ankommenden; er umarmte sie aufs zärtlichste und führte sie näher zu der Alten.

Bist du es, sagte er zu ihr mit Ernst, die dieses Kind Aurelien zugeführt hatte? Sie sah von ihrer Arbeit auf und wendete ihr Gesicht zu ihm; er sah sie in vollem Lichte, erschrak, trat einige Schritte zurück: es war die alte Barbara.

Wo ist Mariane? rief er aus. – Weit von hier, versetzte die Alte. –

Und Felix? –

Ist der Sohn dieses unglücklichen, nur allzu zärtlich liebenden Mädchens. Möchten Sie niemals empfinden, was Sie uns gekostet haben! Möchte der Schatz, den ich Ihnen überliefere, Sie so glücklich machen, als er uns unglücklich gemacht hat!

Sie stand auf, um wegzugehen, Wilhelm hielt sie fest. Ich denke Ihnen nicht zu entlaufen, sagte sie, lassen Sie mich ein Dokument holen, das Sie erfreuen und schmerzen wird. Sie entfernte sich, und Wilhelm sah den Knaben mit einer ängstlichen Freude an; er durfte sich das Kind noch nicht zueignen. Er ist dein, rief Mignon, er ist dein! und drückte das Kind an Wilhelms Kniee.

Die Alte kam und überreichte ihm einen Brief. Hier sind Marianens letzte Worte, sagte sie.

Sie ist tot! rief er aus.

Tot! sagte die Alte; möchte ich Ihnen doch alle Vorwürfe ersparen können.

Überrascht und verwirrt erbrach Wilhelm den Brief; er hatte aber kaum die ersten Worte gelesen, als ihn ein bittrer Schmerz ergriff; er ließ den Brief fallen, stürzte auf eine Rasenbank und blieb eine Zeitlang liegen. Mignon bemühte sich um ihn. Indessen hatte Felix den Brief aufgehoben und zerrte seine Gespielin so lange, bis diese nachgab und zu ihm kniete und ihm vorlas. Felix wiederholte die Worte, und Wilhelm war genötigt, sie zweimal zu hören: ›Wenn dieses Blatt jemals zu dir kommt, so bedaure deine unglückliche Geliebte, deine Liebe hat ihr den Tod gegeben. Der Knabe, dessen Geburt ich nur wenige Tage überlebe, ist dein; ich sterbe dir treu, so sehr der Schein auch gegen mich sprechen mag; mit dir verlor ich alles, was mich an das Leben fesselte. Ich sterbe zufrieden, da man mir versichert, das Kind sei gesund und werde leben. Höre die alte Barbara, verzeih ihr, leb wohl und vergiß mich nicht!‹

Welch ein schmerzlicher und noch zu seinem Troste halb rätselhafter Brief! dessen Inhalt ihm erst recht fühlbar ward, da ihn die Kinder stockend und stammelnd vortrugen und wiederholten.

Da haben Sie es nun! rief die Alte, ohne abzuwarten, bis er sich erholt hatte; danken Sie dem Himmel, daß nach dem Verluste eines so guten Mädchens Ihnen noch ein so vortreffliches Kind übrig bleibt. Nichts wird Ihrem Schmerze gleichen, wenn Sie vernehmen, wie das gute Mädchen Ihnen bis ans Ende treu geblieben, wie unglücklich sie geworden ist, was sie Ihnen alles aufgeopfert hat.

Laß mich den Becher des Jammers und der Freuden, rief Wilhelm aus, auf einmal trinken! Überzeuge mich, ja überrede mich nur, daß sie ein gutes Mädchen war, daß sie meine Achtung wie meine Liebe verdiente, und überlaß mich dann meinen Schmerzen über ihren unersetzlichen Verlust.

Es ist jetzt nicht Zeit, versetzte die Alte, ich habe zu tun und wünschte nicht, daß man uns beisammen fände. Lassen Sie es ein Geheimnis sein, daß Felix Ihnen angehört; ich hätte über meine bisherige Verstellung zuviel Vorwürfe von der Gesellschaft zu erwarten. Mignon verrät uns nicht, sie ist gut und verschwiegen.

Ich wußte es lange und sagte nichts, versetzte Mignon. – Wie ist es möglich? rief die Alte. – Woher? fiel Wilhelm ein.

Der Geist hat mirs gesagt. –

Wie? wo? –

Im Gewölbe, da der Alte das Messer zog, rief mirs zu: Rufe seinen Vater, und da fielst du mir ein. –

Wer rief denn? –

Ich weiß nicht, im Herzen, im Kopfe, ich war so angst, ich zitterte, ich betete, da riefs, und ich verstands.

Wilhelm drückte sie an sein Herz, empfahl ihr Felix und entfernte sich. Er bemerkte erst zuletzt, daß sie viel blässer und magerer geworden war, als er sie verlassen hatte. Madame Melina fand er von seinen Bekannten zuerst; sie begrüßte ihn aufs freundlichste. O! daß Sie doch alles, rief sie aus, bei uns finden möchten, wie Sie wünschen!

Ich zweifle daran, sagte Wilhelm, und erwartete es nicht. Gestehen Sie es nur, man hat alle Anstalten gemacht, mich entbehren zu können.

Warum sind Sie auch weggegangen! versetzte die Freundin.

Man kann die Erfahrung nicht früh genug machen, wie entbehrlich man in der Welt ist. Welche wichtige Personen glauben wir zu sein! Wir denken allein den Kreis zu beleben, in welchem wir wirken; in unserer Abwesenheit muß, bilden wir uns ein, Leben, Nahrung und Atem stocken – und die Lücke, die entsteht, wird kaum bemerkt, sie füllt sich so geschwind wieder aus, ja sie wird oft nur der Platz, wo nicht für etwas Besseres, doch für etwas Angenehmeres. –

Und die Leiden unserer Freunde bringen wir nicht in Anschlag? – Auch unsere Freunde tun wohl, wenn sie sich bald finden, wenn sie sich sagen: Da, wo du bist, da, wo du bleibst, wirke was du kannst, sei tätig und gefällig und laß dir die Gegenwart heiter sein.

Bei näherer Erkundigung fand Wilhelm, was er vermutet hatte: die Oper war eingerichtet und zog die ganze Aufmerksamkeit des Publikums an sich. Seine Rollen waren inzwischen durch Laertes und Horatio besetzt worden, und beide lockten den Zuschauern einen weit lebhaftern Beifall ab, als *er* jemals hatte erlangen können.

Laertes trat herein, und Madame Melina rief aus: Sehn Sie hier diesen glücklichen Menschen, der bald ein Kapitalist, oder Gott weiß was werden wird! Wilhelm umarmte ihn und fühlte ein vortrefflich feines Tuch an seinem Rocke; seine übrige Kleidung war einfach, aber alles vom besten Zeuge.

Lösen Sie mir das Rätsel! rief Wilhelm aus.

Es ist noch Zeit genug, versetzte Laertes, um zu erfahren, daß mir mein Hin- und Herlaufen nunmehr bezahlt wird, daß ein Patron eines großen Handelshauses von meiner Unruhe, meinen Kenntnissen und Bekanntschaften Vorteil zieht und mir einen Teil davon abläßt; ich wollte viel drum geben, wenn ich mir dabei auch Zutrauen gegen die Weiber ermäkeln könnte: denn es ist eine hübsche Nichte im Hause, und ich merke wohl, wenn ich wollte, könnte ich bald ein gemachter Mann sein.

Sie wissen wohl noch nicht, sagte Madame Melina, daß sich indessen auch unter uns eine Heirat gemacht hat? Serlo ist wirklich mit der schönen Elmire öffentlich getraut, da der Vater ihre heimliche Vertraulichkeit nicht gutheißen wollte.

So unterhielten sie sich über manches, was sich in seiner Abwesenheit zugetragen hatte, und er konnte gar wohl bemerken, daß er, dem Geist und dem Sinne der Gesellschaft nach, wirklich längst verabschiedet war.

Mit Ungeduld erwartete er die Alte, die ihm tief in der Nacht ihren sonderbaren Besuch angekündigt hatte. Sie wollte kommen, wenn alles schlief, und verlangte solche Vorbereitungen, eben als wenn das jüngste Mädchen sich zu einem Geliebten schleichen wollte. Er las indes Marianens Brief wohl hundertmal durch, las mit unaussprechlichem Entzücken das Wort *Treue* von ihrer geliebten Hand und mit Entsetzen die Ankündigung ihres Todes, dessen Annäherung sie nicht zu fürchten schien.

Mitternacht war vorbei, als etwas an der halboffnen Türe rauschte und die Alte mit einem Körbchen hereintrat. Ich soll Euch, sagte sie, die Geschichte unserer Leiden erzählen, und ich muß erwarten, daß Ihr ungerührt dabeisitzt, daß Ihr nur um Eure Neugierde zu befriedigen, mich so sorgsam erwartet, und daß Ihr Euch jetzt, wie damals, in Eure kalte Eigenliebe hüllet, wenn uns das Herz bricht. Aber seht her! so brachte ich an jenem glücklichen Abend die Champagnerflasche hervor, so stellte ich drei Gläser auf den Tisch, und so fingt Ihr an, uns mit gutmütigen Kindergeschichten zu täuschen und einzuschläfern, wie ich Euch jetzt mit traurigen Wahrheiten aufklären und wach erhalten muß.

Wilhelm wußte nicht, was er sagen sollte, als die Alte wirklich den Stöpsel springen ließ und die drei Gläser vollschenkte.

Trinkt! rief sie, nachdem sie ihr schäumendes Glas schnell ausgeleert hatte, trinkt! eh der Geist verraucht! Dieses dritte Glas soll zum Andenken meiner unglücklichen Freundin ungenossen verschäumen. Wie rot waren ihre Lippen, als sie Euch damals Bescheid tat! Ach, und nun auf ewig verblaßt und erstarrt!

Sibylle! Furie! rief Wilhelm aus, indem er aufsprang und mit der Faust auf den Tisch schlug, welch ein böser Geist besitzt und treibt dich? Für wen hältst du mich, daß du denkst, die einfachste Geschichte von Marianens Tod und Leiden werde mich nicht empfindlich genug kränken, daß du noch solche höllische Kunstgriffe brauchst, um meine Marter zu schärfen? Geht deine unersättliche Völlerei so weit, daß du beim Totenmahle schwelgen mußt, so trink und rede! Ich habe dich von jeher verabscheut, und noch kann ich mir Marianen nicht unschuldig denken, wenn ich dich, ihre Gesellschafterin, nur ansehe.

Gemach, mein Herr, versetzte die Alte: Sie werden mich nicht aus meiner Fassung bringen. Sie sind uns noch sehr verschuldet, und von einem Schuldner läßt man sich nicht übel begegnen. Aber Sie haben recht, auch meine einfachste Erzählung ist Strafe genug für Sie. So hören Sie denn den Kampf und den Sieg Marianens, um die Ihrige zu bleiben.

Die Meinige? rief Wilhelm aus; welch ein Märchen willst du beginnen?

Unterbrechen Sie mich nicht, fiel sie ein, hören Sie mich, und dann glauben Sie, was Sie wollen, es ist ohnedies jetzt ganz einerlei. Haben Sie nicht am letzten Abend, als Sie bei uns waren, ein Billett gefunden und mitgenommen?

Ich fand das Blatt erst, als ich es mitgenommen hatte; es war in das Halstuch verwickelt, das ich aus inbrünstiger Liebe ergriff und zu mir steckte. –

Was enthielt das Papier? –

Die Aussichten eines verdrießlichen Liebhabers, in der nächsten Nacht besser als gestern aufgenommen zu werden. Und daß man ihm Wort gehalten hat, habe ich mit eignen Augen gesehen, denn er schlich früh vor Tage aus eurem Hause hinweg. –

Sie können ihn gesehen haben; aber was bei uns vorging, wie traurig Mariane diese Nacht, wie verdrießlich ich sie zubrachte, das werden Sie erst jetzt erfahren. Ich will ganz aufrichtig sein, weder leugnen noch beschönigen, daß ich Marianen beredete, sich einem gewissen Norberg zu ergeben; sie folgte, ja ich kann sagen sie gehorchte mir mit Widerwillen. Er war reich, er schien verliebt, und ich hoffte, er werde beständig sein. Gleich darauf mußte er eine Reise machen, und Mariane lernte Sie kennen. Was hatte ich da nicht auszustehen! was zu hindern! was zu erdulden! O! rief sie manchmal, hättest du meiner Jugend, meiner Unschuld nur noch vier Wochen geschont, so hätte ich einen würdigen Gegenstand meiner Liebe gefunden, ich wäre seiner würdig gewesen, und die Liebe hätte das mit einem ruhigen Bewußtsein geben dürfen, was ich jetzt wider Willen verkauft habe. Sie überließ sich ganz ihrer Neigung, und ich darf nicht fragen, ob Sie glücklich waren. Ich hatte eine uneingeschränkte Gewalt über ihren Verstand, denn ich kannte alle Mittel, ihre kleinen Neigungen zu befriedigen; ich hatte keine Macht über ihr Herz, denn niemals billigte sie, was ich für sie tat, wozu ich sie bewegte, wenn ihr Herz widersprach: nur der unbezwinglichen Not gab sie nach, und die Not erschien ihr bald sehr drückend. In den ersten Zeiten ihrer Jugend hatte es ihr an nichts gemangelt; ihre Familie verlor durch eine Verwickelung von Umständen ihr Vermögen, das arme Mädchen war an mancherlei Bedürfnisse gewöhnt, und ihrem kleinen Gemüt waren gewisse gute Grundsätze eingeprägt, die sie unruhig machten, ohne ihr viel zu helfen. Sie hatte nicht die mindeste Gewandtheit in weltlichen Dingen, sie war unschuldig im eigentlichen Sinne; sie hatte keinen Begriff, daß man kaufen könne, ohne zu bezahlen; vor nichts war ihr mehr bange, als wenn sie schuldig war; sie hätte immer lieber gegeben als genommen, und nur eine solche Lage machte es möglich, daß sie genötigt ward, sich selbst hinzugeben, um eine Menge kleiner Schulden loszuwerden.

Und hättest du, fuhr Wilhelm auf, sie nicht retten können?

O ja, versetzte die Alte, mit Hunger und Not, mit Kummer und Entbehrung, und darauf war ich niemals eingerichtet.

Abscheuliche, niederträchtige Kupplerin! so hast du das unglückliche Geschöpf geopfert? so hast du sie deiner Kehle, deinem unersättlichen Heißhunger hingegeben? –

Ihr tätet besser, Euch zu mäßigen und mit Schimpfreden innezuhalten, versetzte die Alte. Wenn Ihr schimpfen wollt, so geht in Eure großen vornehmen Häuser, da werdet Ihr Mütter finden, die recht ängstlich besorgt sind, wie sie für ein liebenswürdiges, himmlisches Mädchen den allerabscheulichsten Menschen auffinden wollen, wenn er nur zugleich der reichste ist. Seht das arme Geschöpf vor seinem Schicksale zittern und beben und nirgends Trost finden, als bis ihr irgendeine erfahrne Freundin begreiflich macht, daß sie durch den Ehestand das Recht erwerbe, über ihr Herz und ihre Person künftig nach Gefallen disponieren zu können.

Schweig! rief Wilhelm: glaubst du denn, daß ein Verbrechen durch das andere entschuldigt werden könne? Erzähle, ohne weitere Anmerkungen zu machen.

So hören Sie, ohne mich zu tadeln! Mariane ward wider meinen Willen die Ihre. Bei diesem Abenteuer habe ich mir wenigstens nichts vorzuwerfen. Norberg kam zurück, er eilte, Marianen zu sehen, die ihn kalt und verdrießlich aufnahm und ihm nicht einen Kuß erlaubte. Ich brauchte meine ganze Kunst, um ihr Betragen zu entschuldigen; ich ließ ihn merken, daß ein Beichtvater ihr das Gewissen geschärft habe, und daß man ein Gewissen, solange es spricht, respektieren müsse. Ich brachte ihn dahin, daß er ging, und versprach ihm, mein Bestes zu tun. Er war reich und roh, aber er hatte einen Grund von Gutmütigkeit und liebte Marianen auf das äußerste. Er versprach mir Geduld, und ich arbeitete desto lebhafter, um ihn nicht zu sehr zu prüfen. Ich hatte mit Marianen einen harten Stand; ich überredete sie, ja ich kann sagen ich zwang sie endlich durch die Drohung, daß ich sie verlassen würde, an ihren Liebhaber zu schreiben und ihn auf die Nacht einzuladen. *Sie* kamen und rafften zufälligerweise seine Antwort in dem Halstuch auf. Ihre unvermutete Gegenwart hatte mir ein böses Spiel gemacht. Kaum waren Sie weg, so ging die Qual von neuem an: sie schwur, daß sie Ihnen nicht untreu werden könne, und war so leidenschaftlich, so außer sich, daß sie mir ein herzliches Mitleid ablockte. Ich versprach ihr endlich, daß ich auch diese Nacht

Norbergen beruhigen und ihn unter allerlei Vorwänden entfernen wollte; ich bat sie, zu Bette zu gehen, allein sie schien mir nicht zu trauen: sie blieb angezogen und schlief zuletzt, bewegt und ausgeweint, wie sie war, in ihren Kleidern ein.

Norberg kam; ich suchte ihn abzuhalten, ich stellte ihm ihre Gewissensbisse, ihre Reue mit den schwärzesten Farben vor; er wünschte sie nur zu sehen, und ich ging in das Zimmer, um sie vorzubereiten; er schritt mir nach, und wir traten beide zu gleicher Zeit vor ihr Bette. Sie erwachte, sprang mit Wut auf und entriß sich unsern Armen; sie beschwur und bat, sie flehte, drohte und versicherte, daß sie nicht nachgeben würde. Sie war unvorsichtig genug, über ihre wahre Leidenschaft einige Worte fallen zu lassen, die der arme Norberg im geistlichen Sinne deuten mußte. Endlich verließ er sie, und sie schloß sich ein. Ich behielt ihn noch lange bei mir und sprach mit ihm über ihren Zustand, daß sie guter Hoffnung sei, und daß man das arme Mädchen schonen müsse. Er fühlte sich so stolz auf seine Vaterschaft, er freute sich so sehr auf einen Knaben, daß er alles einging, was sie von ihm verlangte, und daß er versprach, lieber einige Zeit zu verreisen als seine Geliebte zu ängstigen und ihr durch diese Gemütsbewegungen zu schaden. Mit diesen Gesinnungen schlich er morgens früh von mir weg, und Sie, mein Herr, wenn Sie Schildwache gestanden haben, so hätte es zu Ihrer Glückseligkeit nichts weiter bedurft, als in den Busen Ihres Nebenbuhlers zu sehen, den Sie so begünstigt, so glücklich hielten, und dessen Erscheinung Sie zur Verzweiflung brachte.

Redest du wahr? sagte Wilhelm.

So wahr, sagte die Alte, als ich noch hoffe, Sie zur Verzweiflung zu bringen.

Ja gewiß, Sie würden verzweifeln, wenn ich Ihnen das Bild unsers nächsten Morgens recht lebhaft darstellen könnte. Wie heiter wachte sie auf! wie freundlich rief sie mich herein! wie lebhaft dankte sie mir! wie herzlich drückte sie mich an ihren Busen! Nun, sagte sie, indem sie lächelnd vor den Spiegel trat, darf ich mich wieder an mir selbst, mich an meiner Gestalt freuen, da ich wieder mir, da ich meinem einzig geliebten Freund angehöre. Wie ist es so süß, überwunden zu haben! welch eine himmlische Empfindung ist es, seinem Herzen zu folgen! Wie dank ich dir, daß du dich meiner angenommen, daß du deine Klugheit, deinen Verstand auch einmal zu meinem Vorteil angewendet hast! Steh mir bei und ersinne, was mich ganz glücklich machen kann!

Ich gab ihr nach, ich wollte sie nicht reizen, ich schmeichelte ihrer Hoffnung, und sie liebkoste mich auf das anmutigste. Entfernte sie sich einen Augenblick vom Fenster, so mußte ich Wache stehen: denn *Sie* sollten nun ein für allemal vorbeigehen, man wollte Sie wenigstens sehen; so ging der ganze Tag unruhig hin. Nachts, zur gewöhnlichen Stunde, erwarteten wir Sie ganz gewiß. Ich paßte schon an der Treppe, die Zeit ward mir lang, ich ging wieder zu ihr hinein. Ich fand sie zu meiner Verwunderung in ihrer Offizierstracht, sie sah unglaublich heiter und reizend aus. Verdien ich nicht, sagte sie, heute in Mannstracht zu erscheinen? habe ich mich nicht brav gehalten? Mein Geliebter soll mich heute wie das erste Mal sehen, ich will ihn so zärtlich und mit mehr Freiheit an mein Herz drücken als damals; denn bin ich jetzt nicht viel mehr die Seine als damals, da mich ein edler Entschluß noch nicht frei gemacht hatte? Aber, fügte sie nach einigem Nachdenken hinzu, noch hab ich nicht ganz gewonnen, noch muß ich erst das Äußerste wagen, um seiner wert, um seines Besitzes gewiß zu sein; ich muß ihm alles entdecken, meinen ganzen Zustand offenbaren und ihm alsdann überlassen, ob er mich behalten oder verstoßen will. Diese Szene bereite ich ihm, bereite ich mir zu; und wäre sein Gefühl mich zu verstoßen fähig, so würde ich alsdann ganz wieder mir selbst angehören, ich würde in meiner Strafe meinen Trost finden und alles erdulden, was das Schicksal mir auferlegen wollte.

Mit diesen Gesinnungen, mit diesen Hoffnungen, mein Herr, erwartete Sie das liebenswürdige Mädchen; Sie kamen nicht. O! wie soll ich den Zustand des Wartens und Hoffens beschreiben? Ich sehe dich noch vor mir, mit welcher Liebe, mit welcher Inbrunst du von dem Manne sprachst, dessen Grausamkeit du noch nicht erfahren hattest!

Gute liebe Barbara, rief Wilhelm, indem er aufsprang und die Alte bei der Hand faßte: es ist nun genug der Verstellung, genug der Vorbereitung! Dein gleichgültiger, dein ruhiger, dein zufriedener Ton hat dich verraten. Gib mir Marianen wieder! sie lebt, sie ist in der Nähe. Nicht umsonst hast du diese späte, einsame Stunde zu deinem Besuche gewählt, nicht umsonst hast du mich durch diese entzückende Erzählung vorbereitet. Wo hast du sie? wo verbirgst du sie? Ich glaube dir alles, ich verspreche dir, alles zu glauben, wenn du mir sie zeigst, wenn du sie meinen Armen wiedergibst. Ihren Schatten habe ich schon im Fluge gesehen, laß mich sie wieder in meine Arme fassen! Ich will vor ihr auf den Knieen liegen, ich will sie um Vergebung bitten, ich will ihr zu ihrem Kampfe, zu ihrem Siege über sich und dich Glück wünschen, ich will ihr meinen Felix zuführen. Komm! Wo hast du sie versteckt? Laß *sie*, laß mich nicht länger in Ungewißheit! Dein Endzweck ist erreicht. Wo hast du sie verborgen? Komm, daß ich sie mit diesem Licht beleuchte! daß ich wieder ihr holdes Angesicht sehe!

Er hatte die Alte vom Stuhl aufgezogen, sie sah ihn starr an, die Tränen stürzten ihr aus den Augen, und ein ungeheurer Schmerz ergriff sie. Welch ein unglücklicher Irrtum, rief sie aus, läßt Sie noch einen Augenblick hoffen! – Ja, ich habe sie verborgen, aber unter die Erde; weder das Licht der Sonne noch eine vertrauliche Kerze wird ihr holdes Angesicht jemals wieder erleuchten. Führen Sie den guten Felix an ihr Grab und sagen Sie ihm: Da liegt deine Mutter, die dein Vater ungehört verdammt hat. Das liebe Herz schlägt nicht mehr vor Ungeduld, Sie zu sehen, nicht etwa in einer benachbarten Kammer wartet sie auf den Ausgang meiner Erzählung oder meines Märchens; die dunkle Kammer hat sie aufgenommen, wohin kein Bräutigam folgt, woraus man keinem Geliebten entgegengeht.

Sie warf sich auf die Erde an einem Stuhle nieder und weinte bitterlich; Wilhelm war zum ersten Male völlig überzeugt, daß Mariane tot sei; er befand sich in einem traurigen Zustande. Die Alte richtete sich auf. Ich habe Ihnen weiter nichts zu sagen, rief sie und warf ein Paket auf den Tisch. Hier diese Briefschaften mögen völlig Ihre Grausamkeit beschämen; lesen Sie diese Blätter mit trockenen Augen durch, wenn es Ihnen möglich ist. Sie schlich leise fort, und Wilhelm hatte diese Nacht das Herz nicht, die Brieftasche zu öffnen; er hatte sie selbst Marianen geschenkt, er wußte, daß sie jedes Blättchen, das sie von ihm erhalten hatte, sorgfältig darin aufhob. Den andern Morgen vermochte er es über sich; er löste das Band, und es fielen ihm kleine Zettelchen, mit Bleistift von seiner eigenen Hand geschrieben, entgegen und riefen ihm jede Situation, von dem ersten Tage ihrer anmutigen Bekanntschaft bis zu dem letzten ihrer grausamen Trennung, wieder herbei. Allein nicht ohne die lebhaftesten Schmerzen durchlas er eine kleine Sammlung von Billetten, die an ihn geschrieben waren und die, wie er aus dem Inhalt sah, von Wernern waren zurückgewiesen worden:

Keines meiner Blätter hat bis zu dir durchdringen können, mein Bitten und Flehen hat dich nicht erreicht; hast du selbst diese grausamen Befehle gegeben? soll ich dich nie wiedersehen? Noch einmal versuch ich es, ich bitte dich: komm, o komm! ich verlange dich nicht zu behalten, wenn ich dich nur noch einmal an mein Herz drücken kann.

Wenn ich sonst bei dir saß, deine Hände hielt, dir in die Augen sah und mit vollem Herzen der Liebe und des Zutrauens zu dir sagte: Lieber, lieber, guter Mann! das hörtest du so gern, ich mußt es dir so oft wiederholen, ich wiederhole es noch einmal: Lieber, lieber, guter Mann! sei gut, wie du warst, komm und laß mich nicht in meinem Elende verderben.

Du hältst mich für schuldig, ich bin es auch, aber nicht, wie du denkst. Komm, damit ich nur den einzigen Trost habe, von dir ganz gekannt zu sein, es gehe mir nachher, wie es wolle.

Nicht um meinetwillen allein, auch um dein selbst willen fleh ich dich an, zu kommen. Ich fühle die unerträglichen Schmerzen, die du leidest, indem du mich fliehst; komm, daß unsere Trennung weniger grausam werde! Ich war vielleicht nie deiner würdig, als eben in dem Augenblick, da du mich in ein grenzenloses Elend zurückstößest.

Bei allem, was heilig ist, bei allem, was ein menschliches Herz rühren kann, ruf ich dich an! es ist um eine Seele, es ist um ein Leben zu tun, um zwei Leben, von denen dir eins ewig teuer sein muß. Dein Argwohn wird auch das nicht glauben, und doch werde ich es in der Stunde des Todes aussprechen: das Kind, das ich unter dem Herzen trage, ist dein. Seitdem ich dich liebe, hat kein anderer mir auch nur die Hand gedrückt; o daß deine Liebe, daß deine Rechtschaffenheit die Gefährten meiner Jugend gewesen wären!

Du willst mich nicht hören? so muß ich denn zuletzt wohl verstummen, aber diese Blätter sollen nicht untergehen, vielleicht können sie noch zu dir sprechen, wenn das Leichentuch schon meine Lippe bedeckt, und wenn die Stimme deiner Reue nicht mehr zu meinem Ohre reichen kann. Durch mein trauriges Leben bis an den letzten Augenblick wird das mein einziger Trost sein: daß ich ohne Schuld gegen dich war, wenn ich mich auch nicht unschuldig nennen durfte.

Wilhelm konnte nicht weiter; er überließ sich ganz seinem Schmerz, aber noch mehr war er bedrängt, als Laertes hereintrat, dem er seine Empfindungen zu verbergen suchte. Dieser brachte einen Beutel mit Dukaten hervor, zählte und rechnete und versicherte Wilhelmen: es sei nichts Schöneres in der Welt, als wenn man eben auf dem Wege sei, reich zu werden; es könne uns auch alsdann nichts stören oder abhalten. Wilhelm erinnerte sich seines Traums und lächelte; aber zugleich gedachte er auch mit Schaudern: daß in jenem Traumgesichte Mariane ihn verlassen, um seinem verstorbenen Vater zu folgen, und daß beide zuletzt wie Geister schwebend sich um den Garten bewegt hatten.

Laertes riß ihn aus seinem Nachdenken und führte ihn auf ein Kaffeehaus, wo sich sogleich mehrere Personen um ihn versammelten, die ihn sonst gern auf dem Theater gesehen hatten; sie freuten sich seiner Gegenwart, bedauerten aber, daß er, wie sie hörten, die Bühne verlassen wolle; sie sprachen so bestimmt und vernünftig von ihm und seinem Spiele, von dem Grade seines Talents, von ihren Hoffnungen, daß Wilhelm nicht ohne Rührung zuletzt ausrief: O wie unendlich wert wäre mir diese Teilnahme vor wenig Monaten gewesen! wie belehrend und wie erfreuend! Niemals hätte ich mein Gemüt so ganz von der Bühne abgewendet, und niemals wäre ich so weit gekommen, am Publiko zu verzweifeln.

Dazu sollte es überhaupt nicht kommen, sagte ein ältlicher Mann, der hervortrat; das Publikum ist groß, wahrer Verstand und wahres Gefühl sind nicht so selten, als man glaubt; nur muß der Künstler niemals einen unbedingten Beifall für das, was er hervorbringt, verlangen: denn eben der unbedingte ist am wenigsten wert, und den bedingten wollen die Herren nicht gerne. Ich weiß wohl, im Leben wie in der Kunst muß man mit sich zu Rate gehen, wenn man etwas tun und hervorbringen soll; wenn es aber getan oder vollendet ist, so darf man mit Aufmerksamkeit nur viele hören, und man kann sich mit einiger Übung aus diesen vielen Stimmen gar bald ein ganzes Urteil zusammensetzen: denn diejenigen, die uns diese Mühe ersparen könnten, halten sich meist stille genug.

Das sollten sie eben nicht, sagte Wilhelm. Ich habe so oft gehört, daß Menschen, die selbst über gute Werke schwiegen, doch beklagten und bedauerten, daß geschwiegen wird.

So wollen wir heute laut werden, rief ein junger Mann. Sie müssen mit uns speisen, und wir wollen alles einholen, was wir Ihnen und manchmal der guten Aurelie schuldig geblieben sind.

Wilhelm lehnte die Einladung ab und begab sich zu Madame Melina, die er wegen der Kinder sprechen wollte, indem er sie von ihr wegzunehmen gedachte.

Das Geheimnis der Alten war nicht zum besten bei ihm verwahrt. Er verriet sich, als er den schönen Felix wieder ansichtig ward. O, mein Kind! rief er aus, mein liebes Kind! Er hub ihn auf und drückte ihn an sein Herz! Vater! was hast du mir mitgebracht? rief das Kind. Mignon sah beide an, als wenn sie warnen wollte, sich nicht zu verraten.

Was ist das für eine neue Erscheinung? sagte Madame Melina. Man suchte die Kinder beiseitezubringen, und Wilhelm, der der Alten das strengste Geheimnis nicht schuldig zu sein glaubte, entdeckte seiner Freundin das ganze Verhältnis. Madame Melina sah ihn lächelnd an. O! über die leichtgläubigen Männer! rief sie aus: wenn nur etwas auf ihrem Wege ist, so kann man es ihnen sehr leicht aufbürden; aber dafür sehen sie sich auch ein ander Mal weder rechts noch links um und wissen nichts zu schätzen, als was sie vorher mit dem Stempel einer willkürlichen Leidenschaft bezeichnet haben. Sie konnte einen Seufzer nicht unterdrücken, und wenn Wilhelm nicht ganz blind gewesen wäre, so hätte er eine nie ganz besiegte Neigung in ihrem Betragen erkennen müssen.

Er sprach nunmehr mit ihr von den Kindern, wie er Felix bei sich zu behalten und Mignon auf das Land zu tun gedächte. Frau Melina, ob sie sich gleich ungerne von beiden zugleich trennte, fand doch den Vorschlag gut, ja notwendig. Felix verwilderte bei ihr, und Mignon schien einer freien Luft und anderer Verhältnisse zu bedürfen; das gute Kind war kränklich und konnte sich nicht erholen.

Lassen Sie sich nicht irren, fuhr Madame Melina fort, daß ich einige Zweifel, ob Ihnen der Knabe wirklich zugehöre, leichtsinnig geäußert habe. Der Alten ist freilich wenig zu trauen; doch wer Unwahrheit zu seinem Nutzen ersinnt, kann auch einmal wahr reden, wenn ihm die Wahrheiten nützlich scheinen. Aurelien hatte die Alte vorgespiegelt, Felix sei ein Sohn Lotharios, und die Eigenheit haben wir Weiber, daß wir die Kinder unserer Liebhaber recht herzlich lieben, wenn wir schon die Mutter nicht kennen oder sie von Herzen hassen. Felix kam hereingesprungen, sie drückte ihn an sich, mit einer Lebhaftigkeit, die ihr sonst nicht gewöhnlich war.

Wilhelm eilte nach Hause und bestellte die Alte, die ihn, jedoch nicht eher als in der Dämmerung, zu besuchen versprach; er empfing sie verdrießlich und sagte zu ihr: Es ist nichts Schändlichers in der Welt, als sich auf Lügen und Märchen einzurichten! Schon hast du viel Böses damit gestiftet, und jetzt, da dein Wort das Glück meines Lebens entscheiden könnte, jetzt steh ich zweifelhaft und wage nicht, das Kind in meine Arme zu schließen, dessen ungetrübter Besitz mich äußerst glücklich machen würde. Ich kann dich, schändliche Kreatur, nicht ohne Haß und Verachtung ansehen.

Euer Betragen kommt mir, wenn ich aufrichtig reden soll, versetzte die Alte, ganz unerträglich vor. Und wenns nun Euer Sohn nicht wäre, so ist es das schönste, angenehmste Kind von der Welt, das man gern für jeden Preis kaufen möchte, um es nur immer um sich zu haben. Ist es nicht wert, daß Ihr Euch seiner annehmt? Verdiene ich für meine Sorgfalt, für meine Mühe mit ihm nicht einen kleinen Unterhalt für mein künftiges Leben? O! ihr Herren, denen nichts abgeht, ihr habt gut von Wahrheit und Geradheit reden; aber wie eine arme Kreatur, deren geringstem Bedürfnis nichts entgegenkommt, die in ihren Verlegenheiten keinen Freund, keinen Rat, keine Hülfe sieht, wie die sich durch die selbstischen Menschen durchdrücken und im Stillen darben muß – davon würde manches zu sagen sein, wenn ihr hören wolltet und könntet. Haben Sie Marianens Briefe gelesen? Es sind dieselben, die sie zu jener unglücklichen Zeit schrieb. Vergebens suchte ich mich Ihnen zu nähern, vergebens Ihnen diese Blätter zuzustellen; Ihr grausamer Schwager hatte Sie so umlagert, daß alle List und Klugheit vergebens war, und zuletzt, als er mir und Marianen mit dem Gefängnis drohte, mußte ich wohl alle Hoffnung aufgeben. Trifft nicht alles mit dem überein, was ich erzählt habe? und setzt nicht Norbergs Brief die ganze Geschichte außer allen Zweifel?

Was für ein Brief? fragte Wilhelm.

Haben Sie ihn nicht in der Brieftasche gefunden? versetzte die Alte. –

Ich habe noch nicht alles durchlesen. –

Geben Sie nur die Brieftasche her! auf dieses Dokument kommt alles an. Norbergs unglückliches Billett hat die traurige Verwirrung gemacht, ein anderes von seiner Hand mag auch den Knoten lösen, insofern am Faden noch etwas gelegen ist. Sie nahm ein Blatt aus der Brieftasche, Wilhelm erkannte jene verhaßte Hand, er nahm sich zusammen und las:

Sag mir nur, Mädchen, wie vermagst du das über mich? hätt ich doch nicht geglaubt, daß eine Göttin selbst mich zum seufzenden Liebhaber umschaffen könnte. Anstatt mir mit offenen Armen entgegenzueilen, ziehst du dich zurück; man hätte es wahrhaftig für Abscheu nehmen können, wie du dich betrugst. Ists erlaubt, daß ich die Nacht mit der alten Barbara auf einem Koffer in einer Kammer zubringen mußte? und mein geliebtes Mädchen war nur zwei Türen davon! Es ist zu toll, sag ich dir! Ich habe versprochen, dir einige Bedenkzeit zu lassen, nicht gleich in dich zu dringen, und ich möchte rasend werden über jede verlorne Viertelstunde. Habe ich dir nicht geschenkt, was ich wußte und konnte? Zweifelst du noch an meiner Liebe? Was willst du haben? sag es nur! Es soll dir an nichts fehlen. Ich wollte, der Pfaffe müßte verstummen und verblinden, der dir solches Zeug in den Kopf gesetzt hat. Mußtest du auch gerade an so einen kommen! Es gibt so viele, die jungen Leuten etwas nachzusehen wissen. Genug, ich sage dir, es muß anders werden, in ein paar Tagen muß ich Antwort wissen, denn ich gehe bald wieder weg, und wenn du nicht wieder freundlich und gefällig bist, so sollst du mich nicht wieder sehen . . .

In dieser Art ging der Brief noch lange fort, drehte sich zu Wilhelms schmerzlicher Zufriedenheit immer um denselben Punkt herum und zeugte für die Wahrheit der Geschichte, die er von Barbara vernommen hatte. Ein zweites Blatt bewies deutlich, daß Mariane auch in der Folge nicht nachgegeben hatte, und Wilhelm vernahm aus diesen und mehreren Papieren nicht ohne tiefen Schmerz die Geschichte des unglücklichen Mädchens bis zur Stunde ihres Todes.

Die Alte hatte den rohen Menschen nach und nach zahm gemacht, indem sie ihm den Tod Marianens meldete und ihm den Glauben ließ, als wenn Felix sein Sohn sei; er hatte ihr einigemal Geld geschickt, das sie aber für sich behielt, da sie Aurelien die Sorge für des Kindes Erziehung aufgeschwatzt hatte. Aber leider dauerte dieser heimliche Erwerb nicht lange.

Norberg hatte durch ein wildes Leben den größten Teil seines Vermögens verzehrt, und wiederholte Liebesgeschichten sein Herz gegen seinen ersten, eingebildeten Sohn verhärtet.

So wahrscheinlich das alles lautete, und so schön es zusammentraf, traute Wilhelm doch noch nicht, sich der Freude zu überlassen; er schien sich vor einem Geschenke zu fürchten, das ihm ein böser Genius darreichte.

Ihre Zweifelsucht, sagte die Alte, die seine Gemütsstimmung erriet, kann nur die Zeit heilen. Sehen Sie das Kind als ein fremdes an und geben Sie desto genauer auf ihn acht, bemerken Sie seine Gaben, seine Natur, seine Fähigkeiten, und wenn Sie nicht nach und nach sich selbst wiedererkennen, so müssen Sie schlechte Augen haben. Denn das versichre ich Sie, wenn ich ein Mann wäre, mir sollte niemand ein Kind unterschieben; aber es ist ein Glück für die Weiber, daß die Männer in diesen Fällen nicht so scharfsichtig sind.

Nach allem diesen setzte sich Wilhelm mit der Alten auseinander: er wollte den Felix mit sich nehmen, sie sollte Mignon zu Theresen bringen und hernach eine kleine Pension, die er ihr versprach, wo sie wollte, verzehren.

Er ließ Mignon rufen, um sie auf diese Veränderung vorzubereiten. – Meister! sagte sie, behalte mich bei dir, es wird mir wohl tun und weh.

Er stellte ihr vor, daß sie nun herangewachsen sei, und daß doch etwas für ihre weitere Bildung getan werden müsse. – Ich bin gebildet genug, versetzte sie, um zu lieben und zu trauern.

Er machte sie auf ihre Gesundheit aufmerksam, daß sie eine anhaltende Sorgfalt und die Leitung eines geschickten Arztes bedürfe. – Warum soll man für *mich* sorgen, sagte sie, da so viel zu sorgen ist?

Nachdem er sich viele Mühe gegeben, sie zu überzeugen, daß er sie jetzt nicht mit sich nehmen könne, daß er sie zu Personen bringen wolle, wo er sie öfters sehen werde, schien sie von alledem nichts gehört zu haben. Du willst mich nicht bei dir? sagte sie. Vielleicht ist es besser, schicke mich zum alten Harfenspieler, der arme Mann ist so allein.

Wilhelm suchte ihr begreiflich zu machen, daß der Alte gut aufgehoben sei. – Ich sehne mich jede Stunde nach ihm, versetzte das Kind.

Ich habe aber nicht bemerkt, sagte Wilhelm, daß du ihm so geneigt seist, als er noch mit uns lebte.

Ich fürchtete mich vor ihm, wenn er wachte; ich konnte nur seine Augen nicht sehen, aber wenn er schlief, setzte ich mich gern zu ihm, ich wehrte ihm die Fliegen und konnte mich nicht satt an ihm sehen. O! er hat mir in schrecklichen Augenblicken beigestanden, es weiß niemand, was ich ihm schuldig bin. Hätt ich nur den Weg gewußt, ich wäre schon zu ihm gelaufen.

Wilhelm stellte ihr die Umstände weitläufig vor und sagte: sie sei so ein vernünftiges Kind, sie möchte doch auch diesmal seinen Wünschen folgen. – Die Vernunft ist grausam, versetzte sie, das Herz ist besser. Ich will hingehen, wohin du willst, aber laß mir deinen Felix!

Nach vielem Hin- und Widerreden war sie immer auf ihrem Sinne geblieben, und Wilhelm mußte sich zuletzt entschließen, die beiden Kinder der Alten zu übergeben und sie zusammen an Fräulein Therese zu schicken. Es ward ihm das um so leichter, als er sich noch immer fürchtete, den schönen Felix sich als seinen Sohn zuzueignen. Er nahm ihn auf den Arm und trug ihn herum; das Kind mochte gern vor den Spiegel gehoben sein, und ohne sich es zu gestehen, trug Wilhelm ihn gern vor den Spiegel und suchte dort Ähnlichkeiten zwischen sich und dem Kinde auszuspähen. Ward es ihm dann einen Augenblick recht wahrscheinlich, so drückte er den Knaben an seine Brust; aber auf einmal, erschreckt durch den Gedanken, daß er sich betrügen könne, setzte er das Kind nieder und ließ es hinlaufen. O! rief er aus, wenn ich mir dieses unschätzbare Gut zueignen könnte und es würde mir dann entrissen, so wäre ich der unglücklichste aller Menschen!

Die Kinder waren weggefahren, und Wilhelm wollte nun seinen förmlichen Abschied vom Theater nehmen, als er fühlte, daß er schon abgeschieden sei und nur zu gehen brauchte. Mariane war nicht mehr, seine zwei Schutzgeister hatten sich entfernt, und seine Gedanken eilten ihnen nach. Der schöne

Knabe schwebte wie eine reizende ungewisse Erscheinung vor seiner Einbildungskraft, er sah ihn an Theresens Hand durch Felder und Wälder laufen, in der freien Luft und neben einer freien und heitern Begleiterin sich bilden; Therese war ihm noch viel werter geworden, seitdem er das Kind in ihrer Gesellschaft dachte. Selbst als Zuschauer im Theater erinnerte er sich ihrer mit Lächeln; beinahe war er in ihrem Falle, die Vorstellungen machten ihm keine Illusion mehr.

Serlo und Melina waren äußerst höflich gegen ihn, sobald sie merkten, daß er an seinen vorigen Platz keinen weitern Anspruch machte. Ein Teil des Publikums wünschte ihn nochmals auftreten zu sehen; es wäre ihm unmöglich gewesen, und bei der Gesellschaft wünschte es niemand als allenfalls Frau Melina.

Er nahm nun wirklich Abschied von dieser Freundin, er war gerührt und sagte: Wenn doch der Mensch sich nicht vermessen wollte, irgend etwas für die Zukunft zu versprechen! das Geringste vermag er nicht zu halten, geschweige wenn sein Vorsatz von Bedeutung ist. Wie schäme ich mich, wenn ich denke, was ich Ihnen allen zusammen in jener unglücklichen Nacht versprach, da wir beraubt, krank, verletzt und verwundet in eine elende Schenke zusammengedrängt waren. Wie erhöhte damals das Unglück meinen Mut, und welchen Schatz glaubte ich in meinem guten Willen zu finden! Nun ist aus allem dem nichts, gar nichts geworden! Ich verlasse Sie als Ihr Schuldner, und mein Glück ist, daß man mein Versprechen nicht mehr achtete, als es wert war, und daß niemand mich jemals gemahnt hat.

Sein Sie nicht ungerecht gegen sich selbst, versetzte Frau Melina; wenn niemand erkennt, was Sie für uns getan hatten, so werde ich es nicht verkennen: denn unser ganzer Zustand wäre völlig anders, wenn wir Sie nicht besessen hätten. Geht es doch unsern Vorsätzen wie unsern Wünschen. Sie sehen sich gar nicht mehr ähnlich, wenn sie ausgeführt, wenn sie erfüllt sind, und wir glauben nichts getan, nichts erlangt zu haben.

Sie werden, versetzte Wilhelm, durch Ihre freundschaftliche Auslegung mein Gewissen nicht beruhigen, und ich werde mir immer als Ihr Schuldner vorkommen.

Es ist auch wohl möglich, daß Sie es sind, versetzte Madame Melina, nur nicht auf die Art, wie Sie es denken. Wir rechnen uns zur Schande, ein Versprechen nicht zu erfüllen, das wir mit dem Munde getan haben. O, mein Freund, ein guter Mensch verspricht durch seine Gegenwart nur immer zu viel! Das Vertrauen, das er hervorlockt, die Neigung, die er einflößt, die Hoffnungen, die er erregt, sind unendlich; er wird und bleibt ein Schuldner, ohne es zu wissen. Leben Sie wohl. Wenn unsere äußeren Umstände sich unter Ihrer Leitung recht glücklich hergestellt haben, so entsteht in meinem Innern durch Ihren Abschied eine Lücke, die sich so leicht nicht wieder ausfüllen wird.

Wilhelm schrieb vor seiner Abreise aus der Stadt noch einen weitläufigen Brief an Wernern. Sie hatten zwar einige Briefe gewechselt, aber weil sie nicht einig werden konnten, hörten sie zuletzt auf zu schreiben. Nun hatte sich Wilhelm wieder genähert, er war im Begriff, dasjenige zu tun, was jener so sehr wünschte, er konnte sagen: ich verlasse das Theater und verbinde mich mit Männern, deren Umgang mich in jedem Sinne zu einer reinen und sichern Tätigkeit führen muß. Er erkundigte sich nach seinem Vermögen, und es schien ihm nunmehr sonderbar, daß er so lange sich nicht darum gekümmert hatte. Er wußte nicht, daß es die Art aller der Menschen sei, denen an ihrer innern Bildung viel gelegen ist, daß sie die äußeren Verhältnisse ganz und gar vernachlässigen. Wilhelm hatte sich in diesem Falle befunden; er schien nunmehr zum ersten Mal zu merken, daß er äußerer Hülfsmittel bedürfe, um nachhaltig zu wirken. Er reiste fort mit einem ganz andern Sinn als das erste Mal; die Aussichten, die sich ihm zeigten, waren reizend, und er hoffte auf seinem Wege etwas Frohes zu erleben.

Neuntes Kapitel

Als er nach Lotharios Gut zurückkam, fand er eine große Veränderung. Jarno kam ihm entgegen mit der Nachricht, daß der Oheim gestorben, daß Lothario hingegangen sei, die hinterlassenen Güter in Besitz zu nehmen. Sie kommen eben zur rechten Zeit, sagte er, um mir und dem Abbé beizustehn. Lothario hat uns den Handel um wichtige Güter in unserer Nachbarschaft aufgetragen; es war schon lange vorbereitet, und nun finden wir Geld und Kredit eben zur rechten Stunde. Das einzige war dabei bedenklich, daß ein auswärtiges Handelshaus auch schon auf dieselben Güter Absicht hatte; nun sind wir kurz und gut entschlossen, mit jenem gemeine Sache zu machen, denn sonst hätten wir uns ohne Not und Vernunft hinaufgetrieben. Wir haben, so scheint es, mit einem klugen Manne zu tun. Nun machen wir Kalküls und Anschläge; auch muß ökonomisch überlegt werden, wie wir die Güter teilen können, so daß jeder ein schönes Besitztum erhält. Es wurden Wilhelmen die Papiere vorgelegt, man besah die Felder, Wiesen, Schlösser, und obgleich Jarno und der Abbé die Sache sehr gut zu verstehen schienen, so wünschte Wilhelm doch, daß Fräulein Therese von der Gesellschaft sein möchte.

Sie brachten mehrere Tage mit diesen Arbeiten zu, und Wilhelm hatte kaum Zeit, seine Abenteuer und seine zweifelhafte Vaterschaft den Freunden zu erzählen, die eine ihm so wichtige Begebenheit gleichgültig und leichtsinnig behandelten.

Er hatte bemerkt, daß sie manchmal in vertrauten Gesprächen, bei Tische und auf Spaziergängen, auf einmal innehielten, ihren Worten eine andere Wendung gaben und dadurch wenigstens anzeigten, daß sie unter sich manches abzutun hatten, das ihm verborgen sei. Er erinnerte sich an das, was Lydie gesagt hatte, und glaubte um so mehr daran, als eine ganze Seite des Schlosses vor ihm immer unzugänglich gewesen war. Zu gewissen Galerieen und besonders zu dem alten Turm, den er von außen recht gut kannte, hatte er bisher vergebens Weg und Eingang gesucht.

Eines Abends sagte Jarno zu ihm: Wir können Sie nun so sicher als den Unsern ansehen, daß es unbillig wäre, wenn wir Sie nicht tiefer in unsere Geheimnisse einführten. Es ist gut, daß der Mensch, der erst in die Welt tritt, viel von sich halte, daß er sich viele Vorzüge zu erwerben denke, daß er alles möglich zu machen suche; aber wenn seine Bildung auf einem gewissen

Grade steht, dann ist es vorteilhaft, wenn er sich in einer größern Masse verlieren lernt, wenn er lernt, um anderer willen zu leben und seiner selbst in einer pflichtmäßigen Tätigkeit zu vergessen. Da lernt er erst sich selbst kennen, denn das Handeln eigentlich vergleicht uns mit andern. Sie sollen bald erfahren, welch eine kleine Welt sich in Ihrer Nähe befindet, und wie gut Sie in dieser kleinen Welt gekannt sind; morgen früh, vor Sonnenaufgang, sein Sie angezogen und bereit.

Jarno kam zur bestimmten Stunde und führte ihn durch bekannte und unbekannte Zimmer des Schlosses, dann durch einige Galerieen, und sie gelangten endlich vor eine große, alte Türe, die stark mit Eisen beschlagen war. Jarno pochte, die Türe tat sich ein wenig auf, so daß eben ein Mensch hineinschlüpfen konnte. Jarno schob Wilhelm hinein, ohne ihm zu folgen. Dieser fand sich in einem dunkeln und engen Behältnisse, es war finster um ihn, und als er einen Schritt vorwärts gehen wollte, stieß er schon wider. Eine nicht ganz unbekannte Stimme rief ihm zu: Tritt herein! und nun bemerkte er erst, daß die Seiten des Raums, in dem er sich befand, nur mit Teppichen behangen waren, durch welche ein schwaches Licht hindurchschimmerte. Tritt herein! rief es nochmals; er hob den Teppich auf und trat hinein.

Der Saal, in dem er sich nunmehr befand, schien ehemals eine Kapelle gewesen zu sein; anstatt des Altars stand ein großer Tisch auf einigen Stufen, mit einem grünen Teppich behangen, darüber schien ein zugezogener Vorhang ein Gemälde zu bedecken; an den Seiten waren schön gearbeitete Schränke, mit feinen Drahtgittern verschlossen, wie man sie in Bibliotheken zu sehen pflegt, nur sah er anstatt der Bücher viele Rollen aufgestellt. Niemand befand sich in dem Saal; die aufgehende Sonne fiel durch die farbigen Fenster Wilhelmen grade entgegen und begrüßte ihn freundlich.

Setze dich! rief eine Stimme, die von dem Altar her zu tönen schien. Wilhelm setzte sich auf einen kleinen Armstuhl, der wider den Verschlag des Eingangs stand; es war kein anderer Sitz im ganzen Zimmer, er mußte sich darein ergeben, ob ihn schon die Morgensonne blendete; der Sessel stand fest, er konnte nur die Hand vor die Augen halten.

Indem eröffnete sich, mit einem kleinen Geräusche, der Vorhang über dem Altar und zeigte, innerhalb eines Rahmens, eine leere, dunkle Öffnung. Es trat ein Mann hervor in gewöhnlicher Kleidung, der ihn begrüßte und zu ihm sagte: Sollten Sie mich nicht wiedererkennen? sollten Sie, unter andern Dingen, die Sie wissen möchten, nicht auch zu erfahren wünschen, wo die Kunstsammlung Ihres Großvaters sich gegenwärtig befindet? Erinnern Sie sich des Gemäldes nicht mehr, das Ihnen so reizend war? Wo mag der kranke Königssohn wohl jetzo schmachten? – Wilhelm erkannte leicht den Fremden, der in jener bedeutenden Nacht sich mit ihm im Gasthause unterhalten hatte. Vielleicht, fuhr dieser fort, können wir jetzt über Schicksal und Charakter eher einig werden.

Wilhelm wollte eben antworten, als der Vorhang sich wieder rasch zusammenzog. Sonderbar! sagte er bei sich selbst, sollten zufällige Ereignisse einen Zusammenhang haben? und das, was wir Schicksal nennen, sollte es bloß Zufall sein? Wo mag sich meines Großvaters Sammlung befinden? und warum erinnert man mich in diesen feierlichen Augenblicken daran?

Er hatte nicht Zeit weiterzudenken, denn der Vorhang öffnete sich wieder, und ein Mann stand vor seinen Augen, den er sogleich für den Landgeistlichen erkannte, der mit ihm und der lustigen Gesellschaft jene Wasserfahrt gemacht hatte; er glich dem Abbé, ob er gleich nicht dieselbe Person schien. Mit einem heitern Gesichte und einem würdigen Ausdruck fing der Mann an: Nicht vor Irrtum zu bewahren, ist die Pflicht des Menschenerziehers, sondern den Irrenden zu leiten, ja ihn seinen Irrtum aus vollen Bechern ausschlürfen zu lassen, das ist Weisheit der Lehrer. Wer seinen Irrtum nur kostet, hält lange damit Haus, er freuet sich dessen als eines seltenen Glücks; aber wer ihn ganz erschöpft, der muß ihn kennen lernen, wenn er nicht wahnsinnig ist. – Der Vorhang schloß sich abermals, und Wilhelm hatte Zeit nachzudenken. Von welchem Irrtum kann der Mann sprechen? sagte er zu sich selbst, als von dem, der mich mein ganzes Leben verfolgt hat: daß ich da Bildung suchte, wo keine zu finden war, daß ich mir einbildete, ein Talent erwerben zu können, zu dem ich nicht die geringste Anlage hatte.

Der Vorhang riß sich schneller auf, ein Offizier trat hervor und sagte nur im Vorbeigehen: Lernen Sie die Menschen kennen, zu denen man Zutrauen haben kann! – Der Vorhang schloß sich, und Wilhelm brauchte sich nicht lange zu besinnen, um diesen Offizier für denjenigen zu erkennen, der ihn in des Grafen Park umarmt hatte und schuld gewesen war, daß er Jarno für einen Werber hielt. Wie dieser hierhergekommen und wer er sei, war Wilhelmen völlig ein Rätsel. – Wenn so viele Menschen an dir teilnahmen, deinen Lebensweg kannten und wußten, was darauf zu tun sei, warum führten sie dich nicht strenger, warum nicht ernster? warum begünstigten sie deine Spiele, anstatt dich davon wegzuführen?

Rechte nicht mit uns! rief eine Stimme: Du bist gerettet und auf dem Wege zum Ziel. Du wirst keine deiner Torheiten bereuen und keine zurückwünschen, kein glücklicheres Schicksal kann einem Menschen werden. – Der Vorhang riß sich voneinander, und in voller Rüstung stand der alte König von Dänemark in dem Raume. Ich bin der Geist deines Vaters, sagte das Bildnis, und scheide getrost, da meine Wünsche für dich, mehr als ich sie selbst begriff, erfüllt sind. Steile Gegenden lassen sich nur durch Umwege erklimmen, auf der Ebene führen gerade Wege von einem Ort zum andern. Lebe wohl und gedenke mein, wenn du genießest, was ich dir vorbereitet habe.

Wilhelm war äußerst betroffen, er glaubte die Stimme seines Vaters zu hören, und doch war sie es auch nicht; er befand sich durch die Gegenwart und die Erinnerung in der verworrensten Lage.

Nicht lange konnte er nachdenken, als der Abbé hervortrat und sich hinter den grünen Tisch stellte. Treten Sie herbei! rief er seinem verwunderten Freunde zu. Er trat herbei und stieg die Stufen hinan. Auf dem Teppiche lag eine kleine Rolle. Hier ist Ihr Lehrbrief, sagte der Abbé, beherzigen Sie ihn, er ist von wichtigem Inhalt. Wilhelm nahm ihn auf, öffnete ihn und las:

Lehrbrief

Die Kunst ist lang, das Leben kurz, das Urteil schwierig, die Gelegenheit flüchtig. Handeln ist leicht, denken schwer; nach dem Gedachten handeln unbequem. Aller Anfang ist heiter, die Schwelle ist der Platz der Erwartung. Der Knabe staunt, der Eindruck bestimmt ihn, er lernt spielend, der Ernst überrascht ihn. Die Nachahmung ist uns angeboren, das Nachzuahmende wird nicht leicht erkannt. Selten wird das Treffliche gefunden, seltner geschätzt. Die Höhe reizt uns, nicht die Stufen; den Gipfel im Auge, wandeln wir gerne auf der Ebene. Nur ein Teil der Kunst kann gelehrt werden, der Künstler braucht sie ganz. Wer sie halb kennt, ist immer irre und redet viel; wer sie ganz besitzt, mag nur tun und redet selten oder spät. Jene haben keine Geheimnisse und keine Kraft, ihre Lehre ist wie gebackenes Brot schmackhaft und sättigend für Einen Tag; aber Mehl kann man nicht säen, und die Saatfrüchte sollen nicht vermahlen werden. Die Worte sind gut, sie sind aber nicht das Beste. Das Beste wird nicht deutlich durch Worte. Der Geist, aus dem wir handeln, ist das Höchste. Die Handlung wird nur vom Geiste begriffen und wieder dargestellt. Niemand weiß, was er tut, wenn er recht handelt; aber des Unrechten sind wir uns immer bewußt. Wer bloß mit Zeichen wirkt, ist ein Pedant, ein Heuchler oder ein Pfuscher. Es sind ihrer viel, und es wird ihnen wohl zusammen. Ihr Geschwätz hält den Schüler zurück, und ihre beharrliche Mittelmäßigkeit ängstigt die Besten. Des echten Künstlers Lehre schließt den Sinn auf; denn wo die Worte fehlen, spricht die Tat. Der echte Schüler lernt aus dem Bekannten das Unbekannte entwickeln und nähert sich dem Meister.

Genug! rief der Abbé; das übrige zu seiner Zeit. Jetzt sehen Sie sich in jenen Schränken um.

Wilhelm ging hin und las die Aufschriften der Rollen. Er fand mit Verwunderung Lotharios Lehrjahre, Jarnos Lehrjahre und seine eigenen Lehrjahre daselbst aufgestellt, unter vielen andern, deren Namen ihm unbekannt waren.

Darf ich hoffen, in diese Rollen einen Blick zu werfen? –

Es ist für Sie nunmehr in diesem Zimmer nichts verschlossen. –

Darf ich eine Frage tun? –

Ohne Bedenken! und Sie können entscheidende Antwort erwarten, wenn es eine Angelegenheit betrifft, die Ihnen zunächst am Herzen liegt und am Herzen liegen soll. –

Gut denn! Ihr sonderbaren und weisen Menschen, deren Blick in so viele Geheimnisse dringt, könnt ihr mir sagen, ob Felix wirklich mein Sohn sei?

Heil Ihnen über diese Frage! rief der Abbé, indem er vor Freuden die Hände zusammenschlug: Felix ist Ihr Sohn! bei dem Heiligsten, was unter uns verborgen liegt, schwör ich Ihnen: Felix ist Ihr Sohn, und der Gesinnung nach war seine abgeschiedne Mutter Ihrer nicht unwert. Empfangen Sie das liebliche Kind aus unserer Hand, kehren Sie sich um, und wagen Sie es, glücklich zu sein.

Wilhelm hörte ein Geräusch hinter sich, er kehrte sich um und sah ein Kindergesicht schalkhaft durch die Teppiche des Eingangs hervorgucken: es war Felix. Der Knabe versteckte sich sogleich scherzend, als er gesehen wurde. Komm hervor! rief der Abbé. Er kam gelaufen, sein Vater stürzte ihm entgegen, nahm ihn in die Arme und drückte ihn an sein Herz. Ja, ich fühls, rief er aus, du bist mein! Welche Gabe des Himmels habe ich meinen Freunden zu verdanken! Wo kommst du her, mein Kind, gerade in diesem Augenblick?

Fragen Sie nicht, sagte der Abbé. Heil dir, junger Mann! deine Lehrjahre sind vorüber, die Natur hat dich losgesprochen.

ACHTES BUCH

Erstes Kapitel

Felix war in den Garten gesprungen, Wilhelm folgte ihm mit Entzücken, der schönste Morgen zeigte jeden Gegenstand mit neuen Reizen, und Wilhelm genoß den heitersten Augenblick. Felix war neu in der freien und herrlichen Welt, und sein Vater nicht viel bekannter mit den Gegenständen, nach denen der Kleine wiederholt und unermüdet fragte. Sie gesellten sich endlich zum Gärtner, der die Namen und den Gebrauch mancher Pflanzen hererzählen mußte; Wilhelm sah die Natur durch ein neues Organ, und die Neugierde, die Wißbegierde des Kindes ließen ihn erst fühlen, welch ein schwaches Interesse er an den Dingen außer sich genommen hatte, wie wenig er kannte und wußte. An diesem Tage, dem vergnügtesten seines Lebens, schien auch seine eigne Bildung erst anzufangen: er fühlte die Notwendigkeit, sich zu belehren, indem er zu lehren aufgefordert ward.

Jarno und der Abbé hatten sich nicht wieder sehen lassen; abends kamen sie und brachten einen Fremden mit. Wilhelm ging ihm mit Erstaunen entgegen, er traute seinen Augen nicht: es war Werner, der gleichfalls einen Augenblick anstand, ihn anzuerkennen. Beide umarmten sich aufs zärtlichste, und beide konnten nicht verbergen, daß sie sich wechselsweise verändert fanden. Werner behauptete, sein Freund sei größer, stärker, gerader, in seinem Wesen gebildeter und in seinem Betragen angenehmer geworden. – Etwas von seiner alten Treuherzigkeit vermiß ich, setzte er hinzu. – Sie wird sich auch schon wieder zeigen, wenn wir uns nur von der ersten Verwunderung erholt haben, sagte Wilhelm.

Es fehlte viel, daß Werner einen gleich vorteilhaften Eindruck auf Wilhelmen gemacht hätte. Der gute Mann schien eher zurück als vorwärts gegangen zu sein. Er war viel magerer als ehemals, sein spitzes Gesicht schien feiner, seine Nase länger zu sein, seine Stirn und sein Scheitel waren von Haaren entblößt, seine Stimme hell, heftig und schreiend, und seine eingedrückte Brust, seine vorfallenden Schultern, seine farblosen Wangen ließen keinen Zweifel übrig, daß ein arbeitsamer Hypochondrist gegenwärtig sei.

Wilhelm war bescheiden genug, um sich über diese große Veränderung sehr mäßig zu erklären, da der andere hingegen seiner freundschaftlichen Freude völligen Lauf ließ. Wahrhaftig! rief er aus, wenn du deine Zeit schlecht angewendet und, wie ich vermute, nichts gewonnen hast, so bist du doch indessen ein Persönchen geworden, das sein Glück machen kann und muß; verschlendere und verschleudere nur auch das nicht wieder: du sollst mir mit dieser Figur eine reiche und schöne Erbin erkaufen. – Du wirst doch, versetzte Wilhelm lächelnd, deinen Charakter nicht verleugnen! kaum findest du nach langer Zeit deinen Freund wieder, so siehst du ihn schon als eine Ware, als einen Gegenstand deiner Spekulation an, mit dem sich etwas gewinnen läßt.

Jarno und der Abbé schienen über diese Erkennung keinesweges verwundert und ließen beide Freunde sich nach Belieben über das Vergangene und Gegenwärtige ausbreiten. Werner ging um seinen Freund herum, drehte ihn hin und her, so daß er ihn fast verlegen machte. Nein! nein! rief er aus, so was ist mir noch nicht vorgekommen, und doch weiß ich wohl, daß ich mich nicht betrüge. Deine Augen sind tiefer, deine Stirn ist breiter, deine Nase feiner und dein Mund liebreicher geworden. Seht nur einmal, wie er steht! wie das alles paßt und zusammenhängt! Wie doch das Faulenzen gedeihet! Ich armer Teufel dagegen – er besah sich im Spiegel – wenn ich diese Zeit her nicht recht viel Geld gewonnen hätte, so wäre doch auch gar nichts an mir.

Werner hatte Wilhelms letzten Brief nicht empfangen: ihre Handlung war das fremde Haus, mit welchem Lothario die Güter in Gemeinschaft zu kaufen die Absicht hatte. Dieses Geschäft führte Wernern hierher; er hatte keine Gedanken, Wilhelmen auf seinem Wege zu finden. Der Gerichtshalter kam, die Papiere wurden vorgelegt, und Werner fand die Vorschläge billig. Wenn Sie es mit diesem jungen Manne, wie es scheint, gut meinen, sagte er, so sorgen Sie selbst dafür, daß unser Teil nicht verkürzt werde; es soll von meinem Freunde abhängen, ob er das Gut annehmen und einen Teil seines Vermögens daran wenden will. Jarno und der Abbé versicherten, daß es dieser Erinnerung nicht bedürfe. Man hatte die Sache kaum im allgemeinen verhandelt, als Werner sich nach einer Partie L'hombre sehnte, wozu sich denn auch gleich der Abbé und Jarno mit hinsetzten; er war es nun einmal so gewohnt, er konnte des Abends ohne Spiel nicht leben.

Als die beiden Freunde nach Tische allein waren, befragten und besprachen sie sich sehr lebhaft über alles, was sie sich mitzuteilen wünschten. Wilhelm rühmte seine Lage und das Glück seiner Aufnahme unter so trefflichen Menschen. Werner dagegen schüttelte den Kopf und sagte: Man sollte doch auch nichts glauben, als was man mit Augen sieht! Mehr als Ein dienstfertiger Freund hat mir versichert, du lebtest mit einem liederlichen jungen Edelmann, führtest ihm Schauspielerinnen zu, hälfest ihm sein Geld durchbringen und seiest schuld, daß er mit seinen sämtlichen Anverwandten gespannt sei. Es würde mich um meinet- und um der guten Menschen willen verdrießen, daß wir so verkannt werden, versetzte Wilhelm, wenn mich nicht meine theatralische Laufbahn mit jeder übeln Nachrede versöhnt hätte. Wie sollten die Menschen unsere Handlungen beurteilen, die ihnen nur einzeln und abgerissen erscheinen, wovon sie das wenigste sehen, weil Gutes und Böses im Verborgenen geschieht und eine gleichgültige Erscheinung meistens nur an den Tag kommt. Bringt man ihnen doch Schauspieler und Schauspielerinnen auf erhöhte Bretter, zündet von allen Seiten Licht an, das ganze Werk ist in wenig Stunden abgeschlossen, und doch weiß selten jemand eigentlich, was er daraus machen soll.

Nun ging es an ein Fragen nach der Familie, nach den Jugendfreunden und der Vaterstadt. Werner erzählte mit großer Hast alles, was sich verändert hatte und was noch bestand und geschah. Die Frauen im Hause, sagte er, sind vergnügt und glücklich, es fehlt nie an Geld. Die eine Hälfte der Zeit bringen sie zu, sich zu putzen, und die andere Hälfte, sich geputzt sehen zu lassen. Haushältisch sind sie soviel, als billig ist. Meine Kinder lassen sich zu gescheiten Jungen an. Ich sehe sie im Geiste schon sitzen und schreiben und rechnen, laufen, handeln und trödeln; einem jeden soll so bald als möglich ein eignes Gewerbe eingerichtet werden, und was unser Vermögen betrifft, daran sollst du deine Lust sehen. Wenn wir mit den Gütern in Ordnung sind, mußt du gleich mit nach Hause: denn es sieht doch aus, als wenn du mit einiger Vernunft in die menschlichen Unternehmungen eingreifen könntest. Deine neuen Freunde sollen gepriesen sein, da sie dich auf den rechten Weg gebracht haben. Ich bin ein närrischer Teufel und merke erst, wie lieb ich dich habe, da ich mich nicht satt an dir sehen kann, daß du so wohl und so gut aussiehst. Das ist doch noch eine andere Gestalt als das Porträt, das du einmal an die Schwester schicktest, und worüber im Hause großer Streit war. Mutter und Tochter fanden den jungen Herrn allerliebst, mit offnem Halse, halbfreier Brust, großer Krause, herumhängendem Haar, rundem Hut, kurzem Westchen und schlotternden langen Hosen, indessen ich behauptete, das Kostüm sei nur noch zwei Finger breit vom Hanswurst. Nun siehst du doch aus wie ein Mensch; nur fehlt der Zopf, in den ich deine Haare einzubinden bitte, sonst hält man dich denn doch einmal unterwegs als Juden an und fordert Zoll und Geleite von dir.

Felix war indessen in die Stube gekommen und hatte sich, als man auf ihn nicht achtete, aufs Kanapee gelegt und war eingeschlafen. Was ist das für ein Wurm? fragte Werner. Wilhelm hatte in dem Augenblicke den Mut nicht, die Wahrheit zu sagen, noch Lust, eine doch immer zweideutige Geschichte einem Manne zu erzählen, der von Natur nichts weniger als gläubig war.

Die ganze Gesellschaft begab sich nunmehr auf die Güter, um sie zu besehen und den Handel abzuschließen. Wilhelm ließ seinen Felix nicht von der Seite und freute sich um des Knaben willen recht lebhaft des Besitzes, dem man entgegensah. Die

Lüsternheit des Kindes nach den Kirschen und Beeren, die bald reif werden sollten, erinnerte ihn an die Zeit seiner Jugend und an die vielfache Pflicht des Vaters, den Seinigen den Genuß vorzubereiten, zu verschaffen und zu erhalten. Mit welchem Interesse betrachtete er die Baumschulen und die Gebäude! wie lebhaft sann er darauf, das Vernachlässigte wieder herzustellen und das Verfallene zu erneuern! Er sah die Welt nicht mehr wie ein Zugvogel an, ein Gebäude nicht mehr für eine geschwind zusammengestellte Laube, die vertrocknet, ehe man sie verläßt. Alles, was er anzulegen gedachte, sollte dem Knaben entgegenwachsen, und alles, was er herstellte, sollte eine Dauer auf einige Geschlechter haben. In diesem Sinne waren seine Lehrjahre geendigt, und mit dem Gefühl des Vaters hatte er auch alle Tugenden eines Bürgers erworben. Er fühlte es, und seiner Freude konnte nichts gleichen. O, der unnötigen Strenge der Moral! rief er aus, da die Natur uns auf ihre liebliche Weise zu allem bildet, was wir sein sollen. O, der seltsamen Anforderungen der bürgerlichen Gesellschaft, die uns erst verwirrt und mißleitet und dann mehr als die Natur selbst von uns fordert! Wehe jeder Art von Bildung, welche die wirksamsten Mittel wahrer Bildung zerstört und uns auf das Ende hinweist, anstatt uns auf dem Wege selbst zu beglücken!

So manches er auch in seinem Leben schon gesehen hatte, so schien ihm doch die menschliche Natur erst durch die Beobachtung des Kindes deutlich zu werden. Das Theater war ihm, wie die Welt, nur als eine Menge ausgeschütteter Würfel vorgekommen, deren jeder einzeln auf seiner Oberfläche bald mehr, bald weniger bedeutet, und die allenfalls zusammengezählt eine Summe machen. Hier im Kinde lag ihm, konnte man sagen, ein einzelner Würfel vor, auf dessen vielfachen Seiten der Wert und der Unwert der menschlichen Natur so deutlich eingegraben war.

Das Verlangen des Kindes nach Unterscheidung wuchs mit jedem Tage. Da es einmal erfahren hatte, daß die Dinge Namen haben, so wollte es auch den Namen von allem hören; es glaubte nicht anders, sein Vater müsse alles wissen, quälte ihn oft mit Fragen und gab ihm Anlaß, sich nach Gegenständen zu erkundigen, denen er sonst wenig Aufmerksamkeit gewidmet hatte. Auch der eingeborne Trieb, die Herkunft und das Ende der Dinge zu erfahren, zeigte sich frühe bei dem Knaben. Wenn er fragte, wo der Wind herkomme und wo die Flamme hinkomme, war dem Vater seine eigene Beschränkung erst recht lebendig; er wünschte zu erfahren, wie weit sich der Mensch mit seinen Gedanken wagen und wovon er hoffen dürfe, sich und andern jemals Rechenschaft zu geben. Die Heftigkeit des Kindes, wenn es irgendeinem lebendigen Wesen unrecht geschehen sah, erfreute den Vater höchlich, als das Zeichen eines trefflichen Gemüts. Das Kind schlug heftig nach dem Küchenmädchen, das einige Tauben abgeschnitten hatte. Dieser schöne Begriff wurde denn freilich bald wieder zerstört, als er den Knaben fand, der ohne Barmherzigkeit Frösche totschlug und Schmetterlinge zerrupfte. Es erinnerte ihn dieser Zug an so viele Menschen, die höchst gerecht erscheinen, wenn sie ohne Leidenschaft sind und die Handlungen anderer beobachten.

Dieses angenehme Gefühl, daß der Knabe so einen schönen und wahren Einfluß auf sein Dasein habe, ward einen Augenblick gestört, als Wilhelm in kurzem bemerkte, daß wirklich der Knabe mehr ihn als er den Knaben erziehe. Er hatte an dem Kinde nichts auszusetzen, er war nicht imstande, ihm eine Richtung zu geben, die es nicht selbst nahm, und sogar die Unarten, gegen die Aurelie so viel gearbeitet hatte, waren, so schien es, nach dem Tode dieser Freundin alle wieder in ihre alten Rechte getreten. Noch machte das Kind die Türe niemals hinter sich zu, noch wollte er seinen Teller nicht abessen, und sein Behagen war niemals größer, als wenn man ihm nachsah, daß er den Bissen unmittelbar aus der Schüssel nehmen, das volle Glas stehen lassen und aus der Flasche trinken konnte. So war er auch ganz allerliebst, wenn er sich mit einem Buche in die Ecke setzte und sehr ernsthaft sagte: Ich muß das gelehrte Zeug studieren! ob er gleich die Buchstaben noch lange weder unterscheiden konnte noch wollte.

Bedachte nun Wilhelm, wie wenig er bisher für das Kind getan hatte, wie wenig er zu tun fähig sei, so entstand eine Unruhe in ihm, die sein ganzes Glück aufzuwiegen imstande war. Sind wir Männer denn, sagte er zu sich, so selbstisch geboren, daß wir unmöglich für ein Wesen außer uns Sorge tragen können? Bin ich mit dem Knaben nicht eben auf dem Wege, auf dem ich mit Mignon war? Ich zog das liebe Kind an, seine Gegenwart ergötzte mich, und dabei hab ich es aufs grausamste vernachlässigt. Was tat ich zu seiner Bildung, nach der es so sehr strebte? Nichts! Ich überließ es sich selbst und allen Zufälligkeiten, denen es in einer ungebildeten Gesellschaft nur ausgesetzt sein konnte; und dann für diesen Knaben, der dir so merkwürdig war, ehe er dir so wert sein konnte, hat dich denn dein Herz geheißen, auch nur jemals das geringste für ihn zu tun? Es ist nicht mehr Zeit, daß du deine eigenen Jahre und die Jahre anderer vergeudest; nimm dich zusammen und denke, was du für dich und die guten Geschöpfe zu tun hast, welche Natur und Neigung so fest an dich knüpfte.

Eigentlich war dieses Selbstgespräch nur eine Einleitung, sich zu bekennen, daß er schon gedacht, gesorgt, gesucht und gewählt hatte; er konnte nicht länger zögern, sich es selbst zu gestehen. Nach oft vergebens wiederholtem Schmerz über den Verlust Marianens fühlte er nur zu deutlich, daß er eine Mutter für den Knaben suchen müsse, und daß er sie nicht sichrer als in Theresen finden werde. Er kannte dieses vortreffliche Frauenzimmer ganz. Eine solche Gattin und Gehülfin schien die einzige zu sein, der man sich und die Seinen anvertrauen könnte. Ihre edle Neigung zu Lothario machte ihm keine Bedenklichkeit. Sie waren durch ein sonderbares Schicksal auf ewig getrennt, Therese hielt sich für frei und hatte von einer Heirat zwar mit Gleichgültigkeit, doch als von einer Sache gesprochen, die sich von selbst versteht.

Nachdem er lange mit sich zu Rate gegangen war, nahm er sich vor, ihr von sich zu sagen, soviel er nur wußte. Sie sollte ihn kennen lernen, wie er sie kannte, und er fing nun an, seine eigene Geschichte durchzudenken; sie schien ihm an Begebenheiten so leer und im ganzen jedes Bekenntnis so wenig zu seinem Vorteil, daß er mehr als einmal von dem Vorsatz abzustehn im Begriff war. Endlich entschloß er sich, die Rolle seiner Lehrjahre aus dem Turme von Jarno zu verlangen; dieser sagte: Es ist eben zur rechten Zeit; und Wilhelm erhielt sie.

Es ist eine schauderhafte Empfindung, wenn ein edler Mensch mit Bewußtsein auf dem Punkte steht, wo er über sich selbst aufgeklärt werden soll. Alle Übergänge sind Krisen, und ist eine Krise nicht Krankheit? Wie ungern tritt man nach einer Krankheit vor den Spiegel! Die Besserung fühlt man, und man sieht nur die Wirkung des vergangenen Übels. Wilhelm war indessen vorbereitet genug, die Umstände hatten schon lebhaft zu ihm gesprochen, seine Freunde hatten ihn eben nicht geschont, und wenn er gleich das Pergament mit einiger Hast aufrollte, so ward er doch immer ruhiger, je weiter er las. Er fand die umständliche Geschichte seines Lebens in großen, scharfen Zügen geschildert; weder einzelne Begebenheiten noch beschränkte Empfindungen verwirrten seinen Blick, allgemeine liebevolle Betrachtungen gaben ihm Fingerzeige, ohne ihn zu beschämen, und er sah zum ersten Mal sein Bild außer sich, zwar nicht, wie im Spiegel, ein zweites Selbst, sondern wie im Porträt ein anderes Selbst: man bekennt sich zwar nicht zu allen Zügen, aber man freut sich, daß ein denkender Geist uns so hat fassen, ein großes Talent uns so hat darstellen wollen, daß ein Bild von dem, was wir waren, noch besteht und daß es länger als wir selbst dauern kann.

Wilhelm beschäftigte sich nunmehr, indem alle Umstände durch dies Manuskript in sein Gedächtnis zurückkamen, die Geschichte seines Lebens für Theresen aufzusetzen, und er schämte sich fast, daß er gegen ihre großen Tugenden nichts aufzustellen hatte, was eine zweckmäßige Tätigkeit beweisen konnte. So umständlich er in dem Aufsatze war, so kurz faßte er sich in dem Briefe, den er an sie schrieb: er bat sie um ihre Freundschaft, um ihre Liebe, wenns möglich wäre; er bot ihr seine Hand an und bat sie um baldige Entscheidung.

Nach einigem innerlichen Streit, ob er diese wichtige Sache

noch erst mit seinen Freunden, mit Jarno und dem Abbé, beraten solle, entschied er sich zu schweigen. Er war zu fest entschlossen, die Sache war für ihn zu wichtig, als daß er sie noch hätte dem Urteil des vernünftigsten und besten Mannes unterwerfen mögen; ja sogar brauchte er die Vorsicht, seinen Brief auf der nächsten Post selbst zu bestellen. Vielleicht hatte ihm der Gedanke, daß er in so vielen Umständen seines Lebens, in denen er frei und im Verborgenen zu handeln glaubte, beobachtet, ja sogar geleitet worden war, wie ihm aus der geschriebenen Rolle nicht undeutlich erschien, eine Art von unangenehmer Empfindung gegeben, und nun wollte er wenigstens zu Theresens Herzen rein vom Herzen reden und ihrer Entschließung und Entscheidung sein Schicksal schuldig sein, und so machte er sich kein Gewissen, seine Wächter und Aufseher in diesem wichtigen Punkte wenigstens zu umgehen.

Zweites Kapitel

Kaum war der Brief abgesendet, als Lothario zurückkam. Jedermann freuete sich, die vorbereiteten wichtigen Geschäfte abgeschlossen und bald geendigt zu sehen, und Wilhelm erwartete mit Verlangen, wie so viele Fäden teils neu geknüpft, teils aufgelöst und nun sein eignes Verhältnis auf die Zukunft bestimmt werden sollte. Lothario begrüßte sie alle aufs beste: er war völlig wiederhergestellt und heiter, er hatte das Ansehen eines Mannes, der weiß, was er tun soll, und dem in allem, was er tun will, nichts im Wege steht.

Wilhelm konnte ihm seinen herzlichen Gruß nicht zurückgeben. Dies ist, mußte er zu sich selbst sagen, der Freund, der Geliebte, der Bräutigam Theresens, an dessen Statt du dich einzudrängen denkst. Glaubst du denn jemals einen solchen Eindruck auszulöschen oder zu verbannen? – Wäre der Brief noch nicht fortgewesen, er hätte vielleicht nicht gewagt, ihn abzusenden. Glücklicherweise war der Wurf schon getan, vielleicht war Therese schon entschieden, nur die Entfernung deckte noch eine glückliche Vollendung mit ihrem Schleier. Gewinn und Verlust mußten sich bald entscheiden. Er suchte sich durch alle diese Betrachtungen zu beruhigen, und doch waren die Bewegungen seines Herzens beinahe fieberhaft. Nur wenig Aufmerksamkeit konnte er auf das wichtige Geschäft wenden, woran gewissermaßen das Schicksal seines ganzen Vermögens hing. Ach! wie unbedeutend erscheint dem Menschen in leidenschaftlichen Augenblicken alles, was ihn umgibt, alles, was ihm angehört!

Zu seinem Glücke behandelte Lothario die Sache groß, und Werner mit Leichtigkeit. Dieser hatte bei seiner heftigen Begierde zum Erwerb eine lebhafte Freude über den schönen Besitz, der ihm oder vielmehr seinem Freunde werden sollte. Lothario von seiner Seite schien ganz andere Betrachtungen zu machen. Ich kann mich nicht sowohl über einen Besitz freuen, sagte er, als über die Rechtmäßigkeit desselben.

Nun, beim Himmel! rief Werner, wird denn dieser unser Besitz nicht rechtmäßig genug?

Nicht ganz! versetzte Lothario.

Geben wir denn nicht unser bares Geld dafür?

Recht gut! sagte Lothario; auch werden Sie dasjenige, was ich zu erinnern habe, vielleicht für einen leeren Skrupel halten. Mir kommt kein Besitz ganz rechtmäßig, ganz rein vor, als der dem Staate seinen schuldigen Teil abträgt.

Wie? sagte Werner, so wollten Sie also lieber, daß unsere frei gekauften Güter steuerbar wären?

Ja, versetzte Lothario, bis auf einen gewissen Grad: denn durch diese Gleichheit mit allen übrigen Besitzungen entsteht ganz allein die Sicherheit des Besitzes. Was hat der Bauer in den neuern Zeiten, wo so viele Begriffe schwankend werden, für einen Hauptanlaß, den Besitz des Edelmanns für weniger gegründet anzusehen als den seinigen? nur den, daß jener nicht belastet ist und auf ihn lastet.

Wie wird es aber mit den Zinsen unseres Kapitals aussehen? versetzte Werner.

Um nichts schlimmer, sagte Lothario, wenn uns der Staat gegen eine billige regelmäßige Abgabe das Lehns-Hokuspokus erlassen und uns mit unsern Gütern nach Belieben zu schalten erlauben wollte, daß wir sie nicht in so großen Massen zusammenhalten müßten, daß wir sie unter unsere Kinder gleicher verteilen könnten, um alle in eine lebhafte freie Tätigkeit zu versetzen, statt ihnen nur die beschränkten und beschränkenden Vorrechte zu hinterlassen, welche zu genießen wir immer die Geister unserer Vorfahren hervorrufen müssen. Wieviel glücklicher wären Männer und Frauen, wenn sie mit freien Augen umhersehen und bald ein würdiges Mädchen, bald einen trefflichen Jüngling, ohne andere Rücksichten, durch ihre Wahl erheben könnten. Der Staat würde mehr, vielleicht bessere Bürger haben und nicht so oft um Köpfe und Hände verlegen sein.

Ich kann Sie versichern, sagte Werner, daß ich in meinem Leben nie an den Staat gedacht habe; meine Abgaben, Zölle und Geleite habe ich nur so bezahlt, weil es einmal hergebracht ist.

Nun, sagte Lothario, ich hoffe, Sie noch zum guten Patrioten zu machen: denn wie der nur ein guter Vater ist, der bei Tische erst seinen Kindern vorlegt, so ist der nur ein guter Bürger, der vor allen andern Ausgaben das, was er dem Staate zu entrichten hat, zurücklegt.

Durch solche allgemeine Betrachtungen wurden ihre besondern Geschäfte nicht aufgehalten, vielmehr beschleunigt. Als sie ziemlich damit zustande waren, sagte Lothario zu Wilhelmen: Ich muß Sie nun an einen Ort schicken, wo Sie nötiger sind als hier: meine Schwester läßt Sie ersuchen, so bald als möglich zu ihr zu kommen; die arme Mignon scheint sich zu verzehren, und man glaubt, Ihre Gegenwart könnte vielleicht noch dem Übel Einhalt tun. Meine Schwester schickte mir dieses Billett noch nach, woraus Sie sehen können, wie viel ihr daran gelegen ist. Lothario überreichte ihm ein Blättchen. Wilhelm, der schon in der größten Verlegenheit zugehört hatte, erkannte sogleich an diesen flüchtigen Bleistiftzügen die Hand der Gräfin und wußte nicht, was er antworten sollte.

Nehmen Sie Felix mit, sagte Lothario, damit die Kinder sich untereinander aufheitern. Sie müßten morgen früh beizeiten weg; der Wagen meiner Schwester, in welchem meine Leute hergefahren sind, ist noch hier, ich gebe Ihnen Pferde bis auf halben Weg, dann nehmen Sie Post. Leben Sie recht wohl und richten viele Grüße von mir aus. Sagen Sie dabei meiner Schwester, ich werde sie bald wieder sehen, und sie soll sich überhaupt auf einige Gäste vorbereiten. Der Freund unseres Großoheims, der Marchese Cipriani, ist auf dem Wege, hierher zu kommen; er hoffte, den alten Mann noch am Leben anzutreffen, und sie wollten sich zusammen an der Erinnerung früherer Verhältnisse ergötzen und sich ihrer gemeinsamen Kunstliebhaberei erfreuen. Der Marchese war viel jünger als mein Oheim und verdankte ihm den besten Teil seiner Bildung; wir müssen alles aufbieten, um einigermaßen die Lücke auszufüllen, die er finden wird, und das wird am besten durch eine größere Gesellschaft geschehen.

Lothario ging darauf mit dem Abbé in sein Zimmer, Jarno war vorher weggeritten; Wilhelm eilte auf seine Stube; er hatte niemand, dem er sich vertrauen, niemand, durch den er einen Schritt, vor dem er sich so sehr fürchtete, hätte abwenden können. Der kleine Diener kam und ersuchte ihn einzupacken, weil sie noch diese Nacht aufbinden wollten, um mit Anbruch des Tages wegzufahren. Wilhelm wußte nicht, was er tun sollte; endlich rief er aus: Du willst nur machen, daß du aus diesem Hause kommst! unterweges überlegst du, was zu tun ist, und bleibst allenfalls auf der Hälfte des Weges liegen, schickst einen Boten zurück, schreibst, was du dir nicht zu sagen getraust, und dann mag werden, was will. Ungeachtet dieses Entschlusses brachte er eine schlaflose Nacht zu; nur ein Blick auf den so schön ruhenden Felix gab ihm einige Erquickung. O! rief er aus, wer weiß, was noch für Prüfungen auf mich warten, wer weiß, wie sehr mich begangene Fehler noch quälen, wie oft mir gute und vernünftige Pläne für die Zukunft mißlingen sollen; aber diesen Schatz, den ich einmal besitze, erhalte mir, du erbittliches oder unerbittliches Schicksal! Wäre es möglich, daß dieser beste Teil von mir selbst vor mir zerstört, daß dieses Herz von meinem Herzen gerissen werden könnte, so lebe wohl, Verstand und Vernunft, lebe wohl, jede Sorgfalt und Vorsicht, verschwinde, du Trieb zur Erhaltung! Alles, was uns vom Tiere unterscheidet, verliere sich! und wenn es nicht erlaubt ist, seine traurigen Tage freiwillig zu endigen, so hebe ein frühzeitiger Wahnsinn das Bewußtsein auf, ehe der Tod, der es auf immer zerstört, die lange Nacht herbeiführt!

Er faßte den Knaben in seine Arme, küßte ihn, drückte ihn an sich und benetzte ihn mit reichlichen Tränen. Das Kind wachte auf; sein helles Auge, sein freundlicher Blick rührten den Vater aufs innigste. Welche Szene steht mir bevor, rief er aus, wenn ich dich der schönen unglücklichen Gräfin vorstellen soll, wenn sie dich an ihren Busen drückt, den dein Vater so tief verletzt hat! Muß ich nicht fürchten, sie stößt dich wieder von sich mit einem Schrei, sobald deine Berührung ihren wahren oder eingebildeten Schmerz erneuert!

Der Kutscher ließ ihm nicht Zeit, weiter zu denken oder zu wählen, er nötigte ihn vor Tage in den Wagen; nun wickelte er seinen Felix wohl ein, der Morgen war kalt, aber heiter, das Kind sah zum ersten Mal in seinem Leben die Sonne aufgehn. Sein Erstaunen über den ersten feurigen Blick, über die wachsende Gewalt des Lichts, seine Freude und seine wunderlichen Bemerkungen erfreuten den Vater und ließen ihn einen Blick in das Herz tun, vor welchem die Sonne wie über einem reinen stillen See emporsteigt und schwebt.

In einer kleinen Stadt spannte der Kutscher aus und ritt zurück. Wilhelm nahm sogleich ein Zimmer in Besitz und fragte sich nun, ob er bleiben oder vorwärts gehen solle. In dieser Unentschlossenheit wagte er das Blättchen wieder hervorzunehmen, das er bisher nochmals anzusehen nicht getraut hatte; es enthielt folgene Worte: Schicke mir deinen jungen Freund ja bald; Mignon hat sich diese beiden letzten Tage eher verschlimmert. So traurig diese Gelegenheit ist, so soll michs doch freuen, ihn kennen zu lernen.

Die letzten Worte hatte Wilhelm beim ersten Blick nicht bemerkt. Er erschrak darüber und war sogleich entschieden, daß er nicht gehen wollte. Wie? rief er aus, Lothario, der das Verhältnis weiß, hat ihr nicht eröffnet, wer ich bin? Sie erwartet nicht mit gesetztem Gemüt einen Bekannten, den sie lieber nicht wiedersähe, sie erwartet einen Fremden, und ich trete hinein! Ich sehe sie zurückschaudern, ich sehe sie erröten! Nein, es ist mir unmöglich, dieser Szene entgegenzugehen. Soeben wurden die Pferde herausgeführt und eingespannt; Wilhelm war entschlossen, abzupacken und hierzubleiben. Er war in der größten Bewegung. Als er ein Mädchen zur Treppe heraufkommen hörte, die ihm anzeigen wollte, daß alles fertig sei, sann er geschwind auf eine Ursache, die ihn hierzubleiben nötigte, und seine Augen ruhten ohne Aufmerksamkeit auf dem Billett, das er in der Hand hielt. Um Gottes willen! rief er aus, was ist das? das ist nicht die Hand der Gräfin, es ist die Hand der Amazone!

Das Mädchen trat herein, bat ihn herunterzukommen und führte Felix mit sich fort. Ist es möglich? rief er aus, ist es wahr? was soll ich tun? bleiben und abwarten und aufklären? oder eilen? eilen und mich einer Entwicklung entgegenstürzen? Du bist auf dem Wege zu ihr und kannst zaudern? Diesen Abend sollst du sie sehen und willst dich freiwillig ins Gefängnis einsperren? Es ist ihre Hand, ja sie ists! diese Hand beruft dich, ihr Wagen ist angespannt, dich zu ihr zu führen; nun löst sich das Rätsel: Lothario hat zwei Schwestern. Er weiß mein Verhältnis zu der einen; wieviel ich der andern schuldig bin, ist ihm unbekannt. Auch sie weiß nicht, daß der verwundete Vagabund, der ihr, wo nicht sein Leben, doch seine Gesundheit verdankt, in dem Hause ihres Bruders so unverdient gütig aufgenommen worden ist.

Felix, der sich unten im Wagen schaukelte, rief: Vater, komm! o komm! sieh die schönen Wolken, die schönen Farben! – Ja, ich komme, rief Wilhelm, indem er die Treppe hinuntersprang, und alle Erscheinungen des Himmels, die du gutes Kind noch sehr bewunderst, sind nichts gegen den Anblick, den ich erwarte.

Im Wagen sitzend, rief er nun alle Verhältnisse in sein Gedächtnis zurück. So ist also auch diese Natalie die Freundin Theresens! welch eine Entdeckung, welche Hoffnung und welche Aussichten! Wie seltsam, daß die Furcht, von der einen Schwester reden zu hören, mir das Dasein der andern ganz und gar verbergen konnte! – Mit welcher Freude sah er seinen

Felix an: er hoffte für den Knaben wie für sich die beste Aufnahme.

Der Abend kam heran, die Sonne war untergegangen, der Weg nicht der beste, der Postillion fuhr langsam; Felix war eingeschlafen, und neue Sorgen und Zweifel stiegen in dem Busen unseres Freundes auf. Von welchem Wahn, von welchen Einfällen wirst du beherrscht! sagte er zu sich selbst: eine ungewisse Ähnlichkeit der Handschrift macht dich auf einmal sicher und gibt dir Gelegenheit, das wunderbarste Märchen auszudenken. Er nahm das Billett wieder vor, und bei dem abgehenden Tageslicht glaubte er wieder die Handschrift der Gräfin zu erkennen; seine Augen wollten im einzelnen nicht wiederfinden, was ihm sein Herz im ganzen auf einmal gesagt hatte. – So ziehen dich denn doch diese Pferde zu einer schrecklichen Szene! wer weiß, ob sie dich nicht in wenig Stunden schon wieder zurückführen werden? Und wenn du sie nur noch allein anträfest; aber vielleicht ist ihr Gemahl gegenwärtig, vielleicht die Baronesse? Wie verändert werde ich sie finden! Werde ich vor ihr auf den Füßen stehen können?

Nur eine schwache Hoffnung, daß er seiner Amazone entgegengehe, konnte manchmal durch die trüben Vorstellungen durchblicken. Es war Nacht geworden, der Wagen rasselte in einen Hof hinein und hielt still; ein Bedienter, mit einer Wachsfackel, trat aus einem prächtigen Portal hervor und kam die breiten Stufen herunter bis an den Wagen. Sie werden schon lange erwartet, sagte er, indem er das Leder aufschlug. Wilhelm, nachdem er ausgestiegen war, nahm den schlafenden Felix auf den Arm, und der erste Bediente rief zu einem zweiten, der mit einem Lichte in der Türe stand: Führe den Herrn gleich zur Baronesse.

Blitzschnell fuhr Wilhelmen durch die Seele: Welch ein Glück! es sei vorsätzlich oder zufällig, die Baronesse ist hier! ich soll sie zuerst sehen! wahrscheinlich schläft die Gräfin schon! Ihr guten Geister, helft, daß der Augenblick der größten Verlegenheit leidlich vorübergehe.

Er trat in das Haus und fand sich an dem ernsthaftesten,

seinem Gefühle nach dem heiligsten Orte, den er je betreten hatte. Eine herabhängende blendende Laterne erleuchtete eine breite, sanfte Treppe, die ihm entgegenstand und sich oben beim Umwenden in zwei Teile teilte. Marmorne Statuen und Büsten standen auf Piedestalen und in Nischen geordnet; einige schienen ihm bekannt. Jugendeindrücke verlöschen nicht, auch in ihren kleinsten Teilen. Er erkannte eine Muse, die seinem Großvater gehört hatte, zwar nicht an ihrer Gestalt und an ihrem Wert, doch an einem restaurierten Arme und an den neueingesetzten Stücken des Gewandes. Es war, als wenn er ein Märchen erlebte. Das Kind ward ihm schwer; er zauderte auf den Stufen und kniete nieder, als ob er es bequemer fassen wollte. Eigentlich aber bedurfte er einer augenblicklichen Erholung. Er konnte kaum sich wieder aufheben. Der vorleuchtende Bediente wollte ihm das Kind abnehmen, er konnte es nicht von sich lassen. Darauf trat er in den Vorsaal, und zu seinem noch größern Erstaunen erblickte er das wohlbekannte Bild vom kranken Königssohn an der Wand. Er hatte kaum Zeit, einen Blick darauf zu werfen, der Bediente nötigte ihn durch ein paar Zimmer in ein Kabinett. Dort, hinter einem Lichtschirme, der sie beschattete, saß ein Frauenzimmer und las. O daß sie es wäre! sagte er zu sich selbst in diesem entscheidenden Augenblick. Er setzte das Kind nieder, das aufzuwachen schien, und dachte sich der Dame zu nähern, aber das Kind sank schlaftrunken zusammen, das Frauenzimmer stand auf und kam ihm entgegen. Die Amazone wars! Er konnte sich nicht halten, stürzte auf seine Knie und rief aus: Sie ists! er faßte ihre Hand und küßte sie mit unendlichem Entzücken. Das Kind lag zwischen ihnen beiden auf dem Teppich und schlief sanft.

Felix ward auf das Kanapee gebracht, Natalie setzte sich zu ihm, sie hieß Wilhelmen auf den Sessel sitzen, der zunächst dabeistand. Sie bot ihm einige Erfrischungen an, die er ausschlug, indem er nur beschäftigt war, sich zu versichern, daß sie es sei, und ihre durch den Lichtschirm beschatteten Züge genau wiederzusehen und sicher wiederzuerkennen. Sie erzählte ihm von Mignons Krankheit im allgemeinen, daß das Kind von wenigen tiefen Empfindungen nach und nach aufgezehrt werde, daß es bei seiner großen Reizbarkeit, die es verberge, von einem Krampf an seinem armen Herzen oft heftig und gefährlich leide, daß dieses erste Organ des Lebens bei unvermuteten Gemütsbewegungen manchmal plötzlich stillestehe und keine Spur der heilsamen Lebensregung in dem Busen des guten Kindes gefühlt werden könne. Sei dieser ängstliche Krampf vorbei, so äußere sich die Kraft der Natur wieder in gewaltsamen Pulsen und ängstige das Kind nunmehr durch Übermaß, wie es vorher durch Mangel gelitten habe.

Wilhelm erinnerte sich einer solchen krampfhaften Szene, und Natalie bezog sich auf den Arzt, der weiter mit ihm über die Sache sprechen und die Ursache, warum man den Freund und Wohltäter des Kindes gegenwärtig herbeigerufen, umständlicher vorlegen würde. Eine sonderbare Veränderung, fuhr Natalie fort, werden Sie an ihr finden: sie geht nunmehr in Frauenkleidern, vor denen sie sonst einen so großen Abscheu zu haben schien.

Wie haben Sie das erreicht? fragte Wilhelm.

Wenn es wünschenswert war, so sind wir es nur dem Zufall schuldig. Hören Sie, wie es zugegangen ist. Sie wissen vielleicht, daß ich immer eine Anzahl junger Mädchen um mich habe, deren Gesinnungen ich, indem sie neben mir aufwachsen, zum Guten und Rechten zu bilden wünsche. Aus meinem Munde hören sie nichts, als was ich selber für wahr halte, doch kann ich und will ich nicht hindern, daß sie nicht auch von andern manches vernehmen, was als Irrtum, als Vorurteil in der Welt gäng und gäbe ist. Fragen sie mich darüber, so suche ich, soviel nur möglich ist, jene fremden, ungehörigen Begriffe irgendwo an einen richtigen anzuknüpfen, um sie dadurch, wo nicht nützlich, doch unschädlich zu machen. Schon seit einiger Zeit hatten meine Mädchen aus dem Munde der Bauernkinder gar manches von Engeln, vom Knechte Ruprecht, vom heiligen Christe vernommen, die zu gewissen Zeiten in Person erscheinen, gute Kinder beschenken und unartige bestrafen sollten. Sie hatten eine Vermutung, daß es verkleidete Personen sein müßten, wor-

in ich sie denn auch bestärkte und, ohne mich viel auf Deutungen einzulassen, mir vornahm, ihnen bei der ersten Gelegenheit ein solches Schauspiel zu geben. Es fand sich eben, daß der Geburtstag von Zwillingsschwestern, die sich immer sehr gut betragen hatten, nahe war; ich versprach, daß ihnen diesmal ein Engel die kleinen Geschenke bringen sollte, die sie so wohl verdient hätten. Sie waren äußerst gespannt auf diese Erscheinung. Ich hatte mir Mignon zu dieser Rolle ausgesucht, und sie ward an dem bestimmten Tage in ein langes, leichtes, weißes Gewand anständig gekleidet. Es fehlte nicht an einem goldenen Gürtel um die Brust und an einem gleichen Diadem in den Haaren. Anfangs wollte ich die Flügel weglassen, doch bestanden die Frauenzimmer, die sie anputzten, auf ein Paar großer goldner Schwingen, an denen sie recht ihre Kunst zeigen wollten. So trat, mit einer Lilie in der einen Hand und mit einem Körbchen in der andern, die wundersame Erscheinung in die Mitte der Mädchen und überraschte mich selbst. Da kommt der Engel! sagte ich. Die Kinder traten alle wie zurück; endlich riefen sie aus: Es ist Mignon! und getrauten sich doch nicht, dem wundersamen Bilde näher zu treten.

Hier sind eure Gaben, sagte sie und reichte das Körbchen hin. Man versammelte sich um sie, man betrachtete, man befühlte, man befragte sie.

Bist du ein Engel? fragte das eine Kind.

Ich wollte, ich wär es, versetzte Mignon.

Warum trägst du eine Lilie?

So rein und offen sollte mein Herz sein, dann wär ich glücklich.

Wie ists mit den Flügeln? laß sie sehen!

Sie stellen schönere vor, die noch nicht entfaltet sind.

Und so antwortete sie bedeutend auf jede unschuldige, leichte Frage. Als die Neugierde der kleinen Gesellschaft befriedigt war und der Eindruck dieser Erscheinung stumpf zu werden anfing, wollte man sie wieder auskleiden. Sie verwehrte es, nahm ihre Zither, setzte sich hier auf diesen hohen Schreibtisch hinauf und sang ein Lied mit unglaublicher Anmut:

So laßt mich scheinen, bis ich werde;
Zieht mir das weiße Kleid nicht aus!
Ich eile von der schönen Erde
Hinab in jenes feste Haus.

Dort ruh ich eine kleine Stille,
Dann öffnet sich der frische Blick,
Ich lasse dann die reine Hülle,
Den Gürtel und den Kranz zurück.

Und jene himmlischen Gestalten,
Sie fragen nicht nach Mann und Weib,
Und keine Kleider, keine Falten
Umgeben den verklärten Leib.

Zwar lebt ich ohne Sorg und Mühe,
Doch fühlt ich tiefen Schmerz genung;
Vor Kummer altert ich zu frühe –
Macht mich auf ewig wieder jung!

Ich entschloß mich sogleich, fuhr Natalie fort, ihr das Kleid zu lassen und ihr noch einige der Art anzuschaffen, in denen sie nun auch geht und in denen, wie es mir scheint, ihr Wesen einen ganz andern Ausdruck hat.

Da es schon spät war, entließ Natalie den Ankömmling, der nicht ohne einige Bangigkeit sich von ihr trennte. Ist sie verheiratet oder nicht? dachte er bei sich selbst. Er hatte gefürchtet, sooft sich etwas regte, eine Türe möchte sich auftun und der Gemahl hereintreten. Der Bediente, der ihn in sein Zimmer einließ, entfernte sich schneller, als er Mut gefaßt hatte, nach diesem Verhältnis zu fragen. Die Unruhe hielt ihn noch eine Zeitlang wach, und er beschäftigte sich, das Bild der Amazone mit dem Bilde seiner neuen gegenwärtigen Freundin zu vergleichen. Sie wollten noch nicht miteinander zusammenfließen; jenes hatte er sich gleichsam geschaffen, und dieses schien fast *ihn* umschaffen zu wollen.

Den andern Morgen, da noch alles still und ruhig war, ging er, sich im Hause umzusehen. Es war die reinste, schönste, würdigste Baukunst, die er gesehen hatte. Ist doch wahre Kunst, rief er aus, wie gute Gesellschaft: sie nötigt uns auf die angenehmste Weise, das Maß zu erkennen, nach dem und zu dem unser Innerstes gebildet ist. Unglaublich angenehm war der Eindruck, den die Statuen und Büsten seines Großvaters auf ihn machten. Mit Verlangen eilte er dem Bilde vom kranken Königssohn entgegen, und noch immer fand er es reizend und rührend. Der Bediente öffnete ihm verschiedene andere Zimmer; er fand eine Bibliothek, eine Naturaliensammlung, ein physikalisches Kabinett. Er fühlte sich so fremd vor allen diesen Gegenständen. Felix war indessen erwacht und ihm nachgesprungen; der Gedanke, wie und wann er Theresens Brief erhalten werde, machte ihm Sorge; er fürchtete sich vor dem Anblick Mignons, gewissermaßen vor dem Anblick Nataliens. Wie ungleich war sein gegenwärtiger Zustand mit jenen Augenblicken, als er den Brief an Theresen gesiegelt hatte und mit frohem Mut sich ganz einem so edlen Wesen hingab.

Natalie ließ ihn zum Frühstück einladen. Er trat in ein Zimmer, in welchem verschiedene reinlich gekleidete Mädchen, alle, wie es schien, unter zehn Jahren, einen Tisch zurechtemachten, indem eine ältliche Person verschiedene Arten von Getränken hereinbrachte.

Wilhelm beschaute ein Bild, das über dem Kanapee hing, mit Aufmerksamkeit, er mußte es für das Bild Nataliens erkennen, so wenig es ihm genugtun wollte. Natalie trat herein, und die Ähnlichkeit schien ganz zu verschwinden. Zu seinem Troste hatte es ein Ordenskreuz an der Brust, und er sah ein gleiches an der Brust Nataliens.

Ich habe das Porträt hier angesehen, sagte er zu ihr, und mich verwundert, wie ein Maler zugleich so wahr und so falsch sein kann. Das Bild gleicht Ihnen, im allgemeinen, recht sehr gut, und doch sind es weder Ihre Züge noch Ihr Charakter.

Es ist vielmehr zu verwundern, versetzte Natalie, daß es so

viel Ähnlichkeit hat; denn es ist gar mein Bild nicht; es ist das Bild einer Tante, die mir noch in ihrem Alter glich, da ich erst ein Kind war. Es ist gemalt, als sie ungefähr meine Jahre hatte, und beim ersten Anblick glaubt jedermann mich zu sehen. Sie hätten diese treffliche Person kennen sollen. Ich bin ihr so viel schuldig. Eine sehr schwache Gesundheit, vielleicht zuviel Beschäftigung mit sich selbst und dabei eine sittliche und religiöse Ängstlichkeit ließen sie das der Welt nicht sein, was sie unter andern Umständen hätte werden können. Sie war ein Licht, das nur wenigen Freunden und mir besonders leuchtete.

Wäre es möglich, versetzte Wilhelm, der sich einen Augenblick besonnen hatte, indem nun auf einmal so vielerlei Umstände ihm zusammentreffend erschienen, wäre es möglich, daß jene schöne herrliche Seele, deren stille Bekenntnisse auch mir mitgeteilt worden sind, Ihre Tante sei?

Sie haben das Heft gelesen? fragte Natalie.

Ja! versetzte Wilhelm, mit der größten Teilnahme und nicht ohne Wirkung auf mein ganzes Leben. Was mir am meisten aus dieser Schrift entgegenleuchtete, war, ich möchte so sagen, die Reinlichkeit des Daseins, nicht allein ihrer selbst, sondern auch alles dessen, was sie umgab, diese Selbständigkeit ihrer Natur und die Unmöglichkeit, etwas in sich aufzunehmen, was mit der edlen, liebevollen Stimmung nicht harmonisch war.

So sind Sie, versetzte Natalie, billiger, ja ich darf wohl sagen gerechter gegen diese schöne Natur als manche anderen, denen man auch dieses Manuskript mitgeteilt hat. Jeder gebildete Mensch weiß, wie sehr er an sich und andern mit einer gewissen Roheit zu kämpfen hat, wieviel ihn seine Bildung kostet, und wie sehr er doch in gewissen Fällen nur an sich selbst denkt und vergißt, was er andern schuldig ist. Wie oft macht der gute Mensch sich Vorwürfe, daß er nicht zart genug gehandelt habe; und doch, wenn nun eine schöne Natur sich allzu zart, sich allzu gewissenhaft bildet, ja, wenn man will, sich überbildet, für diese scheint keine Duldung, keine Nachsicht in der Welt zu sein. Dennoch sind die Menschen dieser Art außer uns, was die Ideale im Innern sind, Vorbilder, nicht zum Nachahmen, sondern zum

Nachstreben. Man lacht über die Reinlichkeit der Holländerinnen, aber wäre Freundin Therese, was sie ist, wenn ihr nicht eine ähnliche Idee in ihrem Hauswesen immer vorschwebte?

So finde ich also, rief Wilhelm aus, in Theresens Freundin jene Natalie vor mir, an welcher das Herz jener köstlichen Verwandten hing, jene Natalie, die von Jugend an so teilnehmend, so liebevoll und hülfreich war! Nur aus einem solchen Geschlecht konnte eine solche Natur entstehen! Welch eine Aussicht eröffnet sich vor mir, da ich auf einmal Ihre Voreltern und den ganzen Kreis, dem Sie angehören, überschaue.

Ja! versetzte Natalie, Sie könnten in einem gewissen Sinne nicht besser von uns unterrichtet sein als durch den Aufsatz unserer Tante; freilich hat ihre Neigung zu mir sie zuviel Gutes von dem Kinde sagen lassen. Wenn man von einem Kinde redet, spricht man niemals den Gegenstand, immer nur seine Hoffnungen aus.

Wilhelm hatte indessen schnell überdacht, daß er nun auch von Lotharios Herkunft und früher Jugend unterrichtet sei; die schöne Gräfin erschien ihm als Kind mit den Perlen ihrer Tante um den Hals; auch er war diesen Perlen so nahe gewesen, als ihre zarten liebevollen Lippen sich zu den seinigen herunterneigten; er suchte diese schönen Erinnerungen durch andere Gedanken zu entfernen. Er lief die Bekanntschaften durch, die ihm jene Schrift verschafft hatte. So bin ich denn, rief er aus, in dem Hause des würdigen Oheims! Es ist kein Haus, es ist ein Tempel, und Sie sind die würdige Priesterin, ja der Genius selbst; ich werde mich des Eindrucks von gestern abend zeitlebens erinnern, als ich hereintrat und die alten Kunstbilder der frühesten Jugend wieder vor mir standen. Ich erinnerte mich der mitleidigen Marmorbilder in Mignons Lied; aber diese Bilder hatten über mich nicht zu trauern, sie sahen mich mit hohem Ernst an und schlossen meine früheste Zeit unmittelbar an diesen Augenblick. Diesen unsern alten Familienschatz, diese Lebensfreude meines Großvaters finde ich hier zwischen so vielen andern würdigen Kunstwerken aufgestellt, und mich, den die Natur zum Liebling dieses guten alten Mannes gemacht hatte, mich

Unwürdigen, finde ich nun auch hier, o Gott! in welchen Verbindungen, in welcher Gesellschaft!

Die weibliche Jugend hatte nach und nach das Zimmer verlassen, um ihren kleinen Beschäftigungen nachzugehn. Wilhelm, der mit Natalien allein geblieben war, mußte ihr seine letzten Worte deutlicher erklären. Die Entdeckung, daß ein schätzbarer Teil der aufgestellten Kunstwerke seinem Großvater angehört hatte, gab eine sehr heitere gesellige Stimmung. So wie er durch jenes Manuskript mit dem Hause bekannt worden war, so fand er sich nun auch gleichsam in seinem Erbteile wieder. Nun wünschte er Mignon zu sehen; die Freundin bat ihn, sich noch so lange zu gedulden, bis der Arzt, der in die Nachbarschaft gerufen worden, wieder zurückkäme. Man kann leicht denken, daß es derselbe kleine tätige Mann war, den wir schon kennen und dessen auch die Bekenntnisse einer schönen Seele erwähnten.

Da ich mich, fuhr Wilhelm fort, mitten in jenem Familienkreis befinde, so ist ja wohl der Abbé, dessen jene Schrift erwähnt, auch der wunderbare, unerklärliche Mann, den ich in dem Hause Ihres Bruders, nach den seltsamsten Ereignissen, wiedergefunden habe? Vielleicht geben Sie mir einige nähere Aufschlüsse über ihn?

Natalie versetzte: Über ihn wäre vieles zu sagen; wovon ich am genauesten unterrichtet bin, ist der Einfluß, den er auf unsere Erziehung gehabt hat. Er war, wenigstens eine Zeitlang, überzeugt, daß die Erziehung sich nur an die Neigung anschließen müsse; wie er jetzt denkt, kann ich nicht sagen. Er behauptete: das Erste und Letzte am Menschen sei Tätigkeit, und man könne nichts tun, ohne die Anlage dazu zu haben, ohne den Instinkt, der uns dazu treibe. Man gibt zu, pflegte er zu sagen, daß Poeten geboren werden, man gibt es bei allen Künsten zu, weil man muß, und weil jene Wirkungen der menschlichen Natur kaum scheinbar nachgeäfft werden können; aber wenn man es genau betrachtet, so wird jede, auch nur die geringste Fähigkeit uns angeboren, und es gibt keine unbestimmte Fähigkeit. Nur unsere zweideutige, zerstreute Erziehung macht die Menschen ungewiß, sie erregt Wünsche, statt Triebe zu beleben, und anstatt den wirklichen Anlagen aufzuhelfen, richtet sie das Streben nach Gegenständen, die so oft mit der Natur, die sich nach ihnen bemüht, nicht übereinstimmen. Ein Kind, ein junger Mensch, die auf ihrem eigenen Wege irregehen, sind mir lieber als manche, die auf fremdem Wege recht wandeln. Finden jene, entweder durch sich selbst oder durch Anleitung, den rechten Weg, das ist den, der ihrer Natur gemäß ist, so werden sie ihn nie verlassen, anstatt daß diese jeden Augenblick in Gefahr sind, ein fremdes Joch abzuschütteln und sich einer unbedingten Freiheit zu übergeben.

Es ist sonderbar, sagte Wilhelm, daß dieser merkwürdige Mann auch an mir teilgenommen und mich, wie es scheint, nach seiner Weise, wo nicht geleitet, doch wenigstens eine Zeitlang in meinen Irrtümern gestärkt hat. Wie er es künftig verantworten will, daß er, in Verbindung mit mehreren, mich gleichsam zum besten hatte, muß ich wohl mit Geduld erwarten.

Ich habe mich nicht über diese Grille, wenn sie eine ist, zu beklagen, sagte Natalie: denn ich bin freilich unter meinen Geschwistern am besten dabei gefahren. Auch seh ich nicht, wie mein Bruder Lothario hätte schöner ausgebildet werden können; nur hätte vielleicht meine gute Schwester, die Gräfin, anders behandelt werden sollen, vielleicht hätte man ihrer Natur etwas mehr Ernst und Stärke einflößen können. Was aus Bruder Friedrich werden soll, läßt sich gar nicht denken; ich fürchte, er wird das Opfer dieser pädagogischen Versuche werden.

Sie haben noch einen Bruder? rief Wilhelm.

Ja! versetzte Natalie, und zwar eine sehr lustige, leichtfertige Natur, und da man ihn nicht abgehalten hatte, in der Welt herumzufahren, so weiß ich nicht, was aus diesem losen, lockern Wesen werden soll. Ich habe ihn seit langer Zeit nicht gesehen. Das einzige beruhigt mich, daß der Abbé und überhaupt die Gesellschaft meines Bruders jederzeit unterrichtet sind, wo er sich aufhält und was er treibt.

Wilhelm war eben im Begriff, Nataliens Gedanken sowohl über diese Paradoxen zu erforschen als auch über die geheimnisvolle Gesellschaft von ihr Aufschlüsse zu begehren, als der

Medikus hereintrat und nach dem ersten Willkommen sogleich von Mignons Zustande zu sprechen anfing.

Natalie, die darauf den Felix bei der Hand nahm, sagte, sie wolle ihn zu Mignon führen und das Kind auf die Erscheinung seines Freundes vorbereiten.

Der Arzt war nunmehr mit Wilhelm allein und fuhr fort: Ich habe Ihnen wunderbare Dinge zu erzählen, die Sie kaum vermuten. Natalie läßt uns Raum, damit wir freier von Dingen sprechen können, die, ob ich sie gleich nur durch sie selbst erfahren konnte, doch in ihrer Gegenwart so frei nicht abgehandelt werden dürften. Die sonderbare Natur des guten Kindes, von dem jetzt die Rede ist, besteht beinah nur aus einer tiefen Sehnsucht; das Verlangen, ihr Vaterland wiederzusehen, und das Verlangen nach Ihnen, mein Freund, ist, möchte ich fast sagen, das einzige Irdische an ihr; beides greift nur in eine unendliche Ferne, beide Gegenstände liegen unerreichbar vor diesem einzigen Gemüt. Sie mag in der Gegend von Mailand zu Hause sein und ist in sehr früher Jugend durch eine Gesellschaft Seiltänzer ihren Eltern entführt worden. Näheres kann man von ihr nicht erfahren, teils weil sie zu jung war, um Ort und Namen genau angeben zu können, besonders aber, weil sie einen Schwur getan hat, keinem lebendigen Menschen ihre Wohnung und Herkunft näher zu bezeichnen. Denn ebenjene Leute, die sie in der Irre fanden und denen sie ihre Wohnung so genau beschrieb, mit so dringenden Bitten, sie nach Hause zu führen, nahmen sie nur desto eiliger mit sich fort und scherzten nachts in der Herberge, da sie glaubten, das Kind schlafe schon, über den guten Fang und beteuerten, daß es den Weg zurück nicht wieder finden sollte. Da überfiel das arme Geschöpf eine gräßliche Verzweiflung, in der ihm zuletzt die Mutter Gottes erschien und es versicherte, daß sie sich seiner annehmen wolle. Es schwur darauf bei sich selbst einen heiligen Eid, daß sie künftig niemand mehr vertrauen, niemand ihre Geschichte erzählen und in der Hoffnung einer unmittelbaren göttlichen Hülfe leben und sterben wolle. Selbst dieses, was ich Ihnen hier erzähle, hat sie Natalien nicht ausdrücklich vertraut; unsere werte Freundin hat es aus einzelnen Äußerungen, aus Liedern und kindlichen Unbesonnenheiten, die gerade das verraten, was sie verschweigen wollen, zusammengereiht.

Wilhelm konnte sich nunmehr manches Lied, manches Wort dieses guten Kindes erklären. Er bat seinen Freund aufs dringendste, ihm ja nichts vorzuenthalten, was ihm von den sonderbaren Gesängen und Bekenntnissen des einzigen Wesens bekannt worden sei.

O! sagte der Arzt, bereiten Sie sich auf ein sonderbares Bekenntnis, auf eine Geschichte, an der Sie, ohne sich zu erinnern, viel Anteil haben, die, wie ich fürchte, für Tod und Leben dieses guten Geschöpfs entscheidend ist.

Lassen Sie mich hören, versetzte Wilhelm, ich bin äußerst ungeduldig.

Erinnern Sie sich, sagte der Arzt, eines geheimen, nächtlichen, weiblichen Besuchs nach der Aufführung des Hamlets?

Ja, ich erinnere mich dessen wohl! rief Wilhelm beschämt, aber ich glaubte nicht, in diesem Augenblick daran erinnert zu werden. –

Wissen Sie, wer es war? –

Nein! Sie erschrecken mich! ums Himmels willen doch nicht Mignon? wer wars? sagen Sie mirs! –

Ich weiß es selbst nicht. –

Also nicht Mignon? –

Nein, gewiß nicht! aber Mignon war im Begriff, sich zu Ihnen zu schleichen, und mußte aus einem Winkel mit Entsetzen sehen, daß eine Nebenbuhlerin ihr zuvorkam.

Eine Nebenbuhlerin! rief Wilhelm aus, reden Sie weiter, Sie verwirren mich ganz und gar.

Sein Sie froh, sagte der Arzt, daß Sie diese Resultate so schnell von mir erfahren können. Natalie und ich, die wir doch nur einen entferntern Anteil nehmen, wir waren genug gequält, bis wir den verworrenen Zustand dieses guten Wesens, dem wir zu helfen wünschten, nur so deutlich einsehen konnten. Durch leichtsinnige Reden Philinens und der andern Mädchen, durch ein gewisses Liedchen aufmerksam gemacht, war ihr der Gedanke so reizend geworden, eine Nacht bei dem Geliebten zuzubringen, ohne daß sie dabei etwas weiter als eine vertrauliche, glückliche Ruhe zu denken wußte. Die Neigung für Sie, mein Freund, war in dem guten Herzen schon lebhaft und gewaltsam, in Ihren Armen hatte das gute Kind schon von manchem Schmerz ausgeruht, sie wünschte sich nun dieses Glück in seiner ganzen Fülle. Bald nahm sie sich vor, Sie freundlich darum zu bitten, bald hielt sie ein heimlicher Schauder wieder davon zurück. Endlich gab ihr der lustige Abend und die Stimmung des häufig genossenen Weins den Mut, das Wagestück zu versuchen und sich jene Nacht bei Ihnen einzuschleichen. Schon war sie vorausgelaufen, um sich in der unverschlossenen Stube zu verbergen, allein als sie eben die Treppe hinaufgekommen war, hörte sie ein Geräusch; sie verbarg sich und sah ein weißes weibliches Wesen in Ihr Zimmer schleichen. Sie kamen selbst bald darauf, und sie hörte den großen Riegel zuschieben.

Mignon empfand unerhörte Qual: alle die heftigen Empfindungen einer leidenschaftlichen Eifersucht mischten sich zu dem unerkannten Verlangen einer dunkeln Begierde und griffen die halbentwickelte Natur gewaltsam an. Ihr Herz, das bisher vor Sehnsucht und Erwartung lebhaft geschlagen hatte, fing auf einmal an zu stocken und drückte wie eine bleierne Last ihren Busen, sie konnte nicht zu Atem kommen, sie wußte sich nicht zu helfen, sie hörte die Harfe des Alten, eilte zu ihm unter das Dach und brachte die Nacht zu seinen Füßen unter entsetzlichen Zuckungen hin.

Der Arzt hielt einen Augenblick inne, und da Wilhelm stilleschwieg, fuhr er fort: Natalie hat mir versichert, es habe sie in ihrem Leben nichts so erschreckt und angegriffen, als der Zustand des Kindes bei dieser Erzählung; ja unsere edle Freundin machte sich Vorwürfe, daß sie durch ihre Fragen und Anleitungen diese Bekenntnisse hervorgelockt und durch die Erinnerung die lebhaften Schmerzen des guten Mädchens so grausam erneuert habe.

Das gute Geschöpf, so erzählte mir Natalie, war kaum auf

diesem Punkte seiner Erzählung oder vielmehr seiner Antworten auf meine steigenden Fragen, als es auf einmal vor mir niederstürzte und, mit der Hand am Busen, über den wiederkehrenden Schmerz jener schrecklichen Nacht sich beklagte. Es wand sich wie ein Wurm an der Erde, und ich mußte alle meine Fassung zusammennehmen, um die Mittel, die mir für Geist und Körper unter diesen Umständen bekannt waren, zu denken und anzuwenden.

Sie setzen mich in eine bängliche Lage, rief Wilhelm, indem Sie mich, eben im Augenblicke, da ich das liebe Geschöpf wiedersehen soll, mein vielfaches Unrecht gegen dasselbe so lebhaft fühlen lassen. Soll ich sie sehen, warum nehmen Sie mir den Mut, ihr mit Freiheit entgegenzutreten? Und soll ich Ihnen gestehen: da ihr Gemüt so gestimmt ist, so seh ich nicht ein, was meine Gegenwart helfen soll. Sind Sie als Arzt überzeugt, daß jene doppelte Sehnsucht ihre Natur so weit untergraben hat, daß sie sich vom Leben abzuscheiden droht, warum soll ich durch meine Gegenwart ihre Schmerzen erneuern und vielleicht ihr Ende beschleunigen?

Mein Freund! versetzte der Arzt, wo wir nicht helfen können, sind wir doch schuldig zu lindern, und wie sehr die Gegenwart eines geliebten Gegenstandes der Einbildungskraft ihre zerstörende Gewalt nimmt und die Sehnsucht in ein ruhiges Schauen verwandelt, davon habe ich die wichtigsten Beispiele. Alles mit Maß und Ziel! Denn ebenso kann die Gegenwart eine verlöschende Leidenschaft wieder anfachen. Sehen Sie das gute Kind, betragen Sie sich freundlich und lassen Sie uns abwarten, was daraus entsteht.

Natalie kam eben zurück und verlangte, daß Wilhelm ihr zu Mignon folgen sollte. Sie scheint mit Felix ganz glücklich zu sein und wird den Freund, hoffe ich, gut empfangen. Wilhelm folgte nicht ohne einiges Widerstreben; er war tief gerührt von dem, was er vernommen hatte, und fürchtete eine leidenschaftliche Szene. Als er hereintrat, ergab sich gerade das Gegenteil.

Mignon im langen weißen Frauengewande, teils mit lockigen, teils aufgebundenen reichen braunen Haaren, saß, hatte Felix auf dem Schoße und drückte ihn an ihr Herz; sie sah völlig aus wie ein abgeschiedner Geist, und der Knabe wie das Leben selbst; es schien, als wenn Himmel und Erde sich umarmten. Sie reichte Wilhelmen lächelnd die Hand und sagte: Ich danke dir, daß du mir das Kind wiederbringst; sie hatten ihn, Gott weiß wie, entführt, und ich konnte nicht leben zeither. Solange mein Herz auf der Erde noch etwas bedarf, soll dieser die Lücke ausfüllen.

Die Ruhe, womit Mignon ihren Freund empfangen hatte, versetzte die Gesellschaft in große Zufriedenheit. Der Arzt verlangte, daß Wilhelm sie öfters sehen, und daß man sie sowohl körperlich als geistig im Gleichgewicht erhalten sollte. Er selbst entfernte sich und versprach, in kurzer Zeit wiederzukommen.

Wilhelm konnte nun Natalien in ihrem Kreise beobachten: man hätte sich nichts Besseres gewünscht, als neben ihr zu leben. Ihre Gegenwart hatte den reinsten Einfluß auf junge Mädchen und Frauenzimmer von verschiedenem Alter, die teils in ihrem Hause wohnten, teils aus der Nachbarschaft sie mehr oder weniger zu besuchen kamen.

Der Gang Ihres Lebens, sagte Wilhelm einmal zu ihr, ist wohl immer sehr gleich gewesen? denn die Schilderung, die Ihre Tante von Ihnen als Kind macht, scheint, wenn ich nicht irre, noch immer zu passen. Sie haben sich, man fühlt es Ihnen wohl an, nie verwirrt. Sie waren nie genötigt, einen Schritt zurück zu tun.

Das bin ich meinem Oheim und dem Abbé schuldig, versetzte Natalie, die meine Eigenheiten so gut zu beurteilen wußten. Ich erinnere mich von Jugend an kaum eines lebhaftern Eindrucks, als daß ich überall die Bedürfnisse der Menschen sah und ein unüberwindliches Verlangen empfand, sie auszugleichen. Das Kind, das noch nicht auf seinen Füßen stehen konnte, der Alte, der sich nicht mehr auf den seinigen erhielt, das Verlangen einer reichen Familie nach Kindern, die Unfähigkeit einer armen, die ihrigen zu erhalten, jedes stille Verlangen nach einem Gewerbe, den Trieb zu einem Talente, die Anlagen zu hundert kleinen notwendigen Fähigkeiten – diese überall zu entdecken, schien mein Auge von der Natur bestimmt. Ich sah, worauf mich niemand aufmerksam gemacht hatte, ich schien aber auch nur geboren, um das zu sehen. Die Reize der leblosen Natur, für die so viele Menschen äußerst empfänglich sind, hatten keine Wirkung auf mich, beinah noch weniger die Reize der Kunst: meine angenehmste Empfindung war und ist es noch, wenn sich mir ein Mangel, ein Bedürfnis in der Welt darstellte, sogleich im Geiste einen Ersatz, ein Mittel, eine Hülfe aufzufinden.

Sah ich einen Armen in Lumpen, so fielen mir die überflüssigen Kleider ein, die ich in den Schränken der Meinigen hatte hängen sehen; sah ich Kinder, die sich ohne Sorgfalt und ohne Pflege verzehrten, so erinnerte ich mich dieser oder jener Frau, der ich, bei Reichtum und Bequemlichkeit, Langeweile abgemerkt hatte; sah ich viele Menschen in einem engen Raume eingesperrt, so dachte ich, sie müßten in die großen Zimmer mancher Häuser und Paläste einquartiert werden. Diese Art, zu sehen, war bei mir ganz natürlich, ohne die mindeste Reflexion, so daß ich darüber als Kind das wunderlichste Zeug von der Welt machte und mehr als einmal durch die sonderbarsten Anträge die Menschen in Verlegenheit setzte. Noch eine Eigenheit war es, daß ich das Geld nur mit Mühe und spät als ein Mittel, die Bedürfnisse zu befriedigen, ansehen konnte; alle meine Wohltaten bestanden in Naturalien, und ich weiß, daß oft genug über mich gelacht worden ist. Nur der Abbé schien mich zu verstehen, er kam mir überall entgegen, er machte mich mit mir selbst, mit diesen Wünschen und Neigungen bekannt und lehrte mich, sie zweckmäßig befriedigen.

Haben Sie denn, fragte Wilhelm, bei der Erziehung Ihrer kleinen weiblichen Welt auch die Grundsätze jener sonderbaren Männer angenommen? lassen Sie denn auch jede Natur sich selbst ausbilden? lassen Sie denn auch die Ihrigen suchen und irren, Mißgriffe tun, sich glücklich am Ziele finden oder unglücklich in die Irre verlieren?

Nein! sagte Natalie, diese Art, mit Menschen zu handeln, würde ganz gegen meine Gesinnungen sein. Wer nicht im Augenblick hilft, scheint mir nie zu helfen, wer nicht im Augenblicke Rat gibt, nie zu raten. Ebenso nötig scheint es mir, gewisse Gesetze auszusprechen und den Kindern einzuschärfen, die dem Leben einen gewissen Halt geben. Ja, ich möchte beinah behaupten: es sei besser, nach Regeln zu irren, als zu irren, wenn uns die Willkür unserer Natur hin und her treibt; und wie ich die Menschen sehe, scheint mir in ihrer Natur immer eine Lücke zu bleiben, die nur durch ein entschieden ausgesprochenes Gesetz ausgefüllt werden kann.

So ist also Ihre Handlungsweise, sagte Wilhelm, völlig von jener verschieden, welche unsere Freunde beobachten?

Ja! versetzte Natalie, Sie können aber hieraus die unglaubliche Toleranz jener Männer sehen, daß sie eben auch mich, auf meinem Wege, gerade deswegen, weil es mein Weg ist, keineswegs stören, sondern mir in allem, was ich nur wünschen kann, entgegenkommen.

Einen umständlichern Bericht, wie Natalie mit ihren Kindern verfuhr, versparen wir auf eine andere Gelegenheit.

Mignon verlangte oft, in der Gesellschaft zu sein, und man vergönnte es ihr um so lieber, als sie sich nach und nach wieder an Wilhelmen zu gewöhnen, ihr Herz gegen ihn aufzuschließen und überhaupt heiterer und lebenslustiger zu werden schien. Sie hing sich beim Spazierengehen, da sie leicht müde ward, gern an seinen Arm. Nun, sagte sie, Mignon klettert und springt nicht mehr, und doch fühlt sie noch immer die Begierde, über die Gipfel der Berge wegzuspazieren, von einem Hause aufs andere, von einem Baume auf den andern zu schreiten. Wie beneidenswert sind die Vögel, besonders wenn sie so artig und vertraulich ihre Nester bauen.

Es ward nun bald zur Gewohnheit, daß Mignon ihren Freund mehr als einmal in den Garten lud. War dieser beschäftigt oder nicht zu finden, so mußte Felix die Stelle vertreten, und wenn das gute Mädchen in manchen Augenblicken ganz von der Erde los schien, so hielt sie sich in andern gleichsam wieder fest an Vater und Sohn und schien eine Trennung von diesen mehr als alles zu fürchten.

Natalie schien nachdenklich. Wir haben gewünscht, durch Ihre Gegenwart, sagte sie, das arme gute Herz wieder aufzuschließen; ob wir wohlgetan haben, weiß ich nicht. Sie schwieg und schien zu erwarten, daß Wilhelm etwas sagen sollte. Auch ihm fiel ein, daß durch seine Verbindung mit Theresen Mignon unter den gegenwärtigen Umständen aufs äußerste gekränkt werden müsse; allein er getraute sich in seiner Ungewißheit nicht, von diesem Vorhaben zu sprechen, er vermutete nicht, daß Natalie davon unterrichtet sei.

Ebensowenig konnte er mit Freiheit des Geistes die Unterredung verfolgen, wenn seine edle Freundin von ihrer Schwester sprach, ihre guten Eigenschaften rühmte und ihren Zustand bedauerte. Er war nicht wenig verlegen, als Natalie ihm ankündigte, daß er die Gräfin bald hier sehen werde. Ihr Gemahl, sagte sie, hat nun keinen andern Sinn, als den abgeschiedenen Grafen in der Gemeinde zu ersetzen, durch Einsicht und Tätigkeit diese große Anstalt zu unterstützen und weiter aufzubauen. Er kommt mit ihr zu uns, um eine Art von Abschied zu nehmen; er wird nachher die verschiedenen Orte besuchen, wo die Gemeinde sich niedergelassen hat; man scheint ihn nach seinen Wünschen zu behandeln, und fast glaub ich, er wagt mit meiner armen Schwester eine Reise nach Amerika, um ja seinem Vorgänger recht ähnlich zu werden; und da er einmal schon beinah überzeugt ist, daß ihm nicht viel fehle, ein Heiliger zu sein, so mag ihm der Wunsch manchmal vor der Seele schweben, womöglich zuletzt auch noch als Märtyrer zu glänzen.

Viertes Kapitel

Oft genug hatte man bisher von Fräulein Therese gesprochen, oft genug ihrer im Vorbeigehen erwähnt, und fast jedesmal war Wilhelm im Begriff, seiner neuen Freundin zu bekennen, daß er jenem trefflichen Frauenzimmer sein Herz und seine Hand angeboten habe. Ein gewisses Gefühl, das er sich nicht erklären konnte, hielt ihn zurück; er zauderte so lange, bis endlich Natalie selbst, mit dem himmlischen, bescheidnen, heitern Lächeln, das man an ihr zu sehen gewohnt war, zu ihm sagte: So muß ich denn doch zuletzt das Stillschweigen brechen und mich in Ihr Vertrauen gewaltsam eindrängen! Warum machen Sie mir ein Geheimnis, mein Freund, aus einer Angelegenheit, die Ihnen so wichtig ist und die mich selbst so nahe angeht? Sie haben meiner Freundin Ihre Hand angeboten – ich mische mich nicht ohne Beruf in diese Sache, hier ist meine Legitimation! hier ist der Brief, den sie Ihnen schreibt, den sie durch mich Ihnen sendet.

Einen Brief von Theresen! rief er aus. –

Ja, mein Herr! und Ihr Schicksal ist entschieden, Sie sind glücklich. Lassen Sie mich Ihnen und meiner Freundin Glück wünschen.

Wilhelm verstummte und sah vor sich hin. Natalie sah ihn an; sie bemerkte, daß er blaß ward. Ihre Freude ist stark, fuhr sie fort, sie nimmt die Gestalt des Schreckens an, sie raubt Ihnen die Sprache. Mein Anteil ist darum nicht weniger herzlich, weil er mich noch zum Worte kommen läßt. Ich hoffe, Sie werden dankbar sein, denn ich darf Ihnen sagen: mein Einfluß auf Theresens Entschließung war nicht gering; sie fragte mich um Rat, und sonderbarerweise waren Sie eben hier, ich konnte die wenigen Zweifel, die meine Freundin noch hegte, glücklich besiegen, die Boten gingen lebhaft hin und wider: hier ist ihr Entschluß! hier ist die Entwicklung! Und nun sollen Sie alle ihre Briefe lesen, Sie sollen in das schöne Herz Ihrer Braut einen freien, reinen Blick tun.

Wilhelm entfaltete das Blatt, das sie ihm unversiegelt überreichte; es enthielt die freundlichen Worte:

Ich bin die Ihre, wie ich bin und wie Sie mich kennen. Ich nenne Sie den Meinen, wie Sie sind und wie ich Sie kenne. Was an uns selbst, was an unsern Verhältnissen der Ehestand verändert, werden wir durch Vernunft, frohen Mut und guten Willen zu übertragen wissen. Da uns keine Leidenschaft, sondern Neigung und Zutrauen zusammenführt, so wagen wir weniger als tausend andere. Sie verzeihen mir gewiß, wenn ich mich manchmal meines alten Freundes erinnere; dafür will ich Ihren Sohn als Mutter an meinen Busen drücken. Wollen Sie mein kleines Haus sogleich mit mir teilen, so sind Sie Herr und Meister; indessen wird der Gutskauf abgeschlossen. Ich wünschte, daß dort keine neue Einrichtung ohne mich gemacht würde, um sogleich zu zeigen, daß ich das Zutrauen verdiene, das Sie mir schenken. Leben Sie wohl, lieber, lieber Freund! geliebter Bräutigam, verehrter Gatte! Therese drückt Sie an ihre Brust mit Hoffnung und Lebensfreude. Meine Freundin wird Ihnen mehr, wird Ihnen alles sagen. –

Wilhelm, dem dieses Blatt seine Therese wieder völlig vergegenwärtigt hatte, war auch wieder völlig zu sich selbst gekommen. Unter dem Lesen wechselten die schnellsten Gedanken in seiner Seele. Mit Entsetzen fand er lebhafte Spuren einer Neigung gegen Natalien in seinem Herzen; er schalt sich, er erklärte jeden Gedanken der Art für Unsinn, er stellte sich Theresen in ihrer ganzen Vollkommenheit vor, er las den Brief wieder, er ward heiter, oder vielmehr er erholte sich so weit, daß er heiter scheinen konnte. Natalie legte ihm die gewechselten Briefe vor, aus denen wir einige Stellen ausziehen wollen.

Nachdem Therese ihren Bräutigam nach ihrer Art geschildert hatte, fuhr sie fort:

So stelle ich mir den Mann vor, der mir jetzt seine Hand anbietet. Wie er von sich selbst denkt, wirst du künftig aus den Papieren sehen, in welchen er sich mir ganz offen beschreibt; ich bin überzeugt, daß ich mit ihm glücklich sein werde.

Was den Stand betrifft, so weißt du, wie ich von jeher drüber gedacht habe. Einige Menschen fühlen die Mißverhältnisse der äußern Zustände fürchterlich und können sie nicht übertragen. Ich will niemanden überzeugen, so wie ich nach meiner Überzeugung handeln will. Ich denke kein Beispiel zu geben, wie ich doch nicht ohne Beispiel handle. Mich ängstigen nur die innern Mißverhältnisse, ein Gefäß, das sich zu dem, was es enthalten soll, nicht schickt; viel Prunk und wenig Genuß, Reichtum und Geiz, Adel und Roheit, Jugend und Pedanterei, Bedürfnis und Zeremonien, diese Verhältnisse wärens, die mich vernichten könnten, die Welt mag sie stempeln und schätzen, wie sie will.

Wenn ich hoffe, daß wir zusammenpassen werden, so gründe ich meinen Ausspruch vorzüglich darauf, daß er dir, liebe Natalie, die ich so unendlich schätze und verehre, daß er dir ähnlich ist. Ja, er hat von dir das edle Suchen und Streben nach dem Bessern, wodurch wir das Gute, das wir zu finden glauben, selbst hervorbringen. Wie oft habe ich dich nicht im Stillen getadelt, daß du diesen oder jenen Menschen anders behandeltest, daß du in diesem oder jenem Fall dich anders betrugst, als ich würde getan haben, und doch zeigte der Ausgang meist, daß du recht hattest. Wenn wir, sagtest du, die Menschen nur nehmen, wie sie sind, so machen wir sie schlechter; wenn wir sie behandeln, als wären sie, was sie sein sollten, so bringen wir sie dahin, wohin sie zu bringen sind. Ich kann weder so sehen noch handeln, das weiß ich recht gut. Einsicht, Ordnung, Zucht, Befehl, das ist meine Sache. Ich erinnere mich noch wohl, was Jarno sagte: Therese dressiert ihre Zöglinge. Natalie bildet sie. Ja, er ging so weit, daß er mir einst die drei schönen Eigenschaften: Glaube, Liebe und Hoffnung völlig absprach. Statt des Glaubens, sagte er, hat sie die Einsicht, statt der Liebe die Beharrlichkeit und statt der Hoffnung das Zutrauen. Auch will ich dir gerne gestehen, ehe ich dich kannte, kannte ich nichts Höheres in der Welt als Klarheit und Klugheit; nur deine Gegenwart hat mich überzeugt, belebt, überwunden, und deiner schönen hohen Seele tret ich gerne den Rang ab. Auch meinen Freund verehre ich in ebendemselben Sinn; seine Lebensbeschreibung ist ein ewiges Suchen und Nichtfinden; aber nicht das leere Suchen, sondern das wunderbare, gutmütige Suchen begabt ihn; er wähnt, man könne ihm das geben, was nur von ihm kommen kann. So, meine Liebe, schadet mir auch diesmal meine Klarheit nichts; ich kenne meinen Gatten besser, als er sich selbst kennt, und ich achte ihn nur um desto mehr. Ich sehe ihn, aber ich übersehe ihn nicht, und alle meine Einsicht reicht nicht hin zu ahnen, was er wirken kann. Wenn ich an ihn denke, vermischt sich sein Bild immer mit dem deinigen, und ich weiß nicht, wie ich es wert bin, zwei solchen Menschen anzugehören. Aber ich will es wert sein, dadurch, daß ich meine Pflicht tue, dadurch, daß ich erfülle, was man von mir erwarten und hoffen kann.

Ob ich Lotharios gedenke? Lebhaft und täglich. Ihn kann ich in der Gesellschaft, die mich im Geiste umgibt, nicht einen Augenblick missen. O wie bedaure ich den trefflichen Mann, der durch einen Jugendfehler mit mir verwandt ist, daß die Natur ihn *dir* so nahe gewollt hat. Wahrlich, ein Wesen wie du wäre seiner mehr wert als ich. Dir könnt ich, dir müßt ich ihn abtreten. Laß uns ihm sein, was nur möglich ist, bis er eine würdige Gattin findet, und auch dann laß uns zusammen sein und zusammen bleiben! –

Was werden nun aber unsre Freunde sagen? begann Natalie. – Ihr Bruder weiß nichts davon? – Nein! so wenig als die Ihrigen, die Sache ist diesmal nur unter uns Weibern verhandelt worden. Ich weiß nicht, was Lydie Theresen für Grillen in den Kopf gesetzt hat: sie scheint dem Abbé und Jarno zu mißtrauen. Lydie hat ihr gegen gewisse geheime Verbindungen und Plane, von denen ich wohl im allgemeinen weiß, in die ich aber niemals einzudringen gedachte, wenigstens einigen Argwohn eingeflößt, und bei diesem entscheidenden Schritt ihres Lebens wollte sie niemand als mir einigen Einfluß verstatten. Mit meinem Bruder war sie schon früher übereingekommen, daß sie sich wechselsweise ihre Heirat nur melden, sich darüber nicht zu Rate ziehen wollten.

Natalie schrieb nun einen Brief an ihren Bruder; sie lud Wilhelmen ein, einige Worte dazuzusetzen, Therese hatte sie darum gebeten. Man wollte eben siegeln, als Jarno sich unvermutet anmelden ließ. Aufs freundlichste ward er empfangen; auch schien er sehr munter und scherzhaft und konnte endlich nicht unterlassen, zu sagen: Eigentlich komme ich hieher, um Ihnen eine sehr wunderbare, doch angenehme Nachricht zu bringen; sie betrifft unsere Therese. Sie haben uns manchmal getadelt, schöne Natalie, daß wir uns um so vieles bekümmern; nun aber sehen Sie, wie gut es ist, überall seine Spione zu haben. Raten Sie und lassen Sie uns einmal Ihre Sagazität sehen!

Die Selbstgefälligkeit, womit er diese Worte aussprach, die schalkhafte Miene, womit er Wilhelmen und Natalien ansah, überzeugten beide, daß ihr Geheimnis entdeckt sei. Natalie antwortete lächelnd: Wir sind viel künstlicher, als Sie denken, wir haben die Auflösung des Rätsels, noch ehe es uns aufgegeben wurde, schon zu Papiere gebracht.

Sie überreichte ihm mit diesen Worten den Brief an Lothario und war zufrieden, der kleinen Überraschung und Beschämung, die man ihnen zugedacht hatte, auf diese Weise zu begegnen. Jarno nahm das Blatt mit einiger Verwunderung, überlief es nur, staunte, ließ es aus der Hand sinken und sah sie beide mit großen Augen, mit einem Ausdruck der Überraschung, ja des Entsetzens an, den man auf seinem Gesichte nicht gewohnt war. Er sagte kein Wort.

Wilhelm und Natalie waren nicht wenig betroffen. Jarno ging in der Stube auf und ab. Was soll ich sagen? rief er aus, oder soll ichs sagen? Es kann kein Geheimnis bleiben, die Verwirrung ist nicht zu vermeiden. Also denn Geheimnis gegen Geheimnis! Überraschung gegen Überraschung! Therese ist nicht die Tochter ihrer Mutter! das Hindernis ist gehoben: ich komme hierher, Sie zu bitten, das edle Mädchen zu einer Verbindung mit Lothario vorzubereiten.

Jarno sah die Bestürzung der beiden Freunde, welche die Augen zur Erde niederschlugen. Dieser Fall ist einer von denen, sagte er, die sich in Gesellschaft am schlechtesten ertragen lassen. Was jedes dabei zu denken hat, denkt es am besten in der Einsamkeit; ich wenigstens erbitte mir auf eine Stunde Urlaub. Er eilte in den Garten, Wilhelm folgte ihm mechanisch, aber in der Ferne.

Nach Verlauf einer Stunde fanden sie sich wieder zusammen. Wilhelm nahm das Wort und sagte: Sonst, da ich ohne Zweck und Plan leicht, ja leichtfertig lebte, kamen mir Freundschaft, Liebe, Neigung, Zutrauen mit offenen Armen entgegen, ja sie drängten sich zu mir; jetzt, da es Ernst wird, scheint das Schicksal mit mir einen andern Weg zu nehmen. Der Entschluß, Theresen meine Hand anzubieten, ist vielleicht der erste, der ganz rein aus mir selbst kommt. Mit Überlegung machte ich meinen Plan, meine Vernunft war völlig damit einig, und durch die Zusage des trefflichen Mädchens wurden alle meine Hoffnungen erfüllt. Nun drückt das sonderbarste Geschick meine ausgestreckte Hand nieder. Therese reicht mir die ihrige von ferne, wie im Traume, ich kann sie nicht fassen, und das schöne Bild verläßt mich auf ewig. So lebe denn wohl, du schönes Bild! und ihr Bilder der reichsten Glückseligkeit, die ihr euch darum her versammeltet!

Er schwieg einen Augenblick still, sah vor sich hin, und Jarno wollte reden. Lassen Sie mich noch etwas sagen, fiel Wilhelm ihm ein; denn um mein ganzes Geschick wird ja doch diesmal das Los geworfen. In diesem Augenblick kommt mir der Eindruck zu Hülfe, den Lotharios Gegenwart beim ersten Anblick mir einprägte und der mir beständig geblieben ist. Dieser Mann verdient jede Art von Neigung und Freundschaft, und ohne Aufopferung läßt sich keine Freundschaft denken. Um seinetwillen war es mir leicht, ein unglückliches Mädchen zu betören, um seinetwillen soll mir möglich werden, der würdigsten Braut zu entsagen. Gehen Sie hin, erzählen Sie ihm die sonderbare Geschichte und sagen Sie ihm, wozu ich bereit bin.

Jarno versetzte hierauf: In solchen Fällen, halte ich dafür, ist schon alles getan, wenn man sich nur nicht übereilt. Lassen Sie uns keinen Schritt ohne Lotharios Einwilligung tun! Ich will zu ihm, erwarten Sie meine Zurückkunft oder seine Briefe ruhig.

Er ritt weg und hinterließ die beiden Freunde in der größten Wehmut. Sie hatten Zeit, sich diese Begebenheit auf mehr als Eine Weise zu wiederholen und ihre Bemerkungen darüber zu machen. Nun fiel es ihnen erst auf, daß sie diese wunderbare Erklärung so gerade von Jarno angenommen und sich nicht um die nähern Umstände erkundigt hatten. Ja Wilhelm wollte sogar einigen Zweifel hegen; aber aufs höchste stieg ihr Erstaunen, ja ihre Verwirrung, als den andern Tag ein Bote von Theresen ankam, der folgenden sonderbaren Brief an Natalien mitbrachte:

So seltsam es auch scheinen mag, so muß ich doch meinem vorigen Briefe sogleich noch einen nachsenden und dich ersuchen, mir meinen Bräutigam eilig zu schicken. Er soll mein

Gatte werden, was man auch für Plane macht, mir ihn zu rauben. Gib ihm inliegenden Brief! Nur vor keinem Zeugen, es mag gegenwärtig sein, wer will. –

Der Brief an Wilhelmen enthielt folgendes: Was werden Sie von Ihrer Therese denken, wenn sie auf einmal, leidenschaftlich, auf eine Verbindung dringt, die der ruhigste Verstand nur eingeleitet zu haben schien? Lassen Sie sich durch nichts abhalten, gleich nach dem Empfang des Briefes abzureisen. Kommen Sie, lieber, lieber Freund, nun dreifach Geliebter, da man mir Ihren Besitz rauben oder wenigstens erschweren will. –

Was ist zu tun? rief Wilhelm aus, als er diesen Brief gelesen hatte.

Noch in keinem Fall, versetzte Natalie nach einigem Nachdenken, hat mein Herz und mein Verstand so geschwiegen als in diesem; ich wüßte nichts zu tun, so wie ich nichts zu raten weiß.

Wäre es möglich, rief Wilhelm mit Heftigkeit aus, daß Lothario selbst nichts davon wüßte, oder wenn er davon weiß, daß er mit uns das Spiel versteckter Plane wäre? Hat Jarno, indem er unsern Brief gesehen, das Märchen aus dem Stegreife erfunden? Würde er uns was anders gesagt haben, wenn wir nicht zu voreilig gewesen wären? Was kann man wollen? was für Absichten kann man haben? Was kann Therese für einen Plan meinen? Ja, es läßt sich nicht leugnen, Lothario ist von geheimen Wirkungen und Verbindungen umgeben, ich habe selbst erfahren, daß man tätig ist, daß man sich in einem gewissen Sinne um die Handlungen, um die Schicksale mehrerer Menschen bekümmert und sie zu leiten weiß. Von den Endzwecken dieser Geheimnisse verstehe ich nichts, aber diese neueste Absicht, mir Theresen zu entreißen, sehe ich nur allzu deutlich. Auf einer Seite malt man mir das mögliche Glück Lotharios, vielleicht nur zum Scheine, vor; auf der andern sehe ich meine Geliebte, meine verehrte Braut, die mich an ihr Herz ruft. Was soll ich tun? Was soll ich unterlassen?

Nur ein wenig Geduld! sagte Natalie, nur eine kurze Bedenkzeit. In dieser sonderbaren Verknüpfung weiß ich nur soviel:

daß wir das, was unwiederbringlich ist, nicht übereilen sollen. Gegen ein Märchen, gegen einen künstlichen Plan stehen Beharrlichkeit und Klugheit uns bei; es muß sich bald aufklären, ob die Sache wahr, oder ob sie erfunden ist. Hat mein Bruder wirklich Hoffnung, sich mit Theresen zu verbinden, so wäre es grausam, ihm ein Glück auf ewig zu entreißen, in dem Augenblicke, da es ihm so freundlich erscheint. Lassen Sie uns nur abwarten, ob er etwas davon weiß, ob er selbst glaubt, ob er selbst hofft.

Diesen Gründen ihres Rats kam glücklicherweise ein Brief von Lothario zu Hülfe: Ich schicke Jarno nicht wieder zurück, schrieb er; von meiner Hand eine Zeile ist dir mehr als die umständlichsten Worte eines Boten. Ich bin gewiß, daß Therese nicht die Tochter ihrer Mutter ist, und ich kann die Hoffnung, sie zu besitzen nicht aufgeben, bis sie auch überzeugt ist und alsdann zwischen mir und dem Freunde mit ruhiger Überlegung entscheidet. Laß ihn, ich bitte dich, nicht von deiner Seite! Das Glück, das Leben eines Bruders hängt davon ab. Ich verspreche dir, diese Ungewißheit soll nicht lange dauern.

Sie sehen, wie die Sache steht, sagte sie freundlich zu Wilhelmen: geben Sie mir Ihr Ehrenwort, nicht aus dem Hause zu gehen.

Ich gebe es! rief er aus, indem er ihr die Hand reichte; ich will dieses Haus wider Ihren Willen nicht verlassen. Ich danke Gott und meinem guten Geist, daß ich diesmal geleitet werde, und zwar von Ihnen.

Natalie schrieb Theresen den ganzen Verlauf und erklärte, daß sie ihren Freund nicht von sich lassen werde; sie schickte zugleich Lotharios Brief mit.

Therese antwortete: Ich bin nicht wenig verwundert, daß Lothario selbst überzeugt ist, denn gegen seine Schwester wird er sich nicht auf diesen Grad verstellen. Ich bin verdrießlich, sehr verdrießlich. Es ist besser, ich sage nichts weiter. Am besten ists, ich komme zu dir, wenn ich nur erst die arme Lydie untergebracht habe, mit der man grausam umgeht. Ich fürchte, wir sind alle betrogen und werden so betrogen, um nie ins klare zu kommen. Wenn der Freund meinen Sinn hätte, so entschlüpfte er dir doch und würfe sich an das Herz seiner Therese, die ihm dann niemand entreißen sollte; aber ich fürchte, ich soll ihn verlieren und Lothario nicht wiedergewinnen. Diesem entreißt man Lydien, indem man ihm die Hoffnung, mich besitzen zu können, von weitem zeigt. Ich will nichts weiter sagen, die Verwirrung wird noch größer werden. Ob nicht indessen die schönsten Verhältnisse so verschoben, so untergraben und so zerrüttet werden, daß auch dann, wenn alles im klaren sein wird, doch nicht wieder zu helfen ist, mag die Zeit lehren. Reißt sich mein Freund nicht los, so komme ich in wenigen Tagen, um ihn bei dir aufzusuchen und festzuhalten. Du wunderst dich, wie diese Leidenschaft sich deiner Therese bemächtiget hat. Es ist keine Leidenschaft, es ist Überzeugung, daß, da Lothario nicht mein werden konnte, dieser neue Freund das Glück meines Lebens machen wird. Sag ihm das im Namen des kleinen Knaben, der mit ihm unter der Eiche saß und sich seiner Teilnahme freute! Sag ihm das im Namen Theresens, die seinem Antrage mit einer herzlichen Offenheit entgegenkam! Mein erster Traum, wie ich mit Lothario leben würde, ist weit von meiner Seele weggerückt; der Traum, wie ich mit meinem neuen Freund zu leben gedachte, steht noch ganz gegenwärtig vor mir. Achtet man mich so wenig, daß man glaubt, es sei so was Leichtes, diesen mit jenem aus dem Stegreife wieder umzutauschen?

Ich verlasse mich auf Sie, sagte Natalie zu Wilhelmen, indem sie ihm den Brief Theresens gab; Sie entfliehen mir nicht. Bedenken Sie, daß Sie das Glück meines Lebens in Ihrer Hand haben! Mein Dasein ist mit dem Dasein meines Bruders so innig verbunden und verwurzelt, daß er keine Schmerzen fühlen kann, die ich nicht empfinde, keine Freude, die nicht auch mein Glück macht. Ja ich kann wohl sagen, daß ich allein durch ihn empfunden habe, daß das Herz gerührt und erhoben, daß auf der Welt Freude, Liebe und ein Gefühl sein kann, das über alles Bedürfnis hinaus befriedigt.

Sie hielt inne, Wilhelm nahm ihre Hand und rief: O fahren Sie fort! es ist die rechte Zeit zu einem wahren wechselseitigen Vertrauen; wir haben nie nötiger gehabt, uns genauer zu kennen.

Ja, mein Freund! sagte sie lächelnd, mit ihrer ruhigen, sanften, unbeschreiblichen Hoheit, es ist vielleicht nicht außer der Zeit, wenn ich Ihnen sage, daß alles, was uns so manches Buch, was uns die Welt als Liebe nennt und zeigt, mir immer nur als ein Märchen erschienen sei.

Sie haben nicht geliebt? rief Wilhelm aus.

Nie oder immer! versetzte Natalie.

Fünftes Kapitel

Sie waren unter diesem Gespräch im Garten auf und ab gegangen, Natalie hatte verschiedene Blumen von seltsamer Gestalt gebrochen, die Wilhelmen völlig unbekannt waren und nach deren Namen er fragte.

Sie vermuten wohl nicht, sagte Natalie, für wen ich diesen Strauß pflücke? Er ist für meinen Oheim bestimmt, dem wir einen Besuch machen wollen. Die Sonne scheint eben so lebhaft nach dem Saale der Vergangenheit, ich muß Sie diesen Augenblick hineinführen, und ich gehe niemals hin, ohne einige von den Blumen, die mein Oheim besonders begünstigte, mitzubringen. Er war ein sonderbarer Mann und der eigensten Eindrücke fähig. Für gewisse Pflanzen und Tiere, für gewisse Menschen und Gegenden, ja sogar zu einigen Steinarten hatte er eine entschiedene Neigung, die selten erklärlich war. Wenn ich nicht, pflegte er oft zu sagen, mir von Jugend auf so sehr widerstanden hätte, wenn ich nicht gestrebt hätte, meinen Verstand ins Weite und Allgemeine auszubilden, so wäre ich der beschränkteste und unerträglichste Mensch geworden: denn nichts ist unerträglicher als abgeschnittene Eigenheit an demjenigen, von dem man eine reine, gehörige Tätigkeit fordern kann. Und doch mußte er selbst gestehen, daß ihm gleichsam Leben und Atem ausgehen würde, wenn er sich nicht von Zeit zu Zeit nachsähe und sich erlaubte, das mit Leidenschaft zu genießen, was er eben nicht immer loben und entschuldigen konnte. Meine Schuld ist es nicht, sagte er, wenn ich meine Triebe und meine Vernunft nicht völlig habe in Einstimmung bringen können. Bei solchen Gelegenheiten pflegte er meist über mich zu scherzen und zu sagen: Natalien kann man bei Leibesleben selig preisen, da ihre Natur nichts fordert, als was die Welt wünscht und braucht.

Unter diesen Worten waren sie wieder in das Hauptgebäude gelangt. Sie führte ihn durch einen geräumigen Gang auf eine Türe zu, vor der zwei Sphinxe von Granit lagen. Die Türe selbst war auf ägyptische Weise oben ein wenig enger als unten, und ihre ehernen Flügel bereiteten zu einem ernsthaften, ja zu einem schauerlichen Anblick vor. Wie angenehm ward man daher überrascht, als diese Erwartung sich in die reinste Heiterkeit auflöste, indem man in einen Saal trat, in welchem Kunst und Leben jede Erinnerung an Tod und Grab aufhoben. In die Wände waren verhältnismäßige Bogen vertieft, in denen größere Sarkophagen standen; in den Pfeilern dazwischen sah man kleinere Öffnungen, mit Aschenkästchen und Gefäßen geschmückt; die übrigen Flächen der Wände und des Gewölbes sah man regelmäßig abgeteilt und zwischen heitern und mannigfaltigen Einfassungen, Kränzen und Zieraten heitere und bedeutende Gestalten, in Feldern von verschiedener Größe, gemalt. Die architektonischen Glieder waren mit dem schönen gelben Marmor, der ins Rötliche hinüberblickt, bekleidet, hellblaue Streifen von einer glücklichen chemischen Komposition ahmten den Lasurstein nach und gaben, indem sie gleichsam in einem Gegensatz das Auge befriedigten, dem Ganzen Einheit und Verbindung. Alle diese Pracht und Zierde stellte sich in reinen architektonischen Verhältnissen dar, und so schien jeder, der hineintrat, über sich selbst erhoben zu sein, indem er durch die zusammentreffende Kunst erst erfuhr, was der Mensch sei und was er sein könne.

Der Türe gegenüber sah man auf einem prächtigen Sarkophagen das Marmorbild eines würdigen Mannes, an ein Polster gelehnt. Er hielt eine Rolle vor sich und schien mit stiller Aufmerksamkeit daraufzublicken. Sie war so gerichtet, daß man die Worte, die sie enthielt, bequem lesen konnte. Es stand darauf: *Gedenke zu leben.*

Natalie, indem sie einen verwelkten Strauß wegnahm, legte den frischen vor das Bild des Oheims: denn er selbst war in der Figur vorgestellt, und Wilhelm glaubte sich noch der Züge des alten Herrn zu erinnern, den er damals im Walde gesehen hatte. – Hier brachten wir manche Stunde zu, sagte Natalie, bis dieser Saal fertig war. In seinen letzten Jahren hatte er einige geschickte Künstler an sich gezogen, und seine beste Unterhaltung war, die Zeichnungen und Kartone zu diesen Gemälden aussinnen und bestimmen zu helfen.

Wilhelm konnte sich nicht genug der Gegenstände freuen, die ihn umgaben. Welch ein Leben, rief er aus, in diesem Saale der Vergangenheit! man könnte ihn ebensogut den Saal der Gegenwart und der Zukunft nennen. So war alles, und so wird alles sein! Nichts ist vergänglich als der eine, der genießt und zuschaut. Hier dieses Bild der Mutter, die ihr Kind ans Herz drückt, wird viele Generationen glücklicher Mütter überleben. Nach Jahrhunderten vielleicht erfreut sich ein Vater dieses bärtigen Mannes, der seinen Ernst ablegt und sich mit seinem Sohne neckt. So verschämt wird durch alle Zeiten die Braut sitzen und bei ihren stillen Wünschen noch bedürfen, daß man sie tröste, daß man ihr zurede; so ungeduldig wird der Bräutigam auf der Schwelle horchen, ob er hereintreten darf.

Wilhelms Augen schweiften auf unzählige Bilder umher. Vom ersten frohen Triebe der Kindheit, jedes Glied im Spiele nur zu brauchen und zu üben, bis zum ruhigen abgeschiedenen Ernste des Weisen konnte man in schöner lebendiger Folge sehen, wie der Mensch keine angeborne Neigung und Fähigkeit besitzt, ohne sie zu brauchen und zu nutzen. Von dem ersten zarten Selbstgefühl, wenn das Mädchen verweilt, den Krug aus dem klaren Wasser wieder heraufzuheben, und indessen ihr Bild gefällig betrachtet, bis zu jenen hohen Feierlichkeiten, wenn Könige und Völker zu Zeugen ihrer Verbindungen die Götter am Altare anrufen, zeigte sich alles bedeutend und kräftig.

Es war eine Welt, es war ein Himmel, der den Beschauenden an dieser Stätte umgab, und außer den Gedanken, welche jene gebildeten Gestalten erregten, außer den Empfindungen, welche sie einflößten, schien noch etwas andres gegenwärtig zu sein, wovon der ganze Mensch sich angegriffen fühlte. Auch Wilhelm bemerkte es, ohne sich davon Rechenschaft geben zu können. Was ist das, rief er aus, das, unabhängig von aller Bedeutung, frei von allem Mitgefühl, das uns menschliche Begebenheiten und Schicksale einflößen, so stark und zugleich so anmutig auf mich zu wirken vermag? Es spricht aus dem Ganzen, es spricht aus jedem Teile mich an, ohne daß ich jenes begreifen, ohne daß ich diese mir besonders zuneigen könnte! Welchen Zauber ahn ich in diesen Flächen, diesen Linien, diesen Höhen und Breiten, diesen Massen und Farben! Was ist es, das diese Figuren, auch nur obenhin betrachtet, schon als Zierat so erfreulich macht? Ja ich fühle, man könnte hier verweilen, ruhen, alles mit den Augen fassen, sich glücklich finden und ganz etwas andres fühlen und denken als das, was vor Augen steht.

Und gewiß, könnten wir beschreiben, wie glücklich alles eingeteilt war, wie an Ort und Stelle durch Verbindung oder Gegensatz, durch Einfärbigkeit oder Buntheit alles bestimmt, so und nicht anders erschien, als es erscheinen sollte, und eine so vollkommene als deutliche Wirkung hervorbrachte, so würden wir den Leser an einen Ort versetzen, von dem er sich so bald nicht zu entfernen wünschte.

Vier große marmorne Kandelaber standen in den Ecken des Saals, vier kleinere in der Mitte um einen sehr schön gearbeiteten Sarkophag, der seiner Größe nach eine junge Person von mittlerer Gestalt konnte enthalten haben.

Natalie blieb bei diesem Monumente stehen, und indem sie die Hand darauflegte, sagte sie: Mein guter Oheim hatte große Vorliebe zu diesem Werke des Altertums. Er sagte manchmal: Nicht allein die ersten Blüten fallen ab, die ihr da oben in jenen kleinen Räumen verwahren könnt, sondern auch Früchte, die am Zweige hängend uns noch lange die schönste Hoffnung geben, indes ein heimlicher Wurm ihre frühere Reife und ihre Zerstörung vorbereitet. Ich fürchte, fuhr sie fort, er hat auf das liebe Mädchen geweissagt, das sich unserer Pflege nach und nach zu entziehen und zu dieser ruhigen Wohnung zu neigen scheint.

Als sie im Begriff waren wegzugehn, sagte Natalie: Ich muß Sie noch auf etwas aufmerksam machen. Bemerken Sie diese halbrunden Öffnungen in der Höhe auf beiden Seiten! Hier können die Chöre der Sänger verborgen stehen, und diese ehrnen Zieraten unter dem Gesimse dienen, die Teppiche zu befestigen, die nach der Verordnung meines Oheims bei jeder Bestattung aufgehängt werden sollen. Er konnte nicht ohne Musik, besonders nicht ohne Gesang leben und hatte dabei die Eigenheit, daß er die Sänger nicht sehen wollte. Er pflegte zu sagen: Das Theater verwöhnt uns gar zu sehr, die Musik dient dort nur gleichsam dem Auge, sie begleitet die Bewegungen, nicht die Empfindungen. Bei Oratorien und Konzerten stört uns immer die Gestalt des Musikus; die wahre Musik ist allein fürs Ohr; eine schöne Stimme ist das Allgemeinste, was sich denken läßt, und indem das eingeschränkte Individuum, das sie hervorbringt, sich vors Auge stellt, zerstört es den reinen Effekt jener Allgemeinheit. Ich will jeden sehen, mit dem ich reden soll, denn es ist ein einzelner Mensch, dessen Gestalt und Charakter die Rede wert oder unwert macht; hingegen, wer mir singt, soll unsichtbar sein, seine Gestalt soll mich nicht bestechen oder irre machen. Hier spricht nur ein Organ zum Organe, nicht der Geist zum Geiste, nicht eine tausendfältige Welt zum Auge, nicht ein Himmel zum Menschen. Ebenso wollte er auch bei Instrumentalmusiken die Orchester so viel als möglich versteckt haben, weil man durch die mechanischen Bemühungen und durch die notdürftigen, immer seltsamen Gebärden der Instrumentenspieler so sehr zerstreut und verwirrt werde. Er pflegte daher eine Musik nicht anders als mit zugeschlossenen Augen anzuhören, um sein ganzes Dasein auf den einzigen, reinen Genuß des Ohrs zu konzentrieren.

Sie wollten eben den Saal verlassen, als sie die Kinder in dem Gange heftig laufen und den Felix rufen hörten: Nein ich! nein ich!

Mignon warf sich zuerst zur geöffneten Türe herein; sie war außer Atem und konnte kein Wort sagen. Felix, noch in einiger Entfernung, rief: Mutter Therese ist da! Die Kinder hatten, so schien es, die Nachricht zu überbringen, einen Wettlauf angestellt. Mignon lag in Nataliens Armen, ihr Herz pochte gewaltsam.

Böses Kind, sagte Natalie, ist dir nicht alle heftige Bewegung untersagt? sieh, wie dein Herz schlägt!

Laß es brechen! sagte Mignon, mit einem tiefen Seufzer; es schlägt schon zu lange.

Man hatte sich von dieser Verwirrung, von dieser Art von Bestürzung kaum erholt, als Therese hereintrat. Sie flog auf Natalien zu, umarmte sie und das gute Kind. Dann wendete sie sich zu Wilhelmen, sah ihn mit ihren klaren Augen an und sagte: Nun, mein Freund, wie steht es? Sie haben sich doch nicht irre machen lassen? Er tat einen Schritt gegen sie, sie sprang auf ihn zu und hing an seinem Halse. O meine Therese! rief er aus.

Mein Freund! mein Geliebter! mein Gatte! ja, auf ewig die Deine! rief sie unter den lebhaftesten Küssen.

Felix zog sie am Rocke und rief: Mutter Therese, ich bin auch da! Natalie stand und sah vor sich hin; Mignon fuhr auf einmal mit der linken Hand nach dem Herzen, und indem sie den rechten Arm heftig ausstreckte, fiel sie mit einem Schrei zu Nataliens Füßen für tot nieder.

Der Schrecken war groß; keine Bewegung des Herzens noch des Pulses war zu spüren. Wilhelm nahm sie auf seinen Arm und trug sie eilig hinauf, der schlotternde Körper hing über seine Schultern. Die Gegenwart des Arztes gab wenig Trost; er und der junge Wundarzt, den wir schon kennen, bemühten sich vergebens. Das liebe Geschöpf war nicht ins Leben zurückzurufen.

Natalie winkte Theresen. Diese nahm ihren Freund bei der Hand und führte ihn aus dem Zimmer. Er war stumm und ohne Sprache und hatte den Mut nicht, ihren Augen zu begegnen. So saß er neben ihr auf dem Kanapee, auf dem er Natalien zuerst angetroffen hatte. Er dachte mit großer Schnelle eine Reihe von Schicksalen durch, oder vielmehr er dachte nicht, er ließ das auf seine Seele wirken, was er nicht entfernen konnte. Es gibt Augenblicke des Lebens, in welchen die Begebenheiten, gleich geflügelten Weberschiffchen, vor uns sich hin und wider bewegen und unaufhaltsam ein Gewebe vollenden, das wir mehr oder weniger selbst gesponnen und angelegt haben. Mein Freund! sagte Therese, mein Geliebter! indem sie das Stillschweigen unterbrach und ihn bei der Hand nahm: laß uns diesen Augenblick fest zusammenhalten, wie wir noch öfters, vielleicht in ähnlichen Fällen, werden zu tun haben. Dies sind die Ereignisse, welche zu ertragen man zu zweien in der Welt sein muß. Bedenke, mein Freund, fühle, daß du nicht allein bist, zeige, daß du deine Therese liebst, zuerst dadurch daß du deine Schmerzen ihr mitteilst! Sie umarmte ihn und schloß ihn sanft an ihren Busen; er faßte sie in seine Arme und drückte sie mit Heftigkeit an sich. Das arme Kind, rief er aus, suchte in traurigen Augenblicken Schutz und Zuflucht an meinem unsichern Busen; laß die Sicherheit des deinigen mir in dieser schrecklichen Stunde zugute kommen. Sie hielten sich fest umschlossen, er fühlte ihr Herz an seinem Busen schlagen; aber in seinem Geiste war es öde und leer; nur die Bilder Mignons und Nataliens schwebten wie Schatten vor seiner Einbildungskraft.

Natalie trat herein. Gib uns deinen Segen! rief Therese, laß uns in diesem traurigen Augenblicke vor dir verbunden sein. – Wilhelm hatte sein Gesicht an Theresens Halse verborgen; er war glücklich genug, weinen zu können. Er hörte Natalien nicht kommen, er sah sie nicht, nur bei dem Klang ihrer Stimme verdoppelten sich seine Tränen. – Was Gott zusammenfügt, will ich nicht scheiden, sagte Natalie lächelnd, aber verbinden kann ich euch nicht und kann nicht loben, daß Schmerz und Neigung die Erinnerung an meinen Bruder völlig aus euren Herzen zu verbannen scheint. Wilhelm riß sich bei diesen Worten aus den Armen Theresens. Wo wollen Sie hin? riefen beide Frauen. – Lassen Sie mich das Kind sehen, rief er aus, das ich getötet habe! Das Unglück, das wir mit Augen sehen, ist geringer, als wenn unsere Einbildungskraft das Übel gewaltsam in unser Gemüt einsenkt; lassen Sie uns den abgeschiedenen Engel sehen! Seine heitere Miene wird uns sagen, daß ihm wohl ist! – Da die Freundinnen den bewegten Jüngling nicht abhalten konnten, folgten sie ihm; aber der gute Arzt, der mit dem Chirurgus ihnen entgegenkam, hielt sie ab, sich der Verblichenen zu nähern, und sagte: Halten Sie sich von diesem traurigen Gegenstande entfernt und erlauben Sie mir, daß ich den Resten dieses sonderbaren Wesens, soviel meine Kunst vermag, einige Dauer gebe. Ich will die schöne Kunst, einen Körper nicht allein zu balsamieren, sondern ihm auch ein lebendiges Ansehn zu erhalten, bei diesem geliebten Geschöpfe sogleich anwenden. Da ich ihren Tod voraussah, habe ich alle Anstalten gemacht, und mit diesem Gehülfen hier soll mirs gewiß gelingen. Erlauben Sie mir nur noch einige Tage Zeit und verlangen Sie das liebe Kind nicht wieder zu sehen, bis wir es in den Saal der Vergangenheit gebracht haben.

Der junge Chirurgus hatte jene merkwürdige Instrumententasche wieder in Händen. Von wem kann er sie wohl haben? fragte Wilhelm den Arzt. Ich kenne sie sehr gut, versetzte Natalie; er hat sie von seinem Vater, der Sie damals im Walde verband.

O, so habe ich mich nicht geirrt, rief Wilhelm, ich erkannte das Band sogleich! Treten Sie mir es ab! Es brachte mich zuerst wieder auf die Spur von meiner Wohltäterin. Wieviel Wohl und Wehe überdauert nicht ein solches lebloses Wesen! Bei wieviel Schmerzen war dies Band nicht schon gegenwärtig, und seine Fäden halten noch immer! Wie vieler Menschen letzten Augenblick hat es schon begleitet, und seine Farben sind noch nicht verblichen! Es war gegenwärtig in einem der schönsten Augenblicke meines Lebens, da ich verwundet auf der Erde lag und Ihre hülfreiche Gestalt vor mir erschien, als das Kind, mit blutigen Haaren, mit der zärtlichsten Sorgfalt für mein Leben besorgt war, dessen frühzeitigen Tod wir nun beweinen.

Die Freunde hatten nicht lange Zeit, sich über diese traurige Begebenheit zu unterhalten und Fräulein Theresen über das Kind und über die wahrscheinliche Ursache seines unerwarteten Todes aufzuklären; denn es wurden Fremde gemeldet, die, als sie sich zeigten, keineswegs fremd waren. Lothario, Jarno, der Abbé traten herein. Natalie ging ihrem Bruder entgegen; unter den übrigen entstand ein augenblickliches Stillschweigen. Therese sagte lächelnd zu Lothario: Sie glaubten wohl kaum, mich hier zu finden; wenigstens ist es eben nicht rätlich, daß wir uns in diesem Augenblick aufsuchen; indessen sein Sie mir nach einer so langen Abwesenheit herzlich gegrüßt.

Lothario reichte ihr die Hand und versetzte: Wenn wir einmal leiden und entbehren sollen, so mag es immerhin auch in der Gegenwart des geliebten, wünschenswerten Gutes geschehen. Ich verlange keinen Einfluß auf Ihre Entschließung, und mein Vertrauen auf Ihr Herz, auf Ihren Verstand und reinen Sinn ist noch immer so groß, daß ich Ihnen mein Schicksal und das Schicksal meines Freundes gerne in die Hand lege.

Das Gespräch wendete sich sogleich zu allgemeinen, ja man darf sagen zu unbedeutenden Gegenständen. Die Gesellschaft trennte sich bald zum Spazierengehen in einzelne Paare. Natalie war mit Lothario, Therese mit dem Abbé gegangen, und Wilhelm war mit Jarno auf dem Schlosse geblieben.

Die Erscheinung der drei Freunde in dem Augenblick, da Wilhelmen ein schwerer Schmerz auf der Brust lag, hatte, statt ihn zu zerstreuen, seine Laune gereizt und verschlimmert; er war verdrießlich und argwöhnisch und konnte und wollte es nicht verhehlen, als Jarno ihn über sein mürrisches Stillschweigen zur Rede setzte. Was brauchts da weiter? rief Wilhelm aus. Lothario kommt mit seinen Beiständen, und es wäre wunderbar, wenn jene geheimnisvollen Mächte des Turms, die immer so geschäftig sind, jetzt nicht auf uns wirken und ich weiß nicht was für einen seltsamen Zweck mit und an uns ausführen sollten. Soviel ich diese heiligen Männer erkenne, scheint es jederzeit ihre löbliche Absicht, das Verbundene zu trennen und das Getrennte zu verbinden. Was daraus für ein Gewebe entstehen kann, mag wohl unsern unheiligen Augen ewig ein Rätsel bleiben.

Sie sind verdrießlich und bitter, sagte Jarno, das ist recht schön und gut. Wenn Sie nur erst einmal recht böse werden, wird es noch besser sein.

Dazu kann auch Rat werden, versetzte Wilhelm, und ich fürchte sehr, daß man Lust hat, meine angeborne und angebildete Geduld diesmal aufs äußerste zu reizen.

So möchte ich Ihnen denn doch, sagte Jarno, indessen, bis wir sehen, wo unsere Geschichten hinaus wollen, etwas von dem Turme erzählen, gegen den Sie ein so großes Mißtrauen zu hegen scheinen.

Es steht bei Ihnen, versetzte Wilhelm, wenn Sie es auf meine Zerstreuung hin wagen wollen. Mein Gemüt ist so vielfach beschäftigt, daß ich nicht weiß, ob es an diesen würdigen Abenteuern den schuldigen Teil nehmen kann.

Ich lasse mich, sagte Jarno, durch Ihre angenehme Stimmung nicht abschrecken, Sie über diesen Punkt aufzuklären. Sie halten mich für einen gescheiten Kerl, und Sie sollen mich auch noch für einen ehrlichen halten, und was mehr ist, diesmal hab ich Auftrag. – Ich wünschte, versetzte Wilhelm, Sie sprächen aus eigner Bewegung und aus gutem Willen, mich aufzuklären; und da ich Sie nicht ohne Mißtrauen hören kann, warum soll ich Sie anhören? – Wenn ich jetzt nichts Besseres zu tun habe, sagte Jarno, als Märchen zu erzählen, so haben Sie ja auch wohl Zeit, ihnen einige Aufmerksamkeit zu widmen; vielleicht sind Sie dazu geneigter, wenn ich Ihnen gleich anfangs sage: alles, was Sie im Turme gesehen haben, sind eigentlich nur noch Reliquien von einem jugendlichen Unternehmen, bei dem es anfangs den meisten Eingeweihten großer Ernst war, und über das nun alle gelegentlich nur lächeln.

Also mit diesen würdigen Zeichen und Worten spielt man nur, rief Wilhelm aus, man führt uns mit Feierlichkeit an einen Ort, der uns Ehrfurcht einflößt, man läßt uns die wunderlichsten Erscheinungen sehen, man gibt uns Rollen voll herrlicher, geheimnisreicher Sprüche, davon wir freilich das wenigste verstehn, man eröffnet uns, daß wir bisher Lehrlinge waren, man spricht uns los, und wir sind so klug wie vorher. – Haben Sie das Pergament nicht bei der Hand? fragte Jarno; es enthält viel Gutes: denn jene allgemeinen Sprüche sind nicht aus der Luft gegriffen; freilich scheinen sie demjenigen leer und dunkel, der sich keiner Erfahrung dabei erinnert. Geben Sie mir den sogenannten Lehrbrief doch, wenn er in der Nähe ist. – Gewiß ganz nah, versetzte Wilhelm; so ein Amulett sollte man immer auf der

Brust tragen. – Nun, sagte Jarno lächelnd, wer weiß, ob der Inhalt nicht einmal in Ihrem Kopf und Herzen Platz findet.

Jarno blickte hinein und überlief die erste Hälfte mit den Augen. Diese, sagte er, bezieht sich auf die Ausbildung des Kunstsinnes, wovon andere sprechen mögen; die zweite handelt vom Leben, und da bin ich besser zu Hause.

Er fing darauf an, Stellen zu lesen, sprach dazwischen und knüpfte Anmerkungen und Erzählungen mit ein. Die Neigung der Jugend zum Geheimnis, zu Zeremonien und großen Worten ist außerordentlich, und oft ein Zeichen einer gewissen Tiefe des Charakters. Man will in diesen Jahren sein ganzes Wesen, wenn auch nur dunkel und unbestimmt, ergriffen und berührt fühlen. Der Jüngling, der vieles ahnet, glaubt in einem Geheimnisse viel zu finden, in ein Geheimnis viel legen und durch dasselbe wirken zu müssen. In diesen Gesinnungen bestärkte der Abbé eine junge Gesellschaft, teils nach seinen Grundsätzen, teils aus Neigung und Gewohnheit, da er wohl ehemals mit einer Gesellschaft in Verbindung stand, die selbst viel im Verborgenen gewirkt haben mochte. Ich konnte mich am wenigsten in dieses Wesen finden. Ich war älter als die andern, ich hatte von Jugend auf klar gesehen und wünschte in allen Dingen nichts als Klarheit; ich hatte kein ander Interesse, als die Welt zu kennen, wie sie war, und steckte mit dieser Liebhaberei die übrigen besten Gefährten an, und fast hätte darüber unsere ganze Bildung eine falsche Richtung genommen: denn wir fingen an, nur die Fehler der andern und ihre Beschränkung zu sehen und uns selbst für treffliche Wesen zu halten. Der Abbé kam uns zu Hülfe und lehrte uns, daß man die Menschen nicht beobachten müsse, ohne sich für ihre Bildung zu interessieren, und daß man sich selbst eigentlich nur in der Tätigkeit zu beobachten und zu erlauschen imstande sei. Er riet uns, jene ersten Formen der Gesellschaft beizubehalten; es blieb daher etwas Gesetzliches in unsern Zusammenkünften, man sah wohl die ersten mystischen Eindrücke auf die Einrichtung des Ganzen, nachher nahm es, wie durch ein Gleichnis, die Gestalt eines Handwerks an, das sich bis zur Kunst erhob. Daher kamen die Benennungen von Lehrlingen,

Gehülfen und Meistern. Wir wollten mit eigenen Augen sehen und uns ein eigenes Archiv unserer Weltkenntnis bilden; daher entstanden die vielen Konfessionen, die wir teils selbst schrieben, teils wozu wir andere veranlaßten, und aus denen nachher die Lehrjahre zusammengesetzt wurden. Nicht allen Menschen ist es eigentlich um ihre Bildung zu tun; viele wünschen nur so ein Hausmittel zum Wohlbefinden, Rezepte zum Reichtum und zu jeder Art von Glückseligkeit. Alle diese, die nicht auf ihre Füße gestellt sein wollten, wurden mit Mystifikationen und anderm Hokuspokus teils aufgehalten, teils beiseitegebracht. Wir sprachen nach unserer Art nur diejenigen los, die lebhaft fühlten und deutlich bekannten, wozu sie geboren seien, und die sich genug geübt hatten, um mit einer gewissen Fröhlichkeit und Leichtigkeit ihren Weg zu verfolgen.

So haben Sie sich mit mir sehr übereilt, versetzte Wilhelm: denn was ich kann, will oder soll, weiß ich, gerade seit jenem Augenblick, am allerwenigsten. – Wir sind ohne Schuld in diese Verwirrung geraten, das gute Glück mag uns wieder heraushelfen; indessen hören Sie nur: derjenige, an dem viel zu entwickeln ist, wird später über sich und die Welt aufgeklärt. Es sind nur wenige, die den Sinn haben und zugleich zur Tat fähig sind. Der Sinn erweitert, aber lähmt; die Tat belebt, aber beschränkt.

Ich bitte Sie, fiel Wilhelm ein, lesen Sie mir von diesen wunderlichen Worten nichts mehr! Diese Phrasen haben mich schon verwirrt genug gemacht. – So will ich bei der Erzählung bleiben, sagte Jarno, indem er die Rolle halb zuwickelte und nur manchmal einen Blick hinein tat. Ich selbst habe der Gesellschaft und den Menschen am wenigsten genutzt; ich bin ein sehr schlechter Lehrmeister, es ist mir unerträglich zu sehen, wenn jemand ungeschickte Versuche macht; einem Irrenden muß ich gleich zurufen, und wenn es ein Nachtwandler wäre, den ich in Gefahr sähe, geraden Weges den Hals zu brechen. Darüber hatte ich nun immer meine Not mit dem Abbé, der behauptet, der Irrtum könne nur durch das Irren geheilt werden. Auch über Sie haben wir uns oft gestritten; er hatte Sie besonders in Gunst genommen, und es will schon etwas heißen, in dem hohen Grade seine Aufmerksamkeit auf sich zu ziehen. Sie müssen mir nachsagen, daß ich Ihnen, wo ich Sie antraf, die reine Wahrheit sagte. – Sie haben mich wenig geschont, sagte Wilhelm, und Sie scheinen Ihren Grundsätzen treu zu bleiben. – Was ist denn da zu schonen, versetzte Jarno, wenn ein junger Mensch von mancherlei guten Anlagen eine ganz falsche Richtung nimmt? – Verzeihen Sie, sagte Wilhelm, Sie haben mir streng genug alle Fähigkeit zum Schauspieler abgesprochen; ich gestehe Ihnen, daß, ob ich gleich dieser Kunst ganz entsagt habe, so kann ich mich doch unmöglich bei mir selbst dazu für ganz unfähig erklären. – Und bei mir, sagte Jarno, ist es doch so rein entschieden, daß, wer sich nur selbst spielen kann, kein Schauspieler ist. Wer sich nicht dem Sinn und der Gestalt nach in viele Gestalten verwandeln kann, verdient nicht diesen Namen. So haben Sie zum Beispiel den Hamlet und einige andere Rollen recht gut gespielt, bei denen Ihr Charakter, Ihre Gestalt und die Stimmung des Augenblicks Ihnen zugute kamen. Das wäre nun für ein Liebhabertheater und für einen jeden gut genug, der keinen andern Weg vor sich sähe. Man soll sich, fuhr Jarno fort, indem er auf die Rolle sah, vor einem Talente hüten, das man in Vollkommenheit auszuüben nicht Hoffnung hat. Man mag es darin so weit bringen, als man will, so wird man doch immer zuletzt, wenn uns einmal das Verdienst des Meisters klar wird, den Verlust von Zeit und Kräften, die man auf eine solche Pfuscherei gewendet hat, schmerzlich bedauern.

Lesen Sie nichts! sagte Wilhelm, ich bitte Sie inständig, sprechen Sie fort, erzählen Sie mir, klären Sie mich auf! Und so hat also der Abbé mir zum Hamlet geholfen, indem er einen Geist herbeischaffte? – Ja, denn er versicherte, daß es der einzige Weg sei, Sie zu heilen, wenn Sie heilbar wären. – Und darum ließ er mir den Schleier zurück und hieß mich fliehen? – Ja, er hoffte sogar, mit der Vorstellung des Hamlets sollte Ihre ganze Lust gebüßt sein. Sie würden nachher das Theater nicht wieder betreten, behauptete er; ich glaubte das Gegenteil und behielt recht. Wir stritten noch selbigen Abend nach der Vorstellung darüber. – Und Sie haben mich also spielen sehen? – O gewiß! – Und wer stellte denn den Geist vor? – Das kann ich selbst nicht sagen; entweder der Abbé oder sein Zwillingsbruder, doch glaub ich dieser, denn er ist um ein weniges größer. – Sie haben also auch Geheimnisse untereinander? – Freunde können und müssen Geheimnisse voreinander haben; sie sind einander doch kein Geheimnis. –

Es verwirrt mich schon das Andenken dieser Verworrenheit. Klären Sie mich über den Mann auf, dem ich so viel schuldig bin und dem ich so viel Vorwürfe zu machen habe.

Was ihn uns so schätzbar macht, versetzte Jarno, was ihm gewissermaßen die Herrschaft über uns alle erhält, ist der freie und scharfe Blick, den ihm die Natur über alle Kräfte, die im Menschen nur wohnen und wovon sich jede in ihrer Art ausbilden läßt, gegeben hat. Die meisten Menschen, selbst die vorzüglichen, sind nur beschränkt; jeder schätzt gewisse Eigenschaften an sich und andern; nur die begünstigt er, nur die will er ausgebildet wissen. Ganz entgegengesetzt wirkt der Abbé: er hat Sinn für alles, Lust an allem, es zu erkennen und zu befördern. Da muß ich doch wieder in die Rolle sehen! fuhr Jarno fort: Nur alle Menschen machen die Menschheit aus, nur alle Kräfte zusammengenommen die Welt. Diese sind unter sich oft im Widerstreit, und indem sie sich zu zerstören suchen, hält sie die Natur zusammen und bringt sie wieder hervor. Von dem geringsten tierischen Handwerkstriebe bis zur höchsten Ausübung der geistigen Kunst, vom Lallen und Jauchzen des Kindes bis zur trefflichsten Äußerung des Redners und Sängers, vom ersten Balgen der Knaben bis zu den ungeheuren Anstalten, wodurch Länder erhalten und erobert werden, vom leichtesten Wohlwollen und der flüchtigsten Liebe bis zur heftigsten Leidenschaft und zum ernstesten Bunde, von dem reinsten Gefühl der sinnlichen Gegenwart bis zu den leisesten Ahnungen und Hoffnungen der entferntesten Zukunft, alles das und weit mehr liegt im Menschen und muß ausgebildet werden; aber nicht in einem, sondern in vielen. Jede Anlage ist wichtig, und sie muß entwickelt werden. Wenn einer nur das Schöne, der andere nur das Nützliche befördert, so machen beide zusammen erst einen Menschen aus. Das Nützliche befördert sich selbst, denn die Menge bringt es hervor, und alle könnens nicht entbehren; das Schöne muß befördert werden, denn wenige stellens dar, und viele bedürfens.

Halten Sie inne! rief Wilhelm, ich habe das alles gelesen. – Nur noch einige Zeilen! versetzte Jarno; hier find ich den Abbé ganz wieder: Eine Kraft beherrscht die andere, aber keine kann die andere bilden; in jeder Anlage liegt auch allein die Kraft, sich zu vollenden; das verstehen so wenig Menschen, die doch lehren und wirken wollen. – Und ich verstehe es auch nicht, versetzte Wilhelm. – Sie werden über diesen Text den Abbé noch oft genug hören, und so lassen Sie uns nur immer recht deutlich sehen und festhalten, was an *uns* ist und was wir an *uns* ausbilden können; lassen Sie uns gegen die andern gerecht sein, denn wir sind nur insofern zu achten, als wir zu schätzen wissen. – Um Gottes willen! keine Sentenzen weiter! ich fühle, sie sind ein schlechtes Heilmittel für ein verwundetes Herz. Sagen Sie mir lieber, mit Ihrer grausamen Bestimmtheit, was Sie von mir erwarten, und wie und auf welche Weise Sie mich aufopfern wollen. – Jeden Verdacht, ich versichere Sie, werden Sie uns künftig abbitten. Es ist Ihre Sache, zu prüfen und zu wählen, und die unsere, Ihnen beizustehn. Der Mensch ist nicht eher glücklich, als bis sein unbedingtes Streben sich selbst seine Begrenzung bestimmt. Nicht an mich halten Sie sich, sondern an den Abbé; nicht an sich denken Sie, sondern an das, was Sie umgibt. Lernen Sie zum Beispiel Lotharios Trefflichkeit einsehen, wie sein Überblick und seine Tätigkeit unzertrennlich miteinander verbunden sind, wie er immer im Fortschreiten ist, wie er sich ausbreitet und jeden mit fortreißt. Er führt, wo er auch sei, eine Welt mit sich; seine Gegenwart belebt und feuert an. Sehen Sie unsern guten Medikus dagegen! Es scheint gerade die entgegengesetzte Natur zu sein. Wenn jener nur ins Ganze und auch in die Ferne wirkt, so richtet dieser seinen hellen Blick nur auf die nächsten Dinge, er verschafft mehr die Mittel zur Tätigkeit, als daß er die Tätigkeit hervorbrächte und belebte; sein Handeln sieht einem guten Wirtschaften vollkommen ähnlich, seine

Wirksamkeit ist still, indem er einen jeden in seinem Kreis befördert; sein Wissen ist ein beständiges Sammeln und Ausspenden, ein Nehmen und Mitteilen im kleinen. Vielleicht könnte Lothario in einem Tage zerstören, woran dieser jahrelang gebaut hat; aber vielleicht teilt auch Lothario in einem Augenblick andern die Kraft mit, das Zerstörte hundertfältig wiederherzustellen. – Es ist ein trauriges Geschäft, sagte Wilhelm, wenn man über die reinen Vorzüge der andern in einem Augenblicke denken soll, da man mit sich selbst uneins ist; solche Betrachtungen stehen dem ruhigen Manne wohl an, nicht dem, der von Leidenschaft und Ungewißheit bewegt ist. – Ruhig und vernünftig zu betrachten, ist zu keiner Zeit schädlich, und indem wir uns gewöhnen, über die Vorzüge anderer zu denken, stellen sich die unsern unvermerkt selbst an ihren Platz, und jede falsche Tätigkeit, wozu uns die Phantasie lockt, wird alsdann gern von uns aufgegeben. Befreien Sie womöglich Ihren Geist von allem Argwohn und aller Ängstlichkeit! Dort kommt der Abbé; sein Sie ja freundlich gegen ihn, bis Sie noch mehr erfahren, wieviel Dank Sie ihm schuldig sind. Der Schalk! da geht er zwischen Natalien und Theresen; ich wollte wetten, er denkt sich was aus. So wie er überhaupt gern ein wenig das Schicksal spielt, so läßt er auch nicht von der Liebhaberei, manchmal eine Heirat zu stiften.

Wilhelm, dessen leidenschaftliche und verdrießliche Stimmung durch alle die klugen und guten Worte Jarnos nicht verbessert worden war, fand höchst undelikat, daß sein Freund gerade in diesem Augenblick eines solchen Verhältnisses erwähnte, und sagte, zwar lächelnd, doch nicht ohne Bitterkeit: Ich dächte, man überließe die Liebhaberei, Heiraten zu stiften, Personen, die sich liebhaben.

Sechstes Kapitel

Die Gesellschaft hatte sich eben wieder begegnet, und unsere Freunde sahen sich genötigt, das Gespräch abzubrechen. Nicht lange, so ward ein Kurier gemeldet, der einen Brief in Lotharios eigene Hände übergeben wollte; der Mann ward vorgeführt, er sah rüstig und tüchtig aus, seine Livree war sehr reich und geschmackvoll. Wilhelm glaubte ihn zu kennen, und er irrte sich nicht: es war derselbe Mann, den er damals Philinen und der vermeinten Mariane nachgeschickt hatte und der nicht wieder zurückgekommen war. Eben wollte er ihn anreden, als Lothario, der den Brief gelesen hatte, ernsthaft und fast verdrießlich fragte: Wie heißt Sein Herr?

Das ist unter allen Fragen, versetzte der Kurier mit Bescheidenheit, auf die ich am wenigsten zu antworten weiß; ich hoffe, der Brief wird das Nötige vermelden; mündlich ist mir nichts aufgetragen.

Es sei, wie ihm sei, versetzte Lothario mit Lächeln, da Sein Herr das Zutrauen zu mir hat, mir so hasenfüßig zu schreiben, so soll er uns willkommen sein. – Er wird nicht lange auf sich warten lassen, versetzte der Kurier mit einer Verbeugung und entfernte sich.

Vernehmet nur, sagte Lothario, die tolle, abgeschmackte Botschaft. Da unter allen Gästen, so schreibt der Unbekannte, ein guter Humor der angenehmste Gast sein soll, wenn er sich einstellt, und ich denselben als Reisegefährten beständig mit mir herumführe, so bin ich überzeugt, der Besuch, den ich Euer Gnaden und Liebden zugedacht habe, wird nicht übel vermerkt werden, vielmehr hoffe ich, mit der sämtlichen hohen Familie vollkommener Zufriedenheit anzulangen und gelegentlich mich wieder zu entfernen, der ich mich, und so weiter, Graf von Schneckenfuß.

Das ist eine neue Familie, sagte der Abbé.

Es mag ein Vikariatsgraf sein, versetzte Jarno.

Das Geheimnis ist leicht zu erraten, sagte Natalie; ich wette, es ist Bruder Friedrich, der uns schon seit dem Tode des Oheims mit einem Besuche droht.

Getroffen! schöne und weise Schwester, rief jemand aus einem nahen Busche, und zugleich trat ein angenehmer, heiterer junger Mann hervor; Wilhelm konnte sich kaum eines Schreies enthalten. Wie? rief er, unser blonder Schelm, der soll mir auch hier noch erscheinen? Friedrich ward aufmerksam, sah Wilhelmen an und rief: Wahrlich, weniger erstaunt wär ich gewesen, die berühmten Pyramiden, die doch in Ägypten so fest stehen, oder das Grab des Königs Mausolus, das, wie man mir versichert hat, gar nicht mehr existiert, hier in dem Garten meines Oheims zu finden, als Euch, meinen alten Freund und vielfachen Wohltäter. Seid mir besonders und schönstens gegrüßt!

Nachdem er ringsherum alles bewillkommt und geküßt hatte, sprang er wieder auf Wilhelmen los und rief: Haltet mir ihn ja warm, diesen Helden, Heerführer und dramatischen Philosophen! Ich habe ihn bei unsrer ersten Bekanntschaft schlecht, ja ich darf wohl sagen mit der Hechel frisiert, und er hat mir doch nachher eine tüchtige Tracht Schläge erspart. Er ist großmütig wie Scipio, freigebig wie Alexander, gelegentlich auch verliebt, doch ohne seine Nebenbuhler zu hassen. Nicht etwa, daß er seinen Feinden Kohlen aufs Haupt sammelte, welches, wie man sagt, ein schlechter Dienst sein soll, den man jemanden erzeigen kann, nein, er schickt vielmehr den Freunden, die ihm sein Mädchen entführen, gute und treue Diener nach, damit ihr Fuß an keinen Stein stoße.

In diesem Geschmack fuhr er unaufhaltsam fort, ohne daß jemand ihm Einhalt zu tun imstande gewesen wäre, und da niemand in dieser Art ihm erwidern konnte, so behielt er das Wort ziemlich allein. Verwundert euch nicht, rief er aus, über meine große Belesenheit in heiligen und Profan-Skribenten; ihr sollt erfahren, wie ich zu diesen Kenntnissen gelangt bin. Man wollte von ihm wissen, wie es ihm gehe, wo er herkomme; allein er konnte vor lauter Sittensprüchen und alten Geschichten nicht zur deutlichen Erklärung gelangen.

Natalie sagte leise zu Theresen: Seine Art von Lustigkeit tut mir wehe: ich wollte wetten, daß ihm dabei nicht wohl ist.

Da Friedrich außer einigen Späßen, die ihm Jarno erwiderte, keinen Anklang für seine Possen in der Gesellschaft fand, sagte er: Es bleibt mir nichts übrig, als mit der ernsthaften Familie auch ernsthaft zu werden, und weil mir unter solchen bedenklichen Umständen sogleich meine sämtliche Sündenlast schwer auf die Seele fällt, so will ich mich kurz und gut zu einer

Generalbeichte entschließen, wovon ihr aber, meine werten Herren und Damen, nichts vernehmen sollt. Dieser edle Freund hier, dem schon einiges von meinem Leben und Tun bekannt ist, soll es allein erfahren, um so mehr, als er allein darnach zu fragen einige Ursache hat. Wäret Ihr nicht neugierig, zu wissen, fuhr er gegen Wilhelmen fort, wie und wo? wer? wann und warum? wie siehts mit der Konjugation des griechischen Verbi Philéo, Philô und mit den Derivativis dieses allerliebsten Zeitwortes aus?

Somit nahm er Wilhelmen beim Arme, führte ihn fort, indem er ihn auf alle Weise drückte und küßte.

Kaum war Friedrich auf Wilhelms Zimmer gekommen, als er im Fenster ein Pudermesser liegen fand, mit der Inschrift: *Gedenke mein.* Ihr hebt Eure werten Sachen gut auf, sagte er; wahrlich, das ist Philinens Pudermesser, das sie Euch jenen Tag schenkte, als ich Euch so gerauft hatte. Ich hoffe, Ihr habt des schönen Mädchens fleißig dabei gedacht, und ich versichere Euch, sie hat Euch auch nicht vergessen, und wenn ich nicht jede Spur von Eifersucht schon lange aus meinem Herzen verbannt hätte, so würde ich Euch nicht ohne Neid ansehen.

Reden Sie nichts mehr von diesem Geschöpfe, versetzte Wilhelm. Ich leugne nicht, daß ich den Eindruck ihrer angenehmen Gegenwart lange nicht loswerden konnte, aber das war auch alles.

Pfui! schämt Euch, rief Friedrich, wer wird eine Geliebte verleugnen? und Ihr habt sie so komplett geliebt, als man es nur wünschen konnte. Es verging kein Tag, daß Ihr dem Mädchen nicht etwas schenktet, und wenn der Deutsche schenkt, liebt er gewiß. Es blieb mir nichts übrig, als sie Euch zuletzt wegzuputzen, und dem roten Offizierchen ist es denn auch endlich geglückt.

Wie? Sie waren der Offizier, den wir bei Philinen antrafen und mit dem sie wegreiste?

Ja, versetzte Friedrich, den Sie für Marianen hielten. Wir haben genug über den Irrtum gelacht.

Welche Grausamkeit! rief Wilhelm, mich in einer solchen Ungewißheit zu lassen.

Und noch dazu den Kurier, den Sie uns nachschickten, gleich in Dienste zu nehmen! versetzte Friedrich. Es ist ein tüchtiger Kerl und ist diese Zeit nicht von unserer Seite gekommen. Und das Mädchen lieb ich noch immer so rasend wie jemals. Mir hat sie's ganz eigens angetan, daß ich mich ganz nahezu in einem mythologischen Falle befinde und alle Tage fürchte, verwandelt zu werden.

Sagen Sie mir nur, fragte Wilhelm, wo haben Sie Ihre ausgebreitete Gelehrsamkeit her? Ich höre mit Verwunderung der seltsamen Manier zu, die Sie angenommen haben, immer mit Beziehung auf alte Geschichten und Fabeln zu sprechen.

Auf die lustigste Weise, sagte Friedrich, bin ich gelehrt und zwar sehr gelehrt worden. Philine ist nun bei mir, wir haben einem Pachter das alte Schloß eines Rittergutes abgemietet, worin wir wie die Kobolde aufs lustigste leben. Dort haben wir eine zwar kompendiöse, aber doch ausgesuchte Bibliothek gefunden, enthaltend eine Bibel in Folio, Gottfrieds Chronik, zwei Bände Theatrum Europaeum, die Acerra Philologica, Gryphii Schriften und noch einige minder wichtige Bücher. Nun hatten wir denn doch, wenn wir ausgetobt hatten, manchmal Langeweile, wir wollten lesen, und ehe wirs uns versahen, ward unsere lange Weile noch länger. Endlich hatte Philine den herrlichen Einfall, die sämtlichen Bücher auf einem großen Tisch aufzuschlagen; wir setzten uns gegeneinander und lasen gegeneinander, und immer nur stellenweise, aus einem Buch wie aus dem andern. Das war nun eine rechte Lust! Wir glaubten wirklich in guter Gesellschaft zu sein, wo man für unschicklich hält, irgendeine Materie zu lange fortsetzen oder wohl gar gründlich erörtern zu wollen; wir glaubten in lebhafter Gesellschaft zu sein, wo keins das andere zum Wort kommen läßt. Diese Unterhaltung geben wir uns regelmäßig alle Tage und werden dadurch nach und nach so gelehrt, daß wir uns selbst darüber verwundern. Schon finden wir nichts Neues mehr unter der Sonne, zu allem bietet uns unsere Wissenschaft einen Beleg an. Wir variieren diese Art, uns zu unterrichten, auf gar vielerlei Weise. Manchmal lesen wir nach einer alten verdorbenen Sanduhr, die in einigen

Minuten ausgelaufen ist. Schnell dreht sie das andere herum und fängt aus einem Buche zu lesen an, und kaum ist wieder der Sand im untern Glase, so beginnt das andere schon wieder seinen Spruch, und so studieren wir wirklich auf wahrhaft akademische Weise, nur daß wir kürzere Stunden haben und unsere Studien äußerst mannigfaltig sind.

Diese Tollheit begreife ich wohl, sagte Wilhelm, wenn einmal so ein lustiges Paar beisammen ist; wie aber das lockere Paar so lange beisammen bleiben kann, das ist mir nicht so bald begreiflich.

Das ist, rief Friedrich, eben das Glück und das Unglück: Philine darf sich nicht sehen lassen, sie mag sich selbst nicht sehen, sie ist guter Hoffnung. Unförmlicher und lächerlicher ist nichts in der Welt als sie. Noch kurz ehe ich wegging, kam sie zufälligerweise vor den Spiegel. Pfui Teufel! sagte sie und wendete das Gesicht ab, die leibhaftige Frau Melina! das garstige Bild! Man sieht doch ganz niederträchtig aus!

Ich muß gestehen, versetzte Wilhelm lächelnd, daß es ziemlich komisch sein mag, euch als Vater und Mutter beisammen zu sehen.

Es ist ein recht närrischer Streich, sagte Friedrich, daß ich noch zuletzt als Vater gelten soll. Sie behauptets, und die Zeit trifft auch. Anfangs machte mich der verwünschte Besuch, den sie Euch nach dem Hamlet abgestattet hatte, ein wenig irre.

Was für ein Besuch?

Ihr werdet das Andenken daran doch nicht ganz und gar verschlafen haben? Das allerliebste, fühlbare Gespenst jener Nacht, wenn Ihrs noch nicht wißt, war Philine. Die Geschichte war mir freilich eine harte Mitgift, doch wenn man sich so etwas nicht mag gefallen lassen, so muß man gar nicht lieben. Die Vaterschaft beruht überhaupt nur auf der Überzeugung; ich bin überzeugt, und also bin ich Vater. Da seht Ihr, daß ich die Logik auch am rechten Orte zu brauchen weiß. Und wenn das Kind sich nicht gleich nach der Geburt auf der Stelle zu Tode lacht, so kann es, wo nicht ein nützlicher, doch angenehmer Weltbürger werden.

Indessen die Freunde sich auf diese lustige Weise von leichtfertigen Gegenständen unterhielten, hatte die übrige Gesellschaft ein ernsthaftes Gespräch angefangen. Kaum hatten Friedrich und Wilhelm sich entfernt, als der Abbé die Freunde unvermerkt in einen Gartensaal führte und, als sie Platz genommen hatten, seinen Vortrag begann.

Wir haben, sagte er, im allgemeinen behauptet, daß Fräulein Therese nicht die Tochter ihrer Mutter sei; es ist nötig, daß wir uns hierüber auch nun im einzelnen erklären. Hier ist die Geschichte, die ich sodann auf alle Weise zu belegen und zu beweisen mich erbiete.

Frau von *** lebte die ersten Jahre ihres Ehestandes mit ihrem Gemahl in dem besten Vernehmen, nur hatten sie das Unglück, daß die Kinder, zu denen einigemal Hoffnung war, tot zur Welt kamen und bei dem dritten die Ärzte der Mutter beinahe den Tod verkündigten und ihn bei einem folgenden als ganz unvermeidlich weissagten. Man war genötigt, sich zu entschließen: man wollte das Eheband nicht aufheben, man befand sich, bürgerlich genommen, zu wohl. Frau von *** suchte in der Ausbildung ihres Geistes, in einer gewissen Repräsentation, in den Freuden der Eitelkeit eine Art von Entschädigung für das Mutterglück, das ihr versagt war. Sie sah ihrem Gemahl mit sehr viel Heiterkeit nach, als er Neigung zu einem Frauenzimmer faßte, welche die ganze Haushaltung versah, eine schöne Gestalt und einen sehr soliden Charakter hatte. Frau von *** bot nach kurzer Zeit einer Einrichtung selbst die Hände, nach welcher das gute Mädchen sich Theresens Vater überließ, in der Besorgung des Hauswesens fortfuhr und gegen die Frau vom Hause fast noch mehr Dienstfertigkeit und Ergebung als vorher bezeigte.

Nach einiger Zeit erklärte sie sich guter Hoffnung, und die beiden Eheleute kamen bei dieser Gelegenheit, obwohl aus ganz verschiedenen Anlässen, auf einerlei Gedanken. Herr von *** wünschte das Kind seiner Geliebten als sein rechtmäßiges im Hause einzuführen, und Frau von ***, verdrießlich, daß durch die Indiskretion ihres Arztes ihr Zustand in der Nachbarschaft hatte verlauten wollen, dachte durch ein untergeschobenes Kind sich wieder in Ansehn zu setzen und durch eine solche Nachgiebigkeit ein Übergewicht im Hause zu erhalten, das sie unter den übrigen Umständen zu verlieren fürchtete. Sie war zurückhaltender als ihr Gemahl, sie merkte ihm seinen Wunsch ab und wußte, ohne ihm entgegenzugehn, eine Erklärung zu erleichtern. Sie machte ihre Bedingungen und erhielt fast alles, was sie verlangte, und so entstand das Testament, worin so wenig für das Kind gesorgt zu sein schien. Der alte Arzt war gestorben, man wendete sich an einen jungen, tätigen, gescheiten Mann, er ward gut belohnt, und er konnte selbst eine Ehre darin suchen, die Unschicklichkeit und Übereilung seines abgeschiedenen Kollegen ins Licht zu setzen und zu verbessern. Die wahre Mutter willigte nicht ungern ein, man spielte die Verstellung sehr gut, Therese kam zur Welt und wurde einer Stiefmutter zugeeignet, indes ihre wahre Mutter ein Opfer dieser Verstellung ward, indem sie sich zu früh wieder herauswagte, starb und den guten Mann trostlos hinterließ.

Frau von *** hatte indessen ganz ihre Absicht erreicht; sie hatte vor den Augen der Welt ein liebenswürdiges Kind, mit dem sie übertrieben paradierte, sie war zugleich eine Nebenbuhlerin losgeworden, deren Verhältnis sie denn doch mit neidischen Augen ansah und deren Einfluß sie, für die Zukunft wenigstens, heimlich fürchtete; sie überhäufte das Kind mit Zärtlichkeit und wußte ihren Gemahl in vertraulichen Stunden durch eine so lebhafte Teilnahme an seinem Verlust dergestalt an sich zu ziehen, daß er sich ihr, man kann wohl sagen, ganz ergab, sein Glück und das Glück seines Kindes in ihre Hände legte und kaum kurze Zeit vor seinem Tode, und noch gewissermaßen nur durch seine erwachsene Tochter, wieder Herr im Hause ward. Das war, schöne Therese, das Geheimnis, das Ihnen Ihr kranker Vater wahrscheinlich so gern entdeckt hätte; das ists, was ich Ihnen jetzt, eben da der junge Freund, der durch die sonderbarste Verknüpfung von der Welt Ihr Bräutigam geworden ist, in der Gesellschaft fehlt, umständlich vorlegen wollte. Hier sind die Papiere, die aufs strengste beweisen, was ich behauptet habe. Sie werden daraus zugleich erfahren, wie lange ich schon dieser

Entdeckung auf der Spur war und wie ich doch erst jetzt zur Gewißheit kommen konnte; wie ich nicht wagte, meinem Freund etwas von der Möglichkeit des Glücks zu sagen, da es ihn zu tief gekränkt haben würde, wenn diese Hoffnung zum zweiten Male verschwunden wäre. Sie werden Lydiens Argwohn begreifen: denn ich gestehe gern, daß ich die Neigung unseres Freundes zu diesem guten Mädchen keinesweges begünstigte, seitdem ich seiner Verbindung mit Theresen wieder entgegensah.

Niemand erwiderte etwas auf diese Geschichte. Die Frauenzimmer gaben die Papiere nach einigen Tagen zurück, ohne derselben weiter zu erwähnen.

Man hatte Mittel genug in der Nähe, die Gesellschaft, wenn sie beisammen war, zu beschäftigen; auch bot die Gegend so manche Reize dar, daß man sich gern darin, teils einzeln, teils zusammen, zu Pferde, zu Wagen oder zu Fuße umsah. Jarno richtete bei einer solchen Gelegenheit seinen Auftrag an Wilhelmen aus, legte ihm die Papiere vor, schien aber weiter keine Entschließung von ihm zu verlangen.

In diesem höchst sonderbaren Zustand, in dem ich mich befinde, sagte Wilhelm darauf, brauche ich Ihnen nur das zu wiederholen, was ich gleich anfangs, in Gegenwart Nataliens, und gewiß mit einem reinen Herzen gesagt habe: Lothario und seine Freunde können jede Art von Entsagung von mir fordern, ich lege Ihnen hiermit alle meine Ansprüche an Theresen in die Hand, verschaffen Sie mir dagegen meine förmliche Entlassung. O! es bedarf, mein Freund, keines großen Bedenkens, mich zu entschließen. Schon diese Tage hab ich gefühlt, daß Therese Mühe hat, nur einen Schein der Lebhaftigkeit, mit der sie mich zuerst hier begrüßte, zu erhalten. Ihre Neigung ist mir entwendet, oder vielmehr ich habe sie nie besessen.

Solche Fälle möchten sich wohl besser nach und nach, unter Schweigen und Erwarten aufklären, versetzte Jarno, als durch vieles Reden, wodurch immer eine Art von Verlegenheit und Gärung entsteht.

Ich dächte vielmehr, sagte Wilhelm, daß gerade dieser Fall der ruhigsten und der reinsten Entscheidung fähig sei. Man hat mir so oft den Vorwurf des Zauderns und der Ungewißheit gemacht; warum will man jetzt, da ich entschlossen bin, geradezu einen Fehler, den man an mir tadelte, gegen mich selbst begehn? Gibt sich die Welt nur darum so viel Mühe, uns zu bilden, um uns fühlen zu lassen, daß sie sich nicht bilden mag? Ja, gönnen Sie mir recht bald das heitere Gefühl, ein Mißverhältnis loszuwerden, in das ich mit den reinsten Gesinnungen von der Welt geraten bin.

Ungeachtet dieser Bitte vergingen einige Tage, in denen er nichts von dieser Sache hörte, noch auch eine weitere Veränderung an seinen Freunden bemerkte; die Unterhaltung war vielmehr bloß allgemein und gleichgültig.

Siebentes Kapitel

Einst saßen Natalie, Jarno und Wilhelm zusammen, und Natalie begann: Sie sind nachdenklich, Jarno, ich kann es Ihnen schon einige Zeit abmerken.

Ich bin es, versetzte der Freund, und ich sehe ein wichtiges Geschäft vor mir, das bei uns schon lange vorbereitet ist und jetzt notwendig angegriffen werden muß. Sie wissen schon etwas im allgemeinen davon, und ich darf wohl vor unserm jungen Freunde davon reden, weil es auf ihn ankommen soll, ob er teil daran zu nehmen Lust hat. Sie werden mich nicht lange mehr sehen, denn ich bin im Begriff, nach Amerika überzuschiffen.

Nach Amerika? versetzte Wilhelm lächelnd; ein solches Abenteuer hätte ich nicht von Ihnen erwartet, noch weniger, daß Sie mich zum Gefährten ausersehen würden.

Wenn Sie unsern Plan ganz kennen, versetzte Jarno, so werden Sie ihm einen bessern Namen geben und vielleicht für ihn eingenommen werden. Hören Sie mich an! Man darf nur ein wenig mit den Welthändeln bekannt sein, um zu bemerken, daß uns große Veränderungen bevorstehn, und daß die Besitztümer beinah nirgends mehr recht sicher sind.

Ich habe keinen deutlichen Begriff von den Welthändeln, fiel

Wilhelm ein, und ich habe mich erst vor kurzem um meine Besitztümer bekümmert. Vielleicht hätte ich wohlgetan, sie mir noch länger aus dem Sinne zu schlagen, da ich bemerken muß, daß die Sorge für ihre Erhaltung so hypochondrisch macht.

Hören Sie mich aus, sagte Jarno; die Sorge geziemt dem Alter, damit die Jugend eine Zeitlang sorglos sein könne. Das Gleichgewicht in den menschlichen Handlungen kann leider nur durch Gegensätze hergestellt werden. Es ist gegenwärtig nichts weniger als rätlich, nur an Einem Ort zu besitzen, nur Einem Platze sein Geld anzuvertrauen, und es ist wieder schwer, an vielen Orten Aufsicht darüber zu führen; wir haben uns deswegen etwas anders ausgedacht: aus unserm alten Turm soll eine Sozietät ausgehen, die sich in alle Teile der Welt ausbreiten, in die man aus jedem Teile der Welt eintreten kann. Wir assekurieren uns untereinander unsere Existenz, auf den einzigen Fall, daß eine Staatsrevolution den einen oder den andern von seinen Besitztümern völlig vertriebe. Ich gehe nun hinüber nach Amerika, um die guten Verhältnisse zu benutzen, die sich unser Freund bei seinem dortigen Aufenthalt gemacht hat. Der Abbé will nach Rußland gehn, und Sie sollen die Wahl haben, wenn Sie sich an uns anschließen wollen, ob Sie Lothario in Deutschland beistehn oder mit mir gehen wollen. Ich dächte, Sie wählten das letzte: denn eine große Reise zu tun, ist für einen jungen Mann äußerst nützlich.

Wilhelm nahm sich zusammen und antwortete: Der Antrag ist aller Überlegung wert, denn mein Wahlspruch wird doch nächstens sein: je weiter weg, je besser. Sie werden mich, hoffe ich, mit Ihrem Plane näher bekannt machen. Es kann von meiner Unbekanntschaft mit der Welt herrühren, mir scheinen aber einer solchen Verbindung sich unüberwindliche Schwierigkeiten entgegenzusetzen.

Davon sich die meisten nur dadurch heben werden, versetzte Jarno, daß unser bis jetzt nur wenig sind, redliche, gescheite und entschlossene Leute, die einen gewissen allgemeinen Sinn haben, aus dem allein der gesellige Sinn entstehen kann.

Friedrich, der bisher nur zugehört hatte, versetzte darauf: Und wenn ihr mir ein gutes Wort gebt, gehe ich auch mit.

Jarno schüttelte den Kopf.

Nun, was habt ihr an mir auszusetzen? fuhr Friedrich fort. Bei einer neuen Kolonie werden auch junge Kolonisten erfordert, und die bring ich gleich mit; auch lustige Kolonisten, das versichere ich euch. Und dann wüßte ich noch ein gutes junges Mädchen, das hierhüben nicht mehr am Platz ist, die süße, reizende Lydie. Wo soll das arme Kind mit seinem Schmerz und Jammer hin, wenn sie ihn nicht gelegentlich in die Tiefe des Meeres werfen kann, und wenn sich nicht ein braver Mann ihrer annimmt? Ich dächte, mein Jugendfreund, da Ihr doch im Gange seid, Verlassene zu trösten, Ihr entschlößt Euch, jeder nähme sein Mädchen unter den Arm, und wir folgten dem alten Herrn.

Dieser Antrag verdroß Wilhelmen. Er antwortete mit verstellter Ruhe: Weiß ich doch nicht einmal, ob sie frei ist, und da ich überhaupt im Werben nicht glücklich zu sein scheine, so möchte ich einen solchen Versuch nicht machen.

Natalie sagte darauf: Bruder Friedrich, du glaubst, weil du für dich so leichtsinnig handelst, auch für andere gelte deine Gesinnung. Unser Freund verdient ein weibliches Herz, das ihm ganz angehöre, das nicht an seiner Seite von fremden Erinnerungen bewegt werde; nur mit einem höchst vernünftigen und reinen Charakter, wie Theresens, war ein Wagestück dieser Art zu raten.

Was Wagestück! rief Friedrich: in der Liebe ist alles Wagestück. Unter der Laube oder vor dem Altar, mit Umarmungen oder goldenen Ringen, beim Gesange der Heimchen oder bei Trompeten und Pauken: es ist alles nur ein Wagestück, und der Zufall tut alles.

Ich habe immer gesehen, versetzte Natalie, daß unsere Grundsätze nur ein Supplement zu unsern Existenzen sind. Wir hängen unsern Fehlern gar zu gern das Gewand eines gültigen Gesetzes um. Gib nur acht, welchen Weg dich die Schöne noch führen wird, die dich auf eine so gewaltsame Weise angezogen hat und festhält.

Sie ist selbst auf einem sehr guten Wege, versetzte Friedrich, auf dem Wege zur Heiligkeit. Es ist freilich ein Umweg, aber desto lustiger und sichrer; Maria von Magdala ist ihn auch gegangen, und wer weiß, wieviel andere. Überhaupt, Schwester, wenn von Liebe die Rede ist, solltest du dich gar nicht dreinmischen. Ich glaube, du heiratest nicht eher, als bis einmal irgendwo eine Braut fehlt, und du gibst dich alsdann, nach deiner gewohnten Gutherzigkeit, auch als Supplement irgendeiner Existenz hin. Also laß uns nur jetzt mit diesem Seelenverkäufer da unsern Handel schließen und über unsere Reisegesellschaft einig werden.

Sie kommen mit Ihren Vorschlägen zu spät, sagte Jarno, für Lydien ist gesorgt.

Und wie? fragte Friedrich.

Ich habe ihr selbst meine Hand angeboten, versetzte Jarno.

Alter Herr, sagte Friedrich, da macht Ihr einen Streich, zu dem man, wenn man ihn als ein Substantivum betrachtet, verschiedene Adjektiva, und folglich, wenn man ihn als Subjekt betrachtet, verschiedene Prädikate finden könnte.

Ich muß aufrichtig gestehen, versetzte Natalie, es ist ein gefährlicher Versuch, sich ein Mädchen zuzueignen, in dem Augenblicke, da sie aus Liebe zu einem andern verzweifelt.

Ich habe es gewagt, versetzte Jarno, sie wird unter einer gewissen Bedingung mein. Und glauben Sie mir, es ist in der Welt nichts schätzbarer als ein Herz, das der Liebe und der Leidenschaft fähig ist. Ob es geliebt habe, ob es noch liebe – darauf kommt es nicht an. Die Liebe, mit der ein anderer geliebt wird, ist mir beinahe reizender als die, mit der ich geliebt werden könnte; ich sehe die Kraft, die Gewalt eines schönen Herzens, ohne daß die Eigenliebe mir den reinen Anblick trübt.

Haben Sie Lydien in diesen Tagen schon gesprochen? versetzte Natalie.

Jarno nickte lächelnd; Natalie schüttelte den Kopf und sagte, indem sie aufstand: Ich weiß bald nicht mehr, was ich aus euch machen soll, aber mich sollt ihr gewiß nicht irre machen.

Sie wollte sich eben entfernen, als der Abbé mit einem Brief in der Hand hereintrat und zu ihr sagte: Bleiben Sie! ich habe hier einen Vorschlag, bei dem Ihr Rat willkommen sein wird. Der Marchese, der Freund Ihres verstorbenen Oheims, den wir seit einiger Zeit erwarten, muß in diesen Tagen hier sein. Er schreibt mir, daß ihm doch die deutsche Sprache nicht so geläufig sei, als er geglaubt, daß er eines Gesellschafters bedürfe, der sie vollkommen nebst einigen andern besitze; da er mehr wünsche in wissenschaftliche als politische Verbindungen zu treten, so sei ihm ein solcher Dolmetscher unentbehrlich. Ich wüßte niemand geschickter dazu als unsern jungen Freund. Er kennt die Sprache, ist sonst in vielem unterrichtet, und es wird für ihn selbst ein großer Vorteil sein, in so guter Gesellschaft und unter so vorteilhaften Umständen Deutschland zu sehen. Wer sein Vaterland nicht kennt, hat keinen Maßstab für fremde Länder. Was sagen Sie, meine Freunde? was sagen Sie, Natalie?

Niemand wußte gegen den Antrag etwas einzuwenden; Jarno schien seinen Vorschlag, nach Amerika zu reisen, selbst als kein Hindernis anzusehn, indem er ohnehin nicht sogleich aufbrechen würde; Natalie schwieg, und Friedrich führte verschiedene Sprüchwörter über den Nutzen des Reisens an.

Wilhelm war über diesen neuen Vorschlag im Herzen so entrüstet, daß er es kaum verbergen konnte. Er sah eine Verabredung, ihn baldmöglichst loszuwerden, nur gar zu deutlich, und was das schlimmste war, man ließ sie so offenbar, so ganz ohne Schonung sehen. Auch der Verdacht, den Lydie bei ihm erregt, alles, was er selbst erfahren hatte, wurde wieder aufs neue vor seiner Seele lebendig, und die natürliche Art, wie Jarno ihm alles ausgelegt hatte, schien ihm auch nur eine künstliche Darstellung zu sein.

Er nahm sich zusammen und antwortete: Dieser Antrag verdient allerdings eine reifliche Überlegung.

Eine geschwinde Entschließung möchte nötig sein, versetzte der Abbé.

Dazu bin ich jetzt nicht gefaßt, antwortete Wilhelm. Wir können die Ankunft des Mannes abwarten und dann sehen, ob wir zusammenpassen. Eine Hauptbedingung aber muß man zum voraus eingehen: daß ich meinen Felix mitnehmen und ihn überall mit hinführen darf.

Diese Bedingung wird schwerlich zugestanden werden, versetzte der Abbé.

Und ich sehe nicht, rief Wilhelm aus, warum ich mir von irgendeinem Menschen sollte Bedingungen vorschreiben lassen? und warum ich, wenn ich einmal mein Vaterland sehen will, einen Italiener zur Gesellschaft brauche?

Weil ein junger Mensch, versetzte der Abbé mit einem gewissen imponierenden Ernste, immer Ursache hat, sich anzuschließen.

Wilhelm, der wohl merkte, daß er länger an sich zu halten nicht imstande sei, da sein Zustand nur durch die Gegenwart Nataliens noch einigermaßen gelindert ward, ließ sich hierauf mit einiger Hast vernehmen: Man vergönne mir nur noch kurze Bedenkzeit, und ich vermute, es wird sich geschwind entscheiden, ob ich Ursache habe, mich weiter anzuschließen, oder ob nicht vielmehr Herz und Klugheit mir unwiderstehlich gebieten, mich von so mancherlei Banden loszureißen, die mir eine ewige elende Gefangenschaft drohen.

So sprach er mit einem lebhaft bewegten Gemüt. Ein Blick auf Natalien beruhigte ihn einigermaßen, indem sich in diesem leidenschaftlichen Augenblick ihre Gestalt und ihr Wert nur desto tiefer bei ihm eindrückten.

Ja, sagte er zu sich selbst, indem er sich allein fand, gestehe dir nur: du liebst sie, und du fühlst wieder, was es heiße, wenn der Mensch mit allen Kräften lieben kann. So liebte ich Marianen und ward so schrecklich an ihr irre; ich liebte Philinen und mußte sie verachten. Aurelien achtete ich und konnte sie nicht lieben; ich verehrte Theresen, und die väterliche Liebe nahm Gestalt einer Neigung zu ihr an; und jetzt, da in deinem Herzen alle Empfindungen zusammentreffen, die den Menschen glücklich machen sollten, jetzt bist du genötigt zu fliehen! Ach! warum muß sich zu diesen Empfindungen, zu diesen Erkenntnissen das unüberwindliche Verlangen des Besitzes gesellen? und warum richten, ohne Besitz, ebendiese Empfindungen, diese Überzeugungen jede andere Art von Glückseligkeit völlig zugrunde? Werde ich künftig der Sonne und der Welt, der

Gesellschaft oder irgendeines Glücksgutes genießen? wirst du nicht immer zu dir sagen: Natalie ist nicht da! und doch wird leider Natalie dir immer gegenwärtig sein. Schließest du die Augen, so wird sie sich dir darstellen; öffnest du sie, so wird sie vor allen Gegenständen hinschweben, wie die Erscheinung, die ein blendendes Bild im Auge zurückläßt. War nicht schon früher die schnell vorübergegangene Gestalt der Amazone deiner Einbildungskraft immer gegenwärtig? und du hattest sie nur gesehen, du kanntest sie nicht. Nun, da du sie kennst, da du ihr so nahe warst, da sie so vielen Anteil an dir gezeigt hat, nun sind ihre Eigenschaften so tief in dein Gemüt geprägt, als ihr Bild jemals in deine Sinne. Ängstlich ist es, immer zu suchen, aber viel ängstlicher, gefunden zu haben und verlassen zu müssen. Wornach soll ich in der Welt nun weiter fragen? wornach soll ich mich weiter umsehen? welche Gegend, welche Stadt verwahrt einen Schatz, der diesem gleich ist? und ich soll reisen, um nur immer das Geringere zu finden? Ist denn das Leben bloß wie eine Rennbahn, wo man sogleich schnell wieder umkehren muß, wenn man das äußerste Ende erreicht hat? Und steht das Gute, das Vortreffliche nur wie ein festes, unverrücktes Ziel da, von dem man sich ebenso schnell mit raschen Pferden wieder entfernen muß, als man es erreicht zu haben glaubt? anstatt daß jeder andere, der nach irdischen Waren strebt, sie in den verschiedenen Himmelsgegenden oder wohl gar auf der Messe und dem Jahrmarkt anschaffen kann.

Komm, lieber Knabe! rief er seinem Sohn entgegen, der eben dahergesprungen kam, sei und bleibe du mir alles! Du warst mir zum Ersatz deiner geliebten Mutter gegeben, du solltest mir die zweite Mutter ersetzen, die ich dir bestimmt hatte, und nun hast du noch die größere Lücke auszufüllen. Beschäftige mein Herz, beschäftige meinen Geist mit deiner Schönheit, deiner Liebenswürdigkeit, deiner Wißbegierde und deinen Fähigkeiten!

Der Knabe war mit einem neuen Spielwerke beschäftigt; der Vater suchte es ihm besser, ordentlicher, zweckmäßiger einzurichten; aber in dem Augenblicke verlor auch das Kind die Lust daran. Du bist ein wahrer Mensch! rief Wilhelm aus; komm, mein Sohn! komm, mein Bruder, laß uns in der Welt zwecklos hinspielen, so gut wir können!

Sein Entschluß, sich zu entfernen, das Kind mit sich zu nehmen und sich an den Gegenständen der Welt zu zerstreuen, war nun sein fester Vorsatz. Er schrieb an Wernern, ersuchte ihn um Geld und Kreditbriefe und schickte Friedrichs Kurier mit dem geschärften Auftrage weg, bald wiederzukommen. So sehr er gegen die übrigen Freunde auch verstimmt war, so rein blieb sein Verhältnis zu Natalien. Er vertraute ihr seine Absicht; auch sie nahm für bekannt an, daß er gehen könne und müsse, und wenn ihn auch gleich diese scheinbare Gleichgültigkeit an ihr schmerzte, so beruhigte ihn doch ihre gute Art und ihre Gegenwart vollkommen. Sie riet ihm, verschiedene Städte zu besuchen, um dort einige ihrer Freunde und Freundinnen kennen zu lernen. Der Kurier kam zurück, brachte, was Wilhelm verlangt hatte, obgleich Werner mit diesem neuen Ausflug nicht zufrieden zu sein schien. – Meine Hoffnung, daß du vernünftig werden würdest, schrieb dieser, ist nun wieder eine gute Weile hinausgeschoben. Wo schweift ihr nun alle zusammen herum? und wo bleibt denn das Frauenzimmer, zu dessen wirtschaftlichem Beistande du mir Hoffnung machtest? Auch die übrigen Freunde sind nicht gegenwärtig; dem Gerichtshalter und mir ist das ganze Geschäft aufgewälzt. Ein Glück, daß er eben ein so guter Rechtsmann ist, als ich ein Finanzmann bin, und daß wir beide etwas zu schleppen gewohnt sind. Lebe wohl! Deine Ausschweifungen sollen dir verziehen sein, da doch ohne sie unser Verhältnis in dieser Gegend nicht hätte so gut werden können. –

Was das Äußere betraf, hätte er nun immer abreisen können, allein sein Gemüt war noch durch zwei Hindernisse gebunden. Man wollte ihm ein für allemal Mignons Körper nicht zeigen als bei den Exequien, welche der Abbé zu halten gedachte, zu welcher Feierlichkeit noch nicht alles bereit war. Auch war der Arzt durch einen sonderbaren Brief des Landgeistlichen abgerufen worden. Es betraf den Harfenspieler, von dessen Schicksalen Wilhelm näher unterrichtet sein wollte.

In diesem Zustande fand er weder bei Tag noch bei Nacht

Ruhe der Seele oder des Körpers. Wenn alles schlief, ging er in dem Hause hin und her. Die Gegenwart der alten bekannten Kunstwerke zog ihn an und stieß ihn ab. Er konnte nichts, was ihn umgab, weder ergreifen noch lassen, alles erinnerte ihn an alles, er übersah den ganzen Ring seines Lebens, nur lag er leider zerbrochen vor ihm und schien sich auf ewig nicht schließen zu wollen. Diese Kunstwerke, die sein Vater verkauft hatte, schienen ihm ein Symbol, daß auch er von einem ruhigen und gründlichen Besitz des Wünschenswerten in der Welt teils ausgeschlossen, teils desselben durch eigne oder fremde Schuld beraubt werden sollte. Er verlor sich so weit in diesen sonderbaren und traurigen Betrachtungen, daß er sich selbst manchmal wie ein Geist vorkam und, selbst wenn er die Dinge außer sich befühlte und betastete, sich kaum des Zweifels erwehren konnte, ob er denn auch wirklich lebe und da sei.

Nur der lebhafte Schmerz, der ihn manchmal ergriff, daß er alles das Gefundene und Wiedergefundene so freventlich und doch so notwendig verlassen müsse, nur seine Tränen gaben ihm das Gefühl seines Daseins wieder. Vergebens rief er sich den glücklichen Zustand, in dem er sich doch eigentlich befand, vors Gedächtnis. So ist denn alles nichts, rief er aus, wenn das Eine fehlt, das dem Menschen alles übrige wert ist!

Der Abbé verkündigte der Gesellschaft die Ankunft des Marchese. Sie sind zwar, wie es scheint, sagte er zu Wilhelmen, mit Ihrem Knaben allein abzureisen entschlossen; lernen Sie jedoch wenigstens diesen Mann kennen, der Ihnen, wo Sie ihn auch unterwegs antreffen, auf alle Fälle nützlich sein kann. – Der Marchese erschien; es war ein Mann noch nicht hoch in Jahren, eine von den wohlgestalteten, gefälligen lombardischen Figuren. Er hatte als Jüngling mit dem Oheim, der schon um vieles älter war, bei der Armee, dann in Geschäften Bekanntschaft gemacht; sie hatten nachher einen großen Teil von Italien zusammen durchreist, und die Kunstwerke, die der Marchese hier wiederfand, waren zum großen Teil in seiner Gegenwart und unter manchen glücklichen Umständen, deren er sich noch wohl erinnerte, gekauft und angeschafft worden.

Der Italiener hat überhaupt ein tieferes Gefühl für die hohe Würde der Kunst als andere Nationen; jeder, der nur irgend etwas treibt, will Künstler, Meister und Professor heißen und bekennt wenigstens durch diese Titelsucht, daß es nicht genug sei, nur etwas durch Überlieferung zu erhaschen oder durch Übung irgendeine Gewandtheit zu erlangen; er gesteht, daß jeder vielmehr über das, was er tut, auch fähig sein solle zu denken, Grundsätze aufzustellen und die Ursachen, warum dieses oder jenes zu tun sei, sich selbst und andern deutlich zu machen.

Der Fremde ward gerührt, so schöne Besitztümer ohne den Besitzer wiederzufinden, und erfreut, den Geist seines Freundes aus den vortrefflichen Hinterlassenen sprechen zu hören. Sie gingen die verschiedenen Werke durch und fanden eine große Behaglichkeit, sich einander verständlich machen zu können. Der Marchese und der Abbé führten das Wort; Natalie, die sich wieder in die Gegenwart ihres Oheims versetzt fühlte, wußte sich sehr gut in ihre Meinungen und Gesinnungen zu finden; Wilhelm mußte sichs in theatralische Terminologie übersetzen, wenn er etwas davon verstehen wollte. Man hatte Not, Friedrichs Scherze in Schranken zu halten. Jarno war selten zugegen.

Bei der Betrachtung, daß vortreffliche Kunstwerke in der neuern Zeit so selten seien, sagte der Marchese: Es läßt sich nicht leicht denken und übersehen, was die Umstände für den Künstler tun müssen, und dann sind bei dem größten Genie, bei dem entschiedensten Talente noch immer die Forderungen unendlich, die er an sich selbst zu machen hat, unsäglich der Fleiß, der zu seiner Ausbildung nötig ist. Wenn nun die Umstände wenig für ihn tun, wenn er bemerkt, daß die Welt sehr leicht zu befriedigen ist und selbst nur einen leichten, gefälligen, behaglichen Schein begehrt, so wäre es zu verwundern, wenn nicht Bequemlichkeit und Eigenliebe ihn bei dem Mittelmäßigen festhielten; es wäre seltsam, wenn er nicht lieber für Modewaren Geld und Lob eintauschen als den rechten Weg wählen sollte, der ihn mehr oder weniger zu einem kümmerlichen Märtyrertum führt. Deswegen bieten die Künstler unserer Zeit nur immer an, um niemals zu geben. Sie wollen immer reizen, um niemals zu befriedigen; alles ist nur angedeutet, und man findet nirgends Grund noch Ausführung. Man darf aber auch nur eine Zeitlang ruhig in einer Galerie verweilen und beobachten, nach welchen Kunstwerken sich die Menge zieht, welche gepriesen und welche vernachlässigt werden, so hat man wenig Lust an der Gegenwart und für die Zukunft wenig Hoffnung.

Ja, versetzte der Abbé, und so bilden sich Liebhaber und Künstler wechselsweise; der Liebhaber sucht nur einen allgemeinen unbestimmten Genuß; das Kunstwerk soll ihm ungefähr wie ein Naturwerk behagen, und die Menschen glauben, die Organe, ein Kunstwerk zu genießen, bildeten sich ebenso von selbst aus wie die Zunge und der Gaum, man urteile über ein Kunstwerk wie über eine Speise; sie begreifen nicht, was für einer andern Kultur es bedarf, um sich zum wahren Kunstgenusse zu erheben. Das Schwerste finde ich die Art von Absonderung, die der Mensch in sich selbst bewirken muß, wenn er sich überhaupt bilden will; deswegen finden wir so viel einseitige Kulturen, wovon doch jede sich anmaßt, über das Ganze abzusprechen.

Was Sie da sagen, ist mir nicht ganz deutlich, sagte Jarno, der eben hinzutrat.

Auch ist es schwer, versetzte der Abbé, sich in der Kürze bestimmt hierüber zu erklären. Ich sage nur soviel: sobald der Mensch an mannigfaltige Tätigkeit oder mannigfaltigen Genuß Anspruch macht, so muß er auch fähig sein, mannigfaltige Organe an sich, gleichsam unabhängig voneinander, auszubilden. Wer alles und jedes in seiner ganzen Menschheit tun oder genießen will, wer alles außer sich zu einer solchen Art von Genuß verknüpfen will, der wird seine Zeit nur mit einem ewig unbefriedigten Streben hinbringen. Wie schwer ist es, was so natürlich scheint, eine gute Statue, ein treffliches Gemälde an und für sich zu beschauen, den Gesang um des Gesangs willen zu vernehmen, den Schauspieler im Schauspieler zu bewundern, sich eines Gebäudes um seiner eigenen Harmonie und seiner

Dauer willen zu erfreuen. Nun sieht man aber meist die Menschen entschiedene Werke der Kunst geradezu behandeln, als wenn es ein weicher Ton wäre. Nach ihren Neigungen, Meinungen und Grillen soll sich der gebildete Marmor sogleich wieder ummodeln, das festgemauerte Gebäude sich ausdehnen oder zusammenziehen, ein Gemälde soll lehren, ein Schauspiel bessern, und alles soll alles werden. Eigentlich aber, weil die meisten Menschen selbst formlos sind, weil sie sich und ihrem Wesen selbst keine Gestalt geben können, so arbeiten sie, den Gegenständen ihre Gestalt zu nehmen, damit ja alles loser und lockrer Stoff werde, wozu sie auch gehören. Alles reduzieren sie zuletzt auf den sogenannten Effekt, alles ist relativ, und so wird auch alles relativ, außer dem Unsinn und der Abgeschmacktheit, die denn auch ganz absolut regiert.

Ich verstehe Sie, versetzte Jarno, oder vielmehr ich sehe wohl ein, wie das, was Sie sagen, mit den Grundsätzen zusammenhängt, an denen Sie so festhalten; ich kann es aber mit den armen Teufeln von Menschen unmöglich so genau nehmen. Ich kenne freilich ihrer genug, die sich bei den größten Werken der Kunst und der Natur sogleich ihres armseligsten Bedürfnisses erinnern, ihr Gewissen und ihre Moral mit in die Oper nehmen, ihre Liebe und Haß vor einem Säulengange nicht ablegen und das Beste und Größte, was ihnen von außen gebracht werden kann, in ihrer Vorstellungsart erst möglichst verkleinern müssen, um es mit ihrem kümmerlichen Wesen nur einigermaßen verbinden zu können.

Achtes Kapitel

Am Abend lud der Abbé zu den Exequien Mignons ein. Die Gesellschaft begab sich in den Saal der Vergangenheit und fand denselben auf das sonderbarste erhellt und ausgeschmückt. Mit himmelblauen Teppichen waren die Wände fast von oben bis unten bekleidet, so daß nur Sockel und Fries hervorschienen. Auf den vier Kandelabern in den Ecken brannten große Wachsfackeln, und so nach Verhältnis auf den vier kleinern, die den mittlern Sarkophag umgaben. Neben diesem standen vier Knaben, himmelblau mit Silber gekleidet, und schienen einer Figur, die auf dem Sarkophag ruhte, mit breiten Fächern von Straußenfedern Luft zuzuwehn. Die Gesellschaft setzte sich, und zwei unsichtbare Chöre fingen mit holdem Gesang an zu fragen: Wen bringt ihr uns zur stillen Gesellschaft? Die vier Kinder antworteten mit lieblicher Stimme: Einen müden Gespielen bringen wir euch; laßt ihn unter euch ruhen, bis das Jauchzen himmlischer Geschwister ihn dereinst wieder aufweckt.

CHOR. Erstling der Jugend in unserm Kreise, sei willkommen! mit Trauer willkommen! Dir folge kein Knabe, kein Mädchen nach! Nur das Alter nahe sich willig und gelassen der stillen Halle, und in ernster Gesellschaft ruhe das liebe, liebe Kind!

KNABEN. Ach! wie ungern brachten wir ihn her! Ach! und er soll hier bleiben! laßt uns auch bleiben, laßt uns weinen, weinen an seinem Sarge!

CHOR. Seht die mächtigen Flügel doch an! seht das leichte reine Gewand! wie blinkt die goldene Binde vom Haupt! seht die schöne, die würdige Ruh!

KNABEN. Ach! die Flügel heben sie nicht; im leichten Spiele flattert das Gewand nicht mehr; als wir mit Rosen kränzten ihr Haupt, blickte sie hold und freundlich nach uns.

CHOR. Schaut mit den Augen des Geistes hinan! in euch lebe die bildende Kraft, die das Schönste, das Höchste hinauf, über die Sterne das Leben trägt.

KNABEN. Aber ach! wir vermissen sie hier, in den Gärten wandelt sie nicht, sammelt der Wiese Blumen nicht mehr. Laßt uns weinen, wir lassen sie hier! laßt uns weinen und bei ihr bleiben!

CHOR. Kinder! kehret ins Leben zurück! Eure Tränen trockne die frische Luft, die um das schlängelnde Wasser spielt. Entflieht der Nacht! Tag und Lust und Dauer ist das Los der Lebendigen.

KNABEN. Auf, wir kehren ins Leben zurück. Gebe der Tag uns Arbeit und Lust, bis der Abend uns Ruhe bringt und der nächtliche Schlaf uns erquickt.

CHOR. Kinder! eilet ins Leben hinan! In der Schönheit reinem

Gewande begegn euch die Liebe mit himmlischem Blick und dem Kranz der Unsterblichkeit!

Die Knaben waren schon fern, der Abbé stand von seinem Sessel auf und trat hinter den Sarg. Es ist die Verordnung, sagte er, des Mannes, der diese stille Wohnung bereitet hat, daß jeder neue Ankömmling mit Feierlichkeit empfangen werden soll. Nach ihm, dem Erbauer dieses Hauses, dem Errichter dieser Stätte, haben wir zuerst einen jungen Fremdling hierhergebracht, und so faßt schon dieser kleine Raum zwei ganz verschiedene Opfer der strengen, willkürlichen und unerbittlichen Todesgöttin. Nach bestimmten Gesetzen treten wir ins Leben ein, die Tage sind gezählt, die uns zum Anblicke des Lichts reif machen, aber für die Lebensdauer ist kein Gesetz. Der schwächste Lebensfaden zieht sich in unerwartete Länge, und den stärksten zerschneidet gewaltsam die Schere einer Parze, die sich in Widersprüchen zu gefallen scheint. Von dem Kinde, das wir hier bestatten, wissen wir wenig zu sagen. Noch ist uns unbekannt, woher es kam; seine Eltern kennen wir nicht, und die Zahl seiner Lebensjahre vermuten wir nur. Sein tiefes, verschlossenes Herz ließ uns seine innersten Angelegenheiten kaum erraten; nichts war deutlich an ihm, nichts offenbar, als die Liebe zu dem Manne, der es aus den Händen eines Barbaren rettete. Diese zärtliche Neigung, diese lebhafte Dankbarkeit schien die Flamme zu sein, die das Öl ihres Lebens aufzehrte; die Geschicklichkeit des Arztes konnte das schöne Leben nicht erhalten, die sorgfältigste Freundschaft vermochte nicht, es zu fristen. Aber wenn die Kunst den scheidenden Geist nicht zu fesseln vermochte, so hat sie alle ihre Mittel angewandt, den Körper zu erhalten und ihn der Vergänglichkeit zu entziehen. Eine balsamische Masse ist durch alle Adern gedrungen und färbt nun an der Stelle des Bluts die so früh verblichenen Wangen. Treten Sie näher, meine Freunde, und sehen Sie das Wunder der Kunst und Sorgfalt!

Er hub den Schleier auf, und das Kind lag in seinen Engelkleidern, wie schlafend, in der angenehmsten Stellung. Alle traten herbei und bewunderten diesen Schein des Lebens. Nur Wilhelm blieb in seinem Sessel sitzen, er konnte sich nicht fassen; was er empfand, durfte er nicht denken, und jeder Gedanke schien seine Empfindung zerstören zu wollen.

Die Rede war um des Marchese willen französisch gesprochen worden. Dieser trat mit den andern herbei und betrachtete die Gestalt mit Aufmerksamkeit. Der Abbé fuhr fort: Mit einem heiligen Vertrauen war auch dieses gute, gegen die Menschen so verschlossene Herz beständig zu seinem Gott gewendet. Die Demut, ja eine Neigung, sich äußerlich zu erniedrigen, schien ihm angeboren. Mit Eifer hing es an der katholischen Religion, in der es geboren und erzogen war. Oft äußerte sie den stillen Wunsch, auf geweihtem Boden zu ruhen, und wir haben, nach den Gebräuchen der Kirche, dieses marmorne Behältnis und die wenige Erde geweihet, die in ihrem Kopfkissen verborgen ist. Mit welcher Inbrunst küßte sie in ihren letzten Augenblicken das Bild des Gekreuzigten, das auf ihren zarten Armen mit vielen hundert Punkten sehr zierlich abgebildet steht. Er streifte zugleich, indem er das sagte, ihren rechten Arm auf, und ein Kruzifix, von verschiedenen Buchstaben und Zeichen begleitet, sah man blaulich auf der weißen Haut.

Der Marchese betrachtete diese neue Erscheinung ganz in der Nähe. O Gott! rief er aus, indem er sich aufrichtete und seine Hände gen Himmel hob: Armes Kind! unglückliche Nichte! finde ich dich hier wieder! Welche schmerzliche Freude, dich, auf die wir schon lange Verzicht getan hatten, diesen guten lieben Körper, den wir lange im See einen Raub der Fische glaubten, hier wiederzufinden, zwar tot, aber erhalten! Ich wohne deiner Bestattung bei, die so herrlich durch ihr Äußeres und noch herrlicher durch die guten Menschen wird, die dich zu deiner Ruhestätte begleiten. Und wenn ich werde reden können, sagte er mit gebrochener Stimme, werde ich ihnen danken.

Die Tränen verhinderten ihn, etwas weiter hervorzubringen. Durch den Druck einer Feder versenkte der Abbé den Körper in die Tiefe des Marmors. Vier Jünglinge, bekleidet wie jene Knaben, traten hinter den Teppichen hervor, hoben den schweren, schön verzierten Deckel auf den Sarg und fingen zugleich ihren Gesang an.

DIE JÜNGLINGE. Wohl verwahrt ist nun der Schatz! das schöne Gebild der Vergangenheit! hier im Marmor ruht es unverzehrt; auch in euren Herzen lebt es, wirkt es fort. Schreitet, schreitet ins Leben zurück! Nehmet den heiligen Ernst mit hinaus, denn der Ernst, der heilige, macht allein das Leben zur Ewigkeit. –

Das unsichtbare Chor fiel in die letzten Worte mit ein, aber niemand von der Gesellschaft vernahm die stärkenden Worte, jedes war zu sehr mit den wunderbaren Entdeckungen und seinen eigenen Empfindungen beschäftigt. Der Abbé und Natalie führten den Marchese, Wilhelmen Therese und Lothario hinaus, und erst als der Gesang ihnen völlig verhallte, fielen die Schmerzen, die Betrachtungen, die Gedanken, die Neugierde sie mit aller Gewalt wieder an, und sehnlich wünschten sie sich in jenes Element wieder zurück.

Neuntes Kapitel

Der Marchese vermied, von der Sache zu reden, hatte aber heimliche und lange Gespräche mit dem Abbé. Er erbat sich, wenn die Gesellschaft beisammen war, öfters Musik; man sorgte gern dafür, weil jedermann zufrieden war, des Gesprächs überhoben zu sein. So lebte man einige Zeit fort, als man bemerkte, daß er Anstalt zur Abreise mache. Eines Tages sagte er zu Wilhelmen: Ich verlange nicht, die Reste des guten Kindes zu beunruhigen; es bleibe an dem Orte zurück, wo es geliebt und gelitten hat; aber seine Freunde müssen mir versprechen, mich in seinem Vaterlande, an dem Platze zu besuchen, wo das arme Geschöpf geboren und erzogen wurde; sie müssen die Säulen und Statuen sehen, von denen ihm noch eine dunkle Idee übrig geblieben ist.

Ich will sie in die Buchten führen, wo sie so gern die Steinchen zusammenlas. *Sie* werden sich, lieber junger Mann, der Dankbarkeit einer Familie nicht entziehen, die Ihnen so viel schuldig ist. Morgen reise ich weg. Ich habe dem Abbé die ganze Geschichte anvertraut, er wird sie Ihnen wiedererzählen; er konnte mir verzeihen, wenn mein Schmerz mich unterbrach, und er wird als ein Dritter die Begebenheiten mit mehr Zusammenhang vortragen. Wollen Sie mir noch, wie der Abbé vorschlug, auf meiner Reise durch Deutschland folgen, so sind Sie willkommen. Lassen Sie Ihren Knaben nicht zurück; bei jeder kleinen Unbequemlichkeit, die er uns macht, wollen wir uns Ihrer Vorsorge für meine arme Nichte wieder erinnern.

Noch selbigen Abend ward man durch die Ankunft der Gräfin überrascht. Wilhelm bebte an allen Gliedern, als sie hereintrat, und sie, obgleich vorbereitet, hielt sich an ihrer Schwester, die ihr bald einen Stuhl reichte. Wie sonderbar einfach war ihr Anzug, und wie verändert ihre Gestalt! Wilhelm durfte kaum auf sie hinblicken; sie begrüßte ihn mit Freundlichkeit, und einige allgemeine Worte konnten ihre Gesinnung und Empfindungen nicht verbergen. Der Marchese war beizeiten zu Bette gegangen, und die Gesellschaft hatte noch keine Lust, sich zu trennen; der Abbé brachte ein Manuskript hervor. Ich habe, sagte er, sogleich die sonderbare Geschichte, wie sie mir anvertraut wurde, zu Papiere gebracht. Wo man am wenigsten Tinte und Feder sparen soll, das ist beim Aufzeichnen einzelner Umstände merkwürdiger Begebenheiten. Man unterrichtete die Gräfin, wovon die Rede sei, und der Abbé las:

Meinen Vater, sagte der Marchese, muß ich, soviel Welt ich auch gesehen habe, immer für einen der wunderbarsten Menschen halten. Sein Charakter war edel und gerade, seine Ideen weit und man darf sagen groß; er war streng gegen sich selbst; in allen seinen Planen fand man eine ununterbrochene Schrittmäßigkeit. So gut sich daher von einer Seite mit ihm umgehen und ein Geschäft verhandeln ließ, so wenig konnte er, um ebendieser Eigenschaften willen, sich in die Welt finden, da er vom Staate, von seinen Nachbarn, von Kindern und Gesinde die Beobachtung aller der Gesetze forderte, die er sich selbst auferlegt hatte. Seine mäßigsten Forderungen wurden übertrieben durch seine Strenge, und er konnte nie zum Genuß gelangen, weil nichts auf die Weise entstand, wie er sichs gedacht hatte. Ich habe ihn in dem Augenblick, da er einen Palast bauete, einen Garten anlegte, ein großes neues Gut in der schönsten Lage erwarb, innerlich mit dem ernstesten Ingrimm überzeugt gesehen, das Schicksal habe ihn verdammt, enthaltsam zu sein und zu dulden. In seinem Äußerlichen beobachtete er die größte Würde; wenn er scherzte, zeigte er nur die Überlegenheit seines Verstandes; es war ihm unerträglich, getadelt zu werden, und ich habe ihn nur einmal in meinem Leben ganz außer aller Fassung gesehen, da er hörte, daß man von einer seiner Anstalten wie von etwas Lächerlichem sprach. In ebendiesem Geiste hatte er über seine Kinder und sein Vermögen disponiert. Mein ältester Bruder ward als ein Mann erzogen, der künftig große Güter zu hoffen hatte; ich sollte den geistlichen Stand ergreifen, und der Jüngste Soldat werden. Ich war lebhaft, feurig, tätig, schnell, zu allen körperlichen Übungen geschickt. Der Jüngste schien zu einer Art von schwärmerischer Ruhe geneigter, den Wissenschaften, der Musik und der Dichtkunst ergeben. Nur nach dem härtsten Kampf, nach der völligsten Überzeugung der Unmöglichkeit gab der Vater, wiewohl mit Widerwillen, nach, daß wir unsern Beruf umtauschen dürften, und ob er gleich jeden von uns beiden zufrieden sah, so konnte er sich doch nicht drein finden und versicherte, daß nichts Gutes daraus entstehen werde. Je älter er ward, desto abgeschnittener fühlte er sich von aller Gesellschaft. Er lebte zuletzt fast ganz allein. Nur ein alter Freund, der unter den Deutschen gedient, im Feldzuge seine Frau verloren und eine Tochter mitgebracht hatte, die ungefähr zehn Jahr alt war, blieb sein einziger Umgang. Dieser kaufte sich ein artiges Gut in der Nachbarschaft, sah meinen Vater zu bestimmten Tagen und Stunden der Woche, in denen er auch manchmal seine Tochter mitbrachte. Er widersprach meinem Vater niemals, der sich zuletzt völlig an ihn gewöhnte und ihn als den einzigen erträglichen Gesellschafter duldete. Nach dem Tode unseres Vaters merkten wir wohl, daß dieser Mann von unserm Alten trefflich ausgestattet worden war und seine Zeit nicht umsonst zugebracht hatte; er erweiterte seine Güter, seine Tochter konnte eine schöne Mitgift erwarten. Das Mädchen wuchs heran und war von sonderbarer Schönheit; mein älterer Bruder scherzte oft mit mir, daß ich mich um sie bewerben sollte.

Indessen hatte Bruder Augustin im Kloster seine Jahre in dem sonderbarsten Zustande zugebracht; er überließ sich ganz dem Genuß einer heiligen Schwärmerei, jenen halb geistigen, halb physischen Empfindungen, die, wie sie ihn eine Zeitlang in den dritten Himmel erhuben, bald darauf in einen Abgrund von Ohnmacht und leeres Elend versinken ließen. Bei meines Vaters Lebzeiten war an keine Veränderung zu denken, und was hätte man wünschen oder vorschlagen sollen? Nach dem Tode unsers Vaters besuchte er uns fleißig; sein Zustand, der uns im Anfang jammerte, ward nach und nach um vieles erträglicher, denn die Vernunft hatte gesiegt. Allein je sichrer sie ihm völlige Zufriedenheit und Heilung auf dem reinen Wege der Natur versprach, desto lebhafter verlangte er von uns, daß wir ihn von seinen Gelübden befreien sollten; er gab zu verstehen, daß seine Absicht auf Sperata, unsere Nachbarin, gerichtet sei.

Mein älterer Bruder hatte zu viel durch die Härte unseres Vaters gelitten, als daß er ungerührt bei dem Zustande des jüngsten hätte bleiben können. Wir sprachen mit dem Beichtvater unserer Familie, einem alten würdigen Manne, entdeckten ihm die doppelte Absicht unseres Bruders und baten ihn, die Sache einzuleiten und zu befördern. Wider seine Gewohnheit zögerte er, und als endlich unser Bruder in uns drang und wir die Angelegenheit dem Geistlichen lebhafter empfahlen, mußte er sich entschließen, uns die sonderbare Geschichte zu entdecken.

Sperata war unsre Schwester, und zwar sowohl von Vater als Mutter; Neigung und Sinnlichkeit hatten den Mann in späteren Jahren nochmals überwältigt, in welchen das Recht der Ehegatten schon verloschen zu sein scheint; über einen ähnlichen Fall hatte man sich kurz vorher in der Gegend lustig gemacht, und mein Vater, um sich nicht gleichfalls dem Lächerlichen auszusetzen, beschloß, diese späte, gesetzmäßige Frucht der Liebe mit ebender Sorgfalt zu verheimlichen, als man sonst die frühern, zufälligen Früchte der Neigung zu verbergen pflegt. Unsere Mutter kam heimlich nieder, das Kind wurde aufs Land gebracht, und der alte Hausfreund, der nebst dem Beichtvater allein um das Geheimnis wußte, ließ sich leicht bereden, sie für seine Tochter auszugeben. Der Beichtvater hatte sich nur ausbedungen, im äußersten Fall das Geheimnis entdecken zu dürfen. Der Vater war gestorben, das zarte Mädchen lebte unter der Aufsicht einer alten Frau; wir wußten, daß Gesang und Musik unsern Bruder schon bei ihr eingeführt hatten, und da er uns wiederholt aufforderte, seine alten Bande zu trennen, um das neue zu knüpfen, so war es nötig, ihn so bald als möglich von der Gefahr zu unterrichten, in der er schwebte.

Er sah uns mit wilden, verachtenden Blicken an. Spart eure unwahrscheinlichen Märchen, rief er aus, für Kinder und leichtglaubige Toren; mir werdet ihr Speraten nicht vom Herzen reißen, sie ist mein. Verleugnet sogleich euer schreckliches Gespenst, das mich nur vergebens ängstigen würde. Sperata ist nicht meine Schwester, sie ist mein Weib! – Er beschrieb uns mit Entzücken, wie ihn das himmlische Mädchen aus dem Zustande der unnatürlichen Absonderung von den Menschen in das wahre Leben geführt, wie beide Gemüter gleich beiden Kehlen zusammenstimmten und wie er alle seine Leiden und Verirrungen segnete, weil sie ihn von allen Frauen bis dahin entfernt gehalten, und weil er nun ganz und gar sich dem liebenswürdigsten Mädchen ergeben könne.

Wir entsetzten uns über die Entdeckung, uns jammerte sein Zustand, wir wußten uns nicht zu helfen; er versicherte uns mit Heftigkeit, daß Sperata ein Kind von ihm im Busen trage. Unser Beichtvater tat alles, was ihm seine Pflicht eingab, aber dadurch ward das Übel nur schlimmer. Die Verhältnisse der Natur und der Religion, der sittlichen Rechte und der bürgerlichen Gesetze wurden von meinem Bruder aufs heftigste durchgefochten. Nichts schien ihm heilig als das Verhältnis zu Sperata, nichts schien ihm würdig als der Name Vater und Gattin. Diese allein, rief er aus, sind der Natur gemäß, alles andere sind Grillen und Meinungen. Gab es nicht edle Völker, die eine Heirat mit der Schwester billigten? Nennt eure Götter nicht, rief er aus, ihr braucht die Namen nie, als wenn ihr uns betören, uns von dem

Wege der Natur abführen und die edelsten Triebe durch schändlichen Zwang zu Verbrechen entstellen wollt. Zur größten Verwirrung des Geistes, zum schändlichsten Mißbrauche des Körpers nötigt ihr die Schlachtopfer, die ihr lebendig begrabt.

Ich darf reden, denn ich habe gelitten wie keiner, von der höchsten, süßesten Fülle der Schwärmerei bis zu den fürchterlichen Wüsten der Ohnmacht, der Leerheit, der Vernichtung und Verzweiflung, von den höchsten Ahnungen überirdischer Wesen bis zu dem völligsten Unglauben, dem Unglauben an mir selbst. Allen diesen entsetzlichen Bodensatz des am Rande schmeichelnden Kelchs habe ich ausgetrunken, und mein ganzes Wesen war bis in sein Innerstes vergiftet. Nun, da mich die gütige Natur durch ihre größten Gaben, durch die Liebe wieder geheilt hat, da ich an dem Busen eines himmlischen Mädchens wieder fühle, daß ich bin, daß sie ist, daß wir eins sind, daß aus dieser lebendigen Verbindung ein Drittes entstehen und uns entgegenlächeln soll, nun eröffnet ihr die Flammen eurer Höllen, eurer Fegefeuer, die nur eine kranke Einbildungskraft versengen können, und stellt sie dem lebhaften, wahren, unzerstörlichen Genuß der reinen Liebe entgegen! Begegnet uns unter jenen Zypressen, die ihre ernsthaften Gipfel gen Himmel wenden, besucht uns an jenen Spalieren, wo die Zitronen und Pomeranzen neben uns blühn, wo die zierliche Myrte uns ihre zarten Blumen darreicht, und dann wagt es, uns mit euren trüben, grauen, von Menschen gesponnenen Netzen zu ängstigen!

So bestand er lange Zeit auf einem hartnäckigen Unglauben unserer Erzählung, und zuletzt, da wir ihm die Wahrheit derselben beteuerten, da sie ihm der Beichtvater selbst versicherte, ließ er sich doch dadurch nicht irre machen, vielmehr rief er aus: Fragt nicht den Widerhall eurer Kreuzgänge, nicht euer vermodertes Pergament, nicht eure verschränkten Grillen und Verordnungen – fragt die Natur und euer Herz, sie wird euch lehren, vor was ihr zu schaudern habt, sie wird euch mit dem strengsten Finger zeigen, worüber sie ewig und unwiderruflich ihren Fluch ausspricht. Seht die Lilien an: entspringt nicht Gatte und Gattin auf Einem Stengel? verbindet beide nicht die Blume, die beide gebar, und ist die Lilie nicht das Bild der Unschuld, und ist ihre geschwisterliche Vereinigung nicht fruchtbar? Wenn die Natur verabscheut, so spricht sie es laut aus; das Geschöpf, das nicht sein soll, kann nicht werden; das Geschöpf, das falsch lebt, wird früh zerstört. Unfruchtbarkeit, kümmerliches Dasein, frühzeitiges Zerfallen, das sind ihre Flüche, die Kennzeichen ihrer Strenge. Nur durch unmittelbare Folgen straft sie. Da! seht um euch her, und was verboten, was verflucht ist, wird euch in die Augen fallen. In der Stille des Klosters und im Geräusche der Welt sind tausend Handlungen geheiligt und geehrt, auf denen ihr Fluch ruht. Auf bequemen Müßiggang so gut als überstrengte Arbeit, auf Willkür und Überfluß wie auf Not und Mangel sieht sie mit traurigen Augen nieder, zur Mäßigkeit ruft sie, wahr sind alle ihre Verhältnisse und ruhig alle ihre Wirkungen. Wer gelitten hat, wie ich, hat das Recht, frei zu sein. Sperata ist mein; nur der Tod soll mir sie nehmen. Wie ich sie behalten kann? wie ich glücklich werden kann? das ist eure Sorge! Jetzt gleich geh ich zu ihr, um mich nicht wieder von ihr zu trennen.

Er wollte nach dem Schiffe, um zu ihr überzusetzen; wir hielten ihn ab und baten ihn, daß er keinen Schritt tun möchte, der die schrecklichsten Folgen haben könnte. Er solle überlegen, daß er nicht in der freien Welt seiner Gedanken und Vorstellungen, sondern in einer Verfassung lebe, deren Gesetze und Verhältnisse die Unbezwinglichkeit eines Naturgesetzes angenommen haben. Wir mußten dem Beichtvater versprechen, daß wir den Bruder nicht aus den Augen, noch weniger aus dem Schlosse lassen wollten; darauf ging er weg und versprach, in einigen Tagen wiederzukommen. Was wir vorausgesehen hatten, traf ein: der Verstand hatte unsern Bruder stark gemacht, aber sein Herz war weich; die frühern Eindrücke der Religion wurden lebhaft, und die entsetzlichsten Zweifel bemächtigten sich seiner. Er brachte zwei fürchterliche Tage und Nächte zu; der Beichtvater kam ihm wieder zu Hülfe, umsonst! Der ungebundene freie Verstand sprach ihn los; sein Gefühl, seine Religion, alle gewohnten Begriffe erklärten ihn für einen Verbrecher.

Eines Morgens fanden wir sein Zimmer leer; ein Blatt lag auf dem Tische, worin er uns erklärte, daß er, da wir ihn mit Gewalt gefangen hielten, berechtigt sei, seine Freiheit zu suchen; er entfliehe, er gehe zu Sperata, er hoffe, mit ihr zu entkommen; er sei auf alles gefaßt, wenn man sie trennen wollte.

Wir erschraken nicht wenig, allein der Beichtvater bat uns, ruhig zu sein. Unser armer Bruder war nahe genug beobachtet worden; die Schiffer, anstatt ihn überzusetzen, führten ihn in sein Kloster. Ermüdet von einem vierzigstündigen Wachen, schlief er ein, sobald ihn der Kahn im Mondenschein schaukelte, und erwachte nicht früher, als bis er sich in den Händen seiner geistlichen Brüder sah; er erholte sich nicht eher, als bis er die Klosterpforte hinter sich zuschlagen hörte.

Schmerzlich gerührt von dem Schicksal unseres Bruders, machten wir unserm Beichtvater die lebhaftesten Vorwürfe; allein dieser ehrwürdige Mann wußte uns bald mit den Gründen des Wundarztes zu überreden, daß unser Mitleid für den armen Kranken tödlich sei. Er handle nicht aus eigner Willkür, sondern auf Befehl des Bischofs und des hohen Rates. Die Absicht war: alles öffentliche Ärgernis zu vermeiden und den traurigen Fall mit dem Schleier einer geheimen Kirchenzucht zu verdecken. Sperata sollte geschont werden, sie sollte nicht erfahren, daß ihr Geliebter zugleich ihr Bruder sei. Sie ward einem Geistlichen anempfohlen, dem sie vorher schon ihren Zustand vertraut hatte. Man wußte ihre Schwangerschaft und Niederkunft zu verbergen. Sie war als Mutter in dem kleinen Geschöpfe ganz glücklich. So wie die meisten unserer Mädchen konnte sie weder schreiben noch Geschriebenes lesen; sie gab daher dem Pater Aufträge, was er ihrem Geliebten sagen sollte. Dieser glaubte den frommen Betrug einer säugenden Mutter schuldig zu sein; er brachte ihr Nachrichten von unserem Bruder, den er niemals sah, ermahnte sie in seinem Namen zur Ruhe, bat sie, für sich und das Kind zu sorgen und wegen der Zukunft Gott zu vertrauen.

Sperata war von Natur zur Religiosität geneigt. Ihr Zustand, ihre Einsamkeit vermehrten diesen Zug, der Geistliche unterhielt ihn, um sie nach und nach auf eine ewige Trennung vorzubereiten.

Kaum war das Kind entwöhnt, kaum glaubte er ihren Körper stark genug, die ängstlichsten Seelenleiden zu ertragen, so fing er an, das Vergehen ihr mit schrecklichen Farben vorzumalen, das Vergehen, sich einem Geistlichen ergeben zu haben, das er als eine Art von Sünde gegen die Natur, als einen Inzest behandelte. Denn er hatte den sonderbaren Gedanken, ihre Reue jener Reue gleichzumachen, die sie empfunden haben würde, wenn sie das wahre Verhältnis ihres Fehltrittes erfahren hätte. Er brachte dadurch so viel Jammer und Kummer in ihr Gemüt, er erhöhte die Idee der Kirche und ihres Oberhauptes so sehr vor ihr, er zeigte ihr die schrecklichen Folgen für das Heil aller Seelen, wenn man in solchen Fällen nachgeben und die Straffälligen durch eine rechtmäßige Verbindung noch gar belohnen wolle; er zeigte ihr, wie heilsam es sei, einen solchen Fehler in der Zeit abzubüßen und dafür dereinst die Krone der Herrlichkeit zu erwerben, daß sie endlich wie eine arme Sünderin ihren Nacken dem Beil willig darreichte und inständig bat, daß man sie auf ewig von unserm Bruder entfernen möchte. Als man so viel von ihr erlangt hatte, ließ man ihr, doch unter einer gewissen Aufsicht, die Freiheit, bald in ihrer Wohnung, bald in dem Kloster zu sein, je nachdem sie es für gut hielte.

Ihr Kind wuchs heran und zeigte bald eine sonderbare Natur. Es konnte sehr früh laufen und sich mit aller Geschicklichkeit bewegen, es sang bald sehr artig und lernte die Zither gleichsam von sich selbst. Nur mit Worten konnte es sich nicht ausdrücken, und es schien das Hindernis mehr in seiner Denkungsart als in den Sprachwerkzeugen zu liegen. Die arme Mutter fühlte indessen ein trauriges Verhältnis zu dem Kinde; die Behandlung des Geistlichen hatte ihre Vorstellungsart so verwirrt, daß sie, ohne wahnsinnig zu sein, sich in den seltsamsten Zuständen befand. Ihr Vergehen schien ihr immer schrecklicher und straffälliger zu werden; das oft wiederholte Gleichnis des Geistlichen vom Inzest hatte sich so tief bei ihr eingeprägt, daß sie einen solchen Abscheu empfand, als wenn ihr das Verhältnis selbst bekannt gewesen wäre. Der Beichtvater dünkte sich nicht wenig über das Kunststück, wodurch er das Herz eines unglücklichen Geschöpfes zerriß. Jämmerlich war es anzusehen, wie die Mutterliebe, die über das Dasein des Kindes sich so herzlich zu erfreuen geneigt war, mit dem schrecklichen Gedanken stritt, daß dieses Kind nicht dasein sollte. Bald stritten diese beiden Gefühle zusammen, bald war der Abscheu über die Liebe gewaltig.

Man hatte das Kind schon lange von ihr weggenommen und zu guten Leuten unten am See gegeben, und in der mehrern Freiheit, die es hatte, zeigte sich bald seine besondre Lust zum Klettern. Die höchsten Gipfel zu ersteigen, auf den Rändern der Schiffe wegzulaufen, und den Seiltänzern, die sich manchmal in dem Orte sehen ließen, die wunderlichsten Kunststücke nachzumachen, war ein natürlicher Trieb.

Um das alles leichter zu üben, liebte sie mit den Knaben die Kleider zu wechseln, und ob es gleich von ihren Pflegeeltern höchst unanständig und unzulässig gehalten wurde, so ließen wir ihr doch so viel als möglich nachsehen. Ihre wunderlichen Wege und Sprünge führten sie manchmal weit, sie verirrte sich, sie blieb aus und kam immer wieder. Meistenteils, wenn sie zurückkehrte, setzte sie sich unter die Säulen des Portals vor einem Landhause in der Nachbarschaft; man suchte sie nicht mehr, man erwartete sie. Dort schien sie auf den Stufen auszuruhen, dann lief sie in den großen Saal, besah die Statuen, und wenn man sie nicht besonders aufhielt, eilte sie nach Hause.

Zuletzt ward denn doch unser Hoffen getäuscht und unsere Nachsicht bestraft. Das Kind blieb aus, man fand seinen Hut auf dem Wasser schwimmen, nicht weit von dem Orte, wo ein Gießbach sich in den See stürzt. Man vermutete, daß es bei seinem Klettern zwischen den Felsen verunglückt sei; bei allem Nachforschen konnte man den Körper nicht finden.

Durch das unvorsichtige Geschwätz ihrer Gesellschafterinnen erfuhr Sperata bald den Tod ihres Kindes; sie schien ruhig und heiter und gab nicht undeutlich zu verstehen, sie freue sich, daß Gott das arme Geschöpf zu sich genommen und so bewahrt habe, ein größeres Unglück zu erdulden oder zu stiften.

Bei dieser Gelegenheit kamen alle Märchen zur Sprache, die man von unsern Wassern zu erzählen pflegt. Es hieß: der See müsse alle Jahre ein unschuldiges Kind haben; er leide keinen toten Körper und werfe ihn früh oder spät ans Ufer, ja sogar das letzte Knöchelchen, wenn es zu Grunde gesunken sei, müsse wieder heraus. Man erzählte die Geschichte einer untröstlichen Mutter, deren Kind im See ertrunken sei, und die Gott und seine Heiligen angerufen habe, ihr nur wenigstens die Gebeine zum Begräbnis zu gönnen; der nächste Sturm habe den Schädel, der folgende den Rumpf ans Ufer gebracht, und nachdem alles beisammen gewesen, habe sie sämtliche Gebeine in einem Tuch zur Kirche getragen; aber, o Wunder! als sie in den Tempel getreten, sei das Paket immer schwerer geworden, und endlich, als sie es auf die Stufen des Altars gelegt, habe das Kind zu schreien angefangen und sich zu jedermanns Erstaunen aus dem Tuche losgemacht; nur ein Knöchelchen des kleinen Fingers an der rechten Hand habe gefehlt, welches denn die Mutter nachher noch sorgfältig aufgesucht und gefunden, das denn auch noch zum Gedächtnis unter andern Reliquien in der Kirche aufgehoben werde.

Auf die arme Mutter machten diese Geschichten großen Eindruck; ihre Einbildungskraft fühlte einen neuen Schwung und begünstigte die Empfindung ihres Herzens. Sie nahm an, daß das Kind nunmehr für sich und seine Eltern abgebüßt habe, daß Fluch und Strafe, die bisher auf ihnen geruht, nunmehr gänzlich gehoben sei; daß es nur darauf ankomme, die Gebeine des Kindes wiederzufinden, um sie nach Rom zu bringen, so würde das Kind auf den Stufen des großen Altars der Peterskirche wieder, mit seiner schönen frischen Haut umgeben, vor dem Volke dastehn. Es werde mit seinen eignen Augen wieder Vater und Mutter schauen, und der Papst, von der Einstimmung Gottes und seiner Heiligen überzeugt, werde unter dem lauten Zuruf des Volks den Eltern die Sünde vergeben, sie lossprechen und sie verbinden.

Nun waren ihre Augen und ihre Sorgfalt immer nach dem See und dem Ufer gerichtet. Wenn nachts im Mondglanz sich die Wellen umschlugen, glaubte sie, jeder blinkende Saum treibe ihr Kind hervor; es mußte zum Scheine jemand hinablaufen, um es am Ufer aufzufangen.

So war sie auch des Tages unermüdet an den Stellen, wo das kiesichte Ufer flach in den See ging; sie sammelte in ein Körbchen alle Knochen, die sie fand. Niemand durfte ihr sagen, daß es Tierknochen seien; die großen begrub sie, die kleinen hub sie auf. In dieser Beschäftigung lebte sie unablässig fort. Der Geistliche, der durch die unerläßliche Ausübung seiner Pflicht ihren Zutand verursacht hatte, nahm sich auch ihrer nun aus allen Kräften an. Durch seinen Einfluß ward sie in der Gegend für eine Entzückte, nicht für eine Verrückte gehalten: man stand mit gefalteten Händen, wenn sie vorbeiging, und die Kinder küßten ihr die Hand.

Ihrer alten Freundin und Begleiterin war von dem Beichtvater die Schuld, die sie bei der unglücklichen Verbindung beider Personen gehabt haben mochte, nur unter der Bedingung erlassen, daß sie unablässig treu ihr ganzes künftiges Leben die Unglückliche begleiten solle; und sie hat mit einer bewundeungswürdigen Geduld und Gewissenhaftigkeit ihre Pflichten bis zuletzt ausgeübt.

Wir hatten unterdessen unsern Bruder nicht aus den Augen verloren; weder Ärzte noch die Geistlichkeit seines Klosters wollten uns erlauben, vor ihm zu erscheinen; allein um uns zu überzeugen, daß es ihm nach seiner Art wohlgehe, konnten wir ihn, sooft wir wollten, in dem Garten, in den Kreuzgängen, ja durch ein Fenster an der Decke seines Zimmers belauschen.

Nach vielen schrecklichen und sonderbaren Epochen, die ich übergehe, war er in einen seltsamen Zustand der Ruhe des Geistes und der Unruhe des Körpers geraten. Er saß fast niemals, als wenn er seine Harfe nahm und darauf spielte, da er sie denn meistens mit Gesang begleitete. Übrigens war er immer in Bewegung und in allem äußerst lenksam und folgsam, denn alle seine Leidenschaften schienen sich in der einzigen Furcht des

Todes aufgelöst zu haben. Man konnte ihn zu allem in der Welt bewegen, wenn man ihm mit einer gefährlichen Krankheit oder mit dem Tode drohte.

Außer dieser Sonderbarkeit, daß er unermüdet im Kloster hin und her ging und nicht undeutlich zu verstehen gab, daß es noch besser sein würde, über Berg und Täler so zu wandeln, sprach er auch von einer Erscheinung, die ihn gewöhnlich ängstigte. Er behauptete nämlich, daß bei seinem Erwachen, zu jeder Stunde der Nacht, ein schöner Knabe unten an seinem Bette stehe und ihm mit einem blanken Messer drohe. Man versetzte ihn in ein anderes Zimmer; allein er behauptete, auch da und zuletzt sogar an andern Stellen des Klosters stehe der Knabe im Hinterhalt. Sein Auf- und Abwandeln ward unruhiger, ja man erinnerte sich nachher, daß er in der Zeit öfter als sonst an dem Fenster gestanden und über den See hinübergesehen habe.

Unsere arme Schwester indessen schien von dem einzigen Gedanken, von der beschränkten Beschäftigung nach und nach aufgerieben zu werden, und unser Arzt schlug vor, man sollte ihr, nach und nach, unter ihre übrigen Gebeine die Knochen eines Kinderskeletts mischen, um dadurch ihre Hoffnung zu vermehren. Der Versuch war zweifelhaft, doch schien wenigstens soviel dabei gewonnen, daß man sie, wenn alle Teile beisammen wären, von dem ewigen Suchen abbringen und ihr zu einer Reise nach Rom Hoffnung machen könnte.

Es geschah, und ihre Begleiterin vertauschte unmerklich die ihr anvertrauten kleinen Reste mit den gefundenen, und eine unglaubliche Wonne verbreitete sich über die arme Kranke, als die Teile sich nach und nach zusammenfanden und man diejenigen bezeichnen konnte, die noch fehlten. Sie hatte mit großer Sorgfalt jeden Teil, wo er hingehörte, mit Fäden und Bändern befestigt; sie hatte, wie man die Körper der Heiligen zu ehren pflegt, mit Seide und Stickerei die Zwischenräume ausgefüllt.

So hatte man die Glieder zusammenkommen lassen, es fehlten nur wenige der äußeren Enden. Eines Morgens, als sie noch schlief und der Medikus gekommen war, nach ihrem Befinden zu fragen, nahm die Alte die verehrten Reste aus dem Kästchen weg, das in der Schlafkammer stand, um dem Arzte zu zeigen, wie sich die gute Kranke beschäftige. Kurz darauf hörte man sie aus dem Bette springen, sie hob das Tuch und fand das Kästchen leer. Sie warf sich auf ihre Knie; man kam und hörte ihr freudiges, inbrünstiges Gebet. Ja! es ist wahr, rief sie aus, es war kein Traum, es ist wirklich! Freuet euch, meine Freunde, mit mir! Ich habe das gute, schöne Geschöpf wieder lebendig gesehen. Es stand auf und warf den Schleier von sich, sein Glanz erleuchtete das Zimmer, seine Schönheit war verklärt, es konnte den Boden nicht betreten, ob es gleich wollte. Leicht ward es emporgehoben und konnte mir nicht einmal seine Hand reichen. Da rief es mich zu sich und zeigte mir den Weg, den ich gehen soll. Ich werde ihm folgen, und bald folgen, ich fühl es, und es wird mir so leicht ums Herz. Mein Kummer ist verschwunden, und schon das Anschauen meines wieder Auferstandenen hat mir einen Vorgeschmack der himmlischen Freude gegeben.

Von der Zeit an war ihr ganzes Gemüt mit den heitersten Aussichten beschäftigt, auf keinen irdischen Gegenstand richtete sie ihre Aufmerksamkeit mehr, sie genoß nur wenige Speisen, und ihr Geist machte sich nach und nach von den Banden des Körpers los. Auch fand man sie zuletzt unvermutet erblaßt und ohne Empfindung: sie öffnete die Augen nicht wieder, sie war, was wir tot nennen.

Der Ruf ihrer Vision hatte sich bald unter das Volk verbreitet, und das ehrwürdige Ansehn, das sie in ihrem Leben genoß, verwandelte sich nach ihrem Tode schnell in den Gedanken, daß man sie sogleich für selig, ja für heilig halten müsse.

Als man sie zu Grabe bestatten wollte, drängten sich viele Menschen mit unglaublicher Heftigkeit hinzu, man wollte ihre Hand, man wollte wenigstens ihr Kleid berühren. In dieser leidenschaftlichen Erhöhung fühlten verschiedene Kranke die Übel nicht, von denen sie sonst gequält wurden; sie hielten sich für geheilt, sie bekanntens, sie priesen Gott und seine neue Heilige. Die Geistlichkeit war genötigt, den Körper in eine Kapelle zu stellen, das Volk verlangte Gelegenheit, seine Andacht zu verrichten, der Zudrang war unglaublich; die Bergbewohner, die ohnedies zu lebhaften religiösen Gefühlen gestimmt sind, drangen aus ihren Tälern herbei; die Andacht, die Wunder, die Anbetung vermehrten sich mit jedem Tage. Die bischöflichen Verordnungen, die einen solchen neuen Dienst einschränken und nach und nach niederschlagen sollten, konnten nicht zur Ausführung gebracht werden; bei jedem Widerstand war das Volk heftig und gegen jeden Ungläubigen bereit, in Tätlichkeiten auszubrechen. Wandelte nicht auch, riefen sie, der heilige Borromäus unter unsern Vorfahren? erlebte seine Mutter nicht die Wonne seiner Seligsprechung? hat man nicht durch jenes große Bildnis auf den Felsen bei Arona uns seine geistige Größe sinnlich vergegenwärtigen wollen? Leben die Seinigen nicht noch unter uns? Und hat Gott nicht zugesagt, unter einem gläubigen Volke seine Wunder stets zu erneuern?

Als der Körper nach einigen Tagen keine Zeichen der Fäulnis von sich gab und eher weißer und gleichsam durchsichtig ward, erhöhte sich das Zutrauen der Menschen immer mehr, und es zeigten sich unter der Menge verschiedene Kuren, die der aufmerksame Beobachter selbst nicht erklären und auch nicht geradezu als Betrug ansprechen konnte. Die ganze Gegend war in Bewegung, und wer nicht selbst kam, hörte wenigstens eine Zeitlang von nichts anderem reden.

Das Kloster, worin mein Bruder sich befand, erscholl so gut als die übrige Gegend von diesen Wundern, und man nahm sich um so weniger in acht, in seiner Gegenwart davon zu sprechen, als er sonst auf nichts aufzumerken pflegte und sein Verhältnis niemandem bekannt war. Diesmal schien er aber mit großer Genauigkeit gehört zu haben: er führte seine Flucht mit solcher Schlauheit aus, daß niemals jemand hat begreifen können, wie er aus dem Kloster herausgekommen sei. Man erfuhr nachher, daß er sich mit einer Anzahl Wallfahrer übersetzen lassen und daß er die Schiffer, die weiter nichts Verkehrtes an ihm wahrnahmen, nur um die größte Sorgfalt gebeten, daß das Schiff nicht umschlagen möchte. Tief in der Nacht kam er in jene Kapelle, wo seine unglückliche Geliebte von ihrem Leiden ausruhte; nur wenig Andächtige knieten in den Winkeln, ihre alte Freundin saß zu ihren Häupten; er trat hinzu und grüßte sie und fragte, wie sich ihre Gebieterin befände. Ihr seht es, versetzte diese nicht ohne Verlegenheit. Er blickte den Leichnam nur von der Seite an. Nach einigem Zaudern nahm er ihre Hand. Erschreckt von der Kälte, ließ er sie sogleich wieder fahren, er sah sich unruhig um und sagte zu der Alten: Ich kann jetzt nicht bei ihr bleiben, ich habe noch einen sehr weiten Weg zu machen, ich will aber zur rechten Zeit schon wieder dasein; sag ihr das, wenn sie aufwacht.

So ging er hinweg. Wir wurden nur spät von diesem Vorgange benachrichtigt; man forschte nach, wo er hingekommen sei, aber vergebens! Wie er sich durch Berge und Täler durchgearbeitet haben mag, ist unbegreiflich. Endlich nach langer Zeit fanden wir in Graubünden eine Spur von ihm wieder, allein zu spät, und sie verlor sich bald. Wir vermuteten, daß er nach Deutschland sei, allein der Krieg hatte solche schwache Fußtapfen gänzlich verwischt.

Zehntes Kapitel

Der Abbé hörte zu lesen auf, und niemand hatte ohne Tränen zugehört. Die Gräfin brachte ihr Tuch nicht von den Augen; zuletzt stand sie auf und verließ mit Natalien das Zimmer. Die übrigen schwiegen, und der Abbé sprach: Es entsteht nun die Frage, ob man den guten Marchese soll abreisen lassen, ohne ihm unser Geheimnis zu entdecken. Denn wer zweifelt wohl einen Augenblick daran, daß Augustin und unser Harfenspieler eine Person sei? Es ist zu überlegen, was wir tun, sowohl um des unglücklichen Mannes als der Familie willen. Mein Rat wäre, nichts zu übereilen, abzuwarten, was uns der Arzt, den wir eben von dort zurückerwarten, für Nachrichten bringt.

Jedermann war derselben Meinung, und der Abbé fuhr fort: Eine andere Frage, die vielleicht schneller abzutun ist, entsteht zu gleicher Zeit. Der Marchese ist unglaublich gerührt über die Gastfreundschaft, die seine arme Nichte bei uns, besonders bei unserm jungen Freunde gefunden hat. Ich habe ihm die ganze

Geschichte umständlich, ja wiederholt erzählen müssen, und er zeigte seine lebhafteste Dankbarkeit. Der junge Mann, sagte er, hat ausgeschlagen, mit mir zu reisen, ehe er das Verhältnis kannte, das unter uns besteht. Ich bin ihm nun kein Fremder mehr, von dessen Art zu sein und von dessen Laune er etwa nicht gewiß wäre; ich bin sein Verbundener, wenn Sie wollen sein Verwandter, und da sein Knabe, den er nicht zurücklassen wollte, erst das Hindernis war, das ihn abhielt, sich zu mir zu gesellen, so lassen Sie jetzt dieses Kind zum schönern Bande werden, das uns nur desto fester aneinanderknüpft. Über die Verbindlichkeit, die ich nun schon habe, sei er mir noch auf der Reise nützlich; er kehre mit mir zurück, mein älterer Bruder wird ihn mit Freuden empfangen, er verschmähe die Erbschaft seines Pflegekindes nicht: denn nach einer geheimen Abrede unseres Vaters mit seinem Freunde ist das Vermögen, das er seiner Tochter zugewendet hatte, wieder an uns zurückgefallen, und wir wollen dem Wohltäter unserer Nichte gewiß das nicht vorenthalten, was er verdient hat.

Therese nahm Wilhelmen bei der Hand und sagte: Wir erleben abermals hier so einen schönen Fall, daß uneigennütziges Wohltun die höchsten und schönsten Zinsen bringt. Folgen Sie diesem sonderbaren Ruf, und indem Sie sich um den Marchese doppelt verdient machen, eilen Sie einem schönen Lande entgegen, das Ihre Einbildungskraft und Ihr Herz mehr als einmal an sich gezogen hat.

Ich überlasse mich ganz meinen Freunden und ihrer Führung, sagte Wilhelm; es ist vergebens, in dieser Welt nach eigenem Willen zu streben. Was ich festzuhalten wünschte, muß ich fahren lassen, und eine unverdiente Wohltat drängt sich mir auf.

Mit einem Druck auf Theresens Hand machte Wilhelm die seinige los. Ich überlasse Ihnen ganz, sagte er zu dem Abbé, was Sie über mich beschließen; wenn ich meinen Felix nicht von mir zu lassen brauche, so bin ich zufrieden, überall hinzugehn und alles, was man für recht hält, zu unternehmen.

Auf diese Erklärung entwarf der Abbé sogleich seinen Plan: man solle, sagte er, den Marchese abreisen lassen, Wilhelm solle die Nachricht des Arztes abwarten, und alsdann, wenn man überlegt habe, was zu tun sei, könne Wilhelm mit Felix nachreisen. So bedeutete er auch den Marchese, unter einem Vorwand, daß die Einrichtungen des jungen Freundes zur Reise ihn nicht abhalten müßten, die Merkwürdigkeiten der Stadt indessen zu besehn. Der Marchese ging ab, nicht ohne wiederholte lebhafte Versicherung seiner Dankbarkeit, wovon die Geschenke, die er zurückließ und die aus Juwelen, geschnittenen Steinen und gestickten Stoffen bestanden, einen genugsamen Beweis gaben.

Wilhelm war nun auch völlig reisefertig, und man war um so mehr verlegen, daß keine Nachrichten von dem Arzt kommen wollten; man befürchtete, dem armen Harfenspieler möchte ein Unglück begegnet sein, zu ebender Zeit, als man hoffen konnte, ihn durchaus in einen bessern Zustand zu versetzen. Man schickte den Kurier fort, der kaum weggeritten war, als am Abend der Arzt mit einem Fremden hereintrat, dessen Gestalt und Wesen bedeutend, ernsthaft und auffallend war und den niemand kannte. Beide Ankömmlinge schwiegen eine Zeitlang still; endlich ging der Fremde auf Wilhelmen zu, reichte ihm die Hand und sagte: Kennen Sie Ihren alten Freund nicht mehr? Es war die Stimme des Harfenspielers, aber von seiner Gestalt schien keine Spur übrig geblieben zu sein. Er war in der gewöhnlichen Tracht eines Reisenden, reinlich und anständig gekleidet, sein Bart war verschwunden, seinen Locken sah man einige Kunst an, und was ihn eigentlich ganz unkenntlich machte, war, daß an seinem bedeutenden Gesichte die Züge des Alters nicht mehr erschienen. Wilhelm umarmte ihn mit der lebhaftesten Freude; er ward den andern vorgestellt und betrug sich sehr vernünftig und wußte nicht, wie bekannt er der Gesellschaft noch vor kurzem geworden war. Sie werden Geduld mit einem Menschen haben, fuhr er mit großer Gelassenheit fort, der, so erwachsen er auch aussieht, nach einem langen Leiden erst wie ein unerfahrnes Kind in die Welt tritt. Diesem wackren Mann bin ich schuldig, daß ich wieder in einer menschlichen Gesellschaft erscheinen kann.

Man hieß ihn willkommen, und der Arzt veranlaßte sogleich

einen Spaziergang, um das Gespräch abzubrechen und ins Gleichgültige zu lenken.

Als man allein war, gab der Arzt folgende Erklärung: Die Genesung dieses Mannes ist uns durch den sonderbarsten Zufall geglückt. Wir hatten ihn lange nach unserer Überzeugung moralisch und physisch behandelt, es ging auch bis auf einen gewissen Grad ganz gut, allein die Todesfurcht war noch immer groß bei ihm, und seinen Bart und sein langes Kleid wollte er uns nicht aufopfern; übrigens nahm er mehr teil an den weltlichen Dingen, und seine Gesänge schienen, wie seine Vorstellungsart, wieder dem Leben sich zu nähern. Sie wissen, welch ein sonderbarer Brief des Geistlichen mich von hier abrief. Ich kam, ich fand unsern Mann ganz verändert: er hatte freiwillig seinen Bart hergegeben, er hatte erlaubt, seine Locken in eine hergebrachte Form zuzuschneiden, er verlangte gewöhnliche Kleider und schien auf einmal ein anderer Mensch geworden zu sein. Wir waren neugierig, die Ursache dieser Verwandlung zu ergründen, und wagten doch nicht, uns mit ihm selbst darüber einzulassen; endlich entdeckten wir zufällig die sonderbare Bewandtnis. Ein Glas flüssiges Opium fehlte in der Hausapotheke des Geistlichen, man hielt für nötig, die strengste Untersuchung anzustellen, jedermann suchte sich des Verdachtes zu erwehren, es gab unter den Hausgenossen heftige Szenen. Endlich trat dieser Mann auf und gestand, daß er es besitze; man fragte ihn, ob er davon genommen habe? er sagte nein, fuhr aber fort: Ich danke diesem Besitz die Wiederkehr meiner Vernunft. Es hängt von euch ab, mir dieses Fläschchen zu nehmen, und ihr werdet mich ohne Hoffnung in meinen alten Zustand wieder zurückfallen sehen. Das Gefühl, daß es wünschenswert sei, die Leiden dieser Erde durch den Tod geendigt zu sehen, brachte mich zuerst auf den Weg der Genesung; bald darauf entstand der Gedanke, sie durch einen freiwilligen Tod zu endigen, und ich nahm in dieser Absicht das Glas hinweg; die Möglichkeit, sogleich die großen Schmerzen auf ewig aufzuheben, gab mir die Kraft, die Schmerzen zu ertragen, und so habe ich, seitdem ich den Talisman besitze, mich durch die Nähe des Todes wieder in das Leben zurückgedrängt. Sorgt nicht, sagte er, daß ich Gebrauch davon mache, sondern entschließt euch, als Kenner des menschlichen Herzens, mich, indem ihr mir die Unabhängigkeit vom Leben zugesteht, erst vom Leben recht abhängig zu machen. Nach reiflicher Überlegung drangen wir nicht weiter in ihn, und er führt nun in einem festen, geschliffnen Glasfläschchen dieses Gift als das sonderbarste Gegengift bei sich.

Man unterrichtete den Arzt von allem, was indessen entdeckt worden war, und man beschloß, gegen Augustin das tiefste Stillschweigen zu beobachten. Der Abbé nahm sich vor, ihn nicht von seiner Seite zu lassen und ihn auf dem guten Wege, den er betreten hatte, fortzuführen.

Indessen sollte Wilhelm die Reise durch Deutschland mit dem Marchese vollenden. Schien es möglich, Augustinen eine Neigung zu seinem Vaterlande wieder einzuflößen, so wollte man seinen Verwandten den Zustand entdecken, und Wilhelm sollte ihn den Seinigen wieder zuführen.

Dieser hatte nun alle Anstalten zu seiner Reise gemacht, und wenn es im Anfang wunderbar schien, daß Augustin sich freute, als er vernahm, wie sein alter Freund und Wohltäter sich sogleich wieder entfernen sollte, so entdeckte doch der Abbé bald den Grund dieser seltsamen Gemütsbewegung. Augustin konnte seine alte Furcht, die er vor Felix hatte, nicht überwinden und wünschte den Knaben je eher je lieber entfernt zu sehen.

Nun waren nach und nach so viele Menschen angekommen, daß man sie im Schloß und in den Seitengebäuden kaum alle unterbringen konnte, um so mehr, als man nicht gleich anfangs auf den Empfang so vieler Gäste die Einrichtung gemacht hatte. Man frühstückte, man speiste zusammen und hätte sich gern beredet, man lebe in einer vergnüglichen Übereinstimmung, wennschon in der Stille die Gemüter sich gewissermaßen auseinandersehnten. Therese war manchmal mit Lothario, noch öfter allein ausgeritten, sie hatte in der Nachbarschaft schon alle Landwirte und Landwirtinnen kennen lernen; es war ihr Haushaltungsprinzip, und sie mochte nicht unrecht haben: daß man mit Nachbarn und Nachbarinnen im besten Vernehmen und immer in einem ewigen Gefälligkeitswechsel stehen müsse. Von einer Verbindung zwischen ihr und Lothario schien gar die Rede nicht zu sein; die beiden Schwestern hatten sich viel zu sagen, der Abbé schien den Umgang des Harfenspielers zu suchen, Jarno hatte mit dem Arzt öftere Konferenzen, Friedrich hielt sich an Wilhelmen, und Felix war überall, wo es ihm gut ging. So vereinigten sich auch meistenteils die Paare auf dem Spaziergang, indem die Gesellschaft sich trennte, und wenn sie zusammen sein mußten, so nahm man geschwind seine Zuflucht zur Musik, um alle zu verbinden, indem man jeden sich selbst wiedergab.

Unversehens vermehrte der Graf die Gesellschaft, seine Gemahlin abzuholen und, wie es schien, einen feierlichen Abschied von seinen weltlichen Verwandten zu nehmen. Jarno eilte ihm bis an den Wagen entgegen, und als der Ankommende fragte, was er für eine Gesellschaft finde, so sagte jener in einem Anfall von toller Laune, die ihn immer ergriff, sobald er den Grafen gewahr ward: Sie finden den ganzen Adel der Welt beisammen, Marchesen, Marquis, Mylords und Baronen; es hat nur noch an einem Grafen gefehlt. So ging man die Treppe hinauf, und Wilhelm war die erste Person, die ihm im Vorsaal entgegenkam. Mylord! sagte der Graf zu ihm auf französisch, nachdem er ihn einen Augenblick betrachtet hatte, ich freue mich sehr, Ihre Bekanntschaft unvermutet zu erneuern; denn ich müßte mich sehr irren, wenn ich Sie nicht im Gefolge des Prinzen sollte in meinem Schlosse gesehen haben. – Ich hatte das Glück, Euer Exzellenz damals aufzuwarten, versetzte Wilhelm, nur erzeigen Sie mir zuviel Ehre, wenn Sie mich für einen Engländer, und zwar vom ersten Range, halten; ich bin ein Deutscher, und – zwar ein sehr braver junger Mann, fiel Jarno sogleich ein. Der Graf sah Wilhelmen lächelnd an und wollte eben etwas erwidern, als die übrige Gesellschaft herbeikam und ihn aufs freundlichste begrüßte. Man entschuldigte sich, daß man ihm nicht sogleich ein anständiges Zimmer anweisen könne, und versprach, den nötigen Raum ungesäumt zu verschaffen.

Ei ei! sagte er lächelnd, ich sehe wohl, daß man dem Zufalle überlassen hat, den Furierzettel zu machen; mit Vorsicht und Einrichtung, wieviel ist da nicht möglich! Jetzt bitte ich euch, rührt mir keinen Pantoffel vom Platze, denn sonst, seh ich wohl, gibt es eine große Unordnung. Jedermann wird unbequem wohnen, und das soll niemand um meinetwillen womöglich auch nur eine Stunde. Sie waren Zeuge, sagte er zu Jarno, und auch Sie, Mister, indem er sich zu Wilhelmen wandte, wie viele Menschen ich damals auf meinem Schlosse bequem untergebracht habe. Man gebe mir die Liste der Personen und Bedienten, man zeige mir an, wie jedermann gegenwärtig einquartiert ist; ich will einen Dislokationsplan machen, daß mit der wenigsten Bemühung jedermann eine geräumige Wohnung finde, und daß noch Platz für einen Gast bleiben soll, der sich zufälligerweise bei uns einstellen könnte.

Jarno machte sogleich den Adjutanten des Grafen, verschaffte ihm alle nötigen Notizen und hatte nach seiner Art den größten Spaß, wenn er den alten Herrn mitunter irre machen konnte. Dieser gewann aber bald einen großen Triumph. Die Einrichtung war fertig, er ließ in seiner Gegenwart die Namen über alle Türen schreiben, und man konnte nicht leugnen, daß mit wenig Umständen und Veränderungen der Zweck völlig erreicht war. Auch hatte es Jarno unter anderm so geleitet, daß die Personen, die in dem gegenwärtigen Augenblick ein Interesse aneinander nahmen, zusammen wohnten.

Nachem alles eingerichtet war, sagte der Graf zu Jarno: Helfen Sie mir auf die Spur wegen des jungen Mannes, den Sie da Meister nennen und der ein Deutscher sein soll. Jarno schwieg still, denn er wußte recht gut, daß der Graf einer von denen Leuten war, die, wenn sie fragen, eigentlich belehren wollen; auch fuhr dieser, ohne Antwort abzuwarten, in seiner Rede fort: Sie hatten mir ihn damals vorgestellt und im Namen des Prinzen bestens empfohlen. Wenn seine Mutter auch eine Deutsche war, so hafte ich dafür, daß sein Vater ein Engländer ist, und zwar von Stande; wer wollte das englische Blut alles berechnen, das seit dreißig Jahren in deutschen Adern herumfließt! Ich will weiter nicht darauf dringen, ihr habt immer solche Familiengeheimnisse; doch mir wird man in solchen Fällen nichts aufbinden. Darauf erzählte er noch verschiedenes, was damals mit Wilhelmen auf seinem Schloß vorgegangen sein sollte, wozu Jarno gleichfalls schwieg, obgleich der Graf ganz irrig war und Wilhelmen mit einem jungen Engländer in des Prinzen Gefolge mehr als einmal verwechselte. Der gute Herr hatte in frühern Zeiten ein vortreffliches Gedächtnis gehabt und war noch immer stolz darauf, sich der geringsten Umstände seiner Jugend erinnern zu können; nun bestimmte er aber mit ebender Gewißheit wunderbare Kombinationen und Fabeln als wahr, die ihm bei zunehmender Schwäche seines Gedächtnisses seine Einbildungskraft einmal vorgespiegelt hatte. Übrigens war er sehr mild und gefällig geworden, und seine Gegenwart wirkte recht günstig auf die Gesellschaft. Er verlangte, daß man etwas Nützliches zusammen lesen sollte, ja sogar gab er manchmal kleine Spiele an, die er, wo nicht mitspielte, doch mit großer Sorgfalt dirigierte, und da man sich über seine Herablassung verwunderte, sagte er: es sei die Pflicht eines jeden, der sich in Hauptsachen von der Welt entferne, daß er in gleichgültigen Dingen sich ihr desto mehr gleichstelle.

Wilhelm hatte unter diesen Spielen mehr als Einen bänglichen und verdrießlichen Augenblick: der leichtsinnige Friedrich ergriff manche Gelegenheit, um auf eine Neigung Wilhelms gegen Natalien zu deuten. Wie konnte er darauf fallen? wodurch war er dazu berechtigt? Und mußte nicht die Gesellschaft glauben, daß, weil beide viel miteinander umgingen, Wilhelm ihm eine so unvorsichtige und unglückliche Konfidenz gemacht habe?

Eines Tages waren sie bei einem solchen Scherze heiterer als gewöhnlich, als Augustin auf einmal zur Türe, die er aufriß, mit gräßlicher Gebärde hereinstürzte; sein Angesicht war blaß, sein Auge wild, er schien reden zu wollen, die Sprache versagte ihm. Die Gesellschaft entsetzte sich, Lothario und Jarno, die eine Rückkehr des Wahnsinns vermuteten, sprangen auf ihn los und hielten ihn fest. Stotternd und dumpf, dann heftig und gewaltsam sprach und rief er: Nicht mich haltet, eilt, helft! rettet das Kind! Felix ist vergiftet!

Sie ließen ihn los, er eilte zur Türe hinaus, und voll Entsetzen drängte sich die Gesellschaft ihm nach. Man rief nach dem Arzte, Augustin richtete seine Schritte nach dem Zimmer des Abbés; man fand das Kind, das erschrocken und verlegen schien, als man ihm schon von weitem zurief: Was hast du angefangen?

Lieber Vater! rief Felix, ich habe nicht aus der Flasche getrunken, ich habe aus dem Glase getrunken, ich war so durstig.

Augustin schlug die Hände zusammen, rief: Er ist verloren! drängte sich durch die Umstehenden und eilte davon.

Sie fanden ein Glas Mandelmilch auf dem Tische stehen und eine Karaffine darneben, die über die Hälfte leer war; der Arzt kam, er erfuhr, was man wußte, und sah mit Entsetzen das wohlbekannte Fläschchen, worin sich das flüssige Opium befunden hatte, leer auf dem Tische liegen; er ließ Essig herbeischaffen und rief alle Mittel seiner Kunst zu Hülfe.

Natalie ließ den Knaben in ein Zimmer bringen, sie bemühte sich ängstlich um ihn. Der Abbé war fortgerannt, Augustinen aufzusuchen und einige Aufklärungen von ihm zu erdringen. Ebenso hatte sich der unglückliche Vater vergebens bemüht und fand, als er zurückkam, auf allen Gesichtern Bangigkeit und Sorge. Der Arzt hatte indessen die Mandelmilch im Glase untersucht, es entdeckte sich die stärkste Beimischung von Opium; das Kind lag auf dem Ruhebette und schien sehr krank, es bat den Vater, daß man ihm nur nichts mehr einschütten, daß man es nur nicht mehr quälen möchte. Lothario hatte seine Leute ausgeschickt und war selbst weggeritten, um der Flucht Augustins auf die Spur zu kommen. Natalie saß bei dem Kinde; es flüchtete auf ihren Schoß und bat sie flehentlich um Schutz, flehentlich um ein Stückchen Zucker, der Essig sei gar zu sauer! Der Arzt gab es zu; man müsse das Kind, das in der entsetzlichsten Bewegung war, einen Augenblick ruhen lassen, sagte er: es sei alles Rätliche geschehen, er wolle das mögliche tun. Der Graf trat mit einigem Unwillen, wie es schien, herbei; er sah ernst, ja feierlich aus, legte die Hände auf das Kind, blickte gen Himmel und blieb einige Augenblicke in dieser Stellung. Wilhelm, der trostlos in einem Sessel lag, sprang auf, warf einen Blick voll Verzweiflung auf Natalien und ging zur Türe hinaus.

Kurz darauf verließ auch der Graf das Zimmer.

Ich begreife nicht, sagte der Arzt nach einiger Pause, daß sich auch nicht die geringste Spur eines gefährlichen Zustandes am Kinde zeigt. Auch nur mit einem Schluck muß es eine ungeheure Dosis Opium zu sich genommen haben, und nun finde ich an seinem Pulse keine weitere Bewegung, als die ich meinen Mitteln und der Furcht zuschreiben kann, in die wir das Kind versetzt haben.

Bald darauf trat Jarno mit der Nachricht herein, daß man Augustin auf dem Oberboden in seinem Blute gefunden habe, ein Schermesser habe neben ihm gelegen, wahrscheinlich habe er sich die Kehle abgeschnitten. Der Arzt eilte fort und begegnete den Leuten, welche den Körper die Treppe herunterbrachten. Er ward auf ein Bett gelegt und genau untersucht: der Schnitt war in die Luftröhre gegangen, auf einen starken Blutverlust war eine Ohnmacht gefolgt, doch ließ sich bald bemerken, daß noch Leben, daß noch Hoffnung übrig sei. Der Arzt brachte den Körper in die rechte Lage, fügte die getrennten Teile zusammen und legte den Verband auf. Die Nacht ging allen schlaflos und sorgenvoll vorüber. Das Kind wollte sich nicht von Natalien trennen lassen. Wilhelm saß vor ihr auf einem Schemel; er hatte die Füße des Knaben auf seinem Schoße, Kopf und Brust lagen auf dem ihrigen; so teilten sie die angenehme Last und die schmerzlichen Sorgen und verharrten, bis der Tag anbrach, in der unbequemen und traurigen Lage. Natalie hatte Wilhelmen ihre Hand gegeben, sie sprachen kein Wort, sahen auf das Kind und sahen einander an. Lothario und Jarno saßen am andern Ende des Zimmers und führten ein sehr bedeutendes Gespräch, das wir gern, wenn uns die Begebenheiten nicht zu sehr drängten, unsern Lesern hier mitteilen würden. Der Knabe schlief sanft, erwachte am frühen Morgen ganz heiter, sprang auf und verlangte ein Butterbrot.

Sobald Augustin sich einigermaßen erholt hatte, suchte man einige Aufklärung von ihm zu erhalten. Man erfuhr nicht ohne

Mühe und nur nach und nach: daß, als er bei der unglücklichen Dislokation des Grafen in Ein Zimmer mit dem Abbé versetzt worden, er das Manuskript und darin seine Geschichte gefunden habe; sein Entsetzen sei ohnegleichen gewesen, und er habe sich nun überzeugt, daß er nicht länger leben dürfe; sogleich habe er seine gewöhnliche Zuflucht zum Opium genommen, habe es in ein Glas Mandelmilch geschüttet und habe doch, als er es an den Mund gesetzt, geschaudert; darauf habe er es stehen lassen, um nochmals durch den Garten zu laufen und die Welt zu sehen; bei seiner Zurückkunft habe er das Kind gefunden, eben beschäftigt, das Glas, woraus es getrunken, wieder voll zu gießen.

Man bat den Unglücklichen, ruhig zu sein; er faßte Wilhelmen krampfhaft bei der Hand. Ach! sagte er, warum habe ich dich nicht längst verlassen! ich wußte wohl, daß ich den Knaben töten würde, und er mich. – Der Knabe lebt! sagte Wilhelm. – Der Arzt, der aufmerksam zugehört hatte, fragte Augustinen, ob alles Getränke vergiftet gewesen. – Nein! versetzte er, nur das Glas. – So hat durch den glücklichsten Zufall, rief der Arzt, das Kind aus der Flasche getrunken! Ein guter Genius hat seine Hand geführt, daß es nicht nach dem Tode griff, der so nahe zubereitet stand! – Nein! nein! rief Wilhelm mit einem Schrei, indem er die Hände vor die Augen hielt, wie fürchterlich ist diese Aussage! ausdrücklich sagte das Kind, daß es nicht aus der Flasche, sondern aus dem Glase getrunken habe. Seine Gesundheit ist nur ein Schein, es wird uns unter den Händen wegsterben. – Er eilte fort; der Arzt ging hinunter und fragte, indem er das Kind liebkoste: Nicht wahr, Felix, du hast aus der Flasche getrunken, und nicht aus dem Glase? – Das Kind fing an zu weinen. Der Arzt erzählte Natalien im Stillen, wie sich die Sache verhalte; auch sie bemühte sich vergebens, die Wahrheit von dem Kinde zu erfahren; es weinte nur heftiger und so lange, bis es einschlief.

Wilhelm wachte bei ihm, die Nacht verging ruhig. Den andern Morgen fand man Augustinen tot in seinem Bette: er hatte die Aufmerksamkeit seiner Wärter durch eine scheinbare Ruhe betrogen, den Verband still aufgelöst und sich verblutet.

Natalie ging mit dem Kinde spazieren, es war munter wie in seinen glücklichsten Tagen. Du bist doch gut, sagte Felix zu ihr, du zankst nicht, du schlägst mich nicht; ich will dirs nur sagen, ich habe aus der Flasche getrunken! Mutter Aurelie schlug mich immer auf die Finger, wenn ich nach der Karaffine griff; der Vater sah so bös aus, ich dachte, er würde mich schlagen.

Mit beflügelten Schritten eilte Natalie zu dem Schlosse; Wilhelm kam ihr, noch voller Sorgen, entgegen. Glücklicher Vater! rief sie laut, indem sie das Kind aufhob und es ihm in die Arme warf, da hast du deinen Sohn! er hat aus der Flasche getrunken, seine Unart hat ihn gerettet.

Man erzählte den glücklichen Ausgang dem Grafen, der aber nur mit lächelnder, stiller, bescheidner Gewißheit zuhörte, mit der man den Irrtum guter Menschen ertragen mag. Jarno, aufmerksam auf alles, konnte diesmal eine solche hohe Selbstgenügsamkeit nicht erklären, bis er endlich nach manchen Umschweifen erfuhr: der Graf sei überzeugt, das Kind habe wirklich Gift genommen, er habe es aber durch sein Gebet und durch das Auflegen seiner Hände wunderbar am Leben erhalten. Nun beschloß er auch sogleich wegzugehn; gepackt war bei ihm alles wie gewöhnlich in Einem Augenblicke, und beim Abschied faßte die schöne Gräfin Wilhelms Hand, ehe sie noch die Hand der Schwester losließ, drückte alle vier Hände zusammen, kehrte sich schnell um und stieg in den Wagen.

So viel schreckliche und wunderbare Begebenheiten, die sich eine über die andere drängten, zu einer ungewohnten Lebensart nötigten und alles in Unordnung und Verwirrung setzten, hatten eine Art von fieberhafter Schwingung in das Haus gebracht. Die Stunden des Schlafens und Wachens, des Essens, Trinkens und geselligen Zusammenseins waren verrückt und umgekehrt. Außer Theresen war niemand in seinem Gleise geblieben; die Männer suchten durch geistige Getränke ihre gute Laune wieder herzustellen, und indem sie sich eine künstliche Stimmung gaben, entfernten sie die natürliche, die allein uns wahre Heiterkeit und Tätigkeit gewährt.

Wilhelm war durch die heftigsten Leidenschaften bewegt und

zerrüttet, die unvermuteten und schreckhaften Anfälle hatten sein Innerstes ganz aus aller Fassung gebracht, einer Leidenschaft zu widerstehn, die sich des Herzens so gewaltsam bemächtigt hatte. Felix war ihm wiedergegeben, und doch schien ihm alles zu fehlen; die Briefe von Wernern mit den Anweisungen waren da, ihm mangelte nichts zu seiner Reise als der Mut, sich zu entfernen. Alles drängte ihn zu dieser Reise. Er konnte vermuten, daß Lothario und Therese nur auf seine Entfernung warteten, um sich trauen zu lassen. Jarno war wider seine Gewohnheit still, und man hätte beinahe sagen können, er habe etwas von seiner gewöhnlichen Heiterkeit verloren. Glücklicherweise half der Arzt unserm Freunde einigermaßen aus der Verlegenheit, indem er ihn für krank erklärte und ihm Arznei gab.

Die Gesellschaft kam immer abends zusammen, und Friedrich, der ausgelassene Mensch, der gewöhnlich mehr Wein als billig trank, bemächtigte sich des Gesprächs und brachte nach seiner Art, mit hundert Zitaten und eulenspiegelhaften Anspielungen, die Gesellschaft zum Lachen und setzte sie auch nicht selten in Verlegenheit, indem er laut zu denken sich erlaubte.

An die Krankheit seines Freundes schien er gar nicht zu glauben. Einst, als sie alle beisammen waren, rief er aus: Wie nennt Ihr das Übel, Doktor, das unsern Freund angefallen hat? paßt hier keiner von den dreitausend Namen, mit denen Ihr Eure Unwissenheit ausputzt? An ähnlichen Beispielen wenigstens hat es nicht gefehlt. Es kommt, fuhr er mit einem emphatischen Tone fort, ein solcher Kasus in der ägyptischen oder babylonischen Geschichte vor.

Die Gesellschaft sah einander an und lächelte.

Wie hieß der König? rief er aus und hielt einen Augenblick inne. Wenn ihr mir nicht einhelfen wollt, fuhr er fort, so werde ich mir selbst zu helfen wissen. Er riß die Türflügel auf und wies nach dem großen Bilde im Vorsaal. Wie heißt der Ziegenbart mit der Krone dort, der sich am Fuße des Bettes um seinen kranken Sohn abhärmt? Wie heißt die Schöne, die hereintritt und in ihren sittsamen Schelmenaugen Gift und Gegengift zugleich führt?

Wie heißt der Pfuscher von Arzt, dem erst in diesem Augenblicke ein Licht aufgeht, der das erste Mal in seinem Leben Gelegenheit findet, ein vernünftiges Rezept zu verordnen, eine Arznei zu reichen, die aus dem Grunde kuriert und die ebenso wohlschmeckend als heilsam ist?

In diesem Tone fuhr er fort zu schwadronieren. Die Gesellschaft nahm sich so gut als möglich zusammen und verbarg ihre Verlegenheit hinter einem gezwungenen Lächeln. Eine leichte Röte überzog Nataliens Wangen und verriet die Bewegungen ihres Herzens. Glücklicherweise ging sie mit Jarno auf und nieder; als sie an die Türe kam, schritt sie mit einer klugen Bewegung hinaus, einigemal in dem Vorsaale hin und wider und ging sodann auf ihr Zimmer.

Die Gesellschaft war still. Friedrich fing an zu tanzen und zu singen:

O, ihr werdet Wunder sehn!
Was geschehn ist, ist geschehn,
Was gesagt ist, ist gesagt.
Eh es tagt,
Sollt ihr Wunder sehn.

Therese war Natalien nachgegangen, Friedrich zog den Arzt vor das große Gemälde, hielt eine lächerliche Lobrede auf die Medizin und schlich davon.

Lothario hatte bisher in einer Fenstervertiefung gestanden und sah, ohne sich zu rühren, in den Garten hinunter. Wilhelm war in der schrecklichsten Lage. Selbst da er sich nun mit seinem Freunde allein sah, blieb er eine Zeitlang still; er überlief mit flüchtigem Blick seine Geschichte und sah zuletzt mit Schaudern auf seinen gegenwärtigen Zustand; endlich sprang er auf und rief: Bin ich schuld an dem, was vorgeht, an dem, was mir und Ihnen begegnet, so strafen Sie mich! Zu meinen übrigen Leiden entziehen Sie mir Ihre Freundschaft und lassen Sie mich ohne Trost in die weite Welt hinausgehen, in der ich mich lange hätte verlieren sollen. Sehen Sie aber in mir das Opfer einer grausamen zufälligen Verwicklung, aus der ich mich herauszuwinden unfähig war, so geben Sie mir die Versicherung Ihrer Liebe, Ihrer Freundschaft auf eine Reise mit, die ich nicht länger verschieben darf. Es wird eine Zeit kommen, wo ich Ihnen werde sagen können, was diese Tage in mir vorgegangen ist. Vielleicht leide ich eben jetzt diese Strafe, weil ich mich Ihnen nicht früh genug entdeckte, weil ich gezaudert habe, mich Ihnen ganz zu zeigen, wie ich bin; Sie hätten mir beigestanden, Sie hätten mir zur rechten Zeit losgeholfen. Aber- und abermal gehen mir die Augen über mich selbst auf, immer zu spät und immer umsonst. Wie sehr verdiente ich die Strafrede Jarnos! Wie glaubte ich sie gefaßt zu haben, wie hoffte ich sie zu nutzen, ein neues Leben zu gewinnen! Konnte ichs? Sollte ichs? Vergebens klagen wir Menschen uns selbst, vergebens das Schicksal an! Wir sind elend und zum Elend bestimmt, und ist es nicht völlig einerlei, ob eigene Schuld, höherer Einfluß oder Zufall, Tugend oder Laster, Weisheit oder Wahnsinn uns ins Verderben stürzen? Leben Sie wohl! ich werde keinen Augenblick länger in dem Hause verweilen, in welchem ich das Gastrecht, wider meinen Willen, so schrecklich verletzt habe. Die Indiskretion Ihres Bruders ist unverzeihlich, sie treibt mein Unglück auf den höchsten Grad, sie macht mich verzweifeln.

Und wenn nun, versetzte Lothario, indem er ihn bei der Hand nahm, Ihre Verbindung mit meiner Schwester die geheime Bedingung wäre, unter welcher sich Therese entschlossen hat, mir ihre Hand zu geben? Eine solche Entschädigung hat Ihnen das edle Mädchen zugedacht; sie schwur, daß dieses doppelte Paar an Einem Tage zum Altare gehen sollte. Sein Verstand hat mich gewählt, sagte sie, sein Herz fordert Natalien, und mein Verstand wird seinem Herzen zu Hülfe kommen. Wir wurden einig, Natalien und Sie zu beobachten; wir machten den Abbé zu unserm Vertrauten, dem wir versprechen mußten, keinen Schritt zu dieser Verbindung zu tun, sondern alles seinen Gang gehen zu lassen. Wir haben es getan. Die Natur hat gewirkt, und der tolle Bruder hat nur die reife Frucht abgeschüttelt. Lassen Sie uns, da wir einmal so wunderbar zusammenkommen, nicht ein gemeines Leben führen; lassen Sie uns zusammen auf eine würdige Weise tätig sein! Unglaublich ist es, was ein gebildeter Mensch für sich und andere tun kann, wenn er, ohne herrschen zu wollen, das Gemüt hat, Vormund von vielen zu sein, sie leitet, dasjenige zur rechten Zeit zu tun, was sie doch alle gerne tun möchten, und sie zu ihren Zwecken führt, die sie meist recht gut im Auge haben und nur die Wege dazu verfehlen. Lassen Sie uns hierauf einen Bund schließen; es ist keine Schwärmerei, es ist eine Idee, die recht gut ausführbar ist und die öfters, nur nicht immer mit klarem Bewußtsein, von guten Menschen ausgeführt wird. Meine Schwester Natalie ist hiervon ein lebhaftes Beispiel. Unerreichbar wird immer die Handlungsweise bleiben, welche die Natur dieser schönen Seele vorgeschrieben hat. Ja sie verdient diesen Ehrennamen vor vielen andern, mehr, wenn ich sagen darf, als unsre edle Tante selbst, die zu der Zeit, als unser guter Arzt jenes Manuskript so rubrizierte, die schönste Natur war, die wir in unserm Kreise kannten. Indes hat Natalie sich entwickelt, und die Menschheit freut sich einer solchen Erscheinung.

Er wollte weiterreden, aber Friedrich sprang mit großem Geschrei herein. Welch einen Kranz verdien ich? rief er aus, und wie werdet ihr mich belohnen? Myrten, Lorbeer, Efeu, Eichenlaub, das frischeste, das ihr finden könnt, windet zusammen! so viel Verdienste habt ihr in mir zu krönen. Natalie ist dein! ich bin der Zauberer, der diesen Schatz gehoben hat.

Er schwärmt, sagte Wilhelm, und ich gehe.

Hast du Auftrag? fragte der Baron, indem er Wilhelmen festhielt.

Aus eigner Macht und Gewalt, versetzte Friedrich, auch von Gottes Gnaden, wenn ihr wollt; *so* war ich Freiersmann, *so* bin ich jetzt Gesandter: ich habe an der Türe gehorcht, sie hat sich ganz dem Abbé entdeckt.

Unverschämter! sagte Lothario, wer heißt dich horchen!

Wer heißt sie sich einschließen! versetzte Friedrich; ich hörte alles ganz genau, Natalie war sehr bewegt. In der Nacht, da das Kind so krank schien und halb auf ihrem Schoße ruhte, als du trostlos vor ihr saßest und die geliebte Bürde mit ihr teiltest, tat sie das Gelübde, wenn das Kind stürbe, dir ihre Liebe zu bekennen und dir selbst die Hand anzubieten; jetzt, da das Kind lebt, warum soll sie ihre Gesinnung verändern? Was man einmal *so* verspricht, hält man unter jeder Bedingung. Nun wird der Pfaffe kommen und wunder denken, was er für Neuigkeiten bringt.

Der Abbé trat ins Zimmer. Wir wissen alles, rief Friedrich ihm entgegen; macht es kurz, denn Ihr kommt bloß um der Formalität willen; zu weiter nichts werden die Herren verlangt.

Er hat gehorcht, sagte der Baron. – Wie ungezogen! rief der Abbé.

Nun geschwind, versetzte Friedrich, wie siehts mit den Zeremonien aus? die lassen sich an den Fingern herzählen; ihr müßt reisen, die Einladung des Marchese kommt euch herrlich zustatten. Seid ihr nur einmal über die Alpen, so findet sich zu Hause alles; die Menschen wissens euch Dank, wenn ihr etwas Wunderliches unternehmt, ihr verschafft ihnen eine Unterhaltung, die sie nicht zu bezahlen brauchen. Es ist eben, als wenn ihr eine Freiredoute gäbt; es können alle Stände daran teilnehmen.

Ihr habt euch freilich mit solchen Volksfesten schon sehr ums Publikum verdient gemacht, versetzte der Abbé, und ich komme, so scheint es, heute nicht mehr zum Wort.

Ist nicht alles, wie ichs sage, versetzte Friedrich, so belehrt uns eines Bessern. Kommt herüber, kommt herüber! wir müssen sie sehen und uns freuen.

Lothario umarmte seinen Freund und führte ihn zu der Schwester; sie kam mit Theresen ihnen entgegen, alles schwieg.

Nicht gezaudert! rief Friedrich. In zwei Tagen könnt ihr reisefertig sein. Wie meint Ihr, Freund, fuhr er fort, indem er sich zu Wilhelmen wendete, als wir Bekanntschaft machten, als ich Euch den schönen Strauß abforderte, wer konnte denken, daß Ihr jemals eine solche Blume aus meiner Hand empfangen würdet? –

Erinnern Sie mich nicht in diesem Augenblicke des höchsten Glückes an jene Zeiten! –

Deren Ihr Euch nicht schämen sollet, so wenig man sich

seiner Abkunft zu schämen hat. Die Zeiten waren gut, und ich muß lachen, wenn ich dich ansehe: du kommst mir vor wie Saul, der Sohn Kis, der ausging, seines Vaters Eselinnen zu suchen, und ein Königreich fand.

Ich kenne den Wert eines Königreichs nicht, versetzte Wilhelm, aber ich weiß, daß ich ein Glück erlangt habe, das ich nicht verdiene und das ich mit nichts in der Welt vertauschen möchte.

ERLÄUTERUNGEN

Dieser erste wahrhaft moderne Bildungsroman Deutschlands, der den größten Einfluß auf die erzählende Literatur weit ins neunzehnte Jahrhundert hinein üben sollte, ist in den windstillen Zeiten vor der Französischen Revolution entstanden, wenn er auch erst nach ihrem Ausbruch hervortrat. Darum spielen in ihm Staat und Politik keine beherrschende Rolle, sondern fern vom öffentlichen Wesen und bürgerlichen Beruf wird hier ein unreifer Mensch durch Irrtümer einem besonnenen, tätigen Leben zugeführt. »Mich selbst, ganz wie ich bin, auszubilden, das war dunkel von Jugend auf mein Wunsch und meine Absicht.« Gaben »Werthers Leiden« aus einem rein persönlichen Sehwinkel die wohl nie veraltende geschlossene Geschichte eines jungen Mannes, der im Mißverhältnis zu einer fühllosen Gesellschaft als Märtyrer der irdischen Liebe zugrunde geht, so hat der »Wilhelm Meister« nicht diesen seelisch-künstlerischen Vorteil der erregenden Modernität und mutet uns in manchem Betracht heute fremder an. Dagegen besitzt er eine viel größere Weite und Unbefangenheit der Umschau, einen völlig geklärten Stil und ein Lebensideal, das über den Dilettantismus, die bloße Liebhaberei, zur sicheren Welt- und Menschenkenntnis und zum bewußten Wirken führt, vom Schein zum Sein.

Im Jahre 1777 schrieb Goethe: »Alle Poesie wird mir zur Prosa, alle Prosa zur Poesie.« Er meint damit, daß die scheinbar nüchterne Tagesarbeit sich ihm verkläre, der Kreis einer spielenden Einbildungskraft ihn nicht befriedige. Eben damals begann er mit der Arbeit an seinem Roman *»Wilhelm Meisters theatralische Sendung«*, von dem er in dem freudigen Bewußtsein, er sei zum Schriftsteller geboren, bis 1785 sechs Bücher schuf, die ungefähr den vier ersten der »Lehrjahre« entsprachen. Lange verloren, tauchten sie 1910 in Zürich aus dem Nachlaß von Goethes Freundin Bäbe Schultheß in einer freilich nicht ganz zuverlässigen Kopie auf. Die frische und unbefangene, wenn auch minder gepflegte Darstellung gibt dem Urmeister einen besonderen ursprünglichen Reiz. Wie schon der Titel ahnen ließ, blickt Goethe hier nicht überlegen auf seinen »Wilhelm Schüler« herab, wie er später scherzt; vielmehr ist »Wilhelm Geselle«, wie er hier gelegentlich heißt, trotz allen schmerzlichen Enttäuschungen, die ihm die schöne Trugwelt der Bühne bereitet, im durchsichtigen Aufstieg zur Meisterschaft. Das Autobiographische verrät sich in dieser rein chronologisch sich aufbauenden Erzählung zuweilen noch deutlicher als später; wir erhalten wichtige Einblicke in die Poetik und Dichtung des ganz jungen Goethe. Einen Höhepunkt bildet Wilhelms lebhafte Verbindung mit der Prinzipalin einer Wandertruppe, der Frau de Retti, einer halbgenialen, sinnlich-kräftigen »Natur«, hinter der die Neuberin durchschimmert: Wilhelm sollte hier selbst in –

Goethes Alexandrinerdrama »Belsazar« sein halb unfreiwilliges Bühnendebüt erleben. Daß er den Weg zur theatralischen Sendung später aufgeben werde, darauf weist hier gar nichts hin: kein Genie, aber ein entwicklungsfähiges Talent und ein redlich Strebender, sollte Wilhelm Meister wohl wirklich etwas wie eine Nationalbühne verwirklichen, diesen auch politisch verstandenen Lieblingsgedanken der Zeit Lessings. Goethe hoffte außer der Vers-Fassung der »Iphigenie« und anderen Plänen auch den Roman in Italien abzuschließen, »mit dem Eintritt ins vierzigste Jahr«. Doch es dauerte noch geraume Zeit, bis er 1793 an die Umbildung und Beendigung heranging, die erst im Sommer 1796 gelang, nicht ohne spürbare Mühe, in den beiden letzten Büchern die vielverschlungenen Fäden der Handlung zu entwirren. Inzwischen hatten sich freilich die deutsche Welt und ihre Aufgaben wesentlich verändert, und die »Lehrjahre« sind schon in Ansehung der Form ein ganz anderes Werk geworden, als die »Sendung« es war und werden sollte: aus großem innerem Abstand gestaltet, kunstvoller in der Motivierung und Verwendung indirekter Erzählmittel, mit einem zarten Hauch von Ironie – in einem Wort: weiser.

Drei Bände erschienen 1795, der vierte ein Jahr später. Dem Dichter stand Schillers fördernde Teilnahme zur Seite, und noch heute gibt es kaum eine bessere Hilfe zum Verständnis der »Lehrjahre«, als die Teile des Goethe-Schillerschen Briefwechsels zu lesen, welche den Roman in seinem Fortgang besprechen. Die Stimmführer einer neuen literarischen Generation, vor allem Friedrich Schlegel, sprachen ihre helle Bewunderung aus, und das Kunstwerk schätzte auch Novalis, der sich daran stieß, daß hier das Leben die Poesie besiegte, daß alles überspannte Wesen ausdrücklich als solches abgelehnt und die »romantischen« Gestalten, Mignon und der Harfner, nur durch den Tod aus einem kranken Dasein erlöst wurden. Man verkannte nicht Unwahrscheinlichkeiten, wie die Leitung des Kaufmannssohnes durch Beobachter und Erzieher aus einem in Lotharios Turm angesiedelten, fremde Daseinsurkunden ansammelnden Geheimbund, aber man würdigte hingegeben die unerschöpfliche Lebens- und Geistesfülle. Nur eine eifernde Engherzigkeit konnte mit Verwerfung der gesamten Schauspielerei und Aristokratie ihren Beifall einzig den »Bekenntnissen einer schönen Seele« gönnen.

Wir wollen nun weniger der romanhaften Handlung nachgehen, als am Aufbau des Ganzen ersehen, auf welchen Wegen diese »Lehrjahre« dem Ziel tätiger Selbstbeschränkung entgegenreifen.

Das *erste* Buch ist ein Buch der Heimat, das auch »Poesie und Prosa« überschrieben werden dürfte. Wilhelm, als Knabe gleich seinem Dichter vom Puppentheater begeistert, glaubt sein Glück in der Komödiantenwelt bei einer hübschen Schauspielerin zu finden und mißachtet den durch Schwager Werner dann immer öder vertretenen kaufmännischen

Beruf, auf den samt allem Bürgertum nur durch die erste Rede Walters (1. Buch, 10. Kapitel) ein helles Licht fällt.

Nach längerer Zwischenzeit führt das *zweite* Buch zur theatralischen Sendung; es könnte »Die Vagabunden« heißen; der schwunglose Rechner Melina, seine nur schauspielerisch »anempfindende« Frau, der in Wilhelms goldener Bühnenwelt versauernde Laertes, der bloß auf Liebesabenteuer erpichte Junker Friedrich, die entzückende, kühle Philine bilden einen Reigen, von dem sich dämmerhaft das Rätselkind Mignon und der gestörte Harfner abheben. Diesem verschlossenen Paar löst Goethe den Mund zu wundervollen Gesängen, sie gehen fremd durch die bunte Welt.

Das *dritte* Buch bringt im scharfen Gegensatz zu den letzten eine »Komödie des Adels«, denn dieser Adel, dem Wilhelm im Gefolge der Wandertruppe nahe kommt und unter dem er zufällig bedeutende Männer trifft, ist zwar ein vornehmes, reiches Stück der »großen Welt«, aber nur ein anderer Kreis des Scheins. Jarno lacht darüber, daß Wilhelm die Untugenden der Schauspieler aufs Theater beschränkt glaubt; Meisters dreimalige Glücklichpreisung des Adels, besonders laut schon in der »Sendung«, ist unter diesen Menschen mindestens verfrüht. Verfrüht ist aber auch Jarnos Ruf zum »tätigen Leben«; doch seine Verkündigung Shakespeares, dessen Stücke »Schicksalsbücher« für Wilhelm werden, bringen diesem eine fortschreitende Kenntnis der wirklichen Welt, zunächst jedoch den Irrtum, im Dienste des großen englischen Dichters sich ganz der Bühne zu widmen.

So stellen das *vierte* und das *fünfte* Buch die theatralische Sendung dar, mit »Hamlet« als Mittelpunkt. Wilhelm ist kein Schauspieler, die Schauspielkunst ist ihm Bildungsmittel, nicht Selbstzweck. Nur die eine große Rolle, Hamlet, kommt der Natur dieses Dilettanten scheinbar entgegen. Ein echter, bei menschlichen Schwächen und gewissenloser Beurteilung des Theaterbetriebs doch ausgezeichneter Bühnenmann ist Serlo, während seine Schwester Aurelie, die in der Rolle der ihr ähnlichen Orsina Lessings ihre eigne verratene Liebe auf die Bretter bringt, nur sich selbst darzustellen weiß. Wilhelm wird immer mehr enttäuscht.

Auf das laute, farbige Treiben folgen im *sechsten* Teil die »Bekenntnisse einer schönen Seele«, das Buch der Religion. Es ist keineswegs bloß ein gegensätzliches Zwischenstück und durchaus nicht nur durch äußere Familienbande mit den Adelsbüchern verknüpft, vielmehr hat Goethe dieses Denkmal für seine fromme mütterliche Freundin Susanna Katharina v. Klettenberg deshalb hier errichtet, damit in dem großen Bildungsroman auch die Religion zur Erscheinung komme. Es geschieht in Form des gerade gewissen Adelskreisen lieb gewordenen Pietismus und zeigt trotz den heftigen Erfahrungen der »schönen Seele« eine stille, leidende, kränkliche Christlichkeit, deren entrückter Ernst zwar ehrfürchtig betrachtet wird, aber für das Ethos dieses Romans kein stärkendes Muster hergeben kann. Indem nach der Handlung der »Lehrjahre« die theatralische Sendung, der irrige Bühnenberuf, durch Aureliens Auftrag zur wirklichen Sendung an Lothario, einen Neffen der schönen Seele, wird, findet der mannigfach vorbereitete und insgeheim geprüfte Wilhelm Begriff und Anschauung einer fruchtbaren, schöpferischen Lebenskunst.

Das *siebente* und das *achte* Buch, die zugleich den Schleier von Mignons und des Harfners Augustin düstern Schicksalen bis zu ihrem sanften oder entsetzlichen Tode lüften müssen, sind von dem kraftvollen Standesherrn Lothario, einem weitgereisten, welterfahrenen Mann der Tat, beherrscht. Ihm ist Adel der Geburt ein Ruf zum Adel der Gesinnung und des Wirkens, nicht vereinzelt, sondern im »Bunde« mit Gleichgesinnten, auf deren Abkunft kein Gewicht fällt. Allerdings deutet Goethe auf eine noch höhere Lebensstufe, das Ideal einer sittlichen Tätigkeit, in der Person und dem Lebenskreis Nataliens. In ihrer Gestalt ist der Widerstreit von Neigung und Pflicht aufgehoben, so daß Schiller ihr mit mehr Recht das Prädikat der »schönen Seele« zuerkennen wollte. Und der Roman offenbart nicht nur dadurch seine höhere Unbefangenheit, daß er in einem Zeitalter viel strengerer Standesschranken endlich den Kaufmannssohn und die hochgeborene Natalie ohne jeden Einspruch miteinander verbindet, nachdem Wilhelms Verlöbnis mit der reinlich-nüchternen, immertätigen Therese, die sich besser zu Lothario schickt, gelöst worden ist, sondern auch – indirekt – dadurch, welchen Preises Wilhelm, der zunächst in seinem Wollen so Undeutliche und Irrende, im Verlauf seiner »Lehrjahre« würdig wurde. So bilden den lockeren Liebeshändeln des Werkes gegenüber die rechten Ehen ins Große wirkender Männer ein Endziel, und Wilhelm ist schon als sorgender Vater des Knaben seiner einstigen Geliebten Mariane für reif erklärt worden: »Heil dir, junger Mann! Deine Lehrjahre sind vorüber, die Natur hat dich losgesprochen.« Er hat sich selbst gefunden, die echte Lebensgefährtin und treffliche Freunde in einer höheren Freimaurerloge, dem »Bund«, dessen Lehrlinge, Gesellen und Meister sich über die Welt ausbreiten sollen.

So klingt am Ende der Bildungsroman, der unter dem Gesetz gestanden hatte, daß ein – nicht einmal außerordentliches – Individuum, berührt von den Bildungsmächten seines Jahrhunderts, eine gänzliche Entfaltung seiner ästhetischen und sittlichen Möglichkeiten gewinne, mit dem Motiv der Gemeinschaft aus. Sich einen Platz zu tätiger Mitwirkung von der Gesellschaft anweisen zu lassen, das ist der Gedanke, unter den sich die Jahrzehnte später entstandene Fortsetzung *»Wilhelm Meisters Wanderjahre«* stellt. Die Welt des schönen Scheins und des abenteuernden Ungefähr ist vergangen. Das neue Jahrhundert, eingeleitet durch gewaltige gesellschaftliche Erschütterungen, hat ein neues, mehr nüchternes soziales Klima, fordert neue Leitbilder. So gilt Goethes

Abschied von der bunten Welt seines Romans zugleich einer Epoche, dem 18. Jahrhundert, mit ihrem Reichtum an persönlicher Kultur, in der sich Spätes, Ausgeformtes und Frühes, Verheißendes, Melancholie und Aufbruchsstimmung so reizvoll durchdrangen. Was mit dieser letzten europäisch gültigen Kulturgestalt hinging, wird uns ganz besonders beim Lesen von »Wilhelm Meisters Lehrjahren« fühlbar.

Erstes Buch. S. 9. Nachspiel: meist ein Singspiel oder Ballett. – Nesseltuch: Batist, Musselin. – S. 10. herrschende Leidenschaft: vorherrschende; der Begriff (ruling passion) war Modewort geworden. – S. 13. schwerlötig: (Lot: Gewichtseinheit auch für den Feingehalt von Münzen) massiv. – Sohn Isai: David. – S. 14. perorieren: feierlich reden. – S. 15. Lindors und Leanders: Liebhabernamen der Bühne. – S. 16. Brustschildchen: Abzeichen des Hohenpriesters. – Kollation: Imbiß. – S. 17. erzähle uns weiter: die hier und im Zweiten Kapitel eingeschobenen Erlebnisse (Puppenspiel usw.) eröffnen die »Sendung«. – S. 20. Spezereien: Gewürze, aber auch Kolonialwaren im weiteren Sinn. – Pomeranzen: Apfelsinen. – S. 21. allerlei: jederlei. – S. 23. die »Deutsche Schaubühne« von Gottsched brachte in den vierziger Jahren Originalstücke und Übersetzungen aus dem Französischen. – Chaumigrem: aufgedonnerter ostindischer Wüterich in dem Trauerspiel »Banise« von Melchior Grimm; Cato: in Gottscheds »Sterbendem Cato«; Darius: in dem gleichnamigen Trauerspiel von Fr. Lebegott Pitschel. – S. 24. Veränderungen: Verwandlungen der Dekoration. – regelmäßigen Drama: französischen Musters, mit feststehender Gruppierung bestimmter Rollentypen. – illuminieren: kolorieren, ausmalen. – S. 25. Geschick: vorteilhaftes Ansehen. – S. 26. Gespanschaft: Kameradschaft. – Miliz: Bürgerwehr. – S. 27. Das Befreite Jerusalem: episches Gedicht (1565 ff.) von Torquato Tasso, übersetzt von Joh. Friedr. Koppe 1742; darin ist Chlorinde eine mitkämpfende edle Heidenfürstin, Armide eine berückende Zauberin. – S. 28. Tankred und Reinald (Rinaldo): die männlichen Hauptpersonen des Gedichts. – Auskunft: Ausweg. – S. 30. zeichnete . . . aus: merkte . . . an; Exposition: im Drama die einleitende Darlegung der Verhältnisse, auf denen die Handlung beruht. – S. 31. qui pro quo: Verwechselung. – gemeinen: gewöhnlichen. – aus unserm Mittel: (heute: aus unserer Mitte) Gesellschaft, Innung. – S. 32. Epoche: Wendepunkt. – Geschäft: Beschäftigung, Verrichtung. – gebildet: gestaltet. – ziemten: waren gemäß. – S. 33. meine Vorgänger: in der Dichtkunst. – S. 37. Venetianer: sie organisierten den Vierten Kreuzzug (1202-04). – Handlung: Handlungswesen. – S. 38. Wirte: Haushalter, Rechner. – S. 40. Apostrophe: plötzliche persönliche Wendung einer allgemein gehaltenen Rede, Anrufung. – billig: gerecht, maßvoll. – S. 43. künstlicher: kunstreicher. – S. 44. einzureden: zuzureden. – S. 47. Gesellschaft: Bühnentruppe. – S. 48. gegenseitigen Aktuarius: Gerichtsschreiber der

Gegenseite. – S. 50. Melina: (von griech. meli = Honig) in der »Sendung« Künstlername, statt »Pfefferkuchen«. – S. 51. gegenwärtigen: anwesenden. – S. 52. anständige: angemessene. – S. 53. Bedienung: Anstellung. – S. 54. Akteur: Schauspieler. – S. 56. vorstehenden: bevorstehenden. – Interessen: Zinsen. – S. 57. aufrücken: vorhalten; Kollegien: Ratsbehörden. – S. 58. perspektivische Magie: Zauber des (perspektivisch gemalten) Bühnenbildes. – Lichtwagen: kleiner Wagen mit den Beleuchtungsgeräten für die Bühne; Unschlittlampen: Laternen mit Talgkerzen. – Zindel: Glanzleinwand. – S. 59. Läuterfeuer: der Schmelze; farbig-schön . . .: der sogenannte Silberblick. – italienische Blumen: künstliche. – S. 60. Aufführung: Betragen, Lebensweise. – *machen:* an Einnahmen, »Kasse machen«. – Disproportion: Unangemessenheit; Kabalen: Ränke, Intrigen; in Betracht kam: eingehend betrachtet wurde. – S. 61. reduzieren: hinführen. – S. 62. Anstalten: Maßnahmen, Einrichtungen. – S. 63. Irrgarten der Liebe: aus dem Titel eines berühmten Romans der ersten Hälfte des 18. Jahrh. – S. 64. Romans: hier: Liebesverhältnisses. – Equipage: Ausrüstung. – nicht zu sehen: nicht mehr zu sehen. – S. 65. überflüssigen: überreichlichen. – S. 66. im Ritterschaftlichen: die reichsunmittelbare Ritterschaft hatte bis 1806 landesherrliche Hoheitsrechte. – . . . durch die Fistel gezwungen: mit Fistelstimme (in unnatürlich hohen Tönen) gesungen; klingt . . . besser . . .: als die großen Worte im Mund jener »Elendesten«. – S. 69. instruktive Suite: aufschlußreiche Folge (verschiedener künstlerischen Entwicklungsstufen). – ohne Anstand: ohne Bedenken, Zögern (vgl. unser »anstandslos«). – S. 70. (und 242, 508, 528, 621) die Geschichte . . ., wie . . .: der syrische Prinz Antiochus erkrankte schwer aus Liebe zu seiner Stiefmutter Stratonica, der Arzt entdeckte das Geheimnis durch den heftigen Pulsschlag, Vater Seleucus trat zugunsten des Sohns zurück. – manieriert: von übertriebener Eigenart. – übrigens: im übrigen, sonst. – S. 72. Stimmung: wie bei aufeinander abgestimmten Instrumenten. – S. 73. Heilort: Ort des Glücks. – S. 74. Gesang der Sphären: die Harmonie des Weltalls drückt sich, nach der Lehre des Pythagoras (6. Jahrh. v. Chr.), in Tönen aus. – S. 75. Hexe von Endor: I. Sam. 28, 7 ff. – Iris: die jugendschöne Götterbotin.

Zweites Buch. S. 78. Andenken: Gedächtnis. – S. 80. persönlichen Darstellung: auf der Bühne. – S. 82. fiel ihm . . . ein: in die Rede. – S. 83. Entwicklung: Entwirrung. – S. 87. Pastor fido: »Der treue Hirte« von Guarini (1537-1612), berühmtes italienisches Schäferspiel. – S. 88. Intrige: Verwicklung. – S. 89. Opfer: damals beliebte Bühnenform der Huldigung. – Aktrice: Schauspielerin. – S. 91. Rapier: Übungsdegen, mit Knopf an Stelle der Spitze. – S. 92. Schauspiel: Schaustellung. – Entrepreneur: Unternehmer, Leiter; Flintern: Flittern. – Pagliasso: Bajazzo, Hanswurst. – S. 96. Bauer und Bergmann: Ilmenauer Bergmannsspiel; Rezitativ: Sprechgesang. – Terminologie: Fachsprache. – berichten: unterrichten, belehren. – honorabelste: ehrenvollste. – S. 97. einiger Art: eines gewissen Ranges. – S. 99. Bildung: des Gesichts. – S. 101. karge Näscher: die sich gern mit geringen Unkosten vergnügen. – endlich: wacker, tüchtig. – S. 103. künstlichen: kunstgerechten. – S. 106. vornehmsten Straßen: Hauptstraßen. – ins Gesicht . . . fassen: zu sehen bekommen. – S. 107. Mitgefühl: nicht im heutigen Sinn von Mitleid, sondern allgemein: Mitfühlen. – S. 110. scheinbar: ansehnlich. – S. 111. Witz: Verstand. – S. 112. übel konditionierten: übel beschaffenen; Akademien: Universitäten. – ihre liebste Tugend im Kontraste: d. h. im Gewand einer Untugend: Redlichkeit in Form von Grobheit. – S. 114. leidlich: wohl zu leiden. – S. 118. Etablissement: Einrichtung. – extemporieren: aus dem Stegreif spielen. – S. 119. vacierenden: stellungslosen; Tirolerin: damals beliebte Rolle. – fingieren: vorgeben, sich stellen; weltfremder: einander ganz unbekannter, wildfremder. – S. 125. Die deutschen Ritterstücke: durch den »Götz« Mode geworden. – S. 126. Adelbert: wie der Weislingen im »Götz«. – S. 127. Scharwache: Polizei, die zu mehreren die Runde macht. – befriedigen: beruhigen. – verschlagen: durch plötzlich unterdrückte Ausdünstung erkrankt. – S. 128. sich an . . . zu wenden: sich ihr zuzuwenden. – mitzuteilen: an Gaben. – S. 131. vertrau uns . . .: vertrau es uns an . . . – S. 132. Romanzen: »kleinere singbare abenteuerliche Geschichten im Volkstone«. – S. 134. in einige Verfassung: in einen leidlichen Zustand. – S. 135. das Skandal: Aufsehen. – S. 136. Beruf: inneren Antrieb. – S. 142. Liturg: der die Kulthandlungen Leitende. – S. 145. Wohlstand: Anstand, Sitte. – S. 147. ihn aufwickeln: ihm die Haare in Papierstreifen (Papilloten) wickeln, damit sie am nächsten Tage lockig seien. – S. 148. Ressort: Schrankfach mit Schließfeder.

Drittes Buch. S. 153. Subjekte: Personen, Persönlichkeiten. – S. 154. Disposition: Geneigtheit, Stimmung. – untergelegte Pferde: für die Weiterreise bereitgehaltene frische. – Sozietät: Gesellschaft. – S. 155. Devotion: andächtige Ergebenheit. – S. 156. qualifizieren: fähig erweisen. – S. 158. besorgen: befürchten. – S. 159. machten sich lustig: ließen sichs wohlsein. – S. 161. Chevalier: adliger Kavalier. – beliebten Stücken: »Emilia Galotti«, »Kabale und Liebe« und ihr Gefolge. – S. 163. besprochen: bestellt. – S. 164. Anspanner: der Herrschaft zu Spanndiensten verpflichtete Bauern. – S. 167. Lichtputzen: scherenartige Instrumente zum Entfernen der verkohlten Dochtenden. – Abhub: mit den Schüsseln wieder »abgehobene« Speisereste von der Herrschaftstafel. – S. 168. Kundschaft: Kenntnis, Bekanntschaft. – Charakter als Major: Majorsrang ohne Pflichten. – distinguiert: ausgezeichnet, vorgezogen. – S. 169. gemeine: gemeinsame. – vom wütenden Heere: des »wilden Jägers« der Sage. – abschnüren: mit der Schnur abmessen.

– S. 172. verzogener: schreibekünstlerisch verschlungner und verschnörkelter; durchscheinend: »auf geöltem Papiere« vor einer Lichtquelle (transparent). – in Effigie: im Bilde. – S. 173. vorzüglich: vornehmlich, besonders. – S. 174. Szene: Szenerie, Dekoration. – S. 175. Minerva: Pallas Athene, Kriegsgöttin und Göttin der Weisheit. – S. 176. Einleitung machen: in die Wege leiten. – S. 177. Montfaucon: Bernard de (1655-1741), Herausgeber eines großen französischen Sammelwerks mit Abbildungen von Kunstwerken des Altertums; Gemmen: Edelsteine mit eingeschnittenen figürlichen Darstellungen. – Vignetten: zeichnerischer Zierat in Büchern. – S. 178. Konditors: der Zuckerbäcker wurde zur Anfertigung von Dekorationen verwandt. – S. 179. fein: findig, schlau, verstellt. – S. 180. Sukkurs: Unterstützung, Beistand. – Distraktion: Ablenkung. – Avantgarde: Vorhut. – Prinz: gemeint ist Heinrich von Preußen (1726-1802), der in Kunstdingen ganz französisch gesinnte Bruder Friedrichs des Großen; der König selbst hatte von Shakespeares Werken ungefähr als von »Ungeheuern« (S. 182) gesprochen. – S. 183. Circe: die Zauberin der »Odyssee« Homers, die Odysseus' Gefährten in Schweine verwandelte. – S. 184. equipiert: ausgerüstet. – Corneille (1606-1684) und Racine (1639-1699): die großen französischen Trauerspieldichter. – S. 187. ziemlich: geziemend, schicklich. – S. 188. Sage: noch im Ursprünglichen Sinn von »mündliche Überlieferung«. – Wildbahn: Jagdbereich; (der) Geschoß: Grundsteuer, die dem Herrn zusteht. – Parnaß: Berg in Griechenland, Apoll und den Musen geweiht, Künsten und Wissenschaften; Kapitel: Versammlung der Ritterschaft des Reichs. – S. 189. feiner: fähiger. – S. 190. Pasquillanten: Verfasser von Schmähschriften. – Burgfrieden: entsprechend unserem »Hausfrieden«: die Ruhe und Sicherheit herrschaftlicher Wohnsitze; Gerichtshalter: Jurist, dem der Gerichtsherr die Führung der Verfahren überträgt; Inquisition: peinliches Verhör. – Hauptanzeige: -anzeichen, -indiz. – S. 192. Delinquenten: Schuldigen, Beschuldigten. – entdecken: aufdecken. – S. 195. Argandische Lampe: von dem Genfer Argand (1755-1803) erfundene Lampe mit Rundbrenner. – S. 202. also: auf diese Weise. – S. 204. formieren: umbilden, zurichten. – S. 205. Nativität stellen: Horoskop stellen.

Viertes Buch. S. 210. mustern: angemessen, entsprechend kleiden. – S. 211. zutätig: zutulich, anhänglich, hilfsbereit. – S. 214. Fata Morgana: (italienisch) Fee Morgana. – S. 215. souteniert: durchhält, behauptet. – S. 217. lasse: stehe, kleide. – S. 218. Prinz Harrys: Heinrichs, in Shakespeares »Heinrich IV.«. – vorzügliche . . .: Vorzugs-, Lieblings-. – S. 219. unsre Geliebten: die von uns geliebten Menschen. – S. 221. Symphonie: hier: Ouvertüre, damals auch im Schauspiel üblich. – S. 222. Bearbeitung: Bemühung, Übung. – S. 223. Interim: Zwischenzeit. – S. 224 ff. Hamlet: die Aufführungen hier und in den folgenden Kapiteln setzen beim Leser die Kenntnis von Shakespeares Trauerspiel voraus; sie beruhen auf der ersten deutschen Übersetzung durch Wieland (in Prosa, 1766). – S. 225. bewegliche: wankelmütige. – akademisches: studentisches. – S. 225. entwickeln: darlegen, erklären. – S. 226/27. auf eine doppelte Weise verwundet: auch noch von der Tochter angesteckt. – S. 227. Zeitung: Nachricht. – S. 228. Marodeurs: Plünderer. – akkordiert: (mit dem Fuhrmann) abgeschlossen. – S. 229. Terzerole: Taschen-Pistolen. – S. 234. Wahlplatz: Ort, wo ein Gefecht stattgefunden hat (vgl. Wahlstatt). – Amazone: die Amazonen der antiken Mythe sind ein kriegerisches Volk von Reiterinnen, in der Nähe des Kaukasus. – S. 235. Die Ritter: die berittenen Kavaliere. – S. 238. sich zu bequemen: darnach zu handeln, sich entsprechend einzurichten. – S. 241. Fittiche: (Kleider)zipfel, -lappen, -fetzen. – S. 242. eingegeben: eingeräumt. – eingebunden: auf die Seele gebunden, eingeschärft. – Louisdor: französisches Goldstück; Douceur: Vergütung. – introduziere sich: führe sich ein. – S. 243. Chlorinde: vgl zu S. 27. – S. 245. entdeckt: offenbart. – S. 246. behauptete: blieb bei seiner Meinung. – S. 247. ohne Ölblatt: mit Beziehung auf I. Mose 8, 8 ff. – aufgepaßt: aufgelauert. – S. 248. vorsichtiger: vorsehender (vgl. »Vorsehung«). – S. 251. Aufspannung: äußerste Aufregung. – Serlo: die »Sendung« zeigt noch deutlicher als die »Lehrjahre«, daß Serlo dem bedeutenden Schauspieler und Bühnenleiter Friedr. Ludw. Schröder (1744-1816) in Hamburg entsprechen sollte, Aurelie der Schauspielerin Charlotte Ackermann (1757-1775), Schröders unglücklicher Halbschwester. – S. 252. da er gegenwärtig ...: während er ... – S. 255. Usurpator: angemaßter Besitzer. – S. 262. Begegnungen: Benehmen gegen sie. – S. 263. das kanonische Ansehn: von dem kirchlichen »Kanon« der als biblisch anerkannten Bücher: unbedingte, unerschütterliche Geltung. – S. 264. Jota: das ι, der kleinste Buchstabe der griechischen Schrift; nicht das mindeste. – S. 268. auszulauern: heimlich und scharf beobachtend auszukundschaften. – S. 269. genügsamen: selbstgefälligen; Geschäftsmann: Staatsbeamten. – Provinzialism(us): mundartlicher Ausdruck oder Tonfall. – S. 272. Distinktion: Auszeichnung. – S. 273. entwickelte: entfaltete, enthüllte. – unverbesserlich: unübertrefflich. – behorchte ... mich: sah mich ohne mein Wissen spielen. – S. 275. Journal: Tagebuch; merkantilisch: auf das Handelswesen bezüglich. – S. 276. rhapsodisch: zusammenhanglos. – S. 277. Relation: Bericht. – wiedererstatten zu lassen: vom Ertrag seines über die Reise verfaßten Buches. – S. 278. Essenkehrer: Kaminkehrer, Schornsteinfeger. – S. 279. Umgänge: Prozessionen. – obligeanten: verbindlichen. – Mysterien: geistliche Schauspiele. – das Tausendjährige Reich: der Friedensherrschaft Christi, auf das das Jüngste Gericht folgt. – S. 280. Schoßnarren: Lieblingsnarren: die persönliche Eigenheit, Torheit jedes einzelnen; traktierte: behandelte. – scheinbar ... machen: wirkungsvoll zur Erscheinung bringen, ein Ansehn geben. – S. 281. in den gebildeten, aber auch bildlosen Teil von Deutschland:

nach dem protestantischen Norden, der geistliche Spiele und Prozessionen nicht kannte. – Alexandriner: sechsfüßiger jambischer Reimvers, mit einem Einschnitt (Zäsur) in der Mitte. – S. 282. trug . . . ein: erntete, heimste . . . ein. – Rezitation, Deklamation: im künstlerischen Sprechen unterschied Goethe den maßvollen Vortrag (Rezitation) vom leidenschaftlich-bewegten (Deklamation. – S. 283. flämisch: verdrossen, mürrisch. – S. 284. Interzessionen: Vermittlungen. – S. 285. den Vortrag: das Vorgetragene. – Naturalisten: bloße Wirklichkeitsnachahmer; Hoffnung von sich gäbe: Hoffnung auf sich erweckte.

Fünftes Buch. S. 298. Sequestration: Zwangsverwaltung. – S. 299. technologischen und ruralischen: Industrie und Landwirtschaft betreffenden. – S. 302. stelle mich so ziemlich dar: mache in der Gesellschaft leidliche Figur. – S. 306. Fallen Sie mir nicht ein: in die Rede. – substituieren: statt dessen unterlegen. – S. 309. Partie: Partei; Kaper: Schiffe, die im Seekrieg feindliche Handelsfahrzeuge zu erbeuten suchen. – Abbreviatur: Verkürzung, Zusammenziehung. – S. 311. wir andern . . .: wir so anders beschaffenen . . . – von Philomelen: von der Nachtigall. – Rondeau: Rondo (eigentlich Rundgesang), heiteres Musikstück mit mehrfach wiederkehrendem Thema. – S. 312. affektvoll: leidenschaftlich, bewegt. – S. 313. vom *rauhen Pyrrhus:* Hamlet II, 2. – Tod des Priamus: Königs von Troja, bei der Eroberung der Stadt durch die Griechen; Präludium: Vorspiel. – S. 314. Hekuba: des Priamus Gattin. – S. 317. homogen: gleichartig. – Grandison, Clarisse . . .: Goethe nennt erst die Titelhelden der drei berühmten Briefromane Richardsons (1689-1761), dann den im »Werther« und in »Dichtung und Wahrheit« gepriesenen »Landpriester« von Goldsmith (1728-1774) und das launigste Werk Fieldings (1707-1754), also ausschließlich englische Beispiele; retardierende: verzögernde, aufhaltende. – S. 318. kollationiert: (auf Fehler hin) vergleichend nachgeprüft. – S. 320. attachiert: angeschlossen. – S. 322. betrübter: trauriger, jämmerlicher. – S. 324. handelten . . . ab: behandelten, erörterten (vgl. unser »Abhandlung«). – S. 325. supplieren: ersetzen. – Repräsentation: Aufführung; Vorstellung. – S. 326. den schönsten Gedanken: Hamlet sagt: »Es ist ein schöner Gedanke, zwischen den Beinen eines Mädchens zu liegen«. – S. 327. der rasche, lose Knabe: der Liebesgott Amor. – S. 330. Märchen: übertreibendes Gerede, Gerücht. – S. 334. zum Ankündigen: damals kündigte am Schluß der Vorstellung der Leiter oder ein Schauspieler die nächste an. – S. 336. gestanden: Modell gestanden. – S. 337. Pulcinellpuppen: von Pulcinella, Polichinell, einer komischen Maske der italienischen Komödie: Kasperlepuppen. – Mänaden: Begleiterinnen des Dionysos. – S. 339. Maultrommel: primitives, von den Zähnen gehaltenes Musikinstrument, auf dem mit fast geschlossenem Munde dumpfe Brummtöne erzeugt werden. – S. 354. Reservationen: Vorbehalte. – S. 357. gemein: alltäglich. –

S. 358. des Metiers: des Handwerks, des Fachs. – S. 360. unbestimmt: zu keiner bestimmten Tätigkeit entschieden; Kultur: Pflege. – Herrnhuter: pietistische Sekte, mit dem Sitz in Herrnhut, Lausitz, begründet 1736 von Nikolaus Ludw. Graf von Zinzendorf (1700-1760). – S. 361. überspringendes Fieber: in Abständen wiederkehrendes. – S. 362. diätetisch: die Kost vorschreibend. – Liberalität: Großzügigkeit. – S. 364. politisch: berechnend. – Emilia Galotti: Lessings Trauerspiel bot im vierten Aufzug Aurelien die großartige Rolle der vor Liebesgram und Rachedurst fast um den Verstand gekommenen Gräfin Orsina. – S. 366. Portechaise: Tragstuhl, Sänfte. – S. 368. übertragen: überbrückt, ausgeglichen.

Sechstes Buch. Von Susanna Katharina v. Klettenberg (1723-1774) spricht Goethe später in »Dichtung und Wahrheit«, wo man auch Narziß-Olenschlager, Philo-Moser und den hier als Oberhofprediger erscheinenden Fresenius findet. »Schöne Seele« (belle âme) wird früh religiös angewandt. – S. 372. Kabinett: Sammlung. – S. 373. der Christliche deutsche Herkules . . ., die Römische Oktavia: riesige, teils abenteuerliche, teils lehrhaft fromme Romane: »Herkules und Vaniska« (1659 f.) in acht Büchern von dem braunschweigischen Geistlichen Andr. Heinr. Bucholtz, die bedeutendere »Oktavia« (1677), sechsbändig, von seinem Landesherrn Anton Ulrich. – S. 374. mißratenen: zum Mädchen. – S. 375. Empiriker: auf bloße praktische Erfahrung gegründet. – Wissenschaften: Wissen, Kenntnisse. – S. 376. davon einsahen: Einblick darein erhielten. – S. 377. sah . . . durch: durchschaute die Lage; treuherzig . . . machen: zu vertraulichen Geständnissen bewegen. – »honnête«: nicht nur »sittsam, ehrbar«, sondern auch »höflich, artig, gefällig«. – Affekt: Leidenschaft, Erregung, Trieb. – S. 378. Mentor: väterlicher Freund und Lehrer in Homers »Odyssee«. – schwärmen: sich besinnungslos vergnügen, zerstreuen. – S. 379. Narciß: in antiker Mythe ein schöner Jüngling, der sich am Bach in sein eigenes Spiegelbild verliebte. – placiert: untergebracht, angestellt. – S. 383. alteriert und affiziert: erregt und leidenschaftlich ergriffen. – S. 385. Andenken: Denken an ihn. – S. 386. Aufsatze: was aufs Haar gesetzt wird, Kopfputz. – Putzdocke: Anziehpuppe. – S. 388. Die Verse sollen an Albrecht v. Hallers berühmtes Gedicht auf seine Gattin »Doris« erinnern. – S. 390. erledigt: frei (ledig) geworden. – S. 391. Negoziationen: Unterhandlungen. – S. 392. Fatalitäten: Mißlichkeiten. – S. 396. menagieren: schonen. – S. 397. Bedienung: Dienst, Anstellung. – ruchtbar: bekannt, zum Gerücht, Gespräch geworden. – S. 401. beloved ones: geliebte Gesinnungsgenossen; englische Ausdrücke waren in diesen frommen Kreisen beliebt. – S. 402. hallisches Bekehrungssystem: an der Spitze der besonders strengen, aber auch sehr werktätigen Pietisten zu Halle stand August Hermann Francke (1663 bis 1727). – S. 405. Stillen im Lande: Beiname der Brüdergemeinen. – S. 406. Agathon:

der Held des berühmten Bildungsromans von Wieland (1766 f.) wird, wie Philo im sittenreinen Elternhaus aufwächst, in einem abgeschlossenen heiligen Tempelbezirk erzogen, erliegt aber später zeitweise sinnlichen Versuchungen. – S. 407. Girard: ein Jesuit, der Beichtkinder verführt hatte; Cartouche: berüchtigtes Haupt einer Diebesbande, in Paris hingerichtet; Damiens: wegen Mordversuchs an Ludwig XV. hingerichtet. – Bathseba: II. Sam. 11. – S. 408. Lieder ...: Psalm 51. – aus den symbolischen Büchern: den heiligen Schriften. – S. 411. Grafen: Zinzendorf. – billig: gerecht, objektiv. – Ebersdorfer Gesangbuch: geht auf Zinzendorfs Gattin zurück, eine Gräfin Reuß aus Ebersdorf. – S. 413. Approbation: Zustimmung, Anklang. – brouilliert: überworfen. – S. 416. privilegiert: durch Vorzüge; Vorrechte ausgezeichnet. – S. 417. Kopulation: Eheschließung. – S. 418. Verhältnissen: Maßverhältnissen, Proportionen. – Das Eine, was not ist: vgl. Luk. 10,42. – S. 419. Advokat des bösen Geistes: dieser Teufelsanwalt (advocatus diaboli) mußte bei Verhandlungen über Heiligsprechung in der katholischen Kirche die Fehler und Sünden des Vorgeschlagenen hervorheben. – S. 420. Kondeszendenz: gefälliges Entgegenkommen, Anpassung. – unterschlüge: unterlegte. – S. 421. üble Wirte: schlecht Wirtschaftende. – S. 422. Danaiden: Töchter des Danaos, im Qualenort der griechischen Unterwelt dazu verdammt, ewig in ein bodenloses Faß zu schöpfen; Sisyphus: dortselbst unablässig bemüht, einen Felsblock eine steile Höhe hinanzuwälzen, der kurz vorm Ziel wieder hinabstürzt. – S. 424. Penaten: Schutzgötter des Hauses. – S. 428. wegräsonieren: mit Vernunftgründen beseitigen. – S. 429. Zirkel: Kreis (der Abwechselung). – Einer ihrer Bischöfe: Friedr. Wenzel Neißer. – Herrn v. L.: Hauptmann Loretz aus Graubünden. – S. 431. Spezereien: heilkräftige Gewürze, Drogen. – den in der Abendkühle ...: I. Mose 3, 8. – natürlich: auf natürliche Weise. – S. 432. deutsches Schloß: in alten Gewehren; gedreht, schlug es aus einem Stück Schwefelkies den zündenden Funken. – Geschäft: Tätigkeit. – S. 433. angeboren: durch Geburt angehörig, blutsverwandt. – S. 434. Abbé: amtsloser katholischer Weltgeistlicher.

Siebentes Buch. S. 438. seiner Geschäftsleute: die seine Amts- oder Dienstgeschäfte betreiben, Beamte, Angestellte. – S. 441. machte ... den Durchschnitt ...: ging quer hindurch, um den Weg abzuschneiden. – S. 454. wenn: während; artige: hübsche; Hermaphroditen: in antiker Sage und Kunst Doppelwesen, halb Mann, halb Weib; zweideutigen Kleidung: Männertracht an Frauen. – S. 455. verzog: blieb länger fort (vgl. verzögern). – Handel: Ehrenhandel, Zweikampf. – S. 458. Einstand: Eintritts-Beitrag. – S. 459. Freigütchen: von Lehns- oder von Dienst- und gewissen Steuerpflichten freies Landgut. – Podagra: Fußgicht, Zipperlein. – S. 464. eklatant: auffallend, Aufsehen erregend. – S. 467. politisch: berechnend, vorsichtig, weltklug. – S. 469. gleichen

Wuchs: ausgeglichenen. – S. 470. sekundierte: unterstützte. – S. 471. da einen wohldenkenden ...: während, wohingegen ... – S. 476. Phantasie: verliebte Laune, Abschweifung. – S. 478. Fühlbarkeit: Empfindungsvermögen. – S. 495. paßte: wartete, lauerte. – S. 496. in einem traurigen Zustande: einem bedauernswerten. – S. 498. seines Traums: vgl. S. 440 f. – S. 499. so darf man ... hören: so braucht man ... zu hören. – S. 502. mehreren: weiteren. – S. 507. hinaufgetrieben: gegenseitig im Preis überboten. – Kalküls: Berechnungen. – S. 508. Verschlag: das von den Teppichen umschlossene »Behältnis«.

Achtes Buch. S. 513. anstand: zögerte; ihn anzuerkennen: anzuerkennen, daß er es sei. – S. 514. Hypochondrist: »Milzsüchtiger«, überreizt und kränklich. – gedeihet: gedeihen macht, anschlägt. – Handlung: Handelsfirma. – S. 515. L'hombre: das im 18. Jahrh. beliebteste Kartenspiel der guten Gesellschaft. – S. 516. als Juden: die Juden mußten beim Überschreiten der Landesgrenzen Abgaben entrichten; Geleite: Abgabe für sicheren Straßenverkehr. – S. 518 abgeschnitten: geschlachtet. – S. 522. Skrupel: Gewissensbedenken. – Lehns-Hokuspokus: Aufwand feierlicher Förmlichkeiten um die alten Gesetze, die den adligen Grundbesitz von der Belehnung durch den Landesherrn oder den Kaiser abhängig machten und an bestimmte Erbfolge knüpften. – S. 525. das Verhältnis weiß: die Beziehungen, die Situation kennt. – S. 527. Leder: Schirmleder des Wagens. – S. 528. Piedestale: Fußgestelle, Sockel. – S. 531. anständig: angemessen, würdig. – S. 532. So laßt mich scheinen ...: Laßt mich so lange hienieden dieses Gewand eines Engels tragen, bis ich wirklich zum Engel vollendet werde. – S. 536. scheinbar: dem äußern Anschein nach. – S. 539. Liedchen: s. S. 327. – S. 545. Grafen: (wie auch »Vorgänger«) Zinzendorf; Gemeinde: der Herrnhuter. – S. 549. durch einen Jugendfehler ... verwandt: die Beziehung zu Theresens Mutter. – Sagazität: Spürsinn. – S. 550. künstlicher: an Künsten reicher, in Künsten beschlagener. – S. 555. sich ... nachsähe: nachsichtig gegen sich sei. – verhältnismäßige: in entsprechenden Maßen gehaltene. – S. 556. Lasurstein: kupferhaltiger blauer Stein, aus dem das Ultramarin gewonnen wird. – zusammentreffende Kunst: Übereinstimmung verschiedener künstlerischer Bemühungen und Wirkungen, in Raumverhältnissen, Zierat, Farben usw. – *Gedenke zu leben:* in scheinbarem Gegensatze zu dem mönchischen Gruß Memento mori (Gedenke zu sterben) der Anruf, das irdische Leben als die dem Menschen gestellte Aufgabe zu erfassen. – S. 558. jenen kleinen Räumen: den (S. 555) erwähnten Aschenkästchen und -gefäßen. – S. 559. notdürftigen: notgedrungenen, unvermeidlichen. – S. 560. Bewegung: Antrieb. – S. 565. Handwerks: wie bei der Freimaurerei. – S. 566. Konfessionen: Lebensbekenntnisse. – Mystifikationen: geheimnistuerische Irreführung. – Phrasen: Sätze. – S. 571. hasenfüßig: närrisch. – Vikariatsgraf: (neuernannter) Stellvertreter eines regierenden Grafen; ein Titel wie der französische »Vicomte«; hier ironisch. – S. 572. Mausolus: dem altorientalischen König Mausolus errichtete seine Gattin ein wunderbares Grabmal (Mausoleum). – Hechel: Werkzeug mit scharfen Drahtspitzen, zum Reinigen des Hanfs und des Flachses. – Scipio: römischer Feldherr; Alexander: der Große. – heiligen und Profan-Skribenten: geistlichen und weltlichen Schriftstellern. – S. 573. Philéo: das griechische Zeitwort bedeutet »lieben«; Derivativis: Ableitungen. – werten Sachen: Wertsachen. – S. 574. in einem mythologischen Falle: vgl. zu S. 183. – kompendiöse: gekürzte; aus Kompendien, Auszügen bestehend. – Gottfrieds Chronik: Joh. Phil. Abelins Chronik aus dem 17. Jahrh., Goethe von der Knabenzeit her vertraut; Theatrum Europaeum: Geschichtswerk für die Zeit von 1619 bis 1718; Acerra Philologica: Name mehrerer im 17. Jahrh. zusammengeklaubter Blütenlesen aus Schriftstellern des Altertums; (Andreas) Gryphius: 1616-1664, bedeutendster deutscher Dramatiker seines Jahrhunderts. – S. 575. dreht sie das andere: wer gerade nicht liest. – S. 576. sah ... nach: hatte Nachsicht; mit ... Heiterkeit: Gelassenheit. – S. 577. Verhältnis: Stellung, Lebenslage. – S. 580. hypochondrisch: trübe, schwermütig. – Hören Sie mich aus: zu Ende an. – assekurieren: versichern. – S. 580. nur dadurch: allein schon dadurch. – S. 582. Supplement: Ergänzung. – S. 584. väterliche Liebe: zu Felix. – S. 586. Exequien: im alten Rom Name der Totenfeier, des Leichenbegängnisses. – S. 590. absolut regiert: unumschränkt herrscht. – Fries: oberhalb einer Säulenordnung waagrecht gelagertes, bildgeschmücktes Bauglied. – S. 594. in jenes Element: der Musik. – S. 598. edle Völker: so die alten Ägypter. – S. 601. unterhielt: hielt lebendig, nährte. – S. 602. Inzest: Blutschande. – war ... gewaltig: hatte Gewalt, obsiegte. – S. 604. Einstimmung: Zustimmung, Einwilligung. – S. 608. der heilige Borromäus: Carlo Graf Borromeo (1538-1584), Kardinal und Erzbischof von Mailand; ihm wurde bei seinem Geburtsort Arona am Lago Maggiore eine Kolossalstatue errichtet. – S. 615. Furierzettel: Liste über die Verteilung der Quartiere. – Dislokation: Wohnungswechsel, Umzug. – S. 616. Konfidenz: vertrauliche Mitteilung. – S. 617. Karaffine: kleine Karaffe, Fläschchen. – S. 621. emphatischen: bedeutungsvoll-erhobenen, pathetischen. – S. 624. jenes Manuskript: s. S. 361; so rubrizierte: mit diesem Namen versah, so einordnete. – S. 625. Formalität: der Trauung; die Herren: Geistlichen. – Redoute: Ball im Karneval. – S. 526. Saul ...: I. Sam. 9 und 10.

Erläuterung der Abbildungen von Catel
Aus: *Taschenbuch für 1799*. Berlin bey Friedrich Vieweg dem älteren.

Die folgenden sechs Blätter wünschen, den Freunden Deutscher Dichtung eine angenehme Erinnerung zurück zu rufen.

1 Dies ist Philine. So leichtgeschürzt, so mit aller Vernachlässigung des

Putzes, den breiten Saum der Ärmel ausgenommen, und mit aller unverschleierten Gewalt natürlicher Reitze, so auf dem Sprunge in ihrer Ruhe, scheint sie über eine gelungene Eroberung leicht nachzusinnen, oder eine unternommene vorauszusetzen, eine Untreue zu veranlassen oder zu rechtfertigen. Trotzig, wie der Bube auf dem Ofen ihres Zimmers den Bogen spannt, der nie verfehlt. Dieses Stück der Verzierung ist auffallend gewiß ihre Wald. auch der Sofa gutgepolstert und fest. Die bedeutungsvollen Pantöffelchen sind nicht vergessen. Der eine macht gerade Klippklapp. Wunder, daß ihm nicht gar das ehrenfeste Theatrum Europaeum zur Unterlagen dienen muß!

2 Mignon und Felix, ein ernstes Gegenbild zu dem vorigen Stücke, das den Übergang zu einem erhaben traurigen macht. Dieses den Kinderjahren fast entwachsene knieende Geschöpf, in der ungewissen Tracht, ist ein Mädchen, und, wie seine Physiognomie ergiebt, südlichern Ursprungs als aus Deutschland. Es nagt ein Wurm an dieser Knospe, der in ihrem Herzen sitzt, und sie zu keinem Frohsinn heranreifen läßt. Sie begleitet sich auf ihrer Zither, zu einem ungelernten Gesange tiefer, ihr selbst nicht deutlich bestimmter Empfindung, bei welchem ihr ahndungsvoller Blick, auf Vergangenheit und Zukunft gerichtet, der Gegenwart zu vergessen scheint. Der sie zum Theil versteht, vor dessen Schwelle sie singt, wird nicht gesehn. Der Deutsche Knabe neben ihr blickt ihr freundlich treuherzig ins Gesicht. Ihm sind noch alle lieblichen Töne Töne der Freude. In seinen Jahren versteht man eine solche Sängerin nicht.

3 Der Harfner im Dachstübchen, wo ihn Wilhelm Meister einmal besuchte, und wo der Zeichner oft und lange im Geist um ihn gewesen seyn muß. Dis ist die Haltung eines Mannes, der sich jetzt vernachlässigt, dem aber frühe Bildung keine unedle Bewegung zuläßt. Auch ist noch etwas von dem unauslöschlichen Gepräge des geistlichen Standes an ihm sichtbar. Die Rechte scheint auf seinen Saiten Töne nachzubilden, die seinem halb verklärten, halb gebrochenen Auge aus einer Geisterwelt vorüberschweben. Sie zu fassen, und, was von ihnen gefaßt ist, tragen zu helfen, unterstützt die Linke das Haupt. Es ist das Antlitz eines Sehers – und, siehe da! wir glauben eine Familienähnlichkeit mit dem Ideal des Homerischen an ihm zu bemerken.

Von einzelnen Charakteren, zu charakteristischen Szenen.

4 Zwei Personen, die vor einander erschrecken: der Hereintretende, weil er sich irrt; der Sitzende, in den Spiegel Blickende, weil er recht sieht. Seine Excellenz sind so sehr aus der Fassung, als sich vor den Regeln der feinen Lebensart nur immer verantworten läßt. Hochdero Mund, Nasenlöcher, Augen und Augenbraunen ziehen sich sämmtlich in die Runde. Beide Hände scheinen sich unwillkührlich zu ballen, um einem schimpflichen Zittern zu entgehen. Es ist aus dem Verfolge der Geschichte bekannt, daß die Gnade diesen Irrthum zuließ, um die

Hochgräfliche Seele in ihren Schooß zu locken. Dem Bürger werden die Hände etwas lang und starr. Auch das Gesicht neigt sich dazu; doch meint man noch eine leise Spur davon zu entdecken, daß es auf eine angenehmere Erscheinung gefaßt war.

5 Der Auftritt im Walde, nachdem Wilhelm Meister und seine Gesellschaft von Räubern angefallen waren. Philine, neben ihrem geretteten Koffer, unterstützt den Verwundeten. Mignon ist trostlos zu seinen Füßen hingeworfen. Gräfin Natalie bedeckt ihn so eben mit dem Überrock ihres Oheims. Das Gesicht dieses Oheims ist nicht ohne Theilnahme an dem Vorgange geblieben; doch lieset man auch die Bemerkung darauf, daß es Zeit sei, die Reise fortzusetzen.

6 Mignon, als Engel gekleidet, wie sie auf einem Tische in Nataliens Zimmer sitzt, und den um sie versammelten Kindern »So laßt mich scheinen, bis ich werde!« singt. Der verschiedene Ausdruck der Kinderköpfe ist eben so wahr als mannichfaltig, Nataliens Nachdenken ungetrübter Ernst, und ihr Gesicht der Spiegel eines Gemüths, das nicht minder rein als verständig ist.

Die Musikbeilagen stammen aus der Ausgabe:
Goethe's neue Schriften. Berlin bei Johann Friedrich Unger 1795 Bde. III-V